Urs Schaub
Tanner

SERIE PIPER

Zu diesem Buch

Wenn der suspendierte Kommissar Simon Tanner sich etwas in den Kopf gesetzt hat, kann er ganz schön hartnäkkig sein. Außerdem liebt er Shakespeare und ist den Frauen ganz und gar verfallen. Als er von Marokko ins romantische Grenzland zur französischen Schweiz zieht, dann nicht der Landschaft wegen: Er folgt der Spur eines ungewöhnlichen Verbrechens, den grausamen Morden an kleinen Mädchen. Doch Tanners Ankunft in der Provinz bleibt nicht unbemerkt, und er gerät in Gefahr, da seine Nachforschungen vielen nicht gefallen. Selbst der zwergenhafte Butler Honoré, beschäftigt bei den Finidoris, einer der reichsten alteingesessenen Familien der Gegend, kann ihn schließlich nicht mehr schützen ... Ein grandioser Kriminalroman – spannend bis zur letzten Seite und von bestechender Sinnlichkeit!

Urs Schaub, geboren 1951 in Basel, Absolvent der Schauspielakademie Zürich und seit 1979 freier Theaterregisseur. Zahlreiche Inszenierungen in der Schweiz, Deutschland und Österreich. 1991 bis 1996 Schauspieldirektor in Darmstadt, anschließend Gastprofessuren an der Hochschule der Künste in Berlin und am Mozarteum in Salzburg. 1999 bis 2001 Leiter des Schauspiels am Stadttheater Bern. Er lebt in Berlin und im Emmental. Zuletzt erschien »Das Gesetz des Wassers«.

Urs Schaub

Tanner

Kriminalroman

Piper München Zürich

I think he be transformed into a beast,
For I can nowhere find him like a man.

Duke senior, *As you like it*, Shakespeare

Taschenbuchsonderausgabe
Piper Verlag GmbH, München
Mai 2007

Umschlaggestaltung: Cornelia Niere, München
Umschlagfoto: plainpicture/Pictorium
Satz: Fotosatz Reinhard Amann, Aichstetten
Druck und Bindung: Clausen & Bosse, Leck
Printed in Germany ISBN 978-3-492-26228-6

www.piper.de

EINS

Das Dorf, das keine Kirche hat, liegt östlich vom See.
Wer es mit dem Auto erreichen will, fährt westwärts aus der Hauptstadt über eine spärlich befahrene Autobahn, verlässt sie dreizehn Minuten später, bei der dritten Ausfahrt nach dem Tunnel, umfährt das historische Städtchen am See, von dem es heißt, man könne getrost sterben, nachdem man es gesehen hat. Oder er fährt mitten durch das Städtchen, wenn er es nicht zu eilig hat, holpert über das Kopfsteinpflaster der Hauptgasse, setzt dann, falls er sich trotz allem für die Fortsetzung seines elenden Lebens entschieden hat, seine Fahrt auf der alten Welschlandroute fort, auf der einst Napoleon fuhr, bis zu dem kleinen Weiler, dessen Name auf das Korn zurückgeht, das hier im Mittelalter gemahlen wurde, biegt beim Schloss nach links, auf eine kleine, geteerte Nebenstraße, lässt die alte Mühle mit ihren Gehöften hinter sich, überquert eine Brücke, die über die Autobahn führt, erblickt unweit von dieser Stelle einen anmutigen Friedhof, fährt an diesem vorbei und befindet sich kurz danach mitten im Dorf, das keine Kirche hat.
Es wird auch nie eine haben. Keine Kirche.
Tanner fährt seinen alten Ford zu einem Bauernhof, der auch schon bessere Tage gesehen hat. Das wäre dann der erste gemeinsame Punkt.
Es ist sehr still.
Nachdem es wochenlang geregnet hat, erscheinen die Felder, die sonst Getreide, Mais, Kartoffeln und Zuckerrüben tragen, wie leer gewaschen. Nur der Raps lässt stellenweise sein scharfes Gelb erahnen.
Die Bäume strecken ihre Äste zum Himmel und ihre honigglänzenden Knospen sehen aus wie klebrige, zusammengeballte Kinderhände, die sich in stummer Klage gegen die noch unsichere

Bläue des Himmels recken. Ein Himmel, der sich, ohne die dicken Wolken, die ihn die letzten Wochen und Monate verhüllt haben, noch seiner ungewohnten Nacktheit schämt.
Oder seiner Schuld.
Tanner bleibt sitzen und raucht einmal mehr seine letzte Zigarette. In dem Zimmer, das er in dem Bauernhof gemietet hat, sollte er wohl besser nicht rauchen. Kein Fernseher und kein Nikotin.
Mal sehen, was mir schwerer fällt, sagt er zu der kleinen Katze, die sich auf der warmen Motorhaube seines roten Ford niedergelassen hat. Ohne das geringste Geräusch ist sie auf das Auto gesprungen und liegt mit halb geschlossenen Augen da, als sei sie mit dem Metall verschmolzen.
Ist denn niemand da?, fragt er die Katze.
Jetzt blickt sie ihm in die Augen. Oder durch ihn hindurch? Möglicherweise sieht sie ihn wegen der Spiegelung der Frontscheibe gar nicht. Jedenfalls wartet er vergebens auf eine Antwort.
Das Fell der Katze ist rot mit weißen Flecken. Auch das Gesicht ist zweifarbig.
Die Grenzlinie verläuft schräg, quer über den Nasenrücken.
Genau diese Katze würde sie sich wünschen. Für einen Augenblick gestattet er sich, das schöne Gesicht von ihr zu sehen. Ein ebenmäßiges Gesicht.
Hör auf, Idiot.
Jetzt reagiert die Katze, obwohl sie ihn kaum hat hören können. Sie streckt sich und springt vom Auto hinunter. Elegant tänzelt sie um die vielen Regenpfützen und erreicht mit trockenen Pfötchen die verschlossene Haustür. Er öffnet die Autotür, nimmt einen letzten Zug von seiner Philip Morris und schnippt sie gezielt in die nächste Pfütze. Mit leisem Zisch erlischt die Glut. Die Katze schaut vorwurfsvoll.
Er bleibt sitzen und atmet die kühle Frühlingsluft.
Die Natur befindet sich in einer Art Stillstand. Alles scheint bereit zur Verwandlung. Noch ist es nicht so weit. Wer gibt das Zeichen? Wann?
Wird es für ihn, Tanner, auch ein Zeichen geben? Und welche Art von Verwandlung wird es sein? Stillstand ist Tod.

Einmal mehr befindet er sich auf der Flucht. Wovor? Wenn er das wüsste!
Das Dröhnen eines Traktors zerreißt die Stille. Ein grünes Ungetüm mit gläserner Fahrerkabine fährt vorüber. Er grüßt mit erhobenem Zeigefinger, obwohl er hinter dem Glas der Fahrerkabine nichts sehen kann. Die mächtigen Räder des Traktors durchpflügen das Wasser auf der Straße. Einige Spritzer landen auf dem Seitenfenster seines Autos. Die Katze bringt sich ängstlich hinter dem Geländer einer hölzernen Treppe in Deckung. Die Treppe führt in den ersten Stock.
Je größer der Traktor, desto dümmer…!
Er erinnert sich an die Reise mit seinem Kind nach Chioggia, wo die Fischer sich mit der Größe der Schiffsmotoren zu übertrumpfen suchen. Wie die weißen Fischerkähne stolz in die Lagune stechen, hohe Bugwellen vor sich aufwühlend, und die schweren Schiffsmotoren brünstig röhren.
Hochzeitstänze von schneeweißen Täuberichen.
Das muss ein reicher Bauer sein.
Sie leckt ungerührt die linke Pfote mit ihrer rosa Zunge.
Wenn du noch keinen Namen hast, werde ich dich Rosalind nennen. Und zwar nach der Shakespeare'schen Rosalind, mein Schätzchen.
Das Dröhnen des starken Motors verliert sich in den schattigen Eingeweiden des Dorfes. Er steigt aus seinem Auto aus. In der neuen Stille hört man Geräusche aus dem Stall. Eine Kuh erhebt sich schwer von ihrem Strohlager. Eine Kette rasselt. Kurz darauf ein Kratzen hinter der Haustür.
Erst jetzt bemerkt Tanner den gefalteten Zettel an der Haustür. Beschrieben mit einem grünen Filzstift. Eindeutig eine Frauenschrift.
Lieber Herr Tanner, wir wussten die genaue Uhrzeit nicht, wann Sie ankommen würden. Wir sind bald zurück. Ihr Zimmer im ersten Stock ist parat. Den Schlüssel finden Sie oberhalb der Treppe, unter dem kleinen Teppich. Wir hoffen, Sie finden sich zurecht.
Unterschrieben mit Vorname und dem ersten Buchstaben des Familiennamens.

Den Vornamen wusste er nicht. Den Familiennamen kennt er natürlich von seinem Freund, der ihm das Zimmer vermittelt hat. Mit Familienanschluss. Wie er am Telefon verschmitzt kicherte.
Die Katze schlängelt sich unterdessen in Form einer lebenden Brezel zwischen seinen Beinen durch. Sie schmiegt sich katzbuckelnd an sein linkes Bein, den Schwanz hoch in die Luft, und schaut ihm durchdringend in die Augen.
Mach endlich die Tür auf!
Ja, ja, mein ungestümes Mädchen, lass mich doch erst mal sehen, wo ich da gelandet bin.
Nach der langen Fahrt ist er froh, an der frischen Luft zu sein und nicht mehr auf das endlos sich abspulende Band der Autobahn starren zu müssen.
Das Bauernhaus ist ein lang gestrecktes Haus, bestehend aus Wohnhaus mit zwei Stockwerken, zwei Ställen, die eine Scheune mit großen Toren flankieren. Darüber wölbt sich ein gewaltiges Dach. In das zweite Stockwerk des Wohnteiles führt eine hölzerne Außentreppe, deren Stufen von vielen Generationen ausgetreten sind.
An das eigentliche Bauernhaus, das eine architektonische Einheit bildet, schließt sich ein großes Eternitdach an, getragen von schlanken Holzbalken auf Betonsockeln. Dieser Anbau dient dem Unterstellen von Wagen, einem Jauchedruckfass und einem alten Traktor. An die alte Hauswand schmiegt sich ein großer Stapel Holz. Links von der neuen Halle sind zwei Garagen. Die eine ist fürs Auto. Sie ist leer. Die zwei Türen stehen offen. Der Boden der Garage ist voller Ölflecken, die in der tief stehenden Aprilsonne dunkel leuchten. In der anderen Garage steht ein großer Traktor mit Hebegabel. Die Garage ist zu klein. Das Hinterteil der Maschine steht im Freien.
Tanner durchquert die Einstellhalle und gelangt hinter das Haus. Weite Wiesen, eingezäunte Weiden, dann Wald. Sanft ansteigend in die anschließenden Hügel, scheinbar endlos. Hinter dem Haus liegt kreisrund ein Jauchetank aus Beton, etwa in der Größe von Artus' Tafelrunde. Daran lagern aber keine Ritter, sondern einige Stapel Bauholz, bedeckt mit altem Wellblech.
Daneben duckt sich verschämt ein lang gestreckter Schweinestall, mit zwei kleinen Futtersilos an seiner Stirnseite.

Eine träge Stille liegt über diesem Ort. Als ob jemand vergessen hätte, das abgelaufene Uhrwerk wieder aufzuziehen. Schlafen die Schweine oder sind die Ställe leer? Er wagt nicht, die Tür zu öffnen. Nach dem Geruch zu schließen, sind sie da, oder erst seit kurzem weg. Wenn sie heute Morgen in den Schlachthof kamen, sind sie bereits in essbare und nicht essbare Einzelteile zerlegt. Die essbaren Teile werden abgepackt. Der Rest ausgekocht, gemahlen oder weggeworfen.

Ich esse kein Fleisch mehr, sonst würde ich mich auf der Stelle schuldig fühlen, bemerkt er zur Katze, die ihm gefolgt ist. Es interessiert sie nicht.

Gemeinsam biegen sie um die Ecke des Wohnhauses und stoßen auf einen Gemüsegarten, noch ganz in winterlicher Kargheit. Die meisten Beete sind leer. Nur eines ist mit großblättrigem Gemüse bewachsen.

Ist das Kohl?, fragt er die Katze.

Sie springt mit einem Satz über den kleinen Zaun aus Maschendraht und riecht an den Blättern. Sie niest und schüttelt ihren Kopf so heftig, dass ihr kleiner Körper ebenfalls mitgeschüttelt wird und sie hinfällt. Verwirrt springt sie hoch. Ein richtiger Raubtiersatz wird das und sie guckt sich misstrauisch um, wer sie denn wohl umgestoßen habe.

Ja, zum Straucheln braucht's doch nichts als Füße, zitiert Tanner leise Dorfrichter Adam und ruft die Katze zu sich.

Dann halt nicht, meine Rosalind.

Er geht zum Auto, öffnet den Kofferraum und betrachtet seine Taschen, Kisten und Schachteln. Er hat sich geschworen, nur das mitzunehmen, was im Auto Platz hat. Keine weiteren Transporte. Der ganze Rest seiner Bücher, Möbel, Geschirr und so weiter lagert, schön verpackt, in einem Möbellager. Was braucht der Mensch?

Vor allem: Was braucht Simon Tanner?

Er verscheucht jegliche Anwandlung philosophischer Art und verbietet sich strikt jede Melancholie. Kurz bevor das selbst verordnete Denkverbot offiziell in Kraft tritt, entwischt ein einzelner, stoßgebetartiger Gedanke der inneren Inquisition.

Ach, ich wüsste auf jeden Fall, wen ich zum Leben brauche!

Die Katze guckt.
Habe ich etwas gesagt?
Er fragt mit scheinheiliger Miene seine neue Freundin.
Hey, Rosalind, habe ich was gesagt? Hast du irgendetwas gehört?
Sie schaut ihn gelangweilt an.
Na also, wozu dann die Aufregung?
Er schließt den Kofferraum. Zuerst will er sich das Zimmer anschauen, in dem er die nächsten Monate leben wird.
Das Zimmer ist klein. Vier mal vier Meter. Ein schmales Bett mit weißer Bettwäsche. Ein Tisch. Ein Stuhl. Ein Schrank mit Schiebetüren. Die Wände sind weiß. Ebenso die gestrichene Holzdecke. Das einzige Fenster blickt auf den Gemüsegarten, auf die dahinter liegenden Obstbäume und auf einen benachbarten Bauernhof. Es riecht gut in dem Zimmer. Eine blaue Vase mit einem kleinen Bund Osterglocken steht auf dem Tisch.
Ruth M. lässt grüßen.
Über dem Kopfende des Bettes befindet sich das einzige Bild im Zimmer. Eine vergilbte Farbfotografie. Aus einer Illustrierten ausgeschnitten. Das Foto zeigt eine kleine Baumgruppe um ein winziges, merkwürdig spitzes Rundhäuschen mit einer Holztür, aber ohne Fenster. Das Bild hat einen schlichten Holzrahmen aus Birnholz. Seine Großmutter besaß mehrere solche Rahmen, die nach ihrem Tod alle verschwunden waren. Neben dem Bild klebt eine zerdrückte Mücke. Allerdings ohne Rahmen.
Er hört ein leises Kratzen an der Tür. Er ignoriert es und legt sich probeweise aufs Bett. Es ist etwas kurz für seine Länge, aber schön hart.
Beim Aufstehen spürt er wieder diesen Druck im Bauch. Es ist kein Schmerz. Die Vorahnung von einem Schmerz. Es fühlt sich an wie ein noch rundes Ding, das da nicht hingehört und das seine scharfen Krallen nicht ausgestreckt hat. Noch nicht.
Tanner, geh endlich mal zum Arzt.
Er öffnet das Fenster und atmet die frische Landluft ein. Gott sei Dank! Kein Geruch vom Schweinestall.
Aus der Ferne schwillt das Geräusch eines Autos an. Auf der Basslinie der Motorengeräusche hört man dumpfe Technoschläge. Mit überhöhter Geschwindigkeit braust ein schwarzer Golf GTI

über die regennasse Straße. Bauernsöhne auf dem Weg in die Disco. Schließlich ist es Freitagabend.
Er schließt das Fenster und überlegt sich, wie er die Möbel des Zimmers umräumen soll. Es ist wie ein Zwang. Um sich eine fremde Umgebung schneller anzueignen. Leider stellt er fest, dass alles perfekt an seinem Ort ist, und er verzichtet vorläufig aufs Möbelrücken. Er holt seine Sachen aus dem Auto. Die Katze wartet schon auf ihn. Allerdings ist sie keine große Hilfe. Sie inspiziert lieber schnuppernd seine Schachteln und Taschen.
Er packt einige notwendige Dinge aus. Die Kleider kommen achtlos in den Schrank. Einige seiner Lieblingsbücher legt er auf den Tisch.
Einmal Shakespeare. Zweimal Shakespeare. Dreimal Shakespeare.
Dann seine geliebte Doppelausgabe der Odyssee/Ilias und ein schmales Bändchen von Pascal, das sie ihm geschenkt hat und von dem sie schwärmt. Seine gähnend leeren Notizbücher und seine beiden Nikons.
Er holt die kleine, geschnitzte Kuh aus der Schachtel. Er nimmt sie überallhin mit. Ein Geschenk von einem Freund, der unbegreiflicherweise tot ist. Zwischen seinen Hemden liegt, in Seidenpapier eingewickelt, sein einziges Originalbild. Das Mädchen von Leonor Fini. Seit dreißig Jahren begleitet ihn dieses Bild. Genauso lange sucht er das lebendige Ebenbild. Eigentlich hat er es schon gefunden. Ein sehr selbständiges Ebenbild.
Dabei kommt ihm in den Sinn, dass er ihr versprochen hat anzurufen, wenn er wohlbehalten angekommen ist.
Er greift nach seinem Handy.
Als sich der Anrufbeantworter einschaltet, trennt er sofort die Verbindung.
Nur jetzt nicht ihre Stimme hören. Tanner beschließt, einen Abendspaziergang zu machen.
Abendspaziergang? Das passt perfekt zu seinem neuen Leben als Zimmerherr.
Lesen, spazieren, lange Briefe schreiben. Kein Fernseher! Kein Nikotin! Das kann ja heiter werden.

Er schließt die Tür hinter sich und steigt die Holztreppe hinunter. Rosalind begleitet ihn auf Schritt und Tritt.
Aus seinem Auto holt er sich ein letztes Käsebrot aus seinem Reiseproviant.
Er weiß nicht, ob er sich das Dorf anschauen oder lieber in Richtung des kleinen Friedhofs gehen soll, an dem er vorbeigekommen ist. Morgen das Dorf und jetzt den Friedhof. Eine Kirche, die er besichtigen könnte, gibt es ja nicht.
Unterdessen hat der Wind deutlich aufgefrischt, und Tanner schlägt den Kragen seiner Jacke hoch und vergräbt seine Hände tief in den Hosentaschen.
Nach ungefähr fünfhundert Metern steht er an dem Tor zu dem wohl kleinsten Friedhof, den er je gesehen hat. Der Friedhof ist nahezu quadratisch. Neun auf zehn Meter. Er ist von einer brusthohen Mauer umgeben. Dicht an der Mauer, das Tor flankierend, stehen zwei mächtige Bäume und einige Sträucher mit zartem Grün.
Ein Feldweg führt am Friedhof vorbei, windet sich weit in die brachen Felder und Wiesen, die oberhalb des Dorfes liegen. Die Felder werden in Richtung See von der Autobahn begrenzt, welche die Landschaft kategorisch durchschneidet. Jenseits dieser dick gezogenen Linie kann man die Häuser vom nächsten Dorf sehen und weit in der Ferne ahnt man den See.
Das Tor des Friedhofes ist verrostet und lässt sich nur mit einiger Anstrengung öffnen. Das laute Quietschen des Tores erschreckt ihn und schuldbewusst blickt er sich um. Er kann aber niemanden sehen. Gleichmäßig sind die Grabstätten verteilt. Alles ist sorgfältig gepflegt.
In der linken Ecke gibt es zwei Kindergräber. Beide Gräber sind noch nicht alt. Genau wie er es erwartet hatte. Die Erde scheint, vor allem bei dem einen Grab, wie vor wenigen Wochen frisch aufgeworfen. Die Blumen sind verwelkt. Bei dem anderen Grab liegt das Begräbnis schon etwas länger zurück, aber auch da fehlt noch der endgültige Grabstein.
Der Anblick von Kindergräbern macht ihn beklommen. Wie immer.
Ein Eindringling, der nicht das Recht hat, an diesen Gräbern zu stehen.

Bevor Tanner auf den provisorischen Holzkreuzen die Namen lesen kann, hört er ein Geräusch hinter den hohen Bäumen und Sträuchern, die außerhalb der Friedhofsmauern stehen. Aufgeschreckt stolpert er in Richtung Tor, fällt auf seine Knie, flucht leise vor sich hin und hört ein wildes Schnauben. Als er sich wieder aufrichtet, steht vor ihm ein mächtiges, rabenschwarzes Pferd.

Es steht unbeweglich da. Als ob es schon zu Lebzeiten in Bronze gegossen wäre. Aus seinen Nüstern bläst dampfender Atem. Das Pferd ist gesattelt und gezäumt, aber ohne Reiter. Die Zügel hängen lose herunter.

Wie heißt das Pferd von Alexander dem Großen?

Das Pferd ist überrascht, das heißt wohl eher konsterniert über den energischen Gestus, mit dem ihm die Frage gestellt wurde, so dass es weiter in seiner antik wirkenden Haltung verharrt. Da beiden die Antwort nicht einfällt, greift Tanner, mehr aus Verlegenheit denn aus tierpflegerischer Ambition, nach den Zügeln des Pferdes und überlegt sich eine nächste Frage, die er dem Pferd stellen könnte. Zum Beispiel, wie es komme, dass es allein, ohne Reiter, aber gesattelt, durch die Gegend irre und einsame Friedhofsbesucher erschrecke?

Das heißt, er wollte gerade diese nächste Frage stellen, als ein Geländewagen mit kreischenden Rädern angebraust kommt, jäh abbremst, zwei Männer aus dem Wagen springen und auf Tanner zustürmen.

Das Pferd erschrickt, und noch bevor Tanner reagieren kann, bäumt es sich auf und reißt ihn, der, ohne es wirklich zu wollen, die Zügel mit der Hand umklammert, in die Höhe. Sobald das Pferd wieder steht, ist der Jüngere der beiden Männer, ein Schwarzer, der seine rote Wollmütze bis tief auf die Augenbrauen hinabgezogen hat, bei Tanner und entreißt ihm die Zügel. Unsanft wäre eine schamlose Untertreibung.

Der ältere Mann stapft vorbei und schreit Tanner ständig etwas zu, was er aber nicht versteht. Eigentlich hört er ihn nicht einmal. Alles, was er wahrnimmt, ist ein sich ständig aufreißender Mund, wie in Großaufnahme.

Schnell hat der Schwarze das Pferd gebändigt.

Hinter den Bäumen hört man ein weinendes Kind. Die beiden Männer schreien sich etwas zu, was Tanner aber auch nicht versteht. Der Schwarze schwingt sich kraftvoll auf das Pferd und stiebt im wilden Galopp davon.
Jetzt kommt der andere Mann, der in der Zwischenzeit hinter der Baumgruppe verschwunden war, wieder hervor und zerrt an seiner Hand ein rotblondes Mädchen energisch hinter sich her. Sie weint und hat Blut an ihrer Stirn. Sie trägt Jeans, rote Lederstiefel und eine flaschengrüne Reiterjacke, wattiert und abgeschabt. In ihrer Hand hält sie einen schwarzen Reiterhelm. Das Mädchen ist nicht so jung, wie Tanner auf Grund des Weinens dachte. Er schätzt sie, jetzt, wo er sie sieht, auf siebzehn Jahre.
Hat sie sich verletzt?, fragt er einfallslos. Man sieht ja, dass das Mädchen blutet, und nicht zu knapp.
Der Mann antwortet ihm nicht und marschiert grimmig an ihm vorbei. Auf seiner Stirn leuchtet eine Narbe. Sie sieht aus wie ein Halbmond. Darüber trägt er wilde Haare von einem erstaunlich kräftigen Weiß.
Das Mädchen guckt Tanner im Vorübergehen an. Ihre Lippen zittern, als ob sie etwas sagen möchte.
Wieder reißt sie ihr Vater, oder Großvater, an der Hand. Während sie stolpert, lächelt sie leicht. Vielleicht hat sie auch nur, wegen des Stolperns, den Mund verzogen.
Der Mann bugsiert das Mädchen in den Fond des Geländewagens, umschreitet den Wagen, ohne Tanner eines weiteren Wortes oder Blickes zu würdigen, wendet und braust in Richtung der Autobahnbrücke.
Vor der Kurve leuchtet nur eines seiner Bremslichter auf. Dann ist er verschwunden. Eine Weile hört man noch den jaulenden Dieselmotor.
Dann fällt der erste Regentropfen.
Tanner betrachtet den Himmel. Ohne dass er es vorhin bemerkt hätte, hat die Windstärke zugenommen. Der Himmel ist mit dunklen Wolken bedeckt. Jetzt regnet es, und kurz darauf gießt es aus allen Kübeln.
Tanner schließt pflichtbewusst das Tor zum Friedhof und rennt zum Bauernhaus. Tropfnass erreicht er das Haus und stellt sich

atemlos unter das Vordach. Die Garagentür steht immer noch offen. Seine Vermieter sind noch nicht zurückgekehrt. Er schaut durch die Glasscheibe der Haustür und zuckt zusammen.
Er blickt direkt in zwei dunkle Hundeaugen, die ihn unbeweglich anschauen. Der große Hund hat sich auf seine Hinterbeine gestellt, die Vorderpfoten gegen die Tür gestemmt und seine Augen fixieren ihn. Tanner schaut so lange, bis der Hund unsicher wird und sich wieder auf den Boden fallen lässt. Oder hat er seine Augenprüfung bestanden?
Bevor er die Außentreppe hinaufsteigt, zieht er seine nassen Schuhe aus. Die Katze erwartet ihn vor der oberen Tür und Tanner bringt es nicht übers Herz, sie wegzujagen. Also kommt sie mit in sein Zimmer. Sie lässt sich völlig selbstverständlich auf dem Bett nieder.
Weißt du, wie das Pferd von Alexander dem Großen heißt?
Ich habe es nämlich gerade gesehen und konnte es leider nicht korrekt ansprechen. Aha, du weißt es also auch nicht. Weißt du wenigstens, wie das rotblonde Mädchen heißt, das vom Pferd gefallen ist?
Statt einer Antwort streckt sich das kleine Tier und versenkt seine Krallen ins weiße Kopfkissen.
Erneut versucht er sie telefonisch zu erreichen. Diesmal lauscht er andächtig ihrer Stimme auf dem Anrufbeantworter. Nach dem Piepston unterbricht er die Verbindung.
Die zweite Tür seines Zimmers führt in einen Korridor, von dem noch zwei weitere Türen abgehen, und da befinden sich auch eine Toilette, eine Dusche und ein Lavabo. Er putzt seine Zähne und zieht sich aus. Sanft, aber entschieden schiebt er die Katze vom Kissen und legt sich ins Bett.
Ich taufe dich jetzt offiziell auf den Namen Rosalind. Any objections, mylady?
Er löscht das Licht. Zur Antwort leckt die Katze seine Nase und schnurrt ein Schlaflied mit unzähligen Strophen.
Draußen fällt der Regen und Tanner hört die Schweine. Also sind sie noch nicht geschlachtet. Er denkt an den Witz mit den beiden Hühnern von der Hühnerfarm. Sie wispern heimlich.
Hast du auch gehört? Wir dürfen irgendwohin in die Ferien!

So? Wohin denn?

Irgendwas mit Wien und einem Wald!

Tanner schließt die Augen und sieht das Pferd. Wie heißt du bloß?

Sieht die Augen auf dem Bild von Leonor Fini. Wo bist du?

Das blutende Gesicht des Mädchens. Tut's noch weh?

Die Augen des Hundes. Träumst du?

Die frischen Gräber. Seid ihr im Himmel?

Einen leuchtenden Halbmond. Warum so wütend?

Sein letzter Gedanke ist, dass es fahrlässig ist, seine Dienstwaffe einfach so im Auto zu lassen! Morgen. Morgen …

ZWEI

Halte mich! Nimm meine Hand! Bitte halte mich!
Er rudert wild mit den Armen und verstrickt sich dabei immer mehr in den grünen Schlingpflanzen. Er hört seine Stimme gar nicht, obwohl er doch laut schreit. Plötzlich sieht er einen Schatten auf sich zuschweben. Hilfe, ein Haifisch! Es ist aber bloß ein schwarzes, rundes Ding, das, von der Strömung getrieben, an ihm vorüberschwebt. Wie eine rabenschwarze Qualle.
Das ist dein Reiterhelm! Der geht ja kaputt im Wasser!
Das lose Kinnleder schlängelt sich wie ein Aal dem Helm hinterher. Der Helm verschwindet aus seinem Gesichtsfeld, und er schwimmt panisch hinterher.
Jetzt überholt ihn von schräg hinten ein schmaler, länglicher Fisch. Wie elegant!
Nein! Es ist eine Reitpeitsche aus geflochtenem Leder. Sie zieht wie ein Pfeil in Zeitlupe seine Bahn. An ihm vorbei in die Tiefe der Dunkelheit.
Ich kann ja das Wasser atmen. Hallo! Schaut mal her! Ich kann das Wasser atmen! Wie ein Fisch!
Obwohl er schwimmt, wird es immer dunkler, und er fällt in die Tiefe. Unter seinen Füßen öffnet sich eine Falltür. Grelles Licht blendet ihn unvermittelt.
Vor Schreck wacht Tanner auf. Durch das Fenster sticht ein flacher Sonnenstrahl und bildet über seinem Bett in leicht verschobener Form ein buntes Fenster ab. In zartrosa Farben. Rosenfingrig. So wird dieses Licht in dem Buch genannt, das auf seinem Tisch liegt.
Er schüttelt ungläubig seinen Kopf. Er weiß nicht, wo er ist. Schweißgebadet, das Bett zerwühlt. Auf dem Tisch steht eine kleine Kuh, die ihn neugierig anschaut.
Ach so! Ich bin in meinem neuen Zimmer!

Er wundert sich, dass die Katze nicht mehr im Zimmer ist. Das Fenster ist geschlossen und beide Türen auch. Wahrscheinlich hat sich die Katze beim ersten Sonnenstrahl in ein jungfräuliches Mädchen verwandelt und ist einfach aus dem Zimmer geschlichen. Leise, um den fremden Mann nicht zu wecken.
So, Tanner, nun komm mal in die Wirklichkeit zurück, das ist ja lächerlich.
Er steht auf und öffnet das Fenster. Eine frische Morgenbrise bläst ihm ins verschlafene Gesicht und die Sonne blendet seine Augen. Er schließt sie.
Wen habe ich denn da gerufen in meiner Not?
Und wie wenn man in einem Bilderbuch blättert, kommen ihm einzelne Stationen seines Traumes in den Sinn. Er befand sich, ohne sich einer Vorgeschichte entsinnen zu können, auf einem Schlitten. Hinter ihm saß eine ihm unbekannte Frau und umschlang zärtlich, aber kraftvoll seinen Oberkörper. In ihrer Hand hielt sie eine Reitpeitsche. Auf welchem Belag sie Schlitten fuhren, wusste er nicht. Es war auf jeden Fall kein Schnee. Eher Eis. Aber entweder berührten die Kufen des Schlittens das Eis nicht, oder das Eis sah nur aus wie Eis und war in Wahrheit etwas ganz Weiches und Sanftes. Sie froren nicht und die Fahrt wurde immer schneller und schneller. Die Frau hinter ihm rief immer wieder denselben Satz. Wie ein Refrain.
Higher, higher to the sky!
Als Kind bekam Tanner beim Überschreiten einer gewissen Geschwindigkeit immer Angst. In seinem Traum hatte er keine Angst. Er fühlte sich glücklich und behütet. Es war ein Glücksgefühl, so stark, wie er es im wirklichen Leben nur ausnahmsweise erlebt hatte, und wenn, nur in homöopathisch verdünnter Dosis. Unvermittelt landeten sie im Wasser und die ihn so wohlig beschützenden Arme lösten sich. Dann kam die Panik.
Jetzt kommt ihm in den Sinn, dass er, kurz vor dem Traum, oder war es während des Traumes, einen aufheulenden Motor gehört hat. Und quietschende Reifen beim Bremsen oder bei einem rasanten Start. Kavalierstart nannte man das früher. Tanner hält sein Gesicht unter das kalte Wasser und beschließt, sich vorläufig nicht mehr zu rasieren. Auf dem Display seines Telefons sieht er,

dass es eben acht Uhr ist. Eine Uhr trägt er schon lange nicht mehr. Obwohl er zwei besitzt. Er kleidet sich an und ist bereit, sich seinen Vermietern zu stellen. Sie hören sicher seine Schritte. Spätestens wenn er die Außentreppe hinuntersteigt.
Er öffnet die Haustür und blickt in einen dunklen, engen Korridor. Ein wenig Licht fällt durch eine Glastür, die sich ganz am Ende des Ganges, an der linken Längsseite, befindet. Vorne links ein Holzgestell mit Schuhen und Stiefeln, dann eine Waschmaschine, darüber eine Garderobe, die hoffnungslos überfüllt ist. Mit Mänteln, Jacken und Arbeitskleidung. Weiße Wandschränke schließen sich an, die den schmalen Gang noch enger werden lassen. Am Boden liegt ein großer, wolfsähnlicher Hund mit braunschmutzigem Fell und einem fast schwarzen Kopf. Beim Öffnen der Tür hebt er seinen Kopf und schaut Tanner ruhig an. Unbeweglich.
Guten Tag! Wir haben uns ja gestern schon durch die Scheibe der Haustür in die Augen gesehen.
Tanner spricht sehr leise.
Als ob er zufällig das richtige Passwort gefunden hätte, schnüffelt der Hund einen geradezu andächtigen Moment lang in seine Richtung und legt dann die große Schnauze wieder auf seine mächtigen Pfoten.
Er schließt daraus, dass er eintreten darf.
Du bist aber ein schöner Hund! Schöner Hund.
Aus der ersten Tür rechts hört er jetzt Küchengeräusche und die Stimme eines Nachrichtensprechers. Auch riecht er den unwiderstehlichen Duft von Gebratenem. Sofort meldet sich bei ihm ein bohrendes Hungergefühl. Er hat ja gestern nur noch ein Käsebrot gegessen. Tanner klopft. Die Geräusche brechen abrupt ab und einen Moment später verstummt auch der Nachrichtensprecher mitten in seinem Satz. Er öffnet entschlossen die Tür.
Das Erste, was er sieht, ist der Kochherd. Genauer gesagt, er blickt in eine Eisenbratpfanne, in der eine goldbraune Röschti brutzelt. An einem großen Esstisch, der links vor dem Fenster zum Gemüsegarten steht, sitzt ein Mann mit krausem, dunkelblondem Haar. Gerade wollte er eine Gabel voll Röschti in den Mund schieben. Eine Bewegung, die er aber wegen Tanners Ein-

treten eingefroren hat. Rechts am Spültrog, über dem sich ein zweites Fenster auf die Straße hinaus befindet, steht Ruth M. Dunkelblond und kräftig. Sie hält einen Strauß Osterglocken in ihrer Hand.

Guten Tag, ich bin Simon Tanner. Ihr neuer Zimmerherr.

Eigentlich wollte er nur seinen Namen sagen. Zimmerherr? Wie ein Findling steht das Wort in der Küche.

Da beide weiterhin bewegungslos verharren, ihn dabei aber freundlich anschauen, spricht er weiter.

Ich hoffe, dass es in Ordnung ist, dass ich in Ihrer Abwesenheit das Zimmer bezogen habe. Es gefällt mir sehr gut. Und vielen Dank für die Blumen.

Der Mann bewegt sich jetzt als Erster, legt seine Ladung Röschti ungegessen zurück auf den Teller, erhebt sich und streckt ihm seine Hand entgegen.

Guten Tag. Herzlich willkommen. Ich bin der Karl.

Tanner drückt seine Hand und erschrickt nicht über den kräftigen Händedruck. Den hat er angesichts der Statur erwartet. Tanner erschrickt über die Rauheit seiner Hand. Wie die Rinde einer Eiche.

Ohne sich gegen diesen Gedanken zur Wehr setzen zu können, fragt er sich, wie diese Hand sich wohl anfühlt für seine Frau, wenn er sie berührt beim Sex?

Um ihm nicht mehr in seine klaren Augen schauen zu müssen, wendet er sich der Frau zu, die sich ihrerseits abwendet, um die Blumen abzulegen und ihre nassen Hände abzutrocknen. Dann gibt sie ihm ihre Hand, die angenehm weich und vom kalten Wasser schön kühl ist.

Machen Sie sich darüber keine Gedanken, bitte!

Sie sagt es mit dunkler Stimme.

Wie bitte? Siedend heiß wird es Tanner. Kann sie Gedanken lesen?

Ja, ich meine, darüber brauchen Sie sich keine Gedanken zu machen. Wegen dem Zimmer. Ich habe Ihnen ja geschrieben, Sie sollen sich wie zu Hause fühlen. Sie lacht.

Herzlich willkommen. Ich heiße Ruth. Mögen Sie Kartoffeln zum Frühstück? Nehmen Sie bitte hier Platz, wenn es Ihnen recht ist. Wollen Sie Tee oder Kaffee zum Frühstück? Wir essen immer um acht Uhr. Aber Sie können auch später essen, wenn es Ihnen lieber ist. Hatten Sie gestern eine gute Fahrt? Es ist übrigens erstaunlich, dass der Hund nicht gebellt hat, als Sie eben hereingekommen sind. Sie lacht immer noch.

Tanner beantwortet die Fragen ungefähr in der gestellten Reihenfolge und setzt sich Karl Marrer gegenüber, bekommt Kaffee eingeschenkt und einen Teller voller himmlisch duftender Röschti.

Ruth Marrer setzt sich nicht an den Tisch, sondern hantiert in seinem Rücken weiter mit ihren Blumen. Tanner weiß nicht, ob er essen soll, solange sie sich nicht auch hinsetzt.

Greifen Sie kräftig zu!

Freundlich ermunternd löst Karl das Dilemma und sie essen schweigend.

Tanner spürt in seinem Rücken eine unbestimmte Unruhe. Plötzlich weiß er, dass ein stummer Dialog über seinen Kopf hinweg stattfindet. Allerdings mehr von Ruth zu Karl. Er ist ja ungedeckt Tanners Beobachtung ausgesetzt. Wahrscheinlich signalisiert sie ihm ihren ersten Eindruck über ihn. Negativ oder positiv?

Wollen Sie nicht auch essen, Ruth?

Er will damit den stummen Dialog unterbrechen und testen, wie das klingt, wenn er einfach Ruth sagt. Mit den Vornamen haben sich ja beide vorgestellt, bei gleichzeitigem Sie.

Ich will nur noch die Blumen schneiden und in die Vase stellen, gibt sie lachend zurück.

Karl legt seine Gabel auf den leeren Teller und räuspert sich umständlich.

Es tut mir Leid, äh ... Ihnen gleich etwas, äh ... sagen zu müssen.

Er macht eine verlegene Pause. Tanner schaut ihn fragend an. Er spürt, wie Ruth in seinem Rücken den Atem anhält.

Ihr roter Ford, also ... wie soll ich es sagen, wissen Sie ... also kurz gesagt ... alle vier Pneus sind heute Nacht zerstochen worden. Es ist eine Sauerei!

Die Fortsetzung übernimmt Ruth.

Wissen Sie, so etwas ist hier noch nie passiert. Wir haben schon alle Nachbarn gefragt, ob sie etwas bemerkt haben. Aber nie-

mand weiß etwas. So haben wir heute früh die Autowerkstatt im nächsten Dorf benachrichtigt. Die schicken im Laufe des Morgens einen Mechaniker vorbei, der das in Ordnung bringt. Ich hoffe, es ist Ihnen recht, dass wir so gehandelt haben.
Ruth blüht richtig auf. Nicht weil sie froh ist, dass die Pneus von seinem Auto zerstochen sind, sondern offensichtlich über die Tatsache, dass die Sauerei ausgesprochen ist.
Dies war also der Dialog hinter seinem Rücken. Sie wollte unbedingt, dass es sofort zur Sprache kommt, Karl wollte vielleicht warten, bis Tanner gefrühstückt hat.
Vielleicht hat er von den quietschenden Reifen heute Nacht doch nicht geträumt.
Hat hier im Dorf jemand einen schwarzen Golf GTI?
Tanner stellt die Frage so sachlich wie möglich.
Die beiden gucken ganz verdattert ob seiner konkreten Frage. Ruth überlässt es Karl, die nicht sehr überzeugende Antwort zu geben.
Nein, äh … nicht dass ich wüsste. Kennst du jemanden, Ruth?
Bevor sie antworten kann, knurrt der große Hund im Korridor. Draußen fährt ein Wagen vor.
Das ging aber schnell!
Tanner versteht nicht. Ruth merkt es.
Der Automechaniker!
Sie blickt durch das Fenster über der Spüle. Sie zögert.
Es sei nicht von der Autowerkstatt. Es sei der Portugies' vom Mondhof. Karl solle rausgehen und fragen, was er wolle.
Karl erhebt sich, verdreht dabei die Augen und fordert Tanner auf, doch ruhig weiterzuessen, bevor die Kartoffeln kalt werden.
Tanner überlegt, ob er bei der Gelegenheit auch aufstehen soll, um den Schaden am Auto zu begutachten. Aber erstens weiß er, wie vier zerstochene Reifen aussehen, es ist ihm vor drei Jahren in Marokko passiert, und zweitens kann er auch zuerst fertig essen und sich das Auto nachher in aller Ruhe anschauen.
Draußen bellt kurz der Hund. Danach ist wieder Ruhe.
Seltsam, dass weder Karl noch Ruth gefragt haben, warum er sich nach einem schwarzen Golf GTI erkundigt hat?
Und außerdem wäre es doch nahe liegend gewesen, auch die Po-

lizei zu benachrichtigen, obwohl Tanner keine besondere Lust hat, gleich am ersten Tag mit der hiesigen Polizei in Berührung zu kommen. Na ja! Eins nach dem anderen!
Wie meinen Sie, fragt Ruth und dreht sich einen Moment vom Fenster weg.
So ein gutes Frühstück habe ich noch nie gegessen, daran könnte ich mich glatt gewöhnen.
Bevor Ruth auf sein Kompliment antworten kann, fährt draußen das Auto weg und sie hören, dass Karl zurückkommt.
Karl setzt sich schwer und schaut Tanner prüfend an.
Kennen Sie die Finidori vom Mondhof, Simon?
Ich kenne gar niemanden in dieser Gegend, außer unserem gemeinsamen Bekannten, der mir freundlicherweise das Zimmer vermittelt hat. Und der wohnt ja auch nicht mehr hier, antwortet er wahrheitsgetreu.
Obwohl? Er weiß, dass er diesem Namen schon mal irgendwo begegnet ist. Der Name ist ziemlich ungewöhnlich, aber Tanner kommt nicht dahinter, wo er ihn gehört hat. Das behält er aber für sich und schaut Karl fragend an.
Ja also, äh ... es ist so, und ich verstehe es auch nicht, also kurz gesagt, die Madame Finidori fragt höflich an, ob Sie heute Nachmittag um fünf Uhr zum Tee zu ihr kommen könnten. Auf den Mondhof. Sie hat den Portugiesen geschickt mit der Einladung.
Die letzte Bemerkung ist mehr an Ruth adressiert denn an Tanner.
Die Alte oder ...? Ruth fragt mit auffallender Heftigkeit.
Karl zuckt mit den Schultern.
Ja also, äh ... das müssen Sie halt selber entscheiden, äh ... ob Sie da hingehen wollen, Simon. Sie entschuldigen mich. Die Arbeit ruft. Wegen dem Auto machen Sie sich keine Sorgen, das bringen wir in Ordnung. Der Thévoz ist mir sowieso noch was schuldig vom Holz dieses Winters. Aber es tut uns Leid wegen den Umständen.
Karl lächelt Tanner entschuldigend zu und geht nach draußen.
Ruth lächelt auch.
Ich muss ins Städtchen einkaufen gehen, wenn Sie etwas brauchen, sagen Sie es bitte, es macht mir keine Umstände. Haben Sie genug gefrühstückt?

Tanner bedankt sich, ebenfalls lächelnd, und sagt, dass er nichts brauche.
Mittagessen ist um halb eins!
Von uns war noch nie jemand auf dem Mondhof eingeladen!
Bevor er sie fragen kann, wer denn die Finidori sind, verschwindet Ruth durch die Tür, die von der Küche in ein weiteres Zimmer führt, wahrscheinlich in das Wohnzimmer, oder wie es hier heißt, in die Stube. Wo das Telefon klingelt.
Einige Fragen hätte Tanner schon, vor allem auch wegen des vielsagenden Lächelns bei ihrer letzten Bemerkung.
Und er hätte Ruth auch noch beibringen müssen, dass er kein Fleisch isst. Und das auf einem Schweizer Bauernhof...
Er hört Ruth leise telefonieren, versteht aber kein Wort. Er trinkt seinen Kaffee aus und beschließt jetzt, seinen Morgenspaziergang in das Dorf zu machen. Abends der Friedhof, morgens das Dorf.
Er geht kurz in sein Zimmer, zieht einen Pullover an, denn es ist trotz des Sonnenscheins noch kühl. Er entscheidet sich für seine alte Nikon mit dem guten Objektiv. Er stopft noch ein kleines Wachstuchheft in seine Jackentasche.
Gerade als er die Treppe wieder runterkommt, schließt Karl die vordere Stalltür.
Heute Abend kriegen wir Zuwachs!
Tanner setzt eine verständnislose Miene auf und Karl lacht.
Meine schöne Laura kalbt heute Nacht. Sie kriegt ein Junges. Ich hoffe, ein Mädchen. Die Muni sind ja doch nur für den Metzger. Verstehen Sie mich, Simon?
Ja, Simon versteht. Auch Simon mag Mädchen lieber.
Viel Glück denn! Auf die Mädchen!
Karl steigt auf seinen Traktor und fährt mit elegantem Schwung davon.
Beim Stichwort Metzger hätte er doch ganz bequem das Thema Fleischessen anschneiden können. Nichts wäre einfacher gewesen! Ungenutzte Gelegenheit Nummer tausendunddrei, gratuliere Tanner!
Wo ist eigentlich meine neue Freundin? Immerhin haben wir unsere erste Nacht zusammen verbracht.

Und jetzt gehst du nicht ins Dorf, Tanner, sondern du guckst dir jetzt erst mal dein Auto an und anschließend gehst du noch mal beim Friedhof vorbei, denn da bist du gestern unterbrochen worden.
Er wollte ja gestern gerade die Namen und die Geburts- und Todesdaten der beiden Kinder überprüfen, als er durch ein gewisses einzelnes Pferd unterbrochen wurde.
Sein dunkelroter Ford sieht genauso aus, wie ein Auto aussieht, wenn alle vier Reifen zerstochen sind. Irgendwie beschissen. Keine Eleganz mehr. Bei jedem Reifen eine einzige, klare Einstichstelle.
Da hatte jemand ein sehr scharfes und ein sehr großes Messer zur Hand. Und vor allem weiß dieser Jemand damit umzugehen. Das waren keine übermütigen Nachtbuben, die, unbefriedigt von der Disco, unbedingt noch einen Spaß haben mussten. Die Einstiche unterscheiden sich jedoch in einem Punkt. Sie sind nicht alle vier gleich breit. Das heißt, dass der Täter das Messer nicht jedes Mal gleich tief in den Reifen gestoßen hat. Die meisten Messer verbreitern sich in der Regel zum Heft hin. Vielleicht hat beim dritten Stoß die Kraft, oder die Wut, nachgelassen. Beim vierten Einstich war er offensichtlich schon zufrieden, als die Luft rauszischte.
In den Mänteln der Reifen sind sehr stabile metallische und textile Gewebe eingearbeitet. Viermal hintereinander das Messer bis zum Heft in einen Pneu zu wuchten, das braucht schon sehr viel Kraft …
Der Täter hat rund um das Auto mögliche Fußspuren verwischt. Das ist ganz deutlich zu sehen. Auch das pflegen besoffene oder übermütige Nachtbuben nicht zu tun.
Unweit des Autos findet Tanner einen Fichtenzweig, der sicher gute Dienste geleistet hat. Neben dem linken Hinterrad entdeckt er eine nur zur Hälfte verwischte Spur. Man sieht noch deutlich die vordere Hälfte einer kräftigen Profilsohle. Die Profillinien verlaufen im Zickzack quer zur Schuhsohle. Da die Tat nachts begangen wurde, hat der Täter diese Spur übersehen.
Er muss irgendwie diesen Abdruck konservieren, um ihn später abgießen zu können. Denn bald kommt wahrscheinlich der Automechaniker, danach ist die Spur verloren.

Tanner geht in die Scheune und findet eine rostige Schaufel mit abgebrochenem Stiel, die achtlos in einer Ecke lehnt. Mit dieser flachen Schaufel kann er so viel Erde mit der Fußspur zusammen weggraben, dass der Abdruck der Schuhsohle unberührt bleibt. In der neuen Einstellhalle findet er beim Holzstoß an der alten Wand einen sicheren Platz.
Um diese Spur wird er sich später kümmern, falls es notwendig sein wird. Im Städtchen gibt es sicher ein Malergeschäft, wo man ein Kilo Gips kaufen kann. Aber deswegen wird er heute nicht auf das Angebot von Ruth zurückkommen, dass sie ihm etwas besorgen könne. Er möchte den Fund vorläufig für sich behalten.
Sonst findet er keine weiteren Anhaltspunkte. Keine abgebrochene Messerspitze. Vielleicht hat der Täter am Auto Fingerabdrücke hinterlassen, aber wie viele Menschen haben das Auto in letzter Zeit angefasst? Und Tanner hat vergessen, wann er das Auto das letzte Mal gewaschen hat.
Am Brunnen wäscht er sich die Hände und reibt den Dreck von den Hosen.
Er hat gehofft, dass Ruth aus dem Haus kommt. Sie wollte ja einkaufen gehen. Gerne hätte er sie über Madame Finidori ausgefragt, aber das Telefongespräch dauert wohl etwas länger.
Er nimmt seinen Fotoapparat und macht ein paar Aufnahmen von den Rädern. Dann wandert er erneut zum Friedhof.
Unterwegs wird er von einem langsam fahrenden Traktor überholt. Auf dem kleinen Anhänger sitzt eine Frau mit Kopftuch und düsterem Gesichtsausdruck. Sie sammelt während der langsamen Fahrt die orangefarbenen Wegmarkierungsstangen ein. Der Winter ist vorbei, auch wenn es noch kühl ist. Er grüßt beide, den Fahrer und die Frau, wird aber nur angestarrt. Sie tragen beide ein schwarzes Band am Oberarm. Diese Art, Trauer zu tragen, kennt er bislang nur aus südlichen Ländern.
Wieder steht Tanner vor dem rostigen Friedhofstor. Er öffnet es vorsichtig und heute gelingt es ihm ohne Quietschen.
Irgendetwas hat sich verändert.
Auch wenn er nicht begreift, was es ist, spürt er die Veränderung. Er geht ein paar Schritte weiter. Irgendetwas ist seit gestern verschoben, oder anders angeordnet. Er erinnert sich an die Bil-

derrätsel, die er als Kind so geliebt hat. Finde fünfundzwanzig Unterschiede!
Jetzt weiß er es. An der hinteren Mauer steht, halb versteckt hinter einem Buchsbaum, eine nagelneue Gießkanne aus leuchtend gelbem Kunststoff. Tanner ist sich sicher, dass die gestern noch nicht da war. Zwar steht auf jedem Friedhof, den er besucht, irgendwo eine gelbe Plastikgießkanne herum. Aber jetzt ist er sich ganz sicher, dass die gestern noch nicht da war. Das leuchtende Gelb bringt die ganze Komposition des Friedhofs durcheinander. Und auf dem frischeren Grab sind die verwelkten Blumen weggenommen und durch verschiedene grüne Pflanzen ersetzt worden. Und mit Wasser begossen.
Auf dem ersten Kreuz, am etwas älteren Grab, steht Vivian Steinegger. Geburts- und Todesdatum. Auch auf dem zweiten Kreuz steht der Name eines Mädchens. Anna Lisa Marrer. Geburts- und Todesdatum.
Ein sechsjähriges Mädchen und ein knapp fünfjähriges Mädchen.
Vivian ist vor zwei Jahren, Anna Lisa vor knapp einem Jahr ermordet worden.
Und eines heißt Marrer, wie seine Vermieter.
Aber das hätte ihm sein Freund doch erzählt, wenn seine Marrer erst kürzlich eine Tochter verloren hätten. Und dann noch unter diesen grauenvollen Umständen. Nein, das kann nicht sein!
Er wendet sich fröstelnd ab und betrachtet erneut die Gießkanne. Das Preisschild klebt noch zur Hälfte an dem Griff. Er hebt die Gießkanne hoch und sieht, dass der Besitzer auf den Boden mit grünem Filzstift, in großen Buchstaben geschrieben hat. Marrer.
Viele haben zu Hause einen grünen Filzstift. Dass der Begrüßungszettel gestern Abend auch mit einem grünen Filzstift geschrieben war, lässt er als Indiz, dass Anna Lisa doch die Tochter von seinen Marrers war, nicht gelten. Es kann nicht sein, sonst wären diese Leute doch in einem ganz anderen Zustand.
Da verlässt sich Tanner definitiv auf seine Menschenerfahrung. Er hat zu viele Mütter und Väter erlebt, die ihre Kinder zu Grabe getragen haben.

Fünf Pflanzen sind angepflanzt auf dem Grab. Ob das ein Zufall ist? Eine Pflanze für jedes Jahr, das Anna Lisa leben durfte.
Ein Kuckuck ruft.
Er muss direkt auf einem der Bäume neben dem Friedhof sitzen. Da die Bäume erst ganz winzige Blätter haben, müsste man doch den Vogel sehen. Aber in dem heillosen Durcheinander der Äste hoch über seinem Kopf kann er ihn nicht ausmachen. Tanner starrt in die Höhe, bis sein Nacken wehtut. Er hört ihn ganz nahe, kann ihn aber nicht sehen.
Das gibt's doch nicht. Wo bist du denn, du Vogel, du. Zeig dich!
Tanner geht aus dem Friedhof hinaus, die Baumkrone immer schön fixierend, bis er einmal ganz um den Baum herumgegangen ist. Er lässt seinen Kopf enttäuscht nach vorne fallen, denn der Nacken schmerzt.
Im Gras, direkt vor seiner Nase, liegt eine vom Regen nasse Reitpeitsche. In diesem Moment rauscht es über seinem Kopf. Ein wahrhaft metaphysisches Rauschen und er weiß, das ist der Kuckuck. Jetzt könnte er ihn sehen! Aber er kann seinen Blick nicht von der Reitpeitsche lösen, als ob sie verschwinden würde, wenn er wegschaut. Er geht in die Knie und betrachtet die Peitsche von allen Seiten, ohne sie anzufassen. Die Peitsche ist insgesamt etwa sechzig Zentimeter lang, hat einen schwarzen Griff mit einem Knauf und geht dann über in ein helles, geflochtenes Leder. Ziemlich neu und ziemlich teuer.
Er nimmt die Peitsche in die Hand. Da ist natürlich kein Preisschild dran. Aber auf dem Knauf ist ein Metallplättchen eingelassen und auf dem Metallplättchen befindet sich ein eingravierter Buchstabe.
Er steht auf und ruft in Richtung des weggeflogenen Kuckucks.
Danke! Ohne dich hätte ich diese Peitsche nie gefunden.
Ohne Zweifel gehört diese Peitsche dem Mädchen, das gestern vom Pferd gefallen ist. Wer so einen Helm trägt, hat auch so eine Peitsche.
Unweit der Stelle, wo die Peitsche lag, ist ein Fleck mit niedergetrampeltem Gras.
Hier ist das Mädchen vom Pferd gefallen, murmelt er leise und beginnt, die Stelle zu untersuchen. Es gibt einige Blätter mit brau-

nen Flecken. Das könnte ihr Blut sein. Er riecht daran und reibt einige Flecken zwischen seinen Fingern.
Er ist sich nicht sicher. Aber dass die Halskette mit dem kleinen goldenen Medaillon, die er jetzt zwischen den Grasnarben findet, auch dem Mädchen gehört, da ist er sich sofort sicher. Auf der Rückseite des Medaillons ist zwar nicht der gleiche Buchstabe wie bei der Reitpeitsche eingraviert, aber trotzdem. Tanner versucht das Medaillon zu öffnen, aber es bleibt verschlossen. Er sucht in seiner Jackentasche, aber er hat kein Messer dabei.
Er sucht noch eine gute halbe Stunde das ganze Umfeld systematisch ab, kann aber nichts mehr finden. Nur viele Hufspuren von dem großen Pferd.
Vom Friedhof aus, der auf einer leichten Kuppe liegt, sieht man die Autobahn, die noch ziemlich neu sein muss. Je nachdem, wie der Wind dreht, kann man die Autos sicher bis hierher hören. Heute nicht. Geräuschlos ziehen die Autos und Lastwagen ihre Bahn. Über der Autobahn kreist gelassen ein großer Vogel.
Hinter der Autobahn steigt das Gelände wieder sanft an. Man sieht vier Bäume nebeneinander stehen. Gegen den hellen Horizont geben ihre noch blätterlosen Baumkronen eine scharfe Silhouette ab.
Unwillkürlich muss er an eine Kinderzeichnung denken.
Die Bäume sehen aus wie Vater, Mutter, ein Junge. Und ein Mädchen. Alle geben sich die Hand. Nur das Mädchen steht etwas abseits, und seine Baumkrone wächst, als wäre es erschreckt worden, von seinen Eltern weg.
Rechts von der Baumgruppe erkennt man die Dächer eines Bauernhofes und ein hohes Silo, über dem eine zerrissene Fahne flattert. Da man nur die Dächer sieht, spürt man das sanfte Abfallen der Landschaft zum See hin.
Auf der geteerten Straße, die an dem Friedhof vorbei ins Dorf führt, fährt ein heller Opel Kombi vorüber. Eine Hand winkt ihm aus dem offenen Fenster zu. Tanner winkt etwas unsicher zurück. Ob das Ruth ist, die vom Einkaufen zurückkommt? Bei der Fahrt ins Städtchen hat er sie nicht bemerkt. Vielleicht gibt's noch eine andere Straße?

Ob er ihnen beim Mittagessen von seiner gestrigen Begegnung erzählen soll? Sie wüssten bestimmt, wer das war. Denn immerhin möchte er ja die Peitsche und das Medaillon nicht einfach behalten.
Tanner, sagt er lachend zu sich selber, du willst doch einfach dieses Mädchen wiedersehen.
Sein besseres Ich sagt vor seinem inneren Hohen Tribunal tapfer etwas von Bürgerpflicht und wertvollen Gegenständen, die man doch nicht einfach behalten kann ...
Ach, lass es, Tanner. Und damit basta!
Er schaut auf sein Telefon und sieht, dass er doch mehr Zeit mit seiner Untersuchung des Bodens zugebracht hat, als er dachte. Es geht schon gegen zwölf Uhr. Bald ist Mittagessenszeit. Er fotografiert den Friedhof und auch die frischen Gräber. Eigentlich weiß er nicht genau, warum.
Bloß indem ich die Gräber der Kinder fotografiere, finde ich den Mörder nicht!
Der Kuckuck ruft. Diesmal aus der Ferne.
In der Küche sitzt Karl schon am gedeckten Tisch und liest die Zeitung. Ruth steht am Kochherd und hantiert mit einem Stabmixer. Sein Gruß geht im Lärm der Küchenmaschine unter.
Karl nickt und bedeutet ihm, er solle nur reinkommen.
Da der Kochherd direkt bei der Eingangstür steht, muss er gezwungenermaßen sehr nahe an Ruth vorbei, und trotz der vielfältigen Gerüche aus den vielen Pfannen riecht Tanner ganz deutlich ihr Parfum. Vanille und Zitrone. Er könnte schwören, dass sie heute Morgen noch kein Parfum verwendet hatte.
Das Geräusch des Stabmixers bricht ab und jetzt hört man wieder den Nachrichtensprecher. Wie am Morgen.
Stört es Sie, wenn wir die Nachrichten hören? Uns Bauern interessiert ja vor allem das Wetter. Sie seufzt.
Wenn der Boden nicht bald trocken wird, bekommen wir Probleme.
Sie prüft mit einem schnellen Blick, ob er, der Städter, auch versteht. Ihre Zunge schnellt kurz über ihre lächelnden Lippen.
Sie haben mich vorhin im Auto nicht erkannt, als ich Ihnen zugewinkt habe, oder?

Karl blickt über den Zeitungsrand.
Wahrscheinlich bist du so schnell gefahren, dass man dich gar nicht sehen konnte.
Seine Augen blitzen heiter in Tanners Richtung und verschwinden wieder hinter die fett gedruckte Überschrift des Leitartikels.
BSE und *MKS – APOCALYPSE COW*?
Seine Augenbotschaft soll wohl heißen, jetzt geht's los. Achtung.
Und tatsächlich dreht sich Ruth erst zu ihm, holt tief Luft und sagt dann doch nichts. Dann lächelt sie Tanner an.
Sie essen kein Fleisch, Simon.
Feststellung oder Frage?
Unser gemeinsamer Freund hat es uns verraten. Für uns ist das kein Problem. Wir essen sowieso viel Gemüse. Wenn es Sie nicht stört, dass wir Fleisch essen, gibt es also kein Problem. Heute allerdings habe ich, quasi zu Ihrer Begrüßung, nur Gemüse gekocht. Ich hoffe, es wird Ihnen schmecken.
Ohne seine Antwort abzuwarten, dreht sie das Radio lauter, denn jetzt kommt der Wetterbericht. Erleichtert setzt er sich an den Tisch.
Karl blättert in der Zeitung. Der Wetterbericht ist, landwirtschaftlich gesehen, deprimierend. Regen, Regen und nochmals Regen. Dazu Bise. So nennt man hier den strengen Nordwind, der tagelang durch die Seelandschaft bläst. Und Schnee bis in die Niederungen.
Ruth und Karl schweigen.
Ruth setzt sich ans Kopfende des Tisches, den Kochherd im Rücken. Sie schöpft eine goldgelbe Suppe in die Teller.
Wir haben letztes Jahr sehr viel Kürbis tiefgefroren. Guten Appetit!
Tanner denkt an rotblonde Haare! Das Medaillon hat er in seiner Jackentasche.
Drei Löffel senken sich synchron in das flüssige Gold.
Wie sich ihre Haare wohl anfühlen?
Drei Löffel verschwinden in drei Mündern.
Sanft! Ruth sagt es leise zu ihm.
Wie bitte? Seine Augen fragen. Vor dieser Frau musst du dich in Acht nehmen, Tanner!
Ich sagte sanft! Kürbis ist ein sanftes Gemüse. Hat meine Mutter immer gesagt. Finden Sie nicht auch, Simon?

Wie Recht Sie haben, Frau Ruth Marrer! Sie wissen ja gar nicht, wie Recht Sie haben!
Laut fragt er, ob ihre Mutter denn noch lebe?
Ja. Ruth antwortet schlicht.
Gemeinsam tauchen ihre Löffel in die köstliche Suppe.
Karl hält seinen Löffel schwebend über dem Teller. Und fällt damit aus dem gemeinsamen Takt.
Der Thévoz hat angerufen, dass er sich leider erst heute Nachmittag um Ihr Auto kümmern kann.
Macht nichts!
Insgeheim ist Tanner natürlich enttäuscht, dass sein Auto immer noch in diesem bedauernswert lächerlichen Zustand verbleiben muss.
Wieder tauchen die Löffel in die Suppe.
Diesmal bestreiten Karl und Tanner den Suppen-Pas-de-deux. Ruth steht auf.
Ich habe ja was vergessen. Es tut mir Leid.
Sie holt aus dem Kühlschrank ein Töpfchen und löffelt in jeden Teller eine Wolke Crème fraîche. Während sie sich über Tanners Teller beugt, riecht er wieder Vanille und Zitrone.
Die Suppe ist wirklich perfekt. Als leidenschaftlicher Koch schmeckt Tanner zufrieden die angebratene Buttermehlschwitze, die Schalotten, den geraffelten sauren Apfel und den Honig. Vielleicht hat sie den Balsamico am Schluss vergessen, aber das behält er für sich.
Die Suppe würde auch Königin Elisabeth von England schmecken! Beide lachen, schauen ihn aber fragend an.
Wissen Sie, das war der Lieblingsspruch meines verstorbenen Vaters, wenn meine Mutter gut gekocht hat. Kurz nach dem Staatsbesuch von Elisabeth in der Schweiz, das muss in den Fünfzigern gewesen sein, war sie für viele Leute der Inbegriff von hoher Lebenskultur. Fragen Sie mich nicht, warum. Für meinen Vater war es so.
Den Rest der Suppe löffeln sie schweigend. Jeder in seinem Rhythmus.
Danach gibt's Kartoffeln, flache Bohnen mit Kichererbsen, einen mit Gruyère überbackenen Blumenkohl, in Olivenöl gebratene

Zucchini, in Butter und Ingwer gesottene Karotten. Die gekochten Kartoffeln werden auf dem Tisch von jedem selber geschält, der Länge nach geteilt und je nach Vorliebe legt man Butterstückchen drauf oder Frischkäse oder bestreut sie nur mit Salz und Pfeffer.
Das Schälen, Bebuttern, Gemüseschöpfen und Würzen nimmt alle ganz gefangen.
Zwischendurch klingelt das Telefon und Karl verschwindet für einen kurzen Moment in der guten Stube.
Als Ruth und Tanner alleine sind, sagt sie unvermittelt zwei Dinge.
Sie waren ja heute Morgen auf dem Friedhof und haben sicher die Gräber gesehen. Anna Lisa war nicht unsere Tochter. Es gibt hier im Dorf zwei Familien, die Marrer heißen, ohne dass wir miteinander verwandt sind.
Nachher beim Kaffee werde ich Ihnen sagen, wer die Finidori sind. Einverstanden?
Sonst sagt sie nichts über die toten Kinder.
Bevor Tanner antworten kann, ist Karl wieder zurück, und er mag diese kleine Heimlichkeit, die ihm Ruth angeboten hat. Also redet er nicht davon.
Er ist erleichtert, dass sein Gefühl gestimmt hat. Was die tote Anna Lisa betrifft.
Tanner mag es, schweigend zu essen.
Als sie fertig sind und er Ruth seinen leeren Teller reicht, sagt sie ihm auf eine Weise danke, dass es klar ist, wofür sie ihm dankt.
So! Ich muss in die landwirtschaftliche Genossenschaft, Setzkartoffeln holen. Trinkt heute den Kaffee ohne mich. Ich bin mit dem Haymoz verabredet und da muss ich pünktlich sein, sonst macht er mir einen höheren Preis.
Aha, sie wusste ganz sicher, dass ihr Mann nicht zum Kaffee bleibt, registriert Tanner.
Karl steht auf, gibt seiner Frau einen Kuss und verlässt die Küche. Man hört, wie er im Korridor seine Schuhe anzieht, irgendetwas zu dem Hund sagt und das Haus verlässt. Weder Ruth, die weiter den Tisch abräumt, noch Tanner, der einfach dasitzt, sagen ein Wort. Eine Fliege landet exakt vor ihm auf dem Tisch. Als drau-

ßen der Traktor wegfährt, fliegt auch die Fliege wieder weg. Er schaut ihr nach und begegnet den Augen von Ruth.
Wissen Sie, Simon, mein Mann regt sich furchtbar über die Finidori auf. Wenn es keinen triftigen Grund gibt, meiden wir das Thema. Warum mein Mann sich so aufregt, erklär ich Ihnen einmal später, wenn es Ihnen recht ist.
Es ist ihm recht.
Wer sind denn nun diese Finidori?
Ruth bringt Kaffee, Zucker und Milch auf den Tisch. Sie antwortet erst, als beide in ihren Tassen rühren.
Warum Madame Finidori Sie zum Tee einlädt, kann ich nicht wissen. Hier in dieser Gegend spricht sich natürlich alles sehr schnell rum.
Ruth rührt in ihrem Kaffee.
Die Familie Finidori ist eines der ältesten und reichsten Geschlechter hier. Vielleicht sogar im ganzen Land. So genau weiß ich das nicht. Sie besitzen seit langer Zeit den Mondhof. Das ist nicht einfach ein Bauernhof, das ist ein Gutsbetrieb mit zweihundert Hektar Land und hundertzwanzig Kühen im Stall. Früher gehörte ihnen auch das ganze Areal mit dem Schloss vorne an der Straße. Sie haben das Schloss sicher gesehen auf dem Weg hierher?
Tanner nickt, möchte sie aber nicht unterbrechen.
Die alte Finidori ist eine strenge Dame. Keiner weiß so genau, wie alt sie ist.
Ihr Sohn leitet den Betrieb. Nicht nur den Gutsbetrieb, sondern ihm gehört auch noch ein Betonwerk und ein Sägewerk im Welschland und er ist an verschiedenen weiteren Betrieben beteiligt. Unsereins weiß da nicht so Bescheid.
Ich habe den Eindruck, dass du sehr genau Bescheid weißt, Ruth M., denkt Tanner still für sich.
Auguste Finidori, so heißt der Sohn der Alten. Entschuldigung! Wir nennen sie einfach so. Er ist ein rücksichtsloser und jähzorniger Mann. Aber er ist ein sehr einflussreicher Mann, auch in der Politik. Er war bis vor kurzem Nationalrat.
Vielleicht kommt Tanner deswegen der Name so bekannt vor. Aber seine Jahre in Marokko haben sein Interesse für die inländische Politikszene nicht gefördert.

Der Sohn von Auguste heißt Armand. Er kümmerte sich bis vor kurzem um die Auslandsgeschäfte. Seit einiger Zeit ist er krank und lebt zu Hause auf dem Hof. Er hat irgendeine seltene Hautkrankheit oder Sonnenallergie. Man sieht ihn praktisch nie. Auguste führt mit einem guten Dutzend Angestellten den Hof und kümmert sich um all die anderen Geschäfte. Die Frau von Auguste, also die Mutter von Armand, ist an einem Schlaganfall gestorben, schon damals in Afrika.

Wie? In Afrika ...?

Bei der Erwähnung von Afrika klingt tief in seinem Inneren eine Saite an, deren Ton ein ganz unbehagliches Gefühl auslöst, das er im Moment aber nicht einordnen kann.

Also!

Ruth holt tief Luft und rückt näher an den Tisch, das heißt auch näher zu Tanner. Was für ein Parfum ...

Es tut mir Leid, Simon, aber jetzt wird's kompliziert und ich hoffe, ich kann es Ihnen richtig darlegen.

Sie rührt unschlüssig in ihrem Kaffee. Überlegt sie sich, was sie ihm sagen soll und was nicht?

Auguste und Charlotte, so hieß seine Frau, waren zusammen in Afrika. Was sie dort gemacht haben, weiß ich nicht. Aber es gibt halt Gerüchte. Dass er dort sehr viel Geld gemacht hat und nicht immer auf ganz christliche Art. Mehr weiß ich nicht.

Oder willst du es mir nicht sagen? Tanner ist versucht zu fragen, verbietet sich aber diese Bemerkung.

Der Sohn von ihnen, eben der Armand, ist dort auf die Welt gekommen. In der Zeit, als Auguste in Afrika war, hat sein Bruder Raoul den Betrieb hier geführt. Zusammen mit der Alten, die zwar damals schon Witwe war, aber natürlich noch um einiges jünger. Den Raoul haben wir gut gekannt, das heißt, vor allem mein Mann war richtig befreundet mit ihm.

Ruth schweigt. Tanner wartet.

Raoul war ein liebenswürdiger Mensch, mit vielen Interessen und viel zu zart für so einen großen Betrieb. Seine Frau war ein Engel.

Pause. Die Fliege dreht wieder eine Runde.

Nachdem Auguste aus Afrika zurückgekehrt war, führte er den

Betrieb zusammen mit Raoul. Das konnte natürlich nicht gut gehen, denn sie waren einfach zu verschiedene Temperamente. Zwei Jahre nach der Rückkehr starb auch die Frau von Raoul.
Sie schweigt und rührt wieder in ihrer Tasse.
Sie hat noch keinen Schluck Kaffee getrunken. Dafür ist das jetzt sicher der bestgerührte Kaffee aller Zeiten.
Woran starb denn Raoul und wann, fragt er vorsichtig, denn Ruth spricht sehr zärtlich von Raoul.
Wieso gestorben? Die Frage erschreckt sie.
Tanner macht sie auf die Verwendung der Vergangenheitsform aufmerksam und sie lacht ein nicht ganz überzeugendes Lachen. Nein, nein! Raoul ist nicht gestorben. Er hat es hier einfach nicht mehr ausgehalten und ist nach Australien gegangen, oder besser gesagt, er ist geflüchtet.
Wieder Pause.
Seine Tochter hat er allerdings hier zurückgelassen!
Er hat eine Tochter?
Ja, er hat eine Tochter, und als er wegging, haben wir uns, so gut es ging, um sie gekümmert.
Ruth steht schnell auf, nimmt die Zuckerdose vom Tisch und geht zum Schrank. Hinter seinem Rücken, an der Spüle stehend, füllt sie offenbar die Zuckerdose auf. Als er vorhin drei Löffel Zucker nahm – seit Marokko trinkt er den Kaffee schwarz und sehr süß – war die Zuckerdose bestimmt noch voll.
Ach, der Karl kommt schon zurück. Ich muss ihm beim Abladen der Kartoffeln helfen, entschuldigen Sie mich!
Für einen Moment spürt Tanner zärtlich ihre Hand auf seiner Schulter. Wie sanfter Flügelschlag. Er will ihre Hand anfassen. Bevor er sich ganz zu ihr umdrehen kann, ist sie schon aus der Küche verschwunden. Die Fliege, die vorhin auf dem Tisch gelandet ist, klebt jetzt an einem Fliegenfänger fest. Ihre Beine zappeln noch.
Tanner trinkt seine Tasse aus, steht auf und verlässt die Küche.
Im Gang steht der Hund vor der Haustür. Wahrscheinlich wollte er mit Ruth zusammen hinausgehen. Sie hat ihm die Tür vor der Nase zugeschlagen.
Das kenne ich. Sehnsüchtig vor einer verschlossenen Tür stehen, ja doch! Das kennt der Tanner.

Der Hund dreht seinen Kopf zu Tanner. Er öffnet die Tür und der Hund schießt hinaus. Auf dem Platz vor der Scheune steht der Traktor mit einem Anhänger voller Holzkisten. Karl kommt gerade aus der Scheune heraus.
Entschuldigung, Karl, der Hund ist mir durch die Haustür entwischt.
Ach, das macht doch nichts. Der kommt schon wieder ... äh ... ist meine Frau noch in der Küche?
Interessant, denkt Tanner und antwortet sehr vage, sie sei schon vor einer Weile aus der Küche gegangen. Er wisse aber nicht, wohin.
Bis später, Simon, ruft Karl ihm zu und springt wieder auf seinen Traktor.
Kann ich Ihnen helfen, die Kartoffeln abzuladen?
Man muss ganz schön schreien, um den Traktorenlärm zu übertönen.
Nein danke, Simon, die bleiben auf dem Wagen, schreit Karl zurück und fährt los.
Interessant, denkt Tanner ein zweites Mal und sagt es dann noch ein paar Mal laut vor sich hin. Bei jeder Treppenstufe sagt er es, bis er bei der oberen Tür angekommen ist.
In seinem Zimmer blickt er auf sein Telefon. Zwei Uhr. Und keine Nachricht. Er legt sich mit den Schuhen auf das Bett.
Ob sie Raoul geliebt hat und ob die Katze schon einen Namen hat, wollte er Ruth noch fragen, und wie ihr Parfum heißt ... und noch vieles mehr. Er fällt in einen tiefen Schlaf.

DREI

Die Jungs vom Nebenhaus bearbeiten ihre kleinen Trommeln. Oder haben sie sich von meinem Geld eine neue, größere Trommel gekauft?
Boumm ... boumm ... toktok ... boumm ... toktok ...! Bei aller Liebe für ihre Trommelkunst, wir haben doch verabredet, dass sie nachmittags, während der Siesta, nicht trommeln. Immerhin hat mich diese Vereinbarung einiges gekostet. Boumm ... boumm ... toktok ...
Himmel, ich bin ja nicht in Marokko. Es ist Karl, der heftig an die Tür klopft.
Simon! Der Portugies' ist da mit dem Auto. Er holt Sie ab. Zum Tee. Hören Sie mich?
Karl klopft. Jetzt rüttelt er an der Tür.
Ich komme! Ich habe es gehört! Ich bin wach! Sagen Sie ihm, dass ich in fünf Minuten bereit bin.
Tanner hat irgendwo eine Krawatte. Er sucht und findet. Sie hat ihm die Krawatte geschenkt. Das scheint jetzt eine gute Gelegenheit zu sein, sie einzuweihen. So schnell es geht, versucht er, einen Knoten hinzukriegen. Er zieht seine Jacke an und rast die Treppenstufen hinunter.
Es regnet in Strömen. Auf dem Vorplatz steht ein dunkelgrüner Geländewagen mit laufendem Motor und mit brennendem Licht. Aus seinem Auspuff kräuseln sich feine Rauchringe. Und nur ein Schlusslicht brennt!
Schau, schau, sagt er leise. Das Auto kenne ich doch!
Karl ist anscheinend wieder ins Haus gegangen, oder in den Stall. Aus den Augenwinkeln sieht Tanner, dass in der Küche Licht brennt.
Vanille und Zitrone, singt es leise in ihm.
Mit großen Schritten erreicht er die Autotür, die sich jetzt öffnet.

Er springt in den Wagen und schlägt die Tür zu. Das Auto startet sofort und er wird in den Ledersitz gepresst. Erst einige Atemzüge später kann er sich den Fahrer anschauen. Ein ungefähr sechzigjähriger, sehr kräftiger Mann. Unrasiertes Gesicht. Kurzes, schwarzes Haar mit grauen und weißen Einsprengsel.
Salz und Pfeffer, denkt Tanner. Und sein Charakter? Gelassenheit und Stärke?
Guten Tag, ich heiße Tanner. Danke, dass Sie mich abholen. Ich hoffe, wir sind nicht zu spät. Und wenn, ist es natürlich meine Schuld.
In diesem Moment schlittern sie um die leicht abschüssige Kurve beim Friedhof.
Deswegen müssen Sie aber nicht unser Leben aufs Spiel setzen!
Trockenes Lachen, schneller Seitenblick zu ihm.
Keinä Problema. Ich 'eiße Manuel.
Seine Stimme klingt nach mindestens fünfzig Zigaretten am Tag.
Sie erreichen die kleine Brücke bei der Autobahn. Kein einziges Auto ist zu sehen. Glänzender Asphalt. Ein schwarzer Strom.
Eine dunkle Gestalt wankt ihnen auf der Straße entgegen. Sie kämpft mit einem großen Schirm gegen Wind und Regen.
Der Keinä-Problema-Manuel drosselt das Tempo. Tanner hätte eigentlich das Gegenteil erwartet. Manuel hebt die Hand zum Gruß, als die Frau auf der Höhe des Autos ist. Es ist die Frau, die Tanner heute Morgen auf dem Weg zum Friedhof gesehen hat, als sie Wegmarkierungsstangen einsammelte. Manuel bekreuzigt sich doch tatsächlich.
Sähr arme Frau. Kind kaputt!
Eine Stimme wie eine grobe Holzfeile. Aber man hört echtes Mitgefühl, trotz der Wortwahl.
Anna Lisa, sagt Tanner mitfühlend.
Manuel guckt ihn groß an und überfährt derweil fast eine Katze, die über die Straße rennt. Knapp entkommt sie ihrem vorschnellen Ende.
No! No! Nein! Vivian! Nicht Anna Lisa. Vivian! Anna Lisa von anderä Frau, auch sähr armä Frau!
Mittlerweilen sind sie bei einer Gruppe Häuser angekommen. Rechts von der Straße, wo das Gelände leicht gegen einen Bach

abfällt, der von bulligen Weiden mit abgesägten Zweigen gesäumt wird, befinden sich Stallungen.
Links eine stattliche Villa mit französischem Charme und einem großen Walmdach. Dicht neben der Villa lugt ein kleines Haus zwischen den Bäumen hervor, bei dem sämtliche Fensterläden geschlossen sind. Beide Häuser sind ziemlich alt. Tanner schätzt achtzehntes Jahrhundert. Die Villa ist von einem sorgfältig gepflegten Garten umgeben. Eine mit Efeu bewachsene Mauer umschließt auf drei Seiten das Haus. Weiter oben, wo das Gelände sanft ansteigt, ein großer Hof.
Ruth M. hat wirklich nicht übertrieben!
Mächtige Scheune. Modernes, nicht besonders schönes Wohnhaus, mit drei Stockwerken. Viel Geld, wenig Geschmack! Remisen. Stallungen. Große Futtersilos.
Die Silos sind, denkt Tanner, neben den Traktoren die Statussymbole der heutigen Bauern. Gleich riesigen Phalli stehen sie und künden weit sichtbar von der Potenz ihrer Besitzer. Wenn diese Gleichung stimmt, dann ist hier verschwenderisch viel Potenz vorhanden.
Der Wagen hält vor dem Eingang der Villa. Manuel bedeutet Tanner auszusteigen und steckt sich eine Zigarette zwischen die rissigen Lippen.
Wie Tanner ihn beneidet.
Hasta la vista. Gracias!
Tanner merkt zu spät, dass es die falsche Sprache ist.
Keinä problema, heisert Manuel und zündet sich seine Zigarette an.
Als Tanner aussteigt, kommt ihm ein unglaublich dicker Zwerg mit einem kolossalen Regenschirm entgegen. Er rollt ihm entgegen! Sein kugelrunder Kopf hat die Farbe und Zartheit eines frisch geborenen Babys. Alterslos. Damit Tanner unter seinen Schirm passt, muss der Zwerg sich auf die Zehenspitzen stellen und zusätzlich den Arm ausstrecken, und immer noch muss Tanner sich bücken, um mit seiner Länge unter den angebotenen Regenschutz zu passen.
Bonjour, hellöu, bien venue, willkömmin ijn där Vor'ölle. Isch 'offe, Ihro wärtä Dürschlaucht sind auf Ihro exécution säälisch préparé, flötet der Zwerg sein Willkommen.

Nach der Holzfeile ist jetzt die Reihe an der kugeligen Falsettflöte!

Madame 'add Ihrä Föltärwerkzöige déjà sur la tavola.

Das ganze Kauderwelsch begleitet der Zwerg mit ausdrucksstarker, theatralischer Mimik, als ob er nicht bloß den Tanner überzeugen wollte, sondern irgendwelche unsichtbaren Zuschauer in der letzten Reihe eines großen Theaters. Und das im strömenden Regen.

Dije Altä ijst 'eute ganss bäsöndärs fröindlisch, also, isch sagä nür: Attenzione. Dann ijst sie gäfäährlisch!

Beim letzten Satz zieht er Tanner an seinem Ärmel zu sich runter und flüstert ihm das gäfäährlisch ins Ohr. Sein Atem riecht nach Marzipan.

Isch bijn Honoré, gänannt la boule! Där Bötlär! Nijscht där Gärtnär! Där Bötlär! Und jätzt fölgän Sie mijrrr, wänn sie mijrrr fölgän konntän, ssönst müssän Sije die Fölgän selbär trag'n.

Isch bijn Dannär! Simön Dannär! Den Martini bittä gärührrrt und nischt geschüttält, sagt Tanner, nur um auch einmal etwas zu sagen.

Der Zwerg setzt sich mitsamt Schirm und Tanner in Bewegung. Das heißt, er kommt ins Rollen, der Tanner ins Stolpern und sagt leichthin über seine Kugelschulter einen verblüffend klaren Satz. Aber das weiß ich doch längst!

Unter dem Vordach aus Glas, das die drei Steinstufen vor der Haustür überdeckt, schüttelt der Zwerg mit einer gewaltigen Eruption den Schirm und schließt ihn mit einer Eleganz, die Tanner diesem Körper nie zugetraut hätte. Der Griff des geschlossenen Schirmes reicht ihm bis über seine Augenhöhe.

A l'attaque, Mistär Bönd! Miss Mönij Pänny 'add 'eute malheureusement fräi, isch bringä Sie sälbär zü M, sagt der kleine Kugelmann verschmitzt und sie betreten die geräumige Eingangshalle.

Alte Steinfliesen in Schwarz und Weiß bedecken den Boden. An den Wänden hängen Waffen aller Art. Morgensterne, Hellebarden, Lanzen, große Landknechtsschwerter. Mitten in der Halle steht am Boden eine Kanone. Ihr Lauf ist freundlicherweise genau auf die Eingangstür gerichtet, so dass jeder, der eintritt, gleich als Erstes in eine Kanonenmündung blickt.

Wer die Strecke zwischen Eingangstür und Kanone lebend hinter sich bringt, erreicht eine breite Steintreppe, die in das obere Stockwerk führt.
Links und rechts von der Treppe führen zwei symmetrisch angelegte Gänge in die Tiefe des Hauses. Mitten im Raum hängt ein antiker Eisenleuchter, direkt über der Kanone, an dem nur jede zweite Glühbirne brennt.
Reiche Leute sind sparsam, denkt Tanner und hört gleichzeitig, gedämpft aus der Tiefe des Hauses, dass jemand Klavier spielt.
Angesichts der pompösen Eingangshalle denkt er sofort an einen großen Konzertflügel in einem luftig hellen Salon, in dem ein romantisches Kaminfeuer knistert. Er sieht wertvolle Bücher bis unter die Decke, bequeme Sofas und Fauteuils, alten Cognac in bauchigen Gläsern, in denen sich das knisternde Kaminfeuer widerspiegelt, Damen mit tief ausgeschnittenen Dekoll...
Träumen Sie nicht, Tanner! Nehmen Sie die Wolldecke und folgen Sie mir!
Honoré, der Zwerg, hält ihm tatsächlich mit seinen kurzen Ärmchen eine Wolldecke hin. Er hat sich unterdessen seines schwarzen Umhangs oder Mantels, den er draußen trug, entledigt. Auch seines Kauderwelschs.
Er steht, mit einer maßgeschneiderten Butleruniform, oder so was Ähnlichem, vor Tanner. Allerdings ist zu befürchten, dass der Schneider, der hier am Werk war, schon längst das Zeitliche gesegnet hat. Tanner nimmt die Wolldecke, aus Schweizer Armeebeständen, und klemmt sie sich unter den Arm.
Honoré, genannt la boule, steuert auf den linken Gang zu, der nicht erleuchtet ist, und vage erkennt man weitere schimmernde Waffen an den Wänden. Die ostasiatischen Abteilung. Linker Hand des Ganges befinden sich drei Holztüren. Die Türgriffe aus Messing leuchten matt in der Dunkelheit.
Der Zwerg hält vor einem dunklen, schweren Vorhang inne, dreht sich um, legt seinen Miniaturfinger auf seine Lippen.
Pst!
Tanner kann ihn nur noch schemenhaft erkennen, so dunkel ist es. Der Zwerg nestelt links an der Wand irgendwas, und das Klavierstück, das Tanner kennt, aber leider nicht erkennt, bricht ab.

Wahrscheinlich hat der Zwerg eine in der Wand eingelassene Klingel bedient.
Gerade will Tanner ihn fragen, ob er vor der exécution, wie der Zwerg es vorhin nannte, nicht noch schnell auf die Toilette gehen könnte, als der sich wieder umdreht und die Nummer mit dem Pst wiederholt.
Gottergeben schweigt Tanner und harrt der Dinge, die da kommen. Er hätte besser die Flucht ergriffen. Jetzt wäre es gerade noch möglich gewesen.
Unvermittelt teilt der Zwerg den Vorhang und zieht ihn am Ärmel in den Raum. Hat er auf zehn gezählt?
Hier ist es aber ziemlich kühl, ist Tanners erster Gedanke und er ersetzt sofort in dem Satz, reiche Leute sind sparsam, das Wort sparsam durch geizig.
Dann sieht er tatsächlich den Flügel. Das heißt, er sieht zwei Kerzenstummel, die links und rechts von den Notenblättern flackern. Am Flügel sitzt niemand. Der Zwerg ist verschwunden, als ob er sich in Luft aufgelöst hätte. Außer den beiden Kerzen gibt es keine Lichtquelle.
Seine Augen gewöhnen sich nur langsam an die Dunkelheit. Tanner steht in einem großen Salon. Schwere Vorhänge schließen das Tageslicht aus. Roter Samt? Stattliche Möbel stehen ohne erkennbare Ordnung herum. Die meisten sind mit Tüchern bedeckt. Tatsächlich gibt es einen Kamin, aber es brennt kein romantisches Feuer darin. Abgesehen von der Romantik, hätte der Raum gut einen wärmenden Beitrag an seinen Klimahaushalt vertragen. Tanner fröstelt und ihm dämmert die Bedeutung der Wolldecke.
Wollen Sie noch lange so rumstehen, oder haben Sie Hämorrhoiden?
Die Stimme kommt aus der Tanner diagonal gegenüberliegenden Ecke des Raumes und er macht ein paar Schritte in diese Richtung.
Die Stimme, die ihn angesprochen hat, war gar nicht so unangenehm. Befehlsgewohnt ja, aber nicht unangenehm. Als Eröffnung findet Tanner die Frage etwas ungewöhnlich. Aber bitte!
Danke für Ihre fürsorgliche Nachfrage. Sie kennen sich aus mit diesem Problem? Ich habe im Moment wohl eher ein Augenlei-

den, denn ich sehe Sie schlecht bis gar nicht. Im Übrigen heiße ich Simon Tanner und bin gestern auf dem Marrerhof, bei Ruth und Karl, eingezogen.

Stille. Dann ein geradezu herzerfrischendes Lachen. Aber worüber?

Gut! Sie können parieren und lassen sich so schnell nicht einschüchtern! Gut!

Schön wär's, denkt er.

Kommen Sie, setzen Sie sich endlich.

Sie schlägt mit ihrem Stock auf den Tisch.

Tanner geht näher und sieht jetzt eine hochgewachsene Frau an einem runden Tisch sitzen.

Eine dicke Samtdecke bedeckt den Tisch. Vermutlich Ochsenblutrot. Der Saum reicht bis auf den Boden.

Seine Augen gewöhnen sich an die Dunkelheit.

Sie hat weißes Haar, das streng nach hinten geknotet ist. Die Haut spannt sich regelrecht über ihren Schädel und ihre hellwachen Augen blicken ihn neugierig an. Tanner ist sich sicher, dass sich früher die Männer scharenweise nach ihr umgedreht haben.

Die Samtdecke hat sie auf ihrer Tischseite bis weit über ihre Knie hochgezogen. Mit ihrer Linken hält sie den Zipfel der Decke in ihrer knochigen Hand.

Sie müssen entschuldigen, ich bin gleich fertig!

Mit mir?

Tanner verkneift sich diese Frage und sagt stattdessen, wohlwissend, dass nicht sie Klavier gespielt hat. Mit diesen Händen ...

Sie haben sehr schön Klavier gespielt. Ich komme leider nicht drauf, was Sie gespielt haben.

Sie lacht wieder ihr lautes Lachen.

Das war jetzt unter Ihrem Niveau, Tanner! Sie wissen genau, dass nicht ich Klavier gespielt habe. Schauen Sie sich doch meine Hände an! Eigentlich wollten Sie fragen, wer gespielt hat? Stimmt's? Oder habe ich Recht?

Sie erhebt sich, stützt sich dabei auf ihren Stock, behält dabei aber weiterhin die Tischdecke in der Hand und ruft mit lauter Stimme.

Zwerg! Wo bleibst du? Wart nur! Hast du mich vergessen?

Tanner hört hinter sich ein Geräusch und schon schießt die uniformierte Kugel an ihm vorbei, nimmt den Stuhl weg, auf dem die Alte bis jetzt gesessen hat.
Isch bijn ja da. Nür käinä Aufrägüng, Madame!
La boule ijst niemand, där värgisst!
Schon gar nischt, wenn Madame gepisst.
Isch bringä jätzt zu Hinz und Künz,
Ihrän gold'nän, teurän Brünz.
Um Millimeter nur verpasst der niedersausende Stock den Rücken des Zwerges. In dem Stuhl, den Honoré an Tanner vorüberträgt, ist ein Gefäß eingelassen, in dem hörbar Madames Wasser plätschert.
Während die Alte ihren Rock glatt streicht, offensichtlich trägt sie keine Unterwäsche, oder Tanner versteht ihre Technik nicht, hört er draußen im Gang weitere Dichterworte des großen Honoré. Leider versteht er nur noch den Anfang der nächsten Zeile.
Alläs Läbän fließt in ruhigär Bahn,
Seulement Madame und ihr Galan ...
Der Rest verliert sich leider in der Ferne. Tanners Sympathie für den kleinen Gnom wächst von Minute zu Minute.
Die Alte greift unter den Tisch und bringt eine Literflasche Kölnisch Wasser zum Vorschein. Mit einem: Wollen Sie auch, Tanner?, bietet sie ihm die Flasche an. Und mit einem: Danke, ich habe schon!, wehrt er entschieden das Angebot ab. Lieber wäre ihm jetzt eine Zigarette.
Und wo bleibt der angekündigte Tee, fragt er sich still.
Eine Wolke des wohl billigsten Kölnisch Wassers, das er je gerochen hat, umhüllt sie jetzt.
Gibt es für geizig noch eine Steigerungsform? Vielleicht schwergeizig? Analog zu schwerreich.
Sie stellt das Kölnisch Wasser wieder weg und knallt hintereinander zwei weitere Flaschen auf den Tisch.
Wollen Sie Malaga oder Orangensaft?, fragt sie und schaut ihn prüfend an.
Tanner kommt sich vor wie Bassanio in Belmont, der sich für die goldene, silberne oder bleierne Kassette entscheiden muss und dessen zukünftiges Glück – Liebe und Kapital – von der richtigen

Wahl abhängt. Die silberne Kassette, das Kölnisch Wasser, hat er ja bereits abgelehnt.
Es bleibt die alles entscheidende Frage: Gold oder Blei?
Er entscheidet sich demütig für das Blei, wie der kluge Bassanio, der mit dieser Antwort alles gewann …
Trinken Sie keinen Alkohol? Wie fad!
Tanner bereut natürlich sofort seine Entscheidung, aber schon kommt Honoré mit zwei großen Wassergläsern angerollt und schenkt ihm zwei Fingerbreit Saft ein.
Gerührt und nicht geschüttelt, sagt er leise zu ihm und trollt sich wieder.
Die Alte schenkt sich selber ihr Glas randvoll mit Malaga ein und prostet ihm zu. Sie leert in einem Zug mindestens die Hälfte des Glases und greift noch einmal unter den Tisch.
Zum Vorschein kommt ein buschiger Kater, den sie sich auf ihren Schoß setzt. Der Kater glotzt Tanner an.
Ein Glück, dass seine neue Katzenfreundin Rosalind nicht hier ist! Dieses Monsterexemplar von Kater würde sie nicht mögen. Obwohl man sich in der Hinsicht ganz gewaltig täuschen kann!
Die Alte krault den Kater hinter den Ohren. Die Stelle müsste eigentlich längst wund sein, so wie sie krault. Dann spricht sie das erste Mal den Namen aus.
… Ah … wie meinen Sie, äh … das jetzt? Tanner ist verdattert.
Sie wollten doch vorhin ganz schlau herausfinden, wer Klavier gespielt hat. Stimmt's? Oder habe ich Recht?
Mit einem zweiten Schluck leert sie ihr Glas.
Wenn sie ihr Glas gleich nachfüllt, kann Honoré bald wieder den Spezialthron bringen, denkt Tanner, um sich abzulenken. Er macht in dem Moment nicht sein intelligentestes Gesicht. Er lockert die Krawatte und wiederholt einfältig noch einmal den Namen.
Rosalind? Ach so, Rosalind! … äh … sie hat Klavier gespielt? Und wer ist, äh … Rosalind, wenn ich fragen darf?
Jetzt fühlt er eine Wärme im Gesicht. Zum Glück ist es hier so dunkel. Tanner denkt an rotblonde Haare und an ein ovales Gesicht …
Rosalind ist meine Enkelin, sie hat Klavier gespielt. Ist das zu schwierig für Sie zu verstehen, Tanner?

Nein, nein, ich verstehe schon, beeilt er sich zu sagen.
Verstehen schon, aber ich kann es nicht so richtig fassen, denkt er und findet es irgendwie gemein, dass sein Gesicht nicht abkühlt.
Deswegen habe ich Sie auch hergebeten, Tanner!
Pause. Der Kater gähnt.
Ich höre, dass Sie gestern das Pferd, das meine Enkelin abgeworfen hat, eingefangen haben. Dafür möchte ich mich bedanken. Diesen Sidian, dieses Saubiest, einzufangen, dazu gehört was, das muss ich sagen. Das würde sich nicht jeder trauen. Es ist außerdem ein wertvolles Tier. Nicht auszudenken, was alles hätte passieren können, ohne Ihr mutiges Eingreifen. Stimmt's? Oder habe ich Recht?
Also, wissen Sie, es war ...!
Schweigen Sie, Tanner! Ich bin noch nicht zu Ende!
Tanner schweigt und nippt an seinem Saft.
Meine Enkelin hatte keine Erlaubnis, mit diesem Pferd zu reiten, weil es noch nicht fertig eingeritten ist. Verstehen Sie etwas von Pferden? Nein! Das habe ich mir gedacht.
Er hat eigentlich weder Ja noch Nein gesagt, aber sie ist nicht zu bremsen.
Umso mehr Respekt. Und weiter habe ich gehört, dass mein Sohn nicht gerade höflich zu Ihnen gewesen ist.
Wieder versucht er dazwischenzugehen.
Nein, nein, lassen Sie, Tanner. Ich kenne meinen Sohn. Höflichkeit gibt's nicht in seinem Repertoire. Er hat sich gestern sicher saumäßig benommen. Stimmt's? Oder habe ich Recht? Würden Sie von mir eine Entschuldigung für sein Verhalten akzeptieren? Er ist leider heute geschäftlich unterwegs, sonst würde er sich selber entschuldigen.
Jetzt sind Sie unter Ihrem Niveau, Madame. Der Mann, den ich gestern gesehen habe, der würde sich nie und nimmer entschuldigen. Er behält den Gedanken für sich.
Selbstverständlich, Madame, sagt Tanner stattdessen laut und deutlich. Und macht Anstalten aufzustehen.
Sitzen bleiben, Tanner! Die Audienz ist noch nicht beendet! Trinken Sie noch Saft! Zweeerrg ...!
Bevor er abwehren kann, ist Honoré schon wieder mit der Fla-

sche zur Stelle. Während er ihm Saft einschenkt, er muss sich dafür auf seine Zehenspitzen stellen, sagt er ganz sanft, nahe an Tanners Ohr.
Sie ist die Sonne auf dem Mondhof.
Bevor er nachfragen kann, wer die Sonne ist, faucht die Alte den Zwerg an.
Verschwinde, imbécile! Und droht mit dem Stock.
Schweigend schauen sie sich in die Augen. Sie massiert dabei immer noch die schwarze Katze zwischen den Ohren. Tanner weicht ihrem Blick nicht aus.
Warum sind Sie eigentlich bei der Ruth eingezogen, Tanner?
Aha, das ist des Pudels Kern, denkt er und überlegt sich, welche Geschichte er zum Besten geben soll.
Ach, wissen Sie, ich bin ein sentimentaler Städter, der lange Zeit im Ausland gearbeitet hat, jetzt zurück in die Schweiz kommt, etwas Erspartes auf der hohen Kante hat. Bevor ich mich entscheide, was weiter mit meinem unbedeutenden Leben geschehen soll, will ich mir einen alten Traum erfüllen, nämlich einmal auf dem Land zu leben. Ein bisschen schreiben, spazieren, wilde Pferde einfangen und so weiter.
Tanner trägt dies alles mit dem sonnigsten Lächeln vor, zu dem er bei diesen Zimmertemperaturen fähig ist.
Sie schweigt etwas zu lange, als dass er denken könnte, sie würde ihm glauben. Obwohl er eigentlich die Wahrheit gesagt hat. Beinahe.
Gut, Tanner, ich danke Ihnen! Ich danke Ihnen!
Sie lehnt sich in ihrem Stuhl zurück und schließt die Augen. Ihre Hand auf dem großen Kopf der Katze bewegt sich nicht mehr. Auch der Kater hat seine Augen geschlossen.
Plötzlich spricht Honoré leise. Tanner hat ihn nicht kommen hören.
Pst! Kommen Sie. Madame will jetzt schlafen. Manuel fährt Sie zurück.
Er nimmt ihm die Wolldecke ab und sie gehen leise aus dem Salon.
Zurück im Korridor, der jetzt erleuchtet ist, sieht man tatsächlich japanische Schwerter an der Wand hängen.

Falls es nicht mehr regnet, möchte ich ganz gerne zu Fuß gehen.
Es hat aufgehört. Es würde sogar ein bisschen die Abendsonne scheinen. Wenn sie nicht schon untergegangen wäre!
Das Wort Sonne betont Honoré ganz übertrieben und Tanner befürchtet schon, der Zwerg falle wieder in seine Falsett-Kauderwelsch-Nummer zurück. Der steckt ihm aber einen Zettel in die Hand und ein letztes Mal legt er den Finger auf seinen Mund.
Pst!
Und leise singt er zum Abschied. Aufwiederschön … aufwiederschön!
Er geleitet Tanner bis zur Tür und hebt zum Gruß seine kleine Hand.
Ach, und ich wollte doch die Alte fragen, wie das Pferd heißt, seufzt Tanner und schaut nach, was auf dem Zettel steht, den ihm Honoré zugesteckt hat.
Morgen, Friedhof, 17.00 Uhr. Bitte!
Unterschrift: R.

VIER

Die Küche ist hell erleuchtet. Das Licht sieht man schon von der Kurve aus, beim Friedhof, wo vorhin der Geländewagen ins Rutschen kam. Ein Leuchtfeuer in der dunklen Landschaft.
Vermutlich hat Tanner das Nachtessen verpasst. In der Hektik des Aufbruchs um fünf Uhr hat er auch sein Telefon vergessen. Er beschließt, trotzdem in die Küche zu gehen, denn irgendwie fühlt er sich zu einer Erklärung verpflichtet. Außerdem ist er bis auf die Knochen durchfroren und hat Hunger.
Ruth und Karl sitzen am Tisch mit einer verschlossenen Flasche Wein und drei Gläsern. Sie haben also auf ihn gewartet, denkt er zufrieden.
Es ist noch nicht so weit. Wir können leider die Flasche noch nicht öffnen.
Karl sagt das mit echtem Bedauern. Tanner macht ein verständnisloses Gesicht.
Meine schöne Laura kriegt doch heute ein Kalb. Ich hatte damit gerechnet, dass es vor dem Nachtessen kommt, dann hätten wir mit Ihnen auf das neugeborene Mädchen anstoßen können.
Beim Wort Mädchen zwinkert ihm Karl beziehungsvoll zu.
Ach so, ja, das habe ich ganz vergessen. Ich werde gleich in den Stall gehen und die Mutter fragen, ob ich Pate sein darf. Ich würde so gerne als Pate ein kleines, kuhäugiges Mädchen verwöhnen. Oder ist die Position schon vergeben?
Tanner ist froh, wieder in der warmen und freundlichen Küche bei unkomplizierten Menschen zu sein. Sie lachen herzlich.
Ruth fragt ihn, ob er hungrig sei, sie habe einen Rest Gemüsekuchen für ihn warm gestellt. Tanner könnte sie auf der Stelle küssen …
Sie hat sich in der Zwischenzeit umgezogen. Man muss zugeben, dass die schwarze Cordhose und das weiße Männerhemd ihr be-

deutend besser stehen als der blaue Rock und der viel zu weite Pullover von heute Nachmittag. Ihre dichten, braunen Haare hat sie frech mit einem Kamm zur Seite gesteckt. Das Rot ihrer Lippen ist auch deutlich intensiver.

Was für eine Verwandlung ...

Tanner nimmt dankend an und sie holt Teller und Besteck aus dem Schrank. Und? Für was haben Sie sich entschieden? Malaga oder Orangensaft?

Karl fragt das in die Stille der Küche. Alle drei lachen.

Tanner erzählt ihnen von Madame's wässrigem Geschäft und Honoré's Dicht- und Reimkunst. Diesmal lachen sie, bis die Tränen kommen, und reimen da weiter, wo Honoré aufgehört hatte ...

Dann erzählt er ihnen von der gestrigen Begegnung am Friedhof und dass die Alte sich bei ihm bedanken wollte. Tanner sagt jetzt auch schon selbstverständlich die Alte.

Ob er denn sonst niemand gesehen habe, fragt Ruth und er antwortet wahrheitsgetreu mit Nein.

Ein zugesteckter Zettel ist ja noch kein Treffen ...

Der Gemüsekuchen schmeckt ausgezeichnet. Ruth hat für den Kuchen den Rest von mittags geschickt verwertet. Das Gemüse hat sie mit einer Sauce aus Eiern, Sahne und Käse aufgefüllt und mit schwarzen Oliven bespickt. Mit Genuss nimmt Tanner den zarten Geschmack von Muskat und von trockenem Sherry wahr, mit dem sie die Füllung gewürzt hat. Und er würde seine Krawatte verwetten, die er schon auf dem Heimweg ausgezogen hatte, dass sie den Blätterteig selber gemacht hat. Mit ihren schönen Händen.

Wie sich ihre Haut wohl anfühlt?

Während er heißhungrig isst, meint Karl trocken, es sei auf jeden Fall besser, dass die einem etwas schuldig seien als umgekehrt.

Seinem Tonfall ist anzumerken, dass er aus schmerzvoller Erfahrung spricht.

Tanner hält es für ratsam, das Thema im Moment nicht zu vertiefen, und sagt leichthin, er hätte gesehen, dass sein Auto draußen immer noch alle viere von sich streckt. Der Garagist hätte wohl noch keine Zeit gehabt. Es sei aber egal.

Karl verdreht die Augen.
Auf den ist leider kein Verlass! Ich werde ihn Montag früh gleich nochmals anrufen und ihm Feuer unterm Hintern machen.
Sie können gerne unser Auto ausleihen, falls Sie morgen ein Auto brauchen, Simon. Das wäre kein Problem.
Karl nickt beipflichtend und Tanner bedankt sich artig, versichert ihnen aber, dass er morgen nicht wegfahren müsse. Morgen sei ja Sonntag.
So kann der Mensch sich irren …
Tanner ist mit dem Essen fertig. Karl erhebt sich.
Ich muss mich um die werdende Mutter kümmern. Wenn Sie mich begleiten, stelle ich Sie Laura als zukünftigen Paten ihrer Tochter vor.
Tanner blickt fragend zu Ruth. Sie antwortet sehr schnell. Ohne seinem Blick zu begegnen.
Gehen Sie nur mit, Simon. Ich wasche noch das Geschirr ab, dann gehe ich sowieso ins Bett. Ich lese gerade ein sehr spannendes Buch.
Bevor er antworten kann, nimmt Karl eine Flasche und zwei Gläser aus dem Schrank. Er hat das Gefühl, Karl möchte nicht, dass Ruth mit ihm weiter über den Besuch bei der Alten spricht. Er fügt sich in sein Schicksal, obwohl er nichts dagegen einzuwenden gehabt hätte, noch ein wenig mit Ruth über den Finidori Clan zu plaudern.
Auch hätte er gerne, quasi als Dessert, noch mal ihren Vanille- und Zitronenduft geschnuppert. Ohne sich die Hand zu reichen, verabschieden sie sich. Sie schaut ihn nur flüchtig an.
Draußen im Gang schubst der große Hund seine feuchte Nase in die Hand von Tanner. Er erschrickt zuerst, dann streichelt er ihn zwischen den Ohren.
Er mag Sie, Simon, meint Karl gut gelaunt.
Er heißt Sabatschka. Das ist russisch. Und heißt Hündchen. Meine Frau hatte damals einen russischen Film gesehen. Mit einem Hund, der so hieß. Ich habe den Film nicht gesehen.
Aber ich habe den Film gesehen, denkt sich Tanner. Sieh einer an. Ruth schaut sich russische Filme an.
Als Ruth den Film gesehen hat, war der Hund noch ein winziger

Wollknäuel. Jetzt ist er halt gewachsen, aber der Name ist ihm geblieben. Zum Glück weiß er nicht, was der Name bedeutet, sonst wäre er beleidigt, sagt Karl lachend und sie gehen gemeinsam aus dem Haus.

Sabatschka. Leise murmelt Tanner den Namen vor sich hin.

Draußen bläst der Wind. Die Bise hat wieder aufgefrischt. Im Stall brennt eine nackte Glühbirne. Tanner muss sich zuerst an den scharfen Geruch der Kühe gewöhnen. Zum Glück ist es herrlich warm. Ein Aufenthalt pro Tag im Kühlraum reicht ihm für einen gewöhnlichen Samstag. Viele große Augen schauen ihn an. Nur eine Kuh, ganz hinten im Stall, liegt abgewandt. Tanner vermutet, dass das die werdende Mutter ist. Sie hat andere Interessen, als die beiden Männer anzuglotzen.

Das dahinten sei seine Laura, bestätigt Karl in diesem Moment seine Vermutung. Die meisten Kühe stehen noch, nur Laura liegt im frischen Stroh. Alle kauen gleichgültig mit mahlenden Geräuschen vor sich hin.

Karl besitzt dreizehn schwarzweiße Kühe, mit schön geformten Hörnern. Jede Kuh hat in beiden Ohren gelbe Plastikmarken mit einem Code drauf.

Eine Kuh ohne Hörner ist für mich keine Kuh. Ich bin da altmodisch. Bei mir im Stall hat sich noch keine Kuh verletzt. Voller Stolz redet Karl über seine Kühe.

Das ist doch, äh … ja, wie wenn du einer Frau die Haare glatt abrasierst. Ihr ganzer Stolz ist hin. Jawohl. Setzen Sie sich, Simon, bitte.

So viele Worte auf einmal hat Tanner den ganzen Tag von Karl nicht gehört.

Der Stall öffnet sich hinten nach links in einen kleinen Nebenstall, in dem Strohballen bis unter die Holzdecke gestapelt sind und wo, in seinem rückwärtigen Teil, abgetrennt durch ein abgeschabtes Holzgitter, zwei kleine Kälber breitbeinig dastehen und die beiden Männer neugierig beäugen.

Karl wirft drei Strohballen geschickt zu einer kleinen, improvisierten Sitzgruppe zusammen, legt auf den mittleren Ballen ein kleines Brett, worauf er Flasche und Gläser stellt. Er wiederholt noch einmal seine Aufforderung und sie setzen sich.

Vor den Ballenstapeln steht ein zusammenklappbares Bett, mit einem weißen Kissen und einer Wolldecke. Karl bemerkt Tanners Blick.
Ja, ja, vielleicht muss ich heute im Stall übernachten. Es ist ihr erstes Kalb.
Es ist sehr still im Stall. Manchmal hört man das Stroh rascheln. Dann und wann reibt eine Kuh ihren Kopf an einem Balken. Und das gleichmäßige Geräusch des Wiederkäuens.
Tanner hat das Gefühl, er sitze mitten in einem warmen Bauch. Lauter Verdauungsgeräusche.
Meistens träume ich hier ganz besondere Träume!
Das Wort besondere dehnt Karl genüsslich und lachend schenkt er ein. Sie prosten sich zu, auch in Richtung Laura.
Auf eine glückliche Niederkunft und auf dass wir heute Nacht ganz besondere Träume haben!
Irgendeiner der gelangweilten Götter muss Tanner in diesem Moment ausnahmsweise zugehört haben …
Der selbst gebrannte Apfelschnaps rinnt warm durch die Kehle. Karl schenkt nach und schweigend trinken sie, beobachtet von den Kühen.
Wenn es dir recht ist, sagen wir uns du! Was meinst du, Simon?
Tanner ist einverstanden und zum dritten Mal schenkt Karl ein.
Lange spricht keiner. Der Schnaps und die Wärme im Stall machen Tanner ganz schläfrig. Karl stiert in sein Glas.
Du, äh … Simon. Ich wollte vorhin nicht länger über deinen Besuch auf dem Mondhof sprechen!
Pause. Trinken.
Ruth regt sich dabei immer fürchterlich auf!
Interessant, denkt Tanner einmal mehr. Hat nicht Ruth dasselbe über ihren Mann gesagt?
Du warst mit Raoul befreundet, oder?
Aha, dann hat dir Ruth also doch schon erzählt, stellt Karl fest und trinkt mit einem schweren Seufzer sein Glas leer.
Tanner behält sein Glas in der Hand. Karl würde es sofort wieder nachfüllen und er will einen klaren Kopf behalten.
Ja, Raoul und ich waren befreundet. Er war eigentlich kein Bauer. Vom äh … Typ her. Verstehst du, Simon.

Tanner nickt. Und wartet. Karl will erzählen, kommt aber nicht so richtig in Fahrt. Oder fehlen ihm die Worte?
Damals war ja Auguste in Afrika und es blieb ihm nichts anderes übrig. Der große Hof und so weiter.
Karl schenkt sich wieder ein.
Er hat Orgel gespielt in der Kirche. Medizin hat er zu studieren angefangen. Dann hat ihn die Alte zurück auf den Hof gezwungen. Er war ein Träumer und nicht geschaffen …
Karl setzt den Satz gestisch fort. Zeigt auf die Kühe. Meint den ganzen Hof und die harte Arbeit.
Karl beißt sich zwischen den Sätzen immer wieder auf die Zunge. Jetzt räuspert er sich. Gibt sich einen Ruck.
Als sein Bruder zurückkehrte, was alle überrascht hat, fingen die Probleme erst an. Die beiden Brüder haben sich äh … sofort zerstritten und Raoul wurde hm … niedergeschlagen. Also, äh … seelisch. Er war in ärztlicher Behandlung. Ruth und ich haben ihm damals geholfen, wo es ging. Er war natürlich oft hier und am Anfang hat er noch viel erzählt von seinen Problemen mit Auguste. Aber mit der Zeit wurde er immer schweigsamer.
Karl hat unterdessen sein Glas auf das Brett gestellt. Er spaltet jetzt Strohhalme. Offensichtlich hilft es ihm, sich zu konzentrieren.
Er kam zwar immer noch zu uns zum Essen. Oder auf ein Glas Wein. Hat aber oft kein einziges Wort gesprochen und ging wieder nach ein, zwei Stunden. Regelrecht unheimlich ist sein Schweigen gewesen!
Ist es die Wärme und Stille des Stalles oder der Schnaps, der ihm jetzt immer mehr die Zunge löste? Tanner nickt nur und wartet, bis Karl weitererzählt.
Als dann seine Frau Selbstmord begangen hat, hörten seine Besuche bei uns auf. Wir haben ihn zum letzten Mal an dem Grab gesehen. Wir haben ihn besuchen wollen oder haben telefoniert. Aber immer hieß es, er wolle niemanden sehen und er sei krank. Er war zu der Zeit auch öfters auf Reisen. Hieß es. Manchmal war er drei Wochen lang weg.
Karl zuckt mit der Achsel, schenkt sich ein und trinkt.
Die Tochter war damals gerade zehn Jahre alt. Das Mädchen war oft hier. Bei Ruth. Wir haben sie sehr gerne.

Karl hält inne, als ob er in der Ferne etwas hören würde. Eine Kuh hustet heiser.

Eines Tages kommt Auguste hier vorbei und teilt uns mit, dass sein Bruder über Nacht den Hof verlassen habe. Seine Tochter habe er zurückgelassen und ziemlich viel Geld sei auch verschwunden. Raoul war regelrecht wie vom Erdboden verschwunden und niemand wusste, wo er hingegangen sein könnte.

An dieser Stelle zögert Karl.

Die äh … Polizei vermutete damals, dass er vielleicht auch Selbstmord begangen haben könnte, wie seine Frau, denn es war ja allerorts bekannt. Das mit seiner Niedergeschlagenheit.

Jetzt blickt Karl Tanner direkt in die Augen.

Wir kannten Raoul besser. Das alles passte überhaupt nicht zu ihm.

Karl schweigt und starrt in sein leeres Glas.

Vor allem, dass er Rosalind einfach so zurückgelassen hatte, das konnte einfach nicht sein. Das war unbegreiflich. Ruth und ich haben damals keine Nacht mehr geschlafen.

Karl wischt sich irgendwas aus den Augen und stellt das Glas auf das Brett zurück.

Tanner möchte seine Hand auf Karls Arm legen, tut es dann aber doch nicht. Sagt auch nichts und denkt nur an das weinende Mädchen, das er gestern kurz gesehen hat. Und an die Musik, die er heute gehört hat.

Das Medaillon! Er hat immer noch nicht das Medaillon geöffnet, fällt Tanner jetzt ein.

Karl spricht weiter. Aber er hat sich noch nicht wieder gefangen.

Die Polizei suchte die ganze Umgebung ab, hat aber keine Spur gefunden. Es war unbegreiflich, aber niemand hatte ihn gesehen!

Karl schnäuzt sich.

Drei Wochen später taucht plötzlich ein Brief auf. Aus Australien. Raoul schreibt darin, dass er es nicht mehr ausgehalten habe und dass seine einzige Chance zum Überleben sei, ein vollständig neues Leben anzufangen.

Karl schließt die Augen und es ist offensichtlich, dass er den Brieftext auswendig kann. Zwischen den Sätzen atmet Karl schwer.

Weit weg von allem und weit weg von allen. Auch von seinem Kind. Er bitte alle um Verzeihung. Verständnis könne er keines erwarten. Er müsse sein ganzes bisheriges Leben aus seinem Herzen und aus seinem Körper reißen und er bitte alle, die ihn kennen, ihn zu vergessen. Punkt! Das war's!
Karl öffnet wieder die Augen.
Der Brief wurde nicht, äh ... wie sagt man? Angezweifelt. Die haben die Schrift geprüft. Irgendwie.
Und jetzt lacht Karl. Aber es ist kein heiteres Lachen.
Auguste verzichtete großzügig auf eine Anklage wegen des Geldes. Ja, ja! Und der Einfluss der Familie in dieser Gegend war groß genug, so dass keine weiteren Fragen gestellt wurden. Das Kind war ja gut versorgt bei der Familie von Auguste und der Alten. Zumindest materiell. So! Das war's. Aus! Aus die Maus!
Ein letztes gequältes Lachen von Karl beendete seinen Bericht.
Tanner holt das Medaillon aus seiner Jackentasche und hält es Karl unter die Nase.
Woher hast du das?
Hastig greift Karl nach der Kette.
Die Kette gehört doch Rosalind. Nach dem Tod von Lilly hat Rosalind das Medaillon bekommen.
Deswegen ein anderer eingravierter Buchstabe als auf der Reitgerte.
Tanner gesteht ihm, dass er vorhin in der Küche nicht alles erzählt habe und dass er die Reitpeitsche und das Medaillon neben dem Friedhof gefunden habe.
Karl versucht das Medaillon zu öffnen, aber es gelingt ihm auch nicht. Er holt aus seiner Tasche ein Klappmesser und vorsichtig setzt er die Spitze an. Mit einem leisen Klick springt das Medaillon auf. Ein winziges, zusammengefaltetes Stück Papier fällt aus dem Medaillon. Tanner hebt es vom Boden auf.
Schau, Simon, das sind Lilly und Raoul.
Man sieht zwei blass gewordene Minifotografien. Tanner steht auf und geht in die Nähe der Glühbirne. Zwei schmale, ebenmäßige Gesichter blicken ihn sehr ernst an.
Die sehen ja aus wie Zwillinge, sagt Tanner überrascht.
Das stimmt. Karl lächelt, er ist ihm zum Licht gefolgt.

Manchmal haben sie sich einen Spaß draus gemacht, sich als Bruder und Schwester ausgegeben. Und es hat immer funktioniert.
Raoul sieht auf dem Foto tatsächlich aus wie ein russischer Intellektueller. Und sie könnte ohne weiteres beim Bolschoi-Ballett engagiert gewesen sein.
Weißt du, wie sie sich kennen gelernt haben? Sie gingen beide in das gleiche Gymnasium in der Hauptstadt. Zwar nicht in die gleiche Klasse, aber sie haben beide in der Theatergruppe der Schule mitgemacht und haben in einem Stück von, äh ...
... von Shakespeare gespielt, und zwar: Wie es Euch gefällt, oder?
Wieso weißt du das? Karl ist verdutzt.
Ich vermute es nur. Wegen dem Namen, den sie ihrer Tochter gegeben haben, antwortet Tanner.
Genau! Lilly hat die Rosalind gespielt und Raoul ...
... den Jaques, ergänzt Tanner vorlaut. Karl nickt anerkennend.
Es ist mein Lieblingsstück von meinem Lieblingsautor, gesteht Tanner. Ich habe früher auch leidenschaftlich gerne Theater gespielt!
Karl habe nur dieses Stück gesehen, sonst kenne er leider nichts von diesem Dichter. Er sei damals bei der Première gewesen. Ein großer Erfolg für die beiden. Sie hätten später noch oft davon gesprochen.
Tanner gibt Karl das Medaillon zurück und entfaltet den kleinen Fetzen Papier, der vorher aus dem Medaillon gefallen war.
Darauf ist eine Briefmarke und noch schwach erkennbar ein Teil eines Poststempels. Die Briefmarke ist offensichtlich von einem Briefumschlag abgerissen worden.
Tanner hält die Briefmarke noch einmal unter das Licht und erkennt auf der blassbläulichen Briefmarke ein Muster mit merkwürdigen Zeichen.
Ich wette, dass das eine australische Briefmarke ist. Ich glaube, dass diese Zeichen aus der Bildwelt der Aborigines stammen, Karl! Verstehst du! Die Ureinwohner Australiens.
Er gibt das Papier Karl, der damit ganz nahe an das Licht geht.
Wenn du Recht hast, Simon, stammt diese Briefmarke von dem Brief, den Raoul damals geschickt hat. Warum sonst trägt das Kind

so einen Fetzen Papier im Medaillon, zwischen den Fotos seiner verstorbenen Mutter und seines verschollenen Vaters?
Ich werde Rosalind einfach danach fragen, wenn ich sie morgen sehe!
Du siehst sie morgen? Karl ruft es ganz erstaunt.
Jetzt erzählt Tanner ihm in Gottes Namen den Rest seiner Geschichte und entschuldigt sich bei ihm, dass er ihm das nicht gleich gesagt hat.
Aber schließlich hätte er bis gerade eben keine Zusammenhänge gewusst.
Karl versteht, macht aber ein sorgenvolles Gesicht.
Versprichst du mir, dass das vorläufig unter uns bleibt?
Tanner nickt und jetzt wird Karl ganz ernst.
Schwöre bei dem Leben, das heute Nacht in diesem Stall auf die Welt kommt, dass das unter uns beiden bleibt. Ruth hat unter dieser Sache lange genug gelitten.
Tanner schwört es selbstverständlich auf der Stelle und steckt das Papier in das Medaillon, bevor er es wieder verschließt.
Laura, die werdende Mutter, rührt sich. Karl geht zu ihr. Spricht zärtlich einige beruhigende Worte und streicht mit seinen Händen über ihren dicken Bauch. Laura beruhigt sich sofort unter seiner Berührung.
Seine rauen Hände ... ganz sanft.
Jetzt trinken wir noch ein Glas, dann gehst du am besten ins Bett und ich lege mich hier auf mein schmales Lager und warte, bis es Madame gefällt, endlich niederzukommen.
Karl hat wieder zu seinem Humor zurückgefunden. Er wünscht Tanner eine gute Nacht. Tanner ihm und seiner Laura eine gute Geburt und verlässt den Stall.
Draußen ist es jetzt empfindlich kalt. Der Himmel ist voller Sterne. Tanner glaubt einen schnell vorüberziehenden Satelliten zu sehen.
Gute Reise, sagt er leise in seine Richtung und schon ist er wieder verschwunden.
Vielleicht war es auch nur ein hoch fliegendes Flugzeug, das ans andere Ende der Welt fliegt. Vielleicht nach Australien.
Tanner schaut zu Boden und erinnert sich an den Plan, vielmehr

an die leidenschaftliche Idee aus seiner Kindheit, ein Loch durch die Erde zu bohren, um den Kängurus guten Tag sagen zu können.

Er verschiebt einmal mehr die Ausführung dieses Plans und geht die Außentreppe zu seinem Zimmer hoch.

Er hat nicht erwartet, dass noch Licht in der Küche brennt, aber enttäuscht ist er trotzdem. Auch Rosalind wartet nicht auf ihn. Wahrscheinlich hat sie Besseres zu tun, als einem allein stehenden Zimmerherr ein vielstrophiges Schlaflied zu singen.

Auf dem Display seines Telefons, das er heute Nachmittag in seinem Zimmer vergessen hat, ist eine Kurznachricht angezeigt. Er ruft die Combox an und freut sich, von ihr zu hören.

Wenigstens haben mich noch nicht alle Frauen vergessen, stöhnt er selbstironisch in Richtung von Leonor Finis Mädchenporträt, das auf dem Tisch liegt.

Hallo! Hallo, mein liiiiiiieber Tanner. Wenn sie gut gelaunt ist, nennt sie ihn Tanner, und wenn sie etwas von ihm will, wird das i in lieber auf mindestens sieben i ausgedehnt. Also Vorsicht, Tanner!

Bist du gut angekommen in deiner neuen Bleibe? Sind die Leute nett? Aber das kannst du mir ja morgen erzählen. Stell dir vor, wir fliegen morgen ganz früh mit der Compagnie von Stuttgart weg und haben eine Zwischenlandung in der Weltstadt, mit ungefähr einer Stunde Aufenthalt. Und es wäre sehr liiiiiieb, wenn wir uns da treffen könnten. Das ist ja nicht weit weg von dir, und mit deinem schnellen Ford. Also, ich freue mich auf morgen. Ankomme zehnuhrsieben in. Jetzt geht Entchen schlafen … quak … quak … gähn … Entchen mut früh aufstehen morgen … quak … quak.

Tanner setzt sich aufs Bett und drückt die Wiederholungstaste. Dann beginnt Tanner nachzurechnen.

Ungefähr zwei Stunden bis Zürich! Und das nennt sie nicht weit! Denn er kennt Karls Auto nicht, dann noch den ewig verstopften Weg von Zürich zum Flughafen. Also: Um sieben Uhr aufstehen und gleich wegfahren. Und vor allem: Keine himmlisch duftende Röschti um acht Uhr! Vielleicht gibt's am Sonntag keine. Dafür frischen nach Hefe duftenden Zopf …

Aber da gibt es sowieso kein Abwägen von irgendwas.
Der Tanner fährt und der Tanner freut sich auch noch. Also ruft er am besten den telefonischen Weckdienst an und bestellt ein freundliches Wecken um sieben Uhr in der Frühe. Brav, Tanner, brav!
Er zieht sich aus, duscht ausgiebig und geht bewaffnet mit Medaillon, Messer und einer Lupe ins Bett. Da ist es allerdings zu dunkel und er muss sich direkt unter die Zimmerlampe stellen.
Mithilfe der Lupe erkennt man ganz deutlich die Jahreszahl des Poststempels.
Der Rest ist praktisch bis zur Unleserlichkeit verblasst. Er glaubt vor der Jahreszahl noch eine Fünf zu erkennen. Es könnte auch eine Sieben sein. Unter den Zahlen sind gewellte Linien. Wie abstrakte Meereswellen. Und der Teil eines Wortes, so etwas wie ace. … ace?
Welches Wort könnte das sein? Vielleicht Peace? Grace?
Da ihm im Moment nichts einfällt, legt er alles beiseite, löscht das Licht und versucht zu schlafen! Das heißt, er versucht dieser Glühbirnenfabrik in seinem Schädel den Strom abzudrehen.
Genau in dem Moment, als es ihm gelingt, die letzte Lichtquelle in der Fabrik zu löschen, geht leise die Tür auf und Honoré la boule macht einmal mehr sein Pst und will ihn wahrscheinlich an seiner kleinen Hand ins Land der Alpträume entführen.
Bitte, Zwerg, lass mich schlafen, ich muss morgen früh in die weite Welt!
Tanner seufzt und dreht sich auf die Seite.
Er hört ein leises Rascheln, wie Seide. Sein Herz macht einen Riesensprung.
Ein Etwas hebt die Decke. Ein glühend heißer Körper drängt sich ganz eng an ihn.
Pst! Simon! Ich bin es, Ruth!
Ihre Hand fährt sanft über sein Gesicht. Sie sind beide stumm.
Die Heftigkeit der Spannung, die wie aus dem Nichts in das kleine Zimmer eingebrochen ist, lässt ihre Herzen, wie toll geworden, tanzen.
Finger ertasten seine Lippen. Begehren Einlass. Sein Mund öffnet sich.

Wer gab ihm den Befehl?
Er beißt in ihren Finger! Er riecht Vanille und Zitrone. Er spürt, wie ihre Brustwarzen an seinem Rücken hart werden. Ihre Beine umklammern seine Beine.
Rasieren Bäuerinnen ihre Beine?
Seine Zähne entlassen ihren Finger und ihre Hand streicht über seinen Hals ... über seine Brust ... seinen Bauch. Sie greift zielstrebig zwischen seine Beine. Nach dem zu lange nicht mehr Berührten. Sie hält ihn fest, als würde sie ihn nie wieder loslassen.
Wenn du ihn noch länger hältst, spritze ich!
Als ob er es laut gesagt hätte, lässt sie ihn los. Er bereut sofort.
Sie streichelt seine Eier. Noch schlimmer.
Er spürt ihren Mund an seinem Hals.
Und was ist mit Karl? Sein letzter klarer Gedanke.
Dann dreht er sich zu ihr. Tief seufzend.
Er greift nach ihren Brüsten. Reibt ihre Brustspitzen zwischen seinen Fingern. Zieht sie und drückt sie zwischen seinen Fingerkuppen. Dann nimmt er sie in seinen Mund. Eine nach der anderen. Und dann wieder die andere.
Er küsst sie, bis sie wieder weich sind und Ruth aus ihrem tiefsten Innen keucht. Ihre Münder finden sich. Dann finden sich auch die Zungen.
Sie legt seine Hand zwischen ihre Beine. Er überlässt sich ganz ihrer Führung. Doch sie erlaubt seiner zitternden Hand nur kurz, die pochende Hitze zu liebkosen. Ihr Pelz wie nasses Seegras. Dann schiebt sie sich drängend unter ihn. Spreizt ihre Beine. Ihre starken Hände greifen sich fordernd seinen Hintern. Er gleitet langsam in sie hinein. Sie dringt mit ihrem Finger tief in seinen Arsch und etwas lang Verschlossenes holt Anlauf.
Er spritzt. Spritzt und stößt ganz in sie hinein.
Sie bäumt sich auf und ihre Nägel pflügen seinen Rücken. Als wär's ein Acker.
Sie schreien stumm ihre Leben in den anderen Körper hinein und sie kommt wieder und es hört nicht auf.
Wir haben uns ja gar nicht bewegt!
Dann explodiert etwas in seinem Kopf. Oder ist es in seiner Brust?

Er stammelt Sabatschka und wieder Sabatschka, und noch einmal Sabatschka!
Bis sie ruhig werden und er weint. Oder weint sie?
Und noch immer sieht er sie nicht!
Er hält ihre Brüste mit beiden Händen fest, als würden sie ihn ab jetzt vor der Welt retten.
Er spürt ihr pochendes Herz. Oder ist es seins?
Sie streichelt seinen wunden Rücken und flüstert ganz leise, ganz schnell in sein Ohr.
Ich liebe meinen Mann, aber es musste sein! Ich weiß nicht, wieso. Ich konnte mich nicht wehren. Bitte verzeih mir!
Was soll ich denn um Himmels willen verzeihen?
Bitte, sei mir nicht böse, du hast mich gezogen, du Böser, du Lieber, du Fremder ... wieso bist du gekommen ... es wird nie wieder vorkommen.
Der Rest geht unter in ihrem Keuchen.
Sie löst sich von ihm und nimmt seinen Schwanz in den Mund.
Eigentlich will er sagen, dass sie ein wenig warten soll.
Sie saugt und saugt ...
Den Samen aus seinen Lenden, aus seinem Bauch, in ihren Mund.
Er will schreien.
Noch immer hält er ihre Brüste in seinen Händen. Er wiegt zwei nasse, schwere Vögel jetzt, zitternd.
Er sucht mit seinen Händen ihr weit geöffnetes Geschlecht.
Diesmal erlaubt Ruth die Berührung lange.
Und wieder suchen sich ihre Zungen.
Und wieder verschließt sie/er ihm/ihr den Mund/Mund und es ist nur noch ein Atem. Eine Ewigkeit.
Nach tausendundeinem Augenblick hört es auf. Ganz langsam. Ganz sanft.
Sie steht auf und jetzt sieht er im Licht der Nacht ihren weißen, herrlichen Leib. Stumm steht sie so. Und lange steht sie so.
Dann macht sie ein letztes Mal ein stilles Pst.
Sie geht langsam in die Knie.
Sie nimmt ihr Hemd vom Boden.
Sie steht langsam auf.

Ihre Brüste wiegen sanft ... ab und auf ... auf und ab ...
Bleib bei mir!
Sie geht nackt aus dem Zimmer. Lautlos.
Draußen auf dem Hof schreit Karl betrunken in die Stille der Nacht.
Es ist ein Mädchen. Ein Mädchen!
Tanner schließt seine Augen.
Kurz bevor er in einen fensterlosen, tiefen Raum fällt, hört er die Falsettstimme von Honoré.
Müde bin ich, geh zur Ruh. Danke, lieber Gott! Und mach die Türe zu ...!

Fünf

Tanner trommelt ungeduldig auf das Steuerrad des weißen Opel Kombi, dem Auto von Karl und Ruth. Er steht seit einer Viertelstunde im Stau vor dem Tunnel, kurz vor der großen Stadt. Wahrscheinlich ein Unfall.

Mein Gott, ich komme zu spät! Wie ich das hasse! Sie hat nur eine Stunde Aufenthalt, Leute!

Keine Reaktion. Es ist bereits halb zehn.

Er lehnt sich zurück, schließt seine Augen und denkt an das zerwühlte Bett, in dem er heute früh um sieben von seinem Telefon geweckt worden ist. Er hat sich geduscht und frische Kleider angezogen. Auch die Krawatte. Schließlich hat seine Tänzerin sie ihm geschenkt.

Die Küche war leer. Weit und breit keine Ruth. Und das war gut so.

Tanner hat Karl in der Scheune bei der Arbeit gefunden und hat ihm erklärt, dass er überraschenderweise in die Weltstadt am See muss. Er hat ihm sofort den Schlüssel ausgehändigt, ohne weitere Fragen zu stellen. Sie haben auch sonst nichts gesprochen. Er hat ihm nur noch hinterhergerufen, er solle sich als Pate des frisch geborenen Kuhmädchens einen Namen mit L überlegen.

Wieso nicht Lilly?

Angesichts dieser Nacht wäre vielleicht Lilith angemessener, aber man sollte die beruflichen Zukunftsaussichten des kleinen Kalbes damit nicht belasten.

Wieso hat sich Lilly, die Frau von Raoul, wohl umgebracht? Vielleicht wird er mit Rosalind darüber reden können. Heute Abend um fünf Uhr. Was sie wohl von ihm will?

Plötzlich hupt es laut. Tanner öffnet die Augen. Die Autokolonne vor ihm ist bereits weitergefahren. Im Auto hinter ihm sitzt ein vor Zorn rot angelaufener Spießer, Marke Handelsvertreter. Tan-

ner winkt fröhlich mit der Hand, dann legt er gemütlich den ersten Gang ein, streicht sich mit der rechten Hand durch seine strähnigen Haare und fährt betont langsam an.
Sei nicht kindisch, Tanner.
Er findet zum Glück auf Anhieb den Flughafenzubringer, stellt das Auto in eines der riesigen Parkhäuser und rennt durch die langen Gänge zur Ankunft Ausland. Auf den großen Schrifttafeln ist zu sehen, dass die Maschine zehn Minuten Verspätung hat.
Tanner erkundigt sich am Auskunftsschalter bei einer auf Hollywood geschminkten Blondine, wo er seine Transitpassagierin finden könnte.
Wo fliegt er denn anschließend hin, ihr Trääääansit, gurrt sie ihn an, als ob sie Kim Basinger in L.A. Confidential wäre.
Gute Frage! Weiß ich leider nicht, mimt er zerknirscht, ich weiß nur, dass mein Trääääansit aus Stuttgart kommt.
Okay, dann gehen Sie halt zum miiiiiting point in der Halle A, schmollt sie, weil er sie nachgeäfft hat und weil er offenbar immun ist gegen ihren implantierten Sexäppiiiiil in ihrer prallen Bluse.
Also trabt Tanner wieder durch lange Gänge und sucht den miiiiting point. An dem besagten Punkt stehen dicht gedrängt einige amerikanische Rucksäcke auf staksigen Beinen herum, die sich gerade fragen, warum sie ihr so schönes Amerika verlassen haben. Aber keine schlanke Tänzerin, weit und breit.
Gerade als er sich überlegt, ob er nicht doch Zigaretten kaufen soll, um für die Begegnung innerbetrieblich besser gerüstet zu sein, ruft's in seinem Rücken glockenhelle.
Hallo, Tannerli! Wer bin ich?
Zwei kühle, schmale Hände legen sich von hinten über seine Augen.
In dieser Stellung könnte er gut und gerne einige Jahre verbringen. Nichts mehr sehen müssen! Diesen schlanken Körper an seinem Rücken spüren und den schnellen Wortkaskaden ihres Mundes lauschen. Aber da nur wenig Zeit bleibt, dreht er sich um.
Na, wer wohl? Der Teufel in Engelsgestalt!
Ha, ha, sagt sie grantig.

Diese schnellen Brüche, die beherrscht sie.
Wollen wir einen Kaffee trinken, fragt er, ohne auf den Wechsel ihrer Laune einzugehen.
Hättest du das früher gekonnt, Tanner …
Wir könnten auch einfach hier auf einer Bank sitzen. Der Kaffee ist doch so schweineteuer in der Schweiz.
Für alle Spezialisten, sie ist Sternzeichen Jungfrau!
Nein, ich habe nur einen Witz gemacht. Komm, Simon, wir gehen an die Bar!
Und ohne seine Antwort abzuwarten, schleppt sie ihn lachend zur Bar.
Sie hat ihre neuen Stiefel an, von denen sie ihm letzthin am Telefon erzählt hat. Tagelange, qualvolle Entscheidungsnöte, dann endlich der erlösende Kauf. Dazu die schwarzen Hosen, die er so gerne an ihr mag, und ihre Wildlederjacke.
Sie setzen sich an die Bar. Sie bestellt eine heiße Schokolade, nicht ohne sich erst mit wissenschaftlicher Akribie zu vergewissern, dass die Schokolade ganz sicher mit Milch angerührt ist und nicht mit Wasser.
Wohin fliegt ihr eigentlich und warum so überraschend?
Wir springen für eine andere Compagnie an einem Festival in Sydney ein. Ich freue mich wahnsinnig darauf. Wir haben drei Aufführungen, bleiben aber ganze sieben Tage! Stell dir vor! Da kann ich auch meinen Onkel und meine Tante besuchen und da ist es sicher viel wärmer als hier. Ich wollte doch schon lange mal nach Australien. Und du? In der neuen Produktion tanze ich die Hauptrolle.
Auf den Moment, da sie doch auch einmal Luft holen muss, wie alle Säugetiere an Land und im Wasser, lauert er.
Nach Australien! Das ist ja wunderschön, äh … ich freue mich für dich.
Das meint er auch wirklich.
Tanner weiß, wie gerne sie reist und wie mühevoll der Theateralltag in der schwäbischen Metropole für sie ist. Aber gleichzeitig kommt ihm, aus einem unbestimmten Gefühl heraus, eine Idee. Vielleicht, weil er das traurige Gesicht von Karl nicht vergessen kann, als der gestern vom Verschwinden seines Freundes Raoul erzählt hat.

Vielleicht, weil Tanner ein schlechtes Gewissen hat. Immerhin haben seine Frau und er gevögelt, während Karl im Stall Geburtshelfer spielte.

Hör mal, ich habe eine ganz wichtige Aufgabe für dich in Australien. Du musst dort drüben für mich etwas recherchieren.

Das Wort recherchieren wirft er als Köder aus, denn er weiß, wie gerne und wie begabt sie sich kniffligen Problemen widmet.

Aha, das klingt ja spannend, antwortet sie prompt und nimmt ihre heiße Schokolade in Angriff.

Dann erzähl doch mal, um was es geht, Simon.

Tanner erzählt ihr natürlich nur die für seine Absicht wichtigen Fakten aus der Geschichte von Karls Freund und dessen Verschwinden.

Er greift in seine Jacke und zeigt ihr die Briefmarke. Das Medaillon selbst behält er in seiner Hand.

Sie setzt diese ernste Miene auf und betrachtet eine Weile schweigend die Briefmarke.

Palace! Das Wort muss Palace heißen! ...ace ist ein Teil des Wortes Palace. Das ist wahrscheinlich ein Hotel, das selber einen Hotelstempel hat, eigens für die Post der Touristen, und es liegt sicher am Meer, wegen den stilisierten Wellen. Habe ich die Prüfung bestanden, Kommissar Tanner?

Er küsst sie auf beide Wangen. Wie ein Papa.

Was heißt bestanden! Du hast mir sehr geholfen.

Sie lacht.

Was? Darauf bist du selber gar nicht gekommen. Das war doch ganz einfach. Du lässt nach, Tannerli! Wie gut, dass du mich hast. Gib mir mal das Medaillon, bitte!

Sie nimmt es sich, bevor die Bitte ausgesprochen ist. Gottergeben wartet er auf die Frage, die da kommen wird wie das Amen in der Kirche.

Ist sie schön, diese Tochter von Raoul, diese Rosalind?

Volltreffer!

Und dann die kostbar einfühlsame Formulierung: Diese Rosalind!

Eifersüchtig?

Tanner fragt, weil ihm halt nichts Besseres in den Sinn kommt.

Aber ja. Und wie! Siehst du nicht, wie ich leide?
Sie kontert gewohnt cool und da ist es wieder, dieses glockenhelle Lachen …
Du änderst dich nie, Tanner. Und am Schluss bist du wieder der Dumme. Lass dir das gesagt sein. Von einer durch übermäßigen Schmerz vorzeitig weise gewordenen Jungfrau!
Meinen mylady jetzt das Tierzeichen oder …?
Hör auf, Simon, du bist fad! Sag mir lieber, was ich tun soll, oder, wie du es etwas pompös nanntest: Was soll ich für dich recherchieren?
Da hast du deine psychologische Raffinesse, Tanner!
Sie leert ihre Tasse und holt sich den Rest der Schokolade mit dem Finger heraus.
Hat's dir die Sprache verschlagen? Oder was?
Nein, ich möchte nur untertänigst auch Schokolade von deinem Finger schlecken, flennt er in sich hinein.
Er reißt sich zusammen.
Also, wenn du eine Möglichkeit findest herauszukriegen, in welchem Hotel Raoul abgestiegen ist und … Moment mal! Hast du nicht mal erzählt, dass deine Tante irgendwie in einer Verwaltungsbehörde arbeitet. Vielleicht könnte sie herausfinden, wo Raoul Finidori jetzt lebt. Ob er überhaupt noch in Australien lebt und so. Natürlich war das Ganze ja vor etwa sieben Jahren, aber mit deiner Intelligenz, deinem Charme, deinem Aussehen …
Stop! Simon! Ich sage nur: Vorsicht! Verdirb nicht wieder ganz am Schluss unser Treffen!
Sie sagt das nicht unfreundlich. Ihm gefällt vor allem die Formulierung: Verdirb nicht wieder!
Jetzt schau nicht so traurig, Simon. Ach, was fang ich bloß mit dir an?
Sie guckt sich fragend in der Halle um, aber jeder der vorbeihastenden, Koffer schleppenden Zweibeiner ist genauso ratlos.
Hör mal!
Sie rückt näher und nimmt seine Hand. Er riecht ihr Parfum. Contradiction! Nomen est omen. Er muss es ja wissen, denn schließlich hat er es ihr geschenkt.
Ich muss jetzt zu meinem Flugzeug. Ich werde in Australien für

dich tanzen und für dich recherchieren. Ist das ein Angebot? Ich danke dir, dass du den weiten Weg gemacht hast, um mich zu sehen. Und ich melde telefonisch, falls ich etwas rausfinde über deinen Raoul Finidori. Und pass auf dich auf.
Kuss links. Kuss rechts.
Er gibt ihr noch einen dritten Kuss, denn schließlich muss man immer schön die Landessitten achten.
Sie lässt sich vom Barhocker gleiten, dann dreht sie sich noch einmal zu ihm um.
Bist du verliebt?
Er schüttelt den Kopf.
Also, Ciao ... duuu ...!
Als sie schon einige Schritte gegangen ist, möchte er ihr am liebsten noch ein zärtliches quak hinterherschicken, wie sie es früher oft gemacht haben. Aber irgendwie hat es sich ausgequakt.
Und zu der Krawatte hat sie auch nichts gesagt, philosophiert er tiefsinnig vor sich hin.
Was wollen Sie noch? Ich habe Sie eben nicht richtig verstanden, bellt ihn der Kellner an.
Die Rechnung, faucht Tanner zurück.
Regel Nummer eins: Immer schön höflich bleiben!
Vor allem, wenn man seine Brieftasche zu Hause vergessen hat, wie Tanner just in diesem Moment bemerkt.
Nach einer Stunde zähen Verhandelns mit dem Kellner, mit dem Chef de Service und mit einer sauertöpfischen Geschäftsleiterin, unter Einmischung einer adretten Belgierin, die ihre Enkelkinder in der Weltstadt besucht hat, und eines besoffenen Primarlehrers aus der Hauptstadt, der auf dem Weg zu den kleinen Jungs in Nordafrika ist, wird er dann doch nicht standesrechtlich erschossen, wird auch nicht mit sofortiger Wirkung des Landes verwiesen, sondern man einigt sich auf eine Rechnung, zahlbar in zehn Tagen, zusätzlich einer Bearbeitungsgebühr.
Das macht dann zusammen zwanzig Fränkchli!
Die Schokolade und sein Bier kosten neun Franken!
Erschöpft sucht Tanner den Weg zurück zum Auto und macht sich auf eine zweite Verhandlungsrunde am Schalter des Parkhauses gefasst. Zum Letzten bereit, stürmt er grimmig zum Schal-

ter, wo ihn ein junger, unrasierter Mann im Trainingsanzug lächelnd erwartet.
Ich habe mit voller Absicht meine Brieftasche zu Hause vergessen, damit ich mein Auto auf gar keinen Fall aus diesem Parkhaus herausbekomme, es gehört sowieso einem Freund und der möchte längst ein neues Auto. Hier ist mein Parkticket und jetzt verhaften Sie mich endlich.
Der Mann lächelt immer noch, greift unter seinen Tisch.
Jetzt holt er die Handschellen.
Er streckt ihm ein Formular unter die Nase und lacht.
Keinä Problema, gar keinä Problema. Du hier schraibe daine Namä und Strassä und du holän deinä coche.
Tanner unterschreibt verdattert den Wisch.
Es irrt der Mensch, solang er strebt! Tanner murmelt es vor sich hin, während er schreibt. Der junge Mann nimmt das Papier und lächelt verschmitzt.
Goethä? Odär?
Ja. Goethe. Und muchas gracias.
De nada. Choder …
Im Auto von Ruth und Karl riecht es nach Land und Stall. Tanner fühlt sich darin irgendwie zu Hause. Er fährt trotzdem nicht direkt auf die Autobahn, sondern gondelt unschlüssig Richtung Stadt. Er lässt sich, ohne ein Ziel zu haben, durch den Verkehr treiben. So im Sinne von: Ist die Spur nach links frei, fährt man nach links. Mit dieser Methode des geringsten Widerstandes landet er schließlich an einem Park am See und stellt das Auto auf einen Parkplatz.
Dem Parkautomaten beichtet er demütig seine missliche Lage und er bildet sich ein, dass der graue Automat leise keinä Problema flüstert. Wenn du wüsstest!
Tanner schlendert zum Ufer.
Kein Mensch ist zu sehen. Alle sind auf dem Weg nach Australien. Er versteht das sehr gut. Er möchte ja auch dorthin.
Das ist das nämliche Gefühl, das Tanner als Junge hatte: Die gesamte Menschheit aalt sich ausnahmslos im städtischen Gartenbad. Er alleine muss den mächtigen Haufen Abbruchholz, den sein Vater mittels seines Motorrads plus Anhänger, emsig wie

eine motorisierte Ameise, in den Hinterhof ihres Hauses herankarrte, von Nägeln und anderen Eisenteilen befreien, zur Schonung der Säge, anschließend zersägen, von Hand, dann zerspalten und, sozusagen als Dessert, fein säuberlich im Keller nach genauen ästhetischen Vorschriften aufschichten.
Sein Vorgänger im Altertum hieß übrigens Herr Sisyphos.
Tanners Arbeit war tatsächlich keinen Deut sinnvoller. Als nämlich das Haus kurz darauf verkauft wurde, bauten die neuen Besitzer als Erstes sofort eine Zentralheizung ein und die ganze von ihm im Schweiße seines Angesichts und mit heißen Tränen der Ohnmacht aufgerichtete hölzerne Zikkurat wurde, ohne je seiner Bestimmung übergeben worden zu sein – er als Opfer und Priester in Personalunion – und ohne je in die Liste der Weltwunder aufgenommen zu werden, in der städtischen Kehrrichtverbrennung verbrannt.
Mein Gott, Tanner, anstatt knietief und voller Selbstmitleid in deiner Vergangenheit herumzuwaten, solltest du dir lieber mal überlegen, was du als Nächstes vorhast!
Er macht diese kleine, selbstkritische Anmerkung zu einer Möwe, die auf einem in den Seeboden gerammten Pfahl steht und ihm ängstlich zuhört. Erschreckt fliegt sie von dannen.
Apropos Möwe!
Tanner nestelt sein Telefon aus der Jacke und wählt die Nummer der Auskunft.
Während er auf die Verbindung wartet, setzt er sich auf eine Bank, gestiftet von der Ornithologischen Gesellschaft. Ein Penner hat seine halb volle Weinflasche unter der Bank vergessen. Vielleicht hat er gerade entdeckt, dass er im Lotto gewonnen hat. Warum sollte er sonst die Weinflasche stehen lassen?
Swisscom! Sie wünschen? Eine Frauenstimme plärrt in sein Ohr.
Ich möchte bitte die Telefonnummer von einer Emma Goldfarb. Mehr weiß ich leider nicht! Es knistert und rauscht im Hörer.
Tanner macht ein ebenso gespanntes Gesicht wie weiland Jodie Foster im Film *Contact*, wo sie vor den mächtigen Radioteleskopen auf irgendeinem südamerikanischen Hochland sitzt und sehnsüchtig auf eine Botschaft aus dem All wartet, denn gerade haben die Bösen ihre Forschungsgelder gestrichen …

Es gibt zwei Emma Goldfarb! Die eine ist Zahnärztin und bei der anderen steht gar nichts. Welche Nummer wollen Sie?
Er sollte zwar dringend wieder einmal zum Zahnarzt, aber nicht jetzt. Zudem ist heute Sonntag.
Können Sie mich gleich mit der verbinden, wo nichts steht?
Wieder Knistern und Rauschen.
Er sagt ein artiges Danke ins weite All und wartet.
Da ist Anna, wer bist du, meldet sich eine Mädchenstimme an seinem Ohr. Damals war Anna ja noch ganz klein.
Ich bin der Tanner. Bist du alleine zu Hause?
Das darf ich nie sagen am Telefon, wenn ich alleine zu Hause bin! Hat mir meine Mami gesagt!
Da hat deine Mami ganz Recht. Gehst du schon zur Schule, Anna?
Was Intelligenteres fällt ihm auf Grund seines leeren Magens nicht ein.
Ja, ich gehe in die zweite Klasse. Wir sind die Bienen und die anderen sind die Mäuse. Ich fahre auch allein mit dem Tram in die Schule und zurück. Einmal war ein ganz lieber Tramchauffeur. Ich hatte nämlich kein Geld mehr. Und Mama hat vergessen, das neue Monatsabi zu kaufen. Ich hatte mir am Morgen ein Glassee gekauft.
Er wechselt das Ohr.
Also bin ich vorne zum Mann gegangen und habe ihm gesagt, ich hätte am Morgen aus Versehen ein Glassee gekauft anstatt ein Billiee. Und weißt du, was der Mann gesagt hat?
Ne, Anna! Keine Ahnung!
Wetten, sie durfte auch nicht auf den Schulausflug nach Australien …
Er hat gesagt … und alle haben gelacht in der Tram … wart mal … jetzt ist mir das Brot auf den Boden gefallen … raschel, raschel … Bist du noch da?
Er ist sicher, sie isst ein Nutella-Brot!
Der Mann hat gesagt: Kauf dir das nächste Mal aus Versehen ein Billiee und jetzt setz dich, ich muss losfahren.
Sie prustet lachend ins Telefon und Tanner wechselt erneut das Ohr.
Das ist aber ein ganz lieber Mann!
Und für einen Moment glauben beide an das Gute im Menschen.

Anna, hat dir deine Mama eine Telefonnummer aufgeschrieben, wo man sie anrufen kann?
Und bitte, gib mir was von deinem Brot ab.
Ja, das hat sie.
Wieder beißt sie in ihr Brot.
Würdest du mir bitte die Nummer sagen?
Genüsslich kauend sagt sie die Nummer und zur Sicherheit bittet er sie, die Nummer zu wiederholen.
Vielen Dank, Anna, das war ein sehr schönes Gespräch. Vielleicht sehen wir uns mal. Aus Versehen! Ciao!
Sie prustet wieder los und bevor sie ihn bittet, ihr per Telefon die Hausaufgaben fürs Rechnen zu lösen, unterbricht er die Verbindung.
Staatsanwaltschaft Zürich. Goldfarb am Apparat!
Aha ... Frau Staatsanwältin macht am Sonntag Überstunden!
Das ist die fröhliche Stimme von Emma, die er nun seit mindestens vier Jahren nicht mehr gehört hat.
Sie ist eine dieser nicht ganz schlanken Frauen, in deren Armen man sofort vergisst, dass man unbedingt, immer schon, eine ganz schlanke Freundin wollte. Gleich wird ihre gute Laune ein jähes Ende finden ...
Emma, du wirst es nicht glauben, hier ist der Tanner. Ich bin zurück aus Marokko und ich weiß, gleich wirst du sehr wütend sein. Und du wirst mit allem, was du mir sagen wirst, auf der ganzen Linie Recht haben, mehr als Recht, und ich bitte dich demütig um Vergebung, aber ich brauche dringend deine Hilfe!
Jetzt muss er Atem holen.
Das kann nicht sein! Bist du es wirklich, Simon?
Ein klitzekleines bisschen Freude glaubt er in ihrer Stimme zu hören, und schon packt ihn der Übermut.
Ne, ich bin bloß ein Namensvetter. Ich sitze auf einer Bank am See, die von der Ornithologischen Gesellschaft spendiert wurde. Ich bin hicks ... ein Penner, hicks ... meine Weinflasche ist nur noch halb voll und ups ... ich bitte rülps ... Entschuldigung! ... um eine milde Gabe.
Jetzt ist erst mal Stille im Äther und Tanner befürchtet schon, sie habe aufgelegt.

Du bist ein Arschloch! Lass mich in Frieden! Ich möchte nichts mehr mit dir zu tun haben! Ist das klar?
Jetzt ist die Reihe an ihm zu schweigen.
Hast du etwa mit Anna telefoniert? Ja, natürlich! Woher hast du sonst die Nummer bekommen. Sie schnaubt wütend ins Telefon.
Deine Anna fand mich, glaube ich, sehr nett. Wir hatten ein sehr schönes Telefongespräch. Auch hat sie mir ein kleines Geheimnis anvertraut.
Der Köder ist ausgeworfen.
So, so! Ein Geheimnis hat sie dir erzählt. Das war ja schon immer deine Stärke, den Frauen Geheimnisse aus der Nase zu ziehen.
Warum nennst du nicht auch noch andere Körperöffnungen, Emmalein? Gerade noch rechtzeitig kann er diese Bemerkung runterschlucken.
In Marokko hat's wohl nicht so funktioniert, gell, Tanner. Da hast du ja ein schönes Debakel veranstaltet, wie man hört.
Im Flug abgeschossen! Das konnte sie schon immer gut, deswegen ist sie ja Staatsanwältin geworden.
Okay, Emma, du hast gewonnen. Ich liege am Boden. Die Möwen hier am See zählen mich schon aus.
Wieder Schweigen.
Was hat dir Anna erzählt?
Also doch angebissen …
Das erzähle ich dir auf meiner ornithologischen Couch, wenn du dich aufs Pferd schwingst und hierher galoppierst. Bitte! Ich brauche dringend deine Hilfe. Und um was es geht, das kann ich dir nicht am Telefon sagen. Bitte! Heute ist ja Sonntag!
Schweigen.
Ich weiß wirklich nicht, warum ich das tue. Wo genau bist du denn?
Tanner gibt ihr die Koordinaten seiner Parkbank durch, legt sich der Länge nach hin und lässt sein Gesicht von der Frühlingssonne bescheinen.
Über sich sieht er am blauen Himmel die Kondensstreifen zweier hoch fliegender Flugzeuge. Die Flugzeuge selber sind kaum zu erkennen. Zwei Stecknadelköpfe, die aufeinander zurasen.
Ob die Piloten einander sehen? Ob die Prima Ballerina schon in

der Luft ist? Zwei äußerlich verschiedenere Frauen, abgesehen vom Altersunterschied, als sie und Emma kann man sich kaum denken. Die Tänzerin mit ihrer durchtrainierten Schlankheit und die Rubensfrau, mit ihrer temperamentvollen Weichheit. Einen scharfen Verstand haben sie beide. Und überhaupt, so im Direktvergleich, haben beide viel Gemeinsames. Beide haben klare Prinzipien … ganz im Gegenteil zu dir, Tanner … und können diese, wenn es sein muss, vehement und lustvoll verteidigen. Beide stehen mit ihren Beinen auf dem Boden der Realität, die eine halt mit etwas schlankeren Beinen.

Debakel hat sie meine Arbeit in Marokko genannt! Die Wahrheit ist es ja, aber muss man das so direkt aussprechen, sagt er zum Himmel über sich.

Den Himmel von Marokko, den vermisst er. Die unglaubliche Weite. Die Farben. Die Gerüche im Basar. Die kühlen, farbigen Bodenfliesen in seinem Haus in Rabat.

Die Einladung der marokkanischen Regierung, beim Aufbau eines Büros für internationale polizeiliche Zusammenarbeit mitzuwirken, war damals zu verlockend für ihn gewesen. Er hatte von seiner Arbeit in der Abteilung für internationale Zusammenarbeit gegen Geldwäsche und Drogen die Nase voll.

Er war es leid, gegen die Übermacht der Großbanken, mit all ihren Verflechtungen des Großkapitals und der Politik, ständig den Kürzeren zu ziehen, zumal er sich mit seiner Sturheit in vielen Kreisen unbeliebt gemacht hatte. Deswegen hat er, ohne lange zu überlegen, die Chance ergriffen, um dem ganzen Mief zu entfliehen. Viele haben ihm sicher nicht nachgeweint.

Ob Emma geweint hat?

Entschuldigung! Die Bank ist nicht zum Liegen. Die Bank ist zum Sitzen und ich sitze jeden Nachmittag auf dieser Bank!

Eine kleine Magersüchtige mit rotem Kopftuch und in jeder Hand zwei prall gefüllte Einkaufstaschen steht vor ihm. Er erhebt sich und bietet ihr großzügig den Ostteil seiner Behausung an.

Danke, junger Mann, sagt sie streng und stellt seufzend ihre Taschen ab.

Aus der einen holt sie einen Lappen und wischt die Bank sauber. Und zwar da, wo Tanners Kopf lag, nicht die Füße. Dann ent-

nimmt sie einer anderen Papiertasche ein geblümtes Kissen und legt es auf die Bank. Sie setzt sich ächzend auf das Kissen, streicht auf ihren Knien die nun leere Tragtasche glatt und faltet sie minutiös auf Briefumschlaggröße. Zwei der Taschen bleiben zu ihren Füßen und die dritte stellt sie, wahrscheinlich als Wiederaufbau der Mauer, exakt in die Mitte zwischen sich und Tanner.
Er kann es sich nicht verkneifen.
Man kann auch darauf liegen. Mit ihrem Kissen unter dem Kopf wäre es natürlich viel bequemer, Madame!
Als hätte er sie aufgefordert, sie solle doch einen Striptease auf der Bank machen, keift sie ihn an.
Wegen so Menschen wie Ihnen muss die Stadt für teures Steuergeld an den Bänken Spezialeinrichtungen machen, damit man nicht mehr liegen kann. Und die Flasche da unter der Bank, die lassen sie dann bitte schön nicht hier stehen, wenn Sie sie leer getrunken haben. Vorne am Parkplatz gibt es eine Tonne für Glasabfall.
Mit den Spezialeinrichtungen meint sie wohl die senkrecht angebrachten Bretterlehnen, mit denen die Bänke am Bahnhof der Weltstadt nachträglich ausgerüstet worden sind. Damit Penner wie Tanner, müde von der Qual ihres Lebens, sich nicht mehr hinlegen können. Eine, soweit er weiß, weltweit einzigartige Rettungsmaßnahme für die vom Aussterben bedrohte Sitzkultur. Um die Spießigkeit dieser Maßnahme zu kaschieren – die Wirkung ist natürlich das Gegenteil –, sind die extra angebrachten Zwischenlehnen aus hochpoliertem Mahagoni oder Teakholz.
Gnädige Frau, Sie wissen doch gewiss, dass Jesus, unser Heiland, gesagt hat: Was ihr dem Geringsten meiner Brüder tut, das tut ihr mir … oder so ähnlich!
Tanner sagt das mit der leidvollsten Miene, die er auf die Schnelle produzieren kann. Für einen Oscar hätte es sicher nicht gereicht, aber bei seiner Banknachbarin ist die Wirkung erstaunlich.
Junger Mann, Sie sollten nicht schon am Mittag von dem Teufelszeug da trinken. Hier! Nehmen Sie und gehen Sie was Anständiges essen.
Sie durchforstet eine ihrer Taschen, findet ein überdimensionales Portmonee, klaubt eine Zehnernote heraus und drückt sie ihm in die Hand.

Verlegen wehrt er ab und stammelt irgendwas, dass er ja nur Spaß gemacht habe.
Junger Mann, aber ich mache keinen Spaß. Sie nehmen jetzt das Geld und die Weinflasche, gießen den Wein in den See, bringen die Flasche in die Glastonne und gehen was Anständiges essen. Aber das Wegschütten des Weines will ich sehen!
Da er einsieht, dass jeder Widerstand zwecklos ist, tut er, wie ihm befohlen. Nicht ohne sich artig von der alten Frau zu verabschieden. Er hat allerdings vergessen zu fragen, wo man denn in dieser Stadt für zehn Franken etwas Anständiges zu essen kriegt!
Die jungen Leute von heute, hört man sie noch in seinem Rücken schimpfen. Von wegen jung …
Tanner schüttet den Wein in den See und schmeißt die Flasche in die Tonne beim Parkplatz.
In diesem Moment braust ein Austin Mini in die Einfahrt und er erkennt Emma sofort an ihrem exzellenten Rennfahrerstil. Er flitzt zu einem leeren Parkfeld, markiert den Parkplatzwächter und öffnet galant die Autotür.
Macht fünf Fränkchli die Stunde. Soll ihr fahrbarer Untersatz gewaschen werden, während sie ihr romantisches Stelldichein am See haben, Frau Oberstaatsanwältin?
Idiot! Und außerdem nur Staatsanwältin, schließlich bin ich ja nur eine Frau! Und wir sind immer noch in der Schweiz.
Tanner möchte sie zur Begrüßung umarmen, aber sie weicht geschickt aus.
Komm, wir gehen einen Kaffee trinken im Kasino.
Sie geht sofort los, ohne seine Antwort abzuwarten.
Ich lade dich ein, ruft er ihr hinterher und wedelt mit dem Zehner von der alten Frau in der Luft.
Als sie an einem Tisch am Fenster sitzen und ihren Kaffee vor sich stehen hat, beginnt Emma unangenehm genau zu formulieren.
Also, erstens habe sie ganz wenig Zeit. Zweitens habe sie keine Lust, gar keine, in alten Erinnerungen zu wühlen. Drittens solle er ihr einfach in knappen Worten sagen, bei was er ihre Hilfe braucht, und wenn sie ihm helfen könne, so helfe sie ihm. Und viertens: In dem Moment, wo er dieses Treffen zu irgendwas an-

derem missbrauche, würde sie sofort aufstehen und gehen. Ob er sie verstanden habe?

Jawohl, Euer Ehren, ich habe verstanden. Ich soll unter gar keinen Umständen sagen, dass ich mich freue, dich zu sehen, dass du unglaublich gut ausschaust, dass du abgenommen hast, außer da, wo es dir bei Höchststrafe verboten ist abzunehmen, und dass dir das ganz ausgezeichnet steht.

Bevor Emma protestieren kann, nimmt er ihre Hand und sagt nur einen Namen.

Finidori. Auguste Finidori.

Was soll mit ihm sein?

Sie sagt es mit hochgezogenen Augenbrauen. Dann antwortet sie aber.

Er war bis vor kurzem Nationalrat. Gehört dieser kuscheligen, rechten Familienpartei an und führt dort den Ganz-Rechts-Außen-Flügel an. Ich kenne ihn Gott sei Dank nicht persönlich und wüsste auch nicht, ob er schon irgendwann mit dem Gesetz in Berührung gekommen ist. Warum fragst du mich? Und was genau interessiert dich an ihm? Und wehe, du machst mir noch einmal ein Kompliment ...!

Ich habe nichts Faktisches, ich habe nur so ein Gefühl ..., versucht er auszuholen, aber sie unterbricht ihn sofort.

Ach, Tanner, du mit deinen Gefühlen! Wir wissen doch, wo dich das hinführt.

Gut! Du hast sicher Recht. Aber hör dir doch erst mal die Geschichte an! Bitte.

Er erzählt ihr in kurzen Zügen seine bisherigen Erlebnisse und Kenntnisse über den Finidori-Clan, über das Verschwinden von Raoul und jetzt formuliert er auch genau.

Ich möchte wissen, wo Auguste Finidori in Afrika war. Was er da getrieben hat und, das ist das Wichtigste: warum er zurückgekehrt ist. Falls es dafür einen bestimmten Anlass gab, möchte ich ihn gerne kennen. Und ein Blick in seine Finanzen könnte auch nicht schaden, verstehst du, Emmalein?

Also das volle Waschprogramm! Inklusive Vorwaschen und Schleudern! Weißt du, was du da von mir verlangst? Und was, wenn jemand dahinter kommt? Dass ich ohne offiziellen Auftrag recherchiere. Was sage ich dann? Der Tanner, wissen Sie, der in Marokko versagt hat, der wollte ein paar Sachen wissen! Über ein rechtes Politiker-Arschloch, das aber offiziell eine weiße Weste hat! Werd erwachsen, Tanner!

Emma hat sich regelrecht in Rage geredet. Ob sie sich wirklich so sehr nur über dieses Thema aufregt, bezweifelt er, denn er hat ihr früher auch mit der einen oder anderen delikaten Information ausgeholfen.

Du könntest sagen, der Tanner, den ich mal geliebt habe, braucht Hilfe. Derselbe Tanner, der mir geholfen hat, als mein Mann mich bedroht und verprügelt hat, der nächtelang Händchen gehalten hat in meiner Not! Das könntest du zum Beispiel sagen.

Bevor er die Sätze zu Ende ausgesprochen hat, weiß er, dass er zu weit gegangen ist.

Ich Idiot, ich Dreifachidiot!

Du Arschloch! Mein Gott! Ich bin hergekommen, fest entschlossen dir zu helfen, obwohl du es nicht verdient hast. Aber nicht auf diese Weise, Tanner, nicht auf diese Weise!

Sie verlässt wutschnaubend das Lokal.

Erst jetzt bemerkt Tanner die ganze Busladung japanischer Touristen, die ihn mit offenem Mund anstarren, was ja eigentlich gar nicht zu ihrer Kultur passt, aber bei Emmas Wut und ihrer im Gerichtssaal geübten Stimmkraft …

Er schmeißt seine Zehnernote neben ihre nicht getrunkenen Kaffees, geht an dem langen Tisch mit den japanischen Senioren vorbei, verbeugt sich kurz auf japanisch. Oder was er sich darunter so vorstellt.

Ich gehe jetzt Harakiri machen. Entschuldigen Sie die Störung.

In der Ausgangstür stößt er mit einem Angestellten zusammen, der einen Stapel Gemüsekisten ins Restaurant hineinträgt.

Pass doch auf, du blöder Penner, ruft er Tanner gehässig hinterher.

Auf dem Parkplatz sieht er gerade noch die Rückseite des davonbrausenden Mini …

Ein Blick auf sein Telefon sagt ihm, dass er zurückfahren sollte, denn zu seinem Rendezvous mit Rosalind um fünf Uhr möchte er auf keinen Fall zu spät kommen.

Zwischen Scheibenwischer und Frontscheibe des weißen Opel Kombi eingeklemmt, leuchtet ihm ein blauer Bußgeldzettel in einem durchsichtigen Plastikumschlag entgegen.
Bußgeldzettel im Regenmantel, so was gibt's auch nur in der Schweiz!
Da das ja nicht Tanners Auto ist, kann er den Zettel nicht einfach zerreißen, wie er es sonst täte.

SECHS

Tanner quält den weißen Kombi durch den trägen Sonntagsverkehr und appelliert inständig an Unbekannt, dass die Anzeige der Benzinuhr stimmt.
Wer immer für solche Anliegen zuständig ist …
Endlich erreicht er die Autobahnzufahrt.
Noch eine Verhandlung über seine zu Hause vergessenen Geldmittel würde der nächste Verhandlungspartner bei eventueller Weigerung nicht heil überstehen. Tanners Hungergefühl wandelt sich allmählich in Übelkeit und der Druck in seiner rechten Bauchhöhle meldet auch wieder Bedenkliches.
Der Messpegel seiner Laune erreicht einen neuen Tiefstand. Schlimmer hätte er die Sache mit Emma nicht vermasseln können. Mit ein wenig mehr Geduld und Einfühlung hätte er sie erstens nicht schon wieder enttäuscht, und zweitens hätte sie bestimmt die Informationen beschaffen können, um die er sie angebettelt hat.
Außerdem hätte er wirklich gerne ihre Anna kennen gelernt. Und überhaupt, wer weiß … ?
Aber Emmalein ist sicher längst wieder mit einem braun gebrannten Staranwalt liiert, dem sie heute Nacht im Bett zwischen zwei Orgasmen Anekdoten über den lächerlichen Tanner erzählt. Er hört ihr Lachen bis in dieses nach Kuhscheiße stinkende Auto, ha, ha …!
Ob Emma diesen Geruch an ihm gerochen hat? Oder seine Tänzerin? Die hätte zwar sofort ihr Luxusnäschen verzogen.
Tanner, du verzettelst dich!
Er tritt aufs Gas. Mal schauen, was in dem Opel steckt! Schluss mit dem Rumgetrödel!
Außerdem rückt die Zeit unaufhaltsam in Richtung fünf Uhr.
Da Tanner ja heute ein Auto mit Schweizer Nummer fährt, sind

die Blicke der Autofahrer, die gemächlich und stur auf der Überholspur Ferien machen und die er per Lichthupe nach rechts nötigt, nur im ganz einfachen Sinne tödlich gemeint. Was hatte er dagegen für eine Palette von Blicken und fantasievollster Gesten gesehen, als er am Freitag die gleiche Strecke mit seinem Auto fuhr, das immer noch eine marokkanische Nummer führt. Er hat zwar seit Marokko mehr als ein Vierteljahr bei Freunden in der neuen Hauptstadt des wieder vereinigten Landes gelebt, aber er konnte sich nicht überwinden, sich von seinem geliebten von Hand gemalten Nummernschild zu trennen. Dort war das auch egal.

Ah ...! Vielleicht ist das der Grund für die zerstochenen Reifen!

Darüber hatte er tatsächlich noch keinen einzigen Moment nachgedacht, obwohl es doch eigentlich nahe liegt. Aber wir sind doch im Land der Freiheit und Demokratie ...

Er wird in den nächsten Tagen sein Auto dringend brauchen, denn er muss in der Gegend rumfahren. Spuren sammeln. Deswegen ist er ja hergekommen.

Verzettle dich nicht, Tanner!

Er haut auf das Steuerrad.

Der Rentner, den er gerade in seinem auf Hochglanz polierten Renault überholt, fühlt sich von der Geste angesprochen und zeigt ihm den Vogel.

Auch gut! Lieber einen Vogel in der Birne als gähnende Leere!

Debakel hat Emma sein Marokkoabenteuer genannt. Gut. Das ist auch nicht übel!

Um ihr begreiflich zu machen, was in Marokko geschehen ist, müsste sie ihm ihr schönes Ohr und ihre Aufmerksamkeit schon etwas länger zur Verfügung stellen als eben vorhin im Restaurant am See. Nicht dass er sich selber kein Versagen ankreidete, aber das Ganze ist viel zu kompliziert, um es einfach mit dem Wort Debakel abzukanzeln. Und zu schmerzhaft. Er hat Menschen enttäuscht. Er hat sich enttäuscht. Er hat Fatima, der Tochter von Khadjia, ein Versprechen gegeben.

Ich werde es einlösen, und wenn es das Letzte ist, was ich tue!

Wieder schlägt er auf das Steuer, diesmal fühlt sich niemand direkt angesprochen. Falls es überhaupt jemand bemerkt hätte,

würde er denken, Tanner erregt sich wegen des Staus, in dem er seit zwei Minuten steckt.
Die Sache in Marokko ging so lange gut, wie er brav seine verabredete Arbeit gemacht hat. Tanner hat mit einer Reihe anderer ausländischer Berater eine Koordinationsstelle für internationale Polizeizusammenarbeit aufgebaut, bezahlt mit harten Dollars von der UNO. Vom Auswählen der Räumlichkeiten, der Beschaffung der Büro-Einrichtungen, der Rekrutierung und Schulung von Personal bis zu der Installierung der ganzen komplizierten, elektronischen Ausstattung: alles haben sie gemacht. Und als die Abteilung zu funktionieren begann, brauchte man jemanden, der die ganze Geschichte noch eine Weile überwachte. Die anderen Kollegen wollten schleunigst nach Hause zu ihren Familien nach England, Italien, Frankreich. Tanner war der Einzige, der nicht weg wollte. Er hatte sich in das Land verliebt. In seine Düfte, seine Landschaft, sein Chaos. Und er hatte sie, seine Tänzerin, dort kennen gelernt, als sie bei ihren schwulen Bewunderern zu Besuch war.
Und er war verliebt in das Essen von Khadjia, seiner Köchin, in ihre *tajine*, das kochend heiß servierte Eintopfgericht. Oder in ihre unvergesslichen Pfannkuchen. Ihre *hachischa*. Eine Haschischkonfitüre, die stundenlang auf ihrem kleinen Gaskocher köchelte und deren Duft das ganze Haus erfüllte.
Mein Gott! Habe ich einen Hunger !
Das Wasser läuft ihm buchstäblich im Munde zusammen, wenn er sich all die Speisen vorstellt, die Khadjia Tag für Tag für ihn kochte. Er war die ganze Zeit, wo sie bei ihm war, nie in einem Restaurant essen. Sie hätte ihn auf der Stelle mit ihren dicken Armen erwürgt.
Khadjia war ganze vierzehn Jahre, als sie das erste Mal schwanger wurde. In Afrika keine Ausnahme. Allerdings haben sich auch dort die Zeiten geändert. Fatima, ihre erste Tochter, hat ihr erstes und einziges Kind Fawzia erst mit neunzehn Jahren geboren.
Fawzia war ein auffallend hellhäutiges Mädchen mit dunklen, sehr ernsthaften Augen und einem widerspenstigen Haarschopf, den ihre Mutter und Großmutter mit vereinten Kräften vergebens zu bändigen versuchten. Der Vater von Fawzia war kurz vor

ihrer Geburt bei einem tragischen Unfall im marokkanischen Militär umgekommen. Fatima half ihrer Mutter oft in seinem kleinen Haushalt. Sie bügelte seine Hemden, putzte das kleine Haus und kümmerte sich liebevoll um all die vielen Pflanzen, die ohne sein Dazutun ins Haus kamen und es immer mehr in ein Gewächshaus verwandelten. In großen und kleinen Töpfen, auch in ausgedienten Waschzubern, wuchsen Rosen, Wicken, Bougainvilleen, Dahlien, Jasmin und viele andere Gewächse, deren Namen er sich nie merken konnte.

Wenn beide Frauen beschäftigt waren, und er hatte sie kaum einmal unbeschäftigt gesehen, saß die kleine Fawzia still am Boden bei ihm im Arbeitszimmer, malte oder spielte mit den einfachen Spielsachen, die er ihr nach und nach vom Bazar mitbrachte. Sie war damals sechs Jahre alt. Später zog ihre Mutter mit dem Kind in den Norden, nach Tetouan, wo sie Arbeit in einer Fabrik gefunden hat.

Tanner hat Fawzia erst wieder ein Jahr später gesehen.

Als kleinen Leichnam.

Man fand sie, nachdem sie vermisst wurde und die Polizei drei Wochen vergeblich nach ihr gesucht hatte, in einem Koffer in der Gepäckaufgabe.

All ihre Gliedmaßen waren fachmännisch vom Körper abgetrennt und nachträglich wieder angenäht worden. Ihre dunklen Augen fehlten.

Seither kochte Khadjia zwar noch für ihn, sprach aber kein einziges Wort mehr.

In den Zeitungen verschwieg man diese schrecklichen Manipulationen an dem kleinen Körper, um die Menschen nicht zu erschrecken. Es war das dritte Kind, das man so massakriert in einem Koffer gefunden hatte. Alles auffallend hellhäutige Mädchen.

Tanners Probleme in Marokko fingen erst an, als er sich in die Untersuchungen dieser Mordfälle einzumischen begann. Dies stand allerdings wirklich nicht in seinem Pflichtenheft.

Auf der Umfahrungsautobahn der Hauptstadt herrscht dichter Verkehr.

Kurz nach halb fünf Uhr, also früher als er befürchtet hat, erreicht er den kleinen See und das neu renovierte Schloss, das hinter

noch unbelaubten Bäumen nur dürftig versteckt ist, biegt nach rechts in die Straße, die ins Dorf zu Ruth und Karl führt.
Er entscheidet sich angesichts der Uhrzeit, vor seinem Rendezvous nicht zum Hof zu fahren.
Kurz nach dem Schloss hält er den Wagen an und beschließt, hier zu warten. Vierhundert Meter vor ihm liegt das Gut und die Villa der Finidori.
Warum Rosalind ihn heimlich um ein Treffen bittet?
Und welche Rolle spielt Honoré in dieser Familie? Er wird bald mehr wissen!
Der Himmel hat auch hier aufgeklart, aber der Boden ist immer noch nass.
Er schließt seine Augen. Den Hunger spürt er nicht mehr. Dafür ist der Druck in seinem Bauch umso deutlicher geworden.
Wie soll er heute Abend Ruth begegnen? Er hat nicht die leiseste Ahnung. Um sich diesem Problem nicht weiter stellen zu müssen, öffnet er die Augen.
Gerade noch rechtzeitig.
Er sieht, wie vorne auf der Straße, etwa auf der Höhe der Villa, ein schwarzer Punkt die Straße überquert, ein paar Schritte in seine Richtung kommt und plötzlich einen kindlichen Hüpfer macht. Als ob er eine Pfütze überspringen würde.
Das ist doch Honoré, entschlüpft es überrascht seinen Lippen.
Er sieht zwar die Gestalt nur undeutlich, aber die Bewegung, die Art des Hüpfens und die rudernden Arme bei dem kleinen Hopser verraten eindeutig den Zwerg. Jetzt biegt er nach links in die kleine Straße ein, die zum Bach mit den Weiden hinunterführt beziehungsweise zu einem weiteren Hof mit Stallungen. Der hohe, viereckige Turm, der davor, mitten auf einer Wiese, steht, ist ihm gestern gar nicht aufgefallen. Wahrscheinlich, weil sein Blick bei der Herfahrt nur auf die Villa konzentriert war, die von hier aus gesehen, rechts von der Straße, liegt. Honoré geht jetzt in die Wiese, in Richtung des Turms. Einen Weg kann man, wegen der Perspektive, nicht ausmachen. Was will er denn in diesem alten Turm? Der alte Kornspeicher ist eine Art mittelalterliches Vorgängermodell zu den modernen Silos.
Der Zwerg ist mittlerweile hinter dem Turm verschwunden. Man

kann nicht sehen, ob er in den Turm hineingegangen oder ob er hinter dem Turm einfach stehen geblieben ist.
Tanner startet den Motor. Auf der Höhe des Turms hält er kurz an. Die Wiese zwischen Bauernhof und Turm ist leer.
Ein schmaler Pfad verbindet tatsächlich die Straße mit dem Kornspeicher.
Auf dieser Seite des Turms befindet sich ein Eingang ohne sichtbare Tür. Entweder ist sie nach innen geöffnet oder es gibt keine.
Von Honoré keine Spur.
Der kleine Hof gegenüber des Turms sieht unbewohnt aus. Entweder ist Honoré im Turm verschwunden. Oder in dem kleinen Bauernhaus. Dann hätte er allerdings mitten auf dem Weg zwischen Turm und Haus rechtsumkehrt machen müssen, und das ist eher unwahrscheinlich.
Diesen Turm schaue ich mir später an, beschließt Tanner. In diesem Moment braust vom Dorf her der grüne Geländewagen heran.
Auf der Höhe der Einfahrt zur Villa wird der Wagen energisch nach rechts gesteuert und mit kreischenden Rädern verschwindet der Wagen in der Einfahrt des Gutshofes.
Keinä Problema …, kichert Tanner vor sich hin.
Manuel hat allerdings nicht allein im Wagen gesessen. Da waren einige Personen im Auto, aber es ist einfach zu schnell gegangen, um mehr zu erkennen.
Beim Friedhof fährt Tanner den weißen Kombi auf den Feldweg und stellt ihn hinter die Baumgruppe, so dass man ihn weder vom Dorf noch von der Straße sehen kann.
Es ist drei Minuten vor fünf Uhr und man sieht niemanden.
Hoch oben in den Ästen singt der Kuckuck wieder seinen ewigen Text. Kuckuck … Kuckuck …! Oder heißt das vielleicht Guckguck … Guckguck?
Tanner steigt aus dem Auto und guckt! Sieht aber rein gar nichts! Guckguck … Guckguck!
Er blickt angestrengt auf den Weg, den Rosalind kommen müsste.
Und wenn sie nicht kommt?
Siedend heiß wird's ihm bei der Frage. Vielleicht hat sich der

Zwerg einfach nur einen bösen Streich mit ihm ausgedacht. Ihn dabei so unangenehm genau einschätzend, dass es ihn fröstelt, und er denkt an die Falle, die man ihm in Marokko gestellt hat. Ein Kreislauf von sich ständig wiederholenden Ereignissen auf Grund der zwanghaften Verhaltensweisen von Tanner!
Tanner lächelt gequält vor sich hin.
Er öffnet nun zum dritten Mal innerhalb von zwei Tagen das rostige Friedhofstor. Ein unwissender Beobachter würde bestimmt denken, der spinnt doch.
An der linken Innenseite der Friedhofsmauer kauert Rosalind. Der Kuckuck fliegt davon.
Sie ist genau gleich gekleidet wie gestern, nur ohne Reiterhelm in der Hand. Auf ihrer Stirn klebt ein weißes Pflaster. Sie starrt auf den Boden, obwohl sie ihn ganz bestimmt hat eintreten hören. Steinerne Trauerengel, wie man sie auf italienischen Friedhöfen antreffen kann, blicken nicht trauriger auf den Boden.
Tanner setzt sich ihr gegenüber auf einen flachen Grabstein.
Sie schaut immer noch auf den Boden. In ihrer Hand hält sie ein zerknülltes Taschentuch. Er betrachtet ihr vom abendlichen Licht goldglänzendes Haar. Sie hat es achtlos irgendwo im Nacken zusammengebunden.
Entlang des Haaransatzes feine blonde Härchen, als ob da eine helle Grenzlinie gezogen wäre. Auf dem Teil der Stirn, den er sehen kann, denn sie hält ja den Kopf gesenkt, zarte Sommersprossen. Ihre Hände sind klein, aber kräftig.
Schweigend holt er aus seiner Jacke die Kette mit dem Medaillon. Auf seiner flachen Hand hält er es ihr direkt unter ihre Augen, denn er findet, dass sie jetzt lang genug auf den Boden gestarrt hat.
Was jetzt geschieht, kann man nur mit einem kleinen Naturereignis vergleichen. Zuerst betrachtet sie das Medaillon in seiner Hand. Eine kleine Ewigkeit lang.
Dann sieht Tanner ihre grünblauen, leicht mandelförmig geschnittenen Augen, ihre sehr gerade Nase und zwei blassrote, ungeschminkte Lippen.
Jetzt springt sie aus der Kauerstellung auf. Reißt ihre Arme in die Luft. Das Taschentuch fliegt hoch über ihren Kopf und sie schreit

und juchzt. Tränen stürzen ihr aus den Augen. Kaum sind ihre Füße wieder auf dem Boden, federt sie noch höher in die Luft.

Wie hoch du springen kannst, ruft Tanner, überrumpelt von diesem Ausbruch, und muss unwillkürlich an seinen Traum von gestern Nachmittag denken.

Higher! Higher to the sky! Die Frau auf dem Schlitten hat das gerufen.

Beim nächsten Sprung hechtet sie an seinen Hals und küsst ihn mitten auf den Mund.

Tanner! Sie heißen doch Tanner, oder? Tanner ... Tanner ... ! Sie haben mein Leben gerettet. Sie haben mir mein Liebstes, was ich auf der Welt besitze, wiedergegeben!

Nachdem das alles aus ihr herausgesprudelt ist, küsst sie ihn noch einmal.

Als sie ihn angesprungen hatte, hat er reflexartig seinen rechten Unterarm unter ihren Hintern gelegt. Mit ihren Beinen umklammert sie ihn.

Und so sitzt sie fröhlich und bequem auf seinem Arm und strahlt ihn an.

Mit dem einen Arm umschlingt sie seinen Nacken und mit dem anderen gestikuliert sie wild herum.

Ich bin gestern Nachmittag schon hierher gekommen, um mein Medaillon zu suchen. Zwei Stunden habe ich gesucht, weil ich überzeugt war, dass die Kette beim Sturz gerissen ist. Ich bin auf meinen Knien herumgerutscht! Greifen Sie mal an meine Knie! Die Hose ist jetzt noch feucht.

Sie greift nach seiner Hand.

Bevor sie ihr Vorhaben in die Tat umsetzen kann, stellt er sie allerdings auf den Boden. Das heißt, er zieht seinen Arm unter ihrem Hintern einfach weg. Sie aber hält ihren Arm eng um seinen Nacken geschlungen, so dass ihr Körper zwar an ihm hinuntergleitet, wobei er mehr von ihrem Körper spürt, als ihm lieb ist, aber ihre Stiefel erreichen deswegen den Boden noch lange nicht, denn Rosalind ist ein ganzes Stück kleiner als er.

Unbeabsichtigt geben die beiden für einen Augenblick lang das perfekte Bild eines Liebespaares ab. Dazu bräuchte ein Beobachter keine Fantasie.

Tanner spürt das, als ob er gleichzeitig selber der Beobachter wäre.
Zudem stehen sie noch erhöht auf der Grabplatte, denn als sie ihn angesprungen hatte, musste er einen Schritt zurückweichen. Man hätte sie sofort in Öl malen können. Bildunterschrift: Der Alte und das Mädchen. Oder, falls der Maler auf ihre Kleider verzichten würde: Faun mit Jungfrau …
Tanner wird sich so genau an dieses Bild erinnern, weil ausgerechnet in diesem Augenblick ein Auto am Friedhof vorbeirast. Tanner und Rosalind drehen beide gleichzeitig ihre Köpfe, erschreckt durch das plötzlich Dröhnen des Motors.
Sie sehen, wie durch das Rückfenster des schwarzen Golf GTI's ein bleiches Gesicht sie böse anstarrt. Etwa hundert Meter weiter hält der Golf plötzlich an, steht eine Weile still, lässt dann seinen Motor aufheulen und braust weiter.
Das Stehenbleiben auf offener Straße wirkte wie eine Drohung.
Rosalind löst erst jetzt ihren Arm von seinem Nacken.
Die hassen mich wie die Pest!
Sie zieht mit einem energisch anmutigen Schwung ihre Jacke nach unten, die beim Heruntergleiten hochgerutscht ist.
Auf seine Frage, wer das denn sei, antwortet sie nur wortkarg.
Ach, das sind Bauernsöhne vom Nachbardorf.
Und warum hassen die dich, bohrt er weiter. Ich darf doch du sagen, oder?
Ja, selbstverständlich! Die hassen mich, weil die sowieso alles hassen. Und mich hassen sie, weil ich sie nicht rangelassen habe!
Sie setzt sich wütend auf den Grabstein.
Rangelassen?
Das Wort klingt aus ihrem Mund erschreckend desillusioniert.
Tanner setzt sich neben sie auf den kühlen Grabstein. Der Bewohner des Grabes möge ihnen die Störung seiner Ruhe verzeihen.
Haben sie es denn versucht?
Nicht wirklich! Dazu haben die viel zu viel Angst vor meinem Onkel. Wie alle hier! Es reicht, dass die genau wissen, wie sehr ich sie verachte und dass ich nichts mit ihnen zu tun haben möchte!
Umso mehr werden sie mich hassen, den Fremden, der sich heimlich auf dem Friedhof mit dem jungen Mädchen trifft, denkt er.

Und hat nicht Ruth gesagt, hier spricht sich alles schnell herum? Das kann heiter werden!
Die Wahrheit ist, dass Tanner nicht an sich, sondern an die Lage von Rosalind denkt! Gegen das Bild, das sie gerade zusammen abgegeben haben, kann auch eine zehnbändige Gegendarstellung nichts ausrichten. Zumindest nicht in bestimmten Köpfen.
Rosalind nimmt ganz selbstverständlich seine Hand in die ihre und lehnt ihren Kopf an seine Schulter. Das Bild, das sie jetzt abgeben, hieße wohl eher: Tochter bittet Vater um Erhöhung des Taschengeldes.
Es ist das Einzige, was ich von meinem Vater besitze. Das kleine Foto und die Briefmarke.
Sie geht also ganz selbstverständlich davon aus, dass Tanner das Medaillon geöffnet hat. Kluges Kind!
Ich habe schon auch noch andere Sachen von meinen Eltern, aber das Medaillon mit seinem Inhalt ist mein größter Schatz!
Tanner entzieht Rosalind seine Hand.
Ich habe übrigens auch deine Reitpeitsche gefunden, die ist aber in meinem Auto!
Rosalind schweigt und er hat plötzlich den Eindruck, dass sie weit weg ist.
Ich muss jetzt nach Hause, denn meine Großmutter legt Wert auf Pünktlichkeit beim Abendessen. Sie haben sie ja kennen gelernt!
Und ob, denkt er, zum Essen gibt's wahrscheinlich extra dünn geschnittenes Brot und ein halbes Glas Wasser.
Willst du nicht mit zu Ruth und Karl in ihre warme Küche kommen? Die würden sich bestimmt freuen!
Er sagt das nicht naiv, denn er weiß, dass sie die Einladung nicht annehmen kann. Es sollte mehr ein Versuchsballon sein.
Lieb, dass Sie mich einladen, Tanner. Aber das geht nicht.
Sie sagt es weder traurig noch verbittert. Sie sagt es einfach. Punkt. Keine weitere Erklärung. Sie steht auf.
Vielen Dank für das Medaillon! Und bitte! Warten Sie hier noch einen Moment, bevor Sie auch gehen.
Sie geht zum Friedhof hinaus und verschwindet hinter den Büschen, ohne sich noch mal umzudrehen.
Als er nach einer Weile zum Auto geht, stiefelt ihre schmale Ge-

stalt schon quer über die Felder, in Richtung Autobahn. Die Hände tief in ihren Hosentaschen, den Kopf gesenkt, ihre endlos langen Haare wie ein Schweif.

Er fährt zum Hof. Sein alter Ford ist unter dem Dach der neuen Einstellhalle auf Balken aufgebockt und es fehlen alle vier Räder. Und das am Sonntag?

Auf dem Dach sitzen drei Katzen. Das Auto sieht jetzt vollends aus, als sei es hier abgestellt worden, um es langsam verrotten zu lassen.

Tanner fährt den Opel in die Garage.

Sabatschka, das große Hündchen, ist draußen vor dem Haus und begrüßt ihn mit zwei müden Wedelbewegungen seines Schwanzes.

In der Küche das gleiche Bild wie am ersten Morgen. Karl sitzt am Tisch und blättert in einer Sonntagszeitung. Die heutige Schlagzeile: *Massenkeulung von Schafen und Schweinen – Macht das Sinn?* Ruth steht wieder an der Spüle, heute in abgewetzten Jeans und einem engen, schwarzen Pullover. Bevor sie sich ganz zu Tanner dreht, hat er gerade noch Gelegenheit, sie im Profil zu sehen. Sie schaut Tanner ganz fröhlich an.

Ich habe gehört, dass Karl und Sie sich duzen. Ich für mein Teil möchte beim Sie bleiben, dann kann ich besser mit Ihnen schimpfen, wenn Sie dauernd zu spät zum Nachtessen kommen.

Gut! Jetzt kenn ich das Programm, denkt er und gibt sich ganz zerknirscht.

Ich bin in einen fürchterlichen Stau gekommen. Ich entschuldige mich demütig in aller Form bei Ihnen, Ruth!

Ihnen betont er so fett wie möglich.

Karl guckt ernst und gespannt. Er wusste ja von dem Rendezvous. Er kriegt von Tanner aber keine erkennbare Botschaft.

Ja! So ist sie … mein Ruthli! Daran gewöhnst du dich besser gleich, sonst wirst du hier nicht alt!

Sie lachen alle drei. Das Lachen klang gestern unbeschwerter.

Ja, so ist sie …

Während Tanner den Satz wiederholt, denkt er an die Nacht.

Sie auch? Oder wie soll er es verstehen, dass sie ganz schnell seinem Blick ausweicht?

Nachdem er bei der Gelegenheit gesteht, dass er den Tank ihres Autos leer gefahren habe und nicht tanken konnte, serviert Ruth das Abendessen. Einen ganz köstlichen Blätter- und Gemüsesalat, auch weich gekochte Kartoffelstücke sind drin, mit selbst gemachtem Mozzarella, Basilikumblättern und frischem Brot. Dazu ein Glas Wein, und damit stoßen sie auf das neugeborene Kalb an.

Und? Wie soll es heißen?

Seit heute Morgen hat Tanner sich diesem Problem nicht mehr gewidmet und auf der Heimfahrt, wo er weiß Gott genug Zeit gehabt hätte, hat er es vergessen.

Einen Moment, bitte. Ich muss mich eben noch endgültig entscheiden.

Karl stellt das Glas wieder hin und schaut ihn erwartungsvoll an.

Lilly geht natürlich nicht. Lilith ist auch Blödsinn. Der Name seiner Tänzerin? Fängt auch mit L an. Quatsch mit Sauce! Seine Großmutter hieß Lina. Ob die sich droben im Himmel freuen würde, dass er ein Kalb nach ihr benennt. Wohl kaum.

Lisa! Was haltet ihr von Lisa?

Die kleine Anna Lisa würde sich sicher freuen, wenn man das Kalb nach einem Teil ihres Doppelnamens taufen würde.

Jawohl! Lisa find ich schön. Lisa! Laura und ihre Tochter Lisa, sagt Karl und nimmt das Glas wieder in die Hand.

Ruth, was meinst du dazu?

Ruth meint, dass die Männer das unter sich entscheiden sollten, wo sie sich doch so auf ein Mädchen gefreut hätten. Sie würde sich ihrer Stimme enthalten.

Nachdem sie sich erklärt hat, schaut Ruth Tanner mit ihren ernsten, dunklen Augen ins Gesicht. Karl erhebt sein Glas und sie stoßen auf Lisa an. Danach verlässt Ruth die Küche.

Und? Wie war's?

Rosalind hat sich riesig über das Medaillon gefreut, und sie hat mir erzählt, dass das ihr liebstes Andenken an ihre Eltern sei. Und dann ist sie wieder gegangen.

Das war alles?

Karl ist offensichtlich enttäuscht.

Was hast du denn erwartet, Karl?

Er schweigt einen Augenblick.

Moment mal! Warum wollte sie sich denn mit dir treffen? Sie muss doch einen Grund gehabt haben. Eine Absicht!
Karl ist ganz aufgeregt.
Er hat natürlich Recht. Vor dem Treffen war die Frage für Tanner genauso wichtig. Während des Treffens hat sich die Frage plötzlich nicht mehr gestellt. Vielleicht wäre sie nicht so schnell weggegangen, wenn der schwarze Golf nicht in dem Moment durchgefahren wäre. Vielleicht …
Vielleicht wollte sie etwas und dann hat sie sich's anders überlegt, meint Karl.
Tanners Gedanken entlang gedacht, stimmte das ja auch. Karl hat Recht. Auch wenn er über den wahrscheinlichen Drehpunkt der Situation nicht Bescheid weiß. Tanner will ihm von der Umarmung und vom Auftauchen der Bauernsöhne vom Nachbardorf nichts erzählen. Noch nicht. Es ist nur so ein Gefühl. Aber dieses Gefühl legt ihm Zurückhaltung auf.
Karl? Die Sendung über BSE hat gerade angefangen!
Ruth streckt ihren Kopf zur Tür rein. Während sie auf Karl wartet, der sofort aufsteht, senkt sie ihren Kopf und Tanner sieht nur noch ihre dunkelbraunen Locken.
Drin wühlen … wühlen.
Nur noch deinen Körper spüren.
Möcht mich ganz in dir verlüren!
Tönt's aufrührerisch aus seinem Inneren.
Ich sag es dir morgen, Karl, falls ich mich an den Artikel über die Viehzucht erinnere, lügt Tanner frisch fröhlich drauflos.
Und schon sitzt er allein in der Küche. Und schon hat er mit jedem von ihnen Geheimnisse. Mit Ruth ein großes und mit Karl ein kleines. Kaum zwei Tage ist er her.
Über dem Tisch üben ein paar Fliegen lautloses Formationsfliegen.
Ihr werdet auch bald am Fliegenfänger kleben, glaubt's mir, ich spreche aus jahrhundertealter Erfahrung.
Kaum gewarnt, verlässt eine Fliege die Gruppenübung, will eigene Wege gehen, äh … fliegen, und prompt bleibt sie an dem klebrigen Streifen hängen! Wer nicht hören will, muss fühlen!
Und plötzlich weiß er, was Rosalind von ihm wollte! Sie hat Angst!

Sie selbst hat Angst vor ihrem Onkel. Nicht die Bauernlümmel! Sie ist es, die Angst hat.
Das Mädchen hat einfach die zufällige Begebenheit mit dem schwarzen Golf GTI benutzt, um das zu sagen, was sie auf andere Weise nicht hätte sagen können! Wie alle hier, hat sie noch hinzugefügt. Jetzt ist Tanner sich ganz sicher! Aber was genau macht ihr Angst?

SIEBEN

Tanner geht in den ersten Stock und stellt sich erst mal eine halbe Stunde lang unter die heiße Dusche. Alle Mühsal des Tages von seiner Seele waschen.

Hinweg mit allen falsch gurrenden Flughafenhostessen und ihren implantierten Luftballons unter den weißen Blusen.

Hinweg mit allen bellenden Kellnern, die ihren Beruf nicht lieben.

Hinweg mit allen sauertöpfischen Geschäftsleiterinnen, die einmal gelernt haben, dass der Gast König ist, um es dann schleunigst zu vergessen.

Hinweg mit allen besoffenen Primarlehrern, die die kleinen Jungs in Nordafrika, und weiß der Teufel, wo sonst noch, mit ihren gesunden Fränkchli und ihren kranken Schwänzen kaputtmachen.

Hinweg mit allen Beamten, die Bahnhofsbänke mit Spezialeinrichtungen aus hochpoliertem Mahagoni versehen, damit arme Penner ihren geschundenen Körper nicht mehr hinfläzen können.

Hinweg mit den Spießern, die ihren kleinen Nazi aus der Hosentasche zaubern, wenn der brave Tanner es eilig hat und sie überholt, weil er Rosalind nicht warten lassen will, die auf ihn wartet. Am Friedhof beim Dorf, das keine Kirche hat.

Nach der Dusche fühlt er sich um Tonnen leichter, öffnet ein Fenster und legt sich nackt in sein frisch bezogenes Bett. Ruth hat an alles gedacht.

Mit all seinen Lieben.

Mit Fawzia, die jetzt im Himmel ist. Wo die Engel ganz sicher Freude an ihrem nicht zu bändigenden Haar haben.

Mit seinem Kind, das in Amerika lebt, wächst und wächst und ein junger Mann wird, der wunderschön Waldhorn spielt.

Mit Emma, an deren Brüsten es sich so selig schlafen lässt. Komm her, kleine Anna, hier gibt's – aus Versehen – ein ganz kuscheliges Plätzchen neben deiner Mama.
Mit Ruth, die ihn gestern heimgesucht hat, voll alttestamentarischer Kraft, ohne ihn zu fragen.
Mit Rosalind, die Angst hat!
Du, lieg hier. Zwischen Emma und Ruth.
Die wegnehmen deine Angst dir tut ...
Mit seiner Liebsten, die jetzt genau dort ist, wohin er schon lange ein Loch hätte bohren sollen.
Siehst du, Tanner, würdest du nicht nur träumen, sondern machen, könntest du jetzt durch das Loch zu ihr gucken. Könntest ihr lustige Geschichten zuraunen, erotische, wie sie es so gerne mochte, oder unsäglich traurige, die trotzdem gut enden!
Du könntest durch die Hitze des Erdkerns krabbeln, vielleicht würde sie dich, wenn du voll beschmiert mit Magma auf der anderen Seite bei ihr ankämst, endlich wieder in ihre Arme nehmen. Das heiße Magma würde dir bestimmt nichts, ganz sicher nichts anhaben können, weil eine gute Fee deinen ganzen Körper mit einer Zauberpaste eingeschmiert hätte, da du vorher einmal endlich die richtige Kassette ausgewählt hättest und du nach dieser letzten Prüfung die Prinzessin von Australien zu deiner Frau und alle verborgenen Schätze der Aborigines geschenkt bekommen würdest ...
An dieser Stelle, wo es ganz besonders schön wird, weil er fast am Ziel ist, wacht er auf, weil er friert.
Er schaut durchs Fenster. Es ist dunkel. Er schaut aufs Telefon. Es ist neun Uhr.
Tanner! Zeit zum Aufstehen. Genug geträumt. Machen! Nicht träumen!
Er nimmt frische Unterwäsche, seine schwarzen Cordhosen, ein Hemd und den dicken schwarzen Rollkragenpullover. Denn für das, was er vorhat, möchte er nicht durch helle Kleidung auffallen.
Die Fenster zur Küche spiegeln dunkel glänzend und abweisend die Nacht. Kein Hund und keine Katze möchte draußen sein.
Bei seinem räderlosen Auto wechselt er seine Halbschuhe gegen

die Wüstenschuhe, wie er sie nennt. Das sind kräftige Schuhe mit weichen Sohlen, die er immer in seinem Auto mitführt. In Marokko hat er diese Schuhe bei nächtlichen Ausflügen in die Wüste getragen, wegen der Skorpione und Sandvipern, vor denen er einen Heidenrespekt hatte.

Ob er die Pistole, die immer noch in seinem Handschuhfach liegt, mitnehmen soll?

Jetzt spinnst du aber total, Tanner! Du gehst ja nicht auf die Jagd, sondern auf Besichtigungstour. Und wann hätte er je seine Waffe gebraucht, außer auf dem Schießstand? Gereinigt hat er sie auch schon lange nicht mehr. Fraglich, ob sie überhaupt noch funktioniert. Wenn er zurückkehrt, sollte er das Ding in seinem Zimmer verstecken.

Morgen, morgen!

Tanner marschiert unter bedecktem Nachthimmel los. Keine Sterne und auch keine schnell vorüberziehenden Satelliten. Für sein nächtliches Unternehmen gerade die richtigen Lichtverhältnisse.

Statt sich zu überlegen, ob er seine Waffe mitnehmen sollte oder nicht, hätte er lieber an die Taschenlampe denken sollen, die im Seitenfach der Autotür steckt.

Da er schon auf der Höhe des Friedhofs ist, der jetzt so düster wie Böcklins Toteninsel wirkt, verzichtet er großzügig darauf, noch einmal zurückzugehen. Instinktiv schlägt er denselben Weg ein, den heute Rosalind querfeldein genommen hat.

Was es wohl zum Nachtessen gegeben hat, bei der Alten?

Da sie offenbar bei der Alten isst, nimmt er an, dass sie nicht bei Auguste im neueren Haus wohnt, sondern in der Villa. Vielleicht treffen sich aber zum Essen alle von der Familie in der Villa.

Falls Honoré nicht nur der Butler ist, sondern auch der Koch, wird er schon dafür sorgen, dass das Kind etwas Ordentliches zu essen bekommt. Habe ich Kind gesagt?

Er murmelt in die rabenschwarze Nacht und denkt unfreiwillig an das, was er gespürt hat, als dieses Kind an ihm hinuntergeglitten ist.

Nachdem er die stille, asphaltglänzende Autobahn überquert hat – er überquert den Totenfluss –, nähert er sich in einem weiten Bogen, quer über den sanften Hügel, sozusagen durch den Hintereingang, dem Gutshof.

Regelmäßig bleibt er im Schatten eines Baumes oder einer Hütte stehen und lauscht in die rohe Ansammlung von Gebäuden hinein. Hinter einem Vorhang des Wohnhauses sieht er bläuliches Licht flackern.

Da sitzt der Halbmond mit all seinen Leuten vor dem Fernseher und schaut sich vielleicht auch den Themenabend über BSE an ...?

Er atmet denselben Geruch wie auf dem Marrerhof ein.

Es ist still, aber man kann die Anwesenheit unzähliger Tiere in den Stallungen anhand einer Vielzahl von leisen Geräuschen spüren. Spurenelemente von Kaugeräuschen, von Atem, Kettengerassel und kleinsten Bewegungen bilden zusammen einen zart gewobenen Klanggobelin, der aber der Stille nichts anhaben kann.

Einmal wird diese Stille aus einem der kleineren Häuser durch einen hässlichen Ton zerrissen. Man kann aber nicht erkennen, was die Ursache sein könnte. Zwischen dem Gutshof und der großen Villa steht ein kleines Haus mit verschlossenen Fensterläden, das er schon gestern bemerkt hat, als Manuel ihn zur Villa fuhr. Gestern allerdings war sein spontaner Eindruck, dass es unbewohnt sein muss, wenn schon um fünf Uhr sämtliche Fensterläden des zweistöckigen Hauses bis unters Dach geschlossen sind. Oder die Bewohner sind verreist. Aus der Nähe, auch wenn es dunkel ist, sieht man jetzt, dass es kürzlich renoviert worden ist.

Durch die schmalen Schlitze der dunkelgrünen Fensterläden glimmert ein blaues Leuchten. In diesem Fall kann die Quelle aber nicht ein Fernseher sein, dazu ist das Leuchten oder Schimmern zu gleichmäßig.

Tanner wendet sich der Villa zu und wundert sich, dass kein Hund seine Anwesenheit bemerkt, denn einen Gutsbetrieb dieser Größe ohne Hund gibt es nicht. Auf der Rückseite der Villa verströmen zwei kleine Mansardenfenster im Walmdach ein warmes Licht.

Er sieht das Licht erst, als er, sich vorsichtig vorwärts bewegend, über die Mauer geklettert ist und im Villengarten um das Haus herumgeht.

Der Rest des großen Hauses liegt stumm und abweisend im Dunkeln.

Das wundert ihn allerdings nicht, wenn die Alte ja schon um fünf Uhr, vielleicht auch den ganzen Tag über, die dicken Samtvorhänge vor die großen Fenster zieht. Das Licht aus den kleinen Dachfenstern ist deswegen umso einladender und freundlicher, direkt liebevoll.
Tanner! Denk jetzt nicht an weiche Bettwäsche, in die sich Rosalind kuschelt. Und die zwei kleinen Kieselsteine, die du in der Hand wurfbereit hältst, kannst du auch gleich wieder wegschmeißen. Und zwar auf den Boden!
Er gibt seiner Warninstanz heute ausnahmsweise Recht, denn das Ziel seines kleinen Nachtspaziergangs ist der alte Kornspeicher, wo er heute, kurz vor seinem Rendezvous mit Rosalind, den Zwerg entdeckt hat.
Den Umweg über den Gutsbetrieb macht Tanner nur, sagen wir einmal, aus allgemeiner Neugierde. Anknüpfungspunkt für weitere Erkenntnisse kann nur Honoré sein, denn immerhin hat der ihm heimlich den Zettel von Rosalind zugesteckt. Was will er eigentlich herausfinden? Wieso Rosalind Angst hat? Ob Honoré ihm das sagen wird? Sagen kann?
Als er das Grundstück der Villa schon wieder verlassen hat und sich auf der Straße in Richtung des Kornspeichers befindet, hört er aus der Tiefe des Hofgeländes, das er gerade eben durchstreift hat, wie explosionsartig eine Tür aufdonnert und die Stille von einem mehrstimmigen Höllenhundegebell von oben bis unten zerrissen wird.
Eine herrisch donnernde Stimme verschafft sich Ruhe im Hof. There's master's voice …
Das Bellen verwandelt sich zuerst in Jaulen, maulendes Knurren und Japsen, dann in unterdrücktes Heulen, bis man nur noch das aufgeregte Herumjagen der Hundegang hört.
Nicht auszudenken, was passiert wäre, wenn er fünf Minuten länger auf dem Hofgelände vertrödelt hätte! Zum Beispiel, weil ein bestimmter, allein stehender Herr unbedingt einige Kieselsteine an das Fenster einer jungen …
Wahrscheinlich durften die Hunde im Hause ausnahmsweise Hundertundeindalmatiner im Fernsehen gucken, damit Tanner seelenruhig das Gelände inspizieren konnte.

Er bedankt sich artig beim Büro für Vorsehung und Zufälle und bittet gleichzeitig um weitere wohlwollende Betreuung.
Unauffällig heißt die Devise! Also schlendert er erst mal am Turm vorbei in Richtung Schloss und beobachtet genau die Umgebung, so weit man halt sehen kann in der Dunkelheit.
Zur Seite der Straße besitzt der Turm kein Fenster und keine Luke, dafür viele regelmäßig verteilte Lüftungslöcher in der Größe von Kinderfäusten, zur Belüftung des Korns.
In Richtung Schloss ist die Fassade mit verwitterten Schindeln bedeckt und ganz oben gibt es eine winzige Öffnung. Ein Sperberauge, mit einem kleinen Augenlid aus Blech darüber, das das Schloss beobachtet.
Tanner überquert die Wiese, mit etwa fünfzig Meter Abstand parallel zum Turm, um auch die von der Straße abgewandte Fassade zu sehen. Auf dieser Seite besitzt der Turm ziemlich weit oben ein Fenster, das verschlossen ist.
Er zieht nun seinen Erkundungskreis enger und steht kurz darauf vor der Eingangsöffnung des Kornspeichers. Der Eingang hat tatsächlich keine Tür. Trotzdem ist es drinnen dunkel wie in einem Kuhmagen.
Die Taschenlampe, Tanner! Die Taschenlampe! Wie ein Anfänger!
Tanner ist doppelt wütend, weil er niemandem die Schuld zuschieben kann. Er durchsucht seine Cordhose. Die hatte er das letzte Mal an, als er noch der anderen Hälfte der Welt angehörte, nämlich der Raucherwelt. In der linken Gesäßtasche befindet sich ein nicht benutztes Papiertaschentuch, eine entwertete Kinoeintrittskarte für den Film *The Cider House*. Und ein sehr dünnes Streichholzbriefchen vom *dodici apostololi* mit ganzen drei Streichhölzern. Welch ein Überfluss!
Danke, mein liebes Büro für Vorsehung! Könnt ihr in Zukunft aus Versehen mit den Streichhölzern etwas großzügiger sein?
Mit dem ersten Streichholz in der Hand, zur Zündung bereit, betritt er den Kornspeicher. Beim ersten stichflammenden Schein erkennt man einen lehmgestampften Boden, rohe Steinwände, ohne auffällige Spuren oder Hinweise. Tanner dreht sich um die eigene Achse. Nichts.

Keine Gegenstände am Boden, und um eventuelle Fußspuren zu sehen, bräuchte es tatsächlich mehr Licht. Er hält das brennende Streichholz über seinen Kopf und erkennt nichts. Außer Dunkelheit.

Dann verbrennt er sich die Finger und lässt das erste Streichholz fallen.

Mit einem leisen Zisch verlöscht es am Boden, der offensichtlich feucht ist.

Mit dem zweiten Streichholz beschließt er etwas schlauer umzugehen und hält auch die Kinokarte als zusätzlichen Brennstoff bereit. Bevor er diese aber anzündet, hält er das zweite Streichholz von Anfang an in die Höhe, denn am Boden gibt es nichts mehr zu entdecken.

Er erkennt etwa drei Meter über sich eine durchgehend geschlossene, rußig schwarze Holzdecke. Bevor das zweite Streichholz erlischt oder wieder seine Finger verbrennt, entzündet er die Kinokarte, die zwar schnell abbrennt, aber tatsächlich mehr Licht spendet. Eine schwarze Holzdecke, bestehend aus breiten Bohlen. Die Bohlen sind stellenweise zusammengesetzt, so dass sich nicht nur eine Längsstreifung ergibt, sondern auch rechtwinklig dazu einige unregelmäßige Querfugen. Das Papier ist abgebrannt und der Rest der Glut segelt wie kleine Feuerseelen gen Boden, wo sie nacheinander lautlos erlöschen.

Wenn es vorher schon dunkel war, so kommt ihm jetzt die Schwärze noch undurchdringlicher vor.

Er steht still.

Wenn Honoré hier hereingegangen ist, was hat er dann hier gemacht? Er wird wohl kaum die Villa verlassen haben, um hier in die dunklen Ecken zu pinkeln.

Also hat er vielleicht etwas geholt, was vorher hier deponiert war. Schade, dass heute Nachmittag, als er ihn hier gesehen hat, der Geländewagen angebraust kam und ihn irgendwie verleitet hat, gleich weiterzufahren, sonst hätte er wahrscheinlich gesehen, was der Zwerg hier geholt hat.

Falls es eine Luke in der Decke gab, muss man eine ziemlich hohe Leiter haben, um da hochzukommen. Und wenn eine Leiter so lang ist, kann man sie ja nicht einfach verschwinden lassen. Dann

würde man auch sicher Spuren im Lehmboden oder an der Wand sehen.
Tanner, die Taschenlampe ... verdammt noch mal!
Er ist versucht, sein drittes und letztes Streichholz zu benutzen, aber er zögert noch ...
Plötzlich eine Stimme.
Tanner? Haben Sie ein Problem? Fuchst es Sie, dass Sie das Rätsel nicht lösen können?
Es ist die Stimme von Honoré! Etwas dumpf und eigenartig verzerrt. Aber ohne Zweifel die Stimme des Zwerges! Ganz nahe bei Tanner und doch ganz weit weg. Er kann den Standort der Stimme nicht ausmachen.
Honoré lacht.
Ich wollte Sie nicht erschrecken! Ich bin hier oben!
Hier oben ist gut. Tanner sieht nichts und begreift nichts und kommt sich nicht sehr intelligent vor.
Darf isch Sji zü mainär Vörställüng bittän. Trätän Sji bittäschän nähär, schtaunän Sji, lernen Sji. Voulez-vous ätwas sähän, was Sji schon langä sähän wolltän? Trätän Sji ain zür Erleuschtüng!
Ich habe leider gerade meine Eintrittskarte verbrannt. Und überhaupt! Wo sind Sie und wo findet diese Vorstellung denn statt?
Man hat im Läbän viele Eintrittskarten. Und bei mir brauchen Sie keine. Non, non! Vous êtes mon très chère Gast. Kommen Sie, Tannééér ... Tannééér ... Tannééér ...!
Der Zwerg wechselt jetzt zwischen seinem Kauderwelsch und ganz normaler Sprache und Diktion. Das letzte Tanner klang wie von ganz weit weg mit Hall und Echo.
Verdammt noch mal, wo sind Sie und wie komme ich zu Ihnen?
Der Tanner kann auch einmal laut werden.
'aben Sie Gedüld. Gedüld ijst wischtig. Das müssen Sie lernen, Tanner! Manchmal liegt die Lösung vor der Nase und man sieht's halt nicht. Glauben Sie mir. Es wird sich alles lösen.
Auf diese Lösung bin ich sehr gespannt! Und wenn du für all das nicht eine ganz gute Lösung hast, Zwerg, dann ...! Tanner knurrt es in sich hinein.
Wollen Sie nicht endlich in den Lift steigen? Sie verkühlen sich ja

da unten auf dem feuchten Boden. Das gibt ein böses Rheuma, Tanner. Und ob's dann noch klappt mit den jungen Mädchen? Isch 'abe da meinä Zwaifäl … ha, ha,ha … he, he … hi …
Es soll schon mal einer gestorben sein am Lachen, Zwerg. Wo soll denn hier ein verdammter Lift sein? Gibt's auch eine Bedienungsanleitung für deinen unsichtbaren Lift?
Mein Gott, Tanner! Muss man Ihnen alles vorher auf den Kopf hauen, dass Sie's merken. Gucken Sie! Gucken … Gucken … GückGück … ha, ha, ha!
Tatsächlich fällt jetzt ein feiner Lichtstrahl von oben nach unten. Und wo vorher nichts war, ist jetzt etwas. Nämlich tatsächlich eine Art Lift im ganz primitiven Sinne. Ohne dass er es sehen oder hören konnte, deswegen hat der Zwerg wahrscheinlich vorhin so übertrieben laut und lang gelacht, hat sich offenbar eine Luke in der Decke geöffnet. An dem Liftboden, der offenbar aus Glas besteht, sind auf drei Seiten hüfthohe Geländer und vier dünne Drahtseile angebracht.
Honoré, ich bedanke mich demütig für Ihre weise Belehrung! Ist sie im Eintrittspreis inbegriffen?
Da keine Antwort kommt, steigt Tanner ein und wartet auf die Himmelfahrt und die anschließend versprochenen Pfingsten, äh … die Erleuschtüng!
Im Moment, als das Vehikel mit ihm ganz behutsam aufwärts fährt, ist es plötzlich wieder stockdunkel und sofort verliert er jedes Gefühl für Raum und Zeit.
Die Fahrt dauert im Verhältnis zur Höhe des Turms zu lang. Allerdings passiert ihm diese Täuschung regelmäßig auch in der U-Bahn, und da ist es ja bekanntlich nicht mal dunkel.
Plötzlich endet die Fahrt. Der Lift schaukelt.
Tanner spürt von oben einen kühlen Luftzug. Er klammert sich mit beiden Händen fest an die Geländer und fühlt sich wie der erste Montgolfierfahrer. Nur dass sich dieser seines Wissens nicht in stockdunkler Nacht an einem ihm unbekannten Ort aufhielt. Kribbelnd fühlt er in seinen Fußsohlen die bodenlose Tiefe unter sich. Was über ihm ist, weiß er nicht. Außer natürlich Honoré, der im Moment wie ein Gott thront und sich sicher diebisch an Tanners Ratlosigkeit freut. Die Luft ist trocken und staubig wie auf

einem Schnürboden. Der Duft erinnert ihn an das alte Theater, das er in Venedig einmal besucht hat.

Tanner wartet.

Vielleicht geschieht ja gar nichts. Vielleicht ist Honoré ein Wahnsinniger, der einsame Zimmerherren ins Verderben lockt, im Turm in einen Korb hängt und verschwindet.

Tanner sieht schon fett gedruckte Schlagzeilen, sagen wir mal im Jahre zweitausendundsieben. Guterhaltenes Skelett in unbenutztem Kornspeicher gefunden. Nach eingehender anthropologischer Untersuchung handelt es sich um einen männlichen Toten, zirka fünfzig Jahre alt. Seine Identität ist noch nicht geklärt. Es wird um Angaben über allein stehende Männer gebeten, die seit sechs oder sieben Jahren niemand vermisst.

Jetzt ertönt eine Musik von oben herab. Oder aus der Tiefe zu ihm herauf? Tanner hat jedes Raumgefühl verloren. So eine Musik nennt man in bestimmten Kreisen wahrscheinlich sphärisch. Es klingt nach Glasharfe oder Wasserorgel. Ein Goldregen von kleinsten, hellen Pigmenten britzelt vor seinen Augen in die Tiefe.

Eine kleine, goldhaarige Mädchengestalt taucht aus dem Funkenregen auf, glubscht ihn mit großen Augen an und streckt ihm ein Glas mit einer gelbgrünen Flüssigkeit entgegen. Die kleine Gestalt trägt exakt dieselben Kleider wie Rosalind.

Die Puppe, denn um eine solche handelt es sich, hängt an silbernen Fäden und schwebt anmutig auf ihn zu.

Nimm, Tanner ... trink, Tanner ... du hast es dir verdient ... du hast meinen Goldschatz wieder gefunden ... trink und du wirst sehen ...!

Eine Stimme vom Planet Unbekannt.

Ihr dünnes Ärmchen hält ihm das Glas entgegen, er nimmt es und schnuppert skeptisch an dem Inhalt.

Trink ... trink ...!

Ja, ist ja gut. Der Tanner trinkt nicht mehr alles, was man ihm anbietet, murmelt er, aber es riecht nach Martini.

Warum eigentlich nicht? Ein kleiner Schluck zum Klären kann auch den Tanner nicht versähren.

Ich hoffe, er ist nicht geschüttelt?

Da niemand antwortet, trinkt er achselzuckend den Martini und es schmeckt wirklich ganz ausgezeichnet.
Während er trinkt, schwebt die kleine Rosalindpuppe still vor ihm. Sie verschränkt allerliebst linkisch und anmutig ihre Marionettenärmchen.
Es ist sehr still. Nach einer Weile denkt er, aha, war's das schon, und ruft laut in den Turm hinein.
Honoré? War's das? Tolle Nummer! Ich gratuliere! So charmant ist mir schon lange nicht mehr ein Martini kredenzt worden.
Der Turm ist die Ruhe selbst.
Die Puppenaugen zwinkern Tanner zu, erst mit ihrem linken und dann mit dem rechten Auge.
Darf ich dir das Glas zurückgeben, allersüßeste Rosalind, holdes Kind, fragt er das Püppchen und streckt ihr das Glas entgegen.
Sie nimmt es und lässt es fallen. Vergebens wartet Tanner auf das Geräusch des zersplitternden Glases am Boden. Sie zwinkert ihm wieder zu.
Langsam verliert er den Humor, denn er findet, dass er jetzt genug mitgespielt habe und schon zu lange über dem dunklen Abgrund hänge. Er greift mit seinem Arm, so weit er sich über das Geländer beugen kann, nach der Puppe. Sie weicht aus. Er greift in die Dunkelheit hinaus, auf alle Seiten. Aber alles, was er greifen kann, ist – Luft. Tanner hängt im Zentrum des Turmes. Außer Reichweite der Wände.
Die Puppe öffnet jetzt ihren Mund und streckt ihm ihre Zunge heraus.
Können das Marionetten? Er staunt und jetzt schüttelt die Puppe ihre langen Haare, dreht sich in tänzerischer Anmut einmal um ihre eigene Achse und Tanner sieht in das lebendige Gesicht von Rosalind.
Das gibt's doch nicht! Tanner ist vor Schreck zusammengezuckt.
Rosalinds Mund beginnt Worte zu sprechen, die er aber nicht versteht. Was ist das für eine Sprache. Die Elfensprache? Ihre Hände wollen ihm etwas sagen, aber er versteht auch das nicht!
Ihr Körper streckt und dehnt sich, wird größer und beginnt sich zu drehen.

Wie auf einem Plattenteller. Dabei wechselt in schneller Abfolge ihre Kleidung. Erst hat sie ein weißes, einfach geschnittenes Kleid an. Die rotblonden Haare kunstvoll geflochten. Dann trägt sie ganz knabenhaft schwarze Stiefel, schwarze Hosen und ein weißes Hemd, die Haare unter einem frechen Béret.

Ganymed! Tanner flüstert es. Ganymed im Ardennerwald.

Einen Augenblick später trägt sie ein goldenes Kleid mit langer Schleppe, die sich um ihren schnell drehenden Körper windet. Dann zerstiebt das goldene Kleid in Tausende von gleißenden Sternschnuppen und ihr nackter Körper dreht sich weiß vor seinen Augen in immer aberwitzigerem Tempo. Ihr Gesicht verschwimmt, von ihren weißen Brüsten sieht er nur noch die beiden Rosenknospen, die schnell zu einer einzigen verschmelzen. Jetzt wird die Drehung so schnell, dass er nur noch das blassrote Pelzchen im Zentrum ihres Körpers sehen kann.

Le milieu du monde!

Tanner stöhnt und will danach greifen.

In diesem Augenblick verkleinert sich der rasend schnell rotierende Körper von Rosalind, verdichtet sich sozusagen auf die Größe ihres Geschlechts und in einer gewaltigen Lichtexplosion zerfällt der nun mehr kleine Körper in viele Einzelteile. In Zeitlupe schweben ihre Körperteile in die Dunkelheit. Wie auseinander strebende Teile einer Supernova.

Das sind ja wieder die Puppenteile!

Tanner ist zuerst zu Tode erschrocken. Jetzt ist er erleichtert und klatscht in seine Hände. Das Klatschen vervielfacht sich auf ein unerträgliches Tosen und er hält erschreckt inne.

Wieder ist es still und dunkel.

Plötzlich vernimmt er sehr weit unter ihm hallende Schritte, die offensichtlich eine Treppe hochsteigen. Warum gibt es hier im Turm plötzlich eine Treppe? Egal, wenn er nur erlöst wird von seinem hängenden Schicksal.

Honoré, könnten Sie nicht schon mal Licht machen? Das wäre sehr freundlich und zuvorkommend von Ihnen!

Bevor er seine wirklich ernst gemeinte und im freundlichsten Tonfall vorgebrachte Bitte zu Ende sprechen kann, hört man eine Stimme, die zählt.

… siebzehn … achtzehn … zwanzig … zweiundzwanzig …
Die Stimme klingt kindlich. Wie von einem Jungen, mit einem etwas wässrigen Beiklang.
Tanner beugt sich weit über das Geländer und versucht in der Dunkelheit unter sich, den Treppensteiger zu sehen.
Hallo … hallo …? Kannst du mich hören? Hallo?
Da er keine Antwort erhält, richtet er sich wieder auf. Beim Aufrichten überfällt ihn ein heftiges Schwindelgefühl, so dass er sofort in die Knie geht. So viel Platz hat er zum Glück in seinem Liftkorb.
Er schließt seine Augen, aber dadurch wird das Schwindelgefühl nur noch schlimmer. Also öffnet er schleunigst seine Augen wieder. Das Geländer, das sich jetzt auf der Höhe seiner Augen befindet, ist in ein seltsames Leuchten getaucht. Das ist neu. Er entdeckt aber keine Lichtquelle.
Oder leuchtet das Metall von innen? Er berührt es vorsichtig mit seinem Zeigefinger. Komischerweise ist das Metall ganz weich und er kann es mit einem leichten Druck des Fingers verbiegen. Aber dabei bleibt es nicht.
Die Stelle, die er berührt hat, bewegt sich weiter und er sieht mit Schrecken, dass das ganze Metall zu leben beginnt. Sich krümmt und sich zu den skurrilsten Formen verbiegt, die ein verrückt gewordener Eisenplastiker nicht in seinen kühnsten Träumen erfinden kann. Nach seinem ersten Schreck findet er es jetzt eigentlich eher lustig und versetzt dem Metall weitere Impulse mit leichtem Fingerdruck, so dass sich das leuchtende Material zu immer noch ausgefalleneren Figuren windet.
Die zählende Stimme ist unterdessen bei der Zahl einunddreißig angelangt und jetzt hört man ihn abwechselnd auch Worte sprechen, wenn auch verschwommen und manche Wörter dringen nicht, oder nur unvollständig, bis zu Tanner.
… das ist der Dau… … … schüttelt die Pflau… … der hebt sie auf… … der … … nach Haus… dreiunddreißig … fünfunddreißig … heile, heile, Segen … siebenunddreißig. Der Tonfall, in dem er die letzte Zahl zählt, deutet auf Erreichen seines Zieles. Und tatsächlich hört die Stimme auf zu zählen.
Stattdessen hört man den Jungen weinen.

Zur gleichen Zeit Geräusche, als ob jemand in einer großen Plastiktasche hektisch rumwühlt und die ausgepackten Teile mit einem nassen Klatsch auf einen Metalltisch legt.

Das geschmolzene Geländer ist jetzt überraschenderweise verschwunden.

Auch Tanners Schwindelgefühl ist weg. Dafür ist er von einem grünlich weißen Licht umgeben und es sieht tatsächlich ganz danach aus, als ob Tanner selbst die Lichtquelle wäre. Sein ehemaliger Physiklehrer würde jetzt sicher sagen, dass das physikalisch gar nicht möglich ist.

Aber ich sehe es doch, Herr Dr. Amrein!

Tanner, du kommst nach der Stunde zu mir ins Büro!

Er bemerkt das phosphoreszierende Leuchten zuerst an seinen Händen, die durchsichtig werden und eine rasch anwachsende Lichtaura verbreiten.

Belustigt denkt er, dass er jetzt selber zur Taschenlampe geworden ist, und hofft, dass die Batterie nicht gleich leer sein wird.

Es scheint auch, dass die Plattform, auf der er kauert, größer geworden ist.

Tanner ist froh, denn dadurch fühlt er sich sicherer. Er sieht, dass das helle, grüne Licht aus seinem Körper jetzt auch den Glasboden beleuchtet.

Er geht mit seinen Augen ganz nahe an den gläsernen Boden und sieht unter sich, noch verschwommen, eine Gestalt stehen, die an einem glänzenden Tisch mit schnellen Bewegungen irgendwelche Teile immer wieder neu ordnet. Da Tanner direkt über ihm ist, kann er von der Gestalt kaum etwas erkennen, außer eben deren Tätigkeit am Tisch.

Wenn das Bild nur schärfer würde und ich etwas erkennen könnte!

Tanner wünscht es sich leise.

Einen Augenblick später verdammt er seinen ausgesprochenen Wunsch.

Das Bild wird nämlich schnell scharf, wie bei Tanners automatischer Nikon mit ihrer Automatik, die sich mit leisem Surren auf ein angepeiltes Objekt schärfenmäßig einstellt.

Als Erstes erkennt er eine kleine Hand! Und er weiß sofort, dass das keine Puppenhand ist. Der Zeigefinger ist leicht gekrümmt

und da, wo die Hand abgeschnitten ist, hat sich schon ein dunkles Rinnsal gebildet.
Daneben erkennt er ein Beinchen. Dann noch ein Beinchen, die zweite Hand und am Schluss den blutverschmierten Kinderkörper. Dann sieht er nichts mehr, weil er sturzbachartig den Martini und sein Abendessen auf den grünlich schimmernden Glasboden kotzt.
Er würgt und versucht zu schreien, aber es kommt kein Ton heraus. Die Tränen laufen ihm über seine unrasierten Wangen und vermischen sich mit dem Erbrochenen, das immer noch stoßartig aus seinem Mund rinnt.
Tanner, du musst stark sein und schauen.
Nein, lass mich. Lieber sterbe ich. Ich kann nicht!
Doch du musst hingucken ... gucken ... gucken ... gucken ... gückgück ... gückgück ...
Das ist nicht Tanner, der da gesprochen, fast gesungen hat, rhythmisch.
Er schaut verzweifelt nach oben, um den Sprecher zu sehen. Kaum richtet er mühsam seine Augen nach oben, sieht er den Tisch mit den Leichenteilen plötzlich oben, wie an eine Spiegeldecke projiziert, die aber vorhin gar nicht da war.
Vor Schreck lässt er sich auf die Seite fallen, die Hände in seinem Erbrochenen und erkennt, egal in welche Himmelsrichtung er schaut, dass das Bild jetzt überall sichtbar ist. Wie in einem großen Kaleidoskop. Augen schließen nützt auch nichts, da seine Augenlider unbegreiflicherweise durchsichtig sind. Seine Hände auch.
Die Gestalt beugt sich über den Tisch, so dass Tanner einen Moment lang wenigstens nichts von den Körperteilen sehen muss, die auf dem Tisch liegen. Dafür erkennt er jetzt die Größe der Gestalt, da sich der nach vorne gebeugte Oberkörper besser einschätzen lässt. Es ist auf jeden Fall kein Junge, dafür ist der Körper viel zu groß und zu massig. Die Gestalt trägt eine Art Overall. Oder ist es ein altmodischer Trainingsanzug?
Es sieht aus wie eine Art dünner Raumanzug. Der Kopf der Gestalt ist mit einer Haube verhüllt. Auf dem Rücken des nachtblauen Overalls befindet sich ein kleiner Stempel in einem helle-

ren Blau als der Anzug. Bevor Tanner aber den Stempel genauer anschauen kann, richtet sich der Mann wieder auf. Irgendwie ist ihm klar, dass es ein Mann ist, obwohl er es nicht mit Bestimmtheit sagen kann, denn auch die Hände stecken in Handschuhen.
In der Zwischenzeit hat die Gestalt die einzelnen Körperteile so angeordnet, dass man den ganzen Körper des Kindes erkennt. Und jetzt sieht Tanner, dass es ein Mädchen ist. Die Gestalt beugt sich von der Seite her über das Gesicht des Mädchens, ohne es abzudecken, als ob er möchte, dass Tanner sehen kann, was er tut. Vorher holt er aus einer offenen Kiste, oder Koffer, wo Tanner jetzt mit neuem Grauen chirurgisches Besteck sieht, einen metallischen Gegenstand.

Er hält ihn gegen das Licht und Tanner erkennt in dem Gegenstand einen chirurgischen Löffel mit rundum scharfen Rändern, die aggressiv im Licht aufblitzen.

Er senkt den Löffel auf einen Stapel großer Eisblöcke und schabt mit dem Löffel eine Furche in die Oberfläche des obersten Eisblockes. Das Geräusch, das dabei entsteht, geht Tanner durch Mark und Bein und er wird von einem heftigen Schüttelfrost erfasst.

Jetzt hebt die Gestalt im Overall das erste Mal seinen Kopf, als wolle er sich vergewissern, dass Tanner noch da ist und genau hinschaut, was passiert.

Die Kopfhaube besteht vor den Augen aus Glas und man sieht zwei weit aufgerissene, tränenüberströmte Augen.

Er wendet sich jetzt mit dem Löffel in der Hand zum Gesicht des toten Kindes, öffnet mit seiner Linken das rechte Auge und setzt den Löffel an.

ACHT

Als Tanner wieder zu sich kommt, hört er, wie seine Mutter leise das Lied singt, das er so gerne hat.
Sur le pont d'Avignon, on y dance ...
Die Fortsetzung summt sie nur und er hört, wie sie still vergnügt ihrer Lieblingsbeschäftigung nachgeht. Ein Faden wird rasant von der Spule abgerollt und dann mit einem kurzen Sssszick abgerissen. Es raschelt ein Stoff. Eine Schere macht ihr kurzes Klipps und wird wieder zurück auf den Tisch gelegt. Klack. Dann rattert die Nähmaschine. Der Bügel wird hochgeklappt.
Sur le pont d'Avignon ...
Die Sonne scheint hell und warm auf sein Gesichtchen.
Zufrieden seufzt er und dreht sich in seinem Bettchen, obwohl er spürt, dass er unten nass ist.
Tanner, sind Sie wach? Uhuuu ... isch 'abe 'ijrr 'eissän café ...!
Mit einem Ruck setzt Tanner sich auf und schlägt seinen Kopf an den Blechschirm der Lampe, die direkt über der Liege hängt, auf der er liegt, und mit der Wucht eines Dammbruches schießen die Bilder in sein Bewusstsein.
Die kleine Hand, der Mann im Raumanzug, das Eis, der Löffel.
Haben Sie mir LSD in den Martini gemixt?
Tanner fragt wütend den kleinen Mann, der mit dem Rücken zu ihm an einem mit Stoffen und Puppen überladenen Tisch sitzt und näht.
Sein Kopf dröhnt. Er befürchtet, dass er gleich platzen wird vor Schmerz. Honoré lacht nur und summt weiter sein Kinderlied.
Tanner setzt sich auf, wirft wütend die gestrickte Decke weg, mit der er zugedeckt war. Der quadratische Raum ist nur spärlich beleuchtet. Eine Glühbirne mit einem Blechschirm, mit dem sein Kopf eben Bekanntschaft gemacht hat, und eine Arbeitslampe mit grünem Glas über dem Nähtisch.

An der Wand, Regale voller fertiger und angefangener Puppen. Unzählige kleine Glasaugen starren ihn an. Tanner erkennt die Rosalindpuppe. Neben ihr, ein kräftiger Blondschopf, wahrscheinlich Orlando. Das schmale, bleiche Puppengesicht gleich daneben könnte Jaques sein. Oder Raoul. Weiter oben Hamlet in seinem engen, schwarzen Gewand. Neben ihm lehnt einträchtig der König, der seinem Bruder Gift ins Ohr geträufelt hat. Er trägt wildwüstes, weißes Haar und auf der Stirn einen kleinen Halbmond.
Interessant!
Tanner betastet seinen nassen Pullover und seine nassen Hosen.
Wie Sie sehen, führe ich Ihre Konfektionsgröße nicht, sonst würde ich Ihnen trockene Kleider geben, naturellement. Aber wie gesagt, einen Kaffee kann ich Ihnen anbieten. Im Übrigen beginnt mein Dienst bei Madame in einer halben Stunde.
Wie spät ist es denn? Steht Madame denn mitten in der Nacht auf?
Der Zwerg kichert vor sich hin und beißt einen Faden ab.
Es ist bald fünf Uhr und Madame will Glock halb sechs ihren Tee, sonst werde ich standesrechtlich erschossen oder gevierteilt, je nachdem in welchem Jahrhundert Madame gerade weilt.
Der trockene Witz des Zwerges gefällt Tanner, trotzdem wiederholt er seine Frage nach der Droge.
Lieber Tanner, wir stehen nicht auf künstliche Industrieprodukte, wir sind eher naturverbunden.
Wir umfasst wohl all seine Puppen und seine eigene Wenigkeit.
Er reicht Tanner ein verschlossenes Marmeladenglas voller verschrumpelter Blättchen.
Sind das luftgetrocknete Zwergenvorhäute? Und haben sie die alle selber abgeschnitten?
Der Zwerg schüttelt sich vor Lachen.
Das muss ich mir merken: Luftgetrocknete Zwergenvorhäute. Ich weiß nicht, was die für eine Wirkung hätten! Nein, nein, das sind ganz harmlose Pilze aus Mexiko.
Von wegen harmlos …
Wissen Sie, Tanner! Ernsthaft! Ich habe meine eigene Theorie übers Theater entwickelt. Die Leute sollen ihre eigenen Bilder se-

hen. Ich und meine Puppen sind nur der Agens, oder wenn Sie's banaler wollen: der Schuhlöffel. Ach, wie langweilig, geradezu ärgerlich, sich im Theater mittelmäßige Schauspieler in grauenhaften Inszenierungen anzugucken!
Honoré erhebt sich von seinem Stuhl. Dadurch wird er zwar nicht größer, aber er benötigt offenbar mehr Raum für seine Gesten.
Sich einen runterholen soll jeder zu Hause! Ich will mir diesen kümmerlichen Akt von meist auch noch unbegabten Onanierern doch nicht anschauen. Um anschließend den jämmerlichen Sprutz auch noch beklatschen zu müssen.
Nein! Nein! Und nochmals nein! Wer sich für Shakespeare interessiert, soll es sich zu Hause bequem machen, die Fensterläden schließen und die Stücke in aller Ruhe selber lesen. Dann hat er was davon. Ich mache mit meinem Theater etwas anderes. Ich bombardiere die Leute nicht mit Bildern, die sie nichts angehen, und sie sich deswegen langweilen. Ich will die Bilder aus dem Zuschauer selbst herauslocken. Die er noch nicht kennt. Jedem helfen, seine eigene Bilderschatulle zu öffnen. Seine eigene Büchse der Pandora! Verstehen Sie mich, Tanner?
Er redet sich regelrecht ins Feuer, der Kleine, und gestikuliert wild mit seinen Ärmchen in der Weltgeschichte herum, vor allem sein Zeigefingerchen wirbelt abenteuerliche Schriftzeichen in die stickige Luft seines Puppenateliers.
Bei Ihnen, Tanner, war das ja ganz einfach. Sie brauchten nicht einmal das ganze Stück, das wir für Sie geplant hatten. Schade eigentlich! Bei Ihnen reichte schon der Prolog und ein bisschen vom Mittelteil und ab ging die Post. Ich weiß ja nicht, was Sie gesehen haben, aber es hat Sie ja ganz schön mitgenommen. Ja, ja, die Weiber...... Tanner! Da haben Sie aber ein ganz schönes Paket auf Ihrer Schulter zu tragen! Und bitte, überschätzen Sie die Wirkung der Pilze nicht. Das sind nur Fahrkarten. Gefahren sind Sie selber. Und jetzt muss ich leider zum Abstieg bitten, in meinem Horoskop steht nichts von meiner heutigen exécution!
Der Abstieg gestaltet sich ganz einfach, denn jetzt brennen Schildkrötenlampen, die in regelmäßigen Abständen im Turm angebracht sind.
Zuerst steigt Tanner in den Lift.

Honoré bedient eine kleine Fernsteuerung, mit der er offenbar eine Seilwinde in Betrieb setzen kann, die den Lift hoch- und runterfährt.

Das Stockwerk, das direkt unter dem Atelier liegt, sieht aus wie ein Schnürboden en miniature. Mit einem labyrinthischen Durcheinander von Drähten, Kabelzügen, kleinen Beleuchtungskörpern, aufgerollten Prospekten, einer Schneemaschine und Requisiten. Gerne hätte Tanner, trotz seines dröhnenden Schädels, einen genaueren Blick auf die Bühnen- und Beleuchtungstechnik von Honoré la boule geworfen, aber schließlich fährt er ja in einem Lift, den er nicht selber anhalten kann.

Zudem hat es der Zwerg jetzt eilig und Tanner möchte nicht an seiner exécution durch die strenge Madame schuld sein.

Als beide unten auf dem gestampften Lehmboden stehen und Honoré seinen Minilift per Knopfdruck wieder nach oben schicken will, ruft er ganz erschrocken.

Merde, merde! Jetzt habe ich vor lauter Reden über meine *Thaeterthoerie*, oben die Puppe für Rosalind vergessen. Die Augen hatten sich gelockert und ich musste ihr hoch und heilig versprechen, sie ihr heute Morgen wieder mitzubringen. Ich muss sie holen, Madame hin oder her! Ich muss noch mal in meinen Theaterhimmel!

Oh, Gott, hat er wirklich gesagt, die Augen haben sich gelockert?

Schon ist er wieder auf großer Fahrt nach oben und schmettert sein Theaterhimmel so laut, dass ihm der Turm mit einem Echo antwortet. Und dann singt er fröhlich weiter.

Auf Wiederschön! Gehen Sie nach Hause. Schlafen Sie sich aus. Sie waren ein ganz besonders interessanter Zuschauer. Luftgetrocknete Zwergenvorhäute vereinigt euch!

Wenn Tanner gewusst hätte, dass das unbegreifliche Schicksal für den kleinen Butler und großen Theaterdirektor im Nebenberuf einen ganz anderen Himmel vorbereitet, hätte er seine Schritte nicht so hastig in Richtung Dorf gelenkt.

Es wird schon hell. Ein leichter Nebelteppich liegt auf den Feldern.

Zu Hause auf dem Hof erwartet ihn eine böse Überraschung!

Karl steht neben Tanners Auto und versucht mit einem nassen

Schwamm ein Schweizerkreuz Spezial in weißer Farbe wegzuwaschen. Das Kreuz bedeckt das ganze Autodach. Das Spezial besteht darin, dass der Maler zuerst das weiße Kreuz in seiner normalen Form gemalt hat, um dann anschließend die vier Geraden des Kreuzes mit einer abgewinkelten, sich verjüngenden Verlängerung zu versehen, so dass ein Hakenkreuz entsteht. Nicht exakt das akkurat gewohnte, aber in seinem Ausdruck absolut deutlich.
Karl starrt Tanner an.
Woher kommst du denn? Bist du nicht im Bett? Es ist doch gerade erst fünf Uhr gewesen?
Tanner erklärt ihm wortkarg, dass er zu Gast in Honoré's Theaterturm gewesen sei. Ein Wort hätte das andere ergeben und sie hätten die Nacht durchgezecht. Genauso sieht Tanner ja tatsächlich auch aus. Andere Details seiner Erlebnisse verschweigt er.
Glaubst du, dass das die Reifenschlitzer waren?
Karl ist es wind und weh, das sieht man ihm deutlich an, obwohl er ja nichts dafür kann.
Es ist die größte Schweinerei, die ich je gesehen habe. Wenn ich die Kerle erwische, dann ... ! Dann, dann prügle ich sie so windelweich, dass die vier Wochen nicht mehr, äh ... gerade stehen können beim Wasserlassen!
Da gibt's ganz andere Schweinereien, mein lieber Karl, denkt Tanner für sich, gibt ihm aber trotzdem Recht.
In dem Moment fällt Tanner siedend heiß die Pistole ein, die er ja immer noch nicht aus dem Handschuhfach herausgenommen hat.
Scheiße! Dreimal gekochte Scheiße!
Karl nickt, obwohl er Tanners exakte Befürchtung nicht kennt, da er von der Pistole nichts weiß.
Ist das Auto aufgebrochen worden?
Karl zuckt mit den Schultern.
Die eine Tür war nicht ganz zu, als ich vor zehn Minuten die Bescherung entdeckt habe. Ich finde aber keine Spuren von Gewalt. Schau mal selber! Oder hast du die Tür nicht abgeschlossen?
Ach, du mein lieber, braver Karl, selbstverständlich habe ich die Tür abgeschlossen, denkt Tanner, seine Flüche in sein Inneres verlagernd.
Er weiß schon jetzt, dass die Waffe weg ist! Tanner ist zwar zu

dumm, um seine Pistole in seinem Zimmer wegzuschließen, aber er kann trotzdem auf drei zählen, wenn er sich anstrengt.
Das mit der Pistole wird er Karl so oder so nicht auf die Nase binden.
Tanner tut so, als untersuchte er angestrengt die Tür, nur um rein zufällig bei der Gelegenheit mal in sein Handschuhfach zu schauen. Es ist natürlich leer!
Und? Was meinst du? Fehlt was?
Nein, nein! Ich glaube, es fehlt nichts!
Tanner tut so, als ob er gewissenhaft weitersucht, denn auf irgendeine Weise muss er verstecken, dass ihm speiübel ist vor Unbehagen. Da sind Profis am Werk. Die haben es irgendwie auf ihn abgesehen. Er weiß zwar nicht, was die von ihm wollen, aber irgendwann werden sie ihre Deckung verlassen. Hätten sie es bei der Schmiererei belassen, würde er denken, es ist die Rache für das Liebesbild, das Rosalind und er gestern Abend auf dem Friedhof abgegeben haben. Aber dass sie seine Waffe entwendet haben, das spricht eine ganz andere Sprache! Er sollte sich endlich um die Besatzung des Golf GTI kümmern. Das bleiche Gesicht mit seinem hasserfüllten Ausdruck, das ihn durch die Rückscheibe angestarrt hat, geht ihm nicht mehr aus dem Sinn.
Zufällig sieht er im Rückspiegel einen unrasierten Irren mit zwei geröteten, unstet dreinblickenden Augen.
Mein Gott, jetzt sehe ich wirklich wie der Penner aus, den man mich gestern am See geschimpft hatte!
Hör mal, Karl! Es fehlt nichts. Wahrscheinlich habe ich die Tür nicht abgeschlossen, weil ich dachte, mit vier zerstochenen Reifen ist mein Auto kein Objekt der Begierde mehr für die Autodiebe, von denen es hier nur so wimmelt.
Karl ist sichtlich erleichtert, dass Tanner die Sache offenbar mit Humor nimmt und dass zu der Nazischmiererei nicht auch noch ein Einbruch kommt. Tanner dämpft seine Erleichterung.
Ich finde die Schmiererei gravierender als einen Einbruch, oder sogar als ein Autodiebstahl. Und weißt du, warum, Karl? Beim Autobruch geht's nur um einen materiellen Schaden. Verstehst du?
Karl starrt jetzt beschämt auf seine Gummistiefel.

Wahrscheinlich ist das Ganze nur wegen meiner marokkanischen Autonummer. Wir decken das Auto mit einer Plane zu, falls du eine hast. Dann gehst du zu deinen Kühen und ich werde erst mal eine Runde schlafen. Mach dir bitte keine Sorgen. Es wird sich alles aufklären.
Tanner spricht gegen die wilde Horde ganz anderer Gedanken in seinem brummenden Kopf.
Danach werden wir in Ruhe überlegen, was wir unternehmen. Einverstanden?
Karl nickt stumm und schweigend decken sie die Schande mit einer großen Plane zu.
Im ersten Stock angekommen, entledigt er sich seiner durchnässten Kleider, duscht sich, schließt leise die Fensterläden und legt sich ins Bett.
Es ist kurz vor sechs Uhr.
Tanner versucht vergebens Ordnung zu bringen in all die Eindrücke der Nacht. Geschweige denn, dass er verstehen würde, was das alles bedeuten könnte.
Zwischen der energischen Forderung seines Körpers nach Ruhe und dem dringenden Aufruf seines Geistes, all die Geschehnisse zu analysieren, kapituliert er.
Tanner wählt den einfachsten Weg. Er schläft ein! Wie der Kleistsche Hund. Auf seiner neuen Zikkurat von Fragen und wirren Antworten.

NEUN

Ruth steht an Tanners Bett. Sie muss ihn lange an der Schulter schütteln, bis er aus einem todähnlichen Schlaf aufwacht und ihre schluchzende Stimme hört.
Simon! Bitte wach auf! Es ist etwas Schreckliches passiert …
Tanner dreht sich zu ihr und blickt in ihr tränenüberströmtes Gesicht. Er nimmt sie zärtlich in seine Arme und sie heult hemmungslos.
Was ist denn geschehen? Ruth? Sprich mit mir!
Er hat sich umgebracht! Heute Morgen! Niemand weiß, wieso! Es ist schrecklich!
Und wieder erschüttert ein heftiges Schluchzen ihren kräftigen Körper.
Wer? Ruth! Wer hat sich umgebracht? Wer?
Er packt sie an den Schultern und sie spricht leise und abgehackt.
Er war ganz allein! Niemand hat den Schuss gehört. Erst als er um acht Uhr immer noch nicht erschienen ist, hat man sich Sorgen um ihn gemacht. Die Alte hat einen Tobsuchtsanfall bekommen und hat Rosalind geschickt! Ausgerechnet Rosalind! Das arme Kind ist völlig durcheinander. Er war ganz allein mit seinen Puppen. Er hatte alle seine Puppen im Arm.
Honoré! Sprichst du von Honoré? Ruth? Um Himmels willen, sprichst du von dem Zwerg?
Tanner sieht sein vom Feuereifer gerötetes Gesicht, wie er ihm leidenschaftlich seine *Thaeterthoerie*, wie er es nannte, heftig gestikulierend erklärt.
Nein! Das kann nicht wahr sein. Ruth! Sag mir, dass ich träume!
Ruth schaut ihn an.
Doch! Es ist wahr, Simon! Honoré la boule hat sich heute Morgen in seinem Turm erschossen.
Sie legt ihre Hände in seine und sie schweigen.

Es steht nichts in meinem Horoskop über meine heutige exécution ..., hämmert es in Tanners Schädel.
Ich muss sofort dahin. Ruth! Ich muss dahin!
Ruth steht auf. Tanner kleidet sich hastig an.
Rosalind sitzt mit Karl in der Küche. Das Mädchen ist außer sich. Honoré war wie ein Vater für sie. Er war ihr Freund. Ihr kleiner Beschützer. Simon! Ich habe Angst!
Ihr Himmel, habt ihr wirklich nichts Besseres zu tun, als diesen liebenswerten Spinner sterben zu lassen, fragt Tanner insgeheim. Niemand antwortet. Wie üblich.
Sie gehen langsam, fast bedächtig, die Treppe hinunter. Draußen nagelt eine unnötig helle Sonne alle Gegenstände fest. Sie haben beide Angst.
Angst, Rosalind in die Augen zu schauen.
Auf dem Treppenabsatz vor der Haustür sitzen sieben vielfarbige Katzen.
Die Sphinxe halten Totenwache, denkt Tanner, obwohl er weiß, dass sie bloß auf einen Teller Milch warten. Auch seine kleine Katzenfreundin ist dabei.
Tanner! Sie müssen etwas machen. Sie müssen nachschauen, vielleicht hat er ja nur Theater gespielt. Sie haben ihn ja erlebt, als Sie meine Großmutter besucht haben. Er hat schon oft ganz verrückte Sachen gemacht. Er kann einfach nicht tot sein. Es kann nicht sein ...
Rosalind ist aufgesprungen, als sie in die Küche traten.
Jetzt steht sie mitten in der Küche, ihre kleinen Hände zu Fäusten geballt, als ob sie diese Stelle erst wieder aufgeben würde, wenn Honoré lachend in die Küche einträte und feixend sagte, isch 'abe gämacht äine expériment, nischt wainän, chère Rosalind!
Rosalind, ich will auch nicht, dass es wahr ist. Ich gehe jetzt dahin und du bleibst bei Ruth und Karl. Und du verlässt dieses Haus nicht, bis ich zurück bin! Und wenn der Teufel höchstpersönlich dich zu sich einladen will. Versprichst du mir das?
Ja! Ich verspreche es dir. Bitte, bitte! Und mach, dass es nicht wahr ist! Komm schnell zurück, Tanner! Ich halte das nicht aus!
Karl nimmt sie wieder in seine Obhut und Tanner macht Ruth Zeichen, dass sie kurz mit ihm rauskommen soll.

Das Beste wäre, ihr mit einem Pfefferminztee eine Schlaftablette zu geben und sie ins Bett zu legen, mit einer Wärmeflasche auf dem Bauch, und du legst dich neben sie, Ruth!
Khadjia hatte sich damals zu Fatima ins Bett gelegt, als Fawzia verschwunden war, und hat ihre Tochter mit der Wärme ihres nackten Körpers getröstet.
Als die Kleine dann gefunden wurde, hat das allerdings auch nichts mehr geholfen.
Ruth küsst ihn auf die Wange.
Ich bin froh, dass du da bist. Irgendwie habe ich das Gefühl, dass du nicht das erste Mal in so einer Situation bist.
Er nickt nur und macht sich auf den Weg. Ruth sagt jetzt plötzlich doch du zu ihm.
Selbstmord! Das gibt's doch gar nicht. Nicht Honoré. Und wenn er's je gewollt hätte, dann nicht heute Morgen. Das kann mir niemand erzählen und wenn es tausendunddrei Beweise gäbe, sagt Tanner im Vorbeigehen zu den Toten beim Friedhof.
Wenn er nur begreifen würde, was gestern Nacht im Turm passiert ist.
Was ihn, Tanner, mit den Morden an den kleinen Mädchen verbindet, ist klar, aber warum begegnen ihm diese Alptraumbilder ausgerechnet in Honoré's Inszenierung. Dazu noch mit diesen höchst genauen Details.
Zum Beispiel hat der Treppenzähler bis siebenunddreißig gezählt, obwohl es im Turm keine Treppe gibt.
Wo gibt es hier ein hohes Gebäude mit siebenunddreißig Treppenstufen. Er muss das schleunigst nachrechnen, um zu wissen, wie hoch so ein Haus sein müsste. Und der Raumanzug? Was bedeutet dieses merkwürdige Kostüm? War diese Figur bloß eine Vision in seinem Drogenwahn oder gab es eine Puppe mit einem derartigen Kostüm in Honoré's Inszenierung. Das würde bedeuten, dass er den Mörder kennt. Und die Eisblöcke? Wer verwendet heute solche Eisblöcke?
Tanner muss dringend noch einmal alle seine Unterlagen durchgehen, die er im Laufe der Zeit über die fünf Mordfälle zusammengetragen hat.
Drei in Marokko und zwei hier. In dieser gottverlassenen Gegend.

Fünf Mordfälle, die so viele ausgeprägte, einmalige gemeinsame Merkmale aufweisen, dass er überzeugt ist, dass es sich um ein und denselben Mörder handelt, obwohl die Tatorte Tausende von Kilometern auseinander liegen.
Seit er hier angekommen ist, wollen ihm die unterschiedlichsten Leute etwas mitteilen. Die Alte, die ihn einlädt, unter fadenscheinigsten Vorwänden. Wenn es einen Klub gäbe, mit allen, bei denen sich Madame Finidori je bedankt hat, Tanner wäre sicher das einzige Klubmitglied.
Was ist die Botschaft der Reifenschlitzer und Hakenkreuzschmierer? Einfach nur Fremdenhass gegen einen Fremden, der auch noch das begehrte Objekt umarmt, das sie nicht rangelassen hat? These abgelehnt. Viel zu simpel.
Und was wollte Rosalind gestern auf dem Friedhof von ihm. Was wollte sie ihm sagen? Aber der Schlüssel, der Schlüssel zu alldem ist Honoré. Das sagt ihm sein Gefühl.
Ach, dein Gefühl, Tanner, hat Emma sarkastisch getönt in Zürich! Ja, Frau Staatsanwältin! Mein Gefühl! Und darauf wird der Tanner sich verlassen. Er hat nämlich nur das eine!
Beim Turm ist ein vielfarbiges Aufgebot von offiziellen Fahrzeugen zu sehen und die Autos stehen wichtigtuerisch und deplatziert in der sanften Landschaft herum. Ein Wagen der Feuerwehr, ein Krankenwagen, ein Wagen der Kantonspolizei, ein Zivilfahrzeug, ein Leichenwagen, der so tut, als ob er etwas anderes als Tote transportieren würde. Und eine große Mercedeslimousine.
Ich habe Rosalind vergessen zu fragen, wie sie denn in Honoré's Turmatelier hinaufgekommen ist. Honoré ist doch vor meinen Augen mit der Fernsteuerung in der kleinen Hand mit dem Minilift hochgefahren, hadert Tanner mit sich selber.
Die Besatzungen der verschiedenen offiziellen Fahrzeuge stehen in Gruppen herum, rauchen, schwatzen und lachen über irgendetwas.
Der Fahrer des Leichenwagens ist der Einzige, der allein bei seinem Fahrzeug ist. Er hat die hintere Tür seines Kombiwagen hochgeschoben und sitzt gemütlich auf der hinteren Ladefläche, lehnt sich an den Blechsarg, der noch im Auto ist, und trinkt Kaf-

fee aus einer altmodischen Thermosflasche. Dazu beißt er mit weit aufgerissenem Mund in sein Salamibrot und kaut mit vollem Mund. Da sein Kopf extrem schmal und haarlos ist, machen ihn die beiden ausgebeulten Backen exakt zu der Figur, die man aus dem berühmten Trickfilm kennt. Nur isst dieser dauernd Käsecrackers.

Tanner grüßt freundlich die Herumstehenden, für die das alles nur ein Job ist, der getan werden muss und dem Salamibrotfresser wünscht er artig einen guten Appetit.

Nur nicht gleich anecken, das kommt schon noch früh genug!

Als allen klar wird, dass er keinen Mittagsspaziergang macht, sondern zielstrebig auf den Eingang des Turmes losmarschiert, ist es vorbei mit der freundlichen Gott-zum-Gruß-Stimmung.

He, he! Hallo! Du kannst da nicht einfach reinmarschieren, Manno, wie in deine Stammkneipe! Und überhaupt, was willst du hier? Das ist alles polizeilich abgesperrt, meckert ihn ein Grünschnabel in Uniform an.

Die Wörter polizeilich abgesperrt betont er wichtigtuerisch, als ob der Papst höchstpersönlich im Turm zu Gast wäre.

Wie heißt Ihr Vorgesetzter, Sie uniformierte Freundlichkeit? Und melden Sie, dass Kommissar Tanner von der Sondereinheit aus der Weltstadt angekommen ist! Ja! Und dass ausnahmsweise schneller, als Sie sonst Ihre Arbeit tun!

Tanner hat in langen Jahren gelernt, dass man in solchen Situationen besser gleich mit grobem Geschütz auffährt. Er hält ihm gleichzeitig seinen längst abgelaufenen Dienstausweis unter die Nase.

Es ist doch immer wieder erstaunlich zu sehen, wie ein bestimmtes Auftreten, kombiniert mit einem offiziellen Ausweis, bestimmte Menschen im Nu verwandelt.

Also, äh … Entschuldigung, davon wussten wir, äh … nichts. Dass Sie kommen, meine ich. Also, entschuldigen Sie … und …!

Tanner schneidet ihm mit einer Geste das Wort ab und wendet sich zum Eingang.

Wissen Sie, wie der Lift funktioniert? Haben Sie die Fernsteuerung? Oder wollen Sie mich hinauffliegen?

Jetzt ist Tanner vollends zu seinem neuen beruflichen Vorbild geworden, denn der Grünschnabel weiß ja nicht, dass er heute Nacht schon einmal hier war …

Ich weiß nichts von einer, äh … Fernsteuerung, entschuldigen Sie, Herr Kommissar. Aber hier, hinter einem Stein, äh … gibt es einen Schalter.

Jetzt ist es an Tanner zu staunen, was er allerdings großzügig und diskret für sich behält.

Jetzt ist ihm auch klar, wie Rosalind in das Turmatelier kam. Mit einer Taschenlampe hätte er den versteckten Schalter bestimmt auch gefunden, tröstet er sich.

Dann schalten Sie! Schalten Sie! Sie können mich anschließend immer noch über Funk da oben anmelden!

Freudestrahlend dreht er den Schalter und während Tanner gen Honoré's Theaterhimmel schwebt, hört er, wie der ihn per Funk bei den Göttern da oben anmeldet.

Als Tanner in dem Atelier ankommt, sticht ihm zuerst ein schweißiger Geruch in die Nase, der ganz bestimmt nicht von Honoré stammt. Gestern Nacht roch es hier nach Theater, nach Staub, nach Leimfarbe, mit der die Prospekte gemalt worden sind, und nach der Ausdünstung heiß gewordener Scheinwerfer.

Kurz, es roch wie in jedem Theater auf dieser Welt, ob groß oder klein.

Honoré liegt linkisch verkrümmt am Boden, inmitten seiner Puppen. In seiner rechten Schläfe klafft ein hässliches, an den Rändern ausgefranstes Loch, mit Blut und Schmauchspuren verkrustet. Seine linke Hand liegt auf seinem Bauch, die Finger in der Weste.

Wie Napoleon, denkt Tanner.

Seine Züge sind angewidert verzerrt. Genau so ein Gesicht hatte er heute Nacht gemacht, als er über die unbegabten Onanierer hergezogen hat. Seine rechte Hand umklammert den dunkel gekleideten Jaques, der Tanner an das kleine Bild von Raoul im Medaillon erinnert hat.

Hinter dem jetzt sehr still liegenden Zwerg sitzt ein schwitzender Koloss mit ausgeprägtem Dreifachkinn. Sämtliche Haare seines Kopfes haben sich über die beiden Augen, die Tanner sympathisch an den Hund von Ruth und Karl erinnern, zurückgezogen und bilden dort zwei mächtige Büsche.

Wie ist denn der hier heraufgekommen, der hat doch gar keinen Platz in dem kleinen Lift?
Mit leicht bekümmertem Blick betrachtet der Koloss den Kollegen aus der Weltstadt.
Guten Tag. Ich bin Tanner.
Er will sich ächzend vom Stuhl erheben. Tanner winkt ab.
Michel! Kantonspolizei. Leib und Leben. Was führt Sie so weit weg von unserer einzigen, real existierenden Weltstadt?
Hört Tanner da einen leicht ironischen Unterton? Er antwortet mit Vergnügen.
Ich habe schon länger nicht mehr das Privileg, in dieser Metropole des Geistes, ich meine des Geldgeistes, tätig zu sein. Man hat mich einige Jahre an Marokko ausgeliehen, weil ich für die nicht die richtige Moral an den Tag legte. Ich hatte mal gelernt, dass vor dem Gesetz alle gleich sind und nicht einige gleicher.
Sie reichen sich über den toten Honoré hinweg die Hände. Hoffentlich wird das ein guter Pakt.
Dann erklärt Tanner dem dicken Michel, dass er seit Freitagabend im nächsten Dorf auf einem Bauernhof ein Zimmer gemietet habe und einige Zeit auf dem Land zu verbringen gedenke.
Und was wollen Sie dann hier im Turm? Oder sind Sie ein Freund der Familie? Leise und kalt spricht eine Stimme in seinem Rücken.
Bevor Tanner sich betont langsam umdreht, glaubt er zu bemerken, dass Michel, Kantonspolizei, Leib und Leben, ebenso betont schnell den Kopf senkt, so dass man nur noch das ungeheure Rund seiner Glatze und die Buschwerke seiner Augenbrauen sehen kann.
Hinter Tanner, auf der Liege, deren klösterlichen Komfort er heute Nacht auch genießen durfte, sitzt eine in teures Tuch gekleidete Schmalspurgestalt. Allerdings mit einem mächtigen Schädel obendrauf, mit kurz geschnittenem weißem Haar und einer sehr scharfen Goldbrille auf einer sehr langen, schnurgeraden Nase.
Aha, die Mercedeslimousine, denkt Tanner, angewidert von dessen betont elegant lockerer Art, wie der seine Beine übereinander geschlagen hat.

Die unterschiedliche Art und Weise, wie Leute sich in Anwesenheit eines toten Menschen körpersprachlich benehmen, der vor kurzem noch fröhlich gelebt hat, war für Tanner schon immer ein ungelöstes Rätsel.

Dr. Salinger, Psychiater, Gerichtsmediziner und Freund der Familie Finidori, stellt Michel die eisgraue Eminenz vor, bedächtig genau die einzelnen Gattungsbegriffe nach einer fein temperierten Hierarchie zu betonen. Freund der Familie Finidori scheint der wichtigste Beruf zu sein.

Wissen Sie, Herr Dr. Salinger – Tanner kehrt seine sonnige, etwas einfältige Art hervor, eine Nummer, die er durch jahrelanges Üben ganz gut beherrscht –, ich hatte das große Vergnügen, sagen wir, ich verdanke das einem Zufall, Honoré la boule schon am Samstag kennen zu lernen. In der heutigen Nacht war ich Gast bei einer sehr aufschlussreichen Theateraufführung und als wir uns kurz nach fünf Uhr getrennt haben, war er der aufgekratzteste und fröhlichste Mensch, den man sich in Gottes schöner Welt vorstellen kann.

Das ist bei Menschen, kurz bevor Sie Hand an sich legen, sehr oft zu beobachten. Der Entschluss, aus dem Leben zu gehen, ist in langen und furchtbaren Kämpfen gereift, und wenn der tragische Entschluss dann gefasst ist, werden diese bedauernswerten Kreaturen von einer großen, manchmal trancehaften Leichtigkeit, ja Euphorie, erfasst. Sämtliche Indizien sprechen ganz eindeutig für Selbstmord. Zudem gibt es einen Abschiedsbrief. Und, wenn Sie jetzt gestatten, würden wir gerne unsere Arbeit fortsetzen, Herr Zanner.

Abgesehen davon, dass er Tanners Namen offenbar nicht richtig aussprechen kann oder will und dass Tanner, seit der Zeit, in der er nicht mehr in Kirchen geht, keine derartig salbungsvolle Absonderung gehört hat, würden ihn die Indizien, vor allem dieser Abschiedsbrief, schon brennend interessieren.

Gedüld, Tanner! Sie müssen Gedüld 'aben, hört Tanner Honoré's Falsettstimme …

Wann ist die exakte Todesstunde?

Ich kann es jetzt nur aufgrund der Körpertemperatur schätzen. Also, zwischen vier bis sechs Stunden würde ich sagen.

Er meint, dass Honoré zwischen fünf und sieben Uhr gestorben ist.
Im Grunde bin ich natürlich froh, dass für Sie der Selbstmord so eindeutig ist, sonst wäre ich ja der Hauptverdächtige. Ich habe ihn ja dann wohl als Letzter gesehen!
Damit wendet er sich hauptsächlich an den schwitzenden Michel, der immer noch stumm ist.
Ja, sehen Sie, es hat eben alles seine zwei Seiten, schießt die Stimme Tanner genüsslich in den Rücken. Man glaubt regelrecht zu spüren, dass er sich in dem Moment vielleicht doch eine andere Theorie zurechtlegen möchte.
Tanner beschließt, sich ab jetzt nur noch mit Michel zu unterhalten, sofern der sich mit ihm unterhalten will. Man sieht aber deutlich, dass er nicht nur schwitzt, weil Honoré's Himmel ein stickiger Aufenthaltsort ist.
Herr Kollege, wäre es denn möglich, einen kurzen Blick auf den Abschiedsbrief zu werfen?
Bitte sehr! Es kann ja nicht schaden, sagt er brummig mit einem Blick zu dem vornehmen Hintermann und überreicht Tanner ein Blatt Papier in einer Plastikfolie.
Etwas kleiner als A4, das obere Drittel ist mit raumgreifenden Schriftzeichen übersät, weiter unten ist das Blatt über und über mit Blut verschmiert, so dass man die Fortsetzung des Geschriebenen nicht mehr erkennen kann. Ohne je die Schrift von Honoré gesehen zu haben, ist Tanner sofort überzeugt, dass diese Schrift nur von dem verrückten Zwerg stammen kann, denn er schreibt, oder leider: er schrieb, wie er gestikulierte, und dies hat Tanner mit großem Vergnügen ausreichend bewundern können. Es dürfte unmöglich sein, diese apokryphen Zeichen zu kopieren.
Aber genauso sicher ist Tanner sich, dass der Inhalt des von Dr. Salinger, seines Zeichens Freund der Familie, Liebhaber von italienischen Herrenschneidern und deutschen Luxuskarossen, benannten Abschiedsbriefes nicht von dem Zwerg stammt.
Dann bin ich ihm wohl kurz vor seinem Ableben als Ilse erschienen ..., sagt er zum Michel.
Der macht genau das ratlose Gesicht, das Tanner von ihm erwartet hat, denn es ist ja kaum zu erwarten, dass die Kantonspolizei

Moritz Stiefels Text aus *Frühlings Erwachen* Zeile für Zeile auswendig kennt.

Jener hat tatsächlich Selbstmord begangen, nachdem ihn, als letzte Chance, die er tragischerweise nicht wahrnehmen konnte, die lebenslustige Ilse zum Liebemachen, also zum Leben, verführen wollte.

Von einem Psychiater, der sich so salbungsvoll auskennt mit den letzten euphorischen Lebensstunden von Selbstmördern, hätte man das allerdings schon erwartet.

Tanner dreht sich zu Dr. Salinger, der eine elegante Aktentasche, die an den genau richtigen Stellen abgewetzt ist, auf seinen Knien als Schreibunterlage hält und lässig ein Formular ausfüllt. Selbstverständlich mit einem Montblanc.

Wenn es der Totenschein ist, wird er, Tanner, ihm die Suppe gehörig versalzen.

Tanner beginnt leise, ohne Pathos, als ob er nur zu seiner armen Seele spreche, den Text von Moritz Stiefel zu memorieren, den er in seiner Theaterzeit gespielt hat.

Tanner hat viel vergessen, aber dieser Text hat ihn immer begleitet, ohne dass er selber je eine Neigung zum Suizid hatte.

Im Unterschied zu Moritz Stiefel ist er nach Marokko gereist. Zum Beispiel. Mein Gott, was hat er sonst nicht alles vergessen! Ganze Schutthalden könnte man damit randvoll füllen.

Besser ist besser. – Ich passe nicht hinein. Mögen sie einander auf die Köpfe steigen. – Ich ziehe die Tür hinter mir zu und trete ins Freie. – Ich gebe nicht so viel darum, mich herumdrücken zu lassen. Ich habe mich nicht aufgedrängt. Was soll ich mich jetzt aufdrängen! – Ich habe keinen Vertrag mit dem lieben Gott. Man mag die Sache drehen, wie man will. Man hat mich gepresst. – Meine Eltern mache ich nicht …

Aber das ist ja der Abschiedstext von Honoré! Und warum kennen Sie die Fortsetzung, die man des Blutes wegen gar nicht lesen kann, unterbricht Dr. Salinger ihn scharf, Unbill witternd.

Weil jeder Schüler sich diesen Text, für weniger als was eine Packung Zigaretten kostet, als gelbes Reclambüchlein kaufen kann. Frank Wedekind, *Frühlings Erwachen*, geschrieben auf der Lenzburg in der schönen Schweiz, ungefähr am …

Dr. Salinger unterbricht ihn scharf.
Er hat sich mit diesem Text vielleicht sehr stark identifiziert, es gibt solche Fälle in der Forensischen Literatur! Das ist also noch kein Beweis gegen den Selbstmord.
Michel, haben Sie denn das Heft schon gefunden, wo diese Seite herausgerissen wurde, fragt Tanner betont sachlich, obwohl er gleich platzt, angesichts von so viel gut gekleideter Ignoranz.
Ja, also ... äh ... aha ...!
Michel wischt sich mit einem weißen, ungefähr babywindelgroßen Taschentuch das Wasser von der Stirn. Viel vermag sie auch nicht mehr aufzunehmen.
Wir haben ja noch gar nicht gesucht! Wir wussten ja noch gar nicht, wonach wir suchen sollen.
Er greift mit seiner Pranke in die Manteltasche und zaubert Windel Nummer zwei hervor.
Sie wollen also damit sagen ... aha!
Und jetzt macht ihm das Denken richtig Spaß!
Sie glauben, dass wir ein Heft finden werden, in dem der kleine Mann, sich irgendwann, oder im Lauf der Zeit, immer wieder, verschiedene Theatertexte aufgeschrieben hatte, sagen wir, weil es vielleicht seine Lieblingstexte sind und der Mörder ... äh, darauf wollen Sie doch hinaus ... aha, und der Mörder will, nachdem er ihn umgebracht hatte, mittels eines handschriftlichen Eintrags, dessen literarische Herkunft er selber auch nicht gekannt hat, uns glauben machen, dass Honoré Selbstmord begangen hat.
Uff, was für eine Gedankenarbeit, denkt Tanner mitfühlend.
Ohne sich um das meckernde Lachen von Herrn Dr. Salinger zu kümmern, nickt Tanner dem Kollegen Michel beipflichtend zu, obwohl er in einem entscheidenden Punkt anderer Meinung ist. Tanner glaubt, dass der Mörder – falls es denn nur einer war – sehr wohl wusste, was er da für einen Text ausgewählt hat. Er dachte entweder, die Polizei ist zu ungebildet, um den Text zu erkennen, was ja leider auch stimmte, oder es handelt sich um einen eiskalten Zyniker, der sich für unverletzbar hält und gar nicht die Absicht hatte, wirklich ein überzeugendes Arrangement zu inszenieren, sozusagen aus Hohn. Bevor Tanner den Gedanken richtig zu Ende gedacht hat, ist er von Letzterem überzeugt.

In welcher Hand hat er denn die Waffe gehalten, fragt Tanner, denn er erinnert sich genau, wie Honoré, als er nochmals den Turm hinauffuhr, die Fernsteuerung in der rechten Hand hielt und sie mit der Linken bediente.
Denn danach winkte er ihm mit seiner Linken sein Auf Wiederschön zu.
Und da blinkte auch sein goldener Ring, den er an seinem linken Ringfinger trägt. So würde ein Rechtshänder keine Fernbedienung halten.
Wahrscheinlich in der rechten Hand. Denn der Einschuss ist rechts, sagt Michel und Tanner wendet sich sofort an den Herrn Doktor, der immer noch auf seinem hohen Ross sitzt.
Sie als Freund der Familie! Wissen Sie nicht, dass Honoré Linkshänder ist?
Ich sage ja auch nur, dass ich ein Freund der Familie bin. Der Butler gehört ja nicht automatisch zur Familie, sagt er beleidigt. Bereits in Verteidigungshaltung. Ein Fortschritt in ihrer Beziehung. Findet Tanner.
Zumindest für einen Teil der Familie war Honoré sehr wohl ein Familienmitglied, aber durch Salingers Aussage ist jetzt definitiv klar, wie der Frontverlauf ist, um es ausnahmsweise mal militärisch auszudrücken.
Michel! Ich würde an Ihrer Stelle mal jemanden losschicken, der sich in der Villa erkundigt, ob Honoré Linkshänder war. Vielleicht weiß es jemand, auch wenn er nur der Butler war.
Wenn Michel jetzt nicht protestiert, dass Tanner sich in seine Arbeit einmischt, dann akzeptiert er ihn als Partner, was Michel ja auf keinen Fall tun müsste.
Gute Idee, was meinen Sie, Herr Doktor?
Bevor er aber den Satz ganz ausgesprochen hatte, und auf jeden Fall bevor Herr Doktor Stellung beziehen konnte, nimmt er das Funkgerät aus der Tasche.
Also bin ich drin. In dem Fall. Denkt Tanner zufrieden.
Wie tief drin, aber ganz anders, als er gerade dachte, wird Tanner im nächsten Moment klar, als Michel, nachdem er den Befehl per Funk gegeben hatte, unter seinen Stuhl greift und die Pistole zeigt, mit der sich der Zwerg selber erschossen haben soll.

In einem Plastikbeutel, blutbeschmiert, begegnet Tanner seiner Waffe wieder, die heute Nacht aus seinem Auto entwendet wurde. Michel hält sie hoch, gegen das Licht der Arbeitslampe.

Ich habe mich sowieso gewundert, wie Honoré zu so einer Waffe kommt.

Zu dieser Lebenslage fallen Tanner hintereinander mehrere schlagkräftige und tröstende Sprichwörter ein. Er entscheidet sich gegen sämtliche und gibt alle seine Stimmen einstimmig dem Lieblingsspruch seiner Mutter.

Ehrlich währt am längsten!

Das ist meine Dienstwaffe! Sie wurde heute Nacht aus meinem Auto entwendet und gleichzeitig ist mein Auto mit einem riesigen Hakenkreuz nach Schweizerart dekoriert worden. Sie können gerne als Zeuge Karl Marrer vom Marrerhof befragen. Er wird es Ihnen bestätigen. Ich vermute, dass es dieselben Täter sind, die in der Nacht vom Freitag auf den Samstag die vier Reifen meines Autos aufgeschlitzt haben.

Karl weiß selbstverständlich nichts von der Waffe. So viel zum Thema ehrlich.

Da es nach diesen Worten direkt ungemütlich still ist im Turm, spricht Tanner noch ein bisschen weiter.

Ich habe dringend die Insassen eines schwarzen Golf GTI im Verdacht, die nach Aussage von Rosalind Finidori junge und hasserfüllte Männer aus einem Nachbardorf sind.

Tanner hält dem Blick vom Michel stand, der ihn stumm fixiert und darüber vergisst, sich den Schweiß von der Stirn zu wischen, was jetzt allerdings dringend notwendig wäre.

Man hört, wie Dr. Selbstmordtheorie tief Atem holt, und bevor er Tanner von hinten seinen rhetorischen Fangschuss verpassen kann, dreht Tanner sich um, mit seinem Jetzt-rede-ich-Gesicht.

Glauben Sie wirklich, dass ich nichts Besseres zu tun habe, als schnurstracks zu Ihnen beiden in den Turm zu kommen, um Sie darauf zu stoßen, dass es sich hier um Mord handelt, wenn ich selber der Mörder bin? Und kommen Sie mir jetzt nicht mit der Es-gibt-in-der-Forensischen-Medizin-Fälle-Nummer, Herr Doktor Salinger, bitte!

Ich werde Ihren ehemaligen Vorgesetzten in Zürich Meldung er-

statten, über Ihr Verhalten und über all die dubiosen Zufälle, in die Sie verwickelt sind, darauf können Sie Gift nehmen. Ich bin in meiner Privatpraxis im Schloss, Michel.
Mit einem hasserfüllten Blick zu Tanner steigt er in den Lift und nickt mehrmals bedeutungsvoll mit seinem mächtigen Haupt, als ob er schon die Formel für das Gift wüsste, das Tanner gemäß seinem ärztlichen Rat nehmen soll.
Schon aus dem Blickfeld verschwunden, ruft er noch einmal in den Turm hoch.
Ich gebe Anweisungen, den Leichnam abtransportieren zu lassen, Michel!
Jetzt springt der Michel, der wie Buddha auf seine Erleuchtung gewartet hat, wie vom Blitz getroffen auf und brüllt wie der Muni im Juni dem Lift fahrenden Salinger hinterher.
Ja, Herrgottnocheinmal! Bin ich hier der Kommissar oder was?
Er reißt das Funkgerät aus seiner Manteltasche und brüllt im selben Fortefortissimo weiter, obwohl vom musikalischen Standpunkt, und wegen des Funkgerätes, eher Andante angebracht wäre.
Thommen! Wann die Leiche abtransportiert wird, sage ich und niemand sonst. Und bestell die Spurensicherung und den Fotografen. Ja, die ganze Truppe. Und jemand ... oder lieber du selber ...! Du besorgst mir *Frühlings Erwachen*! Was? Mein Gott, bist du blöd, Thommen! Weißt du, was eine Buchhandlung ist? Also! Wenn du in ein paar Jahren eine gefunden hast, gehst du hinein und fragst nach *Frühlings Erwachen*. Schreib's dir auf! Ja! Das ist ein Buch, genau. Du hast es auf Anhieb erraten! Und wenn die das haben: Kaufen und mitbringen. Wieso nicht? Dann zahlst du es halt aus deinem eigenen Sack. Merde! Ich lass mich nach Indien versetzen, dann weiß ich wenigstens, warum mich keiner versteht ...! Und Thommen ..? Ist der Lerch schon zurück von wegen rechts- oder linkshändig? Wie ...? Hat sein Funkgerät nicht mitgenommen, ach? Das ist ja was ganz Neues. Und jetzt Bewegung, aber ein bisschen dalli!
Er lässt sich schweißüberströmt wieder auf den Stuhl fallen und jetzt kommt nicht, wie erwartet, das verspätete Andante, sondern er geht gleich über zu einem leichten Comodo con delicatezza.
So! Jetzt kommt die Maschine in Schwung. Ganz so, wie wir es

mögen, Tanner. Sie sind mir ja einer. Taucht da einfach auf und bringt alles durcheinander. Sie stecken ganz schön in der Tinte. Sie haben mit Honoré hier im Turm als Letzter die Nacht verbracht. Jetzt ist er tot. Und wir haben Ihre Waffe. Sie müssen sich auf einiges gefasst machen. Der Salinger hat gute Verbindungen, bis ganz nach oben …

Tanner unterbricht ihn, arhythmisch, ma con dolore.

Dann verhaften Sie mich, in Gottes Namen!

Michel grinst nur. Die beiden machen eine Generalpause.

Sie hören andächtig der wegfahrenden Mercedeslimousine zu.

Dann trommelt der schwere Mann mit seinen dicken Fingern einen Rhythmus auf den Nähtisch.

Die Fernsteuerung! Habt ihr eine Fernsteuerung für den Lift gefunden?

Tanner erzählt ihm vom Abschied heute früh um fünf Uhr und dass der Zwerg noch einmal mit dem Lift hochgefahren sei. Mit ebenjener Fernsteuerung in der Hand.

Bei der Gelegenheit berichtet Tanner ihm in kurzen Zügen von der gemeinsam verbrachten Nacht im Turm. Ohne auf die inneren Erlebnisse einzugehen, selbstverständlich!

Vielleicht ist der Täter mit dem Gerät in der Hand wieder runtergefahren und hat es irgendwo weggeschmissen, denkt Michel leise vor sich hin und unterbricht sein Trommeln, das sowieso zu keinem richtigen Groove gefunden hat. Wahrscheinlich analog zum Zustand seines Verstandes. Er trocknet sich einmal mehr gründlich sein nasses Gesicht, gibt sich einen Ruck, dass der Stuhl empört aufstöhnt.

Also, Tanner! Jetzt mal eins nach dem anderen! Schön der Reihe nach! Wie in Paris!

Er verschränkt seine beiden Arme über seinem kolossalen Bauch und schließt seine Augen.

Der Tanner geht gegen zweiundzwanzig Uhr unangemeldet in den Turm, getrieben von seiner unstillbaren Neugierde, weil er am frühen Abend beobachtet hatte, oder glaubte beobachtet zu haben, wie der Zwerg in einen äußerlich gesehen leeren Kornspeicher geht. Er findet keinen Aufgang und plötzlich hört er die Stimme von Honoré, der ihn zu einer Vorstellung bittet. Er schickt ihm, dem neugierigen Tanner, den Lift. Er sieht sich irgendeine Vorstellung mit Marionetten an. Anschließend sitzen beide hier, gemütlich bis in den Morgengrauen, und der Theaterdirektor Honoré näht und nebenbei setzt er ihm seine, wie nannte er es, *Thaeterthoerie*, ha, ha, auseinander. Dann verabschieden sie sich voneinander, weil der Dienst in der Villa ruft. Tanner geht nach Hause, trifft dort auf sein verschmiertes Auto, entdeckt den Diebstahl der Waffe und legt sich schlafen, denn er ist rechtschaffen müde. Der Zwerg seinerseits fährt noch mal kurz in dieses Atelier hoch, er muss seine Puppe holen, die er vergessen hat, und will gleich wieder runterfahren. Dann wird er durch seinen oder seine Mörder überrascht und erschossen, genauer gesagt: hingerichtet. Der Mörder oder die Mörder inszenieren eine Art sentimentales Bild eines Selbstmordes, indem sie Honoré all seine geliebten Puppen in die Arme drücken, suchen das berühmte Heft mit seinen Lieblingstexten, zufällig gibt es da einen Abschiedstext eines literarischen Selbstmörders, reißen die Seite heraus, drücken sie ihm in die Hand und fertig ist die Lauge.

Nach dieser langen Rede öffnet er seine Augen und schaut Tanner schwer atmend an.

Tanner blickt so unschuldig wie möglich zurück.

Nur weil ich den *Frühlings-Erwachen*-Text nicht erkannt habe, Tanner, haben Sie kein Recht, mich an der Nase herumzuführen. Da fehlt doch etwas ganz Entscheidendes! Die Geschichte stimmt doch hinten und vorne nicht zusammen. Vielleicht die Fakten, ja, der äußere Ablauf. Aber die Gelenke, die Gelenkstellen, die dem Ganzen überhaupt erst eine sinnvolle Gestalt geben, die fehlen! Entweder sehen Sie sie selbst nicht oder Sie unterschlagen mir etwas. Und wenn Sie mir etwas unterschlagen, Tanner, ich warne Sie! Sehen Sie dieses Taschentuch, Tanner?

Er quetscht die nasse Windel, bis sein eigener Schweiß auf den Boden tropft …

Tanner schweigt, denn es ist besser, wenn Michel selber draufkommt.

Die Mühlräder in seinem großen Kopf mahlen mächtig und der Wasserausstoß auf seinem Gesicht wird dabei auch nicht weniger.

Also, eines ist klar wie Tinte: Der oder die Mörder müssen den Zwerg sehr genau gekannt haben. Das mit dem Heft kann kein Zufall sein. Wahrscheinlich haben sie es mitgehen lassen, um die Spur zu verwischen. Dass die Mörder Ihre Pistole klauen und damit den Zwerg in derselben Nacht hinrichten heißt einerseits, dass die Ihnen den Mord in die Schuhe schieben wollen, falls Plan A mit dem inszenierten Selbstmord nicht klappt. Und es könnte darüber hinaus noch heißen, dass die bewusst einen Zusammenhang mit Ihnen herstellen wollten, äh ... im Sinne von, ja ... also, ich meine ...!
Während er jetzt erneut versucht dem Schweiß seines Angesichtes Herr zu werden, verliert er den Faden und Tanner spinnt ihn weiter.
Sie wollten gerade sagen, dass das eine Warnung an mich sein könnte, oder?
Warnung ... aha? Aber warum?
Michel stellt natürlich die richtige Frage.
Tanner gibt ihm keine Antwort, da er zufällig keine hat, und legt sein Gesicht in bühnenwirksame Denkerfalten. Tatsächlich denkt er auch fieberhaft nach.
Anscheinend ist er jemandem zu nahe getreten, als er den Kontakt zu Honoré aufgenommen hat, oder Honoré zu ihm, sollte man eher sagen. Das muss für die, oder den, eine Gefahr bedeutet haben. Also ist der Mörder davon ausgegangen, dass der Zwerg ihm, Tanner, etwas mitteilen könnte, was ihn in Gefahr bringen dürfte.
Tanner muss dringend das Rätsel seiner nächtlichen Drogenvorstellung lösen. Wenn der Zwerg ihm tatsächlich so etwas Gefährliches mitgeteilt hat, muss die Botschaft in dem, was er erlebt und gesehen hat, versteckt sein.
Das Funkgerät meldet geräuschvoll die Ankunft der Spurensicherung.
Tanner, falls Sie mit Ihrem Denkversuch zu Ende sind, gehen Sie jetzt besser. Ich werde Sie vorerst nicht verhaften, aber Sie dürfen die Gegend nicht verlassen. Und ich bitte um Ihren Dienstausweis. Und wenn Sie so freundlich wären, mir Ihre Telefonnummer zu geben!

Tanner gibt ihm beides und will gerade noch etwas sagen.
Ja, ich weiß, Tanner, wir sollen auch die Umgebung sorgfältig absuchen. Vielleicht haben die das Heft und die Fernsteuerung einfach irgendwo in Gottes herrliche Natur geschmissen. Danke für Ihren Hinweis, aber darauf wäre sogar ich im Schweiße meines Angesichts gekommen!
Ich wollte Ihnen nur viel Glück bei der Arbeit wünschen und mich bei Ihnen für Ihre kollegiale Mitarbeit bedanken, flunkert Tanner und bittet ihn, wenn die Untersuchung zu Ende ist, um die Jaques/Raoul-Marionette, die Honoré in seiner Rechten hält. Nur so zum Andenken. Über die andere Puppe mit dem komischen Anzug, die vielleicht auch existiert, schweigt Tanner. Im Atelier hat er auf jeden Fall keine gesehen. Wenn es eine gab, hat der Mörder sie mitgenommen.
Michel nickt, schwer seufzend, und dreht den Liftschalter. Tanner schwebt in die Tiefe, zufrieden, dass er so viel durcheinander gebracht hat, wie Michel es formulierte.
Mein Gott, wie eitel! Und dabei so unwissend und blind, wie eine Katze nach der Geburt.

ZEHN

Mit bangem Gefühl eilt er zurück ins Dorf.

Wie soll er in Rosalinds Augen schauen? Er kann ihr nicht sagen, dass alles nur ein Alptraum war und sie jetzt glücklich, vollzählig und wohlbehalten aufgewacht sind.

Der grelle Sonnenschein, der in der Landschaft einen lange nicht mehr gesehenen Farbenreichtum hervorzaubert, verstärkt das Gefühl, dass ja doch alles nur Schein ist. Jeder läuft in der luftdicht abgeschotteten Hochdruckkabine seiner Illusionen, Wünsche und Ängste herum und denkt, so wie er die Welt wahrnimmt, so ist die Welt. Sie ist aber ganz anders, diese Welt.

Was spricht Jaques im Ardennerwald?

All the world's stage, and all the men and women merely players …

Wir sind alle Teil einer großen Inszenierung und – kennen den Regisseur nicht. Alle spielen Rollen in einem Stück und – kennen weder Text noch Inhalt. Ganz zu schweigen vom weiteren Verlauf dieses Stückes. Geschrieben und dramaturgisch gewoben von einem Dichter, größer noch als Shakespeare. Und wir haben längst alle Verbindungen zu ihm verloren. Oder hat er uns verloren? Den Teppich, an dem er seit Urzeiten webt, hat keiner je gesehen und keiner wird ihn jemals zu Gesicht bekommen. Der ist für andere Augen bestimmt. Das dicke Programmheft, das fleißige Dramaturgen einst zum besseren Verständnis der Inszenierung verfasst haben, liegt unbrauchbar geworden in den Hotelzimmern dieser Welt herum. Aber viel Menschenmaterial braucht der große Weber. Und somit ist zumindest klar, warum die einzige konkrete, wirklich umsetzbare Anweisung der großen Intendanz lautet: Vermehret euch!

Und so webt er, abgeschnitten von uns, seine delirischen Alpträume voller Schrecken und lallt sein ewiges Kinderlied , das ihn seine Urmutter gelehrt hat. Seine unendliche Ferne von uns und seine Einsamkeit gebiert allein das Elend der Kriege, die Massaker und Katastrophen. Denn, was ist schöner gegen die Langeweile und Einsamkeit der Götter, als wenn es knallt und kracht. Und das Blut spritzt.

Mit jedem Schritt, den Tanner dem Hof näher kommt, erhöht sich die Hitze seiner Wut und die Trauer um den kleinen Gnom. Und die Ohnmacht. Wäre der Weg zum Hof noch weiter, wer weiß, wohin er mit seiner Weltschmerzabrechnung noch hingekommen wäre ...

Der große Hund sitzt vor der Haustür, als ob auch er auf seinen traurigen Bericht wartet.

Er sieht Tanner und führt ihn sofort durch die offene Stalltür zu Karl, der alleine auf einem Strohballen sitzt, die Hände vor dem Gesicht. Tanner setzt sich still neben ihn und gemeinsam lauschen sie den wiederkäuenden Kühen, als ob sie da eine Antwort kriegen würden.

Dann unterrichtet Tanner ihn, diesmal lückenlos.

Vom dicken Michel und dem überheblichen Dr. Salinger. Und jetzt erzählt er Karl auch rückhaltlos den wahren Zweck seines Aufenthaltes, inklusive der gestohlenen Waffe, und dass Honoré mit ebendieser Pistole hingerichtet worden ist.

Den Salinger, den aalglatten Salinger, den kenne ich. Bei ihm war Raoul in Behandlung, damals, bevor er nach Australien abgehauen ist. Bei ihm ist auch Armand in Behandlung, der Sohn von Auguste. Aber nicht seelisch, glaube ich, sondern medizinisch.

Was der alles behandelt, der gute Doktor Forensis. Was hat er denn, dieser Armand?

Eine ganz seltene Hautkrankheit. Die Anzeichen dieser Krankheit hat er wohl schon seit seiner Kindheit. Aber erst seit zwei, drei Jahren ist sie akut ausgebrochen. Irgendwas mit Permm... oder so. Übrigens Rosalind schläft. Und Ruth hat sich zu ihr gelegt. Sie hat für dich in der Küche etwas zum Essen vorbereitet, falls du Hunger hast.

... Ruth, die dir die Angst wegnehmen tut, denkt Tanner zärtlich und ist froh, Rosalind in der Obhut dieser beiden Menschen zu wissen.

In diesem Moment hält mit kreischenden Bremsen ein Auto. Karl und Tanner schauen sich an und wissen, was es geschlagen hat. Als sie aus dem Stall kommen, sehen sie, wie der weißhaarige Auguste wutentbrannt auf die Haustür losstürmt. Der Hund knurrt schon mal laut und deutlich. Karl spricht mit bewunderungswürdiger Beherrschung.
Keinen Schritt weiter. Sonst halte ich meinen Hund nicht zurück. Ist das klar?
Auguste zittert vor Wut.
Ich hole jetzt Rosalind. Ich weiß genau, dass sie bei euch ist. Und wenn du mich daran hinderst, komme ich wieder. Aber mit der Polizei, schreit berserkerhaft der Halbmond.
Ob Tanner den auch mal ohne Wut zu sehen bekommt? Karl ist die Ruhe selbst.
Gut. Komm mit deiner Polizei. Wir warten hier, bis du wiederkommst. Und wenn du mit der gesamten Schweizer Armee hier aufkreuzt. Du bist nicht ihr gesetzlicher Vormund. Und wenn Madame etwas von mir will, so muss sie gefälligst schon einmal aus ihrer Höhle kriechen. Ich stell schon mal den Malaga kühl …
Dir wird das Lachen schon noch vergehen, droht der Berserker und steigt in sein Gefährt. Bevor er aber die Tür seines Geländefahrzeuges zudonnert, wendet er sich mit einem bösen Lächeln an Tanner.
Herrje, warum hat man Sie denn nicht verhaftet? Ich glaube, der Michel ist diesem Fall nicht gewachsen. Ich sehe, ich muss mal in der Hauptstadt anrufen … Mit aufheulendem Motor kurvt der schwere Wagen davon und fährt einen Teil des Weidezauns zu Bruch, da der Wagen einen zu großen Wendekreis hat.
Wo der auftritt, wächst kein Gras mehr. Siehe Autobahn. Er war zufälligerweise gerade so lange Nationalrat, bis er Tausende Tonnen von seinem Beton und Asphalt in die Landschaft geschissen hatte und er und seine sauberen Freunde sich dabei eine goldene Nase verdient haben!
Karl zittert jetzt vor Wut.
Ich hoffe, du hast auch Freunde irgendwo in der oberen Landschaft, Simon, sonst Gnade uns Gott. Denn mit dem Finidori ist nicht zu spaßen.

Er streichelt den Hund, der auch ganz aufgeregt ist.
Brav, Sabatschka, brav. Das hast du sehr gut gemacht. Du hast ihn in die Flucht geschlagen. Diesen Sauhund!
Sie gehen zusammen in die Küche. Tanner isst von den mit Salat und Käse belegten Broten, obwohl er keinen Hunger hat.
Aber in den Zeiten des Kampfes soll man sich gut ernähren.
Ich brauche jetzt einen Schnaps. Du auch?
Tanner nickt und sie genehmigen sich einen tüchtigen Schluck vom Selbstgebrannten. Karl trinkt ein zweites Glas und stellt die Flasche wieder in den Schrank zurück.
Ich zeige jetzt die vier kleinen Wichser an. Das ist schon lange überfällig. Wir wollten uns aus allem raushalten, aber das ist jetzt vorbei.
Er meint die Besatzung des Golf GTI.
Die sind schon während der Güterzusammenlegung und des Autobahnbaus bei dem einen oder anderen Hof aufgetaucht und haben Leute, die nicht einlenken wollten in den großen Plan, eingeschüchtert. Man konnte ihnen nie etwas nachweisen. Auch nicht, ob sie im Auftrag der großen Herren gehandelt haben. Tanner lässt ihn einfach reden und isst mit zunehmendem Appetit.
Man dachte, dass das nichts weiter als primitive Hitzköpfe sind. Aber da steckt mehr dahinter. Vor allem bei dem Schwarz Ulrich. Ein kleines, schmächtiges Kerlchen. Der scheint richtig zu brennen für seine Sache und verfügt auch über Kontakte zum Rest der Schweizer Szene. Auch bei der Demonstration auf dem Rütli war er in vorderster Linie dabei. Da sind einige Herren schon ein bisschen erschrocken, als die zu Hunderten auf dem heiligen Feld sozusagen die Ehre der Schweiz beschmutzt haben. Was heißt hier Ehre? Man hat sich einfach geschämt, dass es so was auch in der Schweiz gibt und nicht nur im bösen Ausland. Viel passiert ist trotzdem nicht. Man war froh, als man wieder zur Tagesordnung übergehen konnte.
Ich mache dir einen Vorschlag, Karl. Du brauchst dich jetzt nicht zu exponieren. Der Michel wird dich so oder so befragen. Ich habe ihn ja schon über die Schmiererei und den Waffendiebstahl unterrichtet. Bei der Gelegenheit kannst du ihm alles, was du weißt, erzählen. Warum zur Polizei gehen, wenn sie schon auf

dem Weg zu dir ist. Und dem Michel vertraue ich. Der wird dir sicher auch gefallen.
Karl ist einverstanden und macht sich wieder an seine Arbeit, von der es auf dem Hof nie zu wenig gibt. Tanner zieht sich in sein Zimmer zurück, denn von Ruth und Rosalind ist noch nichts zu hören.
Auf dem Display seines Telefons ist eine Nachricht angekündigt. Von seiner tanzenden Assistentin aus Sydney, im typisch verkürzten SMS-Stil.
Hallo, Tan. Gut angek. Erste Tanzperf. morgen. Palace=Meer!!! Morgen Concierge bezirz. Tante weiß nicht, ob sie. Melde mich. Krawatte schön. Ohne besser!
Sie muss sich also, kaum in Australien angekommen, gleich nach dem Hotel erkundigt haben. Dass sie sich im Nachhinein zu seiner Krawatte äußert, findet Tanners verletztes Seelchen natürlich sehr schön. Und er ist gespannt auf ihre weiteren Recherchen.
Neben der Toilette, zwischen zwei Schränken, stapeln Ruth und Karl ihre alten Zeitungen.
Es wäre vielleicht interessant, einmal zu schauen, wie die regionalen Zeitungen den Tod der beiden Mädchen kommentiert haben.
Tanner versucht die dem Datum der Morde in etwa entsprechenden Zeitungen aus dem Stapel zu ziehen. In dem Moment, wo der Stapel auf ihn einstürzt, taucht plötzlich Ruth auf und trotz der Situation mit Honoré lacht sie und Tanner stimmt in ihr ansteckendes Lachen ein. Zusammen restaurieren sie den Zeitungsturm.
Falls du Berichte über die ermordeten Mädchen suchst, kannst du das einfacher haben. Ich habe sämtliche Zeitungsberichte ausgeschnitten und in ein Heft geklebt. Ich hole es dir.
Die Kommunikation zwischen Karl und Ruth ist verblüffend schnell, zumindest da, wo sie sich etwas mitteilen wollen …
Danke, Ruth! Sehr gerne. Wie geht es Rosalind? Und hat dir Karl auch erzählt, dass der Halbmond sie holen wollte?
Der Schlaf hat ihr gut getan. Deine Idee war sehr gut, aber ich habe ihr keine Tablette gegeben. Ich habe mich nackt zu ihr hingelegt und wir haben wie Mutter und Tochter zusammen geweint und sind dann vor Erschöpfung eingeschlafen.

Warum sagt sie ihm das so unbeschwert? Er würde darin gerne eine Botschaft entdecken, aber ihr Gesichtsausdruck ist völlig frei von Zweideutigem.

Bei der Gelegenheit hätte er Ruth gerne gefragt, warum sie und Karl eigentlich keine Kinder haben. Gerade noch rechtzeitig beißt er sich auf die Zunge, denn das geht ihn nun wirklich nichts an. Aber ein idealeres Elternpaar als Ruth und Karl kann er sich überhaupt nicht vorstellen. An wem es wohl liegt?

Falls du die Mutter von Anna Lisa zwanglos kennen lernen möchtest, kannst du ihr heute die Zentrifuge zurückbringen, die ich von ihr ausgeliehen habe. Ich könnte mir vorstellen, dass du sie sprechen möchtest, ohne gleich mit der wahren Absicht ins Haus zu fallen, oder?

Ach, wie klug sind doch die Frauen!

Der wahre Grund, warum Tanner sich mit Haut und Haaren den Frauen so gerne überlässt, ist nämlich ihre Klugheit und nichts als ihre Klugheit, wendet sich Tanner an sein inneres Hohes Tribunal, das sich Tag für Tag, in permanenter Dauersitzung, mit dem Thema Tanner und die Frauen den Kopf zerbricht.

Das Hohe Gericht wird diese Aussage prüfen und sie ins Protokoll aufnehmen, vielleicht. Unter der Rubrik: Merkwürdige Ansichten des Angeklagten.

Ruth hat indessen das versprochene Heft geholt und so muss das Gericht einmal mehr in Abwesenheit des Angeklagten verhandeln. Darin hat es allerdings schon Übung.

Er setzt sich in sein Zimmer und beginnt aufmerksam zu lesen.

Ruth hat ein ganzes Schulheft gefüllt. Wo ein Artikel im Format größer war als das Heft, hat sie das Zeitungspapier mehrfach gefaltet. Dies ist aber nur am Anfang der Fall, danach werden die Artikel immer kleiner. Zu Beginn noch mit fetten Überschriften übertitelt, also von den ersten Titelseiten, verschwanden die Artikel immer mehr auf die Innen- oder Rückseiten.

Der ganz normale Ablauf einer schrecklichen Sensationsmeldung also.

Die Texte geben wenig Faktisches her, was nicht überrascht, denn in solch heiklen Fällen hält sich die Polizei meist bedeckt.

Eine Kopie der wichtigsten Polizeiakten befindet sich ja in Tanners Besitz. Allerdings musste die Polizei nicht viel bedeckt halten, denn sie tappt bis heute im Dunkeln. Und wie in Marokko wurde auf gewisse Details der schrecklichen chirurgischen Manipulationen fast ausnahmslos verzichtet. Aus denselben Gründen wie in Marokko, vermutlich. Einzig das Schweizer Massenblatt hat das mit den Augen veröffentlicht.

In Marokko übersetzte damals Tanners intellektueller Freund und Schuhputzer jeden Morgen die Zeitungsartikel, die die Mädchenmorde betrafen. Intellektueller Freund und Schuhputzer! Das kann man in Westeuropa nur schwer erklären. Aber Hamid III., wie er sich nannte, war tatsächlich ein sehr gebildeter Mann und gleichzeitig ein Schuhputzer mit hohem Berufsethos. Während er Tanners Schuhe jeden Morgen auf Hochglanz polierte, was bei dem Dreck und Staub in den Straßen von Rabat auch dringend notwendig war, und sie beide einen nachtschwarzen Kaffee schlürften, las er ihm die Berichte vor. Mit anschließendem Kommentar, versteht sich. Er sprach ein gewandtes, aber sehr unernst klingendes Englisch und Französisch. Die Spalten in den schweizerischen Zeitungen sind hauptsächlich mit Meinungen und Vermutungen gefüllt. Eine ganze Serie der Artikel beschäftigt sich ausführlich mit einem libanesischen Geschäftsmann, der in Genf lebt und vorbestraft war, wegen sexuellem Missbrauchs dreier Nachbarkinder.

Die Polizei vermutete damals auf Grund verschiedener Anhaltspunkte einen regelmäßig durchreisenden Geschäftsmann als Täter. Mangels Beweisen wurde der Mann aber schon bald wieder freigelassen, sehr zur Enttäuschung der Presse und vieler Bürger, kundgetan in zum Teil aberwitzigem Deutsch in der Rubrik: Leserzuschriften. Das hätte natürlich vielen Schweizern in den Kram gepasst, dass die Bestie, wie sie ihn nannten, ein Ausländer gewesen wäre. Seitenweise beschäftigte sich die Presse mit dem Thema ganz allgemein und man diskutierte ganz angeregt über angemessene Strafmaßnahmen. Die Palette reicht von psychiatrisch behandeln, denn so ein Mensch sei krank und leide wahrscheinlich selber unter seinem furchtbaren Zwang, bis zur dringend notwendigen Wiedereinführung der Todesstrafe, und zwar, bitte, durch Erhängen.

Ein ganz besonders lustiger Komiker schlug vor, sämtliche Kindermörder und Kinderschänder der Welt auf eine unbewohnte Insel im Südpazifik zu verfrachten und sie dort zu vergessen.
Die einzig neue Information für Tanner ist die kleine Notiz über Elsie Marrer, die Mutter der kleinen Anna Lisa. Zum Zeitpunkt ihrer Ermordung lebte der Vater schon nicht mehr. Er war bei einem selbst verschuldeten Autounfall ums Leben gekommen. Die ganz besonders seriöse Zeitung mit der großen Auflage rechnet pietätlos nach, ob er vielleicht schon vor der Zeugung von Anna Lisa umgekommen sein könnte. Die Rechnung fällt tatsächlich knapp, aber nicht eindeutig aus.
Die Information, dass Elsie Marrer Witwe ist, elektrisiert Tanner. Denn Fawzias Mutter war ebenso Witwe und bei den anderen beiden Fällen in Marokko handelte es sich um allein stehende Frauen. Der jeweilige Vater war nicht mal den Müttern bekannt. Dies behaupteten sie auf jeden Fall. Falls sich herausstellt, dass die Mutter von Vivian ebenfalls ohne Mann ist, ergäbe das ein neues Muster, dem er bislang keine Beachtung geschenkt hat. Er wird Ruth fragen.
In diesem Moment klopft jemand heftig gegen die Decke. Das Zeichen zum Essen.
In der Küche sind Karl, Rosalind und Ruth schon um den Tisch versammelt. Rosalind sitzt sehr aufrecht und still neben Karl. Sie wirkt jetzt nach dem Schlafen erwachsener als heute Mittag. Sie schaut Tanner an. Er lächelt ihr zu.
Warst du wirklich gestern Nacht im Turm und hast eine Vorstellung von Honoré's Theater gesehen?
Karl entschuldigt sich mit stummen Blicken für diese Indiskretion.
Tanner genießt das unvermittelte Du von Rosalind. Er bejaht sofort und ist gespannt, wie die Fragen weitergehen. Es kommt zwar nur noch eine, aber die hat es in sich.
Und? Hast du mich gesehen, Tanner?
Alle blicken ihn erwartungsvoll an. Er überlegt fieberhaft, voller schrecklicher Ahnungen.
Was weiß sie von der Nacht und von den Bildern, die er gesehen hat?

Zum Glück ergänzt sie jetzt.
Honoré wollte sich nämlich unbedingt meine Puppe ausleihen, obwohl er doch weiß, dass ich die Puppe nicht gerne aus den Händen gebe, schließlich hat er sie mir geschenkt. Und heute, als ich von Karl gehört habe, dass er für dich eine Vorstellung spielte, da wusste ich sofort, dass er nicht die Augen der Puppe reparieren wollte, sondern dass sie in dem Stück eine Rolle übernehmen musste, das er für dich geplant hatte. Ich hoffe, keine Nebenrolle, beendet sie ihre Erklärungen, mit einem leichten Hauch von Koketterie, die ihr ganz lieblich zu Gesicht steht.
Ja! Selbstverständlich habe ich dich gesehen, ich meine, deine Puppe. Sie hat immerhin die Hauptrolle gespielt und sie hat mich mit ihrem Charme ganz bezaubert, sagt er erleichtert und er lügt dabei auch gar nicht so wild.
Solange er die Puppe gesehen hat, war er ja auch noch be- und nicht verzaubert …
Esst! Sonst werden die Brotscheiben kalt und dann schmeckt es nur noch halb so gut, mahnt Ruth und legt zwei in Butter geröstete, dicke Eibackscheiben auf jeden Teller und schöpft schnell und geschickt eine dicke Sauce aus halbierten Erdbeeren darüber. Erdbeerschnitten …
Eine von Tanners Lieblingsspeisen aus der Kindheit.
Die letzte und wirksamste Geheimwaffe aller Mütter gegen Tränen und unglückliche Kindergesichter.
Sie essen schweigend und einmal mehr entfaltet sich das Geheimnis dieser einfachen Speise, obwohl die Erdbeeren aus einem spanischen Gewächshaus kommen und noch nicht das volle Aroma von im Garten gereiften Sommerfrüchten besitzen.
Falls was übrig bleibt, kriegt Sabatschka den Rest. Er steht unglaublich auf Erdbeeren, sagt Ruth fröhlich und das Lachen, das jetzt die kleine Küche füllt, kann man sicher bis auf die Straße hören.
Honoré freut sich sicher, wenn er das lachende Gesicht seiner Rosalind sieht.
Nach der heilenden Zwischenmahlzeit besteht Rosalind darauf, Karl im Stall zu helfen. Vorher begleiten alle Ruth zum Fressnapf von Sabatschka, wo sie tatsächlich Zeuge werden, wie der große

Hund sich über den Rest Erdbeeren hermacht. Im Nu ist der Napf leer und er bellt alle mit seiner tiefen Stimme an. Entweder weil alle lachen oder weil er auf einem Nachschlag besteht.
Ruth übergibt Tanner die vorhin erwähnte Milchzentrifuge, erklärt ihm den Weg und fragt ihn, ob die Maschine nicht zu schwer sei. Er könne auch einen kleinen Handwagen benutzen. Er lehnt dankend ab und bereut es, kaum ist er hundert Schritte gegangen.
Die Maschine ist doch schwerer, als der erste Eindruck vermuten ließ. Nach weiteren hundert Schritten stellt er die Maschine kurz auf einem Holzzaun ab und schaut zum Haus zurück.
Die Sonne in seinem Rücken steht jetzt schon deutlich tief im Westen. Sein Schatten ist schon viermal länger als seine eigentliche Körpergröße. Parallel dazu, mit gleichem Fluchtpunkt, sieht man eine andere Schattengestalt heranwachsen. Neugierig erwartet er das Verschmelzen der beiden Schatten. Er dreht sich um, als die beiden Schatten sich berühren, und erkennt die Mutter von Vivian, die Manuel als sähr armä Frau bezeichnet hat.
Tanner grüßt laut und deutlich und ist gespannt, ob diesmal der Gruß beantwortet wird.
Mörder…, zischt sie ihm entgegen und beschleunigt sofort ihre Schritte.
Für einen kurzen Moment blitzt ihn ein sehr grünes Augenpaar an, das in einem auffälligen Gegensatz zu dem harten Gesicht steht. Auch heute trägt sie das Kopftuch, allerdings etwas nachlässiger gebunden als sonst, denn man sieht eine rote Haarsträhne, die sich der Kontrolle des strengen Tuches entzogen hat. Ihr Blick hat ihn mehr frösteln gemacht als das gezischte Wort, obwohl dieses Etikett auch nicht sehr angenehm ist.
Hier spricht sich tatsächlich alles in rasender Geschwindigkeit herum. Man kann nur hoffen, dass die fällige Gegendarstellung genauso schnell die Runde machen wird.
Tanner hat natürlich vergessen, Ruth zu fragen, ob die Mutter von Vivian, der er jetzt zum dritten Male begegnet ist, alleine lebt oder ob es da einen Mann gibt. Die Quelle für die Beschuldigung kann ja nur Dr. Salinger, respektive der Halbmond selbst sein. Was haben die beiden für ein Interesse an einer so fadenscheini-

gen Beschuldigung, die eine Halbwertszeit von kaum einem Tag haben wird.
Es bleibt immer etwas haften, Tanner, irgendetwas bleibt haften!
Er steht mittlerweile genau in der Mitte des Dorfes, nimmt gemäß der Wegbeschreibung von Ruth die Straße, die leicht ansteigt, biegt dann nach dem Brunnen nach links, auf eine kleine Naturstraße ein, an deren Ende der Hof der Familie mit dem gleichen Familiennamen liegt.
Als er sich dem bescheidenen Hof nähert, hört man das herzzerreißende Brüllen eines Schweins.
Tanner zuckt zusammen.
Bitte, tötet eure Schweine, wann ihr wollt, wo ihr wollt, aber ich will nicht Zeuge sein, sagt Tanner laut in Richtung der Stalltür, hinter der er die brüllende Kreatur vermutet.
Gerade als er überlegt, ob er die schwere Maschine nicht einfach vor die Haustür stellen soll, steigert sich das Gebrüll um ein Vielfaches, vermischt mit mehreren menschlichen Schreien. Die Haustür, und nicht die Stalltür, fliegt krachend auf und es kommt ihm ein dunkles Gequietsche entgegen, wie mit einem Katapult abgeschossen. Tanner versucht mit einem schnellen Ausfallschritt auszuweichen, aber das dunkle Gequietsche hat die gleiche Idee und so ist die Kollision unvermeidlich. Im nächsten Moment sitzt Tanner auf seinem Hintern im Dreck. Zwischen ihm und der Maschine zappelt, unfreiwillig gefangen, ein grunzendes Etwas, das eifrig sein Gesicht abschleckt.
Zur Tür heraus stolpert eine Horde schreiender Kinder, die im letzten Moment irgendwie anhalten können und nicht über ihn herpurzeln.
Mama, wil haben das Schwein gefangen. Es leckt einem flemden Mann das Gesicht! Komm, das sieht lustig aus!
Tanner lässt endlich die ihm anvertraute Milchzentrifuge los und versucht der Schweinezunge Herr zu werden, die immer noch kreuz und quer seinem unrasierten Gesicht eine Intensivmassage verpasst. Die beiden Vorderhufe fest gegen seine Brust gestemmt, quietscht es fröhlich bei jedem Zungenschlag.
Willy! Aufhören! Aus ... Willy! So helft doch Herrn Tanner. Kinder, hört sofort zu lachen auf!

Eine energische, allerdings selber das Lachen unterdrückende Stimme klärt langsam das Chaos.
Das Schwein wird unter heftigem Grunzprotest von der seiner Meinung nach noch nicht beendeten Feuchtmassage abgezogen, und viele Kinderarme versuchen mit der Milchzentrifuge, mit Tanner und dem Schwein klarzukommen. Als er endlich wieder auf seinen Beinen steht, sieht er sich drei blonden Kindern und ihrer genauso blonden Mutter gegenüber.
Vorher hatte er gedacht, da stürmen mindestens zehn Kinder hinter dem Schwein her. Die Kinder lachen unverhohlen und drängen sich an ihre Mutter, der das alles ein bisschen peinlich ist, obwohl auch sie gegen das Lachen ankämpfen muss.
Guten Tag, Herr Tanner, ich bin Elsie Marrer. Das sind meine Kinder. Und das ist Willy der Schreckliche, unser Hausschwein. Wir müssen ihm jeden Tag Ohrentropfen verpassen, und das hat er gar nicht gerne und so ist er uns entwischt!
Und hat dil ein paar Zungenküsse velpaßt, das macht el besondels gelne, ergänzt der kleinste Blondschopf von den drei Kindern.
Tommi, sei nicht so frech. Die Ruth hat mich angerufen und Sie angemeldet. Es ist sehr nett, dass Sie mir die Maschine vorbeibringen. Und noch einmal, verzeihen Sie den stürmischen Empfang. Kommen Sie in die Küche. Ich hole Ihnen einen Waschlappen für das Gesicht. Kinder! Ihr bringt Willy auf die Wiese. Er soll sich dort ein bisschen austoben und später versuchen wir es noch einmal mit den Tropfen.
Die Kinder galoppieren mit dem kleinen Hängebauchschwein hinters Haus und Tanner folgt der freundlichen Einladung in die Küche.
Er setzt sich an den Tisch, während Elsie Marrer irgendwo im Haus den angekündigten Waschlappen besorgt. In der hellen Küche ist sowohl Ordnung und Sauberkeit als auch das wohltuende Nebeneinander von Arbeit und Spiel zu sehen. Da wird offensichtlich viel gebastelt, gestrickt und gezeichnet. Die Küchenwand, die dem Fenster schräg gegenüberliegt, ist von ganz unten bis ganz oben mit Zeichnungen belegt, sozusagen aus den unterschiedlichsten Kunst- und Altersperioden der Kinder. Da

gibt's die wirren Strich- und Zickzacklabyrinthe. Das berühmte Braungrau, gemischt aus sämtlichen Farben der Palette. Kleine Landschaften mit einfenstrigen Häusern, Zeichnungen ohne Unterschiede in der Größe, egal, ob es sich um ein Haus, Bäume, Menschen oder Tiere handelt. Dann folgen einfache Studien von Besteck, Gläsern und Möbeln. Häusergruppen unter Anwendung linealgetreuer Perspektiven, Landschaftszeichnungen mit noch unbeholfener Licht- und Luftperspektive und sich in die Ferne verjüngender Flüsse und entschwindender Vogelschwärme. Alles in allem ein breites Spektrum an Farben und Linien und vor allem an fortschreitender Genauigkeit im Sehen und Erfassen der Welt.

Gerade fragt er sich, welche Zeichnungen von Anna Lisa stammen könnten, als Elsie in die Küche kommt und ihm einen sehr heißen, aufgerollten Waschlappen in die Hände drückt, gerade so, wie er es in den japanischen Restaurants so gerne mag.

Mögen Sie Kinderzeichnungen?

Elsie Marrer setzt sich ihm gegenüber an den Tisch.

Ja. Ich mag Kinderzeichnungen. Besonders die frühen Zeichnungen, bis die Kinder so ungefähr sechs Jahre alt sind. Danach spürt man leider allzu oft den Einfluss der Eltern oder der Schule.

Er sagt dies, weil es tatsächlich seine Meinung ist, aber auch in der vagen Hoffnung, dass sie ihm zeigt, welche Zeichnungen von Anna Lisa sind.

Sie haben Recht. Als Mutter sieht man das vielleicht anders. Da mag man bei jedem Kind gerade die Phase, in der es steckt. Vielleicht ist es später, mit mehr Abstand anders. Möchten Sie gerne einen Kaffee? Entschuldigen Sie, dass ich erst jetzt frage.

Ohne seine Antwort abzuwarten, steht sie auf und holt zwei Tassen und eine Thermosflasche.

Elsie Marrer ist ein bisschen kleiner, als was man mittelgroß nennt. Weit entfernt davon dick oder füllig zu sein. Sie ist einfach rund. Alles an ihr ist rund und harmonisch. Eine hellhäutige, blonde Japanerin.

Ihre Haare hat sie, irgendwie japanisch, hinten mit zwei dicken Stricknadel aus Holz festgesteckt. Ihre Bewegungen sind rund und leicht.

Tanner beobachtet fasziniert jede ihrer Gesten, jede Mimik, denn er fragt sich beständig: Wo ist der Schmerz? Immerhin hat sie ihren Mann dem Zeitungsbericht zufolge bei einem Autounfall verloren. Gut, das ist jetzt zirka sieben Jahre her. Aber vor gut einem Jahr hat sie Anna Lisa verloren. Da muss man doch Spuren sehen. Im Gesicht. Im Körper.
In dem Moment dreht sie sich um, und über ihre Wangen kullern runde Tränen.
Unsere beste Malerin war Anna Lisa. Vielleicht hat Ruth Ihnen erzählt. Ich habe aber die Zeichnungen abgehängt. Wir ertragen es noch nicht, sie beständig vor Augen zu haben. Vielleicht zeige ich Ihnen später einmal die Blätter. Entschuldigen Sie mich.
Sie müssen sich doch nicht entschuldigen. Und es tut mir Leid wegen Anna Lisa ...!
Aber Elsie ist schon verschwunden. Er sitzt alleine in der Küche.
Da hast du die Antwort, du neunmalkluger Tanner!
Sie weint einfach, wenn es sie schmerzt, und zudem hat sie drei Kinder, die ganz in der Gegenwart leben, dazu den Hof. Und Willy den Schrecklichen nicht zu vergessen. Die andere sähr armä Frau sieht nicht aus, als würde sie weinen, geschweige denn vor einem fremden Mann.
Er schenkt sich aus der Thermosflasche einen Kaffee ein und bleibt einfach sitzen. Jeder höfliche Mensch wäre jetzt einfach still gegangen, aber irgendwie hat er das Gefühl, dass das Gespräch noch nicht zu Ende ist. In diesem Augenblick schlurft durch eine niedrige Türe neben dem Kühlschrank ein alter Mann in die Küche und schaut ihn eine Weile ganz verwirrt an.
Kommst du mit den Paketen vom Mond?
Undeutlich lallend spricht der Alte. Gerade will Tanner fragen, welche Pakete er denn meine und welchen Mond, als Elsie wieder in die Küche kommt, ihn sanft, aber bestimmt bei der Hand nimmt.
Ada, es ist noch nicht Zeit zum Abendessen, du kannst ruhig wieder in dein Zimmer gehen und weiter Buchstaben ausschneiden. Ich bringe dir dein Essen, wenn es Zeit ist.
Elsie schließt die Tür.
Das ist mein kleinstes Kind!

Sie lächelt und ihre Augen sind wieder trocken.
Also, das ist Ada. So nennen die Kinder ihren Großvater. Das heißt, er ist nicht ihr richtiger Großvater. Er ist der Bruder vom Vater meines verstorbenen Mannes. Er ist nicht mehr ganz recht im Kopf, aber ich will ihn nicht in eine Anstalt geben. Er tut niemandem etwas und die Kinder lieben ihn.
Und was ist mit den Buchstaben?
Also, es ist so. Er schneidet den ganzen Tag über Buchstaben aus der Zeitung aus und klebt sie in Schulhefte ein, ohne dass daraus ein Sinn entsteht. Die Hefte nummeriert er sorgfältig. Er ist schon längst bei einer dreistelligen Zahl angelangt. An die Hefte darf keiner ran. Einmal wollte ich ein paar wegwerfen, um in seinem Zimmer Platz zu schaffen. Da hat er einen ungeheuren Anfall bekommen und seither lassen wir ihn in Ruhe mit den Heften. Dass er regelmäßig neue Hefte bekommt und Zeitungen, ist außer Essen seine einzige Sorge.
Tanner beschließt ihm später einige von seinen Notizheften zu schenken, auf dass sie doch noch voll werden. Bei ihm würden sie nur weiter gähnend leer bleiben.
Ich habe Ihnen noch einmal das Tuch heiß gemacht und mir habe ich auch eins gemacht.
So legen sie denn beide die heißen Tücher auf ihre Gesichter, den Kopf leicht in den Nacken gelegt. In dieser sonderbaren Stellung überraschen sie die Kinder.
Was macht ihr denn beide? Achtung! Wir bringen Willy noch mal herein und zusammen schaffen wir's vielleicht.
Damit ist Tanner wohl auch gemeint und mit vereinten Kräften legen sie Willy den Schrecklichen rücklings auf den Tisch, und jeder nimmt ein Bein und streichelt gleichzeitig den unglaublich zarten Bauch des Schweins. Jetzt gelingt es Elsie, die verflixten Ohrentropfen zu platzieren. Willy schreit, als ob sie an sein Leben wollten. Mindestens genauso laut lachend und scherzend wird Willy von den drei Kindern wieder vom Tisch gekippt. Die Älteste guckt ihn schnippisch an.
Sie müssen morgen wiederkommen, mit Ihrer Hilfe geht es besser. Versprochen?
Alle sechs Kinderhände strecken sich ihm entgegen und ihm

bleibt nichts anderes übrig als einzuschlagen. Elsie lächelt ihn auch an.
Widerstand zwecklos!
Tanner verabschiedet sich, bedankt sich für den Kaffee und die feuchte Gesichtsmassage. Und tritt den Heimweg an.
Pakete vom Mond? Was meint der Alte? Sprach er wirklich vom Mond oder meint er vielleicht den Mondhof? Aber wenn er den Mondhof meint, was ist dann der Inhalt der Pakete und welche Verbindung besteht zwischen Elsie und dem Mondhof? Wäre Elsie nicht so früh in die Küche zurückgekommen, wüsste er es jetzt.
Zu Hause meldet er Ruth die erfolgreiche Ablieferung der Maschine. Ruth schaut ihn erwartungsvoll an.
Und? Wie war's?
Sehr feucht, antwortet er zweideutig, denn ihre Neugierde scheint ihm eher weiblicher denn kriminologischer Natur zu sein und in ihm keimt ein kleiner Verdacht. Tatsächlich glaubt er eine leichte Errötung im Gesicht von Ruth zu beobachten. Auf jeden Fall schaut sie schnell weg.
Ich sage nur Willy! Er hat mich mit einer Serie Zungenküsse empfangen, die sich gewaschen hat. Also, falls du vorhast, mich mit Willy dem Schrecklichen zu verkuppeln, so ist dir das schon halb gelungen, sagt er beziehungsreich, und die Kinder haben mich dazu verdonnert, morgen wieder zu helfen, Willy Ohrentropfen zu verabreichen.
Gut. Dann ist der Kontakt ja auf unkomplizierte Weise hergestellt. Und das wollten wir doch erreichen, oder, sagt sie mit einem Lächeln, das sie ohne Zweifel Kleopatra abgekupfert hat.
Tanner fasst Ruth bei beiden Händen und schaut ihr in die Augen.
Ruth, bitte! Beantworte mir zwei Fragen. Erstens: Hast du das im Ernst gemeint, als du sagtest, es werde nie … ach, lassen wir erstens. Zweitens: Was könnte Ada gemeint haben mit der Frage, ob ich vom Mond komme und ob ich die Pakete bringe?
Wer? Ada? Der spricht seit gut zwanzig Jahren kein Wort mehr. Seit er aus der Gefangenschaft zurück ist, hat er nie mehr ein Wort geredet. Das musst du geträumt haben. Und das andere, was du fragen wolltest, musst du auch geträumt haben!

Ihr Erstaunen über Ada ist echt. Was den zweiten Teil ihrer Antwort angeht, ist er sich nicht so sicher, zu sibyllinisch war ihr Lächeln.
Dann kommt Karl in die Küche und bittet Ruth den Besamer anzurufen. Zwei Kühe seien wieder einmal so weit.
Ja, leider läuft das heute nicht mehr mit dem Muni, sagt Karl in Tanners fragendes Gesicht hinein.
Aha! Besamer! Der Samenspender. Ob dieser Beruf beim Berufsberater auch angeboten wird? Also, Sie wollen nicht Schreiner, nicht Busfahrer, nicht Postbeamter werden. Wie wäre es dann mit Besamer?
Karl geht wieder zurück in den Stall. Und Tanner nimmt das Gespräch über Ada wieder auf.
Aus welcher Gefangenschaft?
Er war dreißig Jahre lang in der Fremdenlegion in Nordafrika. Fast zwanzig davon in Gefangenschaft, irgendwo in der Wüste. Als er zurückkam, wog er, glaube ich, kaum noch fünfunddreißig Kilo.
Hat Elsie irgendwas mit dem Mondhof zu tun?
Davon weiß ich nichts, Simon. Das wäre hier sehr schwer zu verheimlichen, glaub mir.
Das allerdings glaubt er ihr aufs Wort. Er ist überzeugt, dass die Kundschaft von seinem Besuch bei Elsie und ihrer Familie schon bis in die hinterste Stube des kleinen Dorfes gedrungen ist.
Wohin auch noch, konnte er allerdings nicht ahnen …
Vorerst geht er in sein Zimmer und beschließt, anlässlich der schon erfolgten Gesichtsmassage sich doch wieder einmal zu rasieren.
Als er den Rasierschaum gerade schön im Gesicht verteilt hat, klingelt sein Telefon und zu seiner großen Überraschung meldet sich die Stimme von Emma Goldfarb.
Tanner hat mit allerlei gerechnet, zum Beispiel mit seiner Prima Ballerina aus Australien, obwohl es von der Zeitverschiebung her noch zu früh ist, oder mit dem Michel, aber nie und nimmer mit Frau Staatsanwältin und schon gar nicht mit einer Frau Staatsanwältin, die sich entschuldigt.
Simon! Es tut mir Leid wegen Sonntag. Ich habe mich benommen

wie ein kleines Mädchen. Ich habe unterdessen auch ein paar Sachen über deinen Fall in Marokko gehört. Und ich muss sagen, da ist ja eine riesengroße Schweinerei passiert und jetzt – und deswegen rufe ich dich an – höre ich ganz ungute Dinge aus der Hauptstadt, die gegen dich laufen, und zwar von Leuten, die ich zum Kotzen finde. Ich kann jetzt nicht lange telefonieren. Ich muss dich morgen dringend sehen. Ich bin morgen in der Hauptstadt beschäftigt und rufe dich noch einmal früh am Morgen wegen eines Treffens an.

Diese geballte Ladung von Entschuldigung und Informationen kommt aus dem kleinen Telefon, praktisch ohne Punkt und Komma, herausgeschossen. Tanner kann gerade noch ein schlichtes Ja loswerden und schon ist die Leitung wieder tot.

Gerade wollte er ihr vom Melken der Kühe vorschwärmen und wie schön es sei, die warmen Euter der Kühe zu berühren. Aber Gott sei Dank hatte sie schon aufgelegt, sonst hätte sie es sich doch wieder anders überlegt, denn es klang ganz so, als ob sie ihm helfen wollte. Irgendwie reizt Emmalein ihn zu den ganz blöden Blödeleien …

Gerade als er mit der Rasur fertig ist, klopft es wieder gegen die Decke.

Tanner wandert brav in die Küche. Abendessen.

Auf dem Bauernhof gilt nicht der Sinnspruch ora et labora, sondern ede et labora …

Das Abendessen verläuft still und ohne besondere Ereignisse.

Die Traurigkeit über Honoré's Tod hat Rosalind wieder ganz gefangen genommen und damit alle. Sie nimmt nur ganz wenig Kartoffeln, kaum Salat und gar keinen Käse. Ein Vogel wäre kaum satt geworden. Nicht einmal von dem äußerst fein schmeckenden Frischkäse hat Rosalind probiert. Dabei hat Ruth den Käse selber aus frischer Milch gemacht. Mit Kräutern und mit noch mindestens einem Geheimnis vermischt, das Tanner leider trotz mehrmaligem Kosten bis zum Ende des Essens nicht zu lüften vermag. Danach zu fragen wäre angesichts der lastenden Trauer zu banal, fürchtet er.

Nach dem Essen findet Karl einen Grund, mit ihm allein vor die Haustür zu gehen.

Ich fahre jetzt mit Rosalind zusammen zur Alten. Sie hat vorhin angerufen und ist einverstanden, wenn ich Rosalind zu einem Gespräch mit ihr begleite. Ich muss dir nicht sagen, wie schwer mir das fällt, aber das Mädchen hat mich angefleht mitzukommen und ich konnte es ihr nicht abschlagen. Schließlich muss eine Menge besprochen werden. Auch wegen der Beerdigung. Wann, glaubst du, werden die den Leichnam von Honoré freigeben?

Ich kann es dir nicht sagen, wahrscheinlich erst in zwei bis drei Tagen. Oder noch länger. Dem Michel ist es ja jetzt wie Schuppen von den Augen gefallen, der wird jetzt alles genau wissen wollen, und wenn es nur ist, um dem schleimigen Dr. Salinger eins auszuwischen. Die Frage ist, ob man den Michel machen lässt?

Salinger, Finidori und Co., das sind Dinosaurier gegen den Michel. Der muss froh sein, wenn er am Ende noch Kommissar ist!

Na ja, wenn es so schlimm kommt, lässt sich der Michel nach Indien versetzen. Sie lachen zusammen, aber insgeheim teilt Tanner natürlich Karls Befürchtung voll und ganz. Vor allem auch im Zusammenhang mit Emmas Telefonanruf, der nichts Gutes verheißt.

Falls du den Michel dort antriffst, vertrau dich ihm an, Karl, und sage ihm bitte, dass ich ihn spätestens morgen Abend sprechen möchte.

Rosalind und Ruth kommen jetzt auch vor die Haustür. Sabatschka begleitet sie mit wachsamer Miene.

Macht's gut, ihr beiden. Und Rosalind, denk daran, du kannst bei uns bleiben, solange du willst.

Ruth mahnt zum Aufbruch, denn man lässt die Alte lieber nicht warten. Es würde alles nur noch schlimmer machen.

Ruth und Tanner begleiten die beiden zum Auto und bleiben dann etwas ratlos zurück.

Die Spannung zwischen ihnen ist mit Händen zu greifen. Einmal mehr übernimmt Ruth die Führung.

Komm, Simon. Hier draußen wird's auch nicht besser. Ich mache uns einen Kaffee, wir trinken Schnaps und du erzählst mir von Marokko.

In der Küche stellt Ruth zwei Gläser und die Schnapsflasche auf

den Tisch und im Nu sitzen sie bei Kaffee und Schnaps, denn den Kaffee hat Ruth schon gekocht, als Karl und Tanner alleine vors Haus gingen.
Alles eine Frage des Timings.
Also, ich höre?
Sie legt ihren Kopf auf ihren Arm und taucht ihren Finger ins Schnapsglas und leckt sich den Schnaps von den Fingern.
Wenn sie das dreimal hintereinander tut, stürze ich mich auf sie, denkt Tanner und wartet gespannt.
Sie stippt ein zweites Mal mit dem Finger ins Glas und in den Mund. Dann schaut sie ihn an, der Finger kreist unschlüssig über dem Glas. Urplötzlich packt sie das Glas mit beiden Händen, trinkt es in einem Zug aus und sieht ihn dabei frech grinsend an.
Du musst ein bisschen lauter reden, ich glaube, meine Ohren sind von der Arbeit mit der Milchzentrifuge von der runden Elsie etwas taub geworden!
Ohne Voranmeldung stürzt Tanner sich auf sie, in kurzfristiger Abänderung der Spielregeln, und küsst ihr den Apfelschnaps von den Lippen.
Gut! Tanner! Das musste sein. Das geht auf mein Konto. Und jetzt erzähl. Hattest du eine Geliebte in Marokko?
Gut? Das ist auch nicht übel, denkt er für sich.
Warum auch am Anfang anfangen, das machen eh nur die Anfänger.
Er trinkt zuerst sein Glas aus. Bevor er brutal seinen Bericht beginnt.
Sie hieß Fawzia und sie war sechs Jahre alt, als ich sie kennen gelernt habe. Als sie starb, war sie noch keine sieben Jahre alt. Ich weiß nicht, ob ich sie geliebt habe, aber ich mochte sie sehr gerne. Ich kann sie nicht vergessen. Ich kann ihre Mutter nicht vergessen. Und ich kann den stummen Blick von Khadjia nicht vergessen, der Großmutter von Fawzia, die allerdings nicht viel älter ist als du, Ruth.
Zugegeben, der Einstieg in sein Erzählen war nicht ganz so, wie sich Ruth das vorgestellt hat. Aber wenn schon, dann richtig. Zumal er einen hohen Zaun errichten muss zwischen der so begehrenswerten Ruth und sich.

Ruth hat das sofort verstanden. Sie lässt alle Kommentare bleiben und lauscht seinem Versuch, ihr klar zu machen, was ihm in Marokko widerfahren ist. Den Schluss mit der Honigfalle lässt er noch aus. Er weiß nicht, warum.
Er kann es einfach noch niemandem anvertrauen.
Er erzählt ihr aber ausführlich von seiner Arbeit, von dem Leben in Marokko, von seiner Köchin und deren kleiner Familie, die allmählich zu seiner wurde, von der Armut seiner Nachbarn, die trotz ihres spärlichen Einkommens die großzügigsten Menschen waren, denen er je begegnet ist.
Ganz besonders lustig findet Ruth die Geschichte, wie er sich bei dieser Familie für so viele Zuwendungen und Handreichungen bedanken wollte. Geld kam wegen ihres Stolzes natürlich nicht in Frage. Die Frau war die Tochter eines Berberhäuptlings. Und mit dem Verkauf ihres letzten Brautschmuckes hatte die Familie gerade eine magere Kuh erwerben können, und Tanner war es schleierhaft, wie sie die Kuh ernähren wollten. Da beschloss er, ihnen für die Kuh Heu zu kaufen. Das klingt von hier aus gesehen nach einem simplen Einkaufsgespräch bei einem Bauern. Mitten in der Stadt Rabat allerdings, als Europäer, der die Sprache nicht beherrscht und schon gar nicht die verschiedenen Berbersprachen und Dialekte versteht, wuchs sich die Operation Heu, wie er es nannte, zu einem aberwitzigen Abenteuer aus, verbunden mit unzähligen Irrfahrten und Missverständnissen. Er hatte zuerst den Ehrgeiz, quasi als elementaren Teil des Schenkens, keine Hilfe in Anspruch zu nehmen, und das war der Hauptgrund für sein Scheitern, wie ihm später sein Freund Hamid erklärte, denn niemand hat ihm, einem weißen Europäer, geglaubt, dass er auf der Suche nach Heu ist, auch wenn man ihn nach langem Palaver verstanden hatte.
Ein weißer Europäer kann kein Heu suchen, es kann sich nur um ein Missverständnis auf Grund der Sprache handeln. Und mit alldem, was man ihm anstelle von Heu verkaufen wollte, hätte er sofort ein kleines Handelshaus aufmachen können. Als er dann endlich die Vermittlung von Hamid III. beanspruchte und zwei riesige, gepresste Ballen Heu gekauft hatte, diese auf seinen Ford band und als Schwertransport in den kleinen Hof der Familie ein-

fuhr, herrschte anfangs sprachlose Freude, die aber bald von einem der schönsten Feste abgelöst wurde, das er je erlebt hatte.
Er erzählt von seiner Tänzerin, die er in Marokko im Hause des schwulen Dichters kennen gelernt hatte und wie sie zu seiner verzweifelten Liebe geworden ist. Von seinen häufigen Besuchen in London und später in Stuttgart. Er erzählt von der unglaublichen Leichtigkeit ihres Tanzes und von ihrer stupenden Ernsthaftigkeit, mit der sie sich mit ihren Rollen und den Geschichten, die sie tanzt, auseinander setzt.
Gerade als er zur heiklen Stelle der Trennung kommt, hören sie Karls Auto in den Hof fahren. Die gemeinsamen Träume und Pläne, auch betreffend eines Kindes, hat er noch gar nicht erwähnt und trotzdem fühlt er sich eigenartig leicht.
So! Jetzt brauch ich einen Schnaps. Viel habt ihr mir ja nicht gelassen!
Schwer atmend lässt sich Karl in der Küche nieder.
Und wo hast du Rosalind gelassen, fragt Ruth ihn bestürzt.
Alles der Reihe nach. Das hättet ihr erleben müssen, mein Gott.
Er stürzt ein Glas Schnaps hinunter und beginnt zu erzählen.
Die Alte war unglaublich. Wie eine Generalin. Der Halbmond saß ganz still dabei und hat kaum ein Wort gesagt. Der Michel war auch dort und hat einen kurzen Lagebericht gegeben. Du hattest Recht, der Michel ist ein guter Mann. Honoré's Leichnam ist gegen den Willen von Salinger in die Gerichtsmedizin in die Hauptstadt überführt worden und die Spurensicherung untersucht alle Spuren im Turm. Der Michel wird heute Nacht noch sämtliche Angestellte des Hofes vernehmen. Sogar den Halbmond hat er um ein Alibi gebeten. Stellt euch das vor. Der sei allerdings schon vor vier Uhr morgens in Richtung Welschland abgefahren, in seine dortigen Betriebe. Das Alibi wird überprüft. Dann hat die Alte Rosalind gebeten, die Nacht bei ihr zu verbringen, und das wollte ihr das Mädchen nicht abschlagen. Sie kommt morgen früh wieder zu uns. Du sollst ganz ruhig sein, lässt Rosalind dir ausrichten. Nach der allgemeinen Besprechung hat mich Michel beiseite genommen und ich habe ihm alles berichtet, was ich so weiß. Viel war es ja nicht und das meiste wusste er bereits. Ich solle dir sagen, Simon, dass er einen Haftbefehl bestellt hat für

die vier Wichser. Und dass er morgen mit dir Kontakt aufnehmen werde. Und diese Plastiktüte soll ich dir geben. Du wüsstest dann schon Bescheid!
In der Plastiktüte befindet sich die Marionette. Jaques, alias Raoul. Das behält Tanner allerdings erst mal für sich.
Der gute Michel, denkt Tanner.
Keiner von beiden kann ja wissen, dass Michel die vier Wichser, wie Karl sich ausdrückte, besser gleich verhaftet hätte!
Noch lange sitzen sie in der kleinen Küche. Wie eine kleine, verschworene Gemeinschaft. Die Schnapsflasche wird im Keller neu aufgefüllt und sie trinken auf das Wohl des genialen Honoré, genannt la boule. Je leerer die Flasche wird, desto höher steigt der Pegel der Wut auf die Mörder und die Trauer um den kleinen Kerl. Zu der Frage, warum jemand diesen liebenswürdigen Spinner und Poet so kaltblütig hingerichtet hat, fehlt ihnen auch mit fortgeschrittenem Alkoholkonsum jegliche Fantasie.
Kurz nach elf Uhr beschließen sie ins Bett zu gehen. Sie umarmen sich alle. Ruth flüstert Tanner leise ins Ohr.
Vielen Dank für dein Vertrauen und ich bete auch für deine Lieben! Wen immer sie damit einschloss.
In seinem Zimmer zieht Tanner sich einen Pullover an und beschließt noch ein paar Schritte an der frischen Luft zu spazieren, denn an Schlaf ist nicht zu denken. Er geht leise wieder die Treppe hinunter, in Richtung Dorfmitte. Alles ist still. Die Häuser liegen dunkel und zufrieden mit sich selbst. Beim Dorfbrunnen geht er, ohne es wirklich geplant zu haben, in Richtung von Elsie Marrers Hof.
Die Vorderseite des Hauses wirkt wie unbewohnt. Er pirscht um das Haus und sieht auf der Rückseite einen Lichtschein. Eigentlich will er zurückgehen, aber magisch angezogen schleicht er sich geduckt zu dem hell erleuchteten Fenster. Es ist offensichtlich die Küche, wo noch Licht brennt. Er macht lange Pausen zwischen den einzelnen Schritten und beobachtet gründlich den Boden. Er möchte nicht über einen leeren Blecheimer stolpern …
Jetzt erkennt er Elsie. Sie sitzt am Tisch, mit dem Rücken zu ihm. Zuerst kann er nicht sehen, was sie macht. Er geht etwas näher und erkennt, dass auf dem Tisch Kinderkleider liegen.

Ihre Hände berühren einzelne Kleidungsstücke und ihre Schultern zucken in unregelmäßigen Abständen. Weint sie? Dann packt sie energisch einzelne Teile und legt sie entschlossen in einen Behälter, der offensichtlich neben ihr auf einem Stuhl bereitsteht. Nachdem sie alle Kleider weggepackt hat, schnäuzt sie sich die Nase und schaut in seine Richtung. Zum Glück ist er ganz im Dunkel des Hausschattens versteckt. Sie kommt jetzt ans Fenster, zieht den Vorhang zu und verschwindet aus seinem Blickfeld. Dann hört man, wie sie den Wasserhahn aufdreht. Er geht noch etwas näher, leichtsinnig nahe in den Lichtschein hinein, der aus dem Fenster in den dunklen Garten fällt. Der Vorhang ist nur nachlässig zugezogen.

Elsie steht mit nacktem Oberkörper an der Spüle.

Sie hat ihr Kleid so weit hinuntergerollt, dass man den Ansatz ihrer beiden runden Pobacken sieht.

Zwei aufsteigende, helle Monde.

Sie wäscht mit langsamen, andächtigen Bewegungen ihren Oberkörper.

Tanner glaubt ein leises Wimmern zu vernehmen und, gerade als er sich mit dem Gefühl eines Schwerverbrechers abwenden will, der etwas Heiliges entweiht, dreht sie sich um, und er kann seinen Vorsatz beim besten Willen nicht mehr durchführen. Zu irdisch schön und greifbar nahe leuchtet ihm in frevelhaft gestohlenem Glanz ihr nackter Oberkörper im hellen Licht der Küche entgegen. Ihre Augen sind geschlossen.

Sie greift sich blind vom Küchentisch ein Tuch und reibt sich ihr Gesicht, ihre runden Schultern, ihre Brüste trocken. Sorgsam spart sie dabei ihre Rosenknospen aus. In ihren Achselhöhlen Andeutungen zarter Büschel blonder Haare.

Als sie jetzt beginnt, ihr Kleid ganz hinunterzuschieben, und er gerade noch den Ansatz der dunkelblonden Haare ihrer Scham zu Gesicht bekommt, wendet er sich atemlos ab und schimpft sich einen elenden Spanner, und zwar der primitivsten Sorte. Er bittet Elsie stumm und inständig um Verzeihung und tritt schamvoll den Rückzug an. In seinem Rücken hört er, wie sie das Fenster schließt und irgendwas zu Willy dem Schrecklichen sagt, der offensichtlich auch Zeuge ihrer Waschung war.

Noch so ein Schwein!
Tanner stolpert in Richtung Straße und denkt, wenn er das mit Absicht getan hätte, was nicht der Fall ist, er schwöre es, dann soll man ihn bestrafen, in Gottes Namen.
Die Bestrafung folgt auf dem Fuße, aber nicht von einem Gott, dafür umso schlagkräftiger.
Zuerst trifft es ihn von hinten, quer über den Rücken, und der mächtige Schlag lässt ihn in den Knien einknicken. Das Wasser schießt aus seinen von Elsies Nacktheit schon genug geblendeten Augen. Dann klatscht etwas Nasses, Stinkendes über sein Gesicht und mit dem nächsten Schlag auf seinen Kopf werden ihm zwei Sachen angesichts einer großen Helligkeit klar.
Erstens, dass er überhaupt keine Chance hat und zweitens fällt ihm der Name des Pferdes von Alexander dem Großen ein. Dankbar lallt er in das feuchte Tuch. Bukephalos! Jeden Schlag oder Tritt, den er noch spürt, quittiert er mit einem idiotisch glücklichen Grinsen. Bukephalos ... Bukephalos ... Bukephalos!
Erst als er ganz am Boden liegt und ihm ein harter Fuß das Gesicht quetscht, verliert er das Bewusstsein und damit auch das Interesse an dem Namen.
Das Nächste, was er nach einer langen, herrlichen Stille spürt, ist Willy, der heute zum zweiten Mal sein Gesicht ableckt und energisch grunzt. Dann hört er Elsies Stimme, die versucht, das Schwein von ihm wegzuzerren. Er versucht zu sagen, dass Willy ihn nicht stört. Im Gegenteil, er wünsche sich für den Rest seines Lebens nur noch dessen nasse Zunge, und ansonsten möchte er da liegen bleiben. Er kann aber keinen Laut aus sich herauskriegen, denn sein Mund ist voller Blut.
Hörst du mich, Simon. Bitte!
Wie schön, heute sagen alle Frauen gleich du zu ihm!
Hörst du mich! Nicke mit dem Kopf, wenn du mich verstehst! Sonst beweg dich nicht. Nur nicken!
Er versucht sein Bestes und anscheinend genügt es.
Gott sei Dank. Du kannst mich verstehen. Bleib so liegen. Ich rufe die Polizei und den Krankenwagen. Ach, Simon, was haben die mit dir gemacht?
Er hält sie fest, spuckt das Blut aus.

Bitte … bleib bei mir. Keine Polizei. Kein Arzt. Bitte!
Er atmet ein paar tiefe Atemzüge, um der drohenden neuen Bewusstlosigkeit Herr zu werden und um zu prüfen, ob seine Lungen noch arbeiten.
Bitte Wasser. Ich sehe nichts. Bitte. Das Gesicht waschen. Ich sehe nichts. Bitte. Er stammelt es röchelnd und Elsie erhebt sich.
Nach einer schieren Ewigkeit spürt er einen nassen Schwamm in seinem Gesicht.
Hast du Schmerzen, Simon? Soll ich nicht doch lieber einen Arzt holen?
Er schüttelt den Kopf und versucht sich aufzurichten. Verschwommen erkennt er jetzt ihre helle Gestalt.
Wenn du mich stützt …!
Tanner versucht aufzustehen, aber irgendwie fehlt die Verbindung zu seinen Beinen.
Ich versuch's … auf allen vieren. Brauche … Zeit.
Gemeinsam mit Elsie, die ihn halb trägt, halb stützt, gelingt es ihm doch auf die Beine zu kommen. So nähern sie sich Schritt für Schritt der offenen Haustür.
Zum Glück steht Tanner noch unter Schock und er verspürt tatsächlich keine Schmerzen. Nur der Kopf will bei jeder Erschütterung zerspringen.
Bei der Schwelle machen sie erschöpft Pause und er kämpft wieder gegen eine Ohnmacht an.
Tief und langsam atmen, Tanner. Nicht anstrengen. Du hast es bald geschafft, flüstert er leise und Elsie wiederholt unter Tränen.
Tief und langsam atmen, Tanner. Nicht anstrengen. Du hast es bald geschafft!
In der Küche kniet er vor der alten Steinspüle und sie lässt das Wasser über seinen schmerzenden Kopf laufen. Das Wasser im Becken ist sonderbar braun.
Ist das Blut?
Elsie steht breitbeinig hinter ihm und verteilt sorgsam das Wasser auf seinem Kopf.
Es ist ein bisschen Blut, aber es ist vor allem Jauche. Die haben dir einen Sack voller Jauche über den Kopf geworfen, diese Sauhunde.

Tanners Gehirn läuft schon wieder auf Hochtouren.
Ich hab's doch gesagt, das sind Profis. Die wissen, wie man Schmerz zufügt, aber wenig äußere Wunden.
Das kühle Wasser ist herrlich und er beginnt auch schon wieder klarer aus seinen Augen zu sehen.
Sind die Kinder wach?, fragt er. Sie schüttelt den Kopf.
Das ist gut. Die müssen das nicht sehen!
Er zieht mit Elsies Hilfe seinen Pullover aus, dann das Hemd. Als sie seinen Rücken sieht, stößt Elsie einen unterdrückten Schrei aus.
O Gott, der ist ja ganz schwarz und blau geschlagen!
Kannst du mit dem Schwamm vorsichtig meinen Rücken waschen, Elsie? Damit du siehst, wo eine offene Wunde ist!
Unglaublich zart führt sie seine Bitte aus, trotzdem bereut er seine Anordnung und befürchtet, dass er wieder in ein schwarzes Loch fällt.
Ich muss mich hinlegen, Elsie!
Sie legt stumm seinen Arm um ihre Schulter und er richtet sich langsam auf. Jetzt gelingt es ihm sogar, sich auf seine Beine zu stellen.
In einer Art Vorwegnahme seiner Lebenszeit tapst er wie ein Greis mit ihrer Hilfe in den Flur und in das nächste Zimmer, das offensichtlich ihr Schlafzimmer ist.
Das Bett ist schon aufgeschlagen, sie wollte ja gerade ins Bett gehen.
Hätte Willy nicht unbedingt noch einmal vor die Tür gewollt, würdest du jetzt noch lange dort liegen, sagt sie und beginnt zu weinen.
Ich hatte schon immer eine gewisse intime Verbindung zu Schweinen, sagt Tanner mit einem Versuch zu lächeln, was aber seinem Gesicht nicht besonders gut bekommt. Dafür lächelt sie jetzt, und das ist ja auch schon etwas.
Wir müssen meine versauten Hosen ausziehen, sonst mache ich aus deinem Bett wirklich einen Schweinestall.
Sie beginnt sofort vorsichtig seine Hose zu öffnen, duldet aber gar keine Mithilfe und er ergibt sich in sein Schicksal. Er ist bis auf die Haut durchnässt. Im Moment, wo sie seine Unterhose anfasst, stellt er ohne zu überlegen eine Frage.
Wo ist denn jetzt Willy, mein Rettungsschwein?

Erst im Nachhinein wird ihm die unfreiwillige Anspielung auf *will* bewusst, was bei Shakespeare das männliche Glied meint, das sie gerade im Begriffe ist bloßzulegen.
Er hofft inständig, dass Elsie in dieser Abteilung eine Bildungslücke hat.
Ich habe ihn in die Scheune gesperrt. Er war so aufgeregt, dass er die Kinder aufwecken würde.
Dort ist er ja auch sicher gut aufgehoben, sagt Tanner mit einem verschämten Blick auf seine zum Glück unbeteiligte Männlichkeit.
Nackt und zerschlagen steht er, leicht gekrümmt, keine besonders gute Figur machend, in Elsies Schlafzimmer und wartet, bis sie mit dem feuchten Schwamm aus der Küche wiederkommt.
Sie reinigt und trocknet ihn, wo es nötig ist, und er legt sich vorsichtig auf das weiche Bett. Sie setzt sich neben ihn und betastet sanft seinen Oberkörper.
Tut das weh? Oder hier? Oder da?
Eigentlich tut's überall gleich weh. Aber es gibt keine besonders schmerzhafte Stelle!
Tanner äußert sich in dieser Art und schaut sie an.
Es tut mir Leid, aber von dem Krankentransport hast du auch was abbekommen!
Sie riecht an ihrem Kleid und verzieht die Nase.
Und wie! Ich benutze dasselbe Parfum wie du. Aus Solidarität. Und aus Sympathie ..., fügt sie noch schüchtern lächelnd hinzu.
Dann steht sie eine Weile ernst da. Sehr ernst.
Und aus Solidarität ziehe ich mich auch gleich aus, denn so kann ich ja wohl kaum ins Bett kommen, sagt sie leise und zieht mit einem Schwung ihr Kleid aus.
Die Unterwäsche hat Elsie schon ausgezogen, als sie sich gewaschen hatte.
Was Tanner vorhin durch das Küchenfenster verbrecherisch beobachtet hat, zeigt sie ihm jetzt mit einfacher Anmut in ihrer ganzen Pracht.
Sie steht lange still da, bis sie weiß, dass er sie gesehen hat.
Ganz und gar gesehen hat.
Ihr dunkelblondes Haardreieck ist dicht und gekraust. Ihre Haut ist unglaublich glatt. Ihr deutlich runder Bauch ist die selbstver-

ständliche Verbindung zwischen ihren kräftigen Beinen und ihren mütterlichen, aber festen Brüsten. Sie strahlt. Ohne Angst. Sie löst ihre blonden Haare und legt sich, als sei das die größte Selbstverständlichkeit seit Jahren, neben ihren zerschundenen Ehemann Simon Tanner.
Das werde ich in Jahren noch niemandem erzählen können, das glaubt mir kein, äh … Schwein. So und ähnlich, dröhnt es durch seinen Schädel.
Ach, du möchtest sicher etwas trinken. Wie dumm von mir. Entschuldige, Simon. Und ich habe auch Schmerztabletten. Warte und rühre dich nicht vom Fleck.
Nein, ganz bestimmt nicht. Wer durch die Vorhölle ins Paradies kommt, rührt sich nicht so schnell wieder vom Fleck, rattert es erneut durch seinen Schädel und er sieht sie flink in Richtung Küche davonspringen. Er schließt seine Augen.
Ich habe kalten Tee und Aspirin. Nimm gleich zwei!
Sie bietet ihm kniend Tabletten und Tee an. Wie eine blonde Geisha …
Tanner versucht angestrengt, nicht andauernd auf ihre Brüste zu starren.
Was wirklich sehr schwer ist, wenn die auf seiner Augenhöhe ihn selber herausfordernd anstarren.
So, und jetzt lösche ich das Licht und massiere deinen Kopf. Soll ich die Vorhänge schließen, fragt sie ihn, nachdem sie das Licht gelöscht hat?
Tanner lehnt den Vorschlag ab, denn ein gütiger Mondschein hüllt Elsies Körper in ein ganz verzauberndes Licht ein.
Sie kniet sich auf das Bett neben ihn und beginnt mit ihren kräftigen Fingerspitzen seine Schläfen und seine Stirn zu massieren.
Ich hoffe, du hast nichts gebrochen!
Er murmelt ein entrücktes Nein und ergibt sich ganz ihren Händen.
Als ob sich langsam die verkrusteten und verschütteten Gänge lichten würden, nimmt das Dröhnen und Scheppern in seinem Kopf ab.
Ist es gut so, fragt sie ihn leise und er spürt ihren Atem in seinem Gesicht.

Es ist mehr als gut, du heilst mein Leben, sagt er und sie stützt leicht ihre Ellbogen auf seine Schultern.
Ihre beiden Brüste sind jetzt ganz nahe an seinem Gesicht. Von ihren aufgestützten Armen leicht zusammengepresst.
Tanner dreht sich etwas und lehnt sein Gesicht gegen ihre rechte Brust.
Elsie duldet die Berührung.
Er atmet tief an ihrer glatten Haut. Es riecht nach Jauche, aber das stört ihn überhaupt nicht.
Auch wenn es ihm später keiner glauben wird: Er fühlt sich zu Hause.
Elsie wird ein bisschen müde und ihre Brust fällt jetzt schwer auf sein Gesicht. Tanner sucht Kontakt mit seinen geschundenen Lippen und sie dreht ihren Oberkörper so, dass ihm ihre Brustknospe direkt in den Mund fällt.
Ob sie das mit Absicht getan hat, weiß er nicht und er fragt sie auch nicht.
Er nimmt einfach das Angebot an und küsst ihr zartes Nippelchen, das auch prompt erwacht. Sich streckt. Sich dehnt.
Elsie seufzt, entweder vor Anstrengung wegen der Massage oder weil ihre Brust Wohlgefühl meldet.
Zum Test lässt er los und sofort dreht ihm Elsie ihre bislang ungeküsste Brust zu und er erweckt Elsienippelchen Nummer zwei zum Leben.
Diesmal etwas kräftiger und jetzt besteht über den Zusammenhang zwischen seiner Mundarbeit und ihrem Stöhnen kein Zweifel mehr.
Sie presst ihm ihre Brust ins Gesicht und verstärkt ihre Massagebewegungen an seinem Kopf.
Tanner versteht dies als Aufforderung.
Er umfasst ihre Brust mit seinen beiden Händen, formt sie dadurch etwas länger und nimmt ihre Spitze in den Mund. Und immer tiefer in den Mund.
Zu seiner Überraschung wächst ihre Knospe noch einmal, bis sie die Größe eines runden Pinienzäpfchens hat und Elsie ihm keuchend zu flüstern beginnt.
Wir dürfen nicht laut sein wegen der Kinder, Simon!

Zur Antwort nickt er, ohne ihre Brust freizugeben, und steigert seine Zärtlichkeit.
Ach, Simon, ich werde wahrscheinlich zu laut sein. Du musst mir den Mund zuhalten, falls ich schreie. Ich kenne das seit Jahren nicht mehr… soll ich noch weiter massieren. Schwer atmend sagt sie das und er gibt ihre Brust frei.
Nur wenn es nicht zu anstrengend ist, es ist sehr schön. Es macht meinen Kopf wieder frei!
Sie bietet ihm jetzt wieder ihre andere Brust dar und schwingt sich gleichzeitig rittlings über seinen Körper. Sie zittert wie Espenlaub.
Du musst mir sagen, wenn ich dir irgendwo wehtue oder wenn ich etwas falsch mache.
Statt einer Antwort umfasst er die andere Brust mit beiden Händen. Es entsteht, oh Wunder, ein zweites rundes und weiches Pinienzäpfchen in seinem Mund und er umfasst mit beiden Händen ihren Po.
Jetzt ist alles rund …
Tanner spreizt stärker ihre Beine, so dass die Haare ihres Pelzchens seinen Bauch kitzeln. Er küsst weiter ihre beiden Brüste, die sie ihm abwechselnd anbietet, wie zwei kostbare Gefäße der Lust.
Seine Hände tasten sich von hinten zwischen ihre Beine, die sie jetzt stöhnend so weit spreizt, wie sie kann.
Beim letzten Wirbel ihres Rückens beginnt er die Reise, wandert zwischen ihren beiden glatten Monden talabwärts, nicht ohne aufmerksam die Umgebung wahrzunehmen. Jede noch so kleine Verengung auskundschaftend.
Elsie ist jetzt ganz still und gemeinsam horchen sie in ihren Körper und genießen das zuckende Leben, das sich in ihrem Körper abspielt, in Erwartung der großen Flut.
Die sich irgendwo sammelt, sich verdichtet, Anlauf holt, ganz nah zu ihnen kommt, wieder geht, wieder kommt.
Dann dreht die Lust noch einmal eine Anlaufkurve, wie die Eisläuferin vor dem ganz großen Sprung.
Im richtigen, im letzten Moment des großen Anlaufs befeuchtet er seinen Finger in ihrem Pelzchen, wo Feuchtigkeit im Überfluss

ist, und erkundet die kleine, kraftvoll zuckende Öffnung etwas tiefer und erahnt etwas von der Herrlichkeit ihrer Tiefen.
Zweimal taucht er ein. Dreimal. Ohne die Tiefe ganz auszuloten. Dann wandert er weiter.
Noch bevor seine Finger im dichten Pelz verschwinden, wispert Elsie.
Simon, halte mir sofort den Mund zu. Ich komme … und dann muss ich schreien!
Seine Finger tauchen jetzt in ihre große Verheißung, mit der anderen Hand streichelt er ihre Brüste und sein Mund verschwindet in ihrer Achselhöhle.
Sie presst ihre Lippen in seinen Nacken und im Moment, wo sich seine Finger tief in ihrem Eingang befinden, schreit sie stumm und beißt zu.
Sie schiebt drängend seine Hand mit ihren beiden Händen kraftvoll tief und tiefer hinein.
Sie setzt sich regelrecht in seine Hand hinein.
Und die ganze herrliche Elsie zittert, windet und krümmt sich, seine Hand in ihr. Heiße Tränen rinnen seinen Hals entlang. Elsie schluchzt und klammert sich an seinen Körper, ohne zu fragen, ob es wehtut. Und es ist gut so.
Er spürt keinen Schmerz mehr.
Eng umschlungen lauschen sie auf das Zurückfließen der Wellen.
Jetzt muss ich dich in mir spüren, bitte. Ich bin auch ganz vorsichtig. Du willst es doch auch, oder? Und *er* will es doch auch!
Ja, Tanner will es auch. Und *er* will es sowieso. Aber es braucht keine Worte mehr. Sie gleitet sanft tiefer und sein *will*, der es sowieso will, wird langsam und liebevoll in sein heißes Zuhause gesteckt, bis er ganz in ihrem Körper verschwunden ist.
Elsie richtet ihren Oberkörper und legt, mit unendlich liebevollem Blick, ihre Brüste in seine Hände. Ihr Blick in seinem Blick. Sie hat jetzt ganz die Führung übernommen. Erst jetzt?
Ihr weißer Leib bewegt sich kaum.
Tanner sieht jetzt eine ganz andere Elsie.
Eine weit offene, strahlende Verheißung des Glücks leuchtet ihm im Halbdunkel des Mondscheins entgegen.
Tief in ihrem Innern sind sie vereint, und ein ihm Unerklärliches,

ein Etwas legt sich tief in ihrem Bauch ringförmig um den Hals seines Schwanzes und liebkost ihn. Es bewegt sich selbständig, unabhängig. Sie bewegen sich kaum und trotzdem raubt es ihm jede Kontrolle.
Er kommt und sie kommt ihm mit aller Macht entgegen und sie blicken sich immer noch an.
Wieder weint sie runde Tränen, aber ihr Mund lacht.
Geküsst haben sie sich noch nicht.
Tanner? Bist du jetzt angekommen, flüstert ihm heimlich etwas zu. Nicht reden …
Elsie schmiegt sich vorsichtig an ihn. Sie legt eine Decke über beide. Sie dreht sich, legt ihre beiden Brüste in seine Hände, wie zur ewigen Aufbewahrung, und presst sich an ihn.
Mit ihren Händen vereinigt sie die nassen Körperteile zwischen ihren Beinen, als ob es ab jetzt keine Trennung, keine Lücke mehr geben darf.
Jedes Ding an seinen Ort.
Tanner vergräbt stumm sein Gesicht in ihren Haaren und sie lacht leise.
Was für ein Glück, dass du verprügelt wurdest!

ELF

Das Erste, was Tanner hört, sind die Vögel.
Sind denn die Schwalben schon zurück aus den Tiefebenen Afrikas? Mit ihrem hohen Sbirrr kurven sie über seinem Kopf. Sein Kopf?
Wie der wohl aussieht? Und wieso sind seine Hände leer?
Er hatte doch etwas in seinen Händen. Etwas Warmes, Weiches, was sie ganz und gar ausgefüllt hat.
Tanner will keine leeren Hände mehr.
Ihren Puls hat er gespürt.
Er öffnet seine Augen.
Hallo, Tanner. Mein Gott. Was machst du für Sachen?
Ruth sitzt an seinem Bett und jetzt ist seine Verwirrung komplett.
Ist er nicht bei Elsie? Bei der herrlichen Elsie?
Grüß dich, Simon. Wie fühlst du dich?
Tanner richtet sich etwas auf und sieht Karl in der offenen Tür stehen.
Wir haben unseren Hausarzt bestellt. Er muss jeden Moment da sein. Dem Michel habe ich auch schon Bescheid gesagt. Mein Gott! Haben wir einen Schreck gekriegt, heute Morgen um sechs Uhr, als uns Elsie angerufen und uns alles erzählt hat!
Alles erzählt hat? Alles?
Karl hat man noch nie so schnell sprechen hören. So aufgeregt ist er.
Simon, ich geh mal vors Haus, um den Doktor in Empfang zu nehmen. Du verstehst schon!
Tanner versteht. Es macht ihn verlegen, ihn so geschunden zu sehen.
Kaum ist er draußen, umarmt ihn Ruth.
Ich habe solche Angst um dich gehabt. Wie fühlst du dich denn? Ist es sehr schlimm?

Es ist ja nur äußerlich, es brennt überall ein bisschen. Und ich kann mich noch nicht richtig bewegen. Und ausschauen tue ich wie ein Monster, dazu brauche ich gar keinen Spiegel, sagt er verharmlosend, denn er mag keine mitleidvollen Gesichter.
Heute Morgen ist der Schmerz natürlich ganz anders da als gestern. Gestern war er ja noch unter Schock und dann … Elsie.
Ruth legt ihm ein zweites Kopfkissen unter den Kopf.
Ich habe dein Telefon und die Plastiktüte von Michel mitgebracht. Ich dachte, vielleicht möchtest du beides bei dir haben. Und frische Kleider habe ich dir auch mitgebracht. Elsie bringt gerade ihre beiden Mädchen zur Schule. Seit dem Tod von Anna Lisa vertraut sie nicht einmal mehr dem Schulbus!
Ruth blickt einmal kurz zur Tür hinaus, schließt sie und beginnt plötzlich mit Tanner zu schimpfen, ihre Arme verschränkt, ein Fuß auf dem Bett, aber mit einem verdächtig verschmitzten Glimmern in den Augen.
Tanner! Kannst du mir mal verraten, was du um Himmels willen mit Elsie angestellt hast. Die ist ja nicht wiederzuerkennen. Schon am Telefon, als sie von deinem Unglück erzählt hat, hab ich so merkwürdige Nebengeräusche in ihrer Stimme gehört. Und dann, als wir sie hier gesehen haben, hat sie ständig gelacht, ohne Grund, und vor sich hin gegrinst. Und sie sieht ja fast wie Marilyn Monroe aus, und zwar in ihren besten Filmen. Sie war doch sonst, ich weiß nicht, wie ich das sagen soll, eher so mütterlich … oder?
Bist du jetzt zu Ende? Weißt du was, Ruth? Komm mal bitte zu mir!
Ruth muss ihm gehorchen, denn er ist ja der arme Verletzte. Er nimmt sie in den Arm.
Ich danke dir. Du ganz durchtriebenes, dreimal abgefeimtes, wunderbarstes aller wunderbar abgefeimten Frauenzimmer dieser Erde, mit allen Wassern des Himmels gewaschen. Ich danke dir!
Jetzt guckt sie ihn verblüfft an, nicht sicher, ob sie lachen soll oder protestieren. Bevor sie aber zu einer Entscheidung kommt, trabt Karl ganz aufgeregt ins Zimmer und verkündet die Ankunft des Arztes. Und der folgt Karl auf dem Fuße. Herr Wirbelwind per-

sönlich. Ein hagerer Mann, kahlköpfig, einen Husarenschnauz quer durchs Gesicht, Augen voller Lachfalten, ein Schritt wie Tati höchstpersönlich.
Guten Tag. Ich bin Dr. Zirrer. Zirrer, mit so vielen r's, wie sie wollen. Der fliegende Doktorrr vom Seeland. Eigentlich fürs Vieh zuständig, aber in Ausnahmefällen auch für Hornochsen, die sich zusammenschlagen lassen. Mein Gott! Sind Sie unter einen Stier gekommen? So! Alles mal raus hier! So ...! Jetzt wollen wir mal die Sache genau unter die Lupe nehmen. So ...! Können Sie noch Wasser lassen, wenn ja, ist alles halb so schlimm, wenn nein, ich habe den Totenschein schon dabei! So ...! Machen Sie mal aaah! So ...! Gut. So ...! Ich höre jetzt Ihre Lunge ab. Aha, ein Raucher! So ...! An Ihrer Stelle würde ich aufhören, und zwar ein bisschen dalli. Und zwar jetzt. Nicht nur wegen der Lunge. So ... umdrehen ... nicht atmen ... noch mal aaah ... so ...! Haben Sie Potenzprobleme? Wenn nein, ist gut, wenn ja, ich hätte da ein sehr gutes Mittel bei der Hand. Funktioniert bei Schweinen prima, und Sie wissen ja, das Schwein und der Mensch, na ja, wenigstens so ungefähr. So ...! Und jetzt noch die Reflexe. Setzen Sie sich auf den Bettrand. So ...! Gut ...! Auch gut ...! Jetzt noch mit der kleinen Taschenlampe in die Augen. So ...! Alles, wie Gott es angeordnet hat, in seiner unbegreiflichen Weisheit. Haben Sie Kopfschmerzen? Ich gebe Ihnen eine Packung Aspirin. So ...! Ich würde sagen, ein paar Tage Bettruhe. Viel trinken. Positive Gedanken. Kein Sex! Nein, nein! Das war jetzt ein Scherz! Aber nicht mehr rauchen! Das ist kein Scherz! So ...! Haben Sie noch eine Frage?
Das war die schnellste ärztliche Untersuchung, die Tanner je erlebt hat.
Absolut Guinness-verdächtig. Zu Wort gekommen ist er auch nicht. Warum auch? Und jetzt will er noch eine Frage. Gut. Die Frage soll er haben.
Wann sind Sie von Ihrer Frau das letzte Mal so richtig durchgevögelt worden, so dass Sie am anderen Morgen vor lauter Glück nicht zur Arbeit gegangen sind, Herrr Doktorrr?
Zum ersten Mal guckt er Tanner richtig an. Richtig erschrocken. Dann grinst er und droht ihm mit dem Finger.

Noch ein bisschen durcheinander. Vor allem im Oberstübchen. Na ja. Kann ich ja verstehen, nachdem was Ihnen passiert ist. So...! Gut...! Gut...! Ich muss weiter. Ich schaue Sie mir in zwei bis drei Tagen noch einmal an. Und wenn etwas ist: Frau Marrer hat ja meine Telefonnummer. Auf Wiedersehen. So...! Dann muss ich mal. Wann meine Frau mich das letzte Mal, na so was?
Seufzend lässt Tanner sich ins Bett zurückfallen.
Nach einer Weile kommen Ruth und Karl zurück ins Zimmer.
Na, ist der nicht eine Nummer, unser Viehdoktor, ha, ha. Aber keine Angst, Simon, das ist alles nur Schale, nur Schau. Er ist ein ganz ausgezeichneter Arzt. Glaub mir.
Ruth findet es weniger lustig.
Also, er hat uns nur gesagt, den hat's bös erwischt und du seiest aber zäh und Unkraut vergehe ja bekanntlich nicht so schnell. Also, ich würde von einem Arzt schon auch etwas anderes erwarten!
Dafür wäre dann auch die Rechnung gepfeffert, kontert Karl.
Tanner beendet die Diskussion und sagt, dass er schon okay sei und dass es halt ein paar Tage dauern werde, bis man sich mit ihm in der Öffentlichkeit wieder blicken lassen könne.
Apropos Öffentlichkeit! Auf dem Weg hierher hat dein Telefon geklingelt und ich habe das Gespräch entgegengenommen, weil ich dachte, dass es vielleicht wichtig ist. Es war eine Emma Goldfarb, Staatsanwältin. Sie lässt dir ausrichten, dass sie doch erst morgen in die Hauptstadt kommen kann. Dafür wisse sie morgen auch schon mehr. Du wüsstest dann schon Bescheid.
Gott sei Dank kommt Emma erst morgen. Die würde er heute nicht auch noch ertragen. Zumal er für das Gespräch mit ihr einen klaren Kopf braucht. Den er hoffentlich morgen schon wieder haben wird.
Simon, ruft's von draußen und schon saust der nächste Wirbelwind in das Zimmer, setzt sich zu Tanner und umarmt ihn ungeniert.
Und? Was hat er gesagt?
Elsie meint den Doktor, dem sie unterwegs auf der Straße im Auto begegnet ist, aber natürlich nicht sprechen konnte. Tanner unterrichtet sie kurz über den ärztlichen Befund, wenn man den überhaupt so nennen darf. Sie atmet sichtlich erleichtert auf.

Also keine inneren Verwundungen und nichts gebrochen! Gut. Mein Gott. Da haben wir Glück gehabt!
Da haben wir ... wir ... ach, Elsie ...
Und jetzt kriegst du dein Frühstück. Du hast doch Hunger, oder?
Er hat Hunger und will sogleich aufstehen. Es ist ihm sowieso peinlich, alle um sein Bett herum, wie beim Levée.
Du bleibst schön liegen. Ich warne dich. Mach einen Schritt aus diesem Bett und du lernst eine andere Elsie kennen!
Noch eine andere?
Ich helfe dir noch schnell in der Küche, Elsie. Karl, du gehst schon mal auf den Hof. Ich komme gleich nach.
Irgendwie klang es wie ein Befehl an Karl. Tanner schaut ihn nur kurz an.
Beide verstehen, was Ruth noch in der Küche will, das kuppleri-sche Luder. Auch Männer haben Intuition. Nicht immer, aber immer öfter ...
Also, Simon, sagt Karl, als sie alleine im Zimmer sind, wenn du mich brauchst, ruf an. Ich wünsche dir alles Gute. Ich hoffe, dass Michel jetzt aktiv wird. Der will ja hier auch noch aufkreuzen. Übrigens, du bist mir ja einer. Ungewohnte Methode, um in das Bett von Elsie zu kommen, aber cool. Darauf wäre nicht mal ich gekommen!
Cool? Und das aus Karls Mund.
Tanner hört aus der Küche heiteres Kichern, dann wieder Stille.
Jetzt explosionsartiges Prusten. Da ersticken zwei fast vor Lachen.
Es fällt ein Glas auf den Boden. Scherben klirren. Lautes Lachen. Stille.
Immer noch Stille.
Jetzt Schritte und ein mahnendes pst.
Ruth und Elsie kommen in Einerkolonne mit zwei Tabletts ins Zimmer. Elsie führt den kleinen Reigen an. Beide bemühen sich um ernste Mienen. Elsie platzt als Erste heraus. Dann folgt Ruth. Die beiden lachen und krümmen sich, können gerade noch die Tabletts auf dem Bett in Sicherheit bringen.
Tanner wartet geduldig, mit einem betont ernsten Gesicht, bis der Anfall vorüber ist. Tief im Innern glücklich.
Aber es dauert.

Entschuldige, Simon, uns ist ein Glas auf den Boden gefallen, und deswegen ... Elsie hat sich als Erste kurzfristig erholt, nur um dann in ein noch lauteres Lachen auszubrechen.

Wenn es euch beim Lachen nicht stört, dann esse ich mal. Lacht ihr ruhig weiter, über einen fast zum Krüppel geschlagenen Mann, der nur das Gute wollte, ja ... ja!

Das wirkt erstaunlicherweise und die beiden erholen sich langsam, ihre Tränen aus den Augen wischend.

Also, dann gehe ich mal und lasse dich, Elsie, mit diesem gestrengen Herrn alleine. Wenn du Hilfe brauchst oder einen Rat, vielleicht auch einen fraulichen Rat, dann ruf mich an!

Sprach's und ward nicht mehr gesehen, nur ihr Lachen ist noch lange zu hören.

Elsie schaut Tanner mit großen Augen an. Sie hat ihre Haare wieder mit ihren beiden dicken Holzstricknadeln hochgesteckt und trägt ein einfaches Kleid. Ihre Schuhe hat sie wohl schon in der Küche ausgezogen.

Man sieht, dass sie heute einen BH trägt, das macht die Sache auch nicht gerade einfacher.

Wie geht es dir, Simon. Du musst entschuldigen wegen dem Lachen vorhin. Aber ich bin so überdreht und glücklich. Und Ruth wusste eh schon Bescheid und dann hab ich halt nur noch gesagt, dass gestern Nacht ein Wunder geschehen ist. Bist du mir böse?

Tanner sagt ihr, dass er böse werde, wenn sie weiterhin gedenkt, so weit weg von ihm zu sitzen, und er würde eh schon unter Entzug leiden. Denn schließlich habe sie gestern Nacht seinen Händen etwas anvertraut. Und die fühlten sich jetzt sehr leer, sie würden sich schon krümmen vor lauter Entzug ...

Bevor er zu Ende sprechen kann, ist Elsie schon bei ihm und umarmt ihn.

Dann bist du also auch ein bisschen glücklich, Simon?

Tanner sagt Ja, ein bisschen, und drückt sie an sich.

Am liebsten würde er sie gleich auspacken, aus ihrem schönen Kleidchen, die beiden Holznadeln aus den Haaren nehmen, den BH wegreißen, aber wahrscheinlich ...

Hattest du gestern nicht noch drei Kinder, einen alten Mann, der

Buchstaben ausschneidet, und ein schrecklich gefährliches Zungenkussschwein?
Lena, meine Älteste, und Glöckchen sind in der Schule. Tommy schläft noch. Sein Kindergarten ist heute ausgefallen. Heute Nachmittag, nach dem Essen, gehen alle Kinder zu Ruth und Karl aufs Feld. Sie helfen beim Kartoffelsetzen. Tommy fährt den Traktor. Er konnte gestern Abend kaum einschlafen vor Aufregung. Und ich darf bei dir bleiben, weil du schwer, schwer krank bist, Pflege und dauernde Überwachung brauchst. Dann sind wir für über vier Stunden alleine, denn die Kinder dürfen bis zum Nachtessen bei Ruth bleiben. Ruth sei Dank …
Dann löst sich Elsie zärtlich aus seiner Umarmung.
Sie müsse Tommy wecken, für Ada das Frühstück machen, zu den Tieren schauen. Sie würde aber immer wieder kurz zu ihm kommen, und wehe, wenn er das Bett verlasse.
Teilen, teilen …
Sie nimmt das halb gegessene Frühstück wieder mit, denn Tanner kann noch nicht so richtig essen. Sie lässt nur den frisch gepressten Orangensaft mit Strohhalm zurück. Tanner dreht sich mühsam zur Seite und schließt seine Augen.
Nach einem kurzen Augenblick hört er die Stimme von Elsie, ganz nahe an seinem Ohr.
Simon, aufwachen. Es ist gleich Mittag. Der Michel von der Kantonspolizei will dich sprechen!
Er setzt sich auf und sieht den dicken Michel in der Tür stehen.
Elsie stellt ihm ihren stabilsten Sessel an das Bett, wirft Tanner einen Kuss zu und verschwindet wieder.
Tanner, Tanner! Sie hatten ja wohl Recht mit ihrer Theorie. Von wegen Warnung. Haben Sie denn jemand erkennen können?
Er schildert ihm kurz den Hergang und dass er natürlich niemand gesehen, nicht einmal irgendetwas gehört hat.
Zum Glück fragt er nicht, was er, Tanner, zu nachtschlafender Zeit in der Nähe von Elsies Haus gemacht hat.
Ich lasse die vier Burschen auf jeden Fall verhaften. Vielleicht sind sie es schon in diesem Augenblick. Ich habe meine Leute hingeschickt. Wir kennen jetzt auch die Namen.
Tanner berichtet von dem Schuhabdruck, der immer noch in

Karls Holzstapel in der Einstellhalle ist, so dass man ihnen wenigstens die Reifenstecherei nachweisen und sie damit vielleicht unter Druck setzen kann.
Ich werde die Probe abholen lassen. Die nächtliche Befragung auf dem Mondhof hat noch nichts ergeben und alles, was wir im Turm gefunden haben, ist im Labor. Das Alibi von Auguste Finidori ist bestätigt worden. Wir stehen mit ziemlich leeren Händen da. Vor allem, weil wir noch nicht einmal die Umrisse eines Motivs für den Mord an Honoré haben. Ach, übrigens, Sie hatten Recht mit dem Heft und der Fernsteuerung. Der Lerch, sonst eine blinde Nuss, hat beides im Bach, unweit des Turmes, gefunden. Beides ist jetzt schon im Labor. Vielleicht haben wir Glück, von wegen Fingerabdrücken!
Einmal mehr kommt die Windel zur Anwendung, von denen er ganze Stapel zu Hause haben muss. Er zieht ein gelbes Reclamheft aus seiner Manteltasche.
Ich muss sagen, ich bin beeindruckt von dem Stück. Sie, Tanner, als Ilse kann ich mir allerdings schwer vorstellen!
Und lacht sein tiefes Basslachen. Tanner stimmt als Bariton in das Lachen ein, denkt aber gleichzeitig, wenn die Untersuchungen nichts ergeben, liegt der Schlüssel ganz allein in seinen Erlebnissen der Nacht. Irgendwo muss die Botschaft versteckt sein.
Tanner. Eine Sache macht mir Magenschmerzen!
Er rückt näher, senkt seine Stimme.
Sind Sie vertraut mit dem Fall, den die Presse die Bestie nannte?
Tanner zuckt zusammen. Zu unvermittelt trifft ihn die Frage. Er nickt.
Michel rückt noch näher.
Ich hatte zwar mit dem Fall nichts zu tun, aber ich kenne natürlich die Fakten. Wir haben in Honoré's Sachen chirurgisches Besteck gefunden und auch genau den roten Zwirn, mit dem der Mörder die Kinderleichen genäht hat. Zudem hat er fein säuberlich alle Zeitungsausschnitte über die Mordfälle gesammelt und bestimmte Stellen rot unterstrichen. Ich muss das der Sonderkommission melden, die den Fall bearbeitet. Verstehen Sie.
Tanner wird es übel bei der Vorstellung, dass Honoré sein ge-

suchter Mörder sein könnte. Alles in ihm sträubt sich gegen diese Vermutung.

Michel, mein Gefühl sagt mir, trotz der erwähnten Fakten, dass Honoré ganz bestimmt nicht der Mörder ist. Das mit den gesammelten Zeitungsausschnitten können Sie schon mal wegstreichen. Ruth Marrer besitzt genauso ein Heft. Und wer weiß, wer alles noch so eine Sammlung angelegt hat, denn schließlich sind die zwei Morde ja hier geschehen.

Tanner redet und redet, dabei ist ihm ganz verteufelt mulmig zumute.

Er kennt ja Honoré gar nicht. Was weiß er über dessen dunkle Seiten? Nur, weil er ihn mochte und er Rosalinds Beschützer war? Tanner zitiert laut Lessing.

Der Forscher fand nicht selten mehr, als er zu finden wünschte!

Was ist das: ein Foscheee?

Erschrocken blicken sie sich um und sehen den kleinen Tommy in der Tür stehen. Wie lange steht er wohl schon da?

Hallo, Tommy. Ein Forrrscherrr ist jemand, der alles genau untersucht. Zum Beispiel: Jemand, der die Ohrenschmerzen von Schweinen heilen will und Tropfen erfindet, damit die Schweine keine Ohrenschmerzen mehr haben.

Oder so, ungefähr …

Dann will ich auch ein Foscheee welden, Mami, ich will ein Foscheee werden. Weißt du, was ein Foscheee ist?

Tommy rennt in die Küche und Michel schließt erneut die Tür. Nachdem er sich ächzend gesetzt hat, geht sie gleich wieder auf und Elsie steht da.

Herr Michel, wollen Sie bei uns zu Mittag essen? Es gibt Fisch in Senfsauce, mit Fenchelgemüse und Reis!

Schwer kämpft es in Michel. Man kann sehen, wie beim Gedanken an einen Fisch buchstäblich das Wasser in seinem Munde …

Leider muss ich ablehnen, Frau Marrer, leider, aber die Pflicht ist unerbittlich, und sie ruft mich laut und herrisch zurück in die Hauptstadt. Ich muss dringend ins Labor und zur Gerichtsmedizin. Zudem will mich der Herr Oberstaatsanwalt, dieses Arschloch von Gottes Gnaden, dringend sprechen. Verzeihen Sie, Frau Marrer, die ungehobelte Ausdrucksweise. Aber als Polizist muss ich immer schön die Wahrheit aussprechen, und die ist nicht immer fein … Elsie tritt den Rückzug an, und wieder kommt ein Kuss angeflogen, Tanner nimmt ihn und steckt ihn schnell unter die Bettdecke.

Sie haben ja Schwein, Tanner. Ich weiß gar nicht, ob ich Ihnen das gönnen soll und ob das überhaupt polizeilich erlaubt ist?

Er verabschiedet sich lachend, schweißgebadet wie immer, und stapft aus dem Zimmer.

So! Wir essen bei dir im Zimmer. Dann bist du nicht allein. Und wir sind es auch nicht. Bist du einverstanden?

Elsie lächelt ihn bittend an und da er nickt, stellt sie schon mal ein volles Tablett auf das Bett.

Die Mädchen bringen einen kleinen Campingtisch, so können wir bei dir am Bett essen.

Wo soll ich den Tee hinstellen, fragt Tommy, der kleine Foscheee, und balanciert einen Teekrug und fünf Gläser auf einem Tablett.

Stell es zu mir, Tommy, sagt Tanner zu ihm und nimmt ihm die Gläser ab.

Wo ist denn Willy der Schreckliche?

El ist auf del Wiese. Wahlscheinlich schläft el. El ist nämlich ein ganz faules Schwein. Hat es wehgetan, als dich die bösen Männel geschlagen haben, fragt er Tanner mit großen Augen.

Als Forscher erlebt man halt auch mal was Unangenehmes, Tommy. Aber es ist nicht so schlimm!

Bist du auch ein Foscheee? Und was foscht du?

Ich erforsche, zum Beispiel, warum es Menschen gibt, die zu anderen Menschen böse sind.

Und walum sind die böse?

Jetzt find mal eine Antwort, Tanner, aber ein bisschen dalli.

Da jetzt gerade Elsie mit ihren beiden Töchtern ins Zimmer kommt, sagt er schlicht, weil nicht alle so eine fantastische Mama haben, deswegen sind die manchmal böse, und mit Blick zu den beiden blonden Mädchen, und weil sie nicht so schöne Schwestern haben, deswegen sind die ganz besonders böse!

Die Mädchen lachen. Elsie räuspert sich.

Also, setzt euch alle. Das ist der Tanner. Und das, Simon, ist meine Älteste, Lena. Eigentlich heißt sie ja Elena. Das ist Glöckchen. Sie

heißt richtig Erna. Darf ich ihm erzählen, warum wir dich Glöckchen nennen?
Nein!
Glöckchen sagt es ganz entschieden und ernst. Sie schaut Tanner düster an. Entweder, weil er so zerschunden aussieht, oder weil sie nicht will, dass ein fremder Mann in dem Bett ihrer Mutter liegt.
Darf ich dich denn trotzdem Glöckchen nennen?
Sie nickt stumm und setzt sich an den Campingtisch.
Tommy heißt eigentlich Ernst, aber seit wir letzten Sommer in Italien waren …
Ich will elzählen, sagt Tommy und haut mit dem Löffel energisch auf die Bettdecke. Elsie schmunzelt.
Ich kann flippen. Ich habe in Italien zwei Wochen geflippt. Es gab am Stland so eine Hütte. Und die haben einen Stuhl hingestellt. Und ich habe gewonnen. Kannst du auch flippen, Tannel?
Ja, ich habe sogar einen eigenen Flipperkasten, aber leider nicht hier. Der ist im Möbellager bei all meinen anderen Sachen.
Elsie sagt zu Tommy, dass er sich jetzt hinsetzen soll, und erzählt, dass die jungen Italiener große Freude an ihm hatten und ihn Tommy genannt haben, wegen dem Film. Und irgendwie haben wir dann den Namen mit nach Hause genommen. Und jetzt heißt er Tommy. Und jetzt wünsche ich allen einen guten Appetit. Ada isst immer allein in seinem Zimmer.
Die letzte Bemerkung war als Erklärung für Tanner gemeint. Er hat sich schon gewundert, wo der Alte steckt.
El sabbelt beim Essen, sagt Tommy.
Lena bemerkt trocken, dass die einen halt nicht schön essen können und die andelen können wedel schön essen noch ein r sagen.
Alle lachen, sogar Tommy.
Dafül kann ich heute die gloße Maschine lenken, sagt Tommy fröhlich und jetzt tut er einem richtig Leid, dass er sich nicht einmal mehr getraut, das Wort Traktor auszusprechen.
Eines Tages wird das r wieder da sein, und keinem wird es dann auffallen.
Und so nahm das Essen fröhlich seinen Gang. Würde es im Märchen heißen.

Aber hier läuft ein Mörder frei herum, oder mehrere …
Nach dem Essen räumen alle gemeinsam ab, auch Tommy hilft. Er besorgt wieder den Rücktransport der Gläser und des leeren Teekruges.
Kommst du mal mit mil flippen?
Tanner verspricht es ihm, falls sich eine solche Gelegenheit biete. Er ist mit der vagen Antwort zufrieden. Alle sind jetzt draußen und Elena, genannt Lena, holt noch den Rest vom Bett. Sie steht einen Moment am Fußende und guckt Tanner an.
Hast du meine Mama lieb?
Diesmal fällt seine Antwort nicht vage aus und scheinbar zufrieden mit der Antwort geht Lena aus dem Zimmer und schließt leise die Tür. Vor dem offenen Fenster hört man Willys Schnüffeln und leises Grunzen.
Draußen vor der Tür machen sich die Kinder aufgeregt bereit für ihren Ausflug auf das Feld. Ganz besonders Tommy ist nicht mehr zu halten. Dann kehrt Stille ein im Hause. Lange Zeit geschieht gar nichts und Tanner befürchtet schon, dass Elsie auch mitgegangen ist.
Dann öffnet sich leise die Tür und Elsie kommt, bewaffnet mit einem Becken voller Wasser und Tüchern ins Zimmer.
Krankenschwester Elsie meldet sich zum Dienst. Ich werde Sie jetzt waschen, alter Mann. Und heute keine Anzüglichkeiten, nichts mit Anfassen, wenn ich bitten darf, sonst muss ich das dem Herrn Doktor sagen. Sie wissen, was dann mit Ihnen geschieht, Herr Tannel!
Lachend fegt sie die Bettdecke runter und runzelt streng die Stirn, als sie sieht, dass Tanners Gedanken nicht ganz rein sind.
Das kalte Wasser wird Sie auf andere Gedanken bringen. Ich hab's extra lange laufen lassen, damit es ja schön kühl ist!
Mit geübten Händen rollt sie Tanner auf ein dickes Frotteetuch und wäscht ihn stumm von oben bis unten, mit herrlich warmem Wasser, reibt ihn trocken und schmiert zärtlich eine Salbe auf seine geschundene Haut. Er schaut sie nur an.
Die hat der Dr. Zirrer dagelassen, die soll sehr gut sein. Und jetzt decke ich Sie wieder schön zu, Herr Tanner, dass Sie ja nicht kalt haben. Wäre gar nicht gut für Ihr Rheuma. Und jetzt wird geschlafen.

Und bevor er entrüstet protestieren kann, ist Elsie wieder verschwunden.
Er beschließt, auf zehn zu zählen, oder höchstens auf zwanzig. Wenn sie dann nicht wieder da ist, wird er aufstehen und sie an ihren schönen Haaren zu sich ins Bett schleifen. Kaum ist der Gedanke zu Ende gedacht, geht die Tür leise auf.
Und? Ist die Krankenschwester schon wieder weg? Es ist jetzt nämlich keine offizielle Besuchszeit. Ich habe mich reingeschlichen!
Tanner geht auf das Spiel ein.
Da ich privat liege, gelten für mich die offiziellen Besuchszeiten nicht. Weißt du das nicht, Elsie. Und nun bleib nicht bei der Tür stehen, bitte. Du machst mich wahnsinnig, so wie du da stehst.
Durch ihr Spiel, dass sie heimlich ins Spital geschlichen sei, steht sie anmutig verdreht an die Tür gepresst, wie die Pin-up-Girls auf alten Filmplakaten.
Also, Spaß beiseite, Simon. Ich muss jetzt sehr ernst mit dir reden!
Sie setzt sich an das Fußende des Bettes und man sieht, dass sie es wirklich ernst meint.
Ich muss dich etwas fragen und dann mach ich dir einen Vorschlag. Du musst mir aber versprechen, dass du mich nicht auslachen wirst.
Tanner verspricht ihr, dass er sie ganz bestimmt nicht auslachen werde, was immer sie ihn fragen werde. Sie steckt ihre Hände zwischen ihre Knie und schaut ihn an.
Zuerst die Fragen!
Wenn sie jetzt fragt, wie ich es mit der Religion halte, mache ich ihr sofort einen Heiratsantrag, denkt Tanner erwartungsvoll.
Eigentlich sind es drei Fragen. Und du musst mit Ja oder Nein antworten. Du musst nicht sofort antworten. Aber du darfst bitte nur mit Ja oder Nein antworten.
Uff, jetzt wird es aber spannend, drei Fragen … für einmal nicht drei Kassetten …!
Bist du bereit. Die erste Frage besteht eigentlich aus drei Fragen. Also. Magst du Kinder?
Elsie schaut ihn atemlos an und Tanner sagt Ja. Ohne zu überlegen. Magst du drei Kinder? Wieder bejaht er.

Kannst du dir vorstellen, dass du meine drei Kinder mögen könntest?
Er sagt zum dritten Mal Ja. Und kein Hahn kräht …
Jetzt kommt Elsie zu ihm, fasst mit beiden Händen sein Gesicht und küsst ihn vorsichtig auf die Lippen. Er will sie anfassen, aber sie gibt ihm zu verstehen, dass sie erst die Fragen stellen möchte. Die nächste Frage besteht aus zwei Fragen. Also. Stört es dich, dass ich eine Bauernfrau bin?
Jetzt muss Tanner das erste Mal gegen ein aufkeimendes Lächeln ankämpfen.
Nein, um Gottes willen, im …
Nur mit Ja oder Nein antworten, sagt Elsie streng und fährt unbeirrt in ihrem Katechismus weiter.
Stört es dich, dass ich keine gebildete Frau bin, dass ich nicht intellektuell bin, keine Städterin bin, dass ich mich zum Beispiel nicht schminke, außer manchmal die Lippen?
Wieder sagt Tanner mit voller Überzeugung Nein. Wieder nimmt sie sein Gesicht in ihre Hände und küsst ihn.
So. Jetzt kommt die letzte Frage. Sie lacht und sagt, dass was jetzt noch komme, sei ganz oberpeinlich. Sie lacht wieder.
Da muss ich mich umdrehen. Das kann ich nie und nimmer so fragen und du darfst diesmal auch lachen, ich erlaube es dir. Also. Findest du es nicht anormal, wie groß … nein, das kann ich nicht fragen … nein, ist das blöd!
Also, jetzt frag halt schon, bitte, Elsie, du folterst mich und ich bin verletzt, bedenke das.
Also gut. Findest du es nicht anormal oder stößt es dich nicht ab, dass meine, meine, äh … ja, das meine Brustwarzen so groß werden, bei der Liebe. Ich habe das ganz vergessen, denn sonst werden sie ja nicht so groß, wenn sie kalt haben oder wenn ich mich wasche. Das ist doch nicht normal, oder?
Also, das ist jetzt die erste Frage, bei der ich passen muss, Elsie. Beim besten Willen. Ich habe das gestern gar nicht bemerkt. Zudem war es ja dunkel. Das müsste ich mir jetzt direkt erst noch mal anschauen und genau überprüfen, ob sie wirklich so groß werden!
Elsie wirft sich lachend über Tanner und boxt ihn.
Aua, du schlägst einen Schwerverwundeten!

Elsie erschrickt und entschuldigt sich mit Küssen.
Ich bestehe darauf, dass diese letzte Frage jetzt genauso ernsthaft geklärt wird wie die anderen Fragen.
Elsie lacht.
Also gut. Du darfst es noch einmal sehen. Dann nie wieder!
Ihre Augen verdunkeln sich und ihre Stimme zittert. Sie knöpft ihr Kleid auf, schlüpft aus den Ärmeln und streift es sich bis auf die Hüften. Auch den weißen BH knöpft sie schnell und geschickt auf und nun sieht er sie bei helllichtem Tage.
Ihre Knospen, die gestern im Mondlicht ganz dunkel schienen, sind jetzt im Licht zartrosa, fast hellrosa. Tanner streichelt sie mit seinen Händen und wieder strecken sie sich und dehnen sie sich.
Also, bis jetzt ist eigentlich alles normal, gnädige Frau, sagt er zu seiner schon schwer atmenden Geliebten. Sie lächelt.
Küsse sie. Nimm sie in deinen Mund, bitte, Simon. Ich kann nicht mehr warten!
Ich weiß nicht, ob das wissenschaftlich ist, gnädige Frau, sagt er mit ernster Miene.
Jetzt quälst du mich. Küsse sie. Jetzt. Auf der Stelle.
Tanner küsst sie lange und sanft. Eine nach der anderen. Und wieder geschieht das Wunder. Einmal. Zweimal.
Also, gnädige Frau, ich sehe da als Lösung nur eine Langzeittherapie. Sonst kann ich für nichts garantieren. Die müssen von mir jeden Tag mehrmals speziell therapiert werden. Aber keine Angst, das geht auf Krankenkasse. Also, ich würde sagen, alle zwei Stunden eine Anwendung, in der Nacht in kürzeren Abständen, und ganz wichtig, auch am Morgen, bevor gnädige Frau aufstehen und ihr Wasser lassen. Ich würde das sehr ernst nehmen an Ihrer Stelle. Ich verstehe nicht, warum Sie die ganze Zeit lachen!
Sie wirft sich über ihn und lacht. Ihr Körper bebt. Dann schaut sie ihn ernst an.
Du musst mir versprechen, wenn deine Lippen wieder gesund sind, dass wir uns eine ganze Nacht lang nur küssen, bitte.
Tanner verspricht es.
Sie steht auf, schließt das Fenster und zieht die Vorhänge zu. Das milde Nachmittagslicht, wie durch einen goldenen Filter. Amber. Das Licht des Paradieses.

Jetzt werde ich dich lieben und du darfst nichts machen. Dann werde ich dir meinen angekündigten Vorschlag unterbreiten. Eigentlich wollte ich das direkt im Anschluss an die Fragen tun. Aber ich muss dich jetzt zuerst lieben, weil du meine Brüste, sozusagen außer Programm, schon geweckt hast, du Böser. Ich halte es sonst nicht mehr aus. Du bist schuld. Nach dem Vorschlag, wenn du dann noch willst, kannst du mich lieben und ich werde nichts machen. Und jetzt schließ bitte deine Augen.

Lieber Gott, wann hat sie sich das alles ausgedacht?

Während sie spricht, steht sie mitten im Raum, hat sich ganz ausgezogen und bietet seinem Blick im Amberlicht ihren Körper dar. Dann schließt er auf ihre Bitte hin die Augen.

Er spürt, wie sie aufs Bett steigt, über seinem Körper steht und sich dann, in die Hocke niederlässt, schwebend über ihm.

Tanner hört, wie ihr Atem stockt und wie etwas Nasses die Spitze seines Gliedes berührt. Sie küsst sie mit ihrem Geschlecht. Wie in Zeitlupe senkt sie sich über ihn und nimmt ihn herrlich in sich auf.

Und so schweben sie, beinahe körperlos, dem Paradies entgegen, von dessen Licht das Zimmer schon längst erfüllt ist.

Dann schlafen sie gemeinsam ein und seine Hände sind wieder voll, zufrieden …

Mitten in seinen traumlosen Schlaf flüstert Elsie in sein Ohr.

Jetzt will ich dir meinen Vorschlag machen, Lieber! Er weiß nicht, wie lange sie geschlafen haben, aber das Amberlicht ist immer noch da.

Wenn du willst, werden wir uns jeden Tag lieben. Zweimal. Dreimal. Soviel wir wollen. Dann, in der Nacht vom Sonntag, werde ich dir ein Geheimnis verraten. Ein schreckliches Geheimnis. Und wenn du mich dann immer noch willst, werden wir uns wieder lieben. Sieben Tage lang. Bis wieder die Nacht vom Sonntag kommt. Dann werde ich dir wieder ein Geheimnis verraten. Dann aber ein ganz schönes. Und wenn du mich dann immer noch willst, werden wir uns wieder sieben Tage lieben. Wir werden das machen, solange du mich willst. Immer von Sonntag zu Sonntag. Du darfst mich nie unter der Woche verlassen, wenn du mich denn eines Tages verlassen musst. Das ist mein Vorschlag. Und

jetzt kannst du mich lieben und ich werde nichts machen. Danach sagst du mir, wie du meinen Vorschlag findest.
Hohes Tribunal, ich hoffe, Ihr habt das in Euer Protokoll aufgenommen, Wort für Wort …
Elsie legt sich auf ihren Bauch und ihr schöner Rücken flimmert im Amberlicht. In der Nacht schien ihre Haut ganz weiß. Jetzt hat sie die Farbe von marokkanischem Blütenhonig. Und noch etwas entdeckt Tanner.
Ihre ganze glatte Haut ist mit feinsten Härchen überzogen, die man mit der Hand nicht spürt. Jetzt in diesem Licht sieht man sie ganz deutlich. Blonde Härchen.
Er folgt ihnen mit seinen Augen. Die Härchen strömen, gleich vieler zarter Nebenflüsschen in Richtung Rückgrat, versammeln sich dort und fließen wie in einem gebündelten Strom in ein muldenhaftes Tal, mit zwei kleinen Senken, um sich dann wieder zu trennen, gleich einer Wasserscheide. Zweistromland.
Tigris steigt sanft den Hügel ihres rechten Mondes hinauf. Euphrat flieht zum linken. Auf der Kuppe der Monde verbreitern sich beide wieder zu flächigen Seen, um wieder in Richtung ihrer Beine schmaler zu werden. Schneller fließend, der Neigung der Landschaft, dem Lauf der Beine folgend. Da wo Euphrat und Tigris sich trennen, bildet sich noch ein drittes, zuerst kaum wahrnehmbares Flüsschen. Es führt direkt in das Tal, was sich bald in eine Schlucht verengt. Der Quelle entgegen. Alles Strömung. Alles Bewegung …
Jetzt weiß er es. Elsie hat zwar den Körper einer Japanerin, das offene Gesicht und die blonden Haare einer Schwedin, aber Elsie kommt aus dem Wasser. Das erkennt er jetzt ganz deutlich. Eine Nymphe, den Wassern entstiegen. Ihre Härchen erzählen wispernd und gurgelnd von Strömungen, Wasser, Seen, Bächen, Wirbeln, Wasserfällen. Man hört ihre Geschichten, wenn man nur nahe genug sein Ohr darauf legt.
Tanner beginnt nochmals seine Reise bei ihrem Hals. Er bläst jetzt mit seinem Atem in die Strömungen ihrer Härchen. Wie der griechische Gott der Winde. Der aus Liebeskummer. Tanner aus vollem Glück.
Sie ist das Wasser. Er ist der Wind.

Elsie bewegt sich wohlig. Da und dort regt sich ihre Haut, kommt leicht ins Zittern, beruhigt sich wieder. Er haucht beide kühlen Monde warm. Er spitzt seine Lippen und bläst in das Tal zwischen den Monden, dann tiefer in ihre Schlucht hinein.
Elsie stöhnt und öffnet ihre Beine dem willkommenen Windhauch. Er holt tief Luft. Elsies Hand wühlt in seinem Haar und leise hört er ihr, du Lieber, du ...
Er küsst ihre nassen Haare und seine Zunge wühlt sich vor, bis sie Haut findet.
Elsie dreht jetzt ihren Körper auf den Rücken, ihr Becken immer noch auf dem Berg der Kissen, die Beine weit in die Luft, in den Amberhimmel gestreckt.
Er gönnt ihr eine Erholungspause und küsst ihre Füße. Nimmt ihre süßen Zehen in den Mund. Jede einzeln. Elsie stöhnt heftig. Dann fährt er mit seiner Zunge der Innenseite ihrer Beine entlang. Je zarter die Haut wird, desto schneller wird Elsies Atem. Einmal Euphrat. Einmal Tigris. Wieder bei ihrem Pelzchen angekommen, finden seine Lippen das weiche Kügelchen. Elsie bäumt sich auf.
Simon, ich kann nicht mehr ... du wolltest sicher in mich kommen ... ich wollte es ja auch ... aber es kommt, es kommt ... du lieber ... ich sterbe ... ich vergehe ... ich weiß keine Worte ... oh ...!
Still ist es jetzt im Zimmer. Dunkler ist es geworden. Aber immer noch ist es Amber.
Und wie in ihrer ersten Nacht dreht ihm Elsie ihren Rücken zu, legt wieder in seine beiden Hände ihre süße Last und vereinigt sein pulsierendes mit ihrem nassen Geschlecht.
Und so finden sie ein zweites Mal Einlass in das Paradies.
Diesmal von hinten.
Ganz wie der große Dichter es vorschlägt, als einzigen Weg, wieder ins verlorene Paradies zu gelangen.
Es strahlt noch heller als beim ersten Mal. Diesmal schreit Elsie nicht, sondern sie findet ekstatische Worte der Liebe, so rein und reich, die außer ihm niemand hört und niemand hören darf.
Von ihr, die sich eine ungebildete Bäuerin nennt.

ZWOELF

Als er wieder aufwacht, ist er allein im Bett und ist es fast dunkel in dem Zimmer. In seiner rechten Hand spürt er nichts Weiches mehr, sondern etwas Festes aus Papier. Ein Heft vermutet er.
Er greift nach dem Schalter der kleinen Lampe, die neben dem Bett steht. Tatsächlich hat jemand, während er geschlafen hat, ein blaues Schulheft in seine Hand gelegt. Vorne steht in ungelenker Schrift die Zahl hundert. In arabischen Ziffern.
Tanner erschrickt, denn er bemerkt erst jetzt, dass in der halb geöffneten Tür Ada steht. Er starrt Tanner an. Und deutet mit seiner Hand auf das Heft. Und dann wieder auf ihn.
Jetzt küsst er seine eigenen Fingerspitzen. Legt sie auf Stirn und Herz und verschwindet. Leise schließt er die Tür. Es war nicht genau zu verstehen, ob er Tanner das Heft einfach zum Lesen gibt oder ob er ihm das Heft schenkt.
Aus der Tiefe des Hauses hört Tanner Stimmen. Lachen.
Eine Tür geht auf und jetzt hört man, wie Tommy Geräusche eines Motors simuliert, wahrscheinlich vom Traktor, der großen Maschine, die er heute Nachmittag lenken durfte. Also sind die Kinder zurück vom Feld und vom Nachtessen bei Ruth und Karl. Deswegen ist er auch alleine aufgewacht. Als Mutter hat Elsie sicher eine sehr präzise innere Uhr.
Tanner lauscht dem Stimmengewirr eine Weile. Dann öffnet er das Heft.
Worte, Worte, Worte, antwortet Hamlet Polonius auf dessen Frage, was denn in dem Buch stünde, das er gerade lese. Zu dem Heft, das ihm Ada in die Hand gedrückt hat, würde die Antwort auf dieselbe Frage lauten: Buchstaben, Buchstaben, Buchstaben. Auf jeder einzelnen Seite sind wahllos verschieden große Buchstaben eingeklebt. Aus Zeitungsüberschriften, mit verschiedensten Schriftgraden, zum Teil farbig. Wild durcheinander torkeln

die ausgeschnittenen Buchstaben einen wirren Tanz. Fette und magere Buchstaben. Hohe schlanke. Gedrungen breite. Formale und ornamentale. Ein Recycling der ganzen Palette von Zeitungs- und Werbetypographie. Es gibt Seiten mit großer Ordnung. Mit einem Schema. Die Buchstaben sind aufgereiht wie Soldaten zum Appell. Andere Seiten erinnern an das abendliche Fußgängergedränge in einer engen Gasse. Wieder andere, wie verschieden große Vögel, aufgereiht auf einer Telefonleitung. Einige Seiten sind Momentaufnahmen von einem Ballettabend, mit dem verstärkten Ballet du Corps, vom Bühnenhimmel herab gesehen. Nur weiße und schwarze Lettern. Schwanensee.
Zwischen einzelnen Buchstaben sind Lücken, aber Tanner erkennt in den entstehenden Buchstabengruppen keinen Sinn. Zudem flimmern seine Augen nach kurzer Zeit vor Anstrengung. Er wird das Heft noch einmal genauer ansehen. Später. Oder morgen. Er legt das Geschenk beiseite. Was für eine gigantische Arbeit. Seit Jahren. Jeden Tag. Den ganzen lieben, langen Tag. Noch ein Sisyphos …
Tanner schaut auf sein Telefon. Keine Nachricht. Ob seine Tänzerin in diesem Moment gerade das australische Publikum zu Begeisterungsstürmen hinreißt? Oder bezirzt sie den Portier vom Hotel Palace? Ein Blick auf die Uhr belehrt ihn. In Australien ist es jetzt zwischen vier und fünf Uhr morgens, wenn er die Zeitverschiebung richtig im Kopf hat. Und zwar von unserem nächsten Morgen. Australien liegt ja östlich von Greenwich, und sehr viel östlicher als das Bett von Elsie. Da die Welt bekanntlich eine Kugel ist, liegt Australien unter Elsies Bett. Bildlich. Bei dieser Vorstellung muss Tanner leise lachen. Meine schlanke Tänzerin ist unter dem Bett meiner Elsie! Meine Tänzerin … Meine Bäuerin … mein … mein … meine Antipoden … die … die Antipoden!
Tanner singt die Worte arienmäßig. Dann lauscht er wieder auf die Geräusche im Haus.
Raoul …! Raoul ist auch unter seinem Bett. Wirklich unterm Bett. Tanner greift nach der Plastiktüte vom Michel, die Ruth heute Morgen, zusammen mit seinem Telefon, mitgebracht hat. Die Puppe, die Honoré nach dem lebenden Vorbild von Raoul angefertigt hat. Die er bei seinem Tode fest in der Hand hielt. Der melancholische Jaques.

Ein schmales Gesicht aus feinstem Porzellan. Melancholische Augen, gemischt mit einer feinen Prise Skepsis. Ironie vielleicht? Englisch gelocktes Haar, eine schmale Nase und einen ausdrucksstarken Mund. Sinnlich. Wissend. Mit einer Andeutung von Bitterkeit. Schmerz und Überdruss.
... dass er es nicht mehr aushalte und dass seine einzige Chance zum Überleben ... weit weg von allem und allen ... auch von seinem Kind ..., hat Karl Raouls Brief wiedergegeben.
Und dann bist du in deinen Ardennerwald abgehauen, nach Australien ..., denkt Tanner. Gibt es da überhaupt Wälder? Sicher nicht so, wie Tanner sich den Ardennerwald vorstellt.
Australien. Endlos weite Steppen und Buschwälder, Akazien- und Eukalyptuswälder voller Kängurus, umherschleichender nackter Männer, bewaffnet mit Bumerang und langem Speer, nachts in ihre Traumzeit horchend, geheimnisvolle Musik machend, am Fuße des Ayer's Rock.
Bist du bei den Aborigines? Bist du auch nackt und bemalt?
Hast du dort deinen vertriebenen Herzog mit seinem Hofstaat gefunden.
Singt Amiens noch sein *Blow, Blow, thou the wind, thou art not so unkind as man's ingratitude?* Oder bläst er nur noch einsam ein Didgeridoo? Unterhältst du dich nachts mit einem australischen Touchstone, unter dem großen Sternenzelt. Lacht ihr das große Gelächter über die gottverlassene Welt. Oder ist euch das Lachen vergangen, angesichts des mächtigen, antipodischen Sternenhimmels?
Oder ...? Bist du vielleicht selber der Herzog, der vertrieben wurde, von seinem machtlüsternen Bruder, und deine Tochter musstest du als Pfand fürs Stillhalten zurücklassen? Irrst du in den fremden Dickichten australischer Großstädte herum, mit einer Bierdose in deiner Hand und mit leerem Blick. Lallend deine geliebten Verse zitierend? *If it do come to pass ... that any man turn ass, leaving his wealth and ease ...!* Nachts eine Bank suchend, ohne Spezialeinrichtung.
Die Tür geht leise auf und Tommy kommt auf Zehenspitzen hereingeschlichen.
Mama hat mich geschickt, um zu schauen, ob du noch schläfst. Und ob du etwas essen möchtest?

In seinem Text kein einziges r.
Nein. Sag deiner Mama einfach, dass ich ja alle zwei Stunden diese Therapie machen muss. Ob sie es schon vergessen habe?
Er nickt und wiederholt das schwierige Wort. Dann setzt er sich zu Tanner aufs Bett. Und jetzt kommen die Wörter mit r gleich in rauen Mengen.
Du, Tannel, wüldest du deinen Flippenkasten nicht aus dem Möbellagel hiehel blingen. Dann könnten wil jeden Tag flippen!
Ich mache dir einen Vorschlag, Tommy. Ich helfe dir dein verlorenes r wiederzufinden. Wir forschen gemeinsam, wohin es verschwunden ist. Denn irgendwo hält es sich versteckt und wartet darauf, dass wir es zusammen wieder finden. Komm mal näher. Ich lausche mal an deinem Bauch. Vielleicht kann ich es irgendwo hören. Vielleicht ist es nur in deinen Bauch gerutscht und kann nicht selber wieder in deinen Hals klettern.
Tommy nickt ernst und zieht sofort seinen Pullover hoch, damit Tanner an seinem nackten Bauch horchen kann.
Nein, nichts. Ich höre nur Geräusche aus der großen Fabrik. Die kippen gerade Wasser zum Brot, dass es sich besser aufweicht. Jetzt rühren sie den Brei. Aber … warte mal … dreh dich mal ein bisschen … da! Jetzt! Da höre ich es … rrrr … rrrrrr … rrr … schade, jetzt höre ich nur noch, wie die Arbeiter in deinem Bauch furzen und husten. Nicht lachen, ich höre ja nichts mehr!
Tommy kugelt sich vor Lachen auf dem Bett.
Du hast wilklich das el gehört in meinem Bauch?
Großes Indianerehrenwort. Dein r ist im Bauch und will, dass wir es da rausholen. Weg von den furzenden und stinkenden Baucharbeitern. Als erste Forscherübung musst du heute beim Zähneputzen mit einem Glas Wasser gurgeln. Weißt du, was gurgeln ist?
Er nickt eifrig. Tanner erklärt ihm, dass er beim Gurgeln sein r selber hören könne. Wenn er es hören sollte, soll er ihm morgen früh das Gurgeln hier am Bett vorführen. Abgemacht? Den Flipperkasten hole ich hierher, wenn dein r wieder in deinem Hals ist, wo es hingehört.
Mama, Mama, ich klieg den Flippenkasten, wenn mein el wieder aus dem Bauch helausgekommen ist!

Tommy rast los und stößt mit Elsie zusammen, die offensichtlich an der Tür das Forschertreiben schon eine Weile beobachtet hat.
Und du sollst die Thelapie nicht vergessen. Alle zwei Stunden, oder so, stimmt's, Tannel.
Ja, ich komme gleich mit dem Wascheimer und der Salbe, sagt Elsie trocken und streckt triumphierend ihre Zunge heraus.
Oder, willst du den Tanner waschen und einschmieren, Tommy?
Nein, iiiiii … igitt! Das kannst du machen. Ich muss gulgeln gehen, protestiert er heftig und rennt aus dem Zimmer. Elsie schaut Tanner an. Ernst.
Ich hoffe, du weißt, was du da treibst, Simon Tanner. Die Kinder hängen schneller an dir, als du dich umblicken kannst. Und ich auch!
Und ich auch! Und ich auch, plappert Jaques nach …
Sie küsst Tanner ganz schnell. Und sagt, dass sie noch die Kinder ins Bett bringen muss. Dann komme sie ihn waschen und werde ihm auch etwas zu essen und zu trinken bringen.
Was hast du da für eine schöne Puppe. Gehört sie dir?
Tanner erklärt ihr die Bedeutung von Jaques.
Mein Gott, sieht der traurig aus. Als ob er krank wäre. In seinem Herzen!
Da hat sie mit einem Wort den Nagel auf den Kopf getroffen, die ungebildete Elsie.
Ich bin gleich wieder bei dir, Simon. Unterhalte dich bis dann mit Jaques, vielleicht hat er dir etwas zu sagen!
Ja, wenn die Puppe sprechen könnte …
Jaques sieht wirklich aus wie jemand, der krank ist. Der ein gebrochenes Herz hat. Jetzt, wo Elsie es so klar ausgesprochen hat, findet Tanner es unübersehbar. Dass eine Puppe so viel Seele haben kann, dabei wird sie ja in seinen Händen nicht einmal gespielt. In den Händen eines Meisters müsste die Puppe eigentlich fast zu leben anfangen. Wie Rosalind. Und wie fein Honoré die Kleider genäht hat. Jetzt erst sieht Tanner, dass er am Gürtel unter seinem schwarzen Wams eine kleine Ledertasche trägt. Da drin hätte wahrscheinlich der große Jaques sein Notizbuch mitgetragen, so dass er im Ardennerwald die Gedanken seines Weltschmerzes jederzeit hätte notieren können.

I can suck melancholy out of a song, as a weasel sucks eggs ...
Die Tasche, so klein sie ist, lässt sich öffnen. Mit einiger Anstrengung und Fingerspitzengefühl gelingt es Tanner, aus der Tasche ein mehrfach gefaltetes Zettelchen herauszuziehen. Es ist ein sehr glattes Papier, maschinell bedruckt, das kann man schon sehen, bevor der Zettel ganz entfaltet ist.
Es ist ein Flugticket.
Bevor Tanner es liest, weiß er, dass er Raouls Flugticket nach Australien in den Händen hält.
Vielleicht, weil es genauso klein gefaltet war wie die Briefmarke im Medaillon. Vielleicht, weil Tanner ahnte, dass er so was finden würde. Sein Gefühl, über das sich Emma so lustig gemacht hat.
Was er natürlich nicht wissen konnte, es jetzt aber schwarz auf weiß, beziehungsweise rot auf weiß, vor Augen hat: Raoul ist nach drei Tagen wieder zurückgeflogen!
Das Ticket ist im Juli ausgestellt worden. Von der Weltstadt der Schweiz nach Sydney. Und zurück. Rückflug nach drei Tagen. Für Mister Finidori. Juli. Deswegen muss die Monatszahl auf dem Poststempel, die Tanner nicht sicher entziffern konnte, also doch eine Sieben sein. Der Tag war ja auf dem Poststempel gar nicht mehr sichtbar. Weil abgerissen. Aber auf dem Ticket ist das ganze Datum. Jetzt ist Tanner aber gespannt auf die Ergebnisse seiner Assistentin vor Ort.
Oh, là, là. Ruf mich an, große Tänzerin!
Er untersucht sofort die Puppe auf weitere Verstecke oder Botschaften, entkleidet sie vorsichtig, findet aber nichts mehr.
Hätte er nur nicht so schnell aufgegeben ...
Was Tanner aber mit Schrecken sieht, ist das geflickte Stoffbein von Jaques. Genäht mit exakt dem roten Spezialzwirn, mit dem der Mörder der Mädchen, sowohl in Marokko, wie auch hier, gearbeitet hat. Es ist ein ganz speziell starker Zwirn, mit einer seltenen Struktur. Doppelt verdreht geflochten und gezopft. So nennen es die Fachleute. Der Zwirn, das haben die Untersuchungen ergeben, wird von einer einzigen Firma in Frankreich hergestellt. Er wird zum Weben von ganz speziell strapazierfähigen Stoffen verwendet, als Trägerfaden. Tanner hat ein Muster von diesem Zwirn in seinen Akten. Er braucht ihn aber gar nicht zu verglei-

chen. Er würde diesen roten Faden, der wie ein fil rouge pervers, alle fünf Morde verbindet, im Schlaf, bei Nacht und Nebel, und bei Gegenwind, wiedererkennen. Tanner kleidet die Puppe wieder an.

Gerade rechtzeitig, denn jetzt kommt seine Krankenschwester ins Zimmer, und er liegt artig im Bettchen, denn bei der Arbeit versteht sie keinen Spaß.

Sie krempelt die Ärmel ihres schwarzen Rollkragenpullovers hoch, den sie sich über das helle Kleid angezogen hat, und beginnt ein drittes Mal das Ritual der Waschung.

Ab morgen darfst du sicher wieder duschen, mein lieber Simon. Sonst wird das noch zur Gewohnheit. Und an Kindern fehlt es mir ja nicht, wie du weißt.

Sofort gibt er sich betont leidend, denn er könnte sich schon daran gewöhnen, von ihren sanften Händen gewaschen zu werden.

Ich weiß, was du denkst. Ich sehe es dir an deiner Nasenspitze an. Aber schlag dir das aus dem Kopf. Das gehört nicht zu meinem Vorschlag, sagt sie lachend und packt ihn etwas ruppiger an. Tanner kapituliert scheinheilig.

Einverstanden. Ab morgen steht Duschen auf dem Programm. Mit dir zusammen. Das finde ich einen sehr guten Vorschlag, den du da gemacht hast, Elsie, du bist ein Schatz.

Als Antwort kriegt er den nassen Schwamm ins Gesicht. Und ihr Lachen. Und ein paar schmatzende Küsse.

Apropos dein Vorschlag. War da nicht die Rede von zweimal, dreimal …? Und so zanken sie sich fröhlich, bis sie in seinem Arm landet.

Tommy ist völlig begeistert von dir. Er hat kräftig gegurgelt. Er wird morgen früh hier anmarschieren und wird dir ein morgendliches Gurgelständchen halten. Lena gibt sich ganz erwachsen. Sie hat großes Verständnis für ihre vernachlässigte Mutter und ich glaube, dass du ihr auch ganz gut gefällst, was ich gar nicht verstehen kann!

Zur Strafe greift er unter ihren Pullover.

Was mit Glöckchen los ist, weiß ich nicht. Sie ist so bedrückt und spricht kaum ein Wort. Gut. Sie ist die Schweigsamste von uns al-

len. Vor allem seit … Aber darüber möchte ich nicht sprechen. Noch nicht. Nicht jetzt.
Sie liegen still und er kann ihre Gedanken spüren, als ob sie mit ihm sprechen würde. Gesicht an Gesicht schauen sie an die Decke, die ihr Himmel ist.
Willst du noch was essen und trinken, Simon?
Während Elsie in der Küche ist, muss er unentwegt an Raoul denken.
Warum ist er für drei Tage nach Australien gefahren? Der Aufenthalt war ja von Anfang an auf drei Tage geplant. Nur um den Brief abzuschicken? War das ein Täuschungsmanöver für die Hiergebliebenen?
Aber warum zurück in die Schweiz? Wäre es ein Täuschungsmanöver gewesen, um seine Spur zu verwischen, wäre er doch von Australien direkt an den Ort geflogen, wo er schließlich und endlich hinwollte.
Elsie kommt wieder ins Zimmer. Mit einem vollen Tablett.
Ich wollte dir ursprünglich den Rest vom Fisch zubereiten. Aber zweimal Fisch …? Ich habe dir anstelle von Fisch eine kleine Gemüsesuppe mit dem Rest des Fenchels gemacht!
Entschuldige, Elsie, was hast du gesagt?
Ich habe dir anstelle des Fisches eine Gemüsesuppe …
Anstelle? Entschuldige, Elsie. Du hast mir mit deinem Stichwort gerade eine vernagelte Tür aufgestoßen. Mein Gott, war ich blind. Das ist die Botschaft von Honoré. Er wollte mir, indem er bei seiner Hinrichtung Jaques in seinen Händen hielt, eine Botschaft hinterlassen. Er wusste, dass ich Shakespeare kenne und dass ich schon irgendwann auf die richtige Spur kommen würde. Raoul ist in Wirklichkeit nicht Jaques, sondern der verstoßene Herzog. Und jemand ist anstelle von Raoul nach Australien gereist, um den gefälschten oder erzwungenen Brief abzuschicken!
Tanners Gedanken rasen.
Und Rosalind ist die Tochter vom verbannten Herzog. Tanner, wie kann man so blöd sein? Aber wohin haben sie Raoul verbannt? Das ist die große Frage. In den Tod. Oder …?
Lieber Simon, es ist sehr faszinierend, deinem Monolog zuzuhören, aber kannst du einmal einer ungebildeten und sehr

verliebten Frau die Augen öffnen, über was du da so gelehrt sprichst?
Tanner berichtet ihr die ganze Geschichte, soweit er sie kennt. Von Rosalind, von dem Medaillon, vom Brief. Alles.
Nein. Nicht alles. Dass Honoré, jetzt, wo er tot ist, unter Verdacht steht, der Mörder der Mädchen zu sein, also auch der Mörder von Anna Lisa, das sagt er ihr nicht. Nach seinem Bericht ist Elsie lange stumm.
Dann sagt sie, dass die Lösung vielleicht in der Krankheit von Raoul liegt. In seinem gebrochenen Herzen …
Bis tief in die Nacht sinnen sie gemeinsam über Raoul und sein Schicksal. Ergebnislos.
Die Gemüsesuppe wird kalt. Sie schmeckt trotzdem ganz köstlich.
Dann zieht sich Elsie aus, legt sich zu ihm und gemeinsam finden sie wieder einen Eingang in ihr Paradies.
Denn wieder hat sie sich etwas Schönes ausgedacht.
Sie hat am Nachmittag kein leeres Versprechen gegeben …

DREIZEHN

Der Regen hat das Zepter übernommen und verschenkt seinen Reichtum mit voller Hand. Wolken bis auf die Köpfe. Böige Winde aus dem Westen.

Der Frühling mit seinem sanften Licht ist weitergereist. Oder hat heute Ruhetag. Vielleicht ist er neidisch auf das, was er gesehen hat. Bei Elsie. Im Dorf, das keine Kirche hat.

Ein Scheibenwischer von Elsies Renault Vier, in dem Tanner sitzt, kämpft tapfer. Auf verlorenem Posten. Der zweite streikt gegen die Unbill des Wetters oder hat heute auch seinen Ruhetag.

Noch eine letzte Steigung und Tanner sieht, zwar verschwommen noch, die ersten Häuser der Hauptstadt. In ihrem innersten Bezirk besteht die Stadt aus behäbigen Häusern. Sehr historisch. Sehr herausgeputzt. Manche finden sie schön. Die Bewohner und die Japaner auf jeden Fall. Unter deren Arkaden kann man sich auch bei diesem Wetter vollständig trocken bewegen. Einkaufen. Bummeln. Das Tempo der Eingeborenen, die man leicht an ihren vielen, prall gefüllten Einkaufstaschen erkennen kann, ist allerdings reine Nervensache.

Eine Schnecke, die sich in die Arkaden verirren würde, müsste kaum einen Totalschaden ihres Hauses befürchten, denn die großen Schuhe hinter ihr wären keine Gefahr für sie. Die Schuhe vor ihr könnte sie leicht mit einem eleganten Schnellspurt auf ihrer Schleimspur überholen.

Und, oh Wanderer, kommst du nach Spa, wage es nie, auf der Gegenspur zu wandeln, weil du glaubst, schneller voranzukommen. Die Folgen sind schröcklich.

Es wird also ein Leichtes sein, die sicher nicht abgebremste Emma im Zeitlupengewimmel der Menschen auf dem großen Platz, auf dem sie verabredet sind, sofort zu erkennen.

Die ersten Häuser allerdings, die Tanner jetzt sieht, müssen ei-

nem Wettbewerb mit dem Titel, wer baut die hässlichsten Wohnsiedlungen, entsprungen sein.
Die Architekten haben garantiert ihre zahlreiche und erbitterte Konkurrenz um Längen geschlagen. Sinnigerweise heißt der Vorort gleich wie jener elende Fleck, wo der Herr Jesus zur Welt kommen musste. Allerdings hätten die Drei Könige beim Anblick dieses Ortes, trotz des wegweisenden Sternes, rechtsumkehrt gemacht und die Geschenke lieber ihrem Harem zu Hause als Morgengabe dargereicht, nach einer Nacht schwelgerischer Zärtlichkeiten, auf die sie während der langen Reise verzichten mussten.
Tanner stellt Elsies Auto in ein düsteres Parkhaus und sieht mit Schrecken die Stundenpreise fürs Parken. Wahrscheinlich wird das Auto in der Zwischenzeit von halb nackten Sklavinnen einer rituellen Waschung unterzogen und anschließend mittels ihrer langen Haaren getrocknet und auf Hochglanz poliert. Anders kann man sich die Preise nicht erklären. Da wird sich Elsie aber freuen, denn sie hat ihr getreues Gefährt seit dem Kauf sicher nie gewaschen.
Tanner fragt sich zu dem verabredeten Platz durch und wartet auf seine holde Staatsanwältin.
Nach einer Viertelstunde, wohlverstanden Hauptstadtzeit, ihm kommt es wie eine Stunde vor, kommt sie, die Frau Staatsanwältin.
Heute ganz in Schwarz. Ihren roten Schirm trägt sie wie eine lodernde Fahne vor sich her. Ihre Haare leuchten aufrührerisch. Trüge sie eine ihrer herrlichen Brüste entblößt, wäre sie direkt aus dem berühmten Bild der französischen Revolution entstiegen.
Hochhackige Schuhe. Schwarzer Mantel. Kleine Lederaktentasche. In ihrem Kielwasser schimpfende Passanten zurücklassend. Ganz Eleganz. Ganz Staatsanwältin. Von Kopf bis Fuß auf Kampf eingestellt.
Hallo, Tanner! Mein Gott, wie siehst du denn aus. Hast du dich mit Stallknechten um eine pomme de campagne geprügelt? Du siehst ja fürchterlich aus. Warst du beim Arzt?
Er unterrichtet sie über das, was vorgefallen ist, und mitleidsvoll streicht sie ihm eine Haarsträhne aus dem Gesicht.

Komm, Tanner, wir gehen zu einem alten Freund von mir. Er war dreißig Jahre lang Staatsanwalt. Hier in diesem wunderschönen Trauerkloß von Stadt. Er ist seit langem pensioniert und kann zwar fast nicht mehr gehen, hat aber einen ganz hellen Kopf und kennt sich in der rechten Szene aus wie kein Zweiter. Außerdem ist er ein Poet. Er wird dir gefallen. Ein neurotischer Frauenliebhaber wie du, ha, ha! Und er hat ein Videogerät, denn ich muss dir etwas Hochinteressantes zeigen!

Tanner stapft hinter Emma her, die sich mit ihrem Schirm rigoros einen Weg durch die Fußgängerströme schafft. Wie ein Buschindianer, der mit der Machete seinem Effendi einen Pfad durch das dichte Unterholz bahnt. So eilen sie tiefer in den Bauch der Altstadt hinein. Wo die Windungen des Darms enden, halten sie vor einem schmalen Haus. Emma klingelt. Eine schmale Treppenstiege ringelt sich in die Höhe. Unter dem Dach angekommen, klopft Emma unhöflich laut mit dem Knauf ihres Schirmes an die Tür.

Er hört schlecht, aber bitte nicht anmerken lassen!

Fünf verschiedene Schlösser öffnen sich und in der Tür steht ein Männlein mit tiefblauen Augen. Und strahlt.

Ah, Aphrodite ersteigt die Himmelsleiter. Mein Schlafzimmer ist hinten rechts. Ich habe den Champagner schon kühl gestellt und eine doppelte Portion blauer Torpedopillen geschluckt. Du kannst dich auf ein göttliches Donnerwetter gefasst machen. Ich wimmle nur noch schnell diesen Herrn ab. Du kannst dich schon mal ausziehen!

Er lacht meckernd, als wäre er der Ziegenbockgott persönlich.

Emma übergibt Tanner ihren Schirm, zieht ihren Mantel mit Schwung aus und der kleine Mann fasst sie um ihre Hüften, küsst ungeniert und blitzschnell die weißen Rundungen, die aus dem Ausschnitt ihres kleinen Schwarzen herausquellen.

Sein Mund reicht allerdings auch nur gerade bis auf diese Höhe.

Du bist der einzige Mann im Universum, Professor, der das tun darf und trotzdem weiterlebt, sagt Emma fröhlich. Mit einem Seitenblick zu Tanner.

Sie begrüßen sich lachend und der Professor führt sie in seine Studierstube, wo auf einem riesigen Berg Akten und Schriften

eine Flasche Champagner im silbernen Kühler und drei Gläser bereitstehen.
Macht es euch bequem. Der Champagner ist kalt und das Videogerät ist warm. Ich habe mir schon meinen morgendlichen Porno reingezogen, he, he!
Tatsächlich besitzt der Professor große Bücherborde voller Videokassetten.
Es müssen Hunderte von Kassetten sein. Ausnahmslos mit Aufnahmen von Theateraufführungen. Während der Professor die Gläser füllt, liest Tanner die Namen der weltweiten Theaterkultur. Ein ganzes Regal ist voll von Shakespeare-Aufführungen.
Ach, Sie interessieren sich für Shakespeare?
Emma lacht und tätschelt Tanner auf die Schulter.
Unser guter Tanner wollte für sein Leben gern zum Theater. Aber es hat dann doch nur für die Polizei gereicht, gell, Tannerli. Da ist er dann auch ganz brauchbar geworden. Dafür nervt er jetzt alle mit seinem Shakespearefimmel.
Tanner zieht es vor, die Bemerkung zu überhören. Er nimmt eine Kassette heraus. Es ist die berühmte Aufführung von *Wie es euch gefällt* mit der göttlichen Lampe.
Die Augen vom Professor leuchten.
Ah, Sie wissen, was Qualität ist, Tanner. Diese Aufführung war unglaublich schön. Aber ich habe einmal, im alten Tramdepot in der Weltstadt am See, eine Aufführung von demselben Stück, mit ganz jungen Schauspielern, gesehen. Oh, là, là! Aber davon gab es leider keine Aufzeichnung. Es sind nicht immer nur die großen Stars. Aber das Publikum merkt es ja meistens nicht. Ich gehe nicht mehr ins Theater. Ich lese nur noch, und ab und zu höre ich mir eine Videokassette an. Es hilft mir in der Konzentration, wenn ich schreibe.
Honoré und der Professor hätten sich ausgezeichnet verstanden.
Die Gläser sind gefüllt. Sie stoßen an. Der Klang verrät, dass die Gläser alt sind.
Der Professor setzt sich auf einen alten Schaukelstuhl und legt seine Füße bequem auf einen Stapel schweizerischer Gesetzbücher.
Dafür seien sie recht brauchbar!

Und meckert erneut sein Ziegenlachen.
Ihr interessiert euch also für die schweizerische Rechtsszene, die es eigentlich gar nicht gibt? Dann werde ich euch mal gemütlich einen Abriss dieser nichtexistierenden Szene geben.
Während einer knappen Stunde hält der Professor einen Vortrag über Geschichte, Hintergründe und Entwicklung dieses schwer überschaubaren Sumpfes. Oder, wie er den Sumpf nennt: das rechte Schrebergärtlein der hehren Schweiz. Er erzählt nie professoral, immer witzig, hintergründig, aber bei allem Humor immer sehr genau. Tanner schwirrt bald der Kopf, von all den Namen, Zahlen und Geschichten. Während der Professor schon die zweite Flasche köpft, fährt er fort.
Schlimm sei eigentlich die neuere Entwicklung, nämlich, dass sich gewisse fleißige Schrebergärtner mit einigen Großgärtnern zusammentäten. Und das spiele sich nun wirklich im ganz Dunkeln ab. Er sei leider zu alt und zu immobil, um ihnen von der tatsächlichen Front zu berichten. Aber er habe so seine Informationen und deswegen wisse er von den neuesten Entwicklungen. Und die seien weiß Gott beunruhigend. Aber offiziell würden sie nicht existieren. Man könnte mit Mackie Messer sagen: Und die Zähne, und die Zähne, die sieht man nicht! Noch nicht, würde er sagen. Aber irgendwo im Dunkeln würden sie geschliffen!
Jetzt schlägt Emmas Stunde.
Sie öffnet ihre elegante Aktentasche und zieht, als ob es sich um ein rohes Ei handelte, eine Videokassette heraus.
Die ist ganz neu, vorgestern Nacht gedreht und ganz geheim, sozusagen. Ich habe sie einem Bekannten abgeschwatzt, aus einer Abteilung, die sich um diese nichtexistierende Szene kümmert. Konkrete Folgen sind bis jetzt nicht aus deren Arbeit entstanden. Leider ist der Ton miserabel. Trotzdem!
Leider lässt auch die Kameraführung auf keinen begnadeten Kameramann schließen. Das Bild wackelt und mit der Scharfstellung des Bildes hatte der Kollege auch seine liebe Mühe.
Die Aufnahmen wurden in einem heruntergekommenen Saal gemacht.
Im Mehrzwecksaal eines Landgasthofs, sagen wir mal, im Bären,

der noch nicht in eine Disco oder ein englisches Pub umgemodelt wurde. Ausnahmsweise.
Hier trifft sich regelmäßig der Gesangsverein, die Trachtengruppe oder das örtliche Alphornsextett. Einmal im Jahr spielt wahrscheinlich der Gesangsverein zum großen Gaudi der Mitbewohner ein schrecklich banales Theaterstück.
Und der Sepp von nebenan darf dann, kraft seiner Rolle, endlich, endlich, im Namen der Kunst, der schönen Vreni an die Brüste greifen. Die arme Vreni, hochrot im Gesicht, ist schrecklich überrascht über die wahre Bedeutung ihrer Rolle. In den Proben hat der gescheiterte Theaterpädagoge aus der Stadt doch immer nur von der künstlerischen Wahrheit gesprochen! Der ganze Saal klatscht vor Wonne auf die Schenkel und hofft, dass das überforderte Mädchen ganz entblättert wird, was zwar einstimmig eine Schweinerei wäre, aber nackt möchte man sie schon einmal sehen, die Sau. Rätselhafterweise kreischen dann die Frauen im Saal am lautesten.
Die Bilder des Videofilmes zeigen weder Alphörner noch Trachten, sondern man sieht mehrheitlich junge Männer mit Glatzen, die breitbeinig, mit bösen, geröteten Gesichtern an langen Tischen hocken und sich an ihre großen Bierflaschen klammern, als ob man sie ihnen demnächst wegnehmen würde. Gläser sind keine zu sehen auf den nackten Holztischen. An jedem Tischende befinden sich große Stapel Bierkisten, woraus sich die Herrschaften selber bedienen. Wahrscheinlich hat sich der Wirt geweigert, seine Frau oder seine Töchter als Bedienung zur Verfügung zu stellen. Man kann ihn gut verstehen.
Auf der Bühne spricht ein schmaler Fisch erstaunlich ruhig ins Mikrophon.
In regelmäßigen Abständen heben die Männer ihre Flaschen und lassen sie auf den Tisch knallen, so dass das Bier nur so rumspritzt.
Auch eine Art des Applauses.
Was würde wohl mit dem Redner passieren, wenn er ihnen nicht aus ihren verhärteten Herzen sprechen würde, sondern zum Beispiel anfinge, aus der Bergpredigt zu zitieren?
Emma springt genervt auf.

Ich spule mal vor. Was der Redner spricht, er heißt übrigens Ulrich Schwarz und müsste in der Gegend wohnen, wo du dich im Moment aufhältst, sind die üblichen gebetsmühlenartigen Sprüche, die wir zur Genüge kennen. Oder interessiert dich das, Tanner?

Was der spricht, interessiert Tanner eigentlich wenig, aber er würde ihn gerne mal in einer Großaufnahme sehen. Das bleiche Gesicht im Golf GTI!

Das kriegst du gleich geliefert. Nach einer halben Stunde hatte er nämlich seine Analyse der schweizerischen Innen- und Außenpolitik beendet und geht raus, jemand in Empfang zu nehmen, den du kennst. Der Fisch war nämlich nur die Vorgruppe. Pass mal genau auf!

Sie spult ziemlich lange vor und drückt auf Play.

Als das Bild wieder kommt, befindet sich der verdeckt ermittelnde Kameramann draußen. Auf dem Bildschirm erscheint der Hinterausgang des Saales, wo sonst Bühnenteile und Kostüme ein- und ausgeladen werden.

In diesem Moment hält eine dunkle Mercedeslimousine. Dem Wagen entsteigen drei dunkel gekleidete Herren. Einer der Männer reißt, wie ein Bodyguard, die hintere Tür auf. Zuerst reicht ihm jemand aus dem Inneren einen Aktenkoffer. Der Mann vergewissert sich, dass die Luft rein ist. Dann entsteigt dem Auto Auguste Finidori. Tanner erkennt seinen weißen Haarschopf, bevor die ganze Gestalt dem Auto entstiegen ist. Der schmächtige Redner von vorhin eilt auf den Weißhaarigen zu und wird tatsächlich von diesem umarmt. Dann übergibt er ihm den Aktenkoffer und der Schmächtige schüttelt ihm kräftig die Hände.

Der muss sich ja sehr sicher fühlen, dass er sich öffentlich bei solchen Anlässen zeigt. Emma nickt.

Es kommt noch besser, Tanner. Pass mal auf.

Die Kamera zoomt jetzt auf die Männergruppe und man erkennt deutlich das bleiche Gesicht von Ulrich Schwarz. Es ist das Gesicht aus dem Golf GTI. Und neben den beiden? Das ist doch der Salinger, der schleimige Dr. Forensis!

Emma kennt ihn nicht. Tanner erzählt ihr kurz die Umstände, unter denen er den eleganten Herrn kennen gelernt hat. Sie sagt, dass sie später auf diese Begebenheit dringend noch zu sprechen kommen werde. Dann weckt sie den kleinen Ziegenbock, der während dem Videofilm selig in seinem Schaukelstuhl eingeschlummert ist. Er schreckt hoch und spielt gekonnt Enttäuschung.

Ach, Emma, nicht gerade jetzt. Gerade hast du langsam deinen BH aufgeknöpft! Sie boxt ihn liebevoll an die Schulter und sagt ihm, er könne nachher in aller Ruhe weiterträumen, außerdem trage sie keinen Büstenhalter.

Tanner, denk nicht mit deinen Augen. Ich warne dich! Professor? Kennst du diesen Dr. Salinger?

Er guckt sich die Stelle im Film noch einmal an und schüttelt den Kopf.

Nein, ich hatte noch nicht das Vergnügen. Aber den Weißhaarigen, den kenne ich natürlich. Das ist ja hochinteressant. Man sagt, dass durch seine Hände viel Geld in die verschiedenen Schrebergartenvereinigungen fließt. Ob das alles aus seiner Privatschatulle ist, wissen wir allerdings nicht. Der hat seine Hände überall drin. Ich würde ihm die Mittel zutrauen, der hat so viele Waffengeschäfte gedeichselt. Der muss über endlos viele Silberlinge verfügen. Seit er nicht mehr Nationalrat ist, agiert er nur noch im Hintergrund. Soviel ich weiß, konnte ihm noch nie jemand an den Karren fahren. Er hat über seine weit verzweigten Verbindungen auch einen gewissen Einfluss auf die ach so freie Schweizer Presse. Letzthin ist er höchstpersönlich vom Papst empfangen worden. Er finanziere die Renovation einer berühmten Lieblingskapelle vom Papst in Polen, munkelt man. In Millionenhöhe. Gegen den habt ihr keine Chance. Den müsste man einfach in einer hohlen Gasse abknallen. Von hinten, wenn er pinkelt. So wie in der leider zensurierten Tell-Geschichte Gessler erledigt wurde. Der ist ja in der schwedischen Urfassung beim Pinkeln abgeschossen worden. Und zwar von hinten. Wie ein rüdes Schwein. Vielleicht sollte ich das tun, mir kann ja nicht mehr viel passieren. Ich sterbe sowieso bald. Würdest du mich dann endlich erhören, du sündiges Stück Fleisch. Als Belohnung für den antiken Tyrannenmord. Bitte, sag ja, du Holde. Und ich hole sofort meine Armbrust aus dem Keller!

Er nestelt spielerisch an seinem Hosenstall.
Lachend verabschieden sie sich von dem liebenswürdigen Faun.
Der Videofilm war nach Ankunft der Herren leider zu Ende, denn der Beamte hatte vergessen, Ersatzkassetten einzupacken. Das wäre für den dicken Michel wieder ein Argument für eine beschleunigte Versetzung nach Indien.
Auf der Straße erklärt Emma, dass der Kollege berichtet habe, in dem Aktenkoffer sei viel Geld gewesen. Der Ulrich Schwarz habe den Koffer danach ungeniert geöffnet, und der verdeckt arbeitende Kollege konnte einen Blick in den offenen Koffer werfen. Mindestens ein ganzes Jahresgehalt plus Zulagen, und zwar was er gerne verdienen würde, oder eher mehr, sei in dem Koffer gewesen. Danach hätte Finidori eine rührselige Rede gehalten. Zu Beginn habe er gesagt, die Lage sei alles andere als harmlos. Hat dann tatsächlich aus Gottfried Kellers *Fähnlein der Sieben Aufrechten* zitiert und dass die Zeit des Handelns nicht mehr fern sei. Man müsse die Tür zumachen. Alle Löcher schließen. Und so weiter. Und zu guter Letzt die Landsgemeinde beschworen, die fremden Händel aus dem Stanser Verkommnis, und den Niklaus von der Flüe mit, *zieht den Zaun nicht zu weit*, zitiert. Das alles entbehrt nicht einer gewissen Komik. Aber die Geldübergabe, da hört der Spaß auf.
Jetzt kommt die Frage, die sich jedes Kind stellen kann.
War die Geldübergabe eine verdeckte Übergabe für geleistete Dienste an Ulrich Schwarz? Oder war es ein Beitrag an die Schrebergartenvereinigung, zu treuen Händen von Ulrich Schwarz?
Oder ist das Ganze vielleicht noch komplizierter?
Sollen die Beobachter meinen, es sei ein Beitrag in die Vereinskasse und nicht die Bezahlung für die dunklen Dienste des Ulrich Schwarz. Als da sind: Reifenschlitzen, Tanners Dienstwaffe stehlen, vielleicht die Hinrichtung von Honoré.
Auf jeden Fall wird Finidori nie mehr behaupten können, dass er keinen Kontakt zu Schwarz und Konsorten habe. Und das ist schon mal ein Pluspunkt auf der gähnend leeren Habenseite Tanners.
Unverhofft hängt sich Emma bei Tanner ein.
Lädst du mich zum Essen ein, Simon? Immerhin helfe ich dir bei deinem Fall.

Aber ich habe ja gar keinen Fall. Aber es ist natürlich schön, dass du mir hilfst.
Also lädst du mich ein. Ja? Das ist aber lieb. Komm, ich weiß einen guten Italiener.
Im Eiltempo schleppt sie ihn über das nasse Kopfsteinpflaster. Es regnet nicht mehr. Kurz darauf sitzen sie in einem düsteren Lokal, benannt nach dem großen italienischen Opernkomponisten. Das perfekte Bühnenbild für Tanners Begleiterin.
Emma ist hier offensichtlich bekannt. Die Kellner liegen Tanners Tischdame allesamt zu Füßen, und wenn sie mit den vollen Tellern um ihren Tisch scharwenzeln, treten sie sich gegenseitig auf ihre Zungen. Na ja, sind ja ihre Zungen! Dass sie aber immer extra nahe um den Stuhl von Emma herumgehen, hinter ihr das Tempo drosseln und mit ihren Stielaugen fast in ihren Brustausschnitt hineinfallen, der zugegebenermaßen offenherzig ist bis zur Bewusstlosigkeit, beginnt Tanner zu nerven.
Emma stöhnt theatralisch.
Jetzt mach halt nicht so ein Gesicht! Was ist denn los?
Das Getue dieser Kellner nervt mich. Ich werde gleich den Chef an den Tisch zitieren und Beschwerde einlegen. Und du! Kannst du dich nicht anders hinsetzen? Du kannst ja gleich deine beiden Herrlichkeiten auf den Teller legen und jeden Kellner bitten, er solle mal das Fleisch probieren, irgendwas schmecke seltsam, oder vielleicht sei es die Konsistenz, und vorne stünden so komische Erhöhungen vor, du kämst selber nicht darauf, was das sei!
Emmas Augen blitzen angriffslustig.
Was geht denn dich das an? Du musst ja etwas sagen. Du, der du mich jedes Mal mit deinen Augen ausziehst, wenn du mich siehst.
Das ist etwas ganz anderes. Wir sind ja schließlich mal ein Paar gewesen.
Tanner meint es ernst. Er kriegt jetzt seine sturen fünf Minuten.
Ich kenne immer noch jedes Detail deines Luxuskörpers. Und seine umwerfenden Funktionsweisen übrigens auch, bis auf alle Ewigkeiten. Und wenn deine straffen Hirschkuhzwillinge dereinst hängend und verschrumpelt im Altersheim vergammeln, gibt es immer noch den Tanner, der das makellose Weiß dieser Elfenbeinbrust besingt, wie dereinst Odysseus den Körper seiner

Nausikaa, Tochter des Phaiakenkönigs, und zwar so, wie sie Rubens gemalt hat, heute noch zu besichtigen im Palazzo Pitti.
Ist Emmas Gesicht rot geworden? Das Licht im Lokal ist leider zu düster, um es genau zu sehen. Tanner fürchtet schon, sie werde wieder wutentbrannt das Lokal verlassen. Überraschenderweise lehnt sie sich nach einer Weile entspannt zurück, hebt ihre Arme und verschränkt sie hinter ihrem Kopf.
Simon, das hast du jetzt schön gesagt. Meinst du das wirklich? Ja? Du? Ich kenne da ein kleines Hotel in der Altstadt. Mit breiten Französischen Betten! Was meinst du?
Will sie ihn jetzt testen? Er wird aus ihrem Gesichtsausdruck nicht schlau. Tanner, jetzt ist guter Rat teuer. Er beginnt zu stottern und hofft, dass in dem düsteren Lokal die Hitze in seinem Gesicht auch nicht auffällt.
Emma, mh … jetzt bin ich beinahe in die, äh … Falle reingestolpert, die du mir in deiner Klugheit gestellt hast, um mich zu prüfen. Dabei willst du das nicht wirklich. Du würdest dich nachher nur hassen und mich auch. Mich würdest du verabscheuen, voller Ekel. Das wäre doch schade. Emmalein! Denk nach! Das lohnt sich doch nicht.
Tanner. Tanner! Ob du da die Kurve kriegst? Das ist jetzt eine so genannte heikle Situation! Noch vor zwei Tagen hätte er das bestellte Essen fluchtartig verlassen, Emma an der Hand genommen, wäre zu dem Hotel galoppiert, als hätte er sie aus dem Serail entführt, die ganze Mameluckenarmee im Rücken. Er hätte sich in das sündige Fleisch von Emma vergraben und das Hotelzimmer frühestens Ende der Woche wieder verlassen.
Emma schaut ihn einen Moment lang verdutzt an.
Tanner, ich kenne dich ja gar nicht mehr. Gut, ich wollte dich nur testen, aber bist du es wirklich? Oder lügst du mich an. Vielleicht gefalle ich dir nicht mehr. Ja, das wird's sein. Ich gefalle dir nicht mehr. Wahrscheinlich bin ich plötzlich zu alt für dich. Gib es zu. Du findest mich zu alt. Oder …?
Emma lässt ihre Arme wieder fallen und senkt den Kopf. Tanner will schon loslegen und sie beschwichtigen, von ihrer Schönheit schwärmen, als Emmas Kopf plötzlich hochschnellt und ihr Blick ihn kampfeslustig fixiert.

Nein! Ich hab's. Die Einsicht hat mich gerade von hinten links überfallen.
Tanner guckt angestrengt dahin, kann aber nichts erkennen. Außer einer Schar Kellner, die Maulaffen feilhalten.
Du bist verliebt. Du bist bis über beide Ohren verknallt. Du kannst an gar nichts mehr anderes denken.
Triumphierend gleißt sie ihn an. Gleich wird sie es ganz Italien verkünden.
Sage mir sofort, wie sie heißt. Wie ist sie? Ist sie groß? Klein? Blond? Ist sie dünn? Ich will sofort alle Details. Und wehe, du lässt etwas aus.
Erneut sitzt Tanner in der Falle und beginnt zögernd zu erzählen. Ein langer Bericht wird das. Mit vielen Details. Die geheimsten und teuersten Details unterschlägt er selbstverständlich. Es bleiben immer noch genug andere. Als sie beim Dessert angelangt sind, hat er vom Essen nichts gespürt. Er sehnt sich nur nach Elsie, die er mit seinem Erzählen heraufbeschworen hat. Emma seufzt und wird während seines Berichtes zunehmend wortkarger. Erst nach langem Schweigen sagt sie leise:
Ob ich das auch einmal erlebe, dass ein Mann so in mich verliebt ist und so schön über mich erzählt? Mein Gott, Tanner. Ich bin ehrlich gerührt. Das hätte ich dir nie zugetraut. Du liebst ja. Du kannst lieben. Du liebst sie, oder?
Tanner nickt, selber fast gerührt über die Reaktion von Emma. Sie bestellen Kaffee und Grappa. Bis das Bestellte kommt, schweigen sie.
Emma herrscht den Kellner an, er soll gefälligst die Flasche auf dem Tisch stehen lassen, und alle sind frustriert, dass man jetzt nicht mehr so viel von ihrem Ausschnitt sieht.
Was habe ich gesagt, man kann sich auch anders hinsetzen! Tanner behält seine Genugtuung aber für sich.
Jetzt erzähle ich dir, warum ich dich dringend sprechen wollte. Einverstanden? Sie beginnt zu erzählen, was sie in der Zwischenzeit alles erfahren hat, über sein Debakel in Marokko, und dass sie sich noch einmal entschuldigen wolle. Darüber könnten sie aber ein anderes Mal reden. Viel wichtiger sei, was sich jetzt gerade zusammenbraue, in den oberen Abteilungen.

Sie stoßen mit dem Grappa an.
Es gab eine erbitterte Beschwerde aus der Hauptstadt, weil du dich in laufende Ermittlungen eingemischt hast. Dass dieser Honoré mit deiner Waffe erschossen wurde, macht die Sache auch nicht gerade besser. Obwohl niemand ernsthaft glaubt, dass du der Mörder bist. Das ist absurd.
Sie nimmt ihren zweiten Grappa. Leert das Glas in einem Zug, als ob es sich um Wasser handelte. Tanner hält sich zurück.
Ich gratuliere dir übrigens zu deinem Erfolg. Gewisse Kreise hätten den Fall allzu gern unter der Rubrik Selbstmord zu den Akten gelegt. Denn jetzt kommt unser Freund Finidori ins Scheinwerferlicht, und das wollen die irgendwie vermeiden. Du hast Glück, dass dein alter Chef trotz alledem immer noch ein Fan von dir ist. Er hält große Stücke auf dich und will dir, soweit es in seiner Macht steht, den Rücken freihalten! Aber er brauche bald genaue Resultate. Sonst sei es aus mit der Rückendeckung.
Oh, Wunder, das hätte Tanner dem alten Göpf nicht zugetraut. Sie nannten ihn Göpf, weil er eine entfernte Ähnlichkeit mit dem kurzbeinigen Gottfried Keller hatte. Leider raucht er auch dieselben stinkigen Stumpen wie der Dichter.
Ich solle dich auch schön grüßen, und ob du immer noch bei jeder Gelegenheit Shäkes-Bier zitieren würdest … ha, ha!
Ach, Frau Staatsanwältin, der Witz mit Shakespeare als Biersorte ist uralt. Erzähl mir lieber mehr über Auguste Finidori.
Emma schenkt sich schon wieder ein. Seit wann trinkt sie denn so viel? Ihre Wangen sind schon gerötet.
Über den kann ich dir Folgendes berichten, obwohl der Waschvorgang noch nicht abgeschlossen ist: Er war tatsächlich in weit verzweigte Waffengeschäfte der übelsten Art verwickelt. Wie der Professor es ja auch gesagt hat. Biafra, Elfenbeinküste, Marokko, Algerien, Libyen. Als er versuchte, dieselben Waffen an mehrere Potentaten zu verscherbeln, sind die ihm auf die Schliche gekommen und er wurde zur persona non grata erklärt. Er musste mit Sack und Pack das Land verlassen. Er residierte zuletzt in einer Stadt in Marokko. In Salé.
Jetzt wird es Tanner ganz heiß.
Salé ist die Schwesterstadt von Rabat. Das heißt, dass Finidori so-

zusagen um die Ecke von ihm gelebt und von dort aus seine unchristlichen Geschäfte, wie Ruth es nannte, getätigt hat.
Wann musste er das Land verlassen? Wann?
Zu Tanners großer Enttäuschung, und eigentlich wusste er es ja schon wegen der Raoul-Geschichte, ist der Halbmond bereits vor sieben oder acht Jahren des Landes verwiesen worden.
Allzu gerne hätte er ihn irgendwie mit den Morden an den Mädchen in Verbindung gebracht, da er in Marokko war und jetzt exakt da lebt, wo die beiden anderen Mädchen umgebracht wurden.
Tanner, nimm dich zusammen. Du bist kindisch! Nur weil Finidori ein böser, böser Mensch ist, heißt das noch lange nicht …!
Emma leert schon wieder ein Glas und fährt fort. Die geprellten Staaten haben ihn nie angezeigt, weil er zu viel wusste über all die Machenschaften, und die wollte niemand in einem Gerichtsverfahren ans Licht zerren. Er muss mehr als hundert Millionen ins Trockene gebracht haben. In Dollar! Jetzt spielt er den gemütlichen Bauer und bei Nacht und Nebel treibt er seine dunklen Geschäfte. So viel weiß ich bis jetzt. Ich halte dich auf dem Laufenden, wenn die Wäsche ganz gewaschen ist!
Und wieder verschwindet ein Grappa in ihrem Mündchen nimmersatt. Tanner macht sich langsam Sorgen um ihre Heimfahrt im Austin Mini.
Zum Glück bin ich heute mit dem Zug gekommen. Mein Gott, es ist schon drei Uhr gewesen. Ich muss sofort zum Bahnhof. Begleitest du mich noch ein Stück?
Noch ein Grappa.
Ja, sicher begleitet er sein Goldstück von einer Staatsanwältin.
Die Kellner haben jetzt alles Interesse an Emmas Rundungen verloren. Sie sind mittlerweile im Stehen eingeschlafen. Schön verteilt im Raum. Wie weiße Pilze.
Emma weckt sie, indem sie mit ihrem Schuh auf den Tisch klopft. Und Tanner darf ihr den Schuh wieder anziehen.
Küss meinen Fuß, du Untermensch!
Auch das, meine königliche Diva, und jetzt hoch mit Ihro Durchlaucht!
Er küsst flüchtig ihren Fuß und zieht sie hoch. Als sie steht, ist klar:

Frau Staatsanwältin ist besoffen. Hat es sie so getroffen, dass er ihr einen Korb gegeben hat? Sie wollte ihn doch nur testen. Sind das die Folgen eines unerwarteten und abrupten Rollenwechsels? Hätte Tanner nicht alle Hände voll mit der schwankenden Staatsanwältin zu tun, würde er jetzt gerne mit ihr über diesen Vorgang philosophieren. Aber schon kommt Emmas nächster Vorschlag.
Du, Tanner, können wir nicht trotzdem ins Hotel gehen, ganz freundschaftlich. Und du machst mit mir alles, was du mit deiner japanischen Wassernymphe gemacht hast und mir *nicht* erzählt hast! Du! Das wäre doch jetzt ein schöner Abschluss unseres Treffens!
Und so plappert sie munter weiter. Diesmal bugsiert Tanner sie durch die Straßen der Hauptstadt, und sie beschreibt alles, was sie mit ihm machen würde. Bis ins Detail. Zum Beispiel wie laut sie stöhnen würde. Als Emma anfängt, es tatsächlich ungehemmt auf der Straße vorzuspielen, wird ihm etwas bange und er versucht noch einmal auf ihr polizeiliches Thema zu kommen.
Emma, kannst du nicht deine Beziehungen spielen lassen, dass die den Michel nicht von dem Fall abziehen und ihn in Ruhe arbeiten lassen, bitte, es ist ganz wichtig. Der Michel ist ein guter Mann. Egal, was die da oben über ihn sagen!
Emma bleibt trotzig mitten auf der Straße stehen.
Nur wenn du meine Brust küsst, und zwar auf der Stelle!
Und schon greift sie mit ihrer Hand in ihren Ausschnitt. Ohne Tanners energische Gegenmaßnahmen hätte sie allen Ernstes mitten in der Hauptstadt ihre Brust ausgepackt und wäre doch noch zum französischen Revolutionsidol geworden. Sie gibt sich zum Glück damit zufrieden, dass er im Schutze ihres aufgespannten Schirmes pro forma kurz in ihren Ausschnitt fasst, das Gewicht und die Festigkeit ihrer Brüste prüft und ihr bestätigt, dass in all den Jahren nichts schlaff geworden sei und sie immer noch die Schönste im Lande sei.
Endlich stehen sie auf dem Bahnhofsquai. Emma verabschiedet sich tränenreich. Sie hat mittlerweile in die sentimentale Abteilung gewechselt. Uff ... endlich fährt ihr Zug!
Tanner winkt, bis er sie nicht mehr sehen kann.
Er trabt in Richtung Parkhaus. Unterwegs bleibt er wie angewurzelt stehen.

Von einem Zeitungskiosk prangt eine fette Schlagzeile.
Mörderin der Bestie hat sich freiwillig der Polizei gestellt!
Er kauft sofort die Ausgabe des Massenblatts. Tanner liest mit wachsendem Entsetzen, dass sich die Mutter eines der ermordeten Mädchen zur Tötung des Zwerges bekannt habe. Sie zeige keine Reue, im Gegenteil, sie sei glücklich und könne jetzt endlich wieder ruhig schlafen. Sie würde es wieder tun.
Die Polizei vernehme sie zur Stunde immer noch. Es wird an dem Verstand der Frau gezweifelt. Wahrscheinlich sei sie durch den Schock der Tat in diesen Zustand geraten.
Kein Name. Nur ein verschwommenes Foto von dem ermordeten Mädchen.
Da er weder ein Bild von Anna Lisa noch von Vivian gesehen hat, kann er nicht wissen, wer das Mädchen ist. Trotzdem weiß er natürlich, dass es die Mutter von Vivian ist, die ihm vorgestern Mörder ins Gesicht gezischt hat. Elsie kennt er. Sie wird heute kaum plötzlich vom Wahnsinn ergriffen worden sein und sich einbilden, sie hätte Honoré ermordet. Zudem ist das Mädchen auf dem Foto dunkelhaarig. Er versucht sofort Elsie anzurufen. Es meldet sich niemand. Auch bei Ruth nicht.
Als er versucht, Michel zu erreichen, wird er umgeleitet und eine verschnupfte Stimme weist ihn schroff zurecht. Der Herr Kommissar Michel sei im Moment auf einer Sitzung und sie dürfe ihn nicht stören. Anweisung von oben.
Mist! Da läuft man mit einem Handy in der Weltgeschichte rum und kann trotzdem niemand erreichen. Wenn es einmal drauf ankommt.
Er holt Elsies Auto aus dem Parkhaus. Das Auto ist natürlich immer noch verschmutzt. Er bezahlt den horrenden Betrag und rast, was das Motörchen hergibt, nach Hause.
Wie selbstverständlich er Elsie schon als sein Zuhause betrachtet!

VIERZEHN

Tommy steht mitten im Schlafzimmer und gurgelt um sein Leben. Er umklammert sein Wasserglas, als ob er es mit bloßer Hand zerquetschen möchte. Tanner und er begrüßen gemeinsam jede gelungene Serie mit lautem Indianergeheul. Draußen quietscht Willy. Tanner hat es sich auf Elsies Bett bequem gemacht, ganz Professor Higgins.

Als er vor einer halben Stunde im Dorf ankam, standen die Bauern in Grüppchen vor ihren Häusern. Er wusste gar nicht, dass hier so viele Menschen wohnen. Alles diskutierte eifrig die überraschend neue Wendung im Falle von Honoré's Tod. Nach ihren Gesichtern zu urteilen, wahrscheinlich unter dem Motto, das habe man ja schon lange gedacht, dieser schwule Zwerg mit seinem Spinnerturm. Und gut habe jemand den Mut gehabt und ihm den Garaus gemacht, sie abgestochen, diese …

Hier braucht es kein Massenblatt.

Elsie kam ihm aus dem Haus entgegen, fiel ihm buchstäblich in die Arme, völlig aufgelöst über die Neuigkeiten.

Du hast es gehört? Ist es nicht schrecklich, das mit der Klara? Ich kann es einfach nicht glauben. Beides kann ich nicht glauben, weder dass Honoré der Mörder unserer Mädchen sein soll noch dass Klara ihn getötet hat!

Elsie, jetzt hör mir zu. Weder hat Honoré die Mädchen ermordet noch hat Klara Steinegger ihn ermordet. Das Ganze ist eine Hysterie, angezettelt von denen, die daran ein Interesse haben. Bitte, vertraue mir, und jetzt gehen wir ins Haus. Lass uns bitte ganz ruhig sein. Ich finde, deine Kinder sollen nicht unnötig in Panik kommen.

Tanner putzte ihre Nase, als ob sie seine Tochter wäre, und sie traten ins Haus. Leise flüsterte er ihr ins Ohr, wenn die Kinder im Bett seien, würde er von der Hauptstadt erzählen.

Dann kam Tommy um die Ecke gerast und entführte ihn zum großen Forschergurgeln.
Michel hat Tanner immer noch nicht erreicht, die Verschnupfte hat ihm aber widerwillig ausgerichtet, er werde sich bei Tanner melden, sobald ihr Chef nur eine Hand frei habe.
Nach der erfolgreichen Gurgelstunde sitzen sie alle am Tisch, trinken Tee, knabbern selbst gebackene Plätzchen und besprechen in aller Ruhe mit den Kindern die Lage.
Besser sie erfahren das Wichtigste, so kindgerecht wie möglich, von Elsie als morgen auf der Straße oder in der Schule, was kaum zu vermeiden sein wird. Glöckchen schaut Tanner nicht ein einziges Mal an.
Plötzlich klopft es ans Küchenfenster. Die massige Gestalt von Michel steht draußen. Er will mit Tanner reden.
Elsie nimmt ihre Kinder mit in den Garten.
Jetzt macht sich Michel über die Plätzchen her und im Nu ist der Teller leer.
Er räuspert sich umständlich.
Ich heiße Serge. In den Zeiten des Wahnsinns ist es besser, man weiß, wer zu wem gehört. Denn jetzt ist der Wahnsinn ganz ausgebrochen. Was hältst du davon, Tanner?
Sie stoßen mit kaltem Tee auf ihre Freundschaft an und Tanner glättet vor Michels Augen das Flugticket von Raoul, das er in der kleinen Ledertasche von Jaques gefunden hat.
Serge, ich liefere dir jetzt das Motiv für den Mord an Honoré, wenn du mir versprichst, dass das bis zu dem Zeitpunkt, den wir gemeinsam bestimmen, niemand erfährt.
Nachdem Michel hoch und heilig versprochen hat, dass er schweigen werde wie ein Doppelgrab, denn ein Doppelgrab werde er brauchen, falls er nicht dereinst doch in Indien verbrannt werde, erzählt Tanner ihm die ganze Geschichte.
Über das Medaillon, das ihm der Zufall in die Hände gespielt hat, über den Abschiedsbrief von Raoul, kurz, er berichtet alles, was er bisher über die Geschichte der Finidori weiß.
Michel ist beeindruckt.
Sag mal, Tanner, seit wann bist du eigentlich hier?
In diesem Moment klingelt sein Telefon. Fluchend wühlt er zwi-

schen den Windeln in der Manteltasche und knurrt ein barsches Was-denn-schon-wieder in sein Telefon, das in seinen Tatzen winzig klein wirkt. Stumm hört er eine Weile zu, dann kappt er die Verbindung. Michel lacht, verschluckt sich und hustet wie ein Bergarbeiter nach Feierabend.

Erst wollten die mir den Fall abnehmen, die Hornochsen. Jetzt haben sie Weisung von ganz oben bekommen, dass ich den Fall doch behalten soll. Und ich soll schleunigst in die Hauptstadt kommen und die Steinegger verhören. Ich glaube, die spinnen, die Römer!

Gerade als Tanner denkt, Emma sei Dank, klingelt sein Telefon. Eine zerknirschte Staatsanwältin entschuldigt sich kleinlaut am Telefon. Sie bedankt sich bei Tanner, dass er die Situation nicht ausgenützt habe. Aber das Bild von Rubens werde sie sich trotzdem angucken, und wehe, wenn da ein rosa Schwein zu sehen sei! Zum Abschluss des Gespräches bestätigt sie, dass sie ihren Chef um Unterstützung für seinen schwitzenden Kommissar gebeten habe, und wie das Leben so spiele, gehörten die richtigen Personen derselben schlagenden Verbindung an. Tanner ist zufrieden und bedankt sich überschwänglich bei Emma.

Michel, du musst alles daransetzen, das Alibi vom Halbmond zu knacken. Mein Gefühl sagt mir, dass du irgendwo eine hohle Stelle finden könntest. Und wenn wir die finden, dann stürzt das ganze Haus ein. Hast du eigentlich die GTI-Besatzung in Gewahrsam genommen?

Michel schnauft entrüstet.

Hab ich! Was denkst du denn! Die lassen wir jetzt ein bisschen schmoren. Deine Schuhprobe haben wir übrigens gefunden. Sie ist im Labor. Sobald wir können, machen wir den Aschenputteltest, wir haben auch schon deren sämtliches Schuhwerk eingesammelt, und wenn einer passt, dann gute Nacht! Den Rest werden wir dann auch noch aus ihnen herauspressen!

Tanner informiert ihn über alle Details des Videofilms mit der Nacht-und-Nebel-Geldübergabe, so dass Michel gleich zwei Hebel ansetzen kann. Er schlägt ihm aber vor, Auguste Finidori damit noch nicht zu konfrontieren. Für den würde er sich eine andere Vorgehensweise ausdenken.

Noch immer weiht er Michel nicht in den wahren Grund seiner Anwesenheit ein. Tanner weiß selber nicht, warum.
Klar ist ihm geworden, dass die hiesige Polizei keine Verbindung zu den Morden in Marokko sieht. Michel würde ihn vielleicht auch für einen Spinner halten.
Die Wahrheit ist, dass Tanner im Augenblick auch nicht mehr sicher ist, ob seine Theorie nicht bloß eine Obsession ist. Eine Fata Morgana. Schnell wischt er den Gedanken weg. Er begleitet Michel hinaus und sie geben sich die Hand.
Zwei Verschwörer könnten nicht dämlicher grinsen.
Bevor Tanner die Tür schließt, sieht er Karl und Ruth den Weg auf das Haus zukommen. Karl mit einem Korb, Ruth mit einem riesigen Blumenstrauß in der Hand.
Ah, der neue Hausherr rollt gerade den Stein vor die Höhle, begrüßt Karl ihn frotzelnd.
Er deckt wohl eher mit zarten Frühlingszweigen sein Liebesnest zu, damit die Elstern sein Goldenes Vlies nicht entführen, gackert Ruth unverschämt durch ihren Blumenstrauß.
Karl, schau mal weg. Ich muss deinen wandernden Blumenstrauß in meine Arme nehmen.
Mit der Warnung, dass diese Blumen Dornen haben könnten, tritt Karl mit seinem schweren Korb ins Haus.
Ruth flüstert ihm ins Ohr, Elsie habe doch ganz sicher ein goldiges Vlies, oder?
Neugierde, dein Name sei Weib!
Und es sei doch alles gut so. Sie meine, wie sich die Situation entwickelt habe, oder? Sie würde trotzdem ihre Nacht nie vergessen. Es sei ja zwar keine Liebe gewesen. Eher ein notwendiges Naturereignis!
Ja, meine weise Ruth, nature pure!
Elsie, heute in Jeans und weißem Hemd, und die Kinder sind in der Zwischenzeit durch die Hintertür wieder ins Haus gekommen.
Als Ruth und Tanner die Küche betreten, sitzen sie schon alle um den Tisch. Tommy ordnet, wie ein kleiner Zeremonienmeister, die Plätze an.
Tanner darf sich Karl gegenüber setzen, Ruth links von ihm und

Tommy selber quetscht sich zwischen sie beide. Glöckchen hockt abwesend auf dem Schoß von Karl, der es anscheinend sehr gut kann mit schwierigen jungen Damen. Sie lehnt sich vertrauensvoll an Karls breite Brust. Ihren rechten Arm hat Glöckchen ganz hochgestreckt und ihre Fingerchen drehen unentwegt Locken in Karls eh schon krauses Haar. Ein Bild des innigen Einverständnisses. Karl genießt es offensichtlich.
Unter vielstimmigem Geplapper packt Ruth aus ihrem großen Korb allerlei Leckereien aus, so dass sich der Tisch flugs in ein wahres Schlaraffenland verwandelt. Essen gegen die Angst.
Denn sie hängt über dem Dorf. Die Angst. Unsichtbar. Wie heute Morgen die Wolken.
Noch schützt das Dach von Elsies Haus, und dass Ruth und Karl gerade heute mit ihrem Zauberkorb kommen, ist natürlich kein Zufall.
Tommy erzählt ausführlich von seinem großen Forscherunternehmen und davon, was ihm winkt.
Elsie und Ruth blinzeln sich zu, die beiden Verschwörerinnen.
Karl erzählt, dass Rosalind zu einer Freundin in die Stadt gefahren sei, sie würde es hier in der Gegend nicht aushalten.
Was hat damals Raoul geschrieben? ... *dass er es nicht mehr aushalte, weit weg von allem und allen ...!*
Rosalind werde zur Beerdigung zurückkommen und anschließend Tanners Zimmer beziehen, falls er es nicht mehr benötigen sollte.
Karl grinst anzüglich und meint, wahrscheinlich haben Tanner die Röschti doch nicht geschmeckt.
Tommy wird immer stiller und stopft sich voll, bis er sich auf Ruths Beine niedersinken lässt.
Plötzlich nimmt Glöckchen ihre Hand aus Karls Haar, denn ihre Dreharbeit hat sie trotz des Essens nicht unterbrochen. Sie ließ sich, ganz orientalische Prinzessin, die schönsten Leckerbissen in ihr Mäulchen schieben und Karl, ihr Lieblingssklave, sieht auch schon aus wie einer, mit seinen Rastalocken, die sie ihm fleißig gedreht hat. Jetzt sitzt sie aufrecht, zeigt mit ihrem Finger unvermittelt auf Tanner, als ob sie ihn aufspießen wollte.
Du bist der Mann in dem komischen Anzug! Ich habe dich gesehen!
Zuerst lachen alle, vor allem Lena. Und Tommy, der von Ruths

Beinen hochkommt, zwar keine Ahnung hat, um was es geht, aber aus Spaß an der Lust einfach mal mitlacht.
Nur Elsie guckt Tanner bestürzt an. Sie fordert Ruhe und fragt Glöckchen ernst, was sie damit meine? Und welcher komische Anzug?
Sag ich nicht!
Auch Karl fragt sie, aber sogar ihrem Lieblingssklaven verweigert sie die Auskunft. Elsie nimmt sie auf ihren Schoß. Alles vergebens. Sie wiederholt nur stur und eigensinnig den einen Satz. Dann macht sie sich los und verschwindet aus der Küche.
Tanner macht Elsie ein Zeichen, dass es jetzt sicher keinen Sinn hat zu insistieren. Es komme schon der Zeitpunkt, wo sie sich erklären werde.
Um abzulenken, fragt Tanner, ob sie nicht Ada auch was zu essen bringen sollen?
Das finden alle gut und so häuft Tanner einige Leckereien auf einen Teller und klopft an die niedrige Tür. Elsie sagt, er solle einfach reingehen.
Einfach reingehen? Gut.
In der kleinen Kammer stehen ein Bett, ein Schrank, ein Lavabo mit Spiegel und ein kleiner Tisch. Ada sitzt am Tisch unter der Lampe und klebt, wie Tanner es nicht anders erwartet hat, Buchstaben in ein Heft ein. Er blickt Tanner stumm an.
Ich bedanke mich herzlich für das schöne Heft. Leider habe ich noch keine Zeit gehabt, aber ich werde es ganz bestimmt lesen. Hier ist etwas zu essen. Von Ruth und Karl. Die sind hier und lassen Sie grüßen. Demnächst bringe ich Ihnen ein paar leere Notizhefte, wenn Sie wollen.
Ada guckt zwar die ganze Zeit, während Tanner mit ihm redet, aber man weiß nicht, ob Ada versteht.
Als Tanner sich schon wieder abgewendet hat, wiederholt Ada die Geste von gestern Morgen. Tanner sieht sie nicht.
Der ganze Boden der Kammer ist übersät mit Zeitungen, Buchstaben und Schnipseln.
Das Heft, woran er gerade arbeitet und das er bei Tanners Eintritt mit dem Umschlag nach oben gedreht hat, trägt die Nummer hundertvierzehn.

FÜNFZEHN

Es ist schon spät. Noch lange haben Ruth und Karl mit Elsie und Tanner in der Küche gesessen. Die Kinder sind nach und nach in ihre Betten gebracht worden. Tommy von Tanner. Glöckchen von Karl. Und Lena von Ruth und Elsie.

Lena meinte, sie sei zwar schon groß genug, um allein ins Bett zu gehen, aber wenn ihre beiden Geschwister schon so verwöhnt würden, dann wolle sie heute dieselbe Vorzugsbehandlung, und zwar doppelt. So wechseln am Küchentisch immerfort die Besetzungen.

Lange bleiben Ruth und Elsie weg. Frauengespräche!

In der Küche Männergespräche.

Es ist bedeutend stiller ohne die Kinder und die Frauen, aber lange nicht so lustig. Ach, können die beiden herrlich schweigen. Sie schneiden äußerst kreativ denkerische Gesichter, mindestens wie Marx und Einstein, als sie, jeder für sich, eine neue Welt fantasierten. Sie nehmen da und dort einen Kuchenkrümel auf, legen ihn an eine andere, genau berechnete Koordinate, nippen am Glas, obwohl sie schon lange keinen Durst mehr haben. Karl rollt sämtliche Papierservietten zu engen Röllchen. Er unterbricht als Erster das Schweigen.

Hat dir Elsie schon von Ernst, ihrem Mann, erzählt?

Tanner schüttelt verneinend den Kopf. Er wusste bis jetzt nicht einmal, dass er Ernst hieß. Wie Tommy, also, wie Ernst …

Und er weiß, dass dieser Ernst bei einem selbst verschuldeten Autounfall ums Leben gekommen ist. Kurz nach der Zeugung von Anna Lisa. Oder kurz davor, wie das Massenblatt zu suggerieren versuchte.

Jetzt fällt Tanner auf, dass der Name von Anna Lisa der erste Name ist, der nicht mit E beginnt. Elsie, Ernst, Elena, Erna, Ernst. Wie bei den Kühen von Karl. Alle Kälbchen von Laura werden immer einen Namen mit L bekommen. Das ist eine Vorschrift vom Zuchtverband.

Als Karl gerade erfolgreich mit all seinen Serviettenröhrchen eine Art Triumphbogen für Arme errichtet hat, sagt er ganz leise, ganz vorsichtig:

Die letzte Zeit war nicht sehr glücklich mit ihm!

Sie starren beide Karls Bauwerk an, in der Hoffnung, es würde in sich zusammenstürzen. Es stürzt nicht.

Plötzlich schubst Karl ein statisch äußerst empfindliches Röhrchen, und jetzt fällt die Papierkonstruktion.

Versteh mich richtig, Simon, äh ... ich will nicht schlecht über Ernst reden. Er war ein guter Bauer und, soweit ich das beurteilen kann, ein guter Mann.

Tanner nickt. Er hat gerade stark den Verdacht, dass er auf dem Platz von Ernst Senior sitzt. Also steht er auf und lehnt sich an den Spültrog.

Karl hat etwas angefangen und weiß nicht, wie er weiterfahren, aber auch nicht, wie er enden soll. Er redet offensichtlich nicht gerne über das Privat- und Intimleben anderer Menschen. Tanner kann ihm da nicht helfen. Oder vielleicht doch?

Karl, komm, sag's einfach. Wie du es denkst. Ich weiß doch, dass du nicht schlecht über ihn reden willst. Und es bleibt sowieso unter uns. Was immer es ist. Nur tu mir den Gefallen und hör auf, mit diesen Papierröhrchen zu spielen, das macht mich wahnsinnig!

Gut. Also, was wollte ich sagen? Ja, äh ... sein Hof war zu klein und seine Träume zu groß. Ja, das ist es, glaube ich. Du! Das hab ich doch jetzt gut gesagt, das kann man ja direkt drucken: Sein Hof war zu klein und seine Träume waren zu groß!

Tanner beglückwünscht ihn zu der gelungenen Formulierung. Das sei eine sehr gute Thesis, eine gute Form, um darin zu denken. Er solle jetzt aber diese Form mit Inhalt füllen. Mit konkreten Inhalten. Zum Beispiel, wie sich diese Kluft zwischen Anspruch und Wirklichkeit im Alltag geäußert habe.

Karl gibt sich einen Ruck und legt seine großen Hände flach auf den Tisch.

Er hat sich jahrelang abgerackert, sich verausgabt, immer unter

Druck. Und ist doch nie auf einen grünen Zweig gekommen. Und das hat ihn zunehmend, äh ... wie soll ich sagen?
Ungeduldig, ungenießbar, frustriert, menschenfeindlich, verbissen, krank, vom Ehrgeiz zerfressen! Tanner macht Vorschläge.
Ja, krank hat es ihn gemacht, ungeduldig und zunehmend ungenießbar. Und leider auch missgünstig. Er hatte zunehmend das Gefühl, dass er zwar genauso viel wie alle arbeite, dass wir aber schließlich mehr, äh ... auf dem Brot hätten als nur Butter. Wir wollten ihm helfen, haben zusätzliches Land an ihn günstig verpachtet, haben ihm teure Maschinen ausgeliehen, alles vergebene Liebesmüh.
Und Elsie? Wo stand sie in diesem Vakuum? Hat sie ihn unter Druck gesetzt? Mit Ansprüchen, die er nicht erfüllen konnte? War sie Fischers Frouw, die Isebill, die nicht will wie ihr Mann? Tanner kann sich das zwar gar nicht vorstellen, aber vielleicht hilft es Karl, seine Analyse in Gang zu setzen.
Nein, nein, stell dir vor! Elsie und unter Druck setzen!
Karl ist richtig entrüstet über diesen Gedanken.
Nein. Sie hat versucht ihn vom Gegenteil zu überzeugen. Dass er sich entspanne, die Sache gelassener angehe. Sie hat in ihrer Verzweiflung Ruth um Rat gefragt. Sie hat Bücher gelesen. Sie wollte, dass er zum Arzt geht. Es war alles nutzlos, wie verhext. Je mehr man ihm helfen wollte, desto mehr hat er sich verrannt. Du kannst dir vorstellen, dass das, äh ... ihrer Ehe und so, auch nicht gerade gut getan hat, wenn du weißt, was ich meine!
Oh, ja, Tanner versteht sehr gut, was Karl meint. Das Bild wird langsam scharf. Elsie tut ihm aufrichtig Leid. Und Ernst?
Wenn Tanner ihn kennen würde, könnte er auch mit ihm Mitleid haben. Aber ohne ihn zu kennen, rührt ihn naturgemäß vor allem Elsie, wie sie versucht, Himmel und Hölle in Bewegung zu versetzen, um ihren Mann, den sie doch sicher geliebt hat, auf den rechten Weg zurückzubringen.
Und dann?
Er hat sich von allen abgewandt. Und wenn du mich fragst, auch von Elsie, ja.
Offensichtlich wird es jetzt für Karl wieder schwierig, die richtigen Worte zu finden.

Er hat irgendwie Kontakt zu anderen Leuten gefunden, außerhalb unseres Kreises. Leute, die wir nie kennen gelernt haben. Er war fast jeden Abend fort, hat Elsie mit den Kindern allein gelassen, auch an den Wochenenden. Den Hof vernachlässigt. Er hat dann nach einer Weile angefangen zu prahlen, dass wir noch staunen würden, und er habe jetzt ganz andere Quellen angezapft. Er sprach dauernd von Quellen, die er anzapfen werde, wir sollten nur warten. Eines Tages kam er plötzlich mit einem schnellen Auto. Nagelneu! Kein Mensch wusste, woher er das Geld hatte, auch Elsie nicht. Mit diesem Auto ist er dann verunglückt, auf der Autobahn, zwischen hier und der welschen Großstadt. Voll in eine Autobahnbrücke gerast. Bei Nacht. Ja. Er war sofort tot. Und Elsie war gerade zum vierten Mal schwanger geworden. Und jetzt sage ich dir noch etwas, Tanner. Dass Elsie so ist, wie sie ist, nach alldem und dann noch der schreckliche Tod von Anna Lisa, das ist ein Wunder. Ein richtiges Wunder, glaub mir. Jede andere hätte sich aufgegeben. Siehe Klara Steinegger, die ist doch völlig durchgedreht. Aber Elsie ist ein Naturgestein, und zwar von Gottes Gnaden.

Jetzt ist er ins Feuer geraten und Tanner glaubt ihm das mit Gottes Gnaden aufs Wort, obwohl er bezweifelt, dass Karl sonst mit Gott viel am Hut hat.

Karl steht jetzt auf, legt seine Arme auf Tanners Schultern und schaut ihm ganz gerade in die Augen.

Simon, das, was ich jetzt zu dir sage, habe ich noch zu keinem Mann gesagt. Ich gönne dir dein Glück mit Elsie von ganzem Herzen. Ruth genauso. Aber, wenn es dir einfallen sollte, Elsie unglücklich zu machen, dann erwürge ich dich mit diesen Händen. Glaubst du mir das? Solange du es nicht tust, bin ich dein Freund und erwürge jeden, der dir noch mal was antut.

Und jetzt lacht er befreit und sagt, dass er ganz schön pathetisch geworden sei. Zum Glück habe Ruth ihn nicht gehört, denn sie hasse alles Pathetische, aber Tanner werde ihn sicher verstehen. Einer, der es so gut versteht, ihn zum Reden zu bringen.

Ausgerechnet als Tanner Karl zur Bekräftigung auf die stoppeligen Wangen küsst, kommen die beiden Verschwörerinnen in die Küche marschiert.

Ach, schau mal, Elsie. Kaum lassen wir die Herren der Schöpfung für eine Minute alleine, küssen sie sich im helllichten Schein der Küchenlampe. Das Geschirr haben sie auch nicht gemacht, tz, tz ...! Ich würde sagen, wir beiden gehen jetzt in dein Schlafzimmer, Elsie. Und verwöhnen uns mal so richtig, wie wir es von den Männern nie bekommen. Wenn die Gentlemen wollen, können sie gerne zuschauen und was lernen!
Und dann lachen die beiden los. Nur mit Küssen sind sie zu stoppen, die Hyänen, die lachenden.
Als Elsie und Tanner endlich im Bett liegen, erzählt er ihr von seinem Besuch in der Hauptstadt. Schön der Reihe nach.
Der Professor ist ihr unheimlich.
Tanner lässt kein Detail aus. Auch nicht, was Emma betrifft. Als er zu der Stelle mit Emmas Befehl kommt, ihre Brüste einer Inspektion zu unterziehen, lacht sie laut. Tanner muss ihr zuerst Emma vorspielen, die Nachttischlampe als Schirm, ein Kissen als Aktenkoffer, anschließend sich selbst und teilweise die entrüsteten Passanten. Bei der Inspektion ist natürlich Elsie das Objekt der Untersuchung. Profundo und nicht pro forma.
Mitten in der Nacht flüstert Elsie in sein Ohr.
Sie müsse ihn dringend wecken, er dürfe nicht böse sein. Aber sie müsse ihm etwas erzählen. Jetzt. In dieser Nacht der Liebe.
Tanner versucht sie zu beruhigen, denn sie zittert vor Aufregung.
Simon, weil ich dich liebe, verrate ich dir mein schrecklichstes Geheimnis. Ich kann nicht bis zum Sonntag warten. Es ist unmöglich. Sonst sterbe ich.
Sie küsst ihn verzweifelt.
Anna Lisa ist nicht das Kind von meinem Mann. Ich habe einmal etwas getan, was ich bitter, bitter bereue und wofür mich Gott bestraft hat. Hart bestraft. Hart. Er hat mir meine kleine Anna Lisa weggenommen, egal wer sie getötet hat. Er hat sie mir zur Strafe ...!
Elsie kann nicht mehr weitersprechen, sie schluchzt und die Tränen kommen wie ein Sturzbach und rinnen an seinem Hals entlang. Nach einer Weile spricht sie stockend weiter.
Halte mich fest und sage mir, dass du mich liebst. Halte mich noch fester. Es will etwas zerspringen in mir.

Tanner hält sie, so fest er kann.
Mein Mann hatte aufgehört mich zu lieben. Nach Tommys Geburt. Und ich habe ihn irgendwann auch nicht mehr verstehen können, es war so schrecklich, du lieber …
Wieder stockt und schluchzt sie, dass es Tanner schier das Herz zerreißt.
Sie erzählt ihm die Geschichte ihres Mannes, die auch ihre Geschichte ist.
Wie es ihm heute Abend Karl bereits in groben Zügen geschildert hatte. Nur mit furchtbaren Ergänzungen.
Dieser fremde Kreis, von dem Karl berichtet hat und den er nicht gekannt hatte, war niemand anderes als der Kreis um Auguste Finidori. Was ihr Mann für den Halbmond gearbeitet hat, weiß Elsie nicht. Kurierdienste vielleicht. Oft sei er tagelang unterwegs gewesen. Und er hat auch viel Geld bekommen und noch viel mehr Versprechungen für die Zukunft.
Ihr Mann sei regelrecht trunken gewesen von den Aussichten, die ihm vorgegaukelt worden seien. Und in dem Moment, in dem man ihr ihren eigenen Mann ganz entfremdet hatte, sei der Halbmond aufgetaucht und habe um sie geworben. Wochenlang, monatelang, mit Geschenken, mit Bewunderung, sogar mit Charme, was man sich vielleicht gar nicht vorstellen könne. Aber es sei so gewesen. Er sei immer erst um Mitternacht erschienen. Wie der Teufel!
Tanner überlegt.
Hat deswegen Ada gefragt, ob er, Tanner, vom Mondhof sei? Und ob er die Pakete bringe? Tanner hatte es doch gehört, auch wenn alle sagen, Ada würde schon lange nicht mehr sprechen. Unterbrechen will er sie aber nicht.
Und eines Nachts sei sie völlig entnervt, kaputt und seelisch krank vor Unglück, schwach geworden und hätte sich seinem Willen ergeben.
Es sei furchtbar gewesen. Da habe sie das erste Mal erlebt, was Gewalt sei. Physische Gewalt. Der Wille zur Gewalt. Keine Zärtlichkeit. Deswegen hätte sie die körperliche Liebe auch jahrelang nicht vermisst. Sie hätte es gar nicht gekonnt. Erst in letzter Zeit sei die Sehnsucht nach Berührung wieder zurückgekommen.

Aber diese Scham brenne tief in ihrer Seele. Sie wisse nicht, ob sie das je überwinden könne.

Ihr Mann habe gewusst, dass der Halbmond sie begehre. Es sei ihm egal gewesen. Er habe nur noch das Geld gesehen. Wie nach einer Gehirnwäsche. Am Schluss sei er ein Fremder gewesen. Fremder als ein Fremder …

Dann weint sie. Tanner hält sie in seinem Arm. Er kann nichts sagen. Er spürt nur diesen vom Schmerz der Vergangenheit geschüttelten Körper, den er liebt. Ein Gefäß des Schmerzes. Er streichelt sie. Sie dreht sich weinend um und um.

Sie legt sich auf ihn. Ihren Rücken auf seiner Brust. Er hält Elsie. Er wiegt sie. Was kann er sonst tun?

Dann will sie, dass er sich auf sie legt, und sie verkriecht sich unter ihm. Sie, das zuckend Weiche. Er, ihr Schutzschild.

In dieser Stellung durchlebt sie noch einmal die Momente ihrer größten Scham. Das Ungeheure leise wispernd. Beschützt von ihm. Umhegt von ihm.

Dann trägt er sie viele Male wie ein Kind durch das Zimmer. Selber weinend über ihren Schmerz. Sie klammert sich an seinen Körper, an seinen Hals.

Sie hält mit beiden Händen seinen Schwanz, nässt ihn mit der Sturzflut ihres nicht versiegenden Schmerzes. Vermischt mit seinem Samen.

Sie sitzt wie ein Kind auf seinen Bauch. Ihre Knie eng umschlungen.

Sie lässt ihr Wasser. Sie will alles ausgießen. Allen Schmerz und alles Flüssige. Ohne Scham.

Sie reicht seinem Mund ihre Brüste. Er trinkt. Bis sie leer sind.

Dann saugt sie seine Brust. Wie eine Ertrinkende.

Sie öffnet ihre Beine und legt sein Gesicht an ihr Geschlecht, als ob sie nicht nur seine Zunge aufnehmen wollte, sondern sein ganzes Leben. Ganz und gar. Schmerz und Lust. In ihrem Höhepunkt lässt er sich nicht mehr unterscheiden.

Sie schreit vor Lust. Sie schreit vor Schmerz. Es ist derselbe Ton.

Dann schlummert sie wimmernd in seinem Arm. Eine Weile.

Wieder beginnt sie zu erzählen. Dasselbe. Neues. Genauer.

Durchlebt ihr Weh. In Wellen kommt es. Unerbittlich. Hart.

Dann kommt die Lust. In Wellen auch. Aber zart.
Erst als der Morgen dämmert, ebbt die Kraft ab.
Zurück bleibt, wie kostbarstes Strandgut, die Zärtlichkeit. Sie sammeln sie gemeinsam ein.
Die leisen Worte der Liebe. Sie füttern sich mit den kleinen Leckerbissen.
Die gemurmelten Worte der Dankbarkeit. Die er findet. Für ihr Vertrauen. Er salbt ihren Körper mit ihnen.
Die wispernden, verheißungsvollen Worte der Zukunft. Die sie findet. Sie tränkt seinen Körper mit ihnen.
Die geraunten Worte des Trostes. Die er findet. Er schmückt seine Braut mit ihnen. Hagröschen in ihrem Haar.
Mit dem ersten Sonnenstrahl vereinigen sie sich. Angeschwemmt am Strand der Liebe.
Still jetzt. Still. Sch … sch!

SECHZEHN

Als es Zeit wird, die Kinder zu wecken, werden sie beide gleichzeitig wach.

Ist er auch schon an die innere Uhr von Elsies Welt angeschlossen?

Heller Sonnenschein flutet das Zimmer. Gezirpe und Vogelschreie draußen. Als ob der Sommer seine Koffer ausgepackt hätte. Den Frühling einfach überspringend.

Elsie streckt und windet sich in seinem Arm. Schmiegt und biegt sich.

Ich würde so gerne einfach mit dir liegen bleiben, den ganzen Tag. Die Nacht. Wieder ein Tag!

Dann klingelt sein Telefon und erleichtert Elsie die Entscheidung aufzustehen.

Hallo Tanner. Hier Dr. Zirrer, der rasende Doktor vom ...! Sie wissen schon. Eigentlich wollte ich Sie ja heute besuchen kommen. Sehen, ob meine Salbe Sie auch schön am Genesen hindert oder ob Ihnen das fleißige Händchen Ihrer Krankenschwester fortwährend die Kräfte raubt und so weiter. Langer Rede kurzer Sinn: Ich mache heute frei. Seit zwanzig Jahren mache ich das erste Mal frei, und wir haben keinen Feiertag. Und Sie sind schuld, mit Ihrer saublöden Fragerei. Und meine Frau lässt schön grüßen, Sie seien ein sehr guter Arzt, ha, ha, ha ...! Ich werde Sie dann morgen besuchen kommen, dann machen wir einen schönen Einlauf. Ich frage Sie jetzt heute ausnahmsweise nicht, ob sie noch eine Frage haben, wer weiß, was Ihnen noch alles in den Sinn kommt!

Heute kommt Tanner überhaupt nicht zu Wort. Na ja, ihm soll's recht sein. Dieser Wirbelwind!

Kaum ist das Gespräch beendet, da klingelt schon wieder das verfl...

Simon, hörst du mich. Ja? Guten Morgen, bei euch ist doch Morgen? Hier ist heißer Sommernachmittag, ich sitze im Bikini an der Bar am Swimmingpool! Hör mal, ich war sehr fleißig für dich und ich habe es geschafft, die Informationen für dich zu kriegen. Was zahlst du mir eigentlich für meine Arbeit? Das haben wir gar nicht geklärt am Flughafen. Es müsste mindestens …!
Tanner unterbricht sie jetzt einfach und sagt ihr, dass er sich freut, wenigstens ihre Stimme zu hören, und für die Bezahlung könne sie sich entweder etwas ausdenken oder sie könne Ferien auf dem Bauernhof machen und von Willy, dem Schrecklichen, geküsst werden. Und was sie denn für Informationen habe.
Vielleicht überlege ich mir das mit Willy und dem Bauernhof, aber jetzt hör mal, vielleicht wirst du etwas enttäuscht sein, oder auch nicht, ich weiß es ja nicht, hi, hi …! Ich habe erfahren, dass das Objekt tatsächlich in diesem Hotel Palace abgestiegen ist. Ich habe dem Portier – ein alter, ganz süßer Schweizer übrigens – irgendwas geflunkert, dass wir jemanden wegen einer Erbschaft suchen würden. Als Schweizer fand er das natürlich nur recht, dass man jemanden sucht, um ihm einen Haufen Fränkchli zu übergeben. Ich würde das für eine befreundete Anwaltskanzlei abklären, wo ich gerade in Australien sei. Also kurz: Unser Objekt war nur drei Nächte im Hotel. Und jetzt kommt das Beste. Meine Tante, die Feuer und Flamme war, nachdem sie erfuhr, dass ich bei einem Kriminalfall mitmache, hat herausbekommen, dass unser Objekt überhaupt nur drei Tage in Australien zugebracht hat. Und jetzt halt dich fest. Er ist zurück nach Zürich geflogen. Der ist gar nicht in Australien geblieben. Wie findest du das? Bin ich nicht gut?
Tanner spielt den Hochüberraschten und lobt sie wortreich. Sie sei einfach die Beste.
Sie genießt sein Lob und dann erzählt sie, sie hätte sich natürlich Gedanken gemacht und sie sei zum unumstößlichen, einzig möglichen logischen Schluss gekommen, dass jemand anstelle von diesem Raoul nach Australien geflogen sei, um den Brief abzuschicken.
Und jetzt macht ihre kriminologische Fantasie einen Höhenflug. Tanner hört geduldig zu.

Die haben den Raoul doch einfach kaltblütig umgebracht und irgendwo verscharrt. Oder lass den See von Tauchern absuchen, wahrscheinlich finden die auf dem Seegrund ein Skelett, die Füße mit schweren Ketten beschwert. Hat sein Bruder nicht eine Betonfabrik? Vielleicht hat er seinen Bruder in ein Fundament oder in eine Säule gegossen. Aber jetzt kommt das Schärfste. Ich bin noch einmal zu dem Portier. Ich habe ihm gesagt, die Anwaltskanzlei wolle unbedingt ganz sicher sein, dass auch der Richtige in dem Hotel gewesen sei und so weiter. Und ob es eine Möglichkeit gebe, das zu überprüfen. Zuerst wollte er nicht so recht, aber du kennst mich ja. Wenn ich mir etwas in den Kopf gesetzt habe, ist dagegen noch kein Rezept erfunden!
Ja, dieses Rezept ist in Gottes Apotheke irgendwie liegen geblieben und ist jetzt sicher schon so vergilbt, dass man es nie mehr lesen kann.
Er hat mir dann gesagt, es gebe da vielleicht eine Möglichkeit. Ich solle doch einen Tag später wiederkommen. Er wolle schauen. Und ob er eventuell eine Ballettkarte haben könne, denn seine Nichte in der Schweiz sei ja auch so eine Ballettratte. Deshalb rufe ich dich auch erst heute an. Also ... Spannungspause ... die haben damals den Gästen bei der Ankunft einen Cocktail serviert, gratis, ihnen irgendeinen billigen, nachgemachten Aboriginesschmuck über den Kopf gezogen und ein Foto gemacht, das die Gäste dann bei der Abreise geschenkt bekommen haben. Zur Versüßung der Rechnung. Damals hätte ein Kollege als Portier gearbeitet, auch ein Schweizer. Und der sei ein begeisterter Hobbyfotograf gewesen und er habe ... und jetzt kommt's ... fein säuberlich Abzüge der Fotos archiviert und beschriftet, natürlich ohne Wissen der Gäste. Ein ganzer Keller voller Fotos. Dieser Portier ist jetzt natürlich längst pensioniert, ist aber, der Vorsehung sei Dank, in Australien geblieben. Mein Portier ist mit ihm befreundet und stolz hat er mir, am nächsten Tag, das Foto in die Hand gedrückt. Im Gegenzug für die Ballettkarte. Auf dem Foto steht der richtige Name, aber ein ganz anderes Gesicht als im Medaillon. Die Frage ist jetzt, wie ich dir das übermitteln könnte? Na, wie findest du meine Recherchen. Bin ich nicht eine supertolle Kommissarin?

Ja, du schlanke Tänzerin, du bist zudem auch noch eine tolle Kommissarin. Von mir aus auch spitzenmäßigsupertoll!
Tanner erklärt ihr, dass sie sich an die australische Polizei wenden soll, um herauszufinden, wer für die internationale Zusammenarbeit zuständig ist, und sie soll dort darauf bestehen, dass die das Foto per E-Mail an den Michel übermitteln. Er werde ihn informieren und bitten, ein Gesuch für Amtshilfe zu stellen, damit die dort in Australien schon informiert sind, wenn sie mit dem Bild anmarschiert. Ihre Tante kann ihr dabei sicher behilflich sein.
Und dann kommt die Frage. Wie auf dem Flughafen
Sag mal, mein Tannerli, irgendwas stimmt nicht mit dir!
Ach, du hellsichtiges Geschöpf...
Du bist irgendwie so, mh ... zahm! Gar keine Sprüche auf Lager wie sonst. Also entweder bist du krank oder verliebt!
Tanner entscheidet sich feige für die kranke Variante Und macht sich vor, so etwas könne man nicht am Telefon erklären.
Ich habe ein bisschen was abbekommen, du weißt ja, wo gehobelt wird ..., aber es ist nicht weiter schlimm, du musst dir keine Sorgen machen. Meine Lippen sind etwas in Mitleidenschaft geraten und deswegen ist mein Mundwerk nicht ganz so gut geölt wie sonst.
Draußen kräht kein Hahn, dafür grunzt Willy auf der Wiese.
Sie gibt sich mit der Antwort zufrieden. Bildet er sich wenigstens ein.
Er bedankt sich bei ihr, wünscht ihr viel Glück bei der Polizei und bei ihrer letzten Ballettaufführung.
Mit einem mulmigen Gefühl und sehr nachdenklich beendet er das Gespräch. Er hat gerade den Eindruck, als ob er zwei Köpfe hätte. Oder gar keinen, grad so kopflos wie die kopflose Königin aus *Frühlings Erwachen,* dem Theaterstück, das auch Honoré stark beeindruckt hat.
Tommy kommt ins Zimmer und erlöst Tanner von tiefschürfenderen Erkundungen über seinen antipodischen Gefühlshaushalt. Heute gibt Tanner ihm schwierige Nüsse zu knacken wie, knurren, murren, schnurren, krachen, Schreiße. Oder kleine sprachliche Leckerbissen wie: dreiunddreißig Fürze reiten auf einer dicken Wurscht.

Begeistert übt der kleine Forscher. Wenn er sich nicht gerade kugelt vor Lachen. Ernst ist das Leben, heiter das Forscherleben.
Bezahlt wird Tanner im Anschluss mit ein paar Morgenküssen von Elsie. Nachdem sie die Bettwäsche gewechselt hat, fährt Elsie die Kinder zur Schule. Danach will sie einkaufen gehen.
Sie komme erst am Mittag wieder mit den Kindern zurück. Glöckchen bleibe heute allerdings zu Hause. Es gehe ihr einfach nicht gut und heute, wo die ganze Schule über die Klara Steinegger reden werde, wolle sie Glöckchen lieber zu Hause haben. Sie würde auf ihrem Zimmer zeichnen oder malen.
Tanner soll noch ein bisschen schlafen. Gesund werden.
Und Kräfte sammeln für heute Nacht, sagt sie hinterhältig.
Tanner dreht sich um, aber bevor er wieder einschläft, kommt schon der nächste Besuch an sein Bett.
Es ist Karl. Bevor er ins Zimmer kommt, klingelt er mit Tanners Autoschlüssel und feixt triumphierend durch den Türspalt.
Dein Auto ist repariert, gewaschen und poliert und steht aufreizend dunkelrot leuchtend vor dem Haus. Für die Fahrt in eure Flitterwochen müsst ihr nur noch ein paar Konservendosen anhängen. Ich habe noch schnell eine Runde gedreht. Nicht von schlechten Eltern, dein fahrbarer Untersatz, muss ich sagen. Könnte mir auch gefallen!
Flitterwochen? Und die Kinder? Ada? Ganz zu schweigen von den Tieren.
Danke, Karl, und ich habe noch eine Bitte. Könntest du mir ein paar CDs aus dem Handschuhfach bringen? Ich vermisse meine marokkanische Musik. *Belly Dance* steht drauf.
Karl, sein Beschützer und Würger seines eventuell untreuen Halses, bringt sie ihm.
Er verabschiedet sich, nicht ohne eine kleine Schlussrede.
Es haben es ja nicht alle so schön wie gewisse einzelne Herren, die den ganzen Tag faul herumliegen, weil sie nachts nicht schlafen, sondern ihren Goldschatz auf Hochglanz polieren. Und auf Hochglanz ist Elsie ja, Donnerwetter, das würde man zehn Kilometer gegen den Wind sehen. Ein Glanz übrigens, den man in diesem gottverlassenen Dorf leider nur mit Missgunst sieht, aber du hast ja die richtigen Freunde und der Rest sei egal, also weiter so, Tanner!

Und weg ist er.
Zum Glück klingelt wieder Tanners Telefon, sonst hätte er sich womöglich noch ungehindert seinen Träumen hingeben können. Zum Beispiel zum Stichwort Flitterwochen.
Also, Serge. Was willst du am frühen Morgen?
Serge Michel ist ziemlich fertig. Er hat sich die ganze Nacht abwechselnd die Steinegger und die vier Wichser vorgenommen. Die haben das Reifenschlitzen unter der Last der Beweise zugegeben. Danach hätten sie leider verstockt geschwiegen. Sie würden ohne Anwalt kein Wort mehr sagen. Also das alte Lied …
Heute werde er sie mit dem Video konfrontieren.
Und die Steinegger! Die hat sie nicht mehr alle. Zuerst hat sie in blumigen Worten ihren Hass auf den Mörder ihrer Tochter beschrieben, was ich ja gut verstehen kann, aber sobald es um Details der Hinrichtung geht, hat sie keine Ahnung und verwickelt sich in lauter Widersprüche.
In einer plötzlichen abenteuerlichen Eingebung gibt Tanner ihm einen Rat.
Michel, auch wenn du mich für verrückt hältst, sag der Steinegger mal auf den Kopf zu, dass du wüsstest, dass das Kind nicht von ihrem Mann gewesen sei, sondern vom Halbmond!
Jetzt ist es still am Telefon, und man glaubt, die fallenden Schweißtropfen zu hören.
… Äh … Tanner! Weißt du, was du da sagst, oder hat dir deine kleine Blondine den Kopf so verdreht, dass du nicht mehr weißt, was vorne und hinten ist. Stell dir mal die Peinlichkeit vor, wenn das ein Schuss ins Leere ist. Immerhin hockt der Staatsanwalt hinter der Glasscheibe und sieht und hört alles mit. Mein Gott, du kannst einen ja ins Schwitzen bringen!
Jetzt ist Tanner auch noch schuld an seiner Schweißüberproduktion!
Michel, ich bin mir sicher! Mein Gefühl …!
Ach so, dein Gefühl. Na, dann ist ja alles im Butter. Ich habe schon befürchtet, du hättest irgendwelche Indizien. Na, wenn es dein Gefühl sagt! Dann werde ich schleunigst hingehen und dem Oberstaatsanwalt endlich den endgültigen Grund für meine Kündigung liefern. Dann buche ich aber zwei Flüge nach Indien

und ein gewisser Simon Tanner gründet mit mir das dreihundertste Ashram, und zwar für irre gewordene Polizeibeamte, und wir sitzen als nackte Buddhas unter freiem Himmel, lassen uns bekränzen und überlegen uns, was wir falsch gemacht haben. Dann verkünden wir die Antwort als heilige Erleuchtung, werden reich, kaufen uns einen goldenen Rolls Royce, heiraten zwei Inderinnen, du eine Schlanke, mit süßen kleinen, ich eine Dicke mit großen ...!

Serge Michel, erhebe dich und handle. Dem Mutigen gehört die Welt! Nach Indien können wir immer noch, da töten sie wenigstens keine Tiere. Und für die Befragung, toi, toi, toi!

Tanner legt das Telefon in die oberste Schublade der Kommode, die neben dem Bett steht, grimmig entschlossen, keine Anrufe mehr entgegenzunehmen. Zuoberst auf Elsies zarter Wäsche liegt eine dicke Mappe mit der Aufschrift Anna Lisa Marrer.

Tanner ist neugierig. Von Natur aus und von Berufs wegen. Aber in diesem Fall zögert er doch einen winzigen Augenblick. Soll er da jetzt reinschnüffeln, ohne die ausdrückliche Erlaubnis von Elsie?

Er lässt den winzigen Augenblick großzügig verstreichen und denkt, wenn Elsie jetzt ganz und gar ihm gehört, wie sie es ihm heiß ins Ohr geflüstert hat, so beinhaltet dieses Versprechen sicher auch diese Mappe.

Tanner, du hättest Winkeladvokat werden sollen!

Die Mappe ist mit einem dunkelvioletten Band verschnürt.

Drin befinden sich Fotos von Anna Lisa. Und Zeichnungen. Endlich sieht er ein Foto von Anna Lisa. Da ihm Elsie heute Nacht ihr schreckliches Geheimnis verraten hat, weiß er nicht, ob er sich einbildet zu sehen, dass die kleine Anna Lisa nicht denselben Vater hatte wie Lena, Glöckchen und Tommy.

Vor allem auf den letzten Fotos. Dunkelbraunes, gerades Haar. Mandelförmig geschnittene, sehr dunkle Augen, volle Lippen. Sie blickt auf jedem Bild ernst, fast ein bisschen verdrießlich. Mochte sie nicht fotografiert werden? Von Tanner gibt es auch fast nur verdrießliche Kinderfotos.

Nur auf einem Bild lacht sie. Und wie sie lacht! Sie sitzt auf einer Schaukel, schwebt hoch in der Luft. Gerade im Moment der Schubumkehrung, bevor die Schaukel ins Tal zurücksaust, wenn es flattert im Bauch. Ihre Haare und ihr weißes Röckchen fliegen. Und Anna Lisa lacht. Was für ein schönes Kind. *Higher, higher into the sky!*

Und jetzt ist sie im Himmel. Ob es da auch Schaukeln gibt?

Und Elsie? Wie kann man das überleben?

Naturgestein von Gottes Gnaden, hat Karl gesagt. Wie Recht er hat.

Tanner wendet sich den Zeichnungen zu.

Allerlei verschiedene Entwicklungsstufen sind da zu sehen. Und man muss Elsie Recht geben, Anna Lisa war die begabteste Malerin von allen. So klein sie auch war, sie hat wunderschöne Bilder gemalt. Eine richtige Begabung.

Willy der Schreckliche war eine Zeit lang offensichtlich ihr Lieblingsmodell. Man erkennt ihn an seiner frechen Schnauze. Man spürt sogar, dass seine Schnauze feucht ist. Dann gibt es die fantastische Abteilung. Auf einem ganz besonders schönen Bild tummeln sich in märchenhafter Landschaft merkwürdige Wesen. *Fejsen.* Violette Kühe, mit kleinen Kälbern im Bauch, grasen friedlich auf tiefblauen Wiesen. In der Luft fliegende Katzen, ein Uhu mit Herrenschirm. Ein grüner Hund in einem lila Luftballon. Und neben einer Art Rundhütte ein blauschwarzes Michelinmännchen, das irgendwas Schweres schleppt. Es sieht aus wie große Steine.

Was für ein seltsames Bild. Von einem fünfjährigen Mädchen! Das farbliche Klima des Bildes erinnert an Chagall. Die sichtbaren Kälbchen im Bauch der Kühe natürlich auch. Auf der Rückseite hat Elsie das Datum der Entstehung des Bildes festgehalten. Wenige Tage vor ihrem Tod.

Tanner schließt die Mappe, verknotet das Band wieder und legt sie zurück in die Schublade. Er macht seine Augen zu und versucht sich die lebendige Anna Lisa vorzustellen. Es gelingt ihm nicht. Es steigen nur schreckliche Bilder hoch.

Giftige Dämpfe aus den Geysiren seiner Seele.

Unruhig holt er das Telefon wieder aus der Schublade. Vielleicht ruft Michel bald an, und dann heißt es entweder Koffer packen für die Reise nach Indien, oder irgendwas kommt ins Rutschen.

Was tut er eigentlich hier? Ist er nicht in diese gottverlassene Gegend gekommen, um den Mörder der kleinen Fawzia zu suchen? Was hat er denn bis jetzt unternommen? Verstrickt sich wieder in eine Mordgeschichte, die ihn nichts angeht. Dabei hat er noch nicht mal mit der Recherche zu seinem Fall angefangen. Für den er ein Versprechen abgegeben hat.

Tanner! Was ist nur mit dir los?

Verliebt sich über beide Ohren. Lässt sich zusammenschlagen. Oder war die Reihenfolge umgekehrt?

Gut. Er ist noch lädiert. Heute darf er noch im Bett bleiben. Sich treiben lassen. Aber ab morgen muss ein anderer Wind wehen! Morgen beginnt die seriöse Recherche! Er schwört es sich.

Zufrieden und mit sich versöhnt schließt er die Augen. Er will noch ein wenig schlummern. Aber er ist doch zu unruhig. Kann sich nicht entspannen. Er setzt sich unschlüssig im Bett auf. Auf der Kommode steht eine kleine Schale mit verschiedenem Schmuck und fraulichem Kleinkram. Tanner legt sich wieder hin, stellt die kleine Schale auf seine Brust und macht neugierig Inventar.

Vier große Spangen, fünf kleine Haarklemmen aus Schildpatt, siebzehn Haargummis. Welch ein Überfluss! Ein Ehering! Aha! Vier äußerst schlichte Ringe mit kleinen Steinen und zwei Ohrringe. Aber das Merkwürdigste von allem sind zwei Haarspangen, wie sie die Mädchen an die Enden ihrer Zöpfe klemmen, damit sich das geflochtene Haar nicht wieder auflöst. Das Besondere sind die Glöckchen. An jeder Spange sind drei kleine Glöckchen befestigt. Tanner nimmt sie in beide Hände.

Ein anmutiges Klingelgeräusch. Tanner klingelt gleichmäßig. Im Takt. Dann ein Rhythmus, den er von den Jungs in Marokko gelernt hat. Plötzlich öffnet sich die Tür und Glöckchen guckt Tanner groß an. Den Malpinsel in ihrer Hand. Farbkleckse in Gesicht und Haar.

Das sind meine Glöckchen, sagt sie leise.

Tanner fragt sie, ob sie denn früher Zöpfe getragen habe? Mit diesen Glöckchen dran?

Sie sagt leise Ja und will sich wieder aus dem Zimmer stehlen. Jetzt kommt der ganz uralte Trick, denn schließlich will er etwas von ihr erfahren. Tanner greift unter das Bett.

Hilfe, ich habe mich verirrt, wenn nur Glöckchen käme und mir mit ihren Glöckchen aus diesem dunklen Wald heraushelfen würde. Bitte Glöckchen. Ich bin so allein und der Wald ist so dunkel und der Berg ist so steil!
Glöckchen steht unschlüssig unter der Tür. Handelt es sich um einen billigen Trick des miesen Tanner oder hat sich da wirklich jemand verirrt?
Die Neugierde siegt. Die siegt immer. Wenigstens bei Kindern.
Glöckchen geht langsam in die Knie und linst unter das Bett. Jaques greift schon mal verzweifelt mit einer Hand in die Steilwand der Bettkante. Ganz cliffhanger. Und Tanner, ganz durchtriebener Erwachsener, zieht die Schlinge enger.
Glöckchen, Glöckchen. Hilf mir! Ich bin verletzt! Ich stürze ab! Ich muss deine Glöckchen hören, sonst stürze ich ab!
Jetzt greift sie beherzt nach den beiden Glöckchenspangen, die vor Tanner auf der Bettdecke liegen, und beginnt auf dem Bett kniend, leise und gleichmäßig zu bimmeln.
Oh, danke, ich höre euch, Glöckchen. Nicht aufhören!
Dann rutscht Jaques wie ein gelernter Stuntman ab, und stöhnt und jammert zum Steinerweichen, wenn es denn welche gäbe unter Elsies Bett.
Nicht aufhören mit den Glöckchen, Glöckchen. Nicht aufhören!
Seine Stimme wie aus einer tiefen Schlucht.
Und Glöckchen glöckelt fleißig, jetzt ganz ihrer Bedeutung für die Rettungsmission hingegeben.
Als Erstes schwingt Jaques das gesunde Bein auf die Bettdecke, dann einen Arm, schon sieht man seinen Haarschopf, und schwupps liegt Jaques, keuchend vor Anstrengung, auf der Bettdecke, vor den leuchtenden Augen Glöckchens.
Und schon wird er frech.
Du kannst jetzt aufhören mit deinem Gebimmel, da platzt einem ja das Trommelfell. Und wieso bist du so verschmiert im Gesicht? Bist du das ungewaschene Mädchen, das die Schweine hütet, hier im dunklen Ardennerwald? Bist du die freche Audrey?
Jetzt richtet sich Jaques halb auf, guckt sich das farbverschmierte Mädchen an. Wenn sie jetzt nicht lacht, kannst du die Nummer abbrechen, Tanner!

Ach, nein, du kannst ja gar nicht die Audrey sein, denn die ist ja eine Tonne schwer, so dick ist die. Und die rülpst und furzt ja beständig, weil sie immer so viele Regenwürmer in sich hineinstopft!
Dem Gott der Lügner und des Theaters sei Dank.
Glöckchen beginnt zu lachen. Zuerst zaghaft, dann immer freier, und Tanner übertreibt, was das Zeug hält.
Und noch ein bisschen mehr. Bis Glöckchen sich lachend auf dem Bett wälzt und Jaques protestiert.
Hey, aufhören, sofort aufhören! Nischt misch bitte auslachen, schöne, fremde Maid. *Lachst du mich aus / komm ich in dein Haus / steig in dein Bett / und ess mich an dir fett / das findest du dann auch nicht nett!*
Jaques beginnt an ihren Zehen zu knabbern, arbeitet sich fressend bis zu ihrem Knie hoch, unterbricht sein Mahl und rülpst, und zwar gar nicht adlig, geschweige denn melancholisch. Dann wird ihm übel, er hat sich an Glöckchen überessen. Und er beginnt sich theatralisch zu übergeben. Die Requisite hat alle Hände voll zu tun. Jaques kotzt vier Haarspangen, fünf kleine Haarklemmen, siebzehn Haargummis.
Tanner erweitert ungeniert das Rollenspektrum. Shakespeare und Honoré mögen ihm verzeihen, aber die Sache will's!
Glöckchen hustet vor Lachen und bevor sie erstickt, drosselt Tanner dramaturgisch Jaques' Übermut, der der seine ist, denn das Lachen des Publikums spornt bekanntlich auch den trägsten Schauspieler ungemein an.
Bruch! Denn Übergänge gibt es nur in den Alpen!
Sag mal, Glöckchen. Warum hast du deine schönen Locken abgeschnitten? Du kannst ja gar keine Zöpfe mehr machen und die Glöckchen dranhängen.
Der Willy hat mich immer an den Zöpfen gezogen, mit seinem Maul. Und ich bin kein kleines Mädchen mehr. Ich will so eine Frisur wie die Ruth. Die ist so schön, die Ruth!
Einverstanden, aber deine Mami ist schöner.
Den Satz überhört sie einfach. Sie hat nur noch Augen für den kleinen Mann.
Wie heißt du denn?

Ich bin der traurige Jaques, weil ich mich in der Welt verirrt habe. Jetzt lebe ich im Ardennerwald. Und die bösen, bösen Äste der Bäume haben meine Haare ganz zerzaust. Kannst du mich nicht ein bisschen kämmen, du liebes Bimmelglöcklein?
Begeistert greift sie jetzt nach Jaques, klemmt ihn sich zwischen ihre Beine und degradiert Tanner kurzerhand zur Synchronstimme.
Aua, wenn du weiterhin so an meinen Haaren zerrst, kriege ich eine Glatze wie der Dr. Zirrer, ... iiii ... das will ich aber nicht!
Du bist ja ein ganz wehleidiger Jaques, halt still, ich weiß schon, wie man das macht. Sonst nenne ich dich ab jetzt den Auawehweh-Jaques, und das willst du doch nicht.
Nein, nein, bitte nicht! Ich bin nämlich ein großer *Philosopher* und kein Auawehweh-Jaques!
Dann erklärt ihr Jaques, was ein *Philosopher* ist. Glöckchen nickt ernst.
Tanner hat es nicht so richtig verstanden.
Jetzt fragt Jaques sie ganz schüchtern, ob er ab jetzt seine Philosophereien in ihrem Bettchen machen dürfe, er sei nämlich nur die feinsten Bettchen gewohnt, mit seinem verwöhnten Luxuskörperchen, und zudem sei ja sein Bein verletzt. Ob sie nicht einmal nachschauen könne, vielleicht müsse er ins Spital? Glöckchen untersucht ernsthaft das geflickte Bein, holt sich aus der Kommode ein weißes Taschentuch, wickelt es sorgfältig um das Beinchen, natürlich unter unphilosophischem Gejammer von Tanner, äh ... von Jaques. Dann guckt sie mit großen Augen Tanner an.
Darf ich den Jaques ab jetzt in mein Bett nehmen? Oh bitte, Tanner, bitte, bitte ... Tannerlili ...
Oh, ihr begabten Weibchen! Der Apfel fällt nicht weit aus der Migrospackung.
Aber der Tanner kann auch! Und er feilscht mit ihr, wie in einem arabischen Basar.
Ich habe nichts dagegen, wenn Jaques zu dir ins Bett kommt, wenn du nichts dagegen hast, wenn ich im Bett von deiner Mama liege!
Sie reicht ihm sofort ihre Hand zum Einverständnis. Tanner besteht aber auf einem Kuss. Einen links und einen rechts. Erst

dann sei der große Vertrag besiegelt. Tanner küsst sie auf beide farbverschmierten Wangen, und sie stempelt schmatzend ihre Unterschrift auf seine.

Uff…! Geschafft. Nur ja jetzt nicht zu viele Fragen stellen.

Sie erzählt Tanner und Jaques, dass sie als ganz kleines Mädchen manchmal still und leise irgendwohin verschwunden sei. Die Mama hätte sie dann immer suchen müssen. Und eines Tages hätte die Mama ihr diese beiden Spangen selber gebastelt. Und ab da habe man immer gehört, wenn sie aus dem Haus gegangen sei. Deswegen heiße sie Glöckchen, was ihr viel besser gefalle als Erna – Find ich auch! Findichauch! –, zudem müsse man doch bei Erna immer gleich an jemand denken, der den ganzen Tag den Küchenboden fegt, sagt sie altklug.

Find ich auch! Findichauch!

Musst du eigentlich alles nachplappern, Jaques?

Glöckchen lacht und erzählt, dass sie in der Schule auch Jungs hätten, die dauernd alles nachplappern. Sonst gehe sie ja sehr gerne zur Schule, aber diese Jungs! Sie rollt ihre Äuglein, als würde sie als Ferrarifahrerin von einem Opel Kadett sprechen. Sie wäre auch heute gerne gegangen, denn heute wäre Vorlesen dran. Und das sei ihre liebste Stunde. Neben Schreiben, Singen, Turnen, Rechnen, Zeichnen und Handarbeit!

Eh…? Was macht sie denn eigentlich nicht gerne?

Ob sie vielleicht Lust habe, Tanner und Jaques etwas vorzulesen?

Glöckchen ist Feuer und Flamme. Stellt sich nur die Frage, was?

Da in Elsies Schlafzimmer gerade nichts Vorlesbares in Reichweite ist, nimmt Tanner das Heft, das Ada ihm geschenkt hat.

Tanner schlägt das Heft auf der ersten Seite auf und bietet es Glöckchen zum Vorlesen an. Er legt seinen Finger lehrerhaft auf die erste Buchstabengruppe. Sie lacht und sagt, da stünde ja nur unsinniges Kauderwelsch und zudem fange Ada die Hefte ja immer von hinten an, und die Buchstaben würde Ada von rechts nach links einkleben! Also wenn schon, müsse man das Heft von hinten und die Buchstaben von rechts anfangen zu lesen. Aber wie gesagt, da stünde nur Blödsinn, oder wie Mama sagt, die Tanzstunde für pensionierte Buchstaben…

Von hinten? Und wieso denn von rechts?

Hat nicht Tanners Freund Hamid ihn einmal genau so ausgelacht, als er, in seiner ersten Zeit in Marokko, eine arabische Zeitung falsch angefasst hatte. Moment mal! Und die Geste von Ada, die er gesehen hat!

Bitte, Glöckchen, lies doch mal von hinten und von rechts nach links, aber ganz langsam, bitte, liebes Glöcklein, auch wenn es Unsinn ist!

Langsam, zögernd beginnt sie zu lesen.

Tanner lässt sie eine Seite lesen, sie immer wieder bittend, ernsthaft und langsam weiterzulesen, weil sie gluckst und gackert über das Kauderwelsch. Denn nur wenn sie liest, nur wenn sie langsam die fremden Wörter greift, kann Tanner in seine Erinnerung zurück.

Glöckchen liest noch eine zweite Seite. Und dann ist er sich sicher.

Hamid hat sie ihm oft vorgesungen. Mit zurückgelegtem Kopf. Die Augen verzückt geschlossen.

Hamids Lieblingssure aus dem Koran.

Die Sure über die Pferde. *Bei den schnaubenden Rennern …*

SIEBZEHN

Der Heilige *Qur-an*, die Mutter aller Schriften, besteht aus über sechstausend Versen. Eingeteilt in hundertvierzehn Suren.

Ada hat in mühseliger Kleinarbeit über sechstausend Verse mit ausgeschnittenen Buchstaben in seine Hefte geschrieben. Wenn man sich zum Beispiel vorstellt, dass ein Vers aus fünfzig Wörtern besteht und ein Wort im Durchschnitt fünf Buchstaben hat, dann sind das ungefähr anderthalb Millionen Buchstaben, die Ada im Laufe der Jahre ausgeschnitten und eingeklebt hat.

Fast zwanzig Jahre Gefangenschaft. Irgendwo in der Wüste. In Algerien oder in Marokko. Elsie weiß es nicht genau.

Tanner versucht es sich vorzustellen. Die Verlorenheit. Die Schläge der Bewacher. Hunger. Durst. Hitze. Das Leben zerrinnt buchstäblich zu Staub. Durch ein gigantisches Stundenglas. Die extremste Monotonie, die man sich vorstellen kann. Die Wüste ist der unerbittlichste Ort der Welt. Mit der stillsten Stille. Die Absolutstille.

Nicht umsonst sagt man, dass die Zahl Null in der Wüste geboren und damit der Menschheit eine neue Dimension geschenkt wurde. Wo sonst hätte man die Vorstellung vom Nichts entwickeln können? Und die Vorstellung eines einzigen unerbittlichen Gottes.

Eines Gottes, dem der Mensch auf Gnade und Ungnade ausgeliefert ist. Nach den Gesetzen der Wüste. Da gibt es nichts Halbes. Nichts Vages. Entweder du hast Wasser, oder du krepierst. Entweder du kennst den Weg oder man findet dich eines Tages als ausgebleichtes Skelett.

Ada habe kaum noch fünfunddreißig Kilo gewogen bei seiner Heimkehr und spreche seitdem nicht mehr.

Vermutlich hat ihm sein arabischer Leidensgenosse in einer tagsüber glühend heißen, nachts eiskalten Zelle Vers für Vers, Sure für Sure vorgesungen. Zwanzig Jahre lang. Und immer wieder von vorne. Jeden Tag und jede Nacht hat Ada die heiligen Verse gehört und sie haben sich mit der Wüstenglut in seine Seele eingebrannt.

Arabisch schreiben kann Ada offensichtlich nicht, denn sonst hätte er die Verse in arabischer Schrift in seine Schulhefte gemalt. Er hat sie aus dem Gedächtnis, nur nach dem Klang der Sprache, in Erinnerung der Stimme, die sie ihm vorgesungen hatte, in lateinischen Buchstaben niedergelegt. Eine Art primitive Lautschrift. Aber von rechts nach links!

Was für ein aberwitziges Werk. Was für eine gigantische Arbeit. Vielleicht hat es ihn am Leben erhalten. In der Wüste das tägliche Hören der Verse und nach der Gefangenschaft das Niederschreiben in seine Hefte.

Ada ist bei der letzten Sure angekommen. Denn Tanner hat auf dem umgedrehten Heft die Zahl hundertundvierzehn gesehen, als er ihm gestern Abend den Teller mit den Leckereien von Ruth in sein Zimmer gebracht hat. Das Werk steht kurz vor der Vollendung. Und was dann? Ist dann das Stundenglas leer?

Tanner erklärt Glöckchen, so gut er kann, was das Kauderwelsch bedeutet.

Sie begreift immerhin, dass sie soeben eine großartige Entdeckung gemacht haben.

Sie sei jetzt auch eine Forscherin, und Jaques ebenso, der habe ja schließlich ein bisschen mitlesen dürfen. Sie erklärt ihn kurzerhand zu ihrem Forschergehilfen. Jaques gibt sich ausnahmsweise zufrieden mit seiner kleinen Rolle, dafür kenne er schließlich den Koran. Prahlhans!

Glöckchen will sofort zu Ada rennen. Tanner schlägt ihr vor, alle Türen zu öffnen, und sie solle noch einmal laut zu lesen anfangen. Sie würde dann sehen, was geschieht. Leise geht Glöckchen die Türen öffnen und kommt mit der Miene einer Verschwörerin zurück. Noch eine Verschwörerin.

Gegen Ende der zweiten Seite hören sie die schlurfenden Schritte von Ada. Glöckchen und Tanner bekommen das erstaunteste Gesicht zu sehen, das sie jemals gesehen haben. Sie in ihrem kurzen, er in seinem schon längeren Leben. Das Staunen an sich.

Tanner bedeutet der kleinen Vorleserin weiterzulesen. Ada steht verzückt in der Tür und lauscht den Versen. Er beginnt langsam mit seinen beiden Händen den Rhythmus zu dirigieren. Tränen kullern über seine weißen Bartstoppeln. Lallend begleitet er das unbeholfene deutscharabisch von Glöckchen.
Viele Seiten liest Glöckchen aus dem Text, der für sie, und auch für Tanner, unverständlich ist. Als er spürt, dass sie müde wird, legt er eine seiner marokkanischen CDs in den kleinen Apparat, der bei Elsie auf einer schmalen Bank im Schlafzimmer steht.
Jaques ist natürlich der Erste, der seine Hemmungen ablegt und sein kleines Philosophenbäuchlein kreisen lässt. Ada verlässt verschmitzt lächelnd das Zimmer. Glöckchen und Tanner tanzen mit Jaques den großen orientalischen Bauchtanz. Mit ernstem Gesicht.
So wie es die verzweifelte Khadjia, unterstützt von einer lachenden Fatima, ihm immer wieder vergebens beizubringen versuchte. Als Gott die Tanzbegabungen verteilte, war Tanner gerade anderswo beschäftigt.
Ada erscheint nach kurzer Zeit in einer verschlissenen Djellaba. Mit nackten Füßen. Und beginnt zu tanzen.
Der alte Mann, der sonst stets in seinem Zimmer saß oder schlurfend durchs Haus schlich, tanzt, als ob er schweben könnte. Seine großen Füße berühren kaum den Boden. Die Arme weit geöffnet. Er tanzt natürlich viel langsamer als sie, die unbegabten Hektiker. Genießerisch und leicht. Erotisch. In einem ganz anrührenden Sinne lasziv. Die Augen geschlossen. Seine Lippen bewegen sich stumm zur Musik. Ach, diese Musik ...
Gerade bevor Tanner den Regler auf volle Lautstärke dreht, knallen draußen Autotüren.
Elsie kommt.
Beladen mit Einkaufstaschen stakst sie neugierig ins Schlafzimmer, gefolgt von Tommy und Lena. Tommy sperrt den Mund auf, als wolle er seine Zunge den Elfen des alten Volkes als Tanzboden zur Verfügung stellen.
Tanner nimmt Elsie wortlos erst die Einkaufstaschen, dann die Schuhe weg und verführt sie kommentarlos zum Tanz der runden Bäuche.

Tommy stürzt sich mit seinen Schuhen aufs Bett und legt adhoc eine Art selbst erfundenen Twist hin. Unbekümmert verschiebt er die kulturellen Längengrade in Richtung Greenwich. Lena und Glöckchen haben sich an den Händen gefasst, tanzen zusammen einen scheuen Blumenreigen.
Tanner ruft Elsie zu, sie solle doch die engen Hosen ausziehen. Tommy hört es und beginnt wie ein Irrer zu schreien.
Ausziehen, Mama, ausziehen. Mama, mach einen Stliptiiise!
Das Wort muss in der nächsten Stunde dringend geübt werden.
Aber Elsie hört nichts. Sie tanzt, als hätte sie nie etwas anderes gemacht. Schnell und leicht, dann langsam, erotisch. Sie springt aufs Bett und alle feuern sie mit Klatschen zu immer gewagteren Verrenkungen an, immer schön im Takt der mitreißenden Musik. Elsie stand offensichtlich bei besagter Verteilung der Begabungen ganz vorne.
Jetzt sieht man noch einmal eine andere Elsie erblühen.
Wie ein ekstatisches Echo auf die Schmerzensnacht öffnen sich alle geheime Verstecke. Aus langer Einzelhaft befreit. Kisten und Kästen voller verborgener Schätze tun sich auf. Es dehnen und strecken sich ihre so lange im ängstlichen Dunkel zurückgehaltenen Stängel mit ihren vielfarbigen Blütendolden.
Sie lässt die Musik in sich hineinströmen, als ob sie alle inneren Räume, die sie in dieser Nacht endlich entleeren konnte, mit neuem Reichtum anfüllen wollte. Und ihr schönes Gesicht strahlt. Ihre Augen … ihre Augen!
Dann schließt Elsie sie und der Rhythmus der Musik findet Eingang in ihre Fingerspitzen, pflanzt sich in kleinen Wellen durch ihre beiden Arme, kräuselt sich an ihren runden Schultern, schüttelt bebend und lockend ihre Brüste. Versetzt schließlich ihren Bauch in vibrierende Schwingungen.
Alle haben zu klatschen aufgehört. Stehen andächtig um das Bett herum und bestaunen das Wunder der Wandlung.
Tommy legt seinen Finger auf den Mund und bedeutet Tanner zu schweigen. Und dabei hat er noch nie so still geschwiegen.
Als der letzte Takt verstummt, ist es lange still. Erst als Willy mit seiner schnüffelnden Nase grunzend die Tür zum Schlafzimmer aufstößt und neugierig verdutzt, mit schräg gestelltem Kopf, die Tänze-

rin auf dem Bett betrachtet, bricht der Bann. Die drei Kinder stürzen sich mit Lachen und Johlen auf den schweißnassen Mamakörper. Sie purzeln alle durcheinander, denn jedes möchte Elsie am nächsten sein. Glöckchen versucht viele Male vergebens Elsie von ihrer Jahrhundertentdeckung zu berichten. Sie fasst mit beiden Händen Elsies Gesicht und ruft, stur wie die automatische Ansage, es sei kein Kauderwelsch, was Ada in seine Hefte geklebt habe. Und sie sei die Entdeckerin und das sei Jaques, der ab jetzt in ihrem Bett schlafe, denn er habe ein gebrochenes Bein und sei ein *Philosopher*, der sich *mit* der Welt geirrt habe, und deswegen ganz traurig sei.
Tanner setzt sich auf die schmale Bank und betrachtet das kleine Tohuwabohu auf dem Bett. Willy der Schreckliche leckt selig Tanners nackte Füße.
Elsie bringt Ordnung in die verschiedenen Körperteile. Links und rechts liegen die beiden Mädchen in ihrem Arm. Tommy, der kleine König ganz groß, darf als Einziger auf seiner Mama liegen, den Kopf zwischen Elsies Brüsten.
Falls du diesen Platz nicht wieder fleimachst, kliegen wil zwei Foschee ein echtes wissenschaftliches Ploblem, Tommilein!
Elsie richtet sich auf.
Kinder, jetzt seid mal ruhig. Ich will jetzt wissen, was Glöckchen mir die ganze Zeit so Wichtiges erzählen will, und überhaupt, was war denn hier los. Kaum sind die Katzen aus dem Haus, tanzen hier die Mäuse, sogar Ada! Wo ist eigentlich Ada?
Ada hat sich unbemerkt aus dem Staub gemacht. Tommy rast sofort los.
Alle warten gespannt, bis der kleine Raser gleich wieder mit der Botschaft erscheint, Ada habe die Tür verriegelt.
Elsie wundert sich.
Das hat er noch nie gemacht!
Getanzt hat er hier bestimmt auch noch nie ...!
Elsie setzt sich auf. Glöckchen soll jetzt erzählen. Nachher schaut sie zu Ada.
Endlich guckt Elsie auch einmal zu Tanner. Dafür lächelt sie ihn jetzt ganz verliebt an und ihre Lippen formen so was wie, er komme heute Nacht dran! Mit was auch immer. Aber es scheint sich wohl um etwas Angenehmes zu handeln.

Glöckchen stellt Jaques vor und erzählt von ihrer, äh ... ihrer gemeinsamen Entdeckung, dass der Ada eben kein Kauderwelsch in seine Hefte geschrieben habe, sondern den heiligen Onan, äh ... Konan.

Das sei so was wie die Bibel und doch ganz anders. Sie hätte das mit Jaques entdeckt, der ab jetzt ihr Forscherassistent sei. Mit ein bisschen Hilfe von dem Tannerli, der ein ganz ein Lieber sei, nämlich ...

Tanner ergänzt den Bericht. Alle staunen.

Elsie ist regelrecht entsetzt, dass sie nie genauer hingeguckt hat. Ich hätte es zwar, ungebildet wie ich eben bin, ja trotzdem nicht bemerkt. Aber immerhin müsste ich mir dann keine Vorwürfe machen. Wie oft habe ich mich mit den Kindern lustig gemacht, über diese eigensinnige Buchstabenkleberei, und wehe, wenn man aufräumen wollte. Es ist ganz wunderbar, dass Glöckchen und Jaques das jetzt herausgefunden haben, so weiß man doch jetzt Bescheid, was für ein gigantisches Werk Ada in den letzten Jahren still vollbracht hat.

Tanner schlägt salomonisch vor, dass ohne das genaue Vorlesen von Glöckchen – strahl ... strahl –, ohne die skeptischen Augen von Jaques – nick ... nick – und ohne seine zufällige Anwesenheit – gefährlich tief fliegender Kuss von Elsie – die Bedeutung des Werkes nie und nimmer zu entdecken gewesen sei. Für niemanden. Es handle sich also um eine echte Forschergemeinschaftsarbeit und sie würden sich den Nobelpreis redlich teilen. Auch mit Lena, Tommy und Elsie, denn, ohne deren Abwesenheit hätten sie die Entdeckung nicht machen können. Es brauche eben für große Entdeckungen immer das Zusammenspiel von vielen Zutaten, wie beim Kochen.

Willy auch. Willy ist auch eine Kochzutat, schreit Tommy begeistert, und aus was besteht denn dieser Nopelpleis?

Elsie lacht und hält eine kleine Ansprache.

Ruhe! Alle mal herhören! Ich überlege mir etwas. Aber wir dürfen jetzt die Hauptperson des großen Werks nicht vergessen. Ich muss jetzt schnell duschen gehen, dann werde ich ein Essen kochen, das dem großen Werk und dessen Entdeckung natürlich nie gerecht werden kann, aber immerhin!

Das große Werk und dessen Entdeckung, sagten die Forscher zufrieden, als sie den sichtbaren Teil des Eisbergs vermessen hatten …

Nach dem Duschen, Tanner durfte Elsie immerhin die Seife reichen und ungeschickt, wie er ist, fiel die Seife mehrmals zu Boden, kocht Elsie, und der Rest der Nobelpreisträger sitzt am Küchentisch.

Der liebe Onkel Tanner erzählt von Marokko. Von der unendlichen Wüste. Von gefährlichen Skorpionen, so groß wie Schildkröten. Und von nicht minder gefährlichen verschleierten Prinzessinnen, die die Männer verzauberten, schräger Blick von der Köchin, und anschließend – anschließend nach was …? – in den tiefsten, ausgetrockneten Brunnen werfen lassen, so dass man auf der antiblödischen, äh … antipodischen Seite der Welt in ein weiches Bett falle. Wenn man Glück hat! Oder wenn es da vermutlich kein Bett gibt – Geographie, Tanner! – falle man ins Meer, würde dann von einem großen Wal geschluckt, der anschließend von grimmigen Walfängern harpuniert würde. Beim Zerlegen des Wals mit Küchenmessern, wie Elsie gerade eins in der Hand habe, würde man dann aus dem Magen des Wals befreit, der so groß wie eine Turnhalle sei, und müsse dann für das ganze Schiff Kartoffeln schälen, sechstausend täglich …!

Gerade als Tanner auf den ziemlich unglaubhaften, aber trotzdem ungemein poetischen Erzählstrang mit der schönen, blonden, äh … japanischen Tochter des grimmigen, einäugigen Walfangjägers einspuren möchte, die von ihrem Vater ganz, ganz schlecht behandelt wird, passieren zwei Dinge, die sein Erzählen ziemlich kunstlos abwürgen.

Zuerst klopft es ans Fenster.

Der dicke Michel schreit ganz enthusiastisch.

Die Feste ist gefallen! Zwing Uri ist unser! Die Reise nach Indien fällt vorläufig ins Wasser! Eigentlich schade, aber was nicht ist, kann noch werden!

Tanner unterbricht seinen Redefluss und winkt ihm, er solle in die Küche kommen.

In diesem Moment – Tanner holt gerade Luft, um zum Höhepunkt der Geschichte zu kommen – dreht sich der Schlüssel in

Adas Kammertür – alle Augen vom Fenster weg zur Tür, wie auf dem Tennisplatz – die Tür öffnet sich und Ada steht da.
Frisch rasiert, sein Haar mit Brillantine oder Melkfett in unternehmungslustige Form gebracht. Das vordere Haarbüschel frech abstehend wie bei Tim aus *Tim und Struppi*, in einem schwarzen Anzug von anno dazumal, ein weißes Hemd mit einem unglaublich großen Kragen, zugeknöpft bis oben. Eine alte Papierblume im Revers. Die betörende Duftwolke eines altmodischen Rasierwassers verbreitet sich.
Alle gucken. Nur Willy raspelt an einer Rübe.
Jetzt kommt Michel durch die Küchentür und, sensibel wie die Dickhäuter ja nun einmal sind, bleibt er stehen. Schwerfällig und langsam öffnet sich der Mund von Ada, seine Zunge quält sich, als ob ihm etwas den Gaumen verkleben würde. Dann spricht er. Und alle verstehen seine Worte.
Ich gehe jetzt spazieren.
Es ist, als ob die große Chiantiflasche, die auf dem Küchenschrank steht, ohne Voranmeldung, mit lautem Getöse am Boden in tausend Stücke explodiert wäre. Dabei hat Ada den Satz ganz leise gesagt.
Sogar Willy unterbricht sein Raspeln und guckt Ada mit schräg gestelltem Kopf an. Dann grunzt er einmal kurz. Sein Grunzen soll wohl heißen: Sag das noch einmal, dann weiß ich, dass ich spinne.
Jetzt bricht das Chaos in der kleinen Küche aus. Alle sprechen aufgeregt durcheinander. Inklusive Willy, der lautstark auf seiner Frage besteht. Nur Jaques lehnt unbeachtet, still das laute Treiben der Welt betrachtend, an der Wand und wünscht sich sicher wieder in seinen Ardennerwald zurück.
Elsie und Tanner verabreden per Augensprache, dass Tanner sich mit Michel ins Schlafzimmer zurückzieht. Michel könne auch mitessen, falls er heute Zeit habe.
Tanner zieht den Michel aus der Küche und denkt, dass der Rest der Wohngemeinschaft sich ohne sie beide wird einigen können, ob Ada einen Spaziergang machen darf oder nicht. Den ersten nach wie vielen Jahren?
Im Schlafzimmer klärt Tanner den staunenden Michel kurz über

Adas Geschichte auf. Über die Entdeckung des großen Werkes. Der Michel nickt.
Tanner, du packst offensichtlich die Sache an der Wurzel. Es hat ja mit unserem Fall nichts zu tun und es geht mich ja auch nichts an, aber ich sehe, dass du in kurzer Zeit einiges ans Tageslicht gebracht hast. Jetzt grinst er.
Zum Beispiel ist ja Elsie von Mal zu Mal appetitlicher geworden. Geradezu zum sofortigen Abschlecken appetitlich. Und zwar auf der Stelle. Von hinten und von vorne. Und ich wüsste schon, wo anfangen. Hoffentlich hast du nichts dagegen, wenn ich mich mal außerdienstlich äußere. Vielleicht habe ich mich doch geirrt, was deine Vorliebe betrifft. Schlank sei sie ja die Elsie, aber …
So sind halt die Worte von schwitzenden Kommissaren außer Dienst.
Also, Tanner, du bist mir einer. Mit allen glasklaren Abwässerchen gewaschen! Mit diesen Worten leitet er, wieder im Dienst, zu ihrem Fall über.
Was ist eigentlich ihr Fall? Wo fängt er an. Und wo hört er auf?
Tanner! Einen schöneren Zusammenbruch habe ich überhaupt noch nie erlebt. Als ob man bei einem bergsturzgefährdeten Steilhang den richtigen Stein am richtigen Ort lösen würde, rrrummms … alles kracht mit schönstem Getöse zusammen. Und dann das Echo dieses Bergsturzes. Ich habe jetzt doch leibhaftig gesehen, dass bei dem Arschgesicht von einem Oberstaatsanwalt ein menschlicher Zug in seiner Visage aufgeglimmt ist. Zumindest so lange, wie man an einer Zigarette zieht. Man hat direkt von einem Gesicht sprechen können. Vielleicht nicht von einem Menschengesicht, denn auch die Affen im Zoo würden ihn manchmal so verdammt menschlich angrinsen!
Tanner bittet ihn, konkreter zu werden. Und ein bisschen mehr Reihenfolge.
Also, ich habe der Steinegger mit Todesverachtung auf den Kopf zugesagt, dass das Kind, also die kleine Vivian, nicht das Kind von ihrem Manne gewesen sei und warum sie das verschwiegen habe. Und den Unsinn, dass sie Honoré umgebracht habe, könne sie auch gleich beim nächsten Toilettenbesuch mit hinunterspülen. Ei-

nen langen Moment ist Schweigen im grünen Walde. Und ich spüre förmlich, wie hinter der Glasscheibe die gesamte Obrigkeit in corpore einem unaufhaltsamen Nervenzusammenbruch zusteuert. Ich habe ja selber in dem Moment an meinem Verstand gezweifelt, wenn ich überhaupt einen habe!

Jetzt kommt erst mal wieder die Nummer mit der Windel. Er fährt lachend fort.

Dann fällt die Steinegger vom Stuhl, heult los und berichtet dem Fußboden, dass sie ein Verhältnis mit dem Halbmond hatte. Das Kind sei von ihm gewesen. Und sie sei so verzweifelt gewesen. Sie habe sich schuldig gefunden, so dass sie den Mord an dem Mörder ihres Mädchens auf sich nehmen wollte, um für ihre moralische Verfehlung zu büßen. Sie könne ja sowieso nicht mehr normal weiterleben. Und allein die Vorstellung, den Mörder ihrer Vivian hingerichtet zu haben, habe sie so schön getröstet. Michel lacht triumphierend.

Sie hat mir schon Leid getan, in diesem Moment der Wahrheit. Eine sehr arme Frau, die ja total zerbrochen ist an ihrem Schicksal. Niemand hilft ihr. Der Staat am wenigsten. Die Elsie muss da aus einem unglaublichen Holz geschnitzt sein. Übrigens hat mich der Herr Oberstaatsanwalt lächelnd angestaunt und gesagt, dass er, der Michel, schon ein Donnerskerl sei, das hätte er ihm gar nicht zugetraut, mit seiner Statur und so. Einen Elfmeter so gradlinig zu versenken. Das sei ja ein Bombenschuss gewesen. Dann hat er aber schon wieder gemeckert, das nächste Mal will er vorher informiert werden, wegen des größeren Genusses, ha, ha, ha ...!

Ob er schnell auf die Toilette könne, fragt Michel, es sei ja alles so aufregend!

Tanner ist alarmiert. Jetzt ist das Zeichen da. Auf das er so lange vergebens gewartet hat. Ist das ein Zufall?

Beide ermordeten Mädchen sind Kinder aus einem heimlichen Verhältnis von Auguste Finidori. Er beschließt, nach dem Essen Kontakt mit Hamid in Marokko aufzunehmen. Wenn das Ungeheure sich herausstellen sollte, dass die drei Mädchen in Marokko auch ...?

Tanner vergleicht das Gesicht von Fawzia, die ein auffallend hellhäutiges Mädchen war, wie die zwei anderen marokkanischen

Mädchen auch, mit dem Gesicht von Anna Lisa. Die Augen, die Lippen. Tanner erschrickt vor diesem Gedanken. Zeitlich würde alles perfekt passen.
Das würde heißen, dass der Halbmond seinen Samen sowohl in Marokko wie auch hier ausgesät und ein unbekannter Schnitter blutige Ernte gehalten hätte! *Ist es auch Wahnsinn, so hat es doch Methode!* Aber warum? Warum?
Hat der Wahnsinn jetzt auch Tanner erreicht? Hat er sich jetzt auch im dunklen Labyrinth des Ardennerwalds verirrt? In die Irre gegangen, auf Grund seines aufgewühlten Gemüts? Noch vor kurzem hat sein rachsüchtiges Herz – Rache für Fawzia, Rache für Anna Lisa – noch gewünscht, der böse Halbmond wäre der Täter. Jetzt muss er widerwillig erkennen, dass Auguste in gewissem Sinne Opfer ist.
Wie muss er sich fühlen, wenn ein Unbekannter methodisch die Frucht seines Samens tilgt. Wie mit einem schrecklich blutigen Radiergummi auslöscht? Auf so dämonische Art. Oder kennt Auguste den Mörder? Hat der Halbmond noch mehr Kinder auf seiner Lebensspur hinterlassen, die jetzt in Gefahr sind? Auf seiner Samenspur … Und warum mordet der Mörder die … die Bastardmädchen? Warum zerstückelt er sie. Warum näht er sie anschließend wieder zusammen? Mit dem roten Zwirn? Und die Augen? Die leeren Augenhöhlen der kleinen Mädchengesichter …
… äh … Tanner, ich will ja nicht unhöflich sein … aber wolltest du mir nicht gerade etwas Wichtiges mitteilen?
Tanner schreckt aus seiner absurden Gedankenreise auf. Michel ist wieder zurück ins Zimmer gekommen.
Jetzt ist der Zeitpunkt gekommen, dem erfolgreichen Mittelstürmer reinen Wein einzuschenken!
Tanner weiht Michel in den wahren Grund seiner Anwesenheit ein. Auch in das, was er über die Parallelmorde in Marokko weiß. Weiterhin bleibt aber ein Teil seines Denkens in den Windungen seines Labyrinths gefangen. Ohne Faden der Ariadne. Oder hält er ihn schon in der Hand und merkt es nicht?
Es gibt jetzt so eine verwirrende Vielzahl von Fragen und möglichen Antworten, dass Tanner die Anwesenheit des schwer schnaufenden Michels eher stört.

Tanner sagt ihm nicht, dass Anna Lisa auch die Frucht aus einem heimlichen Verhältnis mit dem Halbmond ist. Noch nicht. Er kann es nicht. Nicht ohne Zustimmung von Elsie. Nein. Das kann er nicht!
Tanner muss Michel klare Aufgaben geben. Handfeste Aufgaben. Tanner selbst muss denken. Hineinhorchen in den Knoten. Ihn Stück für Stück entwirren. Was Tanner am meisten beunruhigt: Er ist überzeugt, dass er nicht nur das Ende des Fadens in der Hand hält, sondern auch den Schlüssel. Den Schlüssel!
Wenn er ihn in einem hochkomplizierten Mechanismus einmal, zweimal umdrehen könnte, würde plötzlich alles einen Sinn ergeben. Alle disparaten Teile würden sich plötzlich zu einem Bild fügen. Aber was ist der Schlüssel? Und wo ist das Schloss? Die Tat würde dadurch nicht rückgängig gemacht. Sie wird auch nicht weniger schrecklich. Aber der Sinn. Wo ist der Sinn? Kann es überhaupt einen Sinn geben? Und vermöchte dieser Sinn all die aufgerissenen und zerbrochenen Herzen trösten?
Tanner glaubt nicht an Gerechtigkeit. Noch viel weniger an Bestrafung.
Was soll denn das sein, eine Strafe für jemanden, der die entzückendsten Wesen dieser Welt schlachtet? Soll man dem öffentlich, bei vollem Bewusstsein, die Haut vom Leibe ziehen? Oder soll man ihn langsam, von den Füßen her, in Scheiben schneiden? Und den Schweinen zum Fraß vorwerfen? Wäre das genug Strafe?
Es gibt nur blutige Rache. Oder verstehen. Es verstehen lernen …
Serge, gibt es schon was Neues zum Alibi vom Halbmond?
Leider nein. Wir haben sämtliche in Frage kommende Personen in der Niederlassung im Welschland verhört, aber …!
Jetzt kommt ihm offensichtlich eine Idee.
Ich will gleich noch mal hinfahren!
Tanner schlägt ihm vor, hier zu essen und dann neu gestärkt ins Welschland runterzufahren.
Ob er denn schon mal die Fahrzeit gemessen habe, die der Halbmond gebraucht hätte, um heimlich noch mal zurück zum Turm zu fahren?
Hat er nicht, aber er werde das sofort tun.

Apropos Turm. Kann nicht einer deiner Männer herausfinden, ob es in einem vernünftigen Umkreis von hier ein Haus mit einer Treppe gibt, die mindestens siebenunddreißig Stufen hat? Am ehesten ein leer stehendes Haus. Vielleicht eine verlassene Fabrik?
Michel nickt.
Ich werde den Lerch damit beauftragen. Der hat ja auch die Fernsteuerung und das Heft mit Honoré's Theatertexten im Bach gefunden. Vielleicht besitzt der doch nicht nur so ein winziges Spatzenhirn – picken oder ficken –, wie man es bisher hätte meinen können!
Im Übrigen würde er gerne etwas Kleines mitessen – ein gegrilltes Spanferkel? –, dann würde er sich auf den Weg machen.
Falls er eine neue Ladung trockener Windeln brauche, Elsie könne ihm da sicher aushelfen!
In der Küche erfahren sie von der fleißigen Köchin, dass erstens die Kinder unter der kundigen Reiseleitung von Willy dem Schrecklichen mit Ada einen kleinen Dorfspaziergang machen. Und zweitens, dass das große Essen bald fertig sei. Sie könnten schon mal den Tisch decken. Und sie drückt dem Michel, dem nun das Wasser auch noch im Munde zusammenläuft, besagte Chiantiflasche, die nur bildlich vom Schrank gefallen ist, in die Hand, mit der höchst delikaten Aufgabe, den Korken zu ziehen, ohne dass die Hälfte abbreche.
Die Korken dieser Flaschen hätten leider eine Vorliebe fürs Abbrechen. Aber bei so sensiblen Händchen, wie sie der Herr Kommissar ja offensichtlich habe, flirtet die Chefköchin mit dem Elefanten in ihrer Porzellanküche munter drauflos.
Vielleicht sollte Tanner ihr doch sagen, dass sie ein bisschen zu dick ist. Zur Strafe!
Michel meint, er würde sich alle Mühe geben, um sie zu befriedigen. Seine Begabung läge allerdings nicht so sehr im Herausziehen von Korken, sondern eher im Gegen...
Bevor er das Wort vollenden kann, fällt Tanner leider ein Stuhl aus der Hand und, wie verhext, knallt das Stuhlbein exakt auf den erstaunlich zarten Fuß vom Michel. Erstaunlich zart, wenn man bedenkt, wie sich weiter oben das Bauvolumen verbreitert.

Mitleidsvolle Unschuldsmiene mimend, bietet Tanner ihm sogleich den bösen, bösen Stuhl als Sitzgelegenheit an, so dass er wenigstens bequem seinen schmerzenden Fuß massieren kann. Tanner zieht darauf den Tisch von der Wand, denn der Michel braucht mindestens eine Längsseite des Tisches für sich alleine.
Die kleine, auf den Punkt gebrachte Ansprache hat der gute Serge schon wieder verschmerzt und auch ebenso gut verstanden, denn er linst nur noch ab und zu verstohlen auf die Stellen, die er so gerne bei Elsie abschlecken würde.
Nachdem dieser Teil der Geschäftsordnung auch geklärt ist, fliegt die Tür auf und Willy, das tief fliegende Flugschwein, donnert in die Küche. Gefolgt von einer Schar Apachen, die sich sofort unter dem Tisch versteckt, ihre Köpfe mit den ins Haar gesteckten Blumen und Gräsern einziehend.
Zuletzt wackelt Ada mit einem Blumenstrauß in der Hand zur Tür herein. Er verbeugt sich sehr offiziell vor Elsie, überreicht ihr den Strauß und sagt nur ein Wort.
Hunger!
Nachdem die Flut des Lachens, die jetzt die kleine Küche zum Erzittern bringt, langsam wieder abebbt, setzen sich alle an den Tisch.
Dann folgen die zahlreichen Gänge eines wahrhaften Nobelpreis-Essens.
Was da der Reihe nach alles in emsig kauenden, sabbernden Mündern und Mäulchen verschwindet, geht auf keine Kuhhaut. Ada isst heute auch am Tisch. Gekochtes, Gegartes, Gebratenes, Gebackenes, im warmen Wasserbad Erhitztes, Gerührtes, Geschlagenes, Zerstoßenes. Am Ende, als das Roquefort-Soufflé, die Gazpacho mit Ei, die Ravioli mit Salbeibutter, der Hecht mit Sauce béarnaise, das Kaninchen mit Honig, die frittierten Auberginen, die Pommes frites – gegessen hauptsächlich von Tommy und dem Michel –, das Zitronenmousse, die kleinen Puddings, der große Schokoladenkuchen mit dem immensen Berg Schlagsahne beinahe schon der Erinnerung angehörten, kurz: als alle schon nicht mehr können, steht der anscheinend immer noch unterernährte Michel auf – sie ließen sich ja nur vom äußeren Schein täuschen, sie, seine oberflächlichen Mitmen-

schen – und kratzt sich all die *kleinen* Reste aus den Töpfen, Pfannen und Blechen.
Das ist ja immer das Beste, diese kleinen Reste, die in den Pfannen angebrannt sind, schwärmt er.
Stimmt, er wollte ja nur was *Kleines* essen!
Das Essen ist nun glücklich in den Bäuchen verstaut. In den großen und in den kleinen.
Elsie dachte sicher, sie könnten von den Resten des Festessens bis ans Ende ihrer Tage zehren! Da hat sie allerdings ihre Rechnung ohne den Michel gemacht. Der wiederum denkt sich nichts dabei, dass hier eine Familie in Zukunft hungern muss, sondern lässt zufrieden einige großkalibrige Rülpser vom Stapel, die die Küche zum zweiten Mal erzittern lässt.
Tanner eilt ihm zu Hilfe. Im Sinne des kulturellen Überbaus. In arabischen Ländern gelte es als geradezu unhöflich, wenn man sich nach einem opulenten Essen nicht in der Weise äußern würde.
Tommy ist leider gerade in einer sehr offenen Lernphase und schickt den dickbauchigen Schiffen, mit denen gerade der Michel einen lautstarken Stapellauf gefeiert hatte, seine beiden kleinen Schiffchen nach.
Elsie bereut spätestens jetzt, trotz Tanners ethnographischen Erklärungen, dass sie mit diesem einzigen Überlebenden der Eiszeit oder, falls man Anhänger der anderen Forscherpartei ist, dass sie mit dem einzigen überlebenden Dinosaurier des großen Meteoriteneinschlags geflirtet hat.
Eigentlich ist sie doch recht schlank, die Elsie!
Michel bedankt sich artig für die kleine Zwischenmahlzeit, es sei ja schon vier Uhr vorbei, und fährt mit seinem keuchenden Citroën Richtung Welschland. Mit einer Ladung trockener Windeln, die Elsie auf dem Dachboden aus einer Schachtel ausgegraben hat.
Danach räumt sie mit Ada zusammen die Kammer auf. Der deutlich kleiner gewordene Rest der Wohngemeinschaft, vor allem kleiner in der Raumverdrängung, wagt unter sachkundiger Führung von Tanner den Einstieg in den immens steilen Berg von Tellern, Töpfen und Gläsern.
Nach der Arbeit zieht sich Tanner leise in das Schlafzimmer zurück. Er muss dringend Hamid erreichen.

Hamid selber hat natürlich kein Telefon, aber Tanner hat die Nummer von seinem Lieblingscafé. Und wenn die Geschäfte gut gelaufen sind, müsste er eigentlich jetzt dort seinen Tee oder seinen Kaffee schlürfen und mit seinen Freunden über Gott und die Welt philosophieren. Oder die Abwesenheit seines Freundes Tannérrr beweinen.

ACHTZEHN

Tanner parkt seinen alten Ford, der tatsächlich in neuem Glanz erstrahlt, in der Nähe des kürzlich renovierten Schlosses. Unweit des alten Turms. Der Turm sieht aus, als ob er sich der traurigen Tat, die in seinem Innern stattgefunden hat, schamvoll bewusst wäre. Er wirkt in dem Abendlicht kleiner als sonst. Als ob er sich ducken würde. Vor weiteren Schlägen?

Keine Shakespeareverse mehr. Keine Bühnenauftritte mehr für Hamlet, Ophelia, Orlando. Und wie sie alle heißen, die verstummten Puppen mit ihren großen Augen. Sie wundern sich vielleicht still, wo denn der melancholische Jaques geblieben ist. Hat er sich in den tiefen Wäldern verloren? Oder hat ihn der Löwe gefressen, der den Wald durchstreift, hungrig seine Spur aufnehmend. Amiens stimmt vielleicht sein wehmütiges *... Freeze, freeze, thou bitter sky, that dost not bite so nigh, as benefits forgot!* Und Touchstone ...? Hat er noch einen bitteren Satz auf seiner Lippe *... Thus men may grow wiser every day... ho, ho, ha!*

Tanner hat Hamid gesprochen. Aber er saß nicht im Café des Princesses, seinem Stammcafé. Nach langem Palaver haben ihm Freunde von Hamid die Telefonnummer seiner neuen Geliebten anvertraut. Tanner glaubte sich zu verhören. Hamid? Eine Geliebte? Er, der zwar wundervolle Verse zum Lob der Frauen gesungen hatte, aber der Meinung war, mit den Frauen sei man in der Fantasie besser aufgehoben als in der Wirklichkeit!

Er war tatsächlich unter der angegebenen Nummer zu erreichen. Eine kehlige Frauenstimme meldete sich und rief Hamid an den Apparat. Er hat sich riesig gefreut.

Aber als Tanner ihm den Grund seines Anrufes erklärte, hat er ein paar Mal schwer geschnauft. Er könne nichts versprechen, schließlich sei das eine heikle Aufgabe. Er werde aber alles dransetzen, die nötigen Informationen zu beschaffen. Er wisse noch überhaupt nicht, wie. Aber er kenne ja Gott und die Welt in Rabat, und auch in Salé. Tanner solle ihn jeden Tag um diese Uhrzeit anrufen. Eines Tages wisse er die Antwort. Dann beendeten sie das Gespräch. Tanner ist nicht mehr dazu gekommen, ihn über seine Geliebte auszufragen …

Tanner hat Elsie gesagt, dass er ihr heute Nacht einiges zu erzählen habe und dass es jetzt an der Zeit wäre, dem sauberen Dr. Salinger im Schloss einen Besuch abzustatten.

Der Plan von Tanner ist, den Halbmond von möglichst vielen Seiten her einzukreisen. Ihn aufscheuchen. Wie ein Großwild. In der Hoffnung, dass der einen Fehler macht.

Hoffentlich hat der Michel heute Erfolg mit seiner neuen Idee, die ihm vor dem Essen in den Sinn gekommen ist. Ganz genießerisch hatte er sich dabei die Lippen geleckt.

Tanner beobachtet die Umgebung des Schlosses.

Um das Schloss herum hat man eine Reihe von kleinen Häusern gebaut. Gehobene ländliche Architektur, passend zum ländlich französischen Stil des Hauptgebäudes. Im hinteren Teil der Anlage gibt es eine Art antiken Triumphbogen, wie in den französischen Lustgärten. Ein Lustgarten? Wozu? Das Schloss sieht eher nach schwerem Reichtum aus als nach leichter Lust.

An dem eisernen Tor mit vergoldeten Spitzen, das die Grenze zwischen der großen Welt der Normalsterblichen und dem kleinen Reich der Auserwählten metaphorisch nicht schöner repräsentieren könnte, schaut er sich am Klingelbrett die Namen an.

Lauter vornehm anonymes Understatement. Eingraviert in blank poliertes Messing. Die meisten Schilder, völlig unnütz in ihrer Größe, geben nur die Initialen ihrer erlauchten Majestäten wieder. Ohne das ergänzende Psychiater hinter den Initialen vom Salinger hätte Tanner Rätsel raten müssen, denn es gibt drei Geschlechtsnamen mit derselben Anfangsinitiale. Es würde ihm für Willy den Schrecklichen Leid tun, wenn sich hinter der ersten Initiale des arroganten Doktors der Name Wilhelm verstecken würde. Tanner hofft, dass er mit einem Namen wie Werner, Walter oder gar Walo bestraft ist!

Über ein einziges Messingschild ist nachlässig ein kleiner Schandfleck von gelbem Zettel geklebt worden. Provozierend aufsässig wirkt das kleine Stück Papier, mit dem von Hand geschriebenen Frauennamen. Vielleicht hat sie die Wohnung von ihrem reichen Onkel geerbt, der nicht wusste, dass seine Nichte mittlerweile ein Punk geworden ist.

Spontan drückt Tanner diese Klingel und nach kurzer Zeit hört er die leidenschaftlichen Rhythmen von Paco de Lucia und die jugendliche Stimme einer Frau, die sich fröhlich erkundigt, welcher Frosch sie denn in ihrem einsamen Dornröschenschloss mit einem Kuss aufwecken wolle.

Richtig einladend klingt die Stimme, obwohl sie da zwei Märchen zu einem Cocktail zusammengemixt hat. Und die Musik trägt ihren Teil dazu bei. Zur Verlockung.

Da Tanner aber keine Zeit und keine Lust hat – was ist denn mit unserem Angeklagten los, fragt sich das Hohe Tribunal kopfschüttelnd –, kramt Tanner die alte Geschichte vom Nachbarn hervor, der im Westflügel wohnt und leider, leider seinen Schlüssel vergessen hat.

Wegen des gelben Zettels ganz auf die Theorie bauend, dass Dornröschen noch nicht lange eingezogen ist und noch nicht alle Nachbarn kennt. Tanner schickt noch hinterher, man könne sich ja vielleicht mal auf ein Kennenlerngläschen treffen. Und er sei zwar kein Frosch, und Küsse zum Aufwecken habe er im Moment nicht dabei.

Aus der fein gelöcherten Messingplatte ertönt ein Kichern. Sie würde jetzt das Tor aufmachen, und das mit dem Gläschen habe sie notiert. Vielleicht könne er dann bei der Gelegenheit ein paar Küsse mitbringen.

Mit dem leisen Surren des Reichtums, dessen Mitglieder genau so leise surrend ihre großen Geschäfte verrichten, öffnet sich das zweiflügelige Tor.

Tanner durchschreitet mit ausgreifend geschäftigen Schritten den frisch geharkten Kiesweg. Falls ihn jemand beobachtet, zum Beispiel das großzügig Tore öffnende Dornröschen, das vielleicht neugierig zwischen den kostbaren Damastvorhängen in den Garten blinzelt, um zu sehen, wer denn im Westflügel wohnt.

Erneut steht Tanner vor einer verschlossenen Tür. Nämlich vor

der Schlosseingangstür aus massivem Holz. Er hatte insgeheim gehofft, dass sich beide Türen gleichzeitig öffnen. Jetzt ist guter Rat teuer, denn er möchte sich nicht vom Salinger per Gegensprechanlage abwimmeln lassen. Gerade als er überlegt, ein zweites Mal bei Dornröschen zu klingeln, öffnet sich die schwere Eingangstür und ein wahrhaftes Luxusweibchen mit hochhackigen Schuhen und Pelzmantel steht vor ihm. Drunter hat sie offensichtlich nicht besonders viel an. Der teure Pelz ist ja auch wahrlich warm genug für diesen ersten warmen Frühlingstag.
Die wohnt nicht hier, das erkennt Tanner sofort. Auf Grund, sagen wir mal, seiner polizeilichen Erfahrung.
Sie erkennt sofort, auf Grund ihrer Erfahrung, dass Tanner weiß, dass sie hier nicht wohnt, sondern einem armen Reichen etwas ambulante Erleichterung gebracht hat.
Sie lächelt ihn an. Dabei sieht man leider deutlich, dass das Luxusweibchen nur angemalt ist. Sie öffnet gekonnt einstudiert ihren Pelz, den sie bei Tanners Anblick erst züchtig geschlossen hatte, und zeigt die oberen vier Fünftel ihrer monströs aufgepumpten Brust. Ihre Haut wie schlecht gemaltes Marmor. Mindestens Körbchen E. Warum Körbchen? Korb E …
Na, was meinst du? Wenn ich schon mal hier bin. Die Fahrspesen sind eh schon bezahlt!
Um die Sache schnell hinter sich zu bringen, sagt Tanner, dass er gerade seine Tante besuche, die im Sterben liege, und leider, leider erbe man ja immer erst hinterher.
Sie bekreuzigt sich und stakst mit ihren für Kieswege absolut ungeeigneten Schuhen davon.
Vornehme Kühle und absolute Stille herrschen in der Eingangshalle. Nicht, dass er erwartet hatte, die spanische Musik bis hierher zu hören. Aber auch nach längerem Lauschen keinen einzigen Ton. Stimmt, heutzutage zählen die Reichen ihr Geld ja lautlos an ihren Computern.
Im ersten Stock findet er an einer Tür den Hinweis auf die Praxis von Dr. Salinger.
Bitte klingeln und eintreten!
Tanner tritt ein. Ohne zu klingeln. Es wird beim Salinger noch früh genug klingeln …

Ein wahrhaft vornehmes Vorzimmer. Die Schuhe versinken tief in einem teuren Teppich. Dunkelgrün soll wohl auf die Patienten beruhigend wirken. Oder sagt man Klienten? Angesichts der zu erwartenden Kosten einer Behandlung bei dem eleganten Doktor braucht man wahrscheinlich schon etwas Beruhigung.
An den Wänden hängt eine ganze Serie von protzigen Gemälden. Wahrscheinlich Seelenzustände von Verrückten, oder was immer sich der Künstler dabei gedacht haben mag.
Der Vergolder, der die Rahmen angefertigt hatte, bekam offenbar nur die Masse der Bilder in die Hand. Er dachte wohl eher an Werke von Cranach oder Holbein. In der nun fertigen Kombination von Bild und Rahmen verdammen sie sich gegenseitig zum teuren Kitsch.
Der Schreibtisch der Arztsekretärin ist direkt unanständig aufgeräumt.
Ein geschlossenes Notebook der allerteuersten Marke glänzt matt auf der Mahagoniplatte. Drei Bleistifte, Marke Faber-Castell, dem Rolls Royce unter den Bleistiftmarken, liegen in einer Ebenholzschale. Die Bleistifte sind so gespitzt, dass man dafür einen Waffenschein benötigt. Ein Kugelschreiber in schwerem Silber rundet das kleine Stilleben ab.
Die Ambiance der Chefsekretärin eines Globalplayers der Wirtschaft. Nicht einer Arztpraxis, wo Menschen mit ihren Seelennöten kommen und Hilfe brauchen. Der leichte Hauch von *Chanel No. 5* liegt noch in der Luft.
Tanner öffnet die dick gepolsterte Verbindungstür zum Allerheiligsten. Dämmerlicht. Schwere Samtvorhänge verschließen bis zum französischen Parkettboden hinunter die hohen Fenster auf den Lustgarten hinaus.
Den Duft, der Tanner jetzt entgegenschlägt, kennt er ebenso gut wie das Parfum im Vorzimmer. Eine genauso exquisite Mischung. Gemischt aus mindestens drei benennbaren Ingredienzien. Der beißende Duft einer kürzlich abgefeuerten Waffe. Der schale Duft von Blut. Einem sehr teuren Stoff. Und die dritte Zutat: der geheimste aller Düfte. Gemischt vom *Großen Duftmischer*. Man kann ihn zwar nicht sehen, außer vielleicht wenn er einen selber holt, mit einen zärtlichen Lächeln auf seinen knochigen Lippen.

Aber riechen kann man ihn. Er hat das Zimmer nicht viel länger verlassen als die sicher modisch gekleidete Sekretärin.
Tanner öffnet einen der schweren Vorhänge.
Dr. Salinger sitzt sehr klein und sehr unbedeutend auf einem mächtigen Sessel hinter seinem gigantischen Schreibtisch. Vielleicht hat er den Sessel lebend ausgefüllt, kraft seiner Herrenmenschenhaltung. Aber jetzt hat der Tod aus ihm einen kleinen Jungen gemacht, mit einem viel zu großen Kopf und einer viel zu intellektuellen Brille.
In seiner Schläfe ein ganz und gar unelegantes Loch. Seine Hand umklammert immer noch die todbringende Waffe. Eine äußerst bissig wirkende Derringer. Ein kostbares Sammelstück mit farbigem Porzellangriff. Die geeignete Waffe für kurze Distanzen. Für Hinrichtungen und Selbstmorde.
Der Mund des Toten ist offen, als ob er noch etwas sagen wollte. Oder, als ob er, bevor er abgedrückt hat, den Mund zum Druckausgleich geöffnet hätte. So wie man es auf dem Schießstand lernt. Der Druck der Explosion könnte ja noch einmal Schmerz zufügen, bevor man im schmerzlosen Land ankommt. Das Blut ist in den teuren Hemdkragen geflossen.
Tanner setzt sich auf die Couch, die ganz dem Original des freudianischen Kitschmöbels nachgebildet ist.
Mitleid will beim besten Willen nicht aufkommen. Zu tief verwurzelt ist die Abneigung gegen Menschen von Salingers Schlag. Wie vielen Menschen hat er vielleicht nicht geholfen, sondern sie irgendwo in eine Anstalt versenkt? Wie den traurigen Jaques alias Raoul. In welchen Ardennerwald hat er diesen Menschen mit gebrochenem Herzen, wie Elsies Diagnose lautete, verbannt?
Aber dieser Dr. Salinger war auch einmal ein Junge, der vielleicht das r nicht sprechen konnte. Der sich nichts sehnlicher gewünscht hat als eine Modelleisenbahn. Richtig unglücklich sieht er jetzt aus, als ob seine Lieblingslokomotive entgleist sei.
Ob er mit diesen Lippen einmal eine Frau glücklich geküsst hatte? Schwer vorstellbar. Aber, wer weiß das so genau!
Tanner, bevor du doch noch Mitleid mit dem Kerl hast, solltest du deine dünnen Gummihandschuhe anziehen und einen Blick in den Schreibtisch werfen!

Er schließt die schwere Verbindungstür und den Vorhang, macht das Licht an und durchsucht systematisch den Schreibtisch, wo er auch den Schlüssel zu einem großen Karteischrank findet. Während gut einer Stunde wühlt er in Akten und Krankengeschichten, ohne auf das zu stoßen, was er eigentlich sucht. Die Krankengeschichte von Raoul. Er sei ja von Dr. Salinger behandelt worden, hat Karl ihm damals in der Nacht der Nächte im Stall gesagt.
Dafür findet Tanner die Krankengeschichte von Armand, dem Sohn von Auguste. Er leidet an einer seltenen Generkrankung mit dem Namen Xeroderma-pigmentosum. Karl hat was von... permm, oder so gestottert. Tanner weiß natürlich auch nichts über diese Krankheit. Außer, dass man nicht mehr an die Sonne darf.
Die Krankheit ist bei Armand offenbar erst in den letzten Jahren ausgebrochen. Zeitweilige Aufenthalte in verschiedenen Spezialkliniken, auch in Amerika. Meistens aber zu Hause wohnend.
Tanner muss dringend Michel fragen, den er ja längst wegen des neuen Toten hätte benachrichtigen sollen, ob Armand zur Zeit der Ermordung von Honoré zu Hause war oder in einer Klinik.
Einer der Einträge vor drei Jahren ist in dem Krankheitszusammenhang schwer zu verstehen. Von Hand hingekritzelt.
Dringend mit der NASA in Verbindung treten!
Was hat die amerikanische Raumfahrtbehörde mit dieser Sache zu tun?
Tanner steckt sorgfältig die Akten an ihren Ort und sieht sich im Raum um.
In neun von zehn Fällen findet man einen Tresor in der Wand, versteckt hinter einem Gemälde. Fehlanzeige.
Falls Sie den Tresor suchen, Sie finden ihn in der Konsole dieser scheußlichen Reiterfigur!
In der sich offenbar lautlos geöffneten Tür schaut ihn eine junge Frau an, mit dem blassesten Gesicht, das Tanner je gesehen hat. Sie ist auf eine ganz eigene Weise hässlich. Und schön. Sie erinnert ihn an Frauengesichter von Goya. Sie ist schwarz gekleidet. In ihre dunklen Haare, die das bleiche Gesicht streng einrahmen, sind einige farbige Bänder eingeflochten. Das Auffälligste an ihr ist aber, dass sie in einem Rollstuhl sitzt.
Ich habe ihnen das Tor geöffnet, sagt sie lachend und betrachtet

ungeniert und ohne irgendein Anzeichen von Schreck oder Angst den Toten.

Dann sind Sie Dornröschen, sagt Tanner etwas einfallslos, während sie noch näher an den Schreibtisch fährt.

Manchmal trifft's doch die Richtigen, schmunzelt sie ihn unverschämt an.

Was machen Sie denn hier, fragt er sie.

Sie wirft lachend ihren Kopf zurück.

Ich habe Sie ja reinkommen sehen, und das mit dem Nachbarn habe ich Ihnen natürlich nicht geglaubt. Ich wohne schließlich seit Neubezug des Schlosses hier und kenne sämtliche Bewohner. Ihre Antwort an das Flittchen war ja obercool! Kann ich diesen Dialog in meinem nächsten Buch verwenden?

Auf Tanners verdutzte Frage, wie sie denn sein kurzes Gespräch mit der Dame im Pelz gehört habe, erklärt sie ihm, sie hätte vor ihrer Krankheit Elektronik studiert und es sei für sie leicht gewesen, die interne Sprechanlage anzuzapfen.

Da ist manchmal interessantes Material dabei, für meine Geschichten. Haben Sie damit ein Problem?

Er schüttelt den Kopf. Sie dreht mit ihrem Rollstuhl eine neugierige Runde in dem weitläufigen Behandlungsraum.

Nachdem Sie mehr als eine Stunde bei Dr. Salinger zugebracht haben, und zwar außerhalb der Praxiszeit, und die Giftschnecke von Sekretärin das Schloss schon vor zwei Stunden verlassen hat, habe ich mich gewundert. Und ich bin halt krankhaft neugierig! Und Sie sehen ja nicht so aus wie der Durchschnittsklient, der hierher kommt und sich gegen hohe Barschecks salbungsvolle Reden anhört und noch kränker, als er gekommen ist, wieder aus dem Schloss geht. Sind Sie Polizist?

So was Ähnliches. Aber ich werde jetzt die Polizei verständigen! Und es wäre für Sie vielleicht besser, wenn Sie sich wieder in Ihre Wohnung begeben würden.

Sie schaut Tanner frech an und rollt hinaus.

Nach einem kurzen Moment kommt sie wieder gefahren und fragt ihn, ob er sie nicht in ihre Wohnung tragen könne, der Lift spinne wieder einmal. Sie benachrichtige anschließend gleich den Hausmeister.

Einen Moment, bitte. Ich muss zuerst telefonieren!
Nach ewig und einer Minute nimmt Michel keuchend ab und verflucht Tanner, bevor der ein Wort sagen kann.
Er sei doch ein ganz gemeiner, hinterfotziger Kumpan, jetzt, wo er gerade beim schönsten, äh … Verhör sei! Wenn Tanner nur zehn Minuten gewartet hätte, dann hätte er die Sache gerade auf den richtigen Höhepunkt gebracht.
Tanner stoppt seinen Unmut mit den Worten, der Salinger ist tot! Selbstmord! Da endlich ist der schwer schnaufende Michel ruhig und sagt, Tanner soll die Stellung halten und er komme wie der geölte Blitz. Und er würde auch eine Geschichte mitbringen, aber eine ganz saftige. Ihm würde noch das Wasser im Munde zusammenlaufen.
Wahrscheinlich war er essen, nach der kleinen Zwischenmahlzeit …
Anschließend fährt Tanner Dornröschen aus dem Totenreich hinaus in das Treppenhaus und trägt sie auf seinen Armen zwei Stockwerke hinauf.
Das Mädchen schlingt ihren Arm um seinen Hals. Sie wiegt rein gar nichts. Das Gewicht ihres Kleides, ihre Haare und ein bisschen Haut und Knochen. Knöchelchen.
Ach, jetzt machen Sie nicht so ein erschrockenes Gesicht. Ich bin leicht wie Luft. Mein Herz ist feurig, aber Feuer wiegt bekanntlich nichts. Meine Seele besteht aus Musik und die wiegt noch viel weniger als nichts. Obwohl die Musik das Gewichtigste in meinem Leben ist.
Sie lacht und schlenkert ihren dünnen Arm.
Weil Sie mich jetzt so brav auf Ihren starken Armen in mein Reich getragen haben, kriegen Sie einen kühlen spanischen Bergwein. Einen weißen Montillo oder einen Jerez montejo. Ich habe auch ein paar eingelegte Sardinen da, direkt aus der Bucht von Malaga, echte Malaquenos, Boquerones! Coño!
Tanner trägt sie zu einem zweiten Rollstuhl, der in dem weiträumigen Wohnzimmer steht, und sie rollt mit Schwung in die Küche. Während sie mit Gläsern und Flaschen hantiert, redet sie weiter.
Ich höre ja über meine Anlage, wann Ihr Kollege ankommt. Sie kennen ja jetzt mein kleines elektronisches Geheimnis.

Der Raum ist sehr geschmackvoll mit einem Minimum an ausgewählten Möbeln eingerichtet. Durch die Fenster sieht man auf das unglaubliche Panorama mit dem See und dem sanften Hügelzug auf der gegenüberliegenden Uferseite.
Tanner setzt sich auf ein dunkelrotes Sofa, das hinter einem spanischen Tisch steht. An der Wand hängt ein Ölgemälde, auf dem Wasser scheinbar endlos in ein riesiges Gefäß fließt. Dornröschen hat Geschmack.
Ich stamme aus der Familie des Architekten, der einst dieses Schloss und einen für damalige Verhältnisse modernen Landwirtschaftsbetrieb entworfen und gebaut hat. Vor zweihundertfünfzig Jahren. Ich bin das schwarze Schaf der Familie.
Mit diesen Worten rollt sie vorsichtig von der Küche in den Wohnraum. Quer über dem Rollstuhl ein Tablett mit den versprochenen Köstlichkeiten. Tanner nimmt ihr das Tablett ab. Die Gläser sind randvoll gefüllt. Sie stoßen an.
Auf die Gerechtigkeit!
Sie sagt es verschmitzt und prostet ihm zu. Er weiß, dass sie den Toten zwei Stockwerke unter ihnen meint. Tanner hat aber keine Lust, sich mit ihr über Salinger zu unterhalten. Hätte sie etwas gehört oder bemerkt, hätte sie ihm das bestimmt sofort gesagt.
Der Wein schmeckt hervorragend. Hunger hat Tanner allerdings keinen.
Sie schreiben Bücher? An was schreiben Sie denn gerade?
Über was wohl? Ich schreibe selbstverständlich über die Liebe. Das Einzige, worüber es sich lohnt zu schreiben. Und natürlich über den Tod. Ich schreibe über eine Tänzerin, die krank wird und weiß, dass sie sterben wird. Obwohl sie sich nur noch mit dem Rollstuhl fortbewegen kann, tanzt sie weiter. Im Rollstuhl sitzend! Mit dem Oberkörper. Mit den Armen. Händen. Augen. Mit ihrer Seele eben, wenn Sie verstehen, was ich meine. Sie gewinnt an einem berühmten Flamencofestival und verliebt sich in einen Mann, der sich aber nicht …
Bevor sie zu Ende sprechen kann, beginnt es in einem Apparat auf einem kleinen Gestell an der Wand zu knistern. Sie rollt wie eine Weltmeisterin im Schnelllauf für Rollstuhlfahrer hin, stoppt

mit quer gestellten Rädern und fummelt an ihrem geheimnisvollen Apparat.
Gleich darauf hört man die Stimme des atemlosen Michel, der sich beim Hausmeister Zugang zum Schloss erbittet.
Aber ein bisschen subito, er habe nicht den ganzen Tag Zeit. Dringende Geschäfte würden ihn wieder ins Welschland rufen.
Auch Michel muss wie ein Weltmeister gefahren sein.
Tanner bedankt sich für den herrlichen Wein und verabschiedet sich. Er würde gerne einmal den Rest der Geschichte erfahren. Vielleicht sieht man sich wieder einmal per Gelegenheit.
Wie schnell das sein wird und unter welchen Umständen, können sich allerdings beide nicht vorstellen.
Wie in einer schlechten Inszenierung treffen Michel und Tanner exakt gleichzeitig vor der Tür zur Praxis Dr. Salingers zusammen. Im Schlepptau von Michel ein dürres Exemplar des weltweit ewig gleichen Typus von Hausmeister. Graublauer Berufsmantel, fünfzehn Filzstifte und Kulis in seiner Brusttasche. Etwa ebenso viele Haare auf dem Kopf müssen sich in die nicht zu lösende Aufgabe teilen, die Glatze zu kaschieren.
Michel weist ihn barsch von dannen.
Ich brauche kein Kindermädchen. Ich sehe ja jetzt an dem Türschild, dass hier die Praxisräume sind. Und man kann auch ein Deo verwenden, wenn man seine Mitmenschen ein wenig liebt!
Oh, là, là, ein schlecht gelaunter Michel! Die Indienpläne müssen noch mal von Grund auf durchdacht werden.
Wütend rast der Michel durch den Vorraum, die wirre Kunst in den bombastischen Bilderrahmen nicht beachtend. Er kommt erst wieder vor dem toten Salinger zur Ruhe, das heißt, er lässt sich schwer in einen der Besuchersessel fallen und streckt alle viere von sich. Er starrt den Toten an, als ob er ihn noch jetzt ohrfeigen wollen würde. Dann endlich erfährt die Welt, das heißt Tanner als Stellvertreter der Welt, welche Laus dem Dicken über seine Leber gekrochen ist. Eine sehr außerdienstliche Unbill.
Er habe gerade seine Zeugin, die ihm den entscheidenden Hinweis zum Knacken des halbmondigen Alibis gegeben habe, splitternackt und jungfräulich, wie sie der liebe, liebe Gott erschaffen habe, in Arbeit gehabt. Seinen Kopf zwischen solchen Apparaten!

Seiner Geste entsprechend muss es sich um zwei Gymnastikbälle zum Draufsitzen gehandelt haben.
Er habe sie gerade mit allen erlaubten und weniger erlaubten Tricks den sehr steilen Anstieg zum Brachialhöhepunkt zweier Riesenschildkröten gestemmt, und ausgerechnet da müsse sich dieser ganzseidige Halbschuh den Gnadenschuss setzen. Er hätte wahrlich die Gnade haben können, sich erst dann zu töten, wenn er, Michel, zum Schuss gekommen sei. Aber so seien sie, diese Herrschaften, immer nur an sich denken …
Wenigstens gibt er nicht Tanner die Schuld.
Was ist das denn für ein Hinweis, den dir dein Liebchen gegeben hat?
Sie hat damals bei der ersten Befragung, wie einige andere auch, bestätigt, dass ab zirka Viertel vor fünf Licht im Büro des Allmächtigen gebrannt hat, und man hat wie immer den Schatten seiner Gestalt auf den Vorhängen auf und ab gehen sehen. So hat man ihn jeden Morgen auf und ab gehen sehen. Meine Dame hat mir allerdings von einer interessanten Abweichung dieses Rituals berichtet. Sie hat beobachtet, dass der Halbmond gegen Mittag das Büro nicht alleine verlassen hat, sondern dieser Manuel ist allem Anschein nach den ganzen lieben langen Morgen beim Halbmond im Büro gewesen. Das heißt nach Adam Riese, dass der Halbmond zwar tatsächlich in seine Fabrik gerast ist, dort den Manuel abgesetzt hat, der für seinen Chef dann die Pantherspaziergänge vor dem verschlossenen Vorhang absolviert haben könnte. Irgendwann ist der Chef dann leibhaftig wieder in seiner Fabrik erschienen. Und in der Zwischenzeit konnte der Halbmond eine ganze Zwergenarmee abknallen. Ich werde diesen Manuel in die Zange nehmen und dann werden wir sehen!
An dieser Stelle ist Michel so außer Atem gekommen, dass er eine Pause einschalten muss.
Die jungfräuliche Dame hat mir das erzählt, sobald ich diskret durchblicken ließ, dass ich nicht abgeneigt wäre, eine gewisse Schwerarbeit zu übernehmen und die verborgenen lusthaltigen Teilchen mühsam aus dem Fett der Dame zusammenzusuchen, zu bündeln und sie im entsprechenden Moment zu zünden. Gebündelt habe ich schon mal, aber die Zündung ist mir gehörig

vermasselt worden. Sobald hier die Sache im Reinen ist, muss ich noch mal hinfahren und die begonnene Arbeit zu einem leuchtenden Abschluss bringen. Das erfordert allein schon das Berufsethos.

Nach dieser langatmigen Erläuterung, in der sich Michel langsam durch Reden – er liegt nicht mal auf der Couch, die sein Gewicht vielleicht überlebt hätte, aber nicht seine Ausdrucksweise – in seine alte Gelassenheit zurücktherapiert hat, zeigt Tanner ihm den Tresor in der Konsole der Reiterstatue.

Jetzt schlägt noch einmal die Stunde von Michel. Warum denn auf die Spezialisten warten, wenn man den Oberspezialisten zum Knacken von Tresoren und Jungfrauen gleich hier hat.

Und tatsächlich, in null Komma nichts hat er den Tresor geöffnet! Es sei ja auch ein altertümliches Ding!

Abgesehen von dem bisschen Bargeld und ein paar lumpigen Aktien einer mächtigen chemischen Fabrik am Rhein, finden sie nichts Aufregendes. Das einzig Aufregende, das sie finden, ist leer. Wie zum Hohn. Die leeren Aktendeckel der Akte Raoul Finidori.

Als die ganze Mannschaft der Spurensicherung und ein Gerichtsmediziner aus der Hauptstadt eingetroffen sind, ziehen sich die beiden in das feudale Vorzimmer zurück. Ein Spezialist macht den Zugang zum kleinen Computer frei. Das Passwort heißt sinnigerweise *Seelenreich*.

Aus den gespeicherten Dateien notiert Tanner sich die psychiatrischen Anstalten, mit denen Salinger zu tun hatte.

Michel schickt einen seiner Männer mit der Liste und einem Foto von Raoul los. Vielleicht haben wir ja Glück, meint Michel.

Die finanziellen Transaktionen mailt der Spezialist an die entsprechende Abteilung der Polizei zur weiteren Abklärung.

Dr. Salinger war offensichtlich nie verheiratet und kinderlos. Ein Testament ist bis jetzt nicht gefunden worden. Auch kein Abschiedsbrief. Allerdings finden sie den Hinweis auf eine angesehene Anwaltskanzlei und der Michel wird mit denen Kontakt aufnehmen. Morgen!

Denn heute muss er dringend noch mal ins Welschland fahren, Berufsethos und so.

In diesem Moment erfährt Michel von seinem Büro, dass das Foto aus Australien in der Hauptstadt angekommen ist. Sie werden sich morgen früh treffen, das Foto anschauen und die weitere Lage besprechen.
Der Gerichtsmediziner verspricht, dass er den Leichnam noch heute Nacht allen erforderlichen Untersuchungen unterziehen werde. Also wird man schon morgen früh wissen, ob der Salinger definitiv Selbstmord begangen hatte oder ob auch hier ein Mord vorliegt.
Tanner ist überzeugt, dass Dr. Salinger Selbstmord begangen hat. Die scheußliche Reiterstatue mit dem Tresor in der Konsole scheint ein preußischer Reitergeneral gewesen zu sein. Ein Vorfahre der Familie Salinger. Wahrscheinlich erklärt sich daher der altertümlich deutsche Vorname. Winfried. Michel verabschiedet sich von Tanner.
Tanner, morgen früh zwischen acht und neun Uhr werde ich dich aus den Armen deiner Elsie losreißen und bis dann werde ich dir sicher einiges berichten, auch von einer erfolgreichen Zündung im schönen Welschland.
Tanner verlässt das Schloss und winkt auf Verdacht noch einmal in Richtung zweiter Stock, wo er Dornröschen hinter den Vorhängen vermutet. Jetzt fällt ihm auch ein, womit diese Frau im Rollstuhl gänzlich umgeben ist. Mit Einsamkeit. Geradezu eingehüllt in Sehnsucht. Ob Rosalind Dornröschen kennt?
Der Mondhof liegt still und verlassen. Kein warmes Licht fällt aus den beiden Fenstern des Walmdaches. Tanner ist froh, dass er die Botschaft des Todes von Salinger nicht überbringen muss.
Er macht einen kleinen Zwischenhalt bei Ruth und Karl.
Die Küche ist hell erleuchtet. Sabatschka begrüßt ihn auf dem Vorplatz wie einen verlorenen Sohn. Tanner hört Lachen in der Küche. Rosalind ist zurückgekommen. Verwandelt zurückgekommen.
Sie erzählt gerade Ruth und Karl von ausgiebigen Streifzügen durch die Boutiquen der Hauptstadt. Ihre Freundin habe sie einfach mitgeschleift. Vielleicht die beste Therapie.
Jetzt sieht sie aus wie ein Model. Rote Lippen. Rote Fingernägel. Ihre Haare kunstvoll hochgesteckt. Farbiges Top. Enge schwarze

Hosen bis zu den Waden. Italienische Schuhe. Sie sieht atemberaubend schön aus.
Sie steckt sich gerade eine neue Zigarette an und qualmt frisch fröhlich die Küche voll. Die Fliegen haben zum Rückzug geblasen. Karl strahlt und Ruth überlegt sich wahrscheinlich gerade, dass sie morgen dringend wieder einmal in die Hauptstadt muss.
Ich bin jetzt in dein Zimmer gezogen, Tanner. Du brauchst es ja nicht mehr, hört man. Ich gratuliere. Du hast doch einen besseren Geschmack, als ich dir zugetraut hätte. Übrigens seltsam, dass du ein Bild von mir hast.
Tanner versteht nicht.
Na, dieses kleine Mädchenbildnis, das bin ja definitiv ich, wusstest du das oder ist das ein Zufall?
Alles lacht, Ruth am lautesten, und Tanner gesteht, dass ihn das Bild schon lange begleitet habe und er stets auf der Suche nach diesem Mädchen gewesen sei, das der Malerin Modell gestanden habe.
Du kannst das Bild ruhig noch ein bisschen im Zimmer lassen, da du jetzt eine Liebste gefunden hast. Den Rest deiner Sachen kannst du ja morgen holen, oder ich bringe dir die Sachen. Ich will gar zu gerne auch einmal das neue Liebesnest begutachten, mit dem goldenen Dingsbums da!
Ruth, die Plaudertasche …
Dann erzählt Tanner trotz der aufgekratzten Stimmung die neuesten Neuigkeiten aus dem Schloss. Alle sind betroffen.
Rosalind fragt sofort, ob ihr Onkel davon schon erfahren habe. Das wäre bestimmt ein Schock für ihn. In verschiedener Hinsicht! Danach ist natürlich die Stimmung futsch.
Karl meint nur trocken, die Lawine hätten ja andere losgetreten, und wenn schon, sei es gut, wenn alles aufbreche, was da schon lange motte und stinke. Ruth sagt gar nichts zum Thema Salinger. Dafür ist sie ganz begeistert von der Entdeckung, die Glöckchen und Tanner gemacht haben. Wegen der Buchstaben und dem Koran.
Elsie hat mir alles berichtet. Und, stell dir vor, Ada ist heute Nachmittag stolz an unserem Hof vorbeispaziert, frisch frisiert und im dunklen Anzug. Man hätte meinen können, er ist zu seiner eige-

nen Hochzeit unterwegs. Dazwischen hat er ganz merkwürdige Tanzschritte gemacht und unverständliches Zeug gesungen. Später hat Elsie ihren Suchtrupp, mit Willy an der Spitze, losgeschickt. Die Kinder haben Ada beim Mondhof gefunden, er saß dort einfach auf der Treppe und wollte nicht mehr nach Hause kommen. Nur die Aussicht auf das Abendessen haben ihn überredet. Seltsam, oder?

Beim Stichwort Elsie steht Tanner auf und verabschiedet sich.

Rosalind begleitet ihn hinaus. Oben auf der Treppe wartet Rosalind auf Rosalind. Sie nimmt das kleine Kätzchen in ihre Arme, winkt Tanner zu und verschwindet durch die Tür.

Das Hohe Tribunal wartet schreibbereit, aber vergebens auf einen Kommentar von Tanner.

Er denkt nur leise, Elsie, Elsie! So leise, dass seine schwerhörigen Richter nichts verstehen. Er schwingt sich auf sein treues Pferd und fährt im Schritttempo durch das Dorf. Kein Mensch ist zu sehen.

NEUNZEHN

Es ist mitten in der Nacht. Tanner sitzt hellwach im Bett. Elsie schläft tief und ruhig neben ihm. Man hört leise das vielstimmige Bimmeln der Kuhglocken. Einzelne Bauern lassen ihre Kühe schon die ganze Nacht über draußen auf der Wiese. Tanner denkt die ganze Zeit an den Mann im seltsamen Anzug. Den aus Honoré's Theatervorstellung.

Warum hat Glöckchen behauptet, Tanner sei der Mann im komischen Anzug? Wo hat sie einen Mann im komischen Anzug gesehen? Und wer ist das? Tanner hat auch einen Mann im komischen Anzug gesehen. Ist es derselbe? Oder spielt ihm die Fantasie oder seine Obsession, einen Streich? Leise steigt er aus dem Bett, öffnet die Schublade von Elsies Kommode und holt die Zeichnungen von Anna Lisa hervor. Die Zeichnung mit den durchsichtigen Kuhbäuchen. Da ist der Mann im komischen Anzug. Er trägt schwer an einem großen Stein. Anscheinend will er ihn zu dem seltsamen Rundhäuschen tragen.

Am Fenster ist zwar genug Mondlicht, aber er beschließt trotzdem, in die Küche zu gehen. Elsie murmelt etwas und dreht sich auf den Rücken. Tanner streichelt ihr durchs Haar und deckt sie zu, seine neue Liebesgefährtin ...

Als er am Abend, nach dem kurzen Besuch bei Ruth und Karl, ins Haus kam, waren die Kinder schon im Bett. Er durfte mit Elsie einen kleinen Rundgang durch die Kinderzimmer machen. Noch heimliche Gespräche führen. Vor allem mit Glöckchen. Sie wollte noch manches über die Herkunft von Jaques wissen. Über seine Vorlieben, besonders beim Essen. Er habe nämlich bei Tisch nicht so recht essen wollen. Tanner sagte ihr, dass seine Nahrung die Musik sei. Nicht zu viel traurige Musik, er würde sowieso auch noch aus der fröhlichsten Musik das Traurige heraussaugen. Glöckchen hat sehr ernst genickt.

Danach hat er sich mit Elsie in die Küche gesetzt. Ein Wohnzimmer gibt es nicht. Sie wolle lieber, dass alle Kinder ihr eigenes Zimmer haben. Tanner ist es sowieso recht. Er liebt Küchen und hasst Wohnzimmer.
Er hat ihr alles erzählt. Von Salinger. Vom Michel. Und von Dornröschen.
Von ihr habe sie schon gehört. Sie sagte es mit gerunzelter Stirn, die er aber sofort wieder glatt küsste.
Danach hat er Elsie endlich sein Geheimnis gebeichtet, denn die Sonntagspläne sind ja längst durcheinander geraten.
Er hat ihr gestanden, dass der eigentliche Grund seiner Anwesenheit hier im Dorf die Suche nach dem Mörder von Anna Lisa und der anderen Kinder sei. Er hat ihr auch von den Ereignissen in Marokko erzählt. Es ist ihm schwer gefallen, ihr alles zu erzählen, denn er hat gespürt, wie sich immer mehr Blei auf Elsies Seele legte.
Nachdem er seinen Bericht beendet hatte, schwieg sie lange Zeit, ihre Hand in seiner Hand. Er spürte, wie die Wellen des Schmerzes und der Sorge ihr Herz quälten. Dann sprach sie leise. Mit Tränen in den Augen.
Ich habe Angst!
Sie stockte. Putzte sich die Nase. Dann redete sie weiter.
Ich vertraue dir, aber ich habe so eine Ahnung. Mein Herz ist schwer und wenn ich an all das denke, finde ich keine Ruhe mehr!
Sie fürchte ein ganz schreckliches Geheimnis und ob er glaube, dass es sich lohnen würde, *es* ... *es* aufzudecken. Und sie habe ganz schreckliche Angst, dass das Böse einen selbst erfasse, wenn man sich intensiv damit beschäftige. Wie solle man sich schützen gegen das Schreckliche? Und sie habe auch Angst um ihn, es sei doch bestimmt kein Zufall, dass diese furchtbaren Dinge mit Honoré und dem Salinger jetzt passiert seien, seit er angefangen habe, unter gewisse dunkle Steine zu schauen!
Tanner konnte sie, die Ahnungsvolle, nicht mit Küssen, nicht mit Worten beruhigen. Seine Worte spülten nur immer neue Aber und Ängste in ihre schönen Augen. Also sind sie zu Bett gegangen.

Tanner durfte sie ausziehen. Er knöpfte mit Andacht ihr Kleid auf. Knopf für Knopf. Er küsste jedes Fleckchen ihrer Haut. Ihrer glatten Haut, die nach und nach sichtbar wird. Er roch Blumenwiese.
Sie drehte sich um, so dass er besser ihren BH öffnen konnte. Ungeschickt stellte er sich an, damit es länger dauerte. Das Ausziehen. Gibt es etwas Schöneres auf dieser Welt, als seine Geliebte auszuziehen?
Er küsste ihre Schultern, ihren Hals und seine Hände übernahmen eifersüchtig die Aufgabe des weißen BHs mit den kleinen Röschen. Er roch Sandelholz.
Elsie stieg aufs Bett und er zog ihr Höschen aus. Sein Gesicht in ihrem Pelzchen, damit der neugierige Mond ihr matt glänzendes Goldhaar nicht sehen konnte und nicht eifersüchtig wurde. Er roch Kardamom.
Er streichelte ihre Beine. Ihren Po. Er roch Muskat.
Er küsste ihre Füße. Er roch Veilchen.
Mit dunkel verhangenem Blick legte sich Elsie ins Bett. Sie bat ihn leise um diese marokkanische Musik. Sie legte seine Hand zwischen ihre Beine.
Sie lauschten der Musik und allmählich ergriff der Rhythmus ihren Körper. Sanft wiegte sie sich im Takt.
Dann liebten sie sich. Nicht wild. Nicht gierig. Mit zärtlichem Wissen. Liebevoll. Lustvoll. Quälend langsam. Und so spülte sie die Flut in den Schlaf.
Tanner ist kurze Zeit danach wieder aufgewacht, voller Unruhe.
In der Küche schaut er sich die Zeichnungen von der kleinen Anna Lisa noch einmal genau an. Dieses spitze Rundhäuschen erinnert ihn an etwas, aber er weiß nicht, wo er es schon einmal gesehen hat.
Ist das ein Fantasieprodukt von Anna Lisa, wie der Uhu mit dem Regenschirm oder die violetten Kühe?
Plötzlich steht Elsie hinter ihm und umarmt ihn. Er solle doch wieder ins Bett kommen, sie könne ohne ihn nicht schlafen. Sie beschließen, morgen noch einmal Glöckchen zu fragen, was sie denn gemeint hat mit dem Mann im komischen Anzug. Vielleicht wird sie es ihnen morgen sagen.

Warum Tanner in dieser Nacht Elsie nicht nach dem spitzen Rundhäuschen fragt, wird ihm später ein ewiges Rätsel bleiben. Entspringt solch ein Versagen einer Angst vor der Wahrheit? Eine Art unbewusstes Verzögern?
Elsie will zurück ins Bett.
Ob er sie begleiten würde, fragt sie geheimnisvoll lächelnd?
Tanner trägt seine nackte Geliebte zurück ins Schlafzimmer.
Erst im Morgengrauen übergibt sie seinen Händen ihre weichen Zwillingslasten, Zwillingslüste, Zwillingsbrüste. Sie finden in ihre geliebte Schlafstellung.
Was das betrifft, fangen sie nichts mehr Neues an …
Am anderen Morgen fährt Elsie die fröhliche Gesellschaft in die Schule, und prompt hält der schon am frühen Morgen von Schweiß und einem feixenden Lachen überströmte Leib-und-Leben-Beamte sein Versprechen und tritt polternd in die Küche.
Bevor er sich mit dem Schwung des Erfolgreichen setzt, kann Tanner ihm gerade noch den stabilsten Stuhl von Elsies Küchenmobiliar unterjubeln, sonst hätte es bestimmt schon am frühen Morgen gesplittert und gekracht.
Also, schön der Reihe nach, hebt er an, es hat eine Explosion stattgefunden im Welschland, dass die freiwillige Feuerwehr aus sieben umliegenden Dörfern ausgerückt ist! Er gähnt glücklich wie ein überfressenes Nilpferd.
Die jungfräuliche Dame mit den großen Dingern ist praktisch bewusstlos glücklich gewesen. Oder glücklich bewusstlos!
Welche Dame …? Ärgert Tanner ihn ein bisschen.
Auf jeden Fall hat sie nur noch gewimmert. Er hat sie dann noch tüchtig abgeschleckt, seine Zunge sei ganz ausgefranst, er muss jetzt dringend einen kräftigen Schluck haben, sonst ist der weitere Bericht gefährdet.
Zum Glück findet Tanner eine Flasche Selbstgebranntes.
Wahrscheinlich braucht Elsie das Gesöff, wenn Willy einen Infekt hat. Gierig nuckelt der Michel an der Flasche. Gläser sind etwas zum Anstoßen, aber da Tanner lieber bei seinem Kaffee bleibt, muss er ja notgedrungen aus der Flasche trinken. Also, weiter im Text …
Der Rest seiner Rede geht unter in der gewaltigen Eruption eines

morgendlichen Rülpsers. Die Küche stinkt danach wie eine Schnapsbrennerei.

Er ist also nicht in sein Bett gegangen, nachdem er dem monströsen Himmelbett seiner Lady entronnen ist.

Schließlich kann ich noch in Indien schlafen. Ich habe sogleich den Manuel am Schlafittchen genommen, mit seiner abgelaufenen Aufenthaltsbewilligung gewedelt – das Leben ist halt hart und hat meistens dann kein Geländer, wenn man es am notwendigsten braucht – und bald hat der windelweich geflennt, är habä müssän däs tun, sonst Boss ganss bösä ... also: Das Alibi von dem sauberen Herrn Altnationalrat sieht ganz uralt aus.

An dieser Stelle unterbricht Tanner den im selbstgefälligen Ton des Siegers vorgetragenen Bericht.

Er schlägt ihm vor, den Halbmond in Sicherheit zu wiegen, ja sogar – und dabei macht er für Michel eine ganz verschwörerische Miene – durchsickern zu lassen, dass die Abklärungen ergeben hätten, dass sein Alibi hieb- und stichfest sei. Wenn er, der große Kommissar Michel, versteht, was er, Tanner, auch großer Kommissar, meint.

Ich verstehe, Tanner! Ja, ja, denn mit seinen Anwälten wird es ja trotzdem ein Leichtes ... und wir haben ja sonst für den Mord noch zu wenig in der Hand!

Tanner bestätigt seine Einschätzung. Sie sollten in Ruhe weitergraben und dann mit allen Trümpfen auf einmal in Stellung gehen, für den großen Rumms, beendet Michel mit einem donnernden Häppchen aus seinem exquisiten Wortschatz Tanners zarte Gedankenlist.

Anschließend berichtet er Tanner, dass die Suche nach Raoul in den psychiatrischen Anstalten bis jetzt erfolglos verlaufen ist. Aber seine Männer bleiben dran. Aber das ist ja eher ein Nebengleis, und er hat nicht genug Leute. Aber! Aufgepasst! Jetzt würde er, der Tanner, gleich Augen machen ...

Dann präsentiert er triumphierend das aus Australien übermittelte Bild, das Tanners fleißige Assistentin dort an Land gezogen hat.

Na, was sagt der große Tanner dazu? Ist er jetzt sprachlos? Oder fällt ihm vielleicht ein Zitat von Shakespeare ein?

Grinsend und Beifall heischend deutet er wie ein Verrückter immer wieder auf das Bild.
Shakespeare? Na ja, angesichts der Tatsache, dass nicht der weiße Haarschopf vom Halbmond auf dem Bild ist, was er sich, äh ... sehnlichst gewünscht hätte, sondern das Brustbild eines leicht aufgeschwemmten Typen, der beim geringsten Sonnenstrahl zur Rötung seiner Haut neigt, auf dem Kopf einen lächerlichen Schmuck, in der Hand einen gigantischen Cocktail mit Sonnenschirm, auf dem Gesicht ein verkniffenes Grinsen, als ob es ihm nicht recht wäre, fotografiert zu werden ... also kurz gesagt, jemand, den Tanner nicht kennt, fällt ihm höchstens der Satz von Rosalind ein, *O Jupiter, how weary are my spirits!*
Praktikabler wäre allerdings die Frage von Rosalind an *Celia, Nay, but who is it?*
Also antwortet Tanner dem feixenden Michel in der rohen Übersetzung dieses Rosalind-Satzes.
Ne du, aber wer isses?
Und der antwortet mit der etwas freihändigen Übersetzung der Gegenfrage von Celia, obwohl Tanner schwören könnte, dass Michel den Text von Shakespeare nicht mal von weitem kennt.
Isses die Möglichkeit ... tz ... tz ...?
Und er fährt sogar mit der Rede des cleveren Luders Celia fort, zugegeben in einer noch freihändigeren Übersetzung.
Oh wundersam, flundersam und höchst wundersam zundersam, und doch wieder, oh Wunder Samen, und ab da jenseits jedes Frauenfurzes, der Tanner weiß mal etwas nicht. Der Schlauberger, der mir nichts, dir nichts, fleißig arbeitende Liebhaber bei der Erstbesteigung eines wohlgeformten Fettberges knapp vor dem Erreichen des Gipfel mit einem klitzekleinen Telefonanruf abknallt, und nur weil ein kleiner Großkotz sich die wohlverdiente Kugel gegeben hat!
Aha, der Vorwurf kommt doch noch.
Also, Ohren aufgesperrt. Das ist der berühmte kranke Armand, der nach Aussage von Salinger – Gott halt ihn mehlig, bis er ihn von neuem backt – sich in einer Klinik aufhält und nicht zu vernehmen ist.
Jetzt! Genau jetzt könnte jeder Student der Bildhauerei studieren,

wie man ein triumphierendes Gesicht auf keinen Fall in Stein meißeln sollte, weil es niemand glauben würde.

Tanner antwortet so ruhig wie möglich. Obwohl es ihm schwer fällt, die Enttäuschung zu verbergen.

Gut. Dann ist es halt Armand. Der im Auftrag vom Halbmond nach Australien gereist ist, um den Brief abzuschicken. Mir doch egal. Es bleibt in der Familie!

Pause. Tanner ist sauer. Und er versteckt es nicht.

Ich werde diesen Armand besuchen. Weißt du denn, in welcher Klinik Armand behandelt wird?

Nein, aber das ist ja ein Kinderspiel. Da muss ich nur mit dem kleinen Finger schnipsen!

Michel wühlt in seinen Windeln nach dem Telefon und verlangt den Lerch. Nach barscher Frage und kurzem Zuhören, seine Augen so verdrehend, dass man nur noch das Weiß seiner beachtlichen Augäpfel sieht, schreit er unvermittelt in das kleine Telefon, ob der Lerch denn noch nicht im Büro sei? Verschlafen habe er sich ...? Seine Verlobte sei krank? Ja, was jetzt? Verschlafen oder die Verlobte vögeln? Falls der Lerch sie mit seinem dünnen Lärchenstängel aus dem berühmten einen Punkte heraus kurieren müsse, dann könne er das gefälligst machen, wenn er, der Michel, pensioniert sei!

Und dann folgt eine Schimpfkanonade der vierten Dimension. Ein Wunder, dass der kleine Apparat nicht seinen Geist aufgibt.

Nachdem Michel demonstriert hat, wie er nur mit dem Finger zu schnipsen braucht, erinnert ihn Tanner an den Auftrag, ein hohes Gebäude zu suchen, mit einer Treppe mit mindestens dreißig Stufen.

Michel greift sich an den Kopf.

Das habe ich ganz vergessen, aber der Thommen hat bis jetzt nur eine alte Fabrik gefunden. Allerdings mit nur dreißig Treppenstufen und außer tonnenweise Taubenscheiße sind da keine verdächtigen Spuren zu finden gewesen. Im Umkreis von ungefähr fünfzig Kilometer hat er kein in Frage kommendes Gebäude gefunden.

Diese Information wird mit einem erneuten Rülpser unterstrichen. Musikalisch.

Haben deine Leute auch die Kirchen untersucht, die eine Treppe in ihrem Kirchturm haben, fragt Tanner jetzt nach.
Die Idee ist ihm übrigens auch erst jetzt gekommen.
Flugs packt Michel erneut sein Telefon und verlangt den Thommen, der zum Glück im Büro ist. Glück für den Thommen ...
Ganz sanft, ganz lieb fragt Michel den Thommen, wann er denn zum letzten Mal eine Kirche von innen gesehen habe? Bei der Konfirmation ...?, wiederholt Michel, genüsslich das Wort in die Länge ziehend.
Dann steigert sich Serge Michel, der begabte Musikus, einmal mehr vom sanften adagissimo in einem gekonnten crescendo bis zum furioso alla turca und wieder zurück, endend in einem suffocato, dass Tanner nun wirklich glaubt, der gute Serge ersticke vor seinen Augen.
Der Text der Aria war in etwa der, dass er, der Thommen, sofort den Bleistift, den er nun genug gespitzt habe, fallen lassen solle oder sich sonst wohin stecken solle ... er solle gefälligst sämtliche Kirchtürme der Umgebung untersuchen, ob mit Heiligem Geist oder ohne, sei ihm egal. Resultate wolle er haben, und zwar bis heute Abend. Er solle sich ein paar Männer mitnehmen ... Was? Wo sie essen sollten? An dieser Stelle des denkwürdigen Gespräches springt der Michel entnervt von seinem Stuhl auf und hält zuerst sein Telefon und dann seinen Kopf unter das fließende Wasser.
Tanner starrt angestrengt auf einen Fleck auf dem Tischtuch, spekulierend, ob der wohl eher vom Nutella stammt oder doch von der dunklen Marmelade, aus Elsies eigenen Kirschen liebevoll eingekocht.
Gerade als er sich Elsie vorstellt, wie sie erhitzt vom Einkochen der Marmelade, vielleicht an einem heißen Sommertag, nur leicht bekleidet in der Küche steht, mit einer großen Kelle in dem großen Kochtopf rührt, auf ihren nackten Schenkeln einige Spritzer von der Marmelade, die er dann, als Sauberkeitsfanatiker, sofort ablecken würde, klingelt Michels Telefon, das offensichtlich die kühle Dusche heil überstanden hat.
Den Michel hat das kühle Wasser auch wundersam besänftigt.
Er fragt ganz ruhig, welcher verdammte Hornochse ihn schon

wieder beim Denken störe. Dann ist er still. Schweigend beendet er das Gespräch.
Das war mein innig geliebter Vorgesetzter. Seine Sekretärin hat sich erkundigt, wegen Armand. Sie sagen, er sei gestern entlassen worden!
Michel nennt eine Klinik, die Tanner nicht kennt.
Tanner müsse ja dann nicht sehr weit gehen, wenn er den Armand sprechen wolle, und ob er mitkommen solle? Der Michel solle etwas vorsichtiger mit der Tierwelt umgehen, habe sein Chef noch gesagt, denn auch Hornochsen seien ja Menschen!
Da lacht das Michelchen. Bis seine Tränchen kommen ...
Tanner schlägt ihm vor, er solle doch lieber zwei, drei Stunden schlafen und anschließend die Kirchenuntersuchung koordinieren und vorwärts treiben. Tanner macht sich nämlich Sorgen um das Nervenkostüm vom Michel. Die harten Kämpfe kommen ja erst, meint Tanner ahnungsvoll.
Dazu braucht es allerdings nicht viel Ahnung.
Michel ist einverstanden und verabschiedet sich. Bis zum Abend. Und dankt für den Sirup. Die Flasche Selbstgebranntes ist natürlich leer. Sie war ja auch nur dreiviertel voll.
Gerade als Tanner, froh über die Ruhe in der kleinen Küche, sich dem Frühstücksgeschirr zuwenden will, kommt der Michel noch einmal zurück ans Fenster.
He, Tanner, die Beerdigung von Honoré ist morgen in einem kleinen Vorort des Städtchens, wenn du willst, hole ich dich ab!
Tanner will selbstverständlich.
Nach dem Geschirrspülen legt er sich aufs Bett, um zu denken. Er versucht die verschiedenen Teile seines Wissens zusammenzufügen. Aber wie bei den verflixten Teilen eines Tangrams, die einzeln ja sehr einfache geometrische Formen haben, will es ihm nicht gelingen, sie zu einer größeren Form zusammenzusetzen.
Beim Tangram gibt es eine illustrierte Beispielsammlung von gelungenen Lösungen, wo Tanner früher als Kind, bevor er entweder depressiv oder wahnsinnig geworden ist, nachgeguckt hat, um dann stolz die Lösung eines kleinen Genies seiner staunenden Umwelt zu präsentieren. Aber in diesem Falle fehlt leider der illustrierte Anhang.

Warum hat der Halbmond seinen Bruder irgendwo in der Versenkung verschwinden lassen? War es Habgier? Oder gibt es noch ein anderes Motiv?
Es gab einen Moment, wo Tanner geglaubt hat, Raoul wäre vielleicht ermordet worden. Heute sagt ihm sein Gefühl, dass der arme Raoul irgendwo an einem einsamen Ort vergammelt. An einem Ort, weit entfernt von Tanners Vorstellung eines Ardennerwaldes. Wahrscheinlich haben die ihn mit Drogen ruhig gestellt. Die Tatsache des gewaltsamen Todes von Dr. Salinger und das Fehlen der Krankenakte von Raoul deutet darauf hin, dass er noch lebt, oder muss man eher sagen vegetiert?
Jemand muss sich so in die Enge getrieben fühlen, dass er den Mitwisser und Mittäter Salinger umgebracht hat. Oder der Salinger hat sich selber umgebracht, weil er die nahe Möglichkeit einer Offenlegung der dunklen Geheimnisse nicht ertragen hat.
Wie Recht hat Elsie mit ihrer Ahnung, dass man sich selber mit dem Bösen einlässt, wenn man im Dunkeln herumstochert.
Vordergründig sind wahrscheinlich seine Nachforschungen schuld am Tod des liebenswerten Honoré's und auch am Tod von Salinger, auch wenn der nichts Liebenswertes an sich hatte.
Kurz entschlossen ruft Tanner den Michel an.
Der ist gerade zu Hause angekommen und Tanner fragt ihn, wie weit die Untersuchungen an Dr. Salinger fortgeschritten seien. Sie hätten vorhin ja darüber gar nicht gesprochen.
Michel wird bald Bescheid erhalten und ihn sofort benachrichtigen.
Tanner versucht weiter sein Tangram zu legen.
Es gibt noch viele leere Flecken zwischen den Teilen. Das Bild, das Tanner mit den bekannten Teilchen vor sich sieht, ergibt noch kein sinnvolles Gesamtbild. Muss es denn sinnvoll sein?
Tanner denkt an die Bilder im Vorzimmer der Arztpraxis. Siedend heiß überfällt ihn jetzt eine Idee. Er wird heute noch einmal das Schloss besuchen.
Tanner zieht seine Schuhe an. In diesem Moment hört er zwei Autos gleichzeitig auf den Hofplatz fahren.
Elsie kommt, beladen mit Einkäufen, schließlich hat der Michel ihnen ja kaum irgendwelche Nahrungsmittel zurückgelassen.

Und in ihrem Schlepptau, mit raumgreifendem Schritt, der lachende Dr. Zirrer.

So! Küssen könnt ihr euch nachher. Eure Viren austauschen auch, bis ihr auf allen Viren, äh ... vieren geht. Vor Erschöpfung. Tanner, machen Sie sich frei. Jetzt kommt der große Einlauf. Ich habe gerade meine Geräte für die Schweine dabei. Machen Sie nicht so ein Gesicht, denen gefällt's ...

Tanner liegt auf dem Bett und Dr. Zirrer begutachtet seinen bereits gut geheilten Körper. Er betrachtet Tanners Augen. Seine Iris. Und fragt, ob er Schmerzen in der Bauchgegend habe.

Wie zum Teufel weiß der das?

Jetzt wird Dr. Zirrer das erste Mal ruhig. Keine Sprüche. Er untersucht sorgfältig und langsam Tanners Bauch. Er lauscht in seine Lungenflügel, klopft diverse Stellen an Bauch und Rücken ab, erkundigt sich sehr knapp über Schmerzen da und dort.

Zirrer hat Tanner als Wirbelwind auch gefallen, denn jetzt ist plötzlich alles eigenartig ernst. Tanner erlebt jetzt einen anderen Doktor. Hochkonzentriert, gleichzeitig in ihn und in sich selbst hineinhorchend, als ob er in sich spüren würde, wo es Tanner fehlt. Dann richtet er sich auf und beginnt zu sprechen.

Also ... Sie sind ja Polizist, das heißt, Sie ertragen die Wahrheit und auch mein scharfes Messerchen. Ich kann es natürlich noch mit Ultraschall nachprüfen, aber der Befund ist klar. Ihr zartes Gallenbläschen hat ein Problem. Es ist verhärtet, wahrscheinlich voller Polypen, die Wand ist verdickt. Die Funktion wahrscheinlich schon gegen null, irgendwann kann daraus ein Gebilde entstehen, das wir Mediziner bildhaft mit einem nicht sehr flauschigen Tier vergleichen. Zu viel unterdrückter Zorn, schätze ich. Raus damit, ab mit Schaden. Und in Zukunft raus mit dem Zorn. Man macht das heute übrigens mit Mikrochirurgie. Keine große Sache. Ich operiere jeden Montag in einem kleinen Spital und bin zwar bis zur nächsten Weihnacht ausgebucht, aber ich könnte gleich am Montag einen Termin freischaufeln.

Jetzt macht er eine kleine Pause. Schaut Elsie an und dann wieder Tanner.

Haben Sie vielleicht heute auch eine Frage, fragt er verschmitzt,

als ob er sich schon kindisch auf Tanners Innenansicht freuen würde.
Elsie ist entsetzt und schweigt ungläubig.
Tanner ist erstaunlich ruhig. Froh, dass der Befund nicht die Leber oder eine der Nieren betrifft. Was er insgeheim befürchtet hat. Er ist von der Richtigkeit der Diagnose restlos überzeugt. Er hat die Fähigkeit der Introspektion eindrücklich gespürt. Auch ein Mensch, der mit seinem Gefühl arbeitet. Tanner sagt sofort zu, unter der Bedingung, dass er seinen Fall bis Montagmorgen gelöst hat!
Optimisten aller Welt vereinigt euch ...
Und eine Frage hätte ich auch noch! Was können Sie mir über Xeroderma-pigmentosum berichten?
Enttäuscht meint er, das würde seine Frau aber gar nicht freuen. Die letzte Frage sei viel wirkungsvoller gewesen. Elsie versteht gar nichts. Tanner wird sie nachher aufklären.
Xeroderma-pigmentosum? Lassen Sie mich mal überlegen. Ich bin persönlich dieser Krankheit nie leibhaftig begegnet, aber kürzlich habe ich einen Bericht gelesen. Es gibt, glaube ich, weltweit etwa zweitausend bekannte Fälle. Es ist eine Fehlfunktion der Gene. Dementsprechend ist das im Regelfall eine Krankheit von der frühesten Kindheit an. In seltenen Fällen kommt die Krankheit erst später zum Ausbruch, als ob es noch einen zusätzlichen Auslöser braucht, entweder physisch oder psychisch. Äußerlich zeigt sich diese Fehlfunktion erst mal in vielen und großen Sommersprossen, die sich später in Hautkarzinome verwandeln. Im Extremfall können sich die Patienten nie mehr der Sonne aussetzen und müssen im Dunkeln leben oder im Licht von Speziallampen. Die Krankheit ist auf jeden Fall ziemlich schrecklich. Und soviel ich weiß, ist dagegen noch kein Kraut gewachsen. Vielleicht in Zukunft mit diesen Genmanipulationen, über Stammzellen vielleicht ...
Bevor sich der gute Dr. Zirrer in nobelpreiswürdige Ideengänge verirrt, fragt Tanner ihn, was denn die NASA mit diesen Fällen zu tun haben könnte?
Die NASA? Sie meinen wirklich die amerikanische Raumfahrtbehörde? Keine Ahnung. Vielleicht experimentieren die im All

an Methoden oder neuen Medikamenten. Nein, ich habe keine Ahnung!
Bevor er fragt, wieso er das wissen möchte, murmelt Tanner etwas von einem Artikel, den er gelesen habe.
Was lesen Sie denn für komische Artikel, kümmern Sie sich lieber um ihre Elsie!
Heute verschlingt Dr. Zirrer Elsie mit seinen Augen.
Die habe ja eine Haut, die man doch nicht genug untersuchen könnte. Begehrlich guckt er einen Moment fachmännisch, aber sehr unmedizinisch auf ihre Beine. Sie trägt heute aber auch einen unbäuerlich kurzen Rock. Bevor sein Blick auch noch die Andeutung von einem Leibchen röntgenmäßig durchdringt, sagt Tanner ihm, er werde sich telefonisch bei ihm melden, von wegen Messerchen wetzen und so …
Mit wehenden Rockschößen eilt Dr. Zirrer zu neuen Patientenufern.
Elsie umarmt Tanner zärtlich, aber sehr vorsichtig, als ob er schon frisch operiert sei. Tanner erstickt diese Vorsicht gleich im Keime und greift ihr unter den Rock. Der Weg ist tatsächlich nicht sehr lang.
Sie flüstert Tanner leise ins Ohr, dass sie ihre Tage bekommen hätte. Aber sie hätte sich etwas ausgedacht für diese Zeit. Sie müsse unbedingt auf die Toilette, ob er sie begleiten würde?
Er würde sie bis ans Ende der Welt begleiten, da sei ja der Weg bis ins Bad nicht besonders weit …
Ada muss heute Morgen lange warten, bis das Bad frei ist, denn neuerdings reicht ihm das kleine Lavabo in seiner Kammer nicht mehr.
Tanner holt die Kinder von der Schule ab. Elsie erklärt ihm den Weg. Auf der Höhe des Mondhofes verlangsamt er die Fahrt. Der große Hof, mit allen seinen Gebäuden, liegt wie ausgestorben da. Oder sitzen alle bereits am Mittagstisch? Ob der Michel dran gedacht hat, durchsickern zu lassen, dass das Alibi vom Halbmond intakt sei. Hoffentlich.
Was macht wohl die Alte? Ist sie verwickelt in die verschiedenen Schlingen dieses dunklen Knotens. Aktiv? Oder nur als Zuschauerin, verknüpft in die animalischen Familienbande? Das Wort

Liebe will Tanner im Zusammenhang mit der Alten einfach nicht einfallen. Aber vielleicht hängt sie an Rosalind?
Das kleine Haus zwischen Villa und Hof zeigt sich immer noch mit verschlossenen Fensterläden. Heute nach dem Mittagessen wird er erst noch einmal dem Schloss einen Besuch abstatten, danach ist Armand dran.
Der sommersprossige Armand, der für die dunklen Familiengeschäfte nach dem sonnenhellen Australien reisen musste …
Tanner findet die Schule, als gerade der Vorplatz von vielen schreienden Kindern überflutet wird. Tommy entdeckt als Erster den roten Ford. Sein Kindergarten ist praktischerweise neben der Schule.
Er winkt Tanner zu und schreit wie ein Irrer nach Lena und Glöckchen und verschwindet noch einmal im Schulgebäude. Kurz darauf zerrt er eine junge Frau hinter sich her. Er schreit Tanner schon von weitem zu, das sei seine Kindergärtnerin. Dann lässt er ihre Hand los und spurtet die letzten Meter und flüstert ziemlich laut ins Auto hinein.
Sie ist doch eine Zuckelschnecke von Kindelgältnelin.
Wie bitte?
… Mh … Zuckerrrschnecke von Kinderrrgärrrtnerrrin.
Okay! Das ist schon besser, sagt Tanner zum ihm, aber er soll nicht so laut schreien. Und diese Wörter sind nur Übungswörter gewesen.
Glöckchen und Jaques, Lena und Tommy steigen ins Auto. Jaques macht ein ganz unglückliches Gesicht, denn die Schule hat ihm gar nicht gefallen, behauptet Tanner, dann beschreibt er sämtliche Lehrer aus der Perspektive von Jaques, obwohl Tanner keinen einzigen kennt. Viel daneben liegt er offenbar nicht …
Eine ziemlich laute und aufgedrehte Meute stürzt sich gleich darauf in die Küche. Zuerst fressen sie Elsie gemeinsam auf, lecken sich kurz ihre Lippen und stürzen sich auf das, was sie gekocht hat.
Tanner hat die Vorspeise am besten geschmeckt, obwohl das Hauptgericht auch sehr gut war.

ZWANZIG

Tanner klingelt diesmal beim Hausmeister. Der wohnt in einem kleinen Haus in der Nähe des Schlosses.
Eine üble Wolke menschlicher Ausdünstung schlägt Tanner aus der offenen Tür entgegen.
Er müsse im Auftrag von Kommissar Michel noch mal in die Arztpraxis, sagt Tanner in das vom Mittagschlaf verquollene Gesicht des Hausmeisters.
Seine wenigen Haare stehen heute starrsinnig zur Seite ab. Wären seine Augen nicht so blutunterlaufen, könnte er ohne weiteres jeden Comiczeichner zu einer lustigen Figur inspirieren. Möglicher Titel des Comics: Mein Erzeuger, wie nur ich ihn sehe.
Nachdem der Herr Schlosshausmeister erst mal geräuschvoll gegähnt und sich an seinem Allerwertesten gekratzt hat, bequemt er sich, Tanner einen Zweitschlüssel auszuhändigen, mit dem Hinweis, dass Wiedersehen Freude macht.
Tanner beruhigt ihn. Nickend. Sprechen hieße atmen. Schleunigst entfernt er sich aus dem üblen Dunstkreis.
Mit dem Schlüssel kann er diesmal das Tor zum künstlichen Paradies selber aufmachen. Hinter ihm schließt sich das Tor nach einem kleinen Anstandsmoment von selbst.
Warum ist es in diesen Reichenghettos immer so still, fragt er sich? Macht Reichtum stumm? Kein Lachen. Keine Musik. Kein Kindergeschrei.
Gestern ist hier ein Schuss gefallen. Hat natürlich niemand gehört. Wahrscheinlich sind die Wände und die Fenster so exquisit schallisoliert, dass man den Schuss gar nicht hat hören können.
Heute wird ihm zwischen Tür und Angel kein erotisches Angebot gemacht.
Die Tür zur Arztpraxis ist polizeilich versiegelt. Er bricht nach

kurzem Zögern die Siegel. Besser wäre, wenn seine Mission erfolgreich würde. Sie wäre im Nachhinein besser zu begründen.
Der Computer auf dem Tisch ist verschwunden. Wahrscheinlich hat ihn der Spezialist kurzerhand mitgenommen. Der Duft vom Parfum ist auch kaum mehr spürbar. Wahrscheinlich wurde gestern gelüftet, nachdem man den Leichnam abtransportiert hat.
Auch im Allerheiligsten ist der gestrige Duft einem säuerlichen Putzmittel gewichen. Nichts in dem Zimmer deutet mehr auf einen gewaltsamen Tod. Einsam sitzt der bronzene General auf seinem starken Schlachtross. Das Pferd hat einen leicht verdrießlichen Ausdruck in seinen Augen.
Na ja, dieses ewige Herumstehen! Gestreichelt wird es auch nur noch von der Reinigungsfrau beim Abstauben. Der Tresor ist angelehnt. Er ist leer. Wer wohl die Aktien erbt?
Tanner geht zurück in das Vorzimmer. Sein Interesse gilt den pompösen Kitschbildern. Er nimmt eins nach dem andern von der Wand und legt sie, jeweils mit dem Bild nach unten, auf den dunkelgrünen Teppich. Tanner hat sich von Ada ein scharfes Papiermesser ausgeliehen. Damit durchschneidet er, scharf am Holzrahmen entlang, die Klebebänder der obersten Pappabdeckung.
Schon beim dritten Bild findet Tanner, was er gesucht hat.
Drei dünne Blätter, eng beschrieben. In kleiner, geradezu zierlicher Handschrift. Es ist die in Stichworten niedergeschriebene Leidensgeschichte von Raoul, festgehalten von Dr. Salinger. Tanner setzt sich mit den Blättern an den leeren Schreibtisch.
Dr. Salinger hat Buch geführt über Krankheitszustand, Entwicklung der Krankheitsschübe und Aufenthalte in verschiedenen Privatkliniken.
Warum in verschiedenen? Und zwischen den Daten der einzelnen Einweisungen gibt es große Lücken. Wo haben sie in diesen Zeiten Raoul von der Welt fern gehalten?
Die Eintragung über Raouls letzten Aufenthaltsort betrifft eine Privatklinik im flachen Land zwischen den drei Seen. Die vielen medizinischen Fachausdrücke, den Krankheitszustand von Raoul betreffend, lassen sich wahrscheinlich alle mit dem allgemein üblichen Wort Schizophrenie zusammenfassen. Aber sicher ist sich Tanner nicht.

Salinger behauptet, dass es Zeiten der Hoffnung und der Verschlechterung gegeben habe.
Der letzte Eintrag ist nun ganz verwirrend. Er lautet: Verschwunden! Datum: Vor einer Woche! Maßnahmen ergreifen!
Aber wohin ist Raoul verschwunden? Und was für Maßnahmen sollen, und von wem, ergriffen werden? Eine war wohl, diese Aufzeichnungen zu verstecken! Und in welchem Zustand ist Raoul? Jahrelang unter Verschluss gehalten. Unter Drogen gesetzt. Würden sie ihn überhaupt erkennen, wenn sie ihn finden?
Aber die wichtigste Frage für den Moment: Warum lässt Salinger, falls er sich wirklich selber getötet hat, die offizielle Akte verschwinden und lässt die privaten Aufzeichnungen in seinem Versteck? Seine bisherige Überzeugung, dass er Selbstmord verübt hat, schmilzt schneller als Schnee an der Frühlingssonne. Der Mörder wusste nichts von Salingers Privataufzeichnungen.
Tanner versucht sofort Michel zu erreichen. Der Anruf wird umgeleitet zu der Verschnupften, die sich heute geradezu freundlich bereit erklärt, Tanners Bitte um einen dringenden Rückruf schleunigst weiterzuleiten. Na so was? Es geschehen noch Wunder.
Tanner beschließt, Dornröschen einen Besuch abzustatten.
Vielleicht hat sie durch ihren Zauberapparat doch irgendetwas Brauchbares gehört. Da er zuerst von Salingers Selbstmord ausgegangen ist, hat er sie nicht gefragt.
Mit seinem neuen Fund in der Hand wächst das Gefühl, einen fatalen Fehler gemacht zu haben. Er nimmt die drei Blätter und verschließt die Tür zur Praxis.
Tanner spurtet die Treppen mit Schwung hoch und steht kurz darauf vor der Wohnungstür. Er lauscht. Kein Ton. Keine Musik. Er klopft. Keine Reaktion.
Mehr aus Gewohnheit denn aus Hoffnung drückt er die Klinke. Die Tür ist offen. Drinnen ist es dämmrig. Er betritt den Vorraum und schließt leise die Tür hinter sich. Er lauscht angestrengt in die Tiefe der Wohnung. Er hört nur seinen eigenen Atem. Langsam kriecht ein kaltes Gefühl seinen Rücken hoch.
Die Fantasie ist ein mächtiger Gegner und betäubt die Sinne. Nur mühsam gehorchen seine Beine dem Befehl weiterzugehen. Im weiträumigen Zimmer, wo er gestern mit Dornröschen spani-

schen Bergwein getrunken hatte, blinkt ein einsames Lämpchen an ihrem technischen Zauberapparat. Jemand hat versucht mit Gewalt an die Innereien des Apparates heranzukommen, um ihm irgendein Geheimnis zu entlocken.
Das blinkende Lämpchen wirkt wie ein Hilfeschrei.
Der Tisch ist voller Gegenstände. Aufgeschlagene Tagebücher, als ob jemand etwas gesucht hätte, Plattenhüllen, Gläser, Papiere, Bleistifte, Bänder und Tücher.
Er ruft leise in die Stille.
Tanners Stimme klingt fremd. Als ob sie nicht zu ihm gehören würde.
Auch ein zweites Rufen wird von der Stille geschluckt. Er wendet sich zuerst in Richtung Küche. Er öffnet die Tür und die Helligkeit blendet ihn. Auf der Arbeitsplatte neben dem Kochherd liegen eine zerschnittene Tomate und daneben eine noch geschlossene Packung Mozzarella. Der Teller, auf dem sich Dornröschen ihr bescheidenes Mahl zubereiten wollte, liegt bereit. Auch Olivenöl und Pfeffer stehen in Reichweite.
Und was überhaupt nicht in die Küche gehört, ist der leere Rollstuhl.
Tanner greift automatisch auf die Sitzfläche. Sie ist kalt.
Ein Geräusch lässt ihn zusammenzucken, als hätte man mit einem Hammer auf den Tisch geschlagen. Er stürzt aus der Küche. In diesem Augenblick dreht jemand den Schlüssel im Schloss der Wohnungstür. Und zwar von außen. Tanner wirft sich mit aller Kraft gegen die Tür, aber die ist solide.
Er rennt ins Schlafzimmer. Dornröschen liegt nackt auf dem Bett. Beine und Arme weit gespreizt, denn sie sind an das Bettgestell gefesselt. Aus beiden Pulsadern fließt quellend rotes Blut. Fließt in zwei Becken, die der Täter unter die Wunden auf den Boden gestellt hat. Ihr nackter Körper ist gänzlich blutverschmiert. Ihr Mund ist mit einem gelben Isolierklebestreifen zugeklebt. Ihr Blick lässt nicht erkennen, ob sie noch bei Bewusstsein ist.
Lieber Gott, jetzt hilf … sonst!
Tanner rast ins Bad. Sucht Stoffe oder Binden. Er nimmt alles, was ihm in die Hände fällt. Auch einen schmalen Gürtel, der an einem Haken hängt.

Zurück in die Küche. Er holt das scharfe Tomatenmesser. Dabei denkt er die ganze Zeit, dass jemand zum Fenster hinausschauen sollte, vielleicht könnte man den Mörder sehen. Aber wem sagt er das? Er muss sich zuerst um Dornröschen kümmern. Vielleicht ist es noch nicht zu spät. Jede Sekunde zählt.

Er schneidet als Erstes ihre Arme los und versucht, so schnell er kann, an ihrem linken Arm mit Hilfe des Gürtels das Blut zu stoppen. Für den anderen Arm benutzt er seinen eigenen Gürtel. Dann macht er an jedem Handgelenk einen Druckverband.

Hoffentlich genügt das fürs Erste. Dornröschen rührt sich nicht.

Tanner deckt sie mit einer Decke zu, öffnet ein Fenster, denn er hat das Gefühl zu ersticken, und nestelt mit zitternder Hand sein Telefon aus der Jackentasche. Die Verschnupfte nimmt ab und Tanner erklärt ihr die Dringlichkeit der Situation. Sie reagiert prompt und verspricht, sofort das nahe gelegene Spital zu alarmieren. Und natürlich auch Kommissar Michel.

Tanner löst vorsichtig das grobe Isolierband von ihrem Gesicht.

Verdammt! Was kann ich tun?

Tanner kniet hilflos neben ihr. Er erinnert sich an Erste-Hilfe-Kurse. Er macht Mund-zu-Mund-Beatmung. Sieben lange und langsame Atemstöße. Fühlt ihren Puls am Hals, der schwach ist, aber spürbar.

Was kann ich denn tun, helft da oben, verdammt noch mal!

Herzmassage! Tanner tut es. Ihr Brustkorb ist so zart, dass er Angst hat, ihn zu zerbrechen. Dann wieder Mund-zu-Mund-Beatmung.

Jetzt endlich. Sie bewegt ihre Lippen. Sie öffnet und schließt ihre großen Augen. Mehrmals. Dann schaut sie ihn an. Sie versucht etwas zu sagen.

Tanner neigt sein Ohr an ihre Lippen.

... Er war ganz zärtlich ... hat geschrieben ... mir ... konnte noch nicht lesen ...

Da Dornröschen offensichtlich fantasiert, tätschelt er ihr Gesicht und sagt, dass sie um Gottes willen aufwachen soll, Hilfe würde nahen.

Sie guckt ihn erstaunt an. Tanner redet auf sie ein, nur um ihr Bewusstsein wach zu halten. Er erzählt, was ihm gerade in den Sinn

kommt. Von Tommy und seinem Sprachproblem. Von Willy und seiner Zungentechnik. Und da lächelt sie ein wenig, Gott sei Dank. Tanner erzählt weiter. Von Ada und seinem Jahrhundertwerk.
Sie unterbricht ihn und flüstert, der dunkle Mann habe auf ihren Körper etwas geschrieben, sie hoffe etwas Schönes. Sie habe sich doch immer gewünscht, dass jemand einmal etwas auf ihren Körper schreiben würde. Da wäre zwar nicht sehr viel Platz, aber immerhin …
Um sie zu beruhigen, sagt er ihr, sie würden es gleich zusammen lesen. Sie dürfe sich nicht anstrengen. Er holt ein Glas Wasser aus der Küche. Versucht ihr ein paar Tropfen einzuflößen.
Mein Gott, wann kommt denn der Krankenwagen?
Er kontrolliert die Druckverbände. Die Tücher werden rot. Oder ist das Blut von seinen blutverschmierten Händen?
Immer, wenn sie ihre Augen verdreht, tätschelt er sie wieder oder massiert ihr Herz.
Endlich hört man in der Ferne die Sirene des Krankenwagens. Wie viel Zeit ist vergangen? Eine Ewigkeit? Oder nur wenige Minuten?
Tanner geht ans Fenster, immerzu mit Dornröschen sprechend. Als der Notfallwagen herankurvt, schreit er aus Leibeskräften in den Garten hinab. Dann eilt er zur Gegensprechanlage und drückt auf den Toröffner. Er brüllt in die Gegensprechanlage, obwohl er nicht weiß, ob die ihn hören.
Die müssen etwas mitbringen, um die Tür aufzusprengen! Oder den Hausmeister alarmieren. Tanner hat ja keine Telefonnummer vom Hausmeister. Verzweifelt rennt er in das große Zimmer, reißt ein Fenster auf, wuchtet eine der großen Boxen auf das Fensterbrett, setzt den Plattenspieler in Gang, dreht die Lautstärke voll auf und hofft, dass irgendein nicht ganz verkalkter Schlossbewohner zum Fenster rausschaut.
Dröhnend wird der Schlosspark mit der göttlichen Musik von Paco de Lucia erfüllt. In diesem Augenblick hämmert jemand an der Wohnungstür.
Sofort spurtet er quer durch das Zimmer. Tatsächlich stehen die Leute vom Notfallwagen draußen im Korridor und er brüllt durch die gut isolierte Tür.

Sie sollen den Hausmeister mit einem Zweitschlüssel holen. Es gehe um Leben und Tod.
Tanner rast zurück an das Fenster. Schräg unter ihm schaut tatsächlich eine ältere Dame mit violettem Haar entsetzt zu ihm hoch. Tanner stellt die Musik ab und beschwört die Violetthaarige, sie solle sofort den Hausmeister alarmieren, es handle sich um einen Notfall.
Verständnislos schaut sie ihn an. Im Ton eines preußischen Generals befiehlt er ihr, sofort zum Telefon zu gehen, um den Hausmeister zu alarmieren. Das wirkt. Zumindest verschwindet ihr frisch frisierter Kopf.
Hoffentlich tut sie, was ich ihr befohlen habe!
Er geht zurück zu Dornröschen.
Warum spielt die schöne Musik nicht mehr?, fragt sie leise.
Er stellt die Musik wieder an.
Als Tanner zurück ans Bett kommt, versucht Dornröschen gerade zu lesen, was auf ihrem Körper steht.
Sie hat tatsächlich nicht fantasiert. Tanner hat es in seiner Panik nur nicht wahrgenommen. Ihr Körper ist wirklich beschrieben. Mit ihrem eigenen Blut. Er hat in der Aufregung gedacht, ihr Körper sei einfach blutbeschmiert. Einen Teil der Schrift hat er natürlich mit seiner Massage verwischt. Trotzdem kann er noch genug erkennen.
... ol, a fool ... I met a fo ... i'th'forest, a motley fool ...
Den Text kennt Tanner.
Ein Narr, ein Narr, ich traf einen Narren im Wald, einen buntscheckigen Narren!
Jaques schreit es verzückt dem Herzog entgegen, nachdem er Touchstone im Wald begegnet ist.
Die Männer vor der Tür donnern nun mit Gewalt mit irgendeinem Gegenstand gegen die Tür. Sehnsüchtig wartet Tanner auf splitternde Geräusche. Vergebens.
Er hält ihre Hand. Mehr weiß er beim besten Willen nicht zu tun.
Im Moment, wo sich ihre Augen wieder verdrehen, versucht jemand einen Schlüssel ins Schloss zu stecken.
Tanner rast erneut zur Tür. Offensichtlich findet der Hausmeister nicht sofort den richtigen Schlüssel. Es ist zum Wahnsinnigwer-

den. Als sich endlich der richtige Schlüssel im Schloss dreht, reißt Tanner die Tür auf.
Der stinkende Hausmeister fällt in Tanners Arme. Er schubst ihn unsanft zur Seite und zerrt die drei Männer vom Notfallteam in die Wohnung.
Der Arzt greift sofort nach ihrem Puls und öffnet seine Tasche. Die beiden anderen verbessern routiniert die notdürftig angelegten Druckverbände.
Der Arzt gibt ihr eine Spritze und Tanner die Anweisung, die Ausweise des Mädchens zu suchen. Vielleicht weiß man dann gleich die Blutgruppe.
Im Vorraum lungert der Hausmeister herum. Tanner verscheucht ihn und findet Dornröschens Tasche. Darin ist auch ihr medizinischer Ausweis. Sie hat dieselbe Blutgruppe wie Tanner.
Er rennt zurück ins Zimmer und meldet dem Arzt die Blutgruppe, mit dem Hinweis. Falls es zu wenig Blutkonserven gäbe, könne er ihn gleich anzapfen.
Der Arzt lächelt knapp, das würde er nur im äußersten Notfall machen, denn wer weiß, in welchem Zustand sein Blut ist, falls Tanner versteht, was er meint.
Auf einer Seite wird ein Tropf befestigt, auf der anderen Seite eine Blutkonserve. Es ist schön, wenn Menschen ihren Job verstehen.
Die beiden Männer machen eine Tragbahre bereit und legen Dornröschen darauf. Viel Kraft brauchen sie nicht.
Bevor die beiden Männer mit der Tragbahre an Tanner vorbei wollen, hebt sie ihre Hand und winkt. Sie flüstert ihm ins Ohr.
Ich kann … nicht viel sagen … über ihn … groß … massig … dunkel. Gesicht … vermummt. Tanner … ihr Prinz geworden, der … aus dem Dornröschen … schlaf …
Tanner legt seinen Finger auf ihren Mund und verabschiedet sich von ihr. Er verspricht, dass er sie noch heute im Spital besuchen werde.
In diesem Moment hört man draußen im Gang die Schritte von Michel.
Mein Gott, Tanner, was machst du schon wieder für einen Wirbel?
Er verstummt, als er die Tragbahre sieht und das Häuflein

Mensch, das im Verhältnis zu seiner barocken Erscheinung noch kleiner und schmächtiger wirkt. Stumm lassen sie die kleine Prozession aus dem Raum gehen.

Was hat denn hier für eine Schlachterei stattgefunden?

Tatsächlich ist alles voller Blut. Wo immer Tanner in seiner Not hingefasst hatte, sind Blutspuren. An Türen, Wänden, Fenstern, Stereoanlage. Als ob ein wilder, verzweifelter Kampf quer durch den Raum stattgefunden hätte.

Tanner klärt Michel über die Situation auf.

Es tut mir Leid, ich habe überall Spuren hinterlassen, Fingerabdrücke gemacht und wahrscheinlich auch welche zerstört, obwohl ich bezweifle, dass unser Täter ohne Handschuhe gearbeitet hat. Er geht zu umsichtig vor. Auch die Art, wie er die Pulsadern aufgeschnitten hat, lässt auf gute Fachkenntnisse schließen. Tanner wäscht sich die Hände und zeigt Michel die eng beschriebenen Blätter von Salinger.

Tanner, ich bestelle den ganzen Trupp. Vielleicht finden die etwas, was uns weiterhilft. Und wir beiden Schönen setzen uns jetzt in die Schlosstaverne und versuchen mal einen klaren Kopf zu kriegen. Ich brauche was Anständiges zu trinken.

Als sie gerade die Wohnung verlassen, fährt der Krankenwagen mit Sirenengeheul vom Schlossareal. Tanners Telefon klingelt.

Es ist einer der Männer vom Krankentransport.

Ich soll Ihnen von der Patientin noch Folgendes ausrichten: Sie habe das Gefühl gehabt, dass die dunkle Gestalt weinte, als sie ihr die Pulsadern aufschnitt. Sie könne es nicht mit Sicherheit sagen, aber sie habe so ein Gefühl gehabt. Außerdem habe er kein Wort gesprochen. Bevor er geschnitten habe, habe er ihr zärtlich über die Handgelenke gestrichen. Das sei alles!

Geweint? Wie die Gestalt, die Tanner in seinem Drogenwahn gesehen hat.

Ein unerbittlicher und furchtbarer Täter, der weint?

Michel und Tanner verlassen das Schloss. Sie setzen sich auf die Terrasse des leeren Restaurants, das zur Schlossüberbauung gehört.

Noch bevor sie etwas bestellen, sagt Michel leise, der Selbstmord von Salinger ist kein Selbstmord. In Magen und Blut sind große

Mengen von Barbituraten gefunden worden, so dass es eigentlich den Schuss gar nicht mehr gebraucht hätte. Zudem gab es deutliche Druckstellen an seinem Körper.
Wahrscheinlich sind die entstanden, als man ihn gezwungen hat, die Medikamente einzunehmen.
Michel seufzt und reibt sich ausführlich die Augen.
Ich verstehe im Moment gar nichts mehr. Warum einen Selbstmord vortäuschen, wenn doch auch der dümmste Mörder hätte wissen müssen, dass die Täuschung innerhalb kürzester Zeit auffliegen wird. Und jetzt das Mädchen! Das ist ja ein regelrecht inszenierter Mordversuch unter gestischer Verwendung der edelsten Selbstmordmethode, wenn man so was überhaupt sagen darf. Wenn ich etwas verabscheue, ist es Selbstmord. Dann lieber nach Indien!
Nachdem sie beide bestellt haben – Michel etwas Anständiges und Tanner einen Kaffee –, hängt jeder seinen wirren Gedanken nach.
... ich traf einen Narren im Wald ... einen buntscheckigen Narren?
Meint der Täter damit ihn, Tanner? Oder nimmt er sich damit zu wichtig? Musste Dornröschen beinahe sterben, weil der Mörder ihm eine Nachricht übermitteln wollte. Der sterbende Körper eines unschuldigen Menschen als Briefpapier?
Die Botschaft muss an ihn gerichtet sein! Wer sonst würde sie verstehen.
Zudem heißt die Botschaft wohl auch, dass er jederzeit alle Menschen, die Tanner bei seiner Suche trifft, töten und ausradieren kann. Auch wenn sie mit dem Fall vielleicht gar nichts zu tun haben. Dass Tanner heute ins Schloss ging, war ein spontaner Akt. Niemand wusste davon.
Ergo steht Tanner permanent unter Beobachtung. Oder das Schloss?
Elsies These, dass man sich selbst schuldig macht, wenn man sich mit dem Bösen einlässt! Oder gab es irgendeine Art Beziehung zwischen dem Mörder und Dornröschen? Bin ich wirklich der Narr?, fragt Tanner sich kleinlaut.
Seit er hier ist, sind schreckliche und absurde Dinge geschehen.

Tanner hat so viele Zeichen erhalten. Und immer noch kann er das Bild nicht erkennen.

Nachdem die Getränke gekommen sind, schaut Michel ihn auffordernd an, also fährt Tanner mit seinem Denken laut fort.

Ich setze mal für einen Moment voraus, dass mein Auftauchen hier den Mörder aufgeschreckt und die ganze Sache ins Rollen gebracht hat. Diese These hat zwar einen gewissen hybriden Zug. Lass es uns trotzdem mal durchspielen.

Michel nickt.

Honoré wird regelrecht hingerichtet. Weil der Täter befürchtet, Honoré könnte mir etwas anvertrauen! Die Inszenierung des Selbstmordes war mehr als dürftig. Vielleicht war der Abschiedsbrief gar nicht so gemeint. Ich meine, *wie* wir ihn verstanden haben. Erinnerst du dich an den Wortlaut? ... *Besser ist besser. Ich passe nicht hinein* ... und so weiter ... und dann: *ich habe keinen Vertrag mit dem lieben Gott* ... und vor allem die Stelle: ... *meine Eltern mache ich nicht verantwortlich* ... Vielleicht hat der Mörder den Rest der Schrift mit Absicht verschmiert, denn es galt für ihn nur der Anfang des Textes. Und zwar ihn selber betreffend. Aber trotzdem stellt sich die Frage: Warum? Was ist der Sinn der Botschaft? Wofür versucht er die Schuld zu übernehmen? Woran haben seine Eltern keine Schuld? Lassen wir das vorerst mal. Honoré wiederum hat es geschafft, in seiner Todesminute die Puppe Jaques in die Finger zu kriegen und hinterlässt uns damit seine Botschaft. Das Verschwinden von Raoul war wahrscheinlich auch das große Thema zwischen Honoré und Rosalind. Dazu müssen wir Rosalind dringend befragen. Und zwar spätestens nach der Beerdigung von Honoré morgen. Also weiter: Wir wissen definitiv, dass Raoul von Auguste, unter Mithilfe von Armand und natürlich von Dr. Salinger, in der Versenkung verschwinden musste. Motiv unbekannt. Habgier?

Michel schüttelt energisch seinen mächtigen Schädel, Schweißtropfen sausen mit zentrifugaler Kraft durch die Luft.

Nein, nein Tanner, das mit der Habgier ist zwar oft ein überaus mächtiges Motiv, aber in diesem Falle sagt mir mein Gefühl, dass das allein nicht reicht. Zwischen Auguste und Raoul muss es noch etwas anderes gegeben haben, was wir bis jetzt nicht wissen. Bei Salinger war es wahrscheinlich reine Habgier, oder er wurde erpresst. Armand ist entweder genauso verschlagen wie sein Vater oder wurde zur Mithilfe gezwungen. Und ich würde gerne wissen, wo dieser Raoul jetzt steckt.

Tanner hat Michel von der letzten Eintragung in Salingers Protokoll berichtet. Ob man eine Suchmeldung rausgeben soll? Unter dem Motto: Es wird um schonendes Anhalten gebeten? Aber wie sieht Raoul heute aus? Nach all den Jahren in der Versenkung, voll gepumpt mit Medikamenten.

Michel, einer deiner Leute soll sich in dieser Klinik im Seeland umsehen, wo sie Raoul zuletzt unter Verschluss gehalten haben. Vielleicht haben die ein Foto neueren Datums. Oder du lässt ein Bild anfertigen. Die werden ja wohl wissen, wie ihr Patient ausgesehen hat. Wenn sie nicht sofort kooperieren, drohst du ihnen mit einer Untersuchung.

Michel ist Feuer und Flamme. Er ist froh, dass er wenigstens etwas unternehmen kann, was einigermaßen nach professioneller Kriminalarbeit ausschaut.

Er erreicht den Lerch, der ja sowieso einiges auszubügeln hat auf dem Schuldenkonto bei Michel. Offenbar hat er sogar eigene Ideen.

Man könne doch schauen, ob es jemand unter den Patienten gäbe, der etwas Genaueres über die Absichten von Raoul wisse. Na prima. Hier wird zur Abwechslung mal mitgedacht! Dann fährt Tanner in seiner Bestandsaufnahme weiter.

Wenn wir weiter von der These ausgehen, Honoré, Dr. Salinger und Dornröschen hatten es alle mit demselben Täter zu tun, so bestünde das gemeinsame Element paradoxerweise in der unterschiedlichen Inszenierung ihrer Selbstmordsituationen und des damit verbundenen Selbstmordgestus. Alle drei Situationen nehmen offenbar Bezug auf die Situation der betreffenden Personen, natürlich so, wie der Täter sie sieht. Man könnte sagen: Bei Honoré assoziieren wir Hinrichtung. Das heißt, der Täter war der Meinung, die Person sei ein Verräter gewesen. Und Verräter werden hingerichtet. Wem hätte oder hat Honoré's Verrat geschadet? Natürlich denen, die Raoul haben verschwinden lassen. Dasselbe gilt für Dr. Salinger. Der ist wohl ein zu schwaches Glied in der Kette geworden. Sein Tod sah aus wie der typische Selbstmord ei-

nes Bankiers nach dem Börsensturz. Man hat ihm offenbar zugetraut, dass er auspacken könnte. Aber was hat Dornröschen mit der Sache zu tun? Ging es lediglich um ihren Zauberapparat, mit dem sie die Gespräche der Gegensprechanlage und vielleicht auch in den Wohnungen belauschen konnte? Das sollte man überhaupt nachprüfen, ob sie mit dem Apparat auch die Wohnungen abhören konnte. Hatte der Täter Angst, dass es doch einen Zeugen für seinen Mord an Dr. Salinger gab? Warum wählt er für sie die klassische Selbstmordvariante depressiver Frauen? Was wusste der Täter über Dornröschen?
Den Rest seiner Überlegungen behält Tanner erst mal für sich. In diesem Moment ist er nämlich überzeugt, dass der Täter Dornröschen allein deswegen die Pulsadern aufgeschnitten hatte, um ihn zu verhöhnen. Diese Erkenntnis trifft ihn wie ein wuchtiger Schlag.
... Ich traf auf einen Narren im Walde, einen buntscheckigen Narren ...
Vielleicht wusste er sogar, dass Tanner im Hause ist und dass er sicher noch mal zu Dornröschen gehen würde. Das wäre allerdings eine geradezu erschreckende, eine krankhafte Planungs- und Kalkülfähigkeit.
Sind sie dem Täter schon so nahe gekommen, dass sie seine Kreise so empfindlich stören? Tanner fühlt sich wie in einem Labyrinth eingesperrt. Und zwar nicht in einem Irrgarten, sondern im klassischen Labyrinth. Da ändert man siebenmal die Richtung, um im Zentrum nichts anderes vorzufinden als sich selbst. Wie viele Richtungsänderungen, wie viele Wände trennen sie noch von der Erkenntnis? Welche Erkenntnis? Werden sie einen Täter finden, der ihnen alles erklären kann?
Tanner, träumst du?
Michel rüttelt Tanner am Arm und schaut ihn mit halb geschlossenen Augen an.
Was machen wir jetzt? Sollten wir uns nicht endlich mal den Auguste vorknöpfen? Ich habe so ein verfluchtes Jucken in den Händen!
Nein, Serge, der Auguste läuft uns ganz bestimmt nicht davon. Den erwischen wir nur, wenn wir eine volle Breitseite gegen ihn

abfeuern können. Mit lückenlosen und knallharten Beweisen. Sonst zerreißen uns seine Anwälte in der Luft. Wir besuchen jetzt Armand. Und zwar zusammen. Unter den gegebenen Umständen halte ich es für besser, ihn gemeinsam zu besuchen. Hat er kein Alibi für die letzten zwei Stunden, verhaftest du ihn, krank hin oder her!

Während Michel zahlt, versucht Tanner Hamid in Marokko zu erreichen.

Es ist zwar unwahrscheinlich, dass er schon etwas weiß, aber er hat ja gesagt, Tanner solle ihn jeden Tag anrufen.

Seine Geliebte ist am Telefon. Sie lässt Tanner ausrichten, dass Hamid auf der Spur sei und sicher bald mehr wisse. Im Übrigen sei sie sauer auf Tanner, denn Hamid habe keine Zeit mehr für sie. Die ganze Erklärung in erotisch kehligem Französisch.

Tanner entschuldigt sich gebührend und versucht sie zu beruhigen. Hamid werde den Auftrag sicher bald erledigt haben. Sie sei doch sicher eine genauso großzügige Frau, wie sie schön sei. Er erkenne das ja an ihrer Stimme. Da lacht sie ein unglaubliches Lachen in den Hörer, dass Tanner den Hörer weghalten muss.

Hamid ne vous a rien raconté à mon sujet?, fragt sie trocken.

Und lachend verabschiedet sie sich nach dieser Frage. Achselzuckend beendet Tanner das Gespräch.

Wenn Hamid sagt, er sei auf der Spur, kann man davon ausgehen, dass die ersten Antworten schon bald kommen werden.

Sie machen sich auf den Weg zum Gutshof. Sie fahren getrennt, jeder in seinem Auto. Parken ihre Autos draußen auf der Straße. Fahren nicht in den Gutshof hinein. Michel findet das eine kluge Entscheidung. Geräuschloses Kommen erhöht das Überraschungsmoment.

Hätten sie nur gleich ein Aufgebot bestellt und den Hof hermetisch abgeriegelt!

So schlendern sie wie zwei zufällig die Gegend durchstreifende Fußgänger quer über den Gutshof. Denken sie. Von außen sieht es natürlich anders aus.

Zwei fleißig ihre Aufmerksamkeit verbergende Polizeibeamte überqueren langsam den Innenhof des Bauerngutes. In jedem

Moment gefasst, vom plötzlich auftauchenden Halbmond des Hofes verwiesen zu werden. Sie treffen aber niemanden an. Tanner ist sich aber sicher, dass diverse Augen sie beobachten.
Der Platz, wo üblicherweise der grüne Geländewagen steht, ist leer. Von der Hundemeute fehlt auch jede Spur. Die Villa sieht verschlossener aus denn je. Was macht die Alte den ganzen lieben langen Tag? Auch wenn man viel Malaga trinkt, ist das noch nicht tagesfüllend. Wen drangsaliert sie jetzt? Honoré mit seinen dichterischen Kommentaren ist ja nicht mehr da.
Sie nähern sich dem Haus mit den verschlossenen Fensterläden. Mit den Informationen, die Dr. Zirrer gegeben hatte, ist jetzt klar, warum die verschlossenen Fensterläden und warum das bläuliche Licht, das durch die Ritzen und Jalousien glimmert. Das bedeutet, dass Armand auch schon hier war, als Tanner das erste Mal das Haus sah. Von wegen gestern entlassen worden. Diese Klinik wird er sich später vorknöpfen.
Tanner informiert Michel kurz über die Symptome und den Verlauf der Krankheit.
Michel hat sich aber selber bei einem Gerichtsmediziner erkundigt. Der wusste genauso viel oder genauso wenig über die Krankheit wie Dr. Zirrer.
An der Eingangstür ist eine Gegensprechanlage angebracht. Michel klingelt. Sie warten.
Tanner steigt auf eine Holzkiste, um sein Ohr so nahe wie möglich an eines der unteren Fenster zu bringen. Er hört nichts. Da endlich rauscht es in der Gegensprechanlage und eine helle Stimme, die sich merkwürdig weit weg anhört, erkundigt sich nach dem Grund des Besuches.
Michel antwortet für seine Verhältnisse außerordentlich höflich. Der Türöffner wird elektrisch betätigt. Die dunkle Tür öffnet sich. Eine Stimme aus einem Lautsprecher erklärt, dass sie sich in einer Lichtschleuse befinden und sich die innere Tür erst öffnen werde, wenn die äußere Tür lichtdicht verschlossen sei.
Michel und Tanner stehen dicht gedrängt. Niemand hat beim Bau der Lichtschleuse an Michel'sche Ausmaße gedacht. Michel grinst entschuldigend und Tanner hofft, dass der Luftvorrat ausreicht, bis die Schleuse nach innen aufgeht.

Sie kommen in einen dunklen Gang und die helle Stimme ruft sie in die direkt anschließende Küche. Eine Spüle schimmert fahl in der bläulichen Dunkelheit. Das Tageslicht leuchtet bläulich durch die getönten Scheiben und Schlitze der Jalousien. Man kann nicht sofort ausmachen, ob es noch andere Lichtquellen gibt.
Das Ganze hat kafkaeske Dimensionen. Oder wie die Stimmungen auf gewissen Trauerbildern bei Michael Sowa, nur noch dunkler.
Armand sitzt am Tisch. Vor sich eine Thermosflasche und eine Tasse Kaffee.
Was für ein Leben. Dann doch lieber blind. Da kann man sich wenigstens mit genug Übung einigermaßen frei bewegen. Man kann die Sonne zwar nicht sehen, aber ihre warmen Strahlen auf seinem Gesicht spüren.
Erst der Geruch macht das ganze Ausmaß der Angst klar. Mitten in der Dunkelheit riecht es nach Sonnencreme. Dann spricht jemand.
Ich warte auf die Nacht. Wie die Blumen auf den ersten Sonnenstrahl. Ich verbrenne am Licht. Ich kann nie mehr ans Tageslicht. Was Sie auf dem Tisch hier sehen, ist ein UV-Messgerät. Ich habe in jedem Zimmer eines stehen. Wie die Luftfeuchtigkeitsmesser in Kunstmuseen. Nur dass es hier keine Kunstwerke gibt.
Herr Finidori, wir wollen Sie nicht lange stören. Das ist mein Kollege Tanner und ich bin Serge Michel, Kantonspolizei, Abteilung Leib und Leben. Wir haben erst mal nur zwei Fragen an Sie. Wo waren Sie heute Nachmittag zwischen zwei und vier Uhr?
Tanner spürt im Dunkeln, wie Michels Schweiß fließt. Armand lächelt und schweigt.
Michels Atem stockt und nach einer Weile wiederholt er seine Frage. Armand gibt seufzend Antwort.
Ich war selbstverständlich hier. Was stellen Sie sich denn vor? Dass ich draußen am helllichten Tag Schmetterlinge fange. Und falls ihre Frage in irgendeiner Weise mit dem Mädchen im Schloss zusammenhängt, muss ich Sie enttäuschen. Ich kannte das Mädchen nicht und ich war den ganzen Tag hier in diesem Haus!
Tanner versucht sich die ganze Zeit darüber klar zu werden, ob diese erstaunlich helle und unangenehme Stimme die Stimme

aus seiner Theatervorstellung ist. Er weiß es nicht. Die Helligkeit und der Klang passen, aber irgendetwas Entscheidendes fehlt, damit er denken könnte, sie sei es wirklich. Dann reißt er sich zusammen. Er kann doch nicht die Bilder einer Wahnvorstellung zur Grundlage seiner Suche machen.

Kann jemand bestätigen, dass Sie heute das Haus nicht verlassen haben. Haben Sie jemand, der Sie betreut? Wer macht Ihnen das Essen, oder wird es Ihnen gebracht? Hören Sie mal, wir sind nicht zum Spaß hier, immerhin ist ein Mensch gestorben!

Kurz bevor sie sich auf den Weg hierher gemacht haben, haben sie verabredet, vorerst zu verbreiten, dass Dornröschen tot sei. Erstens um sie zu schützen, denn vielleicht würde es der Mörder noch einmal versuchen. Und zweitens um den Mörder in Sicherheit zu wiegen.

Jetzt haben sich die Augen etwas an die Dunkelheit gewöhnt.

Trotzdem ist bei dieser bläulichen Dunkelheit das Gesicht von Armand schwer zu erkennen, geschweige denn irgendeine Mimik zu deuten, zumal er auch noch im bläulichen Gegenlicht sitzt.

Armand hat ein aufgeschwemmtes Gesicht, kurze Haare, praktisch keinen Hals. Massiger Körper. Sein Gesicht ist voller großer Flecken. Unmöglich zu sehen, ob es unnatürlich große Sommersprossen sind oder Hautkarzinome. Genauso unmöglich ist es, die Augen zu erkennen. Damit ist auch schier unmöglich zu erkennen, ob er lügt oder nicht.

Falls es so weit kommt, dass man ihn verhören oder er gar vor Gericht erscheinen muss, wird das eine ganz und gar unmögliche Situation sein, wahrscheinlich ohne Präzedenzfall.

Armand lehnt sich entspannt nach hinten. Ist seine Ruhe gespielt?

Also! Um ein Uhr wurde mir von einer Angestellten aus der Villa das Essen gebracht. Als sie später das Geschirr wieder holte, war ich in meinem Zimmer im ersten Stock und habe bis gegen halb vier geschlafen, eigentlich wäre ich jetzt immer noch im Bett. Da ich ja gezwungen bin, nachts zu leben, muss ich am Tag schlafen. Ich hatte allerdings Durst und so treffen Sie mich in der Küche an. Was werfen Sie mir denn überhaupt vor?

Tanner nickt Michel zu.

Wo ist Raoul?

Diese knappe Frage trifft Armand wie ein überraschender Schlag ins Gesicht. Mit diesem Thema hat er offensichtlich nicht gerechnet. Die Kinnlade fällt buchstäblich herunter und jetzt sieht Armand im Dämmerlicht aus wie ein debiler Junge. Er keucht eine Weile stumm. Dann sagt er, fast flennend, er werde nur noch in Anwesenheit des Familienanwaltes sprechen.

Michel setzt jetzt unerbittlich nach.

Erinnern Sie sich, dass man Sie in Australien im Hotel Palace zur Begrüßung fotografiert hat? Wenn nicht, schadet es auch nicht. Wir haben auf jeden Fall das Foto. Plus Datumsstempel. Wir haben auch den Flugschein. Sie haben den so genannten Abschiedsbrief von Raoul aus Australien abgeschickt. Wir wissen, dass Sie sich drei Tage in Australien aufgehalten haben. Das alles können wir ganz elegant beweisen und Sie werden uns jetzt gefälligst den Rest der Geschichte erzählen. Und Ihre Erzählung wird als einsamen erzählerischen Höhepunkt den Aufenthaltsort von Raoul enthalten. Sie haben ein sehr aufmerksames Publikum vor sich, Herr Armand Finidori! Sollte es Ihnen einfallen, bedeutende Passagen auszulassen oder sich gar in Schweigen hüllen zu wollen, werde ich hier ein Fenster öffnen und gemütlich die Abendsonne hereinscheinen lassen. Egal ob Ihr UV-Messer protestiert oder nicht. Ich verliere nämlich langsam die Geduld mit der ganzen vor Geld stinkenden Familie Finidori, die glaubt, sie könne sich schon zu Lebzeiten wie die Auserwählten im Paradies bewegen. Dabei seid ihr nicht nur voller Geld, sondern voller Scheiße. Und jetzt will ich Antworten hören, aber dalli!

Da hat sich Michelchen wieder ganz schön in Fahrt geredet.

Tanner ist sich nicht sicher, ob das der richtige Ton ist, um an die erwünschten Musiknoten zu kommen.

Armand hat sich offenbar von seinem Schreck erholt. Ungeachtet des Polterns von Michel steht er ruhig auf und bittet um einen kurzen Moment des Aufschubs, er müsse seine Medizin pünktlich einnehmen, das sei lebenswichtig für ihn. Danach würde er alles erzählen, was er wisse.

Michel gestattet es ihm.

Armand sagt, er müsse nebenan ins Bad gehen. Michel vergewissert sich, dass das Bad fensterlos ist. Außerdem ist kaum anzu-

nehmen, dass Armand in seinem Zustand am Tag durch ein Fenster nach draußen fliehen würde.
Michel postiert sich vor der Badezimmertür und grinst Tanner siegessicher an. Der hat ein ziemlich flaues Gefühl bei der Sache. Obwohl er im Moment noch nicht genau sagen könnte, wo die Sache stinkt.
Im Bad hört man jetzt das Wasser laufen. Wahrscheinlich für die Tabletten. Dann folgt auch noch die Spülung der Toilette.
Michel verdreht die Augen, im Sinne von ... Toilette war aber nicht besprochen! Tanner sagt leise, aber bestimmt zu Michel, geh bitte rein!
Bevor Michel mit brachialer Gewalt die Tür aufstoßen kann, hört man draußen das Aufröhren eines starken Motors.
Im selben Moment, in dem Michel erkennt, dass vom Badezimmer eine Art Falltüre in einen unterirdischen Verbindungsgang führt, fährt das Auto mit kreischenden Rädern los. Tanner stürzt zur Haustür, findet aber nicht gleich den elektrischen Türöffner. Als er endlich die Tür aufmachen kann, ist vom Auto natürlich nichts mehr zu sehen oder zu hören, so dass Tanner nicht einmal weiß, in welche Richtung das Auto gefahren ist. Vermutlich in Richtung Welschland.
Tanner eilt sofort zur Villa, reißt die Tür auf, stellt sich mitten in die Eingangshalle, das heißt neben die kleine Kanone und ruft, so laut er kann, ob jemand im Hause sei.
Ein erschrockenes Dienstmädchen kommt die Treppe herunter. Das ziemlich alte Mädchen ist bestürzt, denn Madame schlafe schon, sei krank und schwach. Wenn er ein wenig Gottesfurcht hätte, würde er still sein. Tanner sagt ihr, dass er weiterschreie, wenn sie ihm nicht sofort sage, mit was für einem Auto Armand weggefahren sei. Plus Autokennzeichen. Gottesfurcht hin oder her.
Verdattert verschwindet sie kurz in ein Zimmer im Parterre. Mit allen nötigen Angaben versehen, rast Tanner zurück zum vermummten Haus.
Er findet den dicken Michel, eingeklemmt beim Versuch, in den Abstiegsschacht zu dem Verbindungsgang zur Villa abzusteigen. Tanner zieht ihn hoch und Michel löst mithilfe Tanners Angaben

eine Großfahndung nach dem flüchtenden Armand aus. Dann öffnen sie mit Gewalt ein Fenster in der Küche und setzen sich entnervt an den Küchentisch.
Tanner, wenn jetzt ein schräger Kommentar kommt, kündige ich die Freundschaft.
Leise keucht er den Satz durch die zusammengebissenen Zähne.
Ich sage ja gar nichts, außer dass es manchmal wie verhext ist. Wer hat schon einen Abstieg zu einem unterirdischen Fluchttunnel in seinem Bad. Oder? Wenn du wieder bei Atem bist, großer Bruder Kriminalbeamter, nehmen wir uns bei der Gelegenheit das Haus vor. Mit oder ohne Hausdurchsuchungsbefehl. Du den Gang und ich das Haus. Nein, das war jetzt ein Witz. Du gehst in den oberen Stock. Ich untersuche hier das Parterre und den Gang. Wenn wir was finden, rufen wir uns gegenseitig. Alles klar? Und, Michel, lass den Kopf nicht hängen. Das passiert jedem mal. Den kriegen wir bestimmt wieder!
Tanners erste interessante Entdeckung macht er im Bad. An einem Gestell hängen zwei große Plastiktaschen mit Reißverschluss, in der Form denjenigen Taschen ähnlich, die man verwendet, um Anzüge auf Reisen zu transportieren. Nur sind diese Behältnisse aus dickem und transparentem Plastik. Und auf jedem findet er denselben Stempel, den er in seinem Drogenalptraum auf dem komischen Anzug nur ganz kurz sehen konnte. Jetzt kann er den Stempel in Ruhe anschauen. Es sind stilisierte Planeten- und Raketenbahnen, die gemeinsam die Gestalt einer Kugel bilden. Es steht zwar nicht NASA dabei, aber er ist sich sicher, dass er im Zusammenhang mit der amerikanischen Luftfahrtbehörde dieses Signet schon einmal gesehen hat. Und was, bitte schön, gehört in diese beiden Kleidersäcke, wenn es denn Kleidersäcke sind? Hat die NASA einen speziellen Anzug entwickelt, gegen die UV-Strahlungen? Das könnte Sinn machen. Die NASA hat sich ja sicher schon länger mit dem Problem gefährlicher Strahlung beschäftigt, als Vorbereitung für eine der nächsten Planetenreise. Und irgendein findiger Arzt oder vielleicht sogar ein Patient dieser seltenen Krankheit ist auf die Idee gekommen, die Patienten könnten sozusagen auf Erden von dem entwickelten Schutzanzug profitieren. Der Mann im komischen Anzug …

Hat er gerade eben dem Mörder von Anna Lisa gegenübergesessen? Dem Mörder von Fawzia und all der anderen Mädchen?
Der Gedanke macht Tanner schwindlig. Und wie soll er das beweisen?
Das würde heißen, der Sohn von Auguste ermordete alle seine Halbschwestern. Unter der Voraussetzung, dass die These stimmt, dass alle ermordeten Kinder Früchte vom weit verstreuten Samen Auguste's sind.
Wenn! Wenn! Tanner, weitersuchen, nicht spekulieren!
Er ruft Michel ins Badezimmer, zeigt ihm die beiden Plastikkleidersäcke und bespricht mit ihm die mögliche Bedeutung im Bezug auf die Zeichnung von Anna Lisa. Michel wiegt bedächtig seinen Kopf. Er beschließt sofort seine Vorgesetzten anzurufen, um möglichst schnell einen offiziellen Hausdurchsuchungsbefehl zu bekommen, damit seine Spezialisten das Haus untersuchen dürfen.
Sie machen auch ohne erst mal weiter.
Im Badezimmer findet sich zunächst nichts mehr von Interesse.
Tanner steigt durch den engen Schacht. Der Verbindungstunnel ist schwach beleuchtet und ungefähr fünfundzwanzig Meter lang. Er endet in einem kleinen Kellergeschoss. Tanner steigt leise die Treppe hoch und steht vor einer kleinen Metalltür. Die Tür ist verschlossen.
Wenn ihn sein Orientierungssinn nicht ganz täuscht, gehört der Keller zu einem Anbau der Villa. Ganz praktisch für jemand, der nicht im Tageslicht das Haus wechseln kann.
Ob dieser Tunnel speziell für Armand gegraben worden ist? Es wird Zeit, das ganze Gut genau unter die Lupe zu nehmen!
Aber mit welcher Begründung? Was haben sie denn in der Hand? Die Flucht von Armand, gut. Aber Tanner möchte lieber noch nicht auf Auguste losgehen. Mindestens will er vorher wissen, ob alle ermordeten Kinder von Auguste stammen. Er hofft, dass Hamid bald fündig wird.
Im Tunnel selbst ist nichts Auffälliges.
Tanner geht zurück ins abgedunkelte Haus und findet Michel im ersten Stock. Das ganze Haus scheint wie leer, obwohl es da und dort Möbel gibt.

Im Schlafzimmer stehen ein zerwühltes Bett und ein Schrank. Die beiden Möbel haben absolut keinen Bezug zum Zimmer und auch nicht zueinander. Alles nur Funktion. Keine Gestaltung. Nichts Persönliches. Und im ganzen Haus dieser Duft von Sonnencreme. Gespenstisch.
Sie geben die Suche auf. Alles, was sie hier mit bloßem Auge sehen, hilft nicht weiter. Es herrscht eine überaus abstoßende Atmosphäre. Das ist zwar spürbar, aber selbstverständlich nicht strafbar.
Sie verlassen das ungastliche Haus und klingeln an der Eingangstür zur Villa. Das erschrockene Dienstmädchen von vorhin öffnet die Tür einen kleinen Spalt und erkundigt sich leise bei dem brummigen Michel, der ihr seinen Dienstausweis unter die Nase hält, nach seinem Begehr. Sie fragt tatsächlich ganz altmodisch.
Auf jeden Fall würde er ganz bestimmt nicht sie begehren, er begehre die Hausherrin zu sprechen, knurrt Michel gefährlich.
Seit ihm Armand quasi unter den Augen entwischte, ist seine Laune auf einen neuen Tiefpunkt gesunken. Er schiebt unsanft die Tür auf und das arme Dienstbotengeschöpf weicht ins Dunkel der Eingangshalle.
Der Herr Doktor ist gerade bei Madame auf Visite, schnauft sie erschrocken, und es geht ihr sehr schlecht, der Madame. Könnten Sie bitte auf den Herrn Doktor warten?
Michel würde am liebsten wie ein wild gewordener Bulldozer die Treppe hochstürmen, denn offensichtlich befindet sich das Schlafzimmer der gnädigen Frau im ersten Stock. Die ängstlichen Blicke des dienstbaren Wesens verraten es.
Tanner schlägt vor, draußen zu warten. Widerwillig lässt sich Serge auf den Vorschlag ein. Tanner bekommt einen dankbaren Blick vom händeringenden Dienstmädchen.
Schnell schließt sie die schwere Tür. Die beiden setzen sich wie zwei Schuljungen auf die steinerne Treppe. Der Doktor muss ja hier rauskommen. Michel trocknet, leise fluchend, sein nasses Haupt.
Wenn wir den Armand erwischen, und das ist ja wohl nur eine Frage der Zeit, wird er uns einiges erklären müssen. Oh, là, là, ich werde ihn zwischen meine Finger nehmen, spricht er und wringt seine nasse Windel aus, bis der zarte Stoff knirscht.

Tanner ist sich da nicht so sicher, ob sie viel aus Armand herauskriegen. Er wird sich hinter seiner Krankheit verstecken, zudem scheint er ziemlich gerissen zu sein.

Ich glaube, da müssen wir noch mehr Trümpfe in der Hand haben, mein Dickerchen, um den auszuwringen!

Hör auf mit Dickerchen und so! Das hab ich schon von meiner Frau nicht ertragen. Alles klar?

Sieh da, der Dicke war verheiratet! Ob sie seinem Umfang gerecht wurde? Tanner wird ihn ein anderes Mal über dieses Thema ausfragen. Heute scheint nicht der richtige Zeitpunkt dafür zu sein.

Tanner ruft das nahe gelegene Krankenhaus an, um sich nach dem Zustand von Dornröschen zu erkundigen. Nachdem er sich durch verschiedene Stationen bis zur Intensivstation durchgefragt hat, bekommt er, nachdem er deutlich auf seinen polizeilichen Status gepocht hat, die erfreuliche Nachricht, dass das Fräulein über dem Berg sei und schlafe. Das Fräulein?

Hoffentlich keinen Dornröschenschlaf. Michel freut sich auch.

Immerhin eine erfreuliche Tatsache. Geradezu ein Lichtblick in diesem dunklen Jammertal von beschissener Welt!

Bevor Michel sich in eine seiner cholerischen Musikkompositionen hineinsteigern kann, hört man hinter der Tür Stimmen.

Sofort erheben sie sich und stellen sich gewichtig zum Empfang des Herrn Doktors auf.

Ein kleines Doktörchen mit einer immens großen Tasche wird von dem Dienstmädchen, das ihn, obwohl selber klein, immer noch um einen Kopf überragt, zur Tür hinaus begleitet. Mit einer nervösen Geste, die wohl heißen soll, da sind sie nun, die Herren, die so ungeduldig auf den Herrn Doktor warten.

Michel stellt sie mit gemäßigter, aber rauer Stimme als zwei Vertreter des Gesetzes vor und fragt – für seine Verhältnisse sehr gesittet – nach dem werten Befinden von Ihro Durchlaucht Madame Finidori.

Das kleine Medizinmännchen stellt seine schwere und übergroße Arzttasche schwungvoll zwischen seine Beinchen, verschränkt gewichtig seine Ärmchen und gibt mit hoher Fistelstimme Auskunft.

Mit der Alten geht es zu Ende. Sie hat schwere Herzprobleme und die Aufregungen der letzten Tage haben sie sehr mitgenommen!
Er spricht trotz seiner etwas körperlosen Stimme eine erstaunlich direkte Sprache. Vorgestellt hat er sich nicht. Warum auch, es interessiert sich ja niemand für ihn.
Ich musste ihr eine Spritze geben. Sie schläft jetzt ein paar Stunden. Sie will nämlich morgen unbedingt zur Beerdigung von Honoré gehen. Ich habe ihr abgeraten, aber sie sagte, sie wolle unbedingt, und würde sie danach auch ins Gras beißen!
Ja, so könnte sie gesprochen haben, die alte Generalin.
In dem Moment tut sie Tanner beinahe Leid. So nahe am eigenen Tod, mitten in diesem Chaos von schrecklichen Geheimnissen um ihre Kinder. Weiß sie oder ahnt sie nur?
Kann ich sonst noch was für die Herren des Gesetzes tun, oder war's das?
Er betrachtet den Michel für einen Moment ganz scharf.
Schwitzen Sie immer so, Herr Kommissar? Trinken Sie Salbeitee, viel Salbeitee, das ist ein altes Hausmittel! Auf Wiedersehen. Und viel Erfolg!
Michel schüttelt sich bei der Vorstellung, Salbeitee zu trinken.
Gibt's so was nicht in Form von Schnaps, heiliger Strohsack?
Der Doktor, der schon in sein Auto steigt, schüttelt bedauernd seinen Kopf.
Sein Auto hustet und ruckelt nach erheblichen Anfahrschwierigkeiten endlich vom Hof.
Der soll seinem Auto Salbeitee zu saufen geben! Und überhaupt, was geht den mein Schweiß an. Ich hasse das, wenn man mir ungebetene Ratschläge gibt. Sowieso von einem Arzt! Tanner, den Tag, wo ich zum Arzt gehe, wirst du nicht so schnell erleben!
Na ja, wenn er meint.
Dabei kommt Tanner seine bevorstehende Operation – Mikrochirurgie, mh – in den Sinn. Er schließt aber schnell wieder diese kleine Tür. Zu unangenehm ist das grelle Licht, das durch diesen Türspalt blendet. Auch die Geräusche, die er aus diesem Raum zu hören glaubt, sind alles andere als wohlig.
Michel, was machen wir jetzt?

Der zuckt nur seine Schultern und verdreht die Augen.
Warten! Und Däumchen drehen! Übrigens finde ich, dass es an der Zeit wäre, dass das Schicksal mal zu unseren Gunsten einen Hüpfer macht, oder um es einmal mit Rilke poetisch auszudrücken: *Jetzt wär es Zeit, dass Götter träten aus bewohnten Dingen!*
Jetzt ist Tanner aber sprachlos! Der Dicke und Rilke ...?
Trotzdem sagt Tanner streng, wir werden jetzt nicht Däumchen drehen. Und bis die Götter tatsächlich aus ihren Behausungen treten, schlage ich vor, dass du in dein Büro fährst. Es laufen doch jetzt parallel drei Aktionen. Die Kirchtürme, die Klinik im Seeland, die Jagd nach Armand. Telefoniere, treibe deine Leute an, mach Dampf. Dann müssten doch langsam Berichte eintrudeln von den Spezialabteilungen. Zum Beispiel die Spurensuche bei Dr. Salinger, in der Wohnung von Dornröschen und so weiter. Däumchen drehen? Ich glaube, du spinnst, Michel. Und die GTI-Besatzung? Konfrontiere sie jetzt mal mit dem Video und behaupte schlicht und ergreifend, der Halbmond habe sie brutal in die Pfanne gehauen. Erfinde irgendetwas, lüge das Blaue vom Himmel herunter, vielleicht brechen sie zusammen und liefern wiederum Material über unseren sauberen Herrn Uraltnationalrat. Wir brauchen jeden Fakt, jedes Indiz, mag es noch so klein sein, sonst erleben wir unseren Jüngsten Tag, aber mit einem, äh ... Rumms, wenn du erlaubst, dass ich dich zitiere!
Michel schnauft einmal tief und sagt dann, dass Tanner ja Recht habe, aber er habe heute noch nichts Rechtes gegessen und da sei auch so ein eigenartiger Drang gen Welschland.
Aha, daher weht der Wind, die fette Jungfrau, äh ... Exjungfrau! Ich weiß schon, was es geschlagen hat. Du musst gar nicht so blöd rumfeixen, wer weiß schon, was die Damen so treiben, wenn man sie allein lässt!
Abmarsch, Michel. Keine Diskussion. Es gibt Zeiten der Liebe und Zeiten des Kampfes. Punkt.
Was rede ich denn da für Blödsinn?
Diese Frage behält Tanner allerdings für sich. Er hat ja selber Sehnsucht.
Bevor er Elsie wiedersehen wird, hat er allerdings noch zwei Dinge zu erledigen.

Ich werde jetzt mal ein intensives Gespräch mit Rosalind führen, sagt er zu Michel. Besser gleich als erst morgen. Danach gehe ich noch kurz Dornröschen im Krankenhaus besuchen. Anschließend tauschen wir telefonisch neue Erkenntnisse aus. Und morgen früh holst du mich zur Beerdigung ab.
Sie winken sich zu und jeder fährt in seine Richtung.
Michel in die Hauptstadt. Tanner auf den Hof zu Ruth und Karl.
Er hofft, dass Rosalind dort ist.
I pray thee, Rosalind, sweet my coz, be merry…

EINUNDZWANZIG

Mein Vater lebt, nicht wahr?
Tanner hatte diese Frage befürchtet. Er fand Rosalind in der Küche mit Karl und Ruth. Schweigend haben sie ein Kartenspiel gespielt. Nicht fröhlich, auch nicht besonders traurig. Einfach ganz ruhig.
Tanner hat sich still dazugesetzt. Nach einer Weile hat er ganz unvermittelt gesagt, dass er sie dringend allein sprechen möchte. Sie hat sofort ihre Karten auf den Tisch gelegt, als ob sie auf diese Aufforderung gewartet hätte, ist aufgestanden und aus der Küche gegangen. Tanner hat zu Ruth und Karl gesagt, dass er es ihnen später erklären werde. Sie haben nur genickt.
Draußen wartete Rosalind. Als sie ihn sah, hat sie sich sofort auf den Weg gemacht. Für sie war offensichtlich klar, dass das Gespräch nur auf einem Spaziergang stattfinden konnte. Sie hat ihre neuen Kleider wieder gegen verwaschene Jeans und ein dunkles T-Shirt getauscht. Die Schminke war auch weg.
Sie sah sehr verloren aus. Sie ging mit großen Schritten und gesenktem Kopf voraus. Hinter dem Dorf, wo der Weg ziemlich ansteigt und im Wald verschwindet, ist sie abrupt stehen geblieben und hat sich umgedreht.
Mein Vater lebt, nicht wahr?
Ihre Augen brennen im Abendlicht. Ihre Haare auch. Die kleinen Hände sind zu Fäusten geballt. Alles an ihr ist Erwartung.
Lebt mein Vater noch, verdammt noch mal, Tanner, jetzt sei ein Freund und sag mir die Wahrheit. Bitte!
Ja, Rosalind, dein Vater lebt.
Sie zittert. Tanner fürchtet, dass sie umfällt.
Aber…?
Ganz leise fragt sie.
Ich bleibe hier stehen, bis du mir alles gesagt hast, was du weißt.

Ich bin groß genug. Ich werde es aushalten. Und sonst bist du ja bei mir.
Tanner dreht sich einmal kurz um, vielleicht um Luft zu holen, vielleicht um einen kleinen Moment diesen Augen auszuweichen. Dabei sieht er direkt zum Hof von Elsie. In der Küche brennt schon Licht. Sein Herz krampft sich zusammen.
Dein Vater war nie in Australien. Armand war für drei Tage dort und hat den Brief abgeschickt. Wer ihn gefälscht hatte oder wie der Brief zustande kam, weiß ich bis jetzt nicht. Dein Vater wurde von Auguste mithilfe von Dr. Salinger in psychiatrische Kliniken gesteckt. Wahrscheinlich unter falschem Namen. Er war nacheinander in ganz verschiedenen Kliniken. Die Diagnose lautete zusammengefasst auf Schizophrenie. Ich habe einen heimlichen Krankenbericht von Dr. Salinger gelesen. Ob der Bericht wahr ist, was die tatsächliche Krankheit von Raoul betrifft, vermag ich nicht zu sagen. Vielleicht ist alles fingiert worden. Dein Vater ist jahrelang unter Drogen in diversen Kliniken unter Verschluss gehalten worden. Möglicherweise auch unter verschiedenen Krankheitsetiketten, nicht nur unter verschiedenen Namen. Zuletzt wurde in dem Bericht vom Salinger vermerkt, dass Raoul verschwunden sei. Entweder ist er geflüchtet, oder jemand hält ihn versteckt, weil er Angst hat, dass wir ihn früher oder später in irgendeiner Klinik finden. Das sind die Fakten, die ich bis jetzt kenne. So oder so, deinem Vater geht es auf jeden Fall sehr schlecht. Wenn wir ihn finden, wird er alle Liebe der Welt brauchen. Ich habe keine Ahnung, was das Motiv für dieses unglaubliche Verbrechen sein könnte. Ich weiß auch nicht, ob deine Großmutter etwas damit zu tun hat. Ich habe von Honoré gewisse Hinweise bekommen, die ich aber anfänglich nicht richtig gedeutet habe.
Rosalind steht stumm und unbeweglich.
Tanner, kannst du mich jetzt in deine Arme nehmen?
Ihr Körper zittert, aber sie weint nicht. Nach einer Ewigkeit redet sie.
Honoré hat im Horoskop gesehen, dass jemand kommt und alles ins Rollen bringen wird. Er glaubte fest daran. Nachdem du auf dem Friedhof das Pferd eingefangen hast, war Honoré sowieso

überzeugt, dass du derjenige bist. Honoré hat es in seiner frivolen Art auch meiner Großmutter unter die Nase gerieben.
Hat er damit gleichzeitig sein Todesurteil unterzeichnet? Der Gedanke kommt Tanner wie angeworfen. Die Alte? Mein Gott, die Alte! Langsam, Tanner, langsam!
Rosalind, weißt du, ob Honoré noch mit jemand anderem darüber gesprochen hat? Es ist ganz wichtig!
Das weiß ich nicht. Aber ich selber habe es Auguste gesagt, weil ich so wütend auf ihn war. Er hat in der Nacht mit mir wegen dem Pferd gestritten und wollte mir das Reiten überhaupt verbieten. Dabei hat er mir überhaupt nichts zu verbieten!
Was sie denn genau zu ihm gesagt hat, will Tanner wissen.
Ich habe ihm ins Gesicht geschrien, dass ich dich kenne und du würdest schon alle seine Machenschaften aufdecken. Ich wollte ihm aus Wut irgendwie Angst machen. Das war blöd, oder? Richtig kindisch, ja? Aber ich habe mich so machtlos gefühlt. Ihm mit dir zu drohen, obwohl ich dich ja gar nicht kannte, hat mir für einen Moment so ein verteufelt wohliges Gefühl gegeben, verstehst du, Tanner?
Der Tanner versteht! Wenn der Halbmond die Drohung für einen Moment ernst genommen hat, war es für ihn mit seinen Verbindungen ein Leichtes herauszufinden, wer der Fremde ist. Tanner hat allerdings Zweifel, dass der Halbmond die Drohung des Mädchens ernst genommen hat. Aber er ist ein alter Wolf, der allein aus Gewohnheit über alles Bescheid wissen muss und daher seine Nachforschungen angestellt haben wird. Aus gewohnheitsmäßigem Misstrauen. Wenn er dann erfahren hat, in welcher Abteilung Tanner tätig gewesen ist, dazu vielleicht noch das Stichwort Marokko, dann war er natürlich alarmiert. Seine Intuition wird ihm sofort gesagt haben, dass so einer wie Tanner nicht einfach aufs Land zieht, um lange Spaziergänge zu machen. Wenn er dann zum Beispiel noch beobachtet hat, dass er nachts allein zu Honoré gegangen ist ...
Oder aber die Alte! Die hatte ihn ja offensichtlich nur zum Tee eingeladen, um ihn zu fragen, warum er bei Ruth und Karl eingezogen ist. Sie hat sicher gespürt, dass es zwischen Honoré und Tanner eine besondere Verbindung gab, hellwach und misstrauisch wie sie ist, die gnädige Frau!

Alles Spekulation. Voller Wenn und Aber oder Vielleicht! Vielleicht doch und vielleicht aber doch nicht. Tanner, das ist nutzlos! Warum wolltest du mich heimlich auf dem Friedhof treffen? War das deine Idee oder hat dich Honoré geschickt?
Honoré! Es war seine Idee. Er hat geahnt, dass du an mir interessiert sein wirst. Und so wäre es am besten, wenn ich mit dir ins Gespräch käme. Noch ohne bestimmte Fragestellung. *Jöst för fönn*, nannte er das, der dumme Hund. Scheiße! Wir haben alles falsch gemacht. Wir waren zu ungeduldig. Vielleicht könnte er noch leben?
Tanner fasst sie energisch an den Schultern.
Stopp. Aufhören, Rosalind! Das ist der falsche Weg. Wenn schlimme Sachen ins Rollen kommen, ist es meistens, weil die Schuldigen, tief in ihrem Innern, selbst ein irrationales Bedürfnis haben, dass ihre Schweinereien ans Tageslicht gelangen. Wenn einer von uns ein ganz klein wenig Auslöser dabei gespielt hat, ist er deswegen noch lange nicht – schuld! Merk dir das, bevor du dir alles Mögliche auf deine Schultern lädst.
Wieso bist du denn überhaupt zu Ruth und Karl gekommen? Ganz unschuldig fragt sie. Kann es sein, dass Ruth in dem Punkt wirklich nicht geplaudert hat? Tanner geht zwei Schritte, dann entschließt er sich, ihr den wahren Grund zu sagen.
Sie lauscht seinen Ausführungen still und mit ernstem Gesicht.
Ob er denn schon eine Spur vom Kindermörder habe?
Tanner schweigt. Er weiß nicht, was er ihr sagen soll.
Ist ja gut. Das war eine ziemlich dumme Frage von mir.
Lass uns zurückgehen, Rosalind.
Sie legt ihre Hand auf seine Schulter und so zotteln sie langsam zurück zum Hof. Inzwischen ist es dunkel geworden. Der Hof liegt verlassen da.
Als sie schon auf der Treppe ist, dreht sich Rosalind noch einmal um.
Ich wollte dich noch etwas ganz anderes fragen. Wo ist eigentlich dein Sohn?
Wie bitte? Woher weißt du, dass ich einen Sohn habe?
Tanner sieht so verdutzt aus, dass sie ihm direkt ins Gesicht lacht.
Ich habe heute deine Sachen gepackt und zu Elsie gebracht. Da ist

mir zufällig, ganz zufällig, ein Bild deines Sohnes in die Hand gerutscht. Und ein Bild von deiner Tochter auch. Oder war das etwa die fatale Beziehung ... hi ... hi ... hi?

Aha, Ruth hat geplaudert.

Nicht böse sein, Tanner! Verzeih mir meine Neugierde. Aber ich konnte nicht anders. Ich finde, du hast einen sehr schönen Sohn. Wenn er auch sonst noch deine Qualitäten hat ... Kommt er dich denn einmal besuchen?

Ich weiß nicht. Er lebt in Amerika bei seiner Mutter, antwortet Tanner etwas wortkarg.

Ich habe mir übrigens erlaubt, das Bildnis des Mädchens von Leonor Fini noch etwas zu behalten. Nur ein paar Tage, bitte. Ich habe dir dafür ein anderes Bild eingepackt.

Tanner wartet, bis Rosalind im ersten Stock verschwunden ist. Dann setzt er sich in sein Auto. Er ruft Elsie an. Sie antwortet so schnell, als hätte sie neben dem Telefon gesessen.

Freudiger Aufschrei.

Sie habe sich selbstverständlich Sorgen gemacht. Tanner erzählt ihr von den Ereignissen des heutigen Nachmittags.

Dass Dornröschen getötet worden sei, habe sie schon gehört. Es sei fürchterlich. Was denn noch alles passieren müsse ...!

Tanner unterbricht sie.

Elsie! Du musst nicht alles glauben. Verstehst du? Nicht alles glauben, was du hörst! Ich erkläre dir alles!

Elsie schweigt. Tanner hofft, dass sie ihn verstanden hat.

Ob er denn bald nach Hause komme? Sobald es dunkel sei, würde sie sich noch mehr Sorgen machen als am Tag.

Tanner beruhigt sie. Er müsse noch einmal mit dem Michel reden.

Tanner fährt die kurze Strecke bis zum Spital, das sich am Rande des Städtchens befindet. Im Schneckentempo. Zeit zum Nachdenken!

Er ist gespannt, wer morgen zur Beerdigung von Honoré kommt. Aufschlussreicher wird allerdings sein, wer nicht kommt! Ob die Alte es gesundheitlich schafft? Und Auguste? Wird er den Mut haben – oder soll man sagen, die Frechheit besitzen –, an der Beerdigung zu erscheinen?

Was beweist es schon, ob er kommt oder nicht? Tanner wird auf jeden Fall morgen mit der Alten ein Gespräch führen. Nach der Beerdigung.
Wenn es sein muss, lege ich mich neben sie aufs Sterbelager, sagt Tanner laut. Da sie ja offensichtlich nichts mehr zu verlieren hat, außer die Familienehre natürlich, wird sie vielleicht bereit sein, ihn als eine Art Beichtvater zu sehen.
Er würde ja sowieso alles tun, um Rosalind zu schützen. Vielleicht ist das ja das Wichtigste für sie. Man wird sehen.
Er parkt seinen Ford auf dem leeren Besucherparkplatz. Die Zimmer des Krankenhauses sind hell erleuchtet.
Am Informationsschalter ist niemand. Die Besuchszeit ist ja auch vorbei. Also irrt Tanner aufs Geratewohl durch die Gänge. Er findet eine halb angelehnte Tür. Es ist das Stationszimmer. Eine Schwester starrt in einen Computer. Unbeweglich. Als wäre sie durch das Gerät in eine geheimnisvolle Trance versetzt worden.
Tanner räuspert sich leise und sie fährt zusammen vor Schreck. Sie starrt ihn entgeistert an. Tanner erklärt, wer er ist und was er will.
Stumm greift sie zum Telefon und leitet seinen Wunsch an einen Arzt weiter. Sie sagt, dass der Herr Doktor so und so ihn hier abholen werde. Sie müsse jetzt Meldung bei der Polizei machen. Die wolle nämlich wissen, wer sich nach der jungen Frau erkundigt.
Tanner ist beruhigt über den Vorgang, obwohl es sicher ein Leichtes gewesen wäre, unbemerkt weiter in das Innere des Gebäudes einzudringen. Ein Krankenhaus ist nun mal kein Hochsicherheitstrakt. Hoffentlich hat Michel eine Bewachung angefordert.
Bei der Polizei meldet sie seinen Namen und offensichtlich gibt man ihr grünes Licht. Dann starrt die junge Schwester weiter in die Zahlenreihen ihres Computers.
Bald hört man schnelle Schritte. Ein junger Assistenzarzt öffnet energisch die Tür und stellt sich als Dr. Helmer vor. Tanner erklärt auch ihm, wer er ist, worauf die Schwester das Okay der Polizei noch einmal bestätigt. Tanner solle ihm folgen, sagt der Arzt nach einem prüfenden Blick.
Das Mädchen habe großes Glück gehabt. Eine halbe Stunde später wäre sie nicht mehr zu retten gewesen. Sie sei natürlich noch

sehr geschwächt, zumal sie ja nicht gerade über viel Reserve verfüge. Aber sie hätte einen erstaunlich starken Willen und einen unverwüstlichen Humor. Was denn auf ihrem Körper geschrieben gewesen sei, wollte er wissen, denn als das Mädchen hier ankam, sei alles so verschmiert gewesen, dass man nur noch einzelne Buchstaben habe erkennen können.
Tanner sagt es ihm.
Wer denn dieser *Sheiksbier* sei, fragt er ganz unschuldig. Da kann Tanner nur tief Luft holen, auf zehn zählen und ihm sagen, er sei nichts weniger als der größte Theaterdichter der Weltgeschichte.
Der junge Mann meint errötend, die Ärzte seien leider nichts mehr und nichts weniger als Fachidioten. Er habe in seinem Studium so viele Dinge büffeln müssen, die ihm jetzt auch nicht weiterhelfen. Für was anderes hätte ihm leider die Zeit gefehlt. Ob der denn auch Filme gemacht habe, dieser *Sheiksbier*? Ins Kino gehe er ab und zu.
Zum Glück treten sie jetzt in ein Zimmer der Intensivstation, so dass Tanner keine Veranlassung mehr sieht, ihm eine entsprechende Antwort zu geben.
Dornröschen liegt blass, sehr klein und schmal in einem viel zu großen Bett. Die Augen sind geschlossen.
Der Polizeibeamte, der still in einer Ecke des Zimmers sitzt, steht jetzt auf und salutiert. Es ist der uniformierte Grünschnabel, den Tanner damals beim Kornspeicher etwas unsanft angefasst hatte. Jetzt leuchten seine Augen und er grüßt Tanner eifrig mit Namen.
Die Patientin hatte mich gebeten, im Zimmer zu sitzen. Ist es recht, wenn ich mich so lange draußen hinsetze, Herr Kommissar Tanner?
Es ist recht und auch der Arzt verabschiedet sich, nachdem er einen prüfenden Blick auf die vielen Geräte geworfen hat, die alle über das Wohlergehen von Dornröschen Auskunft geben. Offensichtlich ist er zufrieden.
Tanner betrachtet das schmale Gesicht. Er berührt mit der Hand ihre Stirn. Kein Fieber. Dann nimmt er ihre kleine Hand in seine.
Sie atmet tief durch.
Mein Prinz ist da. Mein Retter ist gekommen!

Dann dreht sie ihren Kopf zu Tanner und öffnet ihre Augen.
Du brauchst dich überhaupt nicht bei mir zu bedanken, denn ich, ich bin ja einzig und allein schuld, dass man dich hat umbringen wollen. Der Mörder hat dich nur benutzt, um mir seinen Hohn und seine Allmacht zu demonstrieren.
Tanner zitiert den Satz, den der Mörder mit ihrem eigenen Blut auf ihren Leib geschrieben hatte.
Sie schaut starr zur Decke. Als Tanner schon denkt, sie würde gar nicht mit ihm reden wollen, schaut sie ihn wieder an.
Erzähle mir bitte, was du bis jetzt über diesen Mörder weißt. Ich glaube, dass ich mir das verdient habe. Immerhin war ich Briefpapier und Tinte für ihn!
Tanner kann ihr diese Bitte unmöglich abschlagen und so beginnt er von ganz vorne zu erzählen. Und wenn er schon erzählen soll, berichtet er ihr alle Details, alle bisherigen Überlegungen und Spekulationen. Wer weiß, vielleicht fällt ihr etwas auf, was er übersehen hat.
Als er zu Ende erzählt hat, schweigt sie eine Weile.
Ich werde drüber nachdenken, aber ich glaube, dass du dich verrannt hast. Versuch das Ganze noch einmal mit anderen Augen anzuschauen. Für dich ist klar, wer gut und wer böse ist. Das gibt es aber im Leben nicht, soviel ich weiß. Mehr kann ich dir heute nicht sagen. Aber ich werde darüber nachdenken, und wenn du morgen wieder kommst – du kommst doch morgen wieder, oder? –, weiß ich vielleicht mehr!
Dann gähnt sie ausgiebig. Als Tanner das Zimmer langsam rückwärts verlässt, schläft die kleine Philosophin schon.
Mit anderen Augen schauen … wie Recht sie hat! Aber wie? Irgendwo liegt ein Denkfehler. Wieder überfällt ihn das unbehagliche Gefühl, dass er den Schlüssel längst in der Hand hält, aber nichts damit anfangen kann.
Wie ein Schachspieler, der stundenlang auf ein Schachspiel starrt und nicht merkt, dass er den Gegner in zwei Zügen schachmatt setzen könnte. Verdammt …
Im Auto telefoniert er mit einem deprimierten Michel. Er hat gar nichts Neues, aber gar nichts. Die Suche nach den siebenunddreißig Stufen wurde erfolglos abgebrochen. Armand ist wie vom Erdbo-

den verschwunden. Der Lerch habe sich auch noch nicht gemeldet. Den haben sie wahrscheinlich gleich in der Klinik behalten. Die Resultate der Spurensicherung brachten weder bei Salinger noch in Dornröschens Wohnung etwas Neues. Das Haus von Armand kann erst morgen untersucht werden. Mangels Personal. Die oberste Leitung war dagegen, Personal von auswärts anzufordern.
Michel atmet müde durch das Telefon.
Auswärts! Wenn ich das nur schon höre! Ein anderer Kanton ist bei denen schon auswärts! Und das Deprimierendste: Das Videoband ist spurlos verschwunden. Daran kann man sehen, wie brisant es ist. Lustig, lustig, trallala ...!
Michel regt sich schon nicht einmal mehr auf. Er hat einfach nur die Schnauze voll.
Ich werde nach diesem Fall kündigen. Ganz sicher. Aber sofort.
Beide wissen, dass er das nicht tun wird. Einmal Polizist, immer Polizist.
Tanner macht sich Sorgen um ihn. Ein tobender Michel ist ihm viel lieber.
Du weißt doch, dass man in jedem Fall einmal feststeckt. Meistens bevor der große Durchbruch kommt! Das heißt also, wir stehen kurz vor dem Durchbruch!
Das ist auch tatsächlich so. Warum, weiß Tanner auch nicht, aber er hat es oft genug erlebt.
Außerdem lösen nur Tatortkommissare im Fernsehen komplizierte Fälle in der zur Verfügung stehenden Sendezeit von knapp zwei Stunden. Im richtigen Leben ist Polizeiarbeit zäh und voller mühseliger Kleinarbeit. Begleitet von Rückfällen, die zeitweise alle Motivation zum Weiterarbeiten abwürgen.
Tanner schlägt ihm vor, Feierabend zu machen. Morgen früh habe dann jeder einen neuen Aspekt entdeckt. Hoffentlich. Er solle versuchen, nicht angestrengt darüber nachzudenken, sondern sich abzulenken, einfach in den Bildern ihres Falles dösen. Ganz bestimmt würde jeder plötzlich etwas entdecken, was er bis jetzt übersehen habe. Er solle doch noch mal ins Welschland fahren, zu seiner Dame. Die würde ihn schon auf andere Gedanken bringen.
Meinst du?

Ganz wach wird er jetzt, der Kommissar Michel, Abteilung Leib und Leben.
Soll ich das wirklich? Das ist vielleicht gar keine so eine schlechte Idee. Mein Gott, Tanner! Du bist ein echter Freund. Du hast Recht. Abschalten. Dösen. Trance. Und dann kommt plötzlich von schräg hinten links eine ungeheure Idee. Das ist sicher echt indisch, du! Also bis morgen um neun Uhr. Ich muss jetzt losfahren!
Indisch ... Indisch ... Kindisch! Jetzt kommt der auch noch mit hinten links! Aber immerhin, seine Laune ist deutlich besser geworden. Immerhin!
Sein Auto fährt fast wie von alleine.
Elsie, ich komme! Ich werde dir alles erzählen! Ich werde dich küssen und noch vieles mehr!
Abschalten. Dösen. Trance. Und von schräg hinten links, eine Idee! Indisch. Kindisch!

ZWEIUNDZWANZIG

Tanner! Tannerli! Aufwachen! Jaques ist traurig! Komm, ich muss dir etwas zeigen!

Glöckchen flüstert ihm ins Ohr. Er spürt ihren warmen Atem an seinem Hals. Von schräg hinten links ...

Tanner hält seine schlafende Liebste im Arm. Er dreht seinen Kopf und sieht Glöckchen. Sie steht in ihrem Nachthemdchen am Bettrand. Ihre Haare sind ganz zerzaust. Sie legt einen Finger auf ihre Lippen und bedeutet ihm, leise aufzustehen, ohne Elsie aufzuwecken.

Langsam befreit er sich aus der Umarmung, zieht schnell Hemd und Hose über. Glöckchen guckt ihm mit großen Augen interessiert zu und dann schleichen sie leise in den ersten Stock. In ihrem Zimmer angekommen, schließt sie die Tür. Sie flüstert immer noch.

Jaques war heute Morgen so traurig. Da habe ich gedacht, vielleicht schmerzt ihn seine Wunde am Bein. Ich habe den Verband abgemacht, und da sein Bein mit so einem groben Faden vernäht war, habe ich gleich den Faden aufgeschnitten. Ich wollte das Bein neu vernähen, mit einem feineren Faden in der Farbe des Beines. Ich kann nämlich schon gut nähen. Ich bin in der Schule die Beste. Und da habe ich im Bein etwas gefunden. Weißt du, was das ist?

Glöckchen schlägt die Bettdecke zurück. Sie hat Jaques ganz ausgezogen und tatsächlich das Bein abgetrennt. Er sieht aus wie ein Kriegsveteran mit kurzem Beinstumpf. Schauerlich, auch wenn es nur eine Puppe ist. Der Rest des Beines liegt daneben. Der rote Faden, den Tanner so gut kennt, ist in viele kleine Teile zerstückelt. Aus dem Bein quillt Watte.

Neben Jaques liegen drei dünne, glatt gestrichene Papiere.

Tanner traut seinen Augen nicht. Es sind drei Flugtickets. Die

Schrift ist zwar kaum noch zu erkennen, denn das Papier ist von der vielfachen Faltung arg zerknittert. Honoré musste die drei Flugtickets unendlich klein falten, um sie im Bein zu verstecken. Dass es Honoré war, der die drei Flugtickets im Bein versteckt hatte, ist klar. Aber woher hatte er sie?

Es sind drei Flüge nach Casablanca, das kann man trotz des schlechten Zustandes der Tickets erkennen. Die Daten sind so verwischt, dass Tanner mit bloßem Auge leider nichts Genaues erkennen kann. Dafür ist zumindest auf einem Ticket der Name recht deutlich zu lesen. Finidori. Aber welcher Finidori?

Sollte sich herausstellen, dass die Daten jünger sind als der Zeitpunkt von Auguste Finidoris Rausschmiss aus Nordafrika, kann es sich ja nur um Armand handeln. Armand, der Reisende in Sachen dunkle Familiengeschäfte.

Er hat eine ganze Weile noch die Geschäfte seines Vaters in Nordafrika betreut. Vor dem Ausbruch seiner Krankheit. Das hat Karl damals in der Nacht im Stall erzählt. Wenn sich die Daten feststellen lassen, und das ist im Labor sicher kein Problem – oder bei der Fluggesellschaft –, dann braucht man sie nur noch mit den Tatzeiten zu vergleichen, in denen die Mädchen in Marokko umgebracht wurden. Und wenn die Daten übereinstimmen, dann ...! Gnade dir Gott, Armand.

Glöckchen, du hast hier etwas sehr Wichtiges gefunden. Und zudem glaube ich, dass diese drei Papiere Jaques sehr gestört haben. Vielleicht ist er ab jetzt nicht mehr so traurig. Das hast du sehr gut gemacht. Nähe das Bein wieder sorgfältig an, verbinde es noch einige Tage und dann wirst du sehen, wie glücklich Jaques sein wird. Ich bin sehr froh, dass ich ihn dir anvertraut habe. Ab jetzt gehört er dir.

Glöckchen strahlt Tanner an, mit offenem Mund.

Was für ein neuer Aspekt. Von schräg hinten links ...

Tanner kann es kaum fassen. Er hätte dieses Versteck nie und nimmer gefunden.

Darf ich die Papiere und den roten Faden haben?

Sie nickt sofort, immer noch sprachlos. Er gibt ihr einen Kuss auf die Stirn, nimmt die Papiere, die Fadenstücke und geht leise aus dem Zimmer.

Um gleich wieder umzukehren. Er muss Glöckchen dringend noch eine Frage stellen. Die Gunst der Stunde ausnützen. Jetzt oder nie.
Du, Glöckchen, willst du mir nicht verraten, wo du den Mann im komischen Anzug gesehen hast?
Glöckchen guckt Tanner einen Moment an. Zögert. Dann schnauft sie und beginnt zu sprechen.
Also, ich habe ihn nicht selber gesehen. Anna Lisa hat mir von ihm erzählt. Sie hat ihn irgendwo auf einer Wiese gesehen. Sie hat gesagt, es war ein ganz böser Mann und er hat ganz unheimlich ausgesehen. Und er hat zwar einen Kopf gehabt, aber kein Gesicht.
Ist das derselbe Mann, den Anna Lisa gezeichnet hat und der die schweren Steine trägt?
Glöckchen tippt mit dem Finger gegen ihre Stirn.
Aber das sind doch keine Steine! Das ist Eis. Eisblöcke. Er hat ganz viele Eisblöcke irgendwohin getragen.
Eisblöcke? Du meinst, aus richtigem Eis? Gefrorenes Wasser?
Glöckchen verdreht die Augen gen Himmel. Über Tanner, der so schwer von Begriff ist.
Ja, Eisblöcke. Die hat der Mann aus einem Auto ausgeladen.
Jetzt wird es Tanner ganz mulmig zumute. Eisblöcke! So was denkt sich ein Kind nicht einfach aus.
Ist das der Beweis, dass Anna Lisa ihn tatsächlich gesehen hat?
Wofür braucht der Mann Eis? Zum Kühlen? Aber was hat er damit gekühlt? Die Körper der ermordeten Mädchen? Oh, Gott …
Tanner schaut Glöckchen an. Weiß sie noch mehr? Er hat noch zwei Fragen.
Wo hat der Mann die Eisblöcke hingetragen? Hat dir das Anna Lisa auch erzählt?
Nein. Das weiß ich nicht.
Weißt du, ob Anna Lisa einmal mit dem Mann geredet hat?
Ich glaube nicht. Ich meine, ich weiß es nicht. Ich muss jetzt weiternähen.
Die Antwort kam für Tanners Geschmack etwas zu schnell. Aber er spürt, dass es jetzt keinen Sinn hat, weiter zu bohren. Vielleicht sollte er Elsie bitten, später nochmals nachzufragen.

Elsie ist in der Zwischenzeit aufgewacht. Sie sitzt aufrecht im Bett und wundert sich, ziemlich verschlafen, warum sie allein im Bett ist. Trotz der schwerwiegenden neuen Informationen, die Tanner soeben erhalten hat, muss er Elsie einen Moment anschauen.
Nicht bewegen. Elsie, bitte, bleib genauso sitzen!
Sie bleibt sitzen und schließt ergeben ihre Augen. Tanner zieht die Vorhänge genauso weit auf, dass nur gerade ein Streifen Morgenlicht auf sie fällt.
Wie schön Elsie ist.
Das Licht umschmeichelt sanft ihre wunderschönen Schultern. Die Hände liegen entspannt im Schoß. Der Kopf ist leicht angehoben, als ob sie sich im ersten Morgenlicht sonnen würde. Durch das seitlich einfallende Licht sind ihre Brüste perfekt beleuchtet. Der Horizont der Schultern bildet mit dem geschwungenen Bogen ihrer Schlüsselbeine eine vollkommene Harmonie. Die beiden Linien einer gedachten Fortsetzung der Schlüsselbeine treffen beidseitig genau die rosafarbenen Brustknospen. Wölbung und Rundung ihrer Brüste stehen in einem exakten Gleichgewicht zur Größe ihrer braunrosa Kreise, die ihre Brustknospen umgeben. Das Tal zwischen ihrem Busen findet seine Fortsetzung in einem kaum spürbaren, bei diesem Licht aber deutlich zu sehenden Härchenfluss, der bei ihrem kleinen Bauchnabel verschwindet, als ob das blonde Bächlein geräuschlos in ihren Bauch hineinfließen würde.
Jetzt lässt sie sich stöhnend nach vorne fallen.
Wie lange will der Herr mich noch betrachten? Bin ich eine Skulptur im Kunstmuseum? Schluss mit der Vorstellung. Ich will jetzt einen Morgenkuss. Danach muss ich schleunigst Frühstück machen, denn der Herr wird ja von diesem schwitzenden Ungetüm abgeholt und mich lässt er …
Und wieder einmal bewahrheitet sich das alte Sprichwort. *Spricht man vom Teufel …* Das keuchende Auto vom Michel fährt auf den Hof und hält mit knirschenden Rädern, unweit des Schlafzimmerfensters. Schnell schließt Tanner den Vorhang.
Das ist jetzt wohl die Rache dafür, dass sein Telefonanruf ihn kürzlich empfindlich beim Verhör mit der dicken Lady unterbrochen hat, denkt Tanner und ist frustriert.

Michel klopft energisch an das Schlafzimmerfenster.
Das ist jetzt aber richtig nett, dass du uns so früh störst, Michel. Wir hätten gaaar nicht gewusst, was wir ohne dich machen sollen. Es war uns schon sooo langweilig. Du kannst zur Strafe gleich in die Küche gehen und Kaffee machen. Du findest alles Notwendige im Küchenschrank. Und hör auf mit deinem dämlichen Grinsen. Indisch. Kindisch ...!
Ohne seine Reaktion abzuwarten, stürmt Tanner ins Badezimmer. Eine viertel Stunde später kommt er in die nach Kaffee duftende Küche, wo alle drei Kinder auf dem Affenfelsen Michel herumturnen.
Elsie steht still und anmutig am Kochherd und kocht echte Schokolade für ihre Kinder.
So! Schluss jetzt mit der Rumturnerei. Ihr macht ja den schwarzen Anzug von Herrn Michel ganz schmutzig. Alles setzt sich jetzt an den Tisch. Das gilt auch für dich, Michel!
Ich habe hier das Kommando, Tannerli. Ich bin der Befehlshaber hier. Ich kann jetzt nämlich das rrrr! Alle Mann – rrrechts um, und Marrrsch!
Tommy hat sich auf seinen Stuhl gestellt, worauf Elsie kurzerhand den kleinen General packt und auf den Stuhl setzt.
Jetzt höre ich nur noch Essgeräusche! Hier, nehmt frische Brötchen. Und sagt alle danke schön. Herr Michel hat eine ganze Bäckerei leer gekauft.
Nachdem alle im Chor gedankt haben, rückt Michel seine hellgrüne Krawatte zurecht, bei der man zweimal gucken muss, bis man es glaubt, denn immerhin gehen sie gleich zu einer Beerdigung. Michel greift sich gelassen ein Croissant und drückt es mit zwei Bissen weg.
Dann wollen wir mal diesen Brötchenberg in Angriff nehmen!
Mit unglaublicher Geschwindigkeit teilt er mit dem Messer ein Brötchen, schmiert eine gigantische Menge Butter und eine geradezu schwindelerregende Masse Marmelade auf die zwei Hälften, klappt das Brötchen wieder zusammen – es sieht jetzt aus wie ein Big Mac – und mit dem ersten Bissen ist schon die Hälfte in seinem gierigen Maul verschwunden. Tommy schaut mit offenem Mund abwechselnd zu Elsie und zu Michel. Lena und

Glöckchen verständigen sich in Zeichensprache. Ihr Thema handelt offenbar von den Essgewohnheiten der Höhlenbewohner...
Diese Brötchen werden auch immer kleiner. Ach, in welchen Zeiten leben wir! Ein zweiter Biss. Und es war einmal ein Brötchen. Dafür findet die Marmelade überhaupt keine Zeit zum Runtertropfen. Man muss immer auch die guten Seiten sehen.
So endet dann eine halbe Stunde später das opulente Frühstück. Der Brötchenberg ist verschwunden. Dank eines einzelnen Herrn ist auch die Butter und die Marmelade alle.
Jetzt werden Zeitpläne geschmiedet und Uhren verglichen. Ruth macht heute mit der ganzen Kinderschar, inklusive Ada, der noch nicht gefrühstückt hat und sich wohl mit trocken Brot zufrieden geben muss, einen Ausflug in ein nahe gelegenes Bauernmuseum. Elsie möchte alleine zu Hause bleiben. Sie hat was vor, denn sie gibt sich ganz geheimnisvoll. Es scheint sich nicht darum zu handeln, dass sie das Haus putzen will. Gegen spätestens fünf Uhr sollen die verschiedenen Reisetrupps wieder eintrudeln. Ruth und Karl, vielleicht auch Rosalind, kommen dann zu Besuch. Auch der dicke Kommissar soll kommen, möglichst in Begleitung. Es müsse ja nicht unbedingt seine Mutter sein. Michel reibt sich vergnügt die Hände. Nachdem Tanner sich buchstäblich in seinen dunklen Anzug gestürzt hat, denn die Zeit ist plötzlich knapp geworden, übergibt ihm Elsie einen Blumenstrauß für das Grab von Honoré. Dann verabschieden sie sich eilig.
In halsbrecherischem Tempo fahren sie in Richtung See.
In einem Vorort des Städtchens befindet sich auf einem Hügel der Friedhof.
Es wird keine Abdankung in der Kapelle geben, denn Honoré hat keine Beziehung zur Kirche gehabt. Oder wenn, eine Hassbeziehung. Es wird nur eine stille Bestattung am offenen Grab geben. Ich habe gehört, dass Rosalind etwas vorlesen werde oder so. Tanner nickt.
Sie parken das Auto unterhalb des kleinen Hügels und gehen den Weg zum Friedhof hinauf zu Fuß. Schon von weitem sieht man, inmitten einer kleinen Gruppe von dunkel gekleideten Gestalten, die blondrot leuchtenden Haare von Rosalind. Sie schiebt einen Rollstuhl.

Die Alte hat sich also durchgesetzt. Gegen den Rat des Arztes, vor allem aber wider ihre Vernunft. Wer weiß, was die beiden tatsächlich für eine Beziehung gehabt haben. Unter ihrer herrschsüchtigen Strenge und Honoré's frivolen Frechheiten hat sich vielleicht Zuneigung versteckt.
Das ältliche Dienstmädchen folgt dem Rollstuhl in respektvollem Abstand.
Den weißen Haarschopf von Auguste sucht Tanner vergebens. In Wirklichkeit hat er auch nicht mit ihm gerechnet. Flankiert wird das Grüppchen um den Rollstuhl von drei älteren, sehr ehrwürdigen Herren in dunklem Tuch.
Michel sagt flüsternd, das sind die Anwälte der Familie.
Aha, gleich im Triopack! Etwas entfernt steht, auffällig linkisch, ein ganzer Trupp jüngerer und älterer Männer. Unter ihnen Manuel, der Portugies', und auch der jungen Schwarze, der damals das Pferd geritten hat. Es ist die versammelte Arbeiterschaft vom Mondhof. Es ist beschämend und rührend zugleich, wie sie, unsicher in ihren zusammengewürfelten Kleidern, dastehen. In zu kurzen Hosen und zu weiten Jacken. Hauptsache dunkler Stoff. Als ob sich eine Schar Asylanten in ein Grand Hotel verirrt hätte. Manuel erklärt seinen Kumpels gerade, wer die beiden Herren sind, die da hastig den Weg zum Friedhof hinaufkommen, denn alle tuscheln und schauen wie zufällig zu ihnen. Mit dem Michel hatten ja alle schon das Vergnügen.
Er und Tanner gehen jetzt einen Bogen, denn sie möchten die Gruppe um den Rollstuhl nicht von hinten einholen.
Sowie Rosalind sie von der Seite kommen sieht, lässt sie den Rollstuhl einfach stehen und rennt, dem Anlass nicht sehr gemäß, in Tanners Arme.
Ich bin so froh, dass du gekommen bist. Ich hatte schon Panik, dass du vielleicht verhindert bist. Ich freue mich natürlich auch, dass Sie, Herr Michel, kommen. Aber wissen Sie, der Tanner ist mein Freund.
Sie hängt sich an Tanners Arm, und so gehen sie gemeinsam zum Rollstuhl.
Guten Tag, gnädige Frau. Mein herzlichstes Beileid. Ich habe Honoré zwar nur ganz kurz gekannt, ich habe ihn aber sofort ge-

mocht und auch in der Nacht vor seinem Tod seine künstlerische Arbeit kennen gelernt. Ein großer Verlust und, wenn Sie mir den Ausdruck gestatten, eine bodenlose Gemeinheit, sagen wir mal, vom Schicksal, dass er sterben musste. Und zudem völlig unnötig, das Schicksal nimmt trotzdem seinen Lauf, wenn Sie verstehen, was ich meine! Während Tanners geschraubter Rede, hält die Alte seine Hand fest in ihrer knöchernen Hand und schaut ihm starr in die Augen.
Tanner, Ihnen nehme ich Ihr Beileid ab. Aber Sie müssen mir nicht so gelehrt kommen. Sie können ruhig sagen, dass es ganz einfach beschissen ist, dass mein armer Zwerg wie ein räudiger Hund verrecken musste. Er war das einzige Lebewesen, außer natürlich Rosalind, mit dem man ein vernünftiges Wort reden konnte. Und der Einzige, der ab und zu die Wahrheit sprach. Wahrheit? Was für ein dummes Wort. Sie glauben sicher auch an die Wahrheit, stimmt's oder habe ich Recht? Und wahrscheinlich auch an die Liebe. Der Tod ist die einzige Wahrheit. Alles andere ist Papperlapapp, stimmt's oder ...!
Sie haben natürlich Recht, fällt Tanner ihr ins Wort. Und dann kann er sich's nicht verkneifen.
Wo ist denn Ihr Sohn? Hat er so viel Arbeit oder ...?
Die Alte starrt ihn mit eisigem Blick an und gibt Rosalind ein Zeichen, dass man jetzt anfangen soll. Rosalind kneift ihn in den Arm. Zustimmung oder Kritik?
Rosalind schiebt die Alte an das vorbereitete Grab.
Alle Anwesenden gruppieren sich nach und nach hinter ihr, als ob ein altmodischer Fotograf ein Familienbild arrangieren würde.
Auf der anderen Seite des Grabes steht der Sarg, dahinter ist eine kleine Puppenbühne aufgestellt, zu der Rosalind geht. Sie nimmt zwei Holzkreuze vom Boden auf. Jetzt sieht man die silbern glitzernden Fäden. Gleich darauf erkennt man zwei Marionetten, die am Boden auf ihren Auftritt gewartet haben.
Es sind Romeo und Julia.
Rosalind führt beide Figuren an ihren Fäden hinter die Bühne. Dann steigt sie über eine Treppe, die hinter der Bühne steht, langsam in die Höhe, bis sie über dem kleinen Theater steht. Sie lässt

Romeo und Julia langsam ins Theater hinunterschweben. Setzt Romeo auf der Seitenbühne ab, so dass er für die Zuschauer verschwindet. Julia legt sie sanft auf ein kleines Podest, das mit kleinen Blumen geschmückt ist. Das Grab von Julia.
Dann betrachtet Rosalind still und unbeweglich die schlafende Julia. Lange. Jetzt greift sie wieder nach den Fäden, an denen Romeo hängt.
Romeo erscheint und sieht seine Julia. Für ihn ist sie tot. Er weiß ja nichts von der alchimistischen Intrige von Lorenzo. Weil man sich auf die Post schon damals nicht verlassen konnte.
Tanner betrachtet Rosalind. Die Erschütterung, die aus ihrem Gesicht, aus ihrem Körper strömt, ist beklemmend. Lange schweigt Rosalind, betrachtet mit Romeo zusammen, die wie tot liegende Julia.
Die Suggestion dieses Anfangs lässt die zusammengewürfelten Menschen näher zusammenrücken, nicht nur äußerlich. Die Spannung ist fast mit Händen zu greifen.
Die Erwartung des ersten Wortes. Der magische Zwang zum Wort.
O my love! My wife!
Da sind sie, die ersten Worte. Ein Seufzer geht durch die Gruppe. Sehr leise, sehr klar hat Rosalind, hat Romeo gesprochen. Unbeweglich steht Romeo, unbeweglich steht Rosalind, unbeweglich alle.
Die Tragik der Situation ist so spürbar, wie Tanner es noch nie erlebt hat.
Sie stehen am offenen Grab. Auf einem wirklichen Friedhof. Mit einem wirklichen Toten im Sarg. Und sehen atemlos den verliebten, jetzt vom Schmerz betäubten Romeo, der als Einziger von allen nicht weiß, dass seine Geliebte nur schläft. Niemand kann eingreifen, genauso wenig wie niemand Honoré zum Leben erwecken kann.
Jetzt spricht Rosalind/Romeo weiter.
Death, that had suck'd the honey of thy breath, hath had no power yet upon thy beauty ...!
Rosalind spricht immer noch leise, wie im Dialog mit Romeo, den sie an den Fäden hält. Jetzt lächelt sie mit Romeo zusammen über

die unbesiegbare Schönheit von Julia. Dann spricht Rosalind lauter, fester. Bis zum bitteren Ende, dem sie einen leichten Ton gibt, fast heiter. Umso schlimmer für sie, die Zuschauer, Miterleider, Alleswisser, Besserwisser.
Romeo ist noch nicht tot, da erwacht Julia, die ihn, ihren sterbenden Geliebte noch nicht bemerkt.
Die zum Leben Erwachende – der zum Tod Ersterbende.
Nebeneinander. Unbemerkt vom anderen.
Jetzt sieht Julia ihren Geliebten. Und er, sterbend, sieht sie. Romeo sieht, dass sie lebt. Und Julia, lebend, sieht, dass er stirbt.
Unabänderliches Schicksal.
Lieber Dolch, gib mir Tod!
Sie packt Romeos Dolch und ersticht sich.
Lieber Dolch, gib mir Tod!
Stille.
Tanner blickt hinter sich. Manuel steht direkt hinter ihm und über seine schlecht rasierten Wangen rollen dicke Tränen.
Rosalind steigt langsam rückwärts die Treppe hinunter. Sie bleibt eine Weile hinter dem Theater stehen. Keiner rührt sich.
Sie kommt an das Grab, hält eine Rose in der Hand. Das ist das Zeichen für die vier dunkel gekleideten Männer. Die Totengräber. Sie nehmen den Sarg hoch und stellen ihn neben das Grab auf zwei Holzbalken.
Wie klein er ist. Wie ein Kindersarg. Die Seile werden jetzt unter dem Sarg durchgeführt. Sie heben die Seile an, langsam und gemessen, heben ihn über das Grab. Rosalind nickt ihnen zu und jetzt lassen sie ihn langsam hinunter. Mit einem dumpfen Ton endet die Reise. Wie wenn ein Boot am Ufer anlegt. Honoré ist angekommen.
Die Seile werden hinaufgezogen. Die Männer treten zur Seite.
Rosalind geht nun ganz nahe an das Grab heran, spricht ein paar Worte, küsst innig die Rose und lässt sie hinunterfallen. Sie schaut zur Alten. Sie schaut zu Tanner. Ihre Augen sind voller Tränen.
Die Alte wirft herrisch eine Blume und bedeutet ungeduldig dem Dienstmädchen, dass sie weggerollt werden möchte.
Jetzt kommt Bewegung in die Gruppe. Tanner streut seine Blu-

men auf den Sarg. Rosalind nimmt seine Hand und drückt sie fest. So warten sie schweigend, bis alle Anwesenden sich von Honoré verabschiedet haben. Dann gehen sie. Tanner gibt Serge ein Zeichen. Er trottet hinter ihnen her. Wie ein großer, sehr trauriger Hund.

DREIUNDZWANZIG

Seine Füße im Wasser, beobachtet Tanner einen großen Fischschwarm am seichten Ufer des Sees. Es müssen Tausende von kleinen Fischen sein. Zusammen bilden sie einen perfekten Strudelkreis. Ob der einzelne Fisch um die große Form weiß? Was bedeutet der einzelne Fisch? Das Überleben der Art zählt. Nicht das Individuum. Zusammen ergeben sie das Abbild einer Ordnung, die hochästhetisch ist. Gleichzeitig dient diese Form auch als Schutz gegen größere Räuber.

Das Nützliche in der Natur ist schön. Deswegen haben die Menschen schon immer gedacht, dass dahinter ein Schöpfer steht. Ein Schöpfer mit Sinn für Ästhetik? Ein Künstler, der Form und Inhalt in eine perfekte Harmonie gießen konnte?

Ob Honoré jetzt den Schöpfer sieht?

Tanner lacht.

Aber wer weiß? Vielleicht sitzt er jetzt in einem bequemen Sessel, ein Glas mit himmlischem Cognac in der Hand, und erzählt seinem Schöpfer und den staunenden Engelein von seiner *Thaeterthoerie* und von schlechten Regisseuren. Vielleicht von der süßen Rosalind, als einem Beispiel eines gelungenen Produktes der Schöpfung. Vielleicht trifft jetzt Honoré den großen Shakespeare und erfährt von ihm, dass er alles ganz anders gemeint hatte. Gott, der das Gespräch zwischen den beiden belauscht, nickt und denkt seufzend, genau wie bei mir!

Wie auch immer, Honoré ist tot und begraben. *Lieber Dolch, gib mir Tod!*

Wie schön, wie klar und innig Rosalind die Szene mit Romeo und Julia gespielt hat. Honoré war ihr großer Lehrmeister. Und bei Gott, sie kann es. Sie ist es.

Sie saßen lange gemeinsam am Ufer. Rosalind, der schweigsame Michel und Tanner. Zuerst haben sie wunderbar geschwiegen, alle drei die Füße im Wasser. Dann haben sie über Honoré gesprochen. Rosalind hat von ihrem Freund und Lehrmeister erzählt. Von seiner schwierigen Jugend in Algerien. Dass er eigentlich gerne Arzt geworden wäre, und zwar Chirurg. Da sei ihm aber seine Gestalt zum Verhängnis geworden. Man habe ihn an der Universität ausgelacht. Ob er wohl deswegen ein Chirurgenbesteck besaß, fragt sich Tanner, schweigt aber und lauscht Rosalinds Erzählungen. Honoré habe sich dann dem Theater zugewandt, aber irgendwann hätte ihn auch da sein Schicksal eingeholt. Nie in seinem Leben hätte er seine Wunschrolle, nämlich Hamlet, spielen können. Niemand wollte einen kleinen runden Hamlet sehen. So hat er sich dann dem Marionettentheater zugewandt, also den noch kleineren *Schauspielern*, als er einer gewesen ist. Von ihm hat sie auch die Abneigung, oder sagen wir besser die Skepsis gegenüber dem Theater übernommen, sie wolle deshalb nicht Schauspielerin werden.

Schade, denn sie wäre bestimmt eine ganz große Darstellerin geworden. Karl hat in ihr nun die Liebe zum Bauernberuf geweckt. Aber allein? Und mit Auguste im Hintergrund?

Da könnte sich auch noch manches ändern, dachte Tanner, hütete sich aber, es auszusprechen.

Wieder schwiegen sie.

Rosalind lehnte sich abwechselnd an Tanner und an die mächtige Schulter vom Michel. Der sprach kein einziges Wort. Trotzdem war er ein offenes Buch. Michel war bis auf den Grund seiner Seele gerührt. Vom Begräbnis. Von Romeo und Julia. Von Rosalind. Und er liebte es, so selbstverständlich in die Vertrautheit mit Rosalind einbezogen zu sein. Einsame Menschen genießen solche Momente. Wie der Gärtner, der in einer Nacht das Mysterium einer blühenden Königin der Nacht bewundern darf.

Plötzlich ist Rosalind aufgestanden.

Ich muss jetzt zu Karl gehen. Ich muss etwas tun. Arbeiten! Der Mensch muss arbeiten und sich nicht selber in Grübeleien ertränken. Ich danke euch beiden für die liebevolle Unterstützung. Wir sehen uns ja heute Abend alle bei Elsie.

Und weg war sie. Was für ein Mädchen.

Lieber Dolch, gib mir Tod!

Ganz leise und langsam murmelte Michel diesen Satz. Dann noch einmal.

Tanner, ich bin verliebt. Jetzt weiß ich es. Es hat mich erwischt. Verdammt, und wie es mich erwischt hat.

In wen? In Rosalind?

Nein, um Himmels willen, ich bin doch nicht pervers! Rosalind könnte ja zweimal meine Tochter sein. Nein, manchmal hast du Ideen, Tanner. Nein, in Josephine. In sie bin ich verliebt!

Um ihn zu ärgern, fragte Tanner ganz unschuldig, wer denn das nun wieder sei?

Michel schaute Tanner von der Seite an und fragte, ob er ihn hochnehmen wolle?

Ach, du meinst die welsche Jungfrau mit den beiden Dingern, ach so!

Also erstens hat sie keine Dinger, sondern zwei süße Brüstchen in der Größe, sagen wir mal, von einer Honigmelone und zweitens ist sie nicht welsch, sie arbeitet nur im Welschland. Sie ist ein Landmädchen von hier irgendwo. Auch wenn sie einen französischen Namen hat. Kapiert?

Aber wenn sie noch Jungfrau war, muss sie doch auch jung sein!

Michel verdrehte seine Augen.

Es gibt eben auch heute noch Frauen, die auf den Richtigen warten, auch wenn du Großstadtmensch dir das nicht vorstellen kannst!

Tanner nickte betont ernst und zitierte dann Michels Satz von heute Morgen.

Ach, in welchen Zeiten leben wir? Die Brötchen, die Jungfrauen …

Zum Glück war Tanner auf Michels Reaktion gefasst und rückte schnell zur Seite. So entging er knapp einem Bad im See.

Ist ja gut, ich wollte dich nur aufziehen. Ich gratuliere dir zu deiner neuen Liebe. Kommt sie denn heute Abend?

Er nickte strahlend. Wann er sie wohl gefragt hatte?

So, jetzt mal zum Ernst des Lebens, Tanner. Hast du was Neues? Von schräg hinten links …?

Tanner machte ein geheimnisvolles Gesicht und holte aus seiner Brieftasche die drei Flugtickets. Stumm reichte er sie Michel. Der bestaunte die Papiere, kam aber nicht drauf, was sie bedeuteten. Also erzählte Tanner ihm die ganze Geschichte von Glöckchens Fund und zeigte auf den Namen Finidori und das Reiseziel. Michel verstand immer noch nicht.

Also, du musst sofort die drei Tickets im Labor untersuchen lassen. Wenn die Reisedaten mit den Tatzeiten der Ermordung der drei Mädchen in Marokko übereinstimmen, dann heißt das doch, dass einer der Finidori der Mörder *aller* Mädchen ist. Ich werde vielleicht noch heute oder morgen erfahren, ob die drei marokkanischen Mädchen auch die unehelichen Kinder vom Halbmond sind. Warum glaubst du, dass Honoré die drei Tickets so kompliziert versteckt hatte? Ausgerechnet in der Puppe, die er in seiner rechten Hand hatte.

Tanner schaute Michel triumphierend an. Auf Michel machte das offensichtlich keinen Eindruck.

Tanner, es tut mir Leid, dass ich das sagen muss. Aber ich glaube, du hast dich verrannt. Du hast dich in diese Idee regelrecht verliebt. Das ist eine Obsession. Ich verstehe, dass du den Fall unbedingt lösen musst. Wenn du Recht hättest, würde das heißen, dass Anna Lisa auch ein Kind vom Halbmond gewesen ist. Ich bitte dich! Das ist doch absurd. Deine Elsie und der Halbmond! Falls deine Theorie stimmt, meine ich!

Tanner schwieg. Er hatte sich vorgenommen, dieses Geheimnis nur mit der ausdrücklichen Einwilligung von Elsie preiszugeben. Michel fasste ihn mit beiden Händen an der Schulter und zwang Tanner, ihn anzuschauen.

Sein Schweigen war wohl für Michel Antwort genug. Verzeih, Elsie …

Michel ließ ihn los und murmelte etwas von gottverdammter Scheiße. Auf jeden Fall wollten die Flüche kein Ende nehmen. Dann umarmte er Tanner heftig und wischte sich die Augen. Schweigend starrten sie ins Wasser. Drei rosarote Blütenblätter schwammen vorüber. Sie fanden die gesammelte Konzentration der beiden Männer. Ein Fisch schnappte nach den Blättern. Vielleicht wollte er seiner Geliebten was Schönes bringen. Nach mehreren vergeblichen Versuchen gab er seinen Plan auf und tauchte in die Tiefe. Danach begann Michel leise zu erzählen.

Meine Frau hat sich zu Tode gesoffen. Ich muss es leider so hart sagen. Sie hat das Leben nicht ertragen. Sie hat die Menschen nicht ertragen. Sie hat sich selbst nicht ertragen. Sie hat mich nicht ertragen!
Er schwieg nachdenklich eine Weile.
Wir wollten Kinder. Zweimal war sie schwanger. Zweimal hatte sie eine Fehlgeburt. Wir haben uns zweimal auf ein Kind gefreut. Danach haben wir uns nicht mehr berührt. Sie war dreimal in der Klinik für einen Entzug. Es hat alles nichts genützt. Dann hat sie sich zu Tode gesoffen. Ich konnte ihr nicht helfen. Dann habe ich sie begraben!
Pause. Er wiederholte noch einmal den Satz von Julia. Dann räusperte er sich, spuckte ins Wasser.
Und jetzt habe ich mich unbegreiflicherweise wieder verliebt!
Der Satz war allerdings kaum zu verstehen.
Genug der Geständnisse! Ich verstehe, warum du mir das mit Elsie und dem Halbmond nicht erzählen konntest. Sie wird damals ihre Gründe gehabt haben, und damit basta. Und jetzt habe ich Durst. Und zwar einen gewaltigen. Hier nebenan gibt es ein gutes Fischrestaurant. Ich lade dich ein, Tanner. Und keine Widerrede!
Nachdem sie in dem kleinen Fischrestaurant auf Michels Rechnung opulent gegessen hatten, fuhr Michel in die Hauptstadt. Er werde sich um die Flugtickets kümmern, obwohl er den Sinn nicht so ganz begreife, sagte er beim Abschied. Viel hatten sie während des Essens nicht gesprochen, sondern sich ganz dem Hecht und dem wunderbaren Weißwein gewidmet, der an dem gegenüberliegenden Seeufer wächst, an dem sanft ansteigenden Hügel. Beide hatten schweigsam in ihren Gedanken rumgestochert.
Beim Kaffee hatten sie beschlossen, wenn Tanners Freund Hamid herausfinden sollte, dass die drei marokkanischen Mädchen tatsächlich vom Halbmond seien, dann würde Michel ihn offiziell zum Verhör in die Hauptstadt vorladen, mit allen Erkenntnissen konfrontieren und ihm gleichzeitig mitteilen, dass sein Alibi keinen Pfifferling wert sei. Er müsste dann erklären, warum er den Portugiesen gebeten hatte, ihn an seiner Stelle im Büro zu vertreten, um seinen berühmten Panthergang hinter geschlosse-

nem Vorhang nachzuahmen. Vielleicht wäre bis dann auch die Videokassette wieder zum Vorschein gekommen. Na ja, hoffen könne man ja. Vielleicht würden sie damit durchkommen. Aber wie weit würde es sie bringen? Michel meinte, dass sie endlich handeln müssten. Alles andere werde sich dann ergeben. Tanner hatte da seine Zweifel, war aber trotzdem mit der Vorgehensweise einverstanden. Weil er ratlos war und keine bessere Idee hatte.

Hat Michel Recht, wenn er ihm seine Sicht der Dinge als Wahn vorwirft? Im Moment weiß Tanner nichts mehr. Sein Bauch ist voll und der Wein ist glücklich im Kopf angekommen. Deshalb hat er sich noch einmal alleine an das Seeufer gesetzt und die Füße ein zweites Mal in das erfrischende Wasser gesteckt. Denn er will, sobald der Kopf wieder klar ist, die Alte aufsuchen.

Das Wasser hat jetzt eine dunkle Farbe angenommen, obwohl die Sonne noch genauso hell scheint. Deswegen sieht man die Fischschwärme jetzt noch deutlicher. Die vielfarbigen Fischleiber reflektieren das Licht im dunklen Wasser. Der Schwarm formiert sich plötzlich anders, zieht die runde Wirbelform in die Länge und taucht als lange Prozession in die Tiefe.

Wer hat den Befehl gegeben? Tanner nimmt es als Zeichen zum Aufbruch. Es ist so gut wie jedes andere.

Kurz darauf steht er vor der Villa, die sich wie immer zugeknöpft gibt. Er klingelt. Zu seiner Überraschung wird die Tür sofort aufgemacht.

Treten Sie ein. Madame wartet schon lange auf Sie. Sie ist sehr schwach. Wir rechnen jederzeit mit ihrem Ableben. Hat der Doktor gesagt!

Es ist die ältliche Frau, die vorhin die Alte mit dem Rollstuhl weggefahren hat. Sie führt ihn in den ersten Stock.

Hier bedecken, im Unterschied zu den Hallen im Parterre, weiche Teppiche die langen Korridore. Lautlos gehen sie an einigen Türen vorbei.

Am Ende des Ganges treten sie durch eine zweiflügelige Tür.

Das Zimmer, in der die Alte in einem mächtigen Himmelbett mit gedrechselten Säulen liegt, hängt voller alter Ölgemälde. Abgebildet sind lauter ehrwürdige Herren.

Die Vorfahren der Durchlauchten Familie Finidori. Bedingt durch das Dämmerlicht, das im Zimmer herrscht, blicken sämtliche porträtierten Familienmitglieder ungemein düster auf die Alte hinunter. Allerdings haben sie auch genügend Gründe, so düster gestimmt zu sein.
Neben dem Bett steht ein Stuhl. Tanner stellt ihn noch näher ans Bett und setzt sich. Die alte Dienstmagd verlässt das Zimmer und macht die Tür zu.
Die Alte hat die Augen geschlossen. Etwas beklommen wartet er auf irgendein Zeichen. Plötzlich beginnt die Alte zu kichern. Tanner fällt vor Schreck fast vom Stuhl. Er hat allerhand erwartet, aber nicht dieses fast kleinmädchenhafte Kichern. Bald steigert sich das Kichern allerdings in ihre laute Art des Lachens, wie er es vom ersten Besuch kennt. Dann spricht sie. Den Anfang versteht er allerdings kaum.
... Sterbe ... ich sterbe ... alle machen so ein Tam ... ums Sterben ... irgendwann ist es einfach aus, Tanner, stimmt's oder habe ich Recht?
Am eigenen Gelächter fast erstickend, fährt sie röchelnd fort.
Du bist hartnäckiger und schlauer, als ich gedacht habe. Und trotzdem hast du dich verirrt, gell, Tannerle! Verirrt und so richtig verrannt. Ihr kommt nicht weiter, du und der Dicke, stimmt's oder habe ich Recht? Stimmt's oder habe ich Recht? Stimmt's oder ...
Ein heftiger Hustenanfall verhindert die letzten Worte. Tanner kann es nicht mehr hören. Falls sie nicht direkt in die Hölle kommt, wird man sie spätestens nach drei Tagen aus dem Himmel verbannen. Nur wegen diesem verd ... stimmt's oder ...! Der Hustenfall will nicht aufhören. Tanner öffnet die Tür und schon kommt ihm der Arzt entgegen, der irgendwo in der Nähe saß und offensichtlich den Anfall gehört hat.
Tanner wartet draußen.
Einige Zeit später kommt der Arzt vor die Tür und beschimpft ihn. Er dürfe die Alte nicht so aufregen, er sehe doch, dass sie bald sterben werde. Wenn es nach ihm ginge, dürfte er nicht mehr zu ihr. Aber sie bestehe darauf.
Also geht Tanner wieder hinein.

Man hat unter ihren Kopf ein weiteres Kissen gelegt, wahrscheinlich fällt ihr dann die Atmung leichter. Sie winkt ihn matt mit ihrer Hand zu sich. Er soll näher kommen. Noch näher. Sie kann nur noch flüstern. Ihr Atem geht keuchend und rasselnd.

Er hat ... sich verirrt ... hatte es schon als kleiner Junge schwer ... wollte ... lieber ein Mädchen sein. Spielte immer mit Puppen ... Puppen mit Kleidern ... ausziehen ... ankleiden ... von Honoré ... ah, Luft ...!

Tanner versucht, so gut es geht, ihr Luft zuzufächeln.

Auguste war ... böse mit ihm ... Puppen weggenommen ... Puppen zerrissen ... Kopf weg, Arme weg ... Beine weg ... er hat geweint ... nächtelang geweint ... Auguste hat ihn geschlagen ... Honoré hat genäht ... Arme angenäht ... Beine ... Kopf ... immer wieder zerrissen ... immer wieder angenäh...!

Sie keucht und ihre Hände verkrampfen sich. Tanner streichelt ihre Hand und spürt eine ungeheure Kraft.

Sie versucht weiter zu sprechen. Will sie sich erleichtern, kurz vor dem Ende? Kurz vor dem Ziel? Tanner versteht nichts, muss mit seinem Ohr ganz nahe an ihren Mund.

... Rosalind beschützen müssen ... bbb... bi... bitte. Alles an... unwichtig ... jetzt ... jetzt versprechen ... jetzt!

Tanner verspricht ihr, Rosalind zu beschützen. Aber vor wem? Als ob sie seine Gedanken gelesen hätte, fährt sie fort.

... ist verirrt ... krank geworden ... schwere Krankheit ... gefährlich ... suchen ... im Eis ... Eis ... Ei ... ah ... da vor Sonne ... schützen ...!

Tanner nickt.

Ich verstehe, er muss sich vor der Sonne schützen! Wo ist er jetzt? Wo ist Armand?

Kaum hatte er das ausgesprochen, schaut sie ihn mit großen Augen an. Sie schüttelt ihren Kopf, will etwas sagen, aber dann bäumt sich ihr Körper auf, schüttelt sich in furchtbaren Krämpfen, als würde er von einer mächtigen Faust gepackt. Sie stößt dabei einen langen Schrei aus. Tanner zuckt erneut zusammen vor Schreck.

Nichts Menschliches hat dieser Schrei. Aus den Urgründen oder Abgründen des menschlichen Elends.

Oder war das gar nicht ihre Stimme? War das etwa der Tod? Im Kampf mit ihrer Seele, die den Körper nicht loslassen will.
Tanner hat bis jetzt nur stilles Sterben gesehen. Oder Tote.
Zitternd vor Aufregung verlässt er das Zimmer. Wieder stürmt der Arzt an ihm vorbei. Er starrt ihn hasserfüllt an. Es interessiert Tanner nicht.
Draußen im Gang wird ihm schwindlig, aber er nimmt sich zusammen. Nur raus aus diesem Haus. Kurz bevor er durch die große Tür das Haus verlässt, hört er einen weiteren Schrei.
Wahrscheinlich die alte Frau, ihre Dienerin. Ob sie eine Pensionskasse hat?
Schnell wischt Tanner diese Art von Überlegungen aus seinem Kopf und setzt sich draußen auf die Steintreppe.
Jetzt eine Zigarette! Ein Königreich für eine Zigarette!
Aber weder Königreich noch Zigarette lassen sich aus dem Nichts herzaubern.
Er ist schweißnass. Jetzt könnte er für einmal auch eine von Michels Windeln gebrauchen.
Oh Gott, Rosalind! Wie soll ich dir das beibringen, entfährt es Tanner.
Heute hat sie ihren Erzieher, Freund und Lehrmeister begraben. Und jetzt ist ihre Großmutter tot. Sie war ja Muttterersatz für das Kind, dessen Mutter gestorben und dessen Vater verschollen war. Mütterliches konnte man zwar an der Alten nicht wahrnehmen. Aber wer weiß? Immerhin galt ihre letzte Sorge Rosalind.
Und Armand mit seinen Puppen?
Ist das jetzt die lang ersehnte Erklärung für all die schrecklichen Ereignisse? Für fünf Kinderleichen? Weil man seine Puppen zerstört hat, mordet er die Kinder, die sein Peiniger gezeugt hat. Unehelich gezeugt hat.
Hat er damit auch noch seine Mutter gerächt? Und seine fürchterliche Krankheit? Mordete er auch deswegen? Um sich an der Welt oder an seinem Schicksal zu rächen. Mit den fürchterlichsten Verbrechen, die man sich vorstellen kann.
Irgendwie will Tanner das nicht so recht in den Kopf.
Gleichzeitig hat Armand noch bei der Verbannungsintrige gegen Raoul mitgewirkt. Oder wurde er von Auguste gezwungen?

Irgendwie ergibt sich in Tanners Kopf noch immer kein schlüssiges Bild.
Oder kommt ihm jetzt alles so banal vor, weil er sich, in seinem Wahn, ein gigantisches Finale gewünscht hat? Ein großartiges Aha-Erlebnis, das sämtliche Fragen in Simon Tanners Leben auf einen Schlag klärt. Eine Art Urknall im persönlichen Universum des für den Fortbestand der Menschheit so ungemein wichtigen Herrn Tanner.
Als Nächstes ruft er Michel an, der sich zum Glück sofort meldet. Tanner berichtet ihm detailliert und so wortgetreu wie möglich, was die Alte über Armand noch gesagt hat. Michel will gleich einen Großalarm auslösen, auch mit Kräften von auswärts. Wenn es sein muss, auch die Hilfe der Armee anfordern.
Wir müssen jetzt einfach diesen Armand finden! Das gibt's doch gar nicht! Ein Mensch kann sich in diesem Land doch nicht so verkriechen, dass man ihn nicht mehr findet. Zumal Armand so auffällig gekleidet ist. Und den Auguste will ich auch gleich verhaften. Den ganzen Gutsbetrieb gründlich durchforsten. Ich habe dieses Versteckspiel satt. Ich werde jetzt sofort alle Chefs zusammentrommeln, egal ob sie beim Golfspiel sind oder keuchend ihre samstäglichen Pflichten bei ihren Gattinnen absolvieren!
Dann folgt aus seinem unerschöpflichen Repertoire eine Serie Flüche, die nicht enden würde, wenn Tanner nicht ins Telefon brüllen würde, er solle jetzt zuhören, nachher könne er Himmel und Hölle in Bewegung setzen.
Ich nehme die Angst der Alten um Rosalind ernst. Ich bitte dich um Personenschutz für sie. Rund um die Uhr. Bis wir Armand gefunden haben. Aber gute Leute, keine Schlafmützen, bitte schön!
Michel ist einverstanden. Er werde seine besten Leute schicken.
Sie beschließen mindestens jede Stunde miteinander zu telefonieren.
Der Michel ist richtig gut gelaunt, entweder hat ihn jetzt das Jagdfieber gepackt, oder es ist, weil er verliebt ist, oder wegen beidem. Kein Vergleich zu gestern.
Tanner ist gar nicht gut gelaunt. Er hat ein merkwürdig mulmiges Gefühl im Magen. Die neuen Ereignisse haben ihn noch mehr verwirrt. Dazu die Tatsache, dass Armand unauffindbar ist. Auch

Raoul ist wie vom Erdboden verschwunden. Und wo steckt Auguste?
Honoré ist begraben. Jetzt ist die Alte gestorben.
Es ist, als ob das Spielfeld plötzlich abgeräumt ist. Obwohl das Spiel noch gar nicht zu Ende ist!
Ein Schachspiel ohne Dame, ohne König, ohne Springer! So muss sich ein einzelner Bauer auf dem leeren Schachbrett fühlen, hinter sich nur noch einen Turm.
Tanner setzt sich in sein Auto und versucht Karl zu erreichen. Ohne Erfolg. Also versucht Tanner jetzt seinen Freund Hamid zu erreichen, obwohl es noch zu früh ist. Tanners Puls rast vor Aufregung.
Er lässt lange klingeln, aus Trotz. Er will es jetzt wissen!
Und siehe da, ein sehr mürrischer Hamid meldet sich. Wahrscheinlich hat Tanner ihn gerade gestört. Als Hamid aber hört, dass Tanner der Störenfried ist, schreit er begeistert ins Telefon, wie gut es sei, dass er ihn schon jetzt anrufe. Und dann sprudelt es aus dem Telefonhörer. Er habe die schwierige Aufgabe listenreich und mit Bravour gelöst. Ein voller Volltreffer. Aber so was von ins Schwarze getroffen. Ob Tanner die Details wolle oder ob ihm jetzt einfach die Bestätigung genüge? Er könne alle drei Beziehungen zu den Frauen nachweisen. Alle drei Frauen hätten zur fraglichen Zeit entweder im Hause von Finidori zu tun gehabt oder seien in einer seiner Niederlassungen angestellt gewesen. Ob ihm das vorerst genügen würde?
Was heißt hier genügen? Lieber Hamid, ich bin überglücklich. Du bist ein Genie. Du kannst dir gar nicht vorstellen, was diese Informationen für mich bedeuten. Du musst mir später alle Details erzählen, natürlich auch, wie du es angestellt hast, so schnell an diese Informationen zu kommen. Du hast sicher Auslagen gehabt. Ich werde natürlich für alles aufkommen. Und du bist dir ganz sicher, es ist alles hieb- und stichfest?
Also, wenn Hamid es dir sagt, kannst du vertrauen. Es ist vollständig wasserdicht. Entschuldige, wenn ich jetzt Schluss mache, ich bin nicht alleine, weißt du.
Ja. Ich weiß. Und ich bin erstaunt, dass du deinen Überzeugungen untreu geworden bist und jetzt eine Freundin hast.

Eigentlich wollte er natürlich noch genauer nachfragen, vor allem wegen Fawzias Mutter, aber Hamid lacht laut schallend ins Telefon.
Warum lachst du denn?
Als Hamid sich endlich beruhigt, klärt er Tanner über seine Freundin auf. Es sei keine Frau und es sei kein Mann. Das Rätsel könne er ja nun selber lösen.
Wie bitte?
Hamid lacht wieder, diesmal über Tanners vermeintliche Begriffsstutzigkeit, und formuliert das Rätsel in anderer Form.
Er ... sie ... ist sowohl ein Mann wie eine Frau! Kapierst du jetzt. Es gibt dafür auch einen wissenschaftlichen Namen. Ich überlasse dich jetzt aber deinem Grübeln ... salut, bonne chance!
Ein Hermaphrodit? Das ist ja unglaublich. So wie Tanner Hamid kennt, wird es sich nicht vermeiden lassen, dass er ihm eines Tages minutiös sämtliche Details seines Liebeslebens erzählen wird. Auch die technischen. Auf jeden Fall scheint er glücklich zu sein.
Jetzt hat sich mithilfe von Hamids Recherche eine gewaltige Lücke in dem ganzen Fall geschlossen.
Tanner kann es noch gar nicht glauben. Jetzt, wo er die Gewissheit in der Hand hält, dass es einen objektiven Zusammenhang zwischen den Fällen in Marokko und in der Schweiz gibt. Daran hatte er sich ja die ganze Zeit wider alle Vernunft geklammert. Oft genug auch selber daran gezweifelt und doch in seinem tiefsten Innersten hat ihm eine Stimme immer gesagt, dass es eine Verbindung gibt. Und jetzt hat er die Antwort. Und wie banal sie ist. Tanner sitzt bewegungslos in seinem Auto und fühlt sich – leer. Wie beschissen doch das Leben sein kann. Wie beschissen ...
Für Rosalind muss es auf jeden Fall so sein, das steht fest. Bevor er ins Zimmer der Alten durfte, hat er die ältere Frau gefragt, ob denn Rosalind benachrichtigt worden sei. Die Alte wolle unter gar keinen Umständen, dass man Rosalind hole, war ihre lakonische Antwort. Sie wolle sie mit ihrem Sterben verschonen, das Kind habe schon genug durchgemacht. Nach Auguste hat Tanner sich nicht erkundigt. Ist ja auch nicht seine Aufgabe. Der wird es ja früh genug erfahren.

Jetzt kommt Tanner ein ganz schlimmer Gedanke. Auguste wird automatisch der neue Vormund von Rosalind. Das darf man natürlich nicht zulassen. Aber wie abwenden? Nur wenn sie ihn seiner Machenschaften überführen können.
Auguste hat so viel Macht und Geld angesammelt. Ob ein kleiner Bauer und ein schwitzender Turm ihn werden schachmatt setzen können? Sie haben viele Indizien für seine Machenschaften, aber keine Beweise. Mit dem Verschwinden der Videokassette können sie ihm nicht einmal die Geldübergabe nachweisen. Sie haben sein Alibi für den frühen Morgen von Honoré's Ermordung geknackt. Aber was heißt das schon? Bewiesen ist damit nichts. Und dass er seinen eigenen Bruder Raoul jahrelang in die Versenkung hat verschwinden lassen?
Wahrscheinlich können er und seine Armee von Anwälten nachweisen, dass Raoul tatsächlich krank war und dass er es wegen dem Ruf der Familie Finidori nicht an die große Glocke hängen wollte. Tanner sieht schon die Richter nicken, angesichts der Bedeutung, die Auguste in den luftarmen Machtregionen in diesem schönen Lande innehat.
Ohnmacht überfällt Tanner, während er Richtung Dorf fährt, denn er muss dringend Rosalind die schwere Nachricht überbringen, bevor er Dornröschen, wie versprochen, einen Besuch abstatten kann.
Der Himmel hat sich unterdessen mit dicken Wolken überzogen. Das Wetter wechselt hier mindestens so schnell, wie die Ereignisse sich überschlagen. Der Sonnenschein passte sowieso nicht zu diesem Tag.
Schon von weitem entdeckt Tanner, unterhalb des Friedhofs, die blondroten Haare von Rosalind und die kräftige Gestalt von Karl. Beide haben eine Hacke in der Hand und bearbeiten stumm und konzentriert ein Feld, auf dem lauter kleine grüne Blätter wachsen. Sie jäten Unkraut. Gibt's dafür keine Maschine?
Tanner hält am Rand des großen Feldes.
Warum muss ich es wieder sein, der mit der schlechten Nachricht in diesen Frieden einbricht, hadert Tanner mit seinem Schicksal. Na ja, ich bin ja lediglich der Bote.
Als er ihr damals das Medaillon gezeigt hatte, durfte er einmal die

Früchte einer glücklichen Botschaft genießen. Seitdem ist er der Überbringer von schlechten Nachrichten.
Tanner öffnet die Autotür und jetzt bemerkt ihn Rosalind. Sie verharrt in derselben aufgerichteten Haltung, bis er knapp vor ihr steht. Karl arbeitet unbeirrt weiter. Sie schaut Tanner an.
Meine Großmutter ist gestorben, ja?
Sieht man ihm das an? Er nickt und will sie gleich in seine Arme nehmen, denn kaum hat er genickt, schießen ihr die Tränen in die Augen. Sie aber macht rechtsumkehrt und rennt über den Acker in Richtung Friedhof. Tanner bleibt mit ausgestreckten Armen stehen. Karl hat ihn jetzt auch bemerkt und ruft, was denn in Gottes Namen los sei. Tanner geht zu ihm.
Karl stößt einen wilden Fluch aus und wirft seine Hacke fast bis an den Rand des Feldes. Dann starrt er auf den Boden. Lange steht er so. Ohne sich zu bewegen. Als er spricht, schaut er Tanner nicht an.
Gut. Ich weine der Alten keine einzige Träne nach. Aber für Rosalind ist das einfach zu viel. Es ist eine solche obergemeine Unverschämtheit vom Schicksal, mit einem einzelnen Menschen so umzugehen. Ich protestiere! Ich protestiere! Wütend schüttelt er seine Faust gegen die schwarzen Wolken.
Sie schauen beide zu Rosalind, die sich an die Friedhofsmauer gelehnt hat. Die Hände vor dem Gesicht.
Ich würde vorschlagen, wir lassen sie einen Moment alleine, Karl. Komm, wir setzen uns auf den Boden.
Sie setzen sich beide und warten stumm.
Nach etwa zwanzig Minuten kommt Rosalind zurück, setzt sich zwischen die beiden Männer.
Plötzlich fragt Rosalind, ob sie gewusst hätten, dass Honoré der Liebhaber der Alten gewesen sei?
Nein, äh … nein! Das haben wir nicht gewusst, entfährt es Karl und Tanner gemeinsam. Wer zuerst mit dem Lachen angefangen hat, ist nicht genau auszumachen. Karl vielleicht? Dann Tanner, und schließlich auch Rosalind.
Allein der Größenunterschied! Die hagere Alte und der kugelrunde Zwerg. Rosalind erzählt lachend, mit Tränen in den Augen, dass sie einmal gehört habe, wie laut ihre Großmutter schrie beim Liebemachen, das könnten sie sich gar nicht vorstellen!

Doch, sie können sich das schon vorstellen, kreischen Karl und Tanner, sie hätten die Alte schließlich lachen hören. Die Frage sei eher, ob man sich das vorstellen wolle, keucht Karl, halb erstickt vor Lachen.

So plötzlich und eruptiv wie das Lachen gekommen ist, so abrupt hört es auf.

Nach einer Weile des Schweigens steht Rosalind auf. Sie wischt ihre Hände an den Hosen ab.

Und jetzt?

Die Männer wissen es nicht.

Ihr begleitet mich zur Villa. Ich verabschiede mich von meiner Großmutter. Dann gehen wir gemeinsam zu Elsie. Was meint ihr?

Sie sind einverstanden und klopfen sich gegenseitig die Erde von den Kleidern. Vor allem Tanners dunkler Anzug sah heute Morgen ganz anders aus. Dann steigen sie ins Auto. Die Hacken bleiben auf dem Feld liegen.

Als sie kurz darauf bei der Einfahrt der Villa sind, sehen sie, dass schon unzählige Autos eingetroffen sind.

Rosalind schlägt ihre Hände vors Gesicht.

Oh Gott, die ganze Mischpoke ist schon versammelt. Tanner, halt mal hier. Ich muss mir überlegen, ob das jetzt für mich der richtige Zeitpunkt ist, mich von meiner Großmutter zu verabschieden. Ich glaube nicht! Ich werde später gehen. Das ertrage ich nicht. Nein, nein! Ich will die alle gar nicht sehen, mir reicht die Beerdigung. Dort kann ich ihnen ja wohl nicht ausweichen. Wir gehen spät in der Nacht. Also, umdrehen, bitte!

Tanner wendet und sie fahren langsam und schweigend zurück ins Dorf.

Kurz nachdem sie den Dorfbrunnen passiert haben, sehen sie von weitem den Grund für Elsies Geheimniskrämerei am Morgen.

Der große Birnbaum vor ihrem Haus, noch blätterlos, ist über und über mit bunten Lampions und flatternden Zetteln behangen. Unter dem großen Baum, ein weiß gedeckter Tisch.

Wow, das sieht ja cool aus, entfährt es Rosalind. Das ist ja wie im Film!

Als sie in die Küche treten, duftet es aus brodelnden Töpfen ver-

heißungsvoll. Der Backofen glüht. Nach dem Geruch zu urteilen, tippt Tanner auf Lammgigot. Elsie steht am Kochherd und hat alle Hände voll zu tun. Tanner umarmt sie.
Du bist mir ja eine. Bereitet klammheimlich ein Fest vor. Was feiern wir denn?
Ich hatte einfach Lust, ein Fest zu machen. Heute ist es so warm. Wie eine Art Vorsommer. Und es ist so viel passiert. Es ist auch gegen all das Schreckliche, was passiert ist und was in der Luft liegt.
Das Letzte flüstert sie ihm ins Ohr. Dann schiebt sie ihn energisch beiseite.
Ich habe jetzt keine Zeit, oder willst du, dass alles misslingt oder anbrennt?
Tanner begrüßt Ruth, die auch schon da ist. Dann unterrichtet er alle über den Tod der Alten und dass Rosalind trotzdem mitgekommen sei.
Sie würde sich später von ihrer Großmutter verabschieden. Elsie fragt sofort, wo sie denn sei, und verlässt die Küche. Mit dem Hinweis, Tanner solle übernehmen. Tanner übernimmt.
Im Backofen dreht sich tatsächlich ein großes Lammgigot.
Zwei Stunden später sind alle sorgfältig zubereiteten Herrlichkeiten auf elf Mägen verteilt. Nicht besonders gleichmäßig, denn Michel, der natürlich prompt zu spät kam, hat mächtig zugeschlagen. Auch seine Braut, ein scheues und dralles Wesen, das offensichtlich aus einer anderen Zeit stammt, schien auch ziemlich ausgehungert. Michel hat laut, fröhlich und aufgedreht die ganze Runde mit köstlichen Anekdoten aus dem Leben eines schwergewichtigen Polizisten unterhalten, so dass die anderen vor lauter Lachen nicht richtig zum Essen kamen. Ob das von ihm eine bewusste Strategie war, sei dahingestellt. Seine Braut hat nur gegessen und gelächelt. Und ihrem Dickhäuter fortwährend die schönsten Leckerbissen auf seinen Teller gehäuft. Und ihn angehimmelt. Und ihm den Schweiß abgewischt …
Der Thommen und der Lerch sind gleich nach dem Michel gekommen. Zum persönlichen Schutz von Rosalind. Elsie hat sie selbstverständlich auch an den Tisch gebeten. Die beiden haben aber darauf bestanden, dass sie im Dienst seien, außerdem hätten

sie sich mit ausreichend Zwischenverpflegung versorgt. Stirnrunzeln von Michel, als er den Riesenkorb gesehen hat, in dem sich offensichtlich die erwähnte Zwischenverpflegung befand.
Die beiden haben sich dann still in eine andere Ecke des Gartens gesetzt.
Ada kaute still vergnügt und sprach kein Wort.
Elsie und Tanner hielten sich unter dem Tisch meist bei der Hand. Ansonsten galt Elsies ganze Aufmerksamkeit Rosalind, die neben ihr saß. Sie sprachen leise miteinander, während die anderen sich vor Lachen über Michels Begebenheiten aus dem wahren Leben amüsierten.
Zwischendurch küsste Michel seine Angebetete, bis diese mit den Beinen strampelte. Anschließend bekam sie einen kräftigen Schluckauf. Jeder gab ihr einen todsicheren Tipp, wie man dem unangenehmen Phänomen Herr werden konnte. Nichts half, sie gluckste noch beim Abschied.
Irgendwann während des Essens flüsterte Elsie Tanner ins Ohr, sie hätte in dem Koranwerk von Ada noch eine weitere Entdeckung gemacht. Eine ungeheure Entdeckung. Sie würde ihm alles zeigen, sobald die Kinder im Bett seien.
Noch eine Entdeckung …?

VIERUNDZWANZIG

Elsie ist verschwunden.
Gegen zehn Uhr, als das Essen zu Ende ging und alle Freunde sich verabschiedeten, beschloss Elsie, Rosalind zu ihrer toten Großmutter zu begleiten. Sie duldete kein Aber und keinen Widerspruch. Sie, und nur sie allein, wollte unbedingt Rosalind zum Mondhof begleiten, dort warten, bis Rosalind sich ganz allein von der Generalin verabschiedet hätte, um sie dann zum Hof zurückzubegleiten.
Beruhigt hat Tanner die Tatsache, dass Rosalind von den beiden Polizisten diskret begleitet würde. Und die kurze Strecke zwischen Marrerhof und Elsies Haus würde ja kein Problem sein.
Tanner hatte Elsie bis spätestens um halb zwölf zurückerwartet. Um Mitternacht hat er es nicht mehr ausgehalten und Ruth angerufen. Sie war schon im Bett und sagte ihm erschreckt, dass Rosalind und ihre beiden Bewacher schon seit zwanzig nach elf zurück seien. Sie werde sofort einen der Polizisten ans Telefon holen. Die seien ja draußen in ihrem Auto.
Nach einer Ewigkeit, die schier nicht auszuhalten war, meldete sich der Lerch mit dumpfer Stimme. Er habe Frau Marrer noch gefragt, ob er sie begleiten solle, die habe aber abgewinkt und gesagt, sie habe noch etwas Dringendes zu erledigen. Also, er habe sich, mit Verlaub, gewundert, was sie denn so spät noch zu erledigen habe. Aber da sei sie mit ihrem Auto schon davongebraust, und zwar in Richtung See und nicht nach Hause.
Tanner unterbrach ihn und beauftragte ihn, Michel sofort Meldung zu machen. Dann bat er Ruth, in Elsies Haus zu kommen, denn er müsse sich schnellstens auf die Suche machen. Ruth versprach sofort zu kommen.
In der Zwischenzeit schaute er noch einmal nach den Kindern. Alle drei schliefen. Glöckchen mit Jaques im Arm.

Tanner versprach ihnen stumm, nicht ohne ihre Mutter zurückzukehren, und jetzt wartet er vor dem Haus ungeduldig auf Ruth. Völlig außer Atem, die Bluse noch nicht ganz zugeknöpft, kommt sie aufs Haus zugerannt. Sie umarmen sich nur knapp, wagen es nicht, einander in die Augen zu schauen. Jeder könnte die Angst des anderen entdecken. Sie küsst ihn und verspricht, nicht von der Stelle zu weichen. Er solle sie jede halbe Stunde per Telefon auf dem Laufenden halten. Sonst würde sie das auch nicht aushalten.
Tanner wirft sich in sein Auto.
Verdammt ...!
Im Moment, als der Motor anspringt, fällt ihm plötzlich ein, dass Elsie ihm während des Essens zugeflüstert hatte, sie habe noch etwas entdeckt.
Im Koranwerk von Ada habe sie noch etwas Ungeheures entdeckt, was sie ihm dann später zeigen würde. Vielleicht hat das mit dem zu tun, was sie noch dringend zu erledigen hatte.
Tanner steigt aus und rennt zu Ruth, die noch unter der Haustür steht.
Er erzählt ihr von Elsies Bemerkung und dass es da vielleicht einen Hinweis über Elsies nächtliches Vorhaben geben könnte.
Tanner betritt leise Adas Kammer. Er schnarcht so laut, dass er bestimmt nichts hören kann. Tanner nimmt den ganzen Stoß der hundertundvierzehn Hefte kurzerhand mit in die Küche.
Sie betrachten stumm und ratlos den hohen Stapel. Sie blättern hastig jedes Heft durch, in der Hoffnung, dass Elsie die Stelle markiert hat. Sie finden natürlich keinen Hinweis. Ada sollte wohl nicht merken, dass sie seinem Geheimnis auf die Spur gekommen ist.
Hast du eine Ahnung, um was es sich bei diesem Geheimnis handeln könnte, fragt Tanner Ruth, nur um die unerträgliche Stille in der Küche zu unterbrechen. Oder in der Hoffnung auf weibliche Intuition.
Pst! ... siebenundfünfzig ... achtundfünfzig ..., Ruth zählt offensichtlich die Hefte. Auf die Idee wäre er nicht gekommen, obwohl es doch nahe liegend ist. Also doch weibliche Intuition ...
Ein Heft fehlt! Willst du wissen, welche Nummer?
Er winkt ab, das würde sie sicher nicht weiterbringen.

Es gibt zwei Möglichkeiten: Entweder hat Elsie das Heft mitgenommen oder sie hat es im Haus versteckt.
Okay! Ich gehe jetzt. Und du suchst das Heft. Ich rufe dich in einer halben Stunde an!
Tanner küsst sie auf die Stirn und rennt zum Auto.
Auf dem Vorplatz vor dem Marrerhof stehen Lerch und Thommen, wild gestikulierend, offensichtlich streiten sie. Im Moment, wo Tanner bremst, unterbrechen sie abrupt ihren Streit.
Kommt Michel, fragt er die beiden, ohne sie zu grüßen.
Er sei unterwegs und bringe alle Männer mit, die er gerade greifen könne. Er müsste in etwa einer halben Stunde da sein, beschwichtigt der Lerch.
Ihr haltet hier die Stellung und rührt euch gefälligst nicht von der Stelle, brüllt Tanner die beiden an. Der Michel soll mich anrufen, sobald er hier ist!
Thommen schickt einen triumphierenden Blick zum Lerch. Anscheinend waren sie sich uneins, ob sie beide dableiben oder sich sofort auf die Suche nach Elsie machen sollten. Das wäre allerdings ein katastrophaler Fehler gewesen, denn Tanner ist nach wie vor überzeugt, dass auch Rosalind in Gefahr schwebt. Überzeugt ist er leider auch, ohne einen konkreten Hinweis zu haben, dass Elsie in der Hand des Mörders, oder der Mörder, von Honoré ist. Vielleicht ist es sogar eine Falle, um die beiden Polizisten von Rosalind wegzulocken. Was sollten sie denn sonst von Elsie wollen? Oder ist das die letzte Warnung an Tanner?
Er kann kaum einen klaren Gedanken fassen, sein Puls rast und der Schmerz in seinem Bauch ist stechend. Ohne genau zu wissen, wo er die Suche aufnehmen soll, steigt er in sein Auto, öffnet das Handschuhfach und verflucht sich, dass er vergessen hat, Michel um die Rückgabe seiner Pistole zu bitten. Er öffnet beide Fenster und fährt langsam in die Nacht. Richtung Friedhof.
Wo ist Elsie hingefahren? Warum hat sie während des Festes nicht gesagt, um was es bei ihrer Entdeckung geht? Warum hat er nicht sofort nachgefragt?
Der Nachtwind ist unterdessen kühl geworden. Kein einziger Stern ist zu sehen. Die grellen Ausschnitte, die die Autoscheinwerfer aus der Dunkelheit heraussägen, geben keine Antwort.

Er überquert die kleine Autobahnbrücke. Zwei einsame Rückleuchten eines schnell fahrenden Autos sind das einzige Lebenszeichen auf dem dunklen Asphaltstrom.
An der kleinen Kreuzung hält Tanner an, stellt Motor und Lichter ab und lauscht in die Nacht. Kein Laut ist zu vernehmen. In der Ferne erahnt man die Umrisse des Mondhofs, der in absoluter Dunkelheit liegt.
Da liegt nun die Alte in ihrem großen Schlafzimmer und wartet auf ihr Begräbnis. Bewacht von den vorwurfsvollen Ahnen, die in schimmernde Ölfarbe gebannt und in opulente Goldrahmen eingesperrt sind.
Armand ist immer noch wie vom Erdboden verschwunden. Und wo ist der geschundene Raoul, der verbannte Herzog?
Der Turm! Honorés Turm, flüstert Tanner.
Er startet den Motor und mit heulenden Reifen überquert er die Kreuzung.
In dem Turm haben die Verbrechen begonnen. Ist Elsie dort? Wie besessen hämmert dieser Gedanke in seinem Schädel. Tanner tritt das Gaspedal durch, als gelte es, einen Geschwindigkeitsrekord zu brechen. Schlingernd und schleudernd umfährt er die Verkehrsberuhigungsmaßnahmen auf der Höhe der stummen Villa. Er bremst mit kreischenden Reifen vor dem Turm. Der Lärm, der die Nacht aufschreckt wie ein Schwarm kreischender Möwen, ist ihm egal. Der Liftschalter ist versiegelt. Hektisch zerreißt er das Siegel.
Er ist keinem vernünftigen Gedanken zugänglich. Ein versiegelter Liftschalter heißt, dass niemand im Turm ist.
Viel zu langsam schwebt der Lift in die Höhe, umhüllt von Dunkelheit und Grabesstille. Sein Herz birst fast vor Aufregung. Vor Angst und Wut.
Das Ersterben des leisen Surrens des Liftmotors zeigt ihm an, dass er in Honorés Atelier angekommen ist. Heute hat Tanner immerhin eine Taschenlampe und findet so den Lichtschalter.
Die Kammer ist natürlich leer. Stumm glotzen unzählige Puppenaugen.
Die Stelle, wo die Leiche von Honoré gelegen hatte, ist gesäubert worden. Tanner legt sich auf die spartanische Liege, auf der er vor

ein paar Tagen aus seinem Drogenrausch aufgewacht ist, und belauscht die Stille. Alles, was er hört, ist sein eigener Herzschlag. Aus lauter Verzweiflung schließt er die Augen, stellt sich Elsie vor, in der Hoffnung aus seinem Unterbewusstsein irgendein Zeichen, eine Botschaft zu bekommen. Von schräg hinten links, wenn's sein muss.
Aber alles, was er sieht, ist das Gesicht von Elsie. Ihr Lachen. Dann sieht er sie gehen. Sie bückt sich, hebt etwas vom Boden auf. Sie zeigt ihm den Gegenstand. Es ist ein besonders schöner Stein. Dann ist sie plötzlich nackt. Sofort öffnet er die Augen.
Wo sie ist? Und wo bleibt Michel?
Elsie hatte Recht, als sie sagte, wenn man sich mit dem Bösen beschäftigt, käme man unweigerlich mit ihm in Berührung. Und wie Recht sie hatte.
Tanner versucht verzweifelt, die schrecklichen Bilder seiner Vorstellungskraft im Keime zu ersticken. Er sieht den blutenden Körper von Dornröschen. Geschieht Elsie dasselbe? Und er liegt hier und tut nichts. Er ist gelähmt. Hat keine Idee.
Wenn Armand der Mörder ist, dann ist Elsie jetzt bestimmt in seiner Gewalt. Er muss hier irgendwo einen Unterschlupf haben, aus dem heraus er operiert und wo er ganz schnell wieder untertauchen kann. Eine Art Fuchsbau. Aber wo? Wo sind diese siebenunddreißig Stufen? Alle Bilder vom Drogentraum haben sich doch bisher bestätigt. Also gibt es die Treppe auch!
Honoré wusste sicher, wo sich dieser Unterschlupf befindet. Oder die Alte. Beide sind tot. Vielleicht findet er hier, in den Sachen von Honoré, einen Hinweis.
Sofort springt Tanner auf, schlägt natürlich den Kopf wieder an die Lampe, die über der Liege hängt. Mit der Schwingung des Lichts wiegt sich die ganze Turmkammer wie auf hoher See. Er hält sie mit einem Fluch an und beginnt in Honorés Sachen zu stöbern.
Er findet Hefte mit Eintragungen über seine Theaterstücke. Abhandlungen über Shakespeare. Skizzenbücher zu seinen Aufführungen. Kostümentwürfe. Konstruktionszeichnungen von Theatermaschinerie. Alles schön und gut, aber das bringt ihn jetzt auch nicht weiter. Tanner beginnt sorgfältig die Wände zu

untersuchen, ob Honoré, der Meister der Verstecke und Andeutungen, irgendwo noch etwas verborgen hatte, was jetzt weiterhelfen würde. Kein Brett ist lose, keinerlei Anzeichen eines Verstecks in den Wänden und auch nicht im Boden. Tanner sitzt schwer keuchend am Boden. Dann legt er sich hin und starrt auf die Decke.

Honoré, du kleiner Wicht, du großer Meister, zeig mir dein Versteck!

Laut ruft es Tanner in die stickige Stille des Turmateliers. Da fällt sein Blick auf den altertümlichen Nähtisch. Da Tanner auf dem Boden liegt, kann er sehen, dass die Tischplatte ungewöhnlich dick ist, obwohl der Tisch keine Schublade hat. Tanner macht den Tisch frei, legt ihn umgekehrt auf den Boden und untersucht die Unterseite, die aus einem neueren Holz ist als die übrigen Teile. Mit geschlossenen Augen fährt Tanner die Rand- und Querleisten entlang – und siehe da, der Tisch gibt sein Geheimnis preis. Ein Teil der Holzplatte lässt sich wegschieben und es kommt ein relativ geräumiges Geheimfach zum Vorschein. Tanner greift hinein und zieht eine Puppe heraus. Es ist der Mann im komischen Anzug. Verdammt. Also hat er das nicht nur in seinem fiebrigen Drogenwahn erlebt, sondern der Mörder im Nasa-Anzug war realer Bestandteil von Honoré's Inszenierung. Verdammt. Verdammt. Warum hat er Honoré nicht gleich gefragt? Tanner greift ein zweites Mal in das Fach. Seine Hand findet drei dicke Hefte.

Außergewöhnlich schön eingebundene Hefte. Im ersten Heft Porträts von Rosalind in verschiedenen Altersstufen. Sehr detaillierte Studien, mit Rötelstift gezeichnet. Soweit Tanner das beurteilen kann, war Honoré ein sehr begabter Zeichner. Das zweite Heft hat er ganz der zeichnerischen Erfassung seiner Geliebten gewidmet. Seitenweise Gesichtsstudien. Unerbittlich hat Honoré die Härte, das Alter, aber auch die eigenartige Schönheit dieser Frau festgehalten. Mit dem Blick eines Arztes, nicht mit dem Blick des Liebhabers. Dann folgen Aktstudien. Auch hier brutales Festhalten des Zerfalls eines wahrscheinlich ehemals schönen Frauenkörpers. Hat Honoré aus dem Gedächtnis gezeichnet oder hat die Alte nackt für ihren Liebhaber posiert? Ganz besonders hat Honoré sich für ihr Geschlecht interessiert. Ein wilder Wald von Haaren bedeckt ihren ganzen Schoß. Auf einigen Studien zeigt er sie mit weit gespreizten Beinen und lässt den Betrachter durch den Urwald der Haare ihre Vagina erahnen. Erschreckt schließt er das Heft. Im dritten Heft hat Honoré sich selbst gezeichnet, genauso unerbittlich. Er zeichnete auch sein eigenes Geschlecht. In schlaffem und in erigiertem Zustand. Riesenhaft und knorrig wie auf japanischen Zeichnungen. Was für ein Mensch, dieser Honoré. Das wäre für eine psychoanalytische Studie alles hochinteressant. Tanner hilft es nichts. Er findet keinen einzigen Hinweis auf den Mörder oder auf seinen möglichen Unterschlupf.

In diesem Moment klingelt das Telefon. Michel meldet sich.

Verdammt noch mal, was machst du im Turm? Der Liftschalter war doch versiegelt. Bist du allein da oben?

Ich bin allein und ich komme sofort runter!

Tanner lässt alles liegen, löscht das Licht und steigt in den Lift. Frustriert, dass er keinen brauchbaren Hinweis gefunden hat. Unten erwartet ihn ein aufgebrachter Michel.

Dreimal verdammte Scheiße, wieso lässt du deine Elsie mitten in der Nacht frei herumlaufen ...?

Wütend vor Sorge und schweißgebadet nimmt ihn Michel fluchend in Empfang, drückt ihn mit seinen Pranken an die Brust, so dass Tanner kaum noch atmen kann. Tanner befreit sich aus der Umklammerung und erklärt Michel, dass Elsie in Adas Heften noch etwas Wichtiges entdeckt hat und dass sie sich deswegen alleine auf den Weg gemacht hat. Michel schüttelt sorgenvoll den Kopf.

Ich habe schon Straßensperren im Umkreis von hundert Kilometern errichten und das Autokennzeichen und eine Personenbeschreibung von Elsie an sämtliche Streifenwagen im Umkreis von zweihundert Kilometern weitergeben lassen. Ich habe auf die Schnelle nur gerade zwanzig Mann von der Bereitschaft organisieren können. Mit denen werde ich jetzt, so gut es eben geht, die ganze Gegend hier absuchen. Auch wenn das Auto von Elsie klein ist, kann man es doch verdammt noch mal nicht in einer Streichholzschachtel verschwinden lassen.

Zornig trocknet er sein Gesicht.

Übrigens, beinahe hätte ich es vergessen, den Halbmond hat man am Flughafen der Weltstadt erwischt. Er wollte sich nach Übersee absetzen. Wahrscheinlich wird er schon morgen in die Hauptstadt überstellt werden. Und stell dir vor, das Videoband ist stillschweigend zum Vorschein gekommen. Irgendjemand da oben beginnt sich von Auguste zu distanzieren. Also haben wir wenigstens etwas gegen den sauberen Herrn in der Hand. Nebenbei werden wir ihn mal mit der Tatsache konfrontieren, dass beide ermordeten Kinder seine unehelichen Kinder waren, und ...!
Jetzt kommt die Stunde von Tanner.
Halt. Die drei ermordeten Kinder in Marokko waren auch Resultate seiner außerehelichen Aktivitäten.
Michel schaut Tanner an, als hätte er eine Erscheinung.
Was? Spinnst du, oder was? Woher willst du das denn jetzt plötzlich wissen?
Mein Freund Hamid hat in meinem Auftrag in Marokko recherchiert. Ich habe zwar noch keinen Beweis in der Hand, aber wenn mein Freund Hamid es sagt, genügt mir das. Damit haben wir gegenüber dem Halbmond doch einen ungeheuren Trumpf in der Hand, psychologisch, versteht sich. Da kannst du gleich noch einmal einen Elfmeter versenken, um in der Sprache deines Chefs zu reden.
Stumm blickt Michel ihn an. Dann gibt er sich einen Ruck.
Na gut, wenn du meinst. Aber denk an Indien ...! Aber jetzt komm, als Erstes nehmen wir uns den Mondhof vor. Mit allem Brimborium.
Auf der Straße steht der Leiter der Bereitschaftspolizei und wartet auf Anweisungen. Der hochgewachsene Mann macht einen bedächtigen Eindruck und wirkt ganz so, als ob er sein Geschäft versteht. Tanner nickt ihm zu.
Die Mannschaft selbst sitzt noch in den Wagen. Während Michel Anweisungen gibt, telefoniert Tanner mit Ruth und klärt sie über den Stand auf. Das heißt, er kann ihr nichts Neues sagen.
Und sie hat das Heft bis jetzt auch nicht gefunden.
Serge, ich werde rumfahren. Du brauchst mich nicht, um den Mondhof zu durchkämmen. Ruf mich an, wenn was ist.
Michel nickt. Er ist in seinem Element, denn es geschieht etwas.

Auch wenn es wahrscheinlich nichts bringen wird. Armand wird Elsie kaum auf dem Mondhof versteckt halten.
Während zwei geschlagener Stunden fährt Tanner wie ein Irrer herum. Sämtliche Straßen, Feldwege, Waldwege, Seewege, Privatwege, Sackgassen, kurz: Er fährt die ganze Gegend ab. Die schöne und liebliche Landschaft kommt ihm heute kalt und feindlich vor. Dreimal kommt er in eine Straßensperre, dreimal muss Michel telefonisch für Aufklärung sorgen. Er guckt sich die Augen aus dem Leib nach dem kleinen Auto von Elsie. Manchmal narrt ihn die Fantasie oder besser der Wunsch nach Entdeckung, aber immer stellte es sich als Fehlanzeige heraus.
Regelmäßig telefoniert er mit Ruth. Sie hat mittlerweile das ganze Haus auf den Kopf gestellt, aber kein Heft gefunden. Voller Verzweiflung hat sie schließlich Ada aufgeweckt und versucht aus ihm herauszuquetschen, was Elsie denn in seinen Heften entdeckt haben könnte. Aber er hat sie nur verständnislos angeschaut und wieder auf stumm umgeschaltet. Sie wusste sich nicht mehr zu helfen.
Tanner hat sie, so gut er konnte, getröstet und versprochen, bald zurückzukehren. Michel hat bis jetzt auch keine Spur entdeckt und auch die Verhöre mit sämtlichen Angestellten haben nichts Brauchbares erbracht. Zumal mitten in der Nacht auch kein Dolmetscher aufzutreiben war. Die Unternehmung ist auf der ganzen Linie ein Fiasko.
Tanner ist verzweifelt. Er schwitzt vor Angst und Aufregung.
Er beschließt kurzerhand, nach Hause zu gehen, zu duschen und nochmals alles von vorne zu durchdenken.
Ruth empfängt ihn unter der Haustür mit einer verzweifelten Umarmung. Lange stehen sie so, sprechen kein Wort. Danach steht Tanner lange unter der Dusche. Heiß und eiskalt. Ruth sitzt auf der Toilette und reicht ihm stumm ein Badetuch. Das große Tuch um sich geschlungen, setzt er sich mit Ruth in die Küche.
Die verrinnende Zeit durchströmt ihre Körper wie heißes Blei, Tanner steht auf.
Ich ziehe mich jetzt an und gehe nochmals raus. Ich kann hier nicht tatenlos rumsitzen. Versuch du doch ein bisschen zu schlafen, Ruth!

Sie schaut ihn nur mit großen Augen an und sagt nichts. In diesem Moment klingelt das Telefon. Es ist ein entnervter Michel.
Hör mal, Tanner, wir müssen jetzt die Nachtaktion abbrechen. Wir haben in der Gegend jeden Stein umgedreht. Wir machen weiter, wenn's hell ist. Mit mehr Leuten. Zumal mein Chef mich in die Hauptstadt zitiert. Weiß der Teufel, was er von mir will. Er war zu freundlich am Telefon, als dass es sich um etwas Gutes handeln könnte. Tut mir Leid. Ich kann im Moment nichts machen. Vielleicht kann uns der Halbmond morgen früh mehr sagen.
Morgen früh ist es vielleicht zu spät, sagt Tanner knapp und beendet das Gespräch.
Tanner geht ins Schlafzimmer, um sich anzuziehen. Ruth macht einen Kaffee.
Im Schlafzimmer sucht er frische Wäsche. Gedankenverloren stochert er, ohne richtig hinzusehen, in seinen Sachen, die ihm Rosalind vom Marrerhof hierher gebracht hat.
Plötzlich greift seine Hand zwischen Wäsche und Hemden etwas Hartes. Es ist ein Bild.
Stimmt! Rosalind hatte ja gesagt, das sie sein Mädchenbildnis noch eine Weile behalten möchte. Und sie würde ihm dafür ein Ersatzbild einpacken. Es ist dieses merkwürdige Bild, das in seinem Zimmer bei Karl und Ruth über dem Kopfende des Bettes hing.
Himmel, das ist das Häuschen, das Anna Lisa gemalt hat, verfluchte Sch…! Sofort holt Tanner die Zeichnungen aus der Kommode.
Kein Zweifel, es handelt sich exakt um dasselbe kleine Rundhaus mit dem merkwürdig spitz zulaufenden Dach. Also ist die Zeichnung kein Produkt der Fantasie eines kleinen Mädchens, genauso wenig wie der Mann im komischen Anzug. Und er schleppt Eis, wie ihm Glöckchen klar gemacht hat.
Aber wozu Eis? Offensichtlich trägt der Mann die Eisblöcke in das Häuschen hinein. Aber wozu?
Tanner reißt den Pappdeckel vom Bilderrahmen. Die Abbildung, ein Farbfoto, ist Bestandteil einer zusammengefalteten Seite aus einer Illustrierten. Tanner entfaltet die Seite sorgfältig. Das Papier ist schon brüchig.

Und da steht es: Der Eiskeller.
Tanner überfliegt atemlos den Bericht. Als ein berühmter Architekt aus Frankreich damals das Schloss gebaut hatte, konzipierte und baute er auch einen Eiskeller, damit die herrschaftlichen Besitzer auch im Sommer Speiseeis essen konnten. Dies war ein absolutes Novum. Das Häuschen bildet den Eingang zu einem tiefen Keller, in den im Winter massenhaft Eisblöcke eingelagert wurden.
Eine kleine Lageskizze zeigt, wo sich der Eiskeller befindet. Er befindet sich oberhalb des Mondhofes auf einem kleinen Hügel. Warum hat Tanner das nie bemerkt? Steht das Haus nicht mehr? In Tanners Drogentraum schleppte der Mann irgendetwas eine Treppe hinauf und zählte dabei die Stufen mit seiner eigenartig wässrigen Stimme. Aber warum dachte Tanner immerzu, dass der Mann Treppen hinaufsteigt? Weil es nach Anstrengung klang? Aber die rührte offensichtlich nicht vom Hinaufsteigen, sondern vom Tragen eines schweren Gegenstandes. Und Tanner, der fantasielose Idiot, dachte nur an Treppen, die hinaufführen. Da hätten sie noch lange hohe Gebäude und Kirchtürme absuchen können.
Wenn es diesen Eiskeller noch gibt, führen die siebenunddreißig Stufen hinab, tief unter die Erde.
Ist Elsie jetzt dort? Hastig zieht Tanner sich an. Soll er Michel anrufen?
Im gleichen Moment, als er sich die Frage stellt, weiß er schon, dass er das nicht tun wird. Tanner muss alleine dahin.
Muss! Müssen! Kein Mensch muss müssen, und Tanner müsste? Mit einem rigorosen Ja, der Tanner muss, bringt er einmal mehr seine innere Stimme zum Schweigen.
Hätte er doch einmal auf sie gehört!

FÜNFUNDZWANZIG

Tanner geht denselben Weg, den er damals bei seinem nächtlichen Turmbesuch genommen hatte. Rosalinds Weg.

Er stolpert über die stoppeligen Felder. Verstohlen und hastig, mehr rennend als gehend, überquert er die leere Autobahn und schleicht geduckt in einem großen Bogen auf den Hintereingang des Mondhofes zu.

Ohne Mond und Sterne ist diese Nacht. Das schon bald der Morgen anbrechen wird, davon ist jetzt noch nichts zu spüren. Er hört nur die eigenen hastigen Schritte und seinen heftigen Atem.

Ruth hat er über sein Ziel nicht aufklären können. Als Tanner zurück in die Küche kam, war Ruth nicht mehr da. Er fand sie in einem der Kinderzimmer. Sie hatte sich zu Glöckchen gelegt und war wahrscheinlich vor lauter Erschöpfung und Verzweiflung einfach eingeschlafen. Tanner hat sie nicht geweckt. Es ist vielleicht besser, wenn sie schläft.

Diesmal hat Tanner wenigstens eine Taschenlampe mitgenommen. Und zusätzlich hat er sich aus der Scheune ein schweres Brecheisen besorgt. Das Eisen in der Hand verleiht ihm eine gewisse Sicherheit.

Oberhalb der Scheunen und Stallungen entdeckt er in der Schwärze der Nacht einen noch schwärzeren Umriss, aber nichts deutet auf ein so markantes Haus, wie es das Rundhäuschen auf dem Bild ist. Er nähert sich dem großen schwarzen Fleck und entdeckt, dass es sich um eine Baumgruppe handelt. Tanner umkreist sie in respektvollem Abstand. Und siehe da! Gegen den See hin hat das Wäldchen eine Öffnung, grad so wie eine Zahnlücke. Durch diese Lücke kann man die verschwommenen Umrisse eines spitzen Runddaches ausmachen.

Über der massiven Eingangstür befindet sich ein Giebelvordach. Das Runddach selbst reicht fast bis auf den Boden.

Tanner geht näher. Die Tür ist mit groben Planken zugenagelt. Nicht das leiseste Geräusch ist zu hören. Vollständig vergessen steht das kleine Haus, beschützt durch die dichte Baumgruppe.
Kein Wunder, dass Tanner das Haus nie gesehen hat. Von der Straße aus, die vom See an der Villa vorbeiführt, hätte er das Haus vielleicht entdecken können, aber da hing sein Blick jeweils schon an der Villa oder am Turm.
Aus dem Keller, der unter diesem Haus angelegt sein soll, haben also die Bediensteten für die Herrschaften im Sommer Eis geholt und sind wahrscheinlich im Laufschritt zum Schloss geeilt, damit möglichst wenig Eis in der Sommerhitze schmilzt.
Tanner steht wie angewurzelt und fixiert das Haus. Trotz der absoluten Stille wagt er nicht, die Taschenlampe zu benutzen. Er hat das absurde Gefühl, dass ihn das kleine Haus anstarrt. Böse anstarrt.
Ein eisiger Hauch streift seinen Rücken und seine Muskeln verkrampfen sich schmerzhaft. Er meint, sich nie wieder bewegen zu können und ewig hier stehen bleiben zu müssen.
Ein ganz elendes Verlassenheitsgefühl platzt in seinem Magen auf. Ein längst vergessen geglaubtes Gefühl der Einsamkeit. Irgendwo in seinem Körper eingemottet. Eingekapselt in einer kleinen Kugel und vergessen. Eine Kugel, die sich jetzt öffnet, wie eine Badesalzkugel, deren Haut sich im warmen Wasser auflöst und ihren Inhalt preisgibt. Tanner muss all seine Energie zusammennehmen, um nicht in die Knie zu sinken.
Plötzlich klingelt das Telefon in seiner Jacke. Das Klingeln ist wie grelles Lachen. Eine Explosion in andächtiger Stille.
Als Tanner noch in die Kirche gehen musste, hatte er beim Abendmahl regelmäßig panische Angst vor seiner eigenen Lust, unvermittelt in ein grelles Lachen auszubrechen, um die stille Andacht zu zerstören. Hätte er es getan, hätte ihn sicher der göttliche Blitz …
Panisch drückt er auf die rote Taste. Auf dem Display erschien die Nummer seiner Tänzerin. Die kann ihm jetzt auch nicht helfen. Er stellt das Telefon auf lautlos und zwingt sich zur Konzentration. Er lauscht in die Nacht und zum Haus hin. Nichts geschieht. Kein Laut ist zu hören, auch fährt kein Blitz aus dem Himmel, um den Störenfried Tanner auszulöschen.

Aber das Klingeln hat ihn aus seiner Angststarre erlöst und er kann wieder freier atmen. Er tritt jetzt entschlossen an die vernagelte Tür und untersucht sie im Schein der Taschenlampe. Die Planken sind mit kräftigen Zimmermannsnägeln befestigt. Die Rostränder, die sich im Holz um die Nägelköpfe gebildet haben, zeigen eindeutig, dass die Tür schon lange vernagelt ist, jahrelang. Wenn nicht gar jahrzehntelang. Andererseits hat Anna Lisa vor knapp einem Jahr beobachtet, dass der Mann im komischen Anzug Eisblöcke ins Haus trug. Aber wie? Sicher nicht durch diese Tür.

Tanner lauscht mit dem Ohr an der Tür. Außer seinem Atmen hört er nichts.

Er beginnt das Haus zu umrunden, auf der Suche nach einer zweiten Einstiegsmöglichkeit. Er tastet mit den Händen nach Unebenheiten oder Ritzen. Aber er findet nichts und ist ratlos. Dabei ist er ganz sicher, am richtigen Ort zu sein. Er spürt es.

Aber wie, zum Teufel, kommt man in diesen Keller?

Tanner beschließt, nochmals um das Haus herumzugehen, mit etwas mehr Abstand, unter Verwendung des vollen Scheins der Taschenlampe. Soll man es doch sehen. Es ist sowieso alles egal, solange er Elsie nicht gefunden hat.

Auf der Rückseite des Hauses verfängt sich sein rechter Fuß in einem Wurzelgeflecht. Er verliert das Gleichgewicht und versucht sich mit dem Brecheisen abzustützen. Mit einem dumpfen Ton knallt das Ende des Eisens auf den weichen Waldboden.

Woher dieser dumpfe Klang?, fragt er sich, während er trotz des Rettungsversuches mit dem Eisen hinfällt. Auf Knien rutscht er zu der Stelle, wo das Eisen liegt, und entdeckt eine bemooste Eisenplatte, die in den Boden eingelassen ist. Um die Platte herum ein schmaler Betonrahmen.

Das stammt auf jeden Fall nicht aus der Zeit des Schloss- und Eiskellerbaus, kommt es leise über seine Lippen. Er findet eine Vertiefung in der Platte, rüttelt und ruckt daran. Sie lässt sich zu seinem Erstaunen sofort öffnen.

Keine Verriegelung, kein Schloss!

Merkwürdig, denkt er, steht auf und öffnet die Bodentür, die an ihrer kurzen Seite mit kräftigen Scharnieren befestigt ist.

Er blickt sich noch einmal um und beginnt dann den Einstieg. Eine schmale Treppe führt in die Dunkelheit hinab. Automatisch beginnt er zu zählen. Bis zur Stufe elf muss er sich mit seiner Länge ganz schön bücken, so eng ist es. Er dreht sich und geht rückwärts.

Plötzlich erweitert sich der Raum. Tanner spürt dies mehr, als er es sehen kann, denn seine Taschenlampe ist ans Ende ihrer Kraft gekommen. In ihrem letzten Schein erkennt er, dass er sich jetzt direkt unter dem kleinen Haus befindet, auf der alten Treppe. Die neue Treppe führt also unter der Außenmauer des Hauses durch und mündet in den alten Abstieg des Eiskellers. Ab Stufe dreizehn werden die Stufen breiter und sind aus roh behauenem Stein.

Tanner kauert sich einen Moment hin und konzentriert sich nur aufs Hören. Nichts. Allerdings hat er das Gefühl, dass er sich in einem ganz merkwürdigen akustischen Raum befinde. Würde er jetzt rufen, gäbe es sicher das schönste Echo. Er ruft aber nicht. Auch wenn die Versuchung mächtig ist. Schon allein, um etwas von seinem Angstdruck abzulassen.

Jetzt, wo sich seine Augen langsam an die Dunkelheit gewöhnen, meint er einen Schimmer Licht aus der Tiefe des Kellers zu sehen. Vielleicht ist es auch nur Einbildung. Auf Grund seiner angespannten Nerven.

Was er sich allerdings ganz sicher nicht einbildet, ist der Hauch einer sibirischen Kälte, die ihm, mit jeder Treppenstufe mehr, aus der Tiefe entgegenschlägt.

Ab Stufe dreiundzwanzig hüllt sie ihn vollends ein. Da er ab jetzt auch seinen Atem als weiße Dampfwölkchen sehen kann, ist das schimmernde Licht aus der Tiefe wohl doch keine Einbildung. Die Treppenstufen werden allmählich breiter. Wände und Deckengewölbe sind voller Kalkablagerungen. Oder ist das Eis? Man kann es in dieser diffusen Dunkelheit beim besten Willen nicht erkennen. Oder ist es eine schummrige Helligkeit?

Tanner befindet sich auf der imaginären Grenze zwischen diesen beiden gegensätzlichen Begriffen. Eine Grenze, die höchst unscharf verläuft. Ganz so, wie die Grenze zwischen Gut und Böse, oder, Tanner?

Je heller es wird, desto weniger kalt scheint es. Hat er sich an die Kälte gewöhnt?
Die Wände sehen jetzt auch stumpfer, trockener aus. Aber woher kommt das Licht? Man sieht nirgends ein Stromkabel.
Tanner ist auf Stufe einunddreißig angelangt. Er sieht schon das Ende der langen Treppe! Was ist eigentlich das Gegenteil von Himmelsleiter?
Am Ende der Treppe beginnt offensichtlich ein rechtwinklig zur Treppe angelegter Gang. Das Licht kommt sozusagen um die Ecke. Vielleicht geht aber die Treppe um die Ecke noch tiefer in die Erde. Immer tiefer, durch den Erdmittelpunkt, bis nach Australien.
Nein. Tanner ist angekommen. Im Eiskeller.
Ein rechteckiger Raum. Die Decke ein Tonnengewölbe. An den drei Seiten des Raumes gehen drei niedrige Tunnel weiter in die Tiefe. Wie tief, weiß Tanner nicht. Er hat keine Zeit und keinen Blick für sie.
Seine Aufmerksamkeit wird ganz von dem zentralperspektivisch angeordneten Altar aus Eisblöcken gefangen genommen. Der Altar, aus vielen Eisblöcken zusammengefügt, spendet aus seinem Innern ein fast grelles Licht. Wie das technisch-physikalisch funktioniert, weiß Tanner nicht. Es interessiert ihn auch nicht. Das Einzige was er im Moment wissen will: Lebt seine geliebte Elsie noch?
Sie liegt nackt auf dem Eisaltar und ist an Händen und Füßen ans Eis gefesselt. Ihr Körper ist ins grelle Licht des Eisblocks getaucht. Er scheint fast durchsichtig zu sein.
Der Eisaltar ist etwa so hoch, dass Tanner Elsies Körper gerade noch sehen kann, wie er da angekettet liegt. Es ist gar nicht so einfach, zu ihr hinaufzuklettern. Er findet keine Kerben für seine Füße oder seine Hände, um sich auf den Eisaltar hinaufzuschwingen.
Er versucht, mit seinen Fingernägeln Vertiefungen ins Eis zu kratzen. Vergebens. Mithilfe der Taschenlampe gelingt es ihm dann, Kerben ins Eis zu schlagen. Nach einigen misslungenen Versuchen kommt er endlich neben Elsie zu liegen, die Gott sei Dank noch atmet, wenn auch sehr flach.

Auf Knien zieht er Windjacke, Pullover und Hemd aus, um wenigstens etwas Wärmedämmung zwischen Elsies Körper und das Eis zu bekommen.
Irgendetwas hat sie in eine tiefe Bewusstlosigkeit versetzt. Äußerlich kann man keine Verletzungen erkennen. Um die Hand- und Fußgelenke sind metallene Spangen, angeschweißt an massive Schrauben, die ins Eis geschlagen sind. Eisschrauben, wie sie Bergsteiger benutzen, um sich mit ihren Seilen daran zu sichern. Ohne Werkzeug kriegt man diese Dinger nie und nimmer raus. Also fängt Tanner erst mal an, Elsie zu massieren.
Zuerst beide Beine, dann die Arme und am Schluss Bauch und Oberkörper. Während seiner rasenden Massage redet er ununterbrochen zu ihr, in der Hoffnung, irgendwie zu ihrem Bewusstsein vorzustoßen.
Dann legt er sich wärmend auf sie und überlegt verzweifelt, in welcher Reihenfolge nun zu handeln ist. Als Erstes nestelt er das Handy aus der Windjackentasche.
Verdammt, kein Netz, ich bin zu tief unter der Erde …, laut fluchend sagt er das, und das Treppengewölbe wirft den Satz als verquollenes Echo mehrere Male hin und her. Und dann erstarrt Tanner.
Inmitten dieses Echowirrwarrs hört er ein Lachen, das da nicht hineingehört. Ein Lachen, das nicht von Tanner stammt. Und dann singt eine merkwürdig wässrige Stimme das fröhliche Pagenlied aus dem Ardennerwald!
… a lover and his lass, with a hey, and a ho, and a hey nonino, that over the green corn field did pass, in the spring time, the only pretty ring time …
Aufhören, sofort aufhören! Zeig dich, Armand, wenn du Mut hast!
Das Singen verwandelt sich abrupt in unbändiges Lachen. Durch die Vervielfältigung des Echos ist überhaupt nicht auszumachen, aus welcher Richtung das Lachen kommt. Von oben? Oder aus einem der Tunnel?
Die Stimme lacht und lacht.
Fieberhaft tippt er in sein Telefon eine SMS-Botschaft an Michel, sozusagen prophylaktisch, denn zum Telefonieren wird er so

schnell nicht wieder kommen. Zumal er sich von Elsie nicht entfernen will und kann und er immer noch nicht weiß, woher die Stimme kommt. Je nachdem, wie sich das hier weiter entwickelt, wird es ihm vielleicht möglich sein, Armand irgendwie von Elsie wegzulocken, die Treppe so weit hochzusteigen, bis das Telefon wieder im Netzbereich ist. Dann könnte er die Mitteilung mit nur einem Knopfdruck abschicken. Könnte. Könnte. Möchte. Sollte!
Und wieder singt die Stimme!
... And therefore take the present time, with a hey, and a ho ... hey ... hey, he ... Tanner, wie lange, glaubst du, hält das deine Geliebte durch auf dem Eisblock? Willst du nicht etwas unternehmen? Du bist doch ein Mann der Tat, oder?
Während er spricht, hat Tanner sich, so lautlos wie möglich, vom Eisblock wieder auf den Boden hinuntergleiten lassen. Das Telefon in der einen Hand, die nicht mehr funktionierende Taschenlampe in der anderen, macht er sich gebückt auf die Suche nach der Stimme.
Die Taschenlampe kann ihm immerhin noch als Schlagwaffe dienen, denn etwas Besseres hat er nicht. Die Eisenstange liegt oben im Gras.
Ach, Tanner, jetzt wollen wir mal die Bedingungen etwas verschärfen, sonst langweilt sich so ein Profi vielleicht noch, oder ...?
Auf einen Schlag wird es dunkel.
Offensichtlich ist die Lichtquelle im Eisaltar doch nichts Geheimnisvolles. Man kann einfach den Strom abdrehen, obwohl Tanner kein Stromkabel gesehen hat. Aber was bedeutet es schon, ob Tanner etwas gesehen hat oder nicht?
Hat Tanner daran gedacht, sich seine Dienstwaffe wieder zu besorgen? Oder wie überaus klug, dass er alleine hierher gegangen ist. Und sein Brecheisen macht sich sicher auch gut, da oben auf der Wiese. Vielleicht stolpert in ein paar Jahren mal jemand drüber und wundert sich, dass da so ein hartes Eisen liegt. Ach, was könnte man nicht alles Schönes machen, mit so einer schönen Eisenstange.
Armand die kranke Birne einschlagen, bis nur noch Brei da ist. Elsies Fesselungen aus dem Eis lösen, sie auf seinen Armen die siebenunddreißig Stufen hinauftragen ...

Tanner, lebst du noch? Du musst was machen, deine Geliebte stirbt. Erfrieren ist zwar ein angenehmer Tod, aber du willst doch nicht, dass sie stirbt. Ich meine, mir ist es egal ...!
Jetzt, wo Tanner am Boden kauert, erkennt er die Richtung genauer, aus der die Stimme kommt. Sie kommt definitiv nicht von oben, sondern aus einem der Tunnel. Zwei stehen zur Auswahl, denn den dritten hat Tanner direkt vor sich und da kann Armand nicht sein. Soll er jetzt leise die Treppe hochgehen, um die SMS ins All zu schicken, oder ...?
Denk gar nicht daran, Tanner, mit deinem lächerlichen Telefon unbemerkt die Treppe hochzugehen. Ich würde es merken, und dann könnte ich bedauerlicherweise nicht mehr warten, bis deine Nutte einen quasi natürlichen Tod durch Erfrieren stirbt! Verdient hat sie es. Die treibt's ja mit jedem.
Tanner hört nicht auf die Inhalte von Armands Worten. Die Stimme ist nur sein Richtungsweiser. Er schleicht, mit den Händen vortastend, in Richtung des Tunnels, den er vorhin, als das Licht noch brannte, direkt vor sich gesehen hat.
Im Dunkeln dauert es eine Ewigkeit, bis seine Hände die Ecksteine des Tunneleingangs spüren. Er robbt ganz in den Tunnel hinein, von dem er nicht weiß, wie tief er ist. Keuchend hält er inne und lauscht in die undurchdringliche Dunkelheit.
War es unbedingt notwendig, den armen Honoré umzubringen, fragt Tanner, hoffend, dass Armand möglichst lange reden wird, damit er eine Chance bekommt, herauszufinden, wo er sich aufhält.
Und prompt antwortet die wässrige Stimme.
Er wusste zu viel. Ich mochte ihn früher sehr gerne, aber als er mit dir Kontakt aufgenommen hat, war sein Todesurteil gefällt. Eigentlich bist du ja schuld an seinem Tod. Ja, Ja, Tanner, wenn man sich in Dinge mischt, die einen nichts angehen, macht man sich schuldig. In Marokko konnten wir dich noch elegant aus dem Verkehr ziehen, ha, ha ...! Da bist du ja glatt in die Falle gelaufen ...!
Während er sich weiter über ihn und sein Verhalten in Marokko lustig macht, robbt Tanner tiefer in den Tunnel hinein, um zu sehen, ob es zum anderen Tunnel, in dem er Armand vermutet, eine Verbindung gibt.

Ganz besonders genüsslich macht Armand sich über die Tatsache lustig, dass Tanner sich von der drallen Prinzessin Madhij verführen ließ, die ihn dann verraten und bloßgestellt hatte.
Lach! Lach, bis du platzt, flüstert Tanner, ich finde dich, und dann …!
Nach schätzungsweise fünf Metern stößt Tanner auf das Ende der Tunnelwand, respektive auf eine Mauerecke, um die er herumkriecht. Nach ungefähr drei Metern ertastet er eine weitere Ecke. Er hat den zweiten Paralleltunnel gefunden.
Die Frage ist jetzt, ob Armand sich in diesem oder dem anderen befindet. Da er nicht mehr spricht, kann Tanner es im Moment nicht wissen.
Es bleibt ihm nichts anderes übrig, als abzuwarten, bis Armand sich wieder äußert, denn Tanner will seinen neuen Standort nicht vorzeitig verraten, den er, hoffentlich unbemerkt, eingenommen hat. Die Kälte spürt er vor Aufregung und Anspannung nicht mehr, obwohl er Jacke, Pullover und Hemd zwischen das Eis und den nackten Körper seiner Geliebten geschoben hat.
Den größten Teil seiner Kraft muss er gegen seine panische Angst stemmen, dass es für Elsie schon zu spät ist. Andererseits darf er nichts übereilen. Wenn er überhaupt eine Chance hat, Armand zu überwältigen, wird er nur eine einzige haben.
Tanner kniet also stumm am Boden. Warum hat er Ruth nicht geweckt und ihr gesagt, wo er hingeht?
Tanner verflucht seine Selbstherrlichkeit.
Da seine Beine eingeschlafen sind und weil er das Nichtstun kaum mehr aushält, kriecht er Millimeter für Millimeter vorwärts. Er fühlt die Nähe von Armand, das heißt, er bildet sich ein, einen zweiten Atemrhythmus zu spüren. Oder ist es doch nur der eigene, wild gewordene Atem? Er weiß es nicht. Die Stille dröhnt so entsetzlich laut in seinen Ohren, dass er dem, was er hört, überhaupt nicht mehr trauen kann. Versuchsweise hält er sich einen Moment lang beide Ohren zu, lässt es aber gleich wieder sein, weil erstens das Dröhnen nicht leiser wird, im Gegenteil, und die Angst sofort in Panik umzuschlagen droht.
Dasselbe passiert, wenn er die Augen schließt, obwohl er genauso blind ist, egal, ob er die Augen offen hat oder geschlossen.

Allerdings bildet er sich ein, bei geschlossenen Augen einen Geruch wahrzunehmen. In der Kälte des Eiskellers war bislang nichts Auffälliges zu riechen. Die Luft ist kalt und neutral. Aber jetzt hat er einen Geruch in der Nase, den er nicht einordnen kann. Gerade als er nochmals die Augen schließen und tief Luft holen will, um den neuen Duft noch einmal zu überprüfen, passiert es.

Dass irgendetwas passieren wird, darauf war er die ganze Zeit gefasst, nur nicht gerade in diesem Augenblick.

Ein grelles Licht explodiert vor Tanners Augen. Instinktiv reißt er seine rechte Hand hoch und im nächsten Moment durchzuckt ein wilder Schmerz seinen Arm, bohrt sich bis tief in den Brustkorb hinein.

Es verschlägt Tanner den Atem und eine rasende Übelkeit schießt vom Magen hoch. Würgend und blind vor Schmerz, kommt er auf die Beine. Wie ein Boxer, der sich nicht auszählen lassen will. Noch nicht.

Aber einen weiteren Schlag von dieser Heftigkeit wird er nicht überstehen. Er weiß noch nicht mal, was ihn so heftig getroffen hat. Der Schlag traf ihn zwar an Hand und Arm, aber die eigentliche Wirkung spürt er krampfartig bis mitten in sein Herz hinein. Stechend und brennend. Tanner atmet tief durch, um seine Übelkeit in den Griff zu bekommen.

Blinzelnd öffnet er die Augen und langsam schärft sich das Bild. Merkwürdigerweise sieht er zuerst alles schwarzweiß, dann kommen allmählich die Farben zurück, obwohl es nicht viel Farbe zu sehen gibt.

Vor ihm steht der Mann im komischen Anzug. Das erste Detail, das Tanner allerdings in aller Schärfe sieht, ist ein Elektroschockgerät. Der Vermummte umklammert das Gerät mit seiner rechten Hand und die beiden Metallstifte gleißen böse in Tanners Richtung. Hätte er nicht instinktiv seine rechte Hand vors Gesicht gehalten, wäre es schon jetzt um ihn geschehen.

Der Geruch, den er vorher gerade in der Nase hatte, war also die Ausdünstung seines Gegners gewesen. In dem Glas der Kopfhaube sieht sich Tanner für einen kurzen Moment selber gespiegelt. Oder vielmehr ein verzerrtes Bild von sich.

Mit seiner Linken greift der Mann jetzt zu seiner verglasten Kopfhaube. Mit einem energischen Ruck reißt er sich die Maske ab. Wirft sie achtlos auf den Boden.
Schulterlanges, gräulichweißes Haar kommt zum Vorschein, das ein unrasiertes Gesicht bleich umrahmt. Ausgemergelte Wangen. Brennend dunkle Augen in tiefen Höhlen. Der Mund mit merkwürdig aufgesprungenen Lippen verzerrt sich zu einem Grinsen. Die Zähne sind in einem schrecklichen Zustand. Zähne als Alptraum. Seine Haut ist schrundig und grau.
Das ist nicht Armand! Das ist nicht Armand, hämmert es in Tanners Kopf!
Aber wer ist es dann?
Das Grinsen bezieht sich wohl auf Tanners überraschtes Gesicht, das wahrscheinlich ziemlich dumm aussieht.
Tatsächlich spürt er in diesem Moment vor lauter Überraschung keine Schmerzen mehr.
Diese Augen, diese Augen!
... I can suck melancholy out of a song, as a weasel sucks eggs ..., flüstert der Mund heiser und wässrig.
Oh Gott ..., flüstert Tanner leise, oh Gott ...!
Tanner schießt ein Text vom *Herzog Senior* durch den Kopf:
Ich glaube, er ist in ein Tier verwandelt, denn ich kann ihn nirgendwo als Menschen finden!
Ja, ich bin Raoul! Das passt jetzt wohl nicht in dein Konzept, Tanner, oder?
Tanner starrt ihn an wie einen Außerirdischen. Sekundenschnell flimmern in seinem Kopf alle Bilder auf, die er sich über das Leben von Raoul gemacht hat.
Raoul, dessen Frau Lilly sich umgebracht hat. Raoul, der es nicht mehr ausgehalten hat. Offiziell nach Australien verschwand und seine Tochter Rosalind sitzen ließ. Raoul oder Jaques! Der verbannte Herzog!
Und Tanner! Das Arschloch. Tanner, der Shakespeareliebhaber! Tanner, das Opfer seiner kindischen Vorstellungen. Ardennerwald! Von wegen. Was hat er sich nicht alles ausgemalt! Der arme Raoul, von seinem bösen, bösen Bruder in die Abgründe der Irrenanstalten verbannt. Und da steht er jetzt vor ihm. Leib-

haftig. Wie der Leibhaftige. Ein Monster. Ein monströses Untier.
Und Tanner ist ihm auf Gedeih und Verderb ausgeliefert. Elsie auch. Wegen seiner Dummheit. Seiner Überheblichkeit. Seiner Fahrlässigkeit.
Wegen seines Stolzes. Wegen, wegen ...!
Warum? Warum nur?
Heiser keucht Tanner das, mehr stammelnd als sprechend.
Raouls Gesicht verwandelt sich in eine Fratze. Ist es Wut? Ist es Schmerz?
Du wirst es nie verstehen, Tanner, du nicht! Du, mit deinen sentimentalen Scheißvorstellungen. Du liebst Shakespeare, höre ich. Du hast nur leider gar nichts begriffen. Du hast keine Ahnung. Weder vom Leben noch von Shakespeare. Da existiert nur die nackte Gier. Und das Töten. Das gefällt dir doch bei Shakespeare, gell, Tanner, aber wenn es im wahren Leben vorkommt, das Schreckliche, dann zuckt das Arschloch Tanner zurück und wird moralisch.
Er spuckt Tanner die Sätze wie Galle verächtlich ins Gesicht und stößt beim Wort moralisch mit dem Schockgerät erneut gegen Tanners Brust. Diesmal kann er sich nicht schützen, zu unvermittelt kommt der Stoß. Ein brennender Schmerz durchzuckt seinen Körper und lähmt ihn.
Er hat das Gefühl, als sollten seine Augen aus ihren Höhlen heraus geschleudert werden. Er presst die Lider zusammen und hört sich schreien.
Fremd klingt es. Sehr fremd.
Blind umklammert er mit der Kraft der Verzweiflung und mit der Wut des Schmerzes Raouls Arm. Der stolpert zurück und sie stürzen beide hart auf den Boden. Tanner fällt mit seinem ganzen Gewicht auf Raoul.
Das Gerät ist immer noch fest auf Tanners Brust geklemmt. Die Metallstifte bohren sich in seinen Leib.
Wie in Butter, denkt er staunend!
Doch glücklicherweise findet Raouls Hand den Schalter für einen erneuten Stromstoß nicht, der ihn kampfunfähig machen oder vielleicht sogar töten würde. Immerhin befinden sich die beiden Metallstifte jetzt direkt in seinem Körper.

Tanner erkennt instinktiv seine Chance! Er presst sein ganzes Körpergewicht auf das Gerät, das heißt auf Raouls Körper. Tanner fühlt, wie warm das Blut aus seinem Bauch sickert.
Raouls fauliger Atem schlägt ihm ins Gesicht. Solange er sein Gewicht, also den Druck auf Raouls Hand nicht verändert, kann das Schockgerät ihm nichts antun. Beide verharren in dieser Pattsituation. Schwer keuchend.
Warum hast du Rosalind sitzen gelassen? Wie konntest du das tun? Deine herrliche Rosalind?
Tanner hofft ihn mit dieser Anklage zu provozieren. Er darf keine Zeit verlieren. Wer weiß, wie lange Elsie noch durchhält.
Schon beim ersten Erwähnen des Namens Rosalind wimmert und krampft es unter Tanner und er wiederholt immer lauter den Namen, bis er ihn wie ein Irrsinniger herausschreit und brüllt, bis auch Raoul schreit und röchelnd Tanner das Aussprechen des Namens verbietet. Und so schreien sie, fest ineinander verkrallt, bis ihnen der Atem ausgeht.
Tanner zuerst. Dann Raoul. Bis der nur noch wimmernd spricht.
... Er hat mir Lilly genommen! Er hat Lilly verführt, er hat sie geschwängert! Mein eigener Bruder! Alles, alles hat er kaputtgemacht! Immer schon! Er hat meine Puppen auseinander gerissen, ihnen die Augen herausgeschnitten, immer wieder! Honoré hat sie geflickt, er hat sie zerrissen! Honoré hat sie wieder geflickt! Er hat sie wieder zerrissen! Und Lilly hat sich umgebracht vor Scham! Lilly hat sich umgebracht ... umgebracht ...!
Begleitet werden diese sprachlichen Eruptionen von krampfartigen Zuckungen seines Körpers, untermalt mit Lauten des Schmerzes.
Fürchterlich entmenschte, schmutzige, verrotzte, vereiterte, schrundige Laute des Schmerzes und des Hasses.
In diesem Augenblick erbebt über ihnen das Gewölbe. Mit einem Getöse, als ob sich die Erde auftun wollte, um sie auszuspucken, sich von ihnen und dem ganzen Dreck und Schmerz, der sich in Raouls Seele und Körper angehäuft hatte, mit einer gewaltigen Eruption zu befreien.
Raoul verstummt und blickt erschreckt an die Decke. Das erste Mal sieht Tanner Angst in Raouls Augen.

Ist er jetzt da, der Augenblick? Tanners einzige Chance?
Er versucht Raoul das Gerät aus der Hand zu winden. Aber Raoul, schnell wie ein Tier, erkennt Tanners Absicht, reißt blitzschnell seinen Arm hoch und hält sich die Metallstifte des Schockgerätes an seine eigene Schläfe, zieht mit seiner Linken mit aller Kraft Tanners Kopf zu sich, drückt Tanners Wange an seine Wange und drückt ab …
Gleißend hell wird es vor Tanners Augen und der Lärm im Kopf steigert sich zum Inferno.
Dann stürzt er in eine bodenlose Tiefe. In die Stille eines riesigen Schachtes, der bis ans andere Ende der Welt reicht. Der Antipode.
Blinzelnd blickt er um sich.
Erstaunt sieht er sich umgeben von einer unendlichen Anzahl Eisblöcke, die ihn in Zeitlupe umschwärmen, ohne ihn zu berühren.
Er fühlt sich wie ein Astronaut, der inmitten eines Schwarms Asteroiden im Weltall, weit weg von seinem Schiff, frei schwebend sinkt. Oder frei schwebend steigt?
Dann wird es dunkel.

SECHSUNDZWANZIG

Als Tanner wieder erwacht, sieht er als Erstes einen gelben Planeten.

Eigenartig verschwommen zwar, aber der Planet leuchtet wunderschön in einem warmen Gelb. Aus der Ferne hört er leise Musik. Hohe Geigentöne. Wahrscheinlich Sphärenmusik. Planetenmusik. Jetzt entfernt sich der Planet ruckartig. Verliert an Leuchtkraft.

Ein sehr eigenartiges Verhalten für einen Planeten, findet Tanner. Dafür erkennt er jetzt besser die Oberfläche des Planeten. In der Mitte befindet sich ein riesiger Krater. Darüber ein schroffer, steiler Hügel. Und weiter oben zwei kleine Krater. Oder sind das Seen? Es ist ihm egal. Tanner fühlt sich so wohl wie schon lange nicht mehr und schließt zufrieden die Augen. Lauscht der Musik. Dann hört er eine raue Stimme.

Lerch, du Depp, kannst du mal die Musik ausmachen! Mein Gott, muss man dir denn alles sagen? Und mach auch die Scheinwerfer aus, das Licht blendet mich, Herrgottsack ...!

Der gelbe Planet hat gesprochen, denkt Tanner verwundert.

Und die Stimme kennt er. Ist das nicht die Stimme seines dicken Kommissars?

Ergo ist er nicht tot und ergo schwebt er mitnichten im All. Aber was ist geschehen?

Tanner versucht sich aufzustützen, wird aber von Michels großer Pranke sanft auf die Wolldecke zurückgedrückt.

Tanner, du bleibst schön liegen. Es ist alles in Ordnung. Elsie ist gerade ins Krankenhaus abgeflogen. Sie lebt. Sie ist natürlich stark unterkühlt und immer noch ohne Bewusstsein. Sie ist mit einem Helikopter unterwegs und wird in gute Hände kommen. In die besten. Mach dir um sie keine Sorgen!

Hastig hat Michel gesprochen, als wollte er alles auf einmal sagen. Um Tanner zu beruhigen. Der schließt dankbar seine Augen. Er sieht ohnehin noch nicht scharf, obwohl offensichtlich schon der Morgen dämmert. Irgendwas stimmt mit seinen Augen nicht. Wahrscheinlich von den Stromstößen.

Ist Raoul tot?

Niemand hört seine Frage, denn Michel ist offensichtlich nicht mehr bei ihm. Mit dem Stichwort Stromstoß und dem Gedanken an Raoul kommen sturzbachartig die Bilder und Momentaufnahmen der Situation im Eiskeller zurück. Es ist weniger ein Film, der sich da in seinem Kopf abspult, sondern wie bei einer Diashow wechseln die Bilder mit eigenartig ruckenden Bewegungen.

Als ob die erlebte Situation in viele kleine Bildsequenzen aufgesplittert worden wäre.

Es dauert jeweils eine Weile, bis die einzelnen Bilder nicht mehr ruckeln und scharf gestellt sind.

Raoul, der einmal Jaques gewesen ist. Der sensible Jaques, der melancholische Jaques, der dann von der Alten, also von seiner eigenen Mutter, auf den Mondhof zurückbeordert worden ist, ganz gegen seinen Willen, ganz gegen seine Begabungen. Und schließlich ist er von seinem Bruder verbannt worden. Aber auf eine ganz andere Weise, als sich Tanner das je hat vorstellen können. Während der Kindheit ist er von seinem jähzornigen Bruder drangsaliert, gequält worden. Dreißig Jahre später verführt oder vergewaltigt Auguste Lilly, schwängert sie. Raouls große Liebe. Darauf begeht Lilly Selbstmord. In diesem Moment muss bei Raoul eine Sicherung durchgebrannt sein, die ihn selbst allmählich in etwas Monströses verwandelt hat.

Während seiner ganzen Jugend war er offenbar der Willkür seines älteren und stärkeren Bruders ausgesetzt gewesen. Die harte, herrschsüchtige Mutter war ihm dabei keine Hilfe. Später die Katastrophe mit Lilly.

Reicht das als Erklärung?

Wenn der Hass auf seinen Bruder so groß war, wieso hatte er ihn nicht umgebracht, sondern die unschuldigen Früchte seiner außerehelichen Beziehungen getötet?

Und er hat die Mädchen nicht nur getötet, er hat sie auseinander geschnitten. Er hat mit den Mädchen genau dasselbe gemacht, was Auguste mit seinen Puppen gemacht hatte. Und er hat sie auch wieder zusammengeflickt. Genauso wie es Honoré mit seinen Puppen gemacht hatte.

Sein Hass war nicht auf die Tötung Augustes aus! Warum? Wollte er ihm bei lebendigem Leib mörderische Schmerzen zufügen. Ist ihm das gelungen? Hat Auguste gelitten, dass alle seine Kinder getötet wurden? Oder war es ihm gleichgültig?

So viele offene Fragen.

Ist Raoul in die Welt der Kliniken verbannt worden, *nachdem* er zu morden angefangen hatte?

Diese Frage wird sich leicht klären lassen. Tanner kann allerdings in seinem benommenen Kopf das Datum des ersten Mordfalles nicht finden.

Hat Raoul zuerst gemordet, dann heißt das, dass die Familie ihn deswegen klammheimlich verschwinden ließ, weil sie zum Schutze des Familiennamens den Mörder, dem die Polizei ja bis heute nicht auf die Spur gekommen war, heimlich und still entsorgen wollte.

Hat Auguste dafür gesorgt, dass die Polizei seinem Bruder nicht auf die Spur kommen konnte? Hat Auguste ihn wegschließen lassen, um weitere Morde zu verhindern?

Das hat die Zwangsinternierung allerdings nicht verhindert. Wie ist es Raoul gelungen, aus den Anstalten zu fliehen. Ob ihm jemand von außen geholfen hatte?

Tanner stellt sich unwillkürlich das Gesicht von Honoré vor. Könnte es da eine Verbindung geben?

Jemand rüttelt an seinem Arm.

Tanner, auch wenn deine Augen geschlossen sind, sehe ich, dass du wie ein Wilder nachdenkst. Entspann dich mal, ja! Du bist verletzt, zwar nicht besonders schwer, aber immerhin. Dr. Zirrer wird übrigens jeden Augenblick wieder da sein. Er hat sich schon um dich gekümmert, dir eine Spritze gegeben. Er ist auf einen Sprung zu den Kindern von Elsie gegangen. Und zu Ruth. Auf dem Rückweg bringt er Rosalind mit! Sie muss ihren Vater identifizieren.

Tanner hält Michel am Arm fest.

Serge, kannst du mir erklären, was passiert ist. Wie du mich gefunden hast?
Michel setzt sich neben Tanner auf den Boden.
Ich war auf dem Präsidium, als mich Ruth anrief und sagte, dass dieser Idiot von einem Tanner sich nicht mehr meldet. Also bin ich sofort los. Als ich bei ihr ankam, hat sie mir das kleine Bild von dem Eiskeller hier gezeigt, denn sie wollte in ihrer Unruhe, um irgendwas zu tun, deine Kleider auf dem Bett aufräumen. Dabei hat sie das Bild gefunden und richtig kombiniert. Ich habe mir dann den Lerch und den Thommen geschnappt und bin hierher gerast. Auf dem Hof habe ich mir eine schwere Baumaschine ausgeliehen und, äh ... ich habe kurzerhand das Häuschen über dem Eiskeller weggeschoben ... ja!
Während Tanner redet und Michel selbstzufrieden grinst, richtet Tanner seinen Oberkörper auf und sieht tatsächlich, dass das Haus halb weggeschoben, halb umgekippt ist. Kein Wunder, dass die Erde gebebt hat, kurz bevor er sein Bewusstsein verlor.
Unweit vom umgestürzten Hausdach liegt ein Körper. Unter einer Plane.
Er ist tot, nicht ...!
Halb Frage, halb Feststellung. Tanner lässt sich auf die Wolldecke sinken.
Hast du ihn ...?, fragt Michel leise.
Tanner schildert ihm den ganzen Hergang, so detailliert er im Moment kann. Berichtet auch davon, was Raoul gesagt hat.
Michel nickt und wischt sich den Schweiß ab und murmelt irgendwas von Matthäi am Letzten. Dann meint er, man werde ja heute den Halbmond aus der Weltstadt überführt bekommen und dann könne man in Ruhe alle Daten und Informationen abgleichen. Er könne sich nicht vorstellen, dass Auguste, nach alldem, was passiert sei, seinen Widerstand werde aufrechterhalten können.
Auf jeden Fall müsse er, Serge Michel, sich bei Tanner entschuldigen, da er seine länderübergreifende, ja sogar kontinentübergreifende Theorie für die reine Obsession oder gar für puren Schwachsinn gehalten habe. Er sei halt manchmal etwas langsam. Dafür habe er das Heft von Ada gefunden, weswegen Elsie

gestern Nacht so viel riskiert habe. Er habe zwischen den Buchstabengruppen, die er ja nicht verstehe, Zeilen gefunden, die Elsie mit grünem Filzstift unterstrichen hätte. Alle diese unterstrichenen Zeilen seien in unserer Sprache abgefasst und erzählen in lakonischer Form die Geschichte der Gefangenschaft von Ada. Und Tanner dürfe jetzt dreimal raten, wer denn eigentlich indirekt schuld gewesen sei, an der Gefangenschaft von Ada? Wer ihn aber auch freigekauft habe, allerdings erst zwanzig Jahre später? Ja, wer denn ... wer? Ja, genau der!
Auguste habe, bei einem seiner frühen Aufenthalte in Nordafrika, die Truppe, der Ada angehörte und die irgendwie auch in die Waffengeschäfte verwickelt war, bei einer dieser nicht koscheren Waffenverkäufe an die Gegner verraten und verkauft. Und wie gesagt, zwanzig Jahre später dann aus Gründen, um deren Aufklärung er ihn morgen schon bitten würde, freigekauft. Wenn wir das elegant nachweisen können, dann schinden wir ein fettes Schmerzensgeld für Ada heraus, respektive für Elsie, denn sie hat ihn ja die letzten zehn Jahre ernährt. Als ehemaliges Mitglied der Fremdenlegion hat Ada ja bestimmt keine Ansprüche auf eine offizielle Rente. Da zieht unser lieber Staat sicher eine dicke Linie, die so genannte Wir-bleiben-sauber-und-wissen-von-nichts-Linie! Die Frage ist, was wollte Elsie allein in der Nacht auf dem Mondhof?
Tanner schließt die Augen und schweigt. Der Gedanke, dass Elsie, vielleicht um ihn, Tanner, zu schützen, mitten in der Nacht losgefahren ist, um Auguste zu stellen, macht ihn schwindlig. Vielleicht hat sie gedacht, dass der Tag, an dem die Generalin gestorben ist, ihn weich machen würde. Irgendwie muss sie in die Fänge von Raoul gelangt sein. Auguste war ja gar nicht da. Aber das konnte Elsie nicht wissen.
Man hört das Geräusch heranfahrender Autos. Michel schubst Tanner am Arm und sagt, dass Doktor Zirrer mit Karl und Rosalind kämen. Und dein persönlicher Krankenwagen. Michel steht auf und begrüßt die Ankommenden.
Tanner dreht seinen Kopf und sieht, immer noch verschwommen, wie Rosalind auf ihn zurennt.
Sie kniet sich zu ihm hinunter und umarmt ihn schwer atmend.

Ihr Gesicht ist heiß und nass von Tränen. Lange halten sie sich umarmt.
Dann flüstert sie ihm leise ins Ohr, dass sicher alles gut wird, jetzt sei alles überstanden.
Tanner unterbricht sie und sagt ihr, dass es ihm Leid täte. Wegen ihrem Vater und ob sie denn das alles ertragen könne. Dass er tot ist und dass er derjenige ist, der ...!
Sie legt ihre Hand auf seinen Mund.
Pst, Tanner, ich habe meinen Vater längst verloren! Ich kann es nicht begreifen ... vielleicht nie begreifen.
Sie zögert. Dann rinnen ungehemmt ihre Tränen.
Wie können wir das Leid lindern, das er angerichtet hat, Tanner? Ändern oder ungeschehen machen können wir es nicht mehr. Aber ich muss etwas finden, um denen zu helfen, die er ins unerträgliche Unglück gestürzt hat. Aber wie?
Sie lässt sich auf ihn fallen. Sie bebt am ganzen Körper.
Tanner hält sie, kann ihr aber auch nichts sagen.
Karl kniet sich zu ihnen. Tanner blickt ihn an.
Karl ist bleich. Die Angst sitzt in seinen Augen. Sie sagen kein Wort. Was auch? Tanner nickt ihm zu und Karl hilft Rosalind auf die Beine. Sie müssen nun beide den toten Raoul identifizieren.
Tanner lässt seinen Kopf wieder sinken und blickt in den Morgenhimmel, der sich nun mit einer sanften Röte zu überziehen beginnt. Plötzlich schiebt sich das Husarengesicht von Doktor Zirrer in sein Blickfeld.
Guten Morgen, Tanner, wie fühlen Sie sich? Elsie ist in guten Händen. Es kann zwar noch niemand sagen, wann sie aus dem Koma erwachen wird. Aber ich bin guter Dinge. Sie ist stark. Und eure Liebe ist eine Macht. Es gibt keine stärkere. In der Medizin gibt es kein Medikament, das nur annähernd an diese Kraft herankäme!
Tanner sagt ihm, dass es ihm selber gut geht, nur die Augen, die würden noch nicht so ganz mitmachen.
Dr. Zirrer beruhigt. Das würde eine kleine Weile dauern, dann würde Tanner die Welt wieder in aller Schärfe zu sehen bekommen. Ob er das denn überhaupt wolle, fragt der Arzt listig. Und apropos Schärfe! Die beiden Stacheln des Schockgerätes hätten

zufällig die Bauchdecke etwa da perforiert, wo er sowieso für den mikrochirurgischen Eingriff kleine Schnitte geplant hätte. Innere Organe seien keine verletzt, Sie können also ihren Operationsplan getrost beibehalten. Geht alles in einem Aufwasch.
Na ja, wenn Sie meinen, Herr Doktor. Sie sind der Fachmann.
Rosalind und Karl halten sich umarmt, starren auf das unbegreifliche Wesen, das einmal Raoul gewesen ist. Rosalinds Vater gewesen ist. Der anno dazumal den Jaques gespielt und sich in Lilly verliebt hatte. Und der später eine ganz, ganz andere Rolle spielen musste.
Die unbegreiflichste und erschreckendste aller Rollen.
Freeze, freeze, thou bitter sky …

EPILOG

Tanner liegt in einem Einzelzimmer. Das kleine Spital, in dem Doktor Zirrer mit seinen scharfen Messerchen zu operieren pflegt, liegt irgendwo auf dem Lande. Zwischen der Hauptstadt und dem Dorf, das keine Kirche hat.

Er hat gestern Morgen nicht auf den Weg geachtet, als er in das Krankenhaus gefahren wurde.

Rosalind und Karl haben ihn begleitet. Stumm saßen sie an seiner Seite. In der Enge des leise fahrenden Krankenwagens.

Ab und zu hat er durch die getönten Scheiben des Krankenwagens ein grün gefärbtes Stück Landschaft erhascht. Anlässlich eines Halts bei einem Rotlicht hat er für einen kurzen Moment ein grünliches Mädchengesicht beobachtet, das stumm und traurig in den Wagen starrte.

Unweigerlich dachte er dabei an die Kindergesichter von Fawzia und Anna Lisa, die so früh sterben mussten. Und die Tausende von Kilometern auseinander stumm in ihrem Grab liegen.

Karl hat von Elsies Kindern berichtet, die in Ruths Obhut seien. Wortlos hätten sie sich den Bericht über das Schicksal von Elsie und Tanner angehört. Sicher hat Ruth die richtigen Worte gefunden. Nach langem Schweigen habe Glöckchen dann gesagt, dass es ihr Leid tut, Tanner mit dem Mann im komischen Anzug verwechselt zu haben.

Und dass Mama jetzt ein bisschen schlafen könne, würde ihr sicher gut tun. Tommy würde dringend auf den Flipperkasten warten. Nur Lena habe in etwa die Dimension erspürt und anschließend bitterlich geweint. Ruth hat vorgeschlagen, eine Kassette mit den Stimmen der Kinder zu bespielen. Mit Liedern und Gesprächen. Denn die Kinder jetzt gleich ans Bett der im Koma liegenden Elsie zu führen, davon würde sie abraten, der Schock könnte zu groß sein.

Karl hat Tanner schon ganz früh heute Morgen aus dem Spital

der Hauptstadt angerufen. Er hat Elsie besucht und mit den Ärzten gesprochen.
Elsies Zustand sei unverändert. Körperlich sei alles in Ordnung, auch der Kreislauf sei stabil. Es sei halt der Schock.
Als ob ihre Seele sie schonungsvoll im Koma behält, um das Erlebte irgendwie zu verdauen. Er könne das jetzt nicht so gut wiedergeben, aber so habe er die Ärzte verstanden. Sie hätten ihm auch gesagt, dass die Psychopharmaka, die Raoul ihr gespritzt hat, nicht schuld seien am Koma. Es sei allein seelisch bedingt. Deswegen kann man im Moment auch medizinisch nichts unternehmen. Elsie braucht wahrscheinlich ein paar Tage lang diese erzwungene Ruhe, dann würde sie sicher wieder aufwachen, davon sei er, Karl, überzeugt. Tanner soll sich jetzt mal schön seiner kleinen Operation widmen, er würde sich schon um Elsie kümmern. In ein paar Tagen sei er ja wieder auf den Beinen. Bis dann könne er sicher seine Elsie wieder in die Arme schließen und so weiter.
Tapfer versucht Karl ihn aufzuheitern. Hoffentlich hat er mit seiner Prognose Recht. Und Tanner hofft es nicht nur für sich, er hofft es inständig für Lena, Glöckchen und Tommy.
Und er spricht laut und inbrünstig einen Satz, den er seit seiner Kindheit weder gedacht noch ausgesprochen hatte.
Bitte, lieber Gott, bitte! Bitte, lieber Gott, bitte, hilf! Wenn du jetzt durch diese Tür kämst, würde sogar ich vor dir auf die Knie fallen!
Und rummms … geht die Tür auf. Tanner erschrickt zu Tode.
Aber es ist natürlich nicht der Herrgott, sondern der schwitzende Kommissar.
Morgenstund hat Gold im Mund! Haben sie schon an dir rumgeschnipselt?
Tanner schüttelt ergeben seinen Kopf und hofft, dass das vollautomatische Spitalbett ihre beiden Gewichte aushält. Michel lässt sich schwer aufs Fußende plumpsen.
Ich habe dir Rosalind mitgebracht. Sie sucht noch schnell eine Toilette. Irgendjemand muss dir doch das Händchen halten, oder?
Sie grinsen beide und Tanner freut sich.
Hör mal, ich sage dir mal ein paar Stichworte, bevor Rosalind angebraust kommt. Ich habe heute Morgen den Halbmond mit großer Freude in Empfang genommen. Er war ziemlich klein mit Hut. Ich

habe ihn ganz entspannt mit den wichtigsten Fakten konfrontiert, dabei haben seine Anwälte ziemlich lange Gesichter gemacht. Auguste hat erst mal lange geschwiegen. Dann begann der gnädige Herr zu erzählen. Ich kürze jetzt ab. Raoul hat die Mädchen in Marokko ermordet, bevor der Halbmond ihn mithilfe von Salinger sang- und klanglos in eine Anstalt gesteckt hat. Den Armand, der übrigens auch wieder zum Vorschein gekommen ist, hat er dann nach Australien geschickt. Dies ist aber Armands einzige Verbindung zum ganzen Fall. Außer, dass der natürlich das ganze Verbrechen von Raoul mit gedeckt hat. Die Alte hat wohl die Zusammenhänge geahnt, war aber nicht mit von der Partie. Den kleinen Honoré hat Auguste beseitigt, da die Gefahr bestand, dass er einiges ausplaudern könnte und damit die ganze Sache ins Rollen käme. Dass die Sache gerade durch den Mord ins Rollen gekommen ist, hat er wohl unterschätzt. Oder besser gesagt: Er hat seine Macht überschätzt. Für den Mord an Salinger scheint allerdings Raoul verantwortlich zu sein. Ebenso für die grausame Behandlung von Dornröschen. Genaueres weiß man noch nicht, denn dann hat es dem großen Auguste gefallen, einen Herzinfarkt zu bekommen. Also wurde er unter Polizeischutz mit Karacho in eine Herzklinik gefahren. Und wir müssen jetzt Däumchen drehen, bis er wieder vernehmungsfähig ist. Das kann natürlich dauern.
In diesem Moment reißt Rosalind die Tür auf, rennt zum Bett, presst ihren Kopf auf Tanners Brust und schweigt.
Sie schweigen alle drei. Voller Gedanken. Voller Schrecken über die Ereignisse und Erkenntnisse der letzten Stunden. Voller Ängste über die Zukunft.
Es wird noch lange dauern, bis sie alles wissen und verstehen. Vielleicht wird es eines Tages genug sein mit dem Fragen. Vielleicht.
Rrrrummmms… geht die Tür wieder auf und ein äußerst gutgelaunter Dr. Zirrer durchmisst das Zimmer mit Riesenschritten. Eine hohe Welle des Optimismus vor sich her wälzend.
So! Es ist so weit, die Messerchen sind gewetzt. Jetzt wollen wir mal fröhlich in das Innenleben dieses Herrn eindringen!
Er reibt sich doch tatsächlich seine großen Hände, der lustige Doktor.

Kaum hat er gesprochen, kommen auch schon zwei Krankenschwestern und machen Anstalten, Tanner mitsamt Bett wegzurollen.
Serge Michel erhebt sich ächzend und drückt Tanner stumm die Hände. Rosalind springt auf und küsst ihn. Sie hält seine Hand fest und will ihn bis zur letzten Tür begleiten, beteuert sie. Dr. Zirrer nickt wohlwollend seinen großen Husarenschädel.
Und ab geht's durch verschiedene Gänge. Und in den Lift, der ihn in das Reich bringt, in das man schließlich alleine hineinmuss. Unterwegs flüstert Rosalind aufgeregt auf Tanner ein.
Du, Tanner, ich habe dein Telefon abgehört. Deine Tänzerin ist wieder zurück in Europa und will dich in ein paar Tagen besuchen kommen. Und jetzt das Größte: Stell dir vor, dein Sohn ist auf dem Weg hierher. Das heißt, er kommt heute Abend in der Weltstadt an. Und du, da habe ich mir gedacht, ich könnte ihn doch abholen. Und Ruth könnte auch mitkommen. Und die Kinder von Elsie. Das wäre doch eine schöne Abwechslung für sie, oder? Ich könnte dein schnelles Auto nehmen. Darf ich?
Ja, natürlich darf sie.
Was für ein überraschendes Empfangskomitee. Tanner sieht ihn schon umringt von all den kleineren und größeren Damen. Und der kleine Tommy wird ihn sicher gleich fragen, ob er mit ihm flipperrrn geht ...
Unterdessen sind sie an der berühmten Tür angekommen.
Sie öffnet sich mit leisem Zischen und Tanner muss sich jetzt von Rosalind verabschieden.
Seine Kehle ist eigenartig trocken. Er kriegt kein Wort heraus. Sie auch nicht. Leise zischend schließt sich die Tür hinter ihm.
Tanner ist im gekühlten Operationsbereich angekommen.
Es ist nicht ganz so kalt wie im Eiskeller. Trotzdem fröstelt er.
Emsige Hände vollführen geübte Handgriffe. Tanner sieht nur noch Augen, die ihn aufmerksam und neugierig anschauen.
Das Letzte, was er hört, ist ein kräftiges ... so! Von Dr. Zirrer. Das Letzte, was er sieht, ist Rosalind mit seinem hochgewachsenen Sohn. Das Letzte, was er denkt, vielleicht wird sein Sohn doch noch Bauer, wie ihm dereinst ein weiser Mann vorausgesagt hat.

Daniel Silva

Der Engländer

Roman. Aus dem Amerikanischen von Wulf Bergner. 432 Seiten. Serie Piper

Gabriel Allon glaubt, alles über Verrat und Tod zu wissen. Als der Ex-Geheimagent die Villa des Schweizer Bankiers und Kunstsammlers Rolfe betritt, ist der Tod schon da – Auguste Rolfe liegt ermordet vor ihm. Allon begreift schlagartig, daß er nicht als einziger Rolfes Tarnung gelüftet hat und daß nun sein eigenes Leben auf dem Spiel steht. Der Verrat, den er begangen hat, führt Gabriel Allon zurück in eine dunkle, gewissenlose Vergangenheit …

»Daniel Silva zählt zur ersten Garde amerikanischer Thrillerautoren. Sein neuer Roman übertrifft alle Erwartungen.«
Die neuen Bücher

05/2085/01/L

Daniel Silva

Der Auftraggeber

Roman. Aus dem Amerikanischen von Wulf Bergner. 479 Seiten. Serie Piper

Die schwarze Limousine geht in einer grellen weißen Explosion auf, der israelische Botschafter in Paris ist auf der Stelle tot – und die Spur der Täter führt Gabriel Allon zurück in seine eigene Vergangenheit, zum tragischsten Moment seines Lebens … Auf der atemberaubend spannenden Jagd zweier Todfeinde schickt Daniel Silva seine Leser um den ganzen Erdball und verwebt geschickt die politische Intrige mit dem persönlichen Schicksal seines Helden.

»Silvas Roman geht psychologisch in die Tiefe und läßt kunstvoll die Grenzen zwischen historischen Fakten und Fiktion verschwimmen.«
Berliner Morgenpost

05/1687/01/R

SERIE PIPER

Volker Küpfel, Michael Kobr

Milchgeld

Kluftingers großer Fall. 320 Seiten. Serie Piper

Ein Mord in Kommissar Kluftingers beschaulichem Allgäuer Heimatort Altusried – jäh verdirbt diese Nachricht sein gemütliches Kässpatzen-Essen. Ein Lebensmittel-Chemiker des örtlichen Milchwerks ist stranguliert worden. Mit eigenwilligen Ermittlungsmethoden riskiert der liebenswert-kantige Kommissar einen Blick hinter die Fassade der Allgäuer Postkartenidylle – und entdeckt einen scheinbar vergessenen Verrat, dunkle Machenschaften und einen handfesten Skandal.

»›Milchgeld‹ ist ein Volltreffer, weil er Mentalität in Reinform verkörpert.«
Süddeutsche Zeitung

05/1899/01/L

Volker Klüpfel, Michael Kobr

Erntedank

Kluftingers zweiter Fall. 384 Seiten. Serie Piper

Der Allgäuer Kriminalkommissar Kluftinger traut seinen Augen nicht: Auf der Brust eines toten Mannes in einem Wald bei Kempten liegt, sorgfältig drapiert, eine tote Krähe. Im Lauf der Ermittlungen taucht der Kommissar immer tiefer in die mystische Vergangenheit des Allgäus ein, und es beginnt ein Katz-und-Maus-Spiel mit dem Mörder, bei dem die Zeit gegen ihn arbeitet. Denn alle Zeichen sprechen dafür, dass das Morden weitergeht …
Mit eigenwilligen Ermittlungsmethoden riskiert der liebenswert-kantige Kommissar einen Blick hinter die Fassade der Allgäuer Postkartenidylle und deckt Abgründe auf.

»Kommissar Kluftinger hat in seinen Kniebundhosen durchaus das Zeug zum Columbo von Altusried. Und schon deshalb wird dieser Krimi auch über die Grenzen des Allgäus hinaus bekannt werden.«
Die Welt

05/2061/01/R

Arne Dahl

Falsche Opfer

Kriminalroman. Aus dem Schwedischen von Wolfgang Butt. 388 Seiten. Serie Piper

Der brutale Mord an einem Stockholmer Restaurantbesucher, ein Zeuge, der nichts gesehen haben will, die unerklärliche Bombenexplosion in einem Hochsicherheitsgefängnis und ein tödlicher Bandenkrieg – nach seinen Bestsellern »Misterioso« und »Böses Blut« gelingt Arne Dahl ein glänzender neuer Fall um seine Sonderermittler Paul Hjelm und Kerstin Holm.

»Der vielgelobte Schwede Arne Dahl ist ein scharfer Kritiker sozialer Zustände, zudem ein packender Erzähler und auf dem besten Weg, Altmeister Henning Mankell zu entthronen.«

Der Standard

05/1900/01/L

Arne Dahl

Tiefer Schmerz

Kriminalroman. Aus dem Schwedischen von Wolfgang Butt. 432 Seiten. Serie Piper

Ein toter Nobelpreiskandidat und eine bis zur Unkenntlichkeit verstümmelte Leiche in einem Stockholmer Freizeitpark – haben sie etwas miteinander zu tun? Fieberhaft suchen die Sonderermittler um Paul Hjelm und Kerstin Holm nach dem Verbindungsglied in einer bizarren Mordserie. Der Fall führt sie nicht nur durch halb Europa, sondern auch in die Vergangenheit, bis hin zu einem monströsen Verbrechen vor langer Zeit.

»Arne Dahl beherrscht das Spiel mit der Spannung professionell. Seine Figuren sind vitale Geschöpfe, die in den Köpfen der Leser weiterleben.«

Der Spiegel

05/1993/01/R

SERIE PIPER

SERIE PIPER

Wolfgang Burger

Heidelberger Requiem

Kriminalroman. 256 Seiten. Serie Piper

Alexander Gerlach glaubt, mit seiner Beförderung zum Chef der Heidelberger Kriminalpolizei einen ruhigen Posten bekommen zu haben. Doch schon am ersten Tag wird die Leiche eines Chemiestudenten gefunden, der auf grausamste Weise ermordet wurde. Die Lösung des Falls scheint einfach, denn der junge Mann hatte synthetische Drogen hergestellt, um sein Budget aufzubessern. Doch bald kommt es zu einem weiteren Mord, der alle bisherigen Vermutungen über den Haufen wirft. Als Gerlach beginnt, das grausame Spiel zu durchschauen, ist es fast zu spät …

Ein spannender Roman mit einem ungewöhnlich sympathischen Helden, der sich nicht nur ständig in die falschen Frauen verliebt, sondern zudem als allein erziehender Vater von seinen beiden Töchtern in Atem gehalten wird.

05/2063/01/L

Wolfgang Burger

Heidelberger Wut

Kriminalroman. 272 Seiten. Serie Piper

Als der eigenbrötlerische Seligmann von seiner Nachbarin als vermisst gemeldet wird, hat Kriminalrat Gerlach gerade ganz andere Sorgen, hat er doch einen noch immer unaufgeklärten Bankraub auf dem Tisch. Aber als man im Haus des Vermissten Blutspuren entdeckt, wird Gerlach hellhörig. Gibt es eine Verbindungslinie zu dem Bankraub? Und welche Rolle spielte Seligmann bei der brutalen Vergewaltigung einer Schülerin vor einigen Jahren? Kein Wunder, dass bei all diesen Geschehnissen auch Gerlachs Privatleben wieder einmal Kopf steht – gerade jetzt, wo die pubertierenden Zwillinge eigentlich seine Aufmerksamkeit dringend benötigen …

05/2062/01/R

Heinrich Steinfest

Cheng

Sein erster Fall. 272 Seiten
Serie Piper

Markus Cheng ist Privatdetektiv in Wien. Seine Geschäfte gehen schlecht, und zudem wird auch noch sein letzter Klient mit einem Loch im Kopf aufgefunden. In diesem Loch steckt ein Zettel mit einer rätselhaften Botschaft: »Forget St. Kilda«. Und ob Cheng nun will oder nicht – damit steckt er mitten im Schlamassel. Denn eine unbekannte Dame erweist sich als eine knallharte Mord-Maschine mit System …
Heinrich Steinfests ausgesprochen skurriler Humor und einzigartiger Schreibstil machen diesen Krimi zu etwas ganz Besonderem.

»Amüsant, wie Heinrich Steinfest die Ikonen der Gesellschaft unverschlüsselt und unverklausuliert aufs Korn nimmt.«
Falter

05/2064/01/L

Heinrich Steinfest

Nervöse Fische

Kriminalroman. 316 Seiten.
Serie Piper

Für den Wiener Chefinspektor Lukastik, Logiker und gläubiger Wittgensteinianer, steht fest: »Rätsel gibt es nicht.« Das meint er selbst noch, als er auf dem Dach eines Wiener Hochhauses im Pool einen toten Mann entdeckt, der offensichtlich kürzlich durch einen Haiangriff ums Leben kam. Mitten in Wien, achtundzwanzigstes Stockwerk. Und von einem Hai keine Spur. Nun steht der Wiener Chefinspektor nicht nur vor einem Rätsel, es sind unzählige: Ein Hörgerät taucht auf, zwei Assistenten verschwinden. Und die Haie lauern irgendwo … Der neue Krimi Heinrich Steinfests, 2004 Preisträger des Deutschen Krimipreises.

»Ich wiederhole mich: Herrlich! Göttlich! Steinfest!«
Tobias Gohlis, Die Zeit

05/1765/01/R

SERIE PIPER

Klaus Modick

September Song

Roman. 272 Seiten. Serie Piper

Eigentlich läuft bei Kurt alles glatt: hübsches Haus, schöne Frau und wohlgeratene Tochter. Doch als sich die siebzehnjährige Marie verliebt, trübt nicht nur väterliche Eifersucht die letzten Sommertage. Denn Kurt erkennt im Freund der Tochter den eigenen Sohn, den er eigentlich nie hätte treffen sollen. So jedenfalls hatte es die geheimnisvolle Vera nach einem Seitensprung vor langer Zeit arrangiert … Mit Charme und Augenzwinkern erzählt Klaus Modick eine subtile Liebes- und Familiengeschichte voll Lebensklugheit und Melancholie.

»Intelligent und literarisch beschlagen, hat Klaus Modick fest ein Publikum im Blick, das nicht gewillt ist, sich langweilen zu lassen.«
Walter Hinck,
Frankfurter Allgemeine Zeitung

05/1862/01/L

Klaus Modick

Der kretische Gast

Roman. 464 Seiten. Serie Piper

Kreta 1943: Der deutsche Archäologe Johann Martens soll im Auftrag der Wehrmacht die Kunstschätze der besetzten Insel katalogisieren. Der Einheimische Andreas wird zu seinem Fahrer und Führer, doch verbindet beide bald mehr. Die Lebensart der Kreter und noch mehr Andreas' schöne Tochter Eleni schlagen Martens immer mehr in ihren Bann. Als die Deutschen eine Razzia planen, muß sich Johann entscheiden, wo er steht.

»Ein handlungs- und atmosphäresatt erzähltes Drama. Eminent spannend. Die Insel ist ganz unverhohlen die eigentliche Heldin dieses sommersatten Romans, dessen Lektüre man allenfalls vorzeitig abbrechen möchte, um unverzüglich nach Kreta zu reisen.«
Hannoversche Allgemeine

05/1863/01/R

John Burdett

Die letzten Tage von Hongkong

Roman. Aus dem Englischen von Sonja Hauser. 487 Seiten. Serie Piper

Nur wenige Wochen fehlen noch, bis die britische Kronkolonie an Peking zurückfallen wird. In dieser hektischen Endzeit-Atmosphäre muß Chefinspektor Chan einen brutalen Dreifachmord aufklären, in den die alten wie die neuen Machthaber verwickelt sind: Die Fäden des Milliardendeals führen nach Peking, New York und London ... Hongkong-Kenner John Burdett zeichnet in seinem packenden Thriller ein einprägsames Bild vom Ende einer Ära.

»Mit leichter Hand und kühnem Schwung verwebt Burdett das Fiktive und die realen Reibungen, die das Zusammenleben der Kulturen in der boomenden Metropole prägen, zu einem dichten Thriller.«
Süddeutsche Zeitung

05/1762/01/L

John Burdett

Der Jadereiter

Thriller. Aus dem Amerikanischen von Sonja Hauser. 480 Seiten. Serie Piper

Im brodelnden Bangkok ist der buddhistische Polizist Sonchai auf der Jagd nach den Mördern William Bradleys. Doch ihn interessiert nicht der Tod des skrupellosen Jadehändlers, Sonchai will Rache nehmen an denen, die auch für den Tod seines Partners Pichai verantwortlich sind. Mit fernöstlicher Weisheit und kriminalistischem Gespür – und der attraktiven FBI-Agentin Kimberley Jones an seiner Seite – folgt Sonchai den Spuren durch Bangkoks düstere Halbwelt.

»Das ist der intelligenteste Thriller seit langem – gut eingefädelt und ausgesponnen, atmosphärisch dicht und mit einem Hintergrund, der es in sich hat.«
Buchmarkt

05/2086/01/R

SERIE PIPER

Andrea Paluch, Robert Habeck

Hauke Haiens Tod

Roman. 256 Seiten. Serie Piper

Der Deich bricht: In einer Jahrhundertsturmflut an der friesischen Nordseeküste kommt es 1962 zur Katastrophe. Fünfzehn Jahre später versucht ein ehemaliger Knecht, Iven Johns, der bis zur Sturmflut auf dem Hof der Haiens angestellt war und damals ein Kind rettete, Licht in das Dunkel jener Nacht zu bringen. Aber niemand will etwas davon wissen. Außer einer jungen Frau: Wienke, eine Waise auf der Suche nach ihren Wurzeln. Gemeinsam kehren sie in das Schicksalsdorf zurück und stellen sich der verdrängten Vergangenheit …

Mit suggestiver Sprachkraft schreiben Andrea Paluch und Robert Habeck die Geschichte des Schimmelreiters fort.

»Ein Roman, der mit minimalen Mitteln große Effekte erzielt.«

Frankfurter Allgemeine Zeitung

05/2049/01/L

Sabrina Capitani

Das Buch der Gifte

Historischer Roman. 400 Seiten. Serie Piper

Die Schriftstellerin Christine de Pizan setzt sich nach dem Tod ihres geliebten Mannes gegen alle Widerstände durch: gegen die Frauenfeindlichkeit der Kirche, gegen betrügerische Anwälte und gewalttätige Verehrer. Doch als sie den jungen Franziskanermönch Thomas kennen lernt, steht die Liebe zu ihrem verstorbenen Ehemann, dem sie Treue bis über den Tod hinaus geschworen hat, auf dem Prüfstand. Gemeinsam mit Thomas gelingt es ihr, einen rätselhaften Todesfall aufzuklären, der auf verschlungenen Wegen die wahre Vergangenheit des Mönchs offenbart …

Lebendig und mit Einfühlungsvermögen erzählt Sabrina Capitani aus dem Leben der Christine de Pizan (1364–1430), einer der bekanntesten und frühesten Schriftstellerinnen Europas.

05/2053/01/R

Ulrich Wickert

Der Richter aus Paris

Eine fast wahre Geschichte. 256 Seiten. Serie Piper

Intrigen, Korruption, Verrat, Mord – bei seinen Ermittlungen auf Martinique stößt Untersuchungsrichter Jacques Ricou auf Verbrechen, die im Schatten politischer Machtkämpfe seit Jahrzehnten ungesühnt blieben. Und auf die verführerische Kreolin Amadée, die in den Fall verwickelt ist. Ulrich Wickert erzählt von einem Mann, der Bedrohungen und Diffamierungen aushält, um die Schuld ehrenwerter Männer aufzudekken. Eine Geschichte, die in der Hölle der Gefangenenlager spielt und im Paradies auf Erden, der Karibik – mitreißend geschildert von einem Autor, der seine Leser zu fesseln weiß.

»Der grimmig-sympathische Richter Ricou beeindruckt selbst eingeschworene Mankell-Fans. Chapeau!«

Hajo Steinert im Focus

05/1866/01/L

Ulrich Wickert

Die Wüstenkönigin

Der Richter in Angola. Kriminalroman. 304 Seiten. Serie Piper

Als Untersuchungsrichter Jacques Ricou auf angesehene Männer stößt, die alle menschlichen Werte missachten, ist er entschlossen, die Verbindungen zwischen Waffenhändlern und Ölmagnaten, zynischen Politikern und skrupellosen Geheimdienstagenten mit ihren illegalen Geschäften in Angola aufzudecken. Doch je näher er sich mit dem Fall befasst, desto gefährlicher wird die Lage für ihn. Konfrontiert mit den tiefsten Niederungen der menschlichen Habgier, schlägt er selbst die Warnungen der schönen schwarzen Lyse in den Wind und fliegt nach Luanda. Und damit in den fast sicheren Tod …

»Eine packende Story, von der der Autor behauptet, sie könne ›fast‹ wahr sein.«

Der Spiegel

05/2087/01/R

SERIE PIPER

Kerstin Ekman

Winter der Lügen

Roman. Aus dem Schwedischen von Hedwig M. Binder. 224 Seiten. Serie Piper

Die Bewohner des Mietshaus stehen vor einem Rätsel: Warum will der Hausmeister Pär Lindholm niemanden ins Zimmer der verschwundenen Vermieterin Agda Wallin lassen? Und weshalb hat man seit Wochen nichts mehr von der Alten gehört? Sie bleibt spurlos verschwunden, woran der Winter mit seinem Schnee nicht ganz unschuldig ist, denn der verbirgt eine Leiche und damit auch Pärs Geheimnis. Bis ihm schließlich eine Bewohnerin auf die Schliche kommt …

»Kühl, präzise und mit fanatischer Detailgenauigkeit, dabei fast wortkarg, analysiert die Autorin das Sterben der inneren Natur des Menschen, das einhergeht mit dem der Gesellschaft, in der er lebt.«
Die Welt

05/1994/01/L

Kerstin Ekman

Die letzten Flöße

Roman. Aus dem Schwedischen von Hedwig M. Binder. 480 Seiten. Serie Piper

Die stille Landschaft im nordschwedischen Jämtland ist Schauplatz von Kerstin Ekmans großem neuen Roman. Dort lernt die junge Myrten Elis kennen, einen Künstler und Sonderling, der soeben aus dem Krieg heimgekehrt ist. Die beiden verlieben sich, doch Myrten erkennt zu spät, daß Elis eine Vorgeschichte in dem kleinen Ort hat, die auch ihr Leben folgenschwer beeinflussen wird. Ein großer epischer Gesellschaftsroman und die Geschichte einer jungen Frau auf der Suche nach ihrer Bestimmung.

05/1995/01/R

Gisa Pauly

Die Tote am Watt

Ein Sylt-Krimi. 352 Seiten.
Serie Piper

Ein furchtbarer Mord auf der Ferieninsel Sylt! Eine vermögende Witwe wird erdrosselt aufgefunden. Eigentlich müsste der Täter per DNA-Analyse schnell zu überführen sein, weshalb Hauptkommissar Erik Wolf auf eine rasche Lösung hofft. Mamma Carlotta jedoch, seine italienische Schwiegermutter, die derzeit zu Besuch ist, hält wenig von solchen modernen Ermittlungsmethoden. Viel lieber verlässt sie sich auf ihre weibliche Intuition. Mit italienischem Charme und zum Schreck der Beamten mischt sie sich in die Ermittlungen ein. Dabei bringt sie sich selbst in Lebensgefahr …
Atmosphärisch, spannend und humorvoll erzählt Gisa Pauly von Mamma Carlottas erstem Fall, bei dem das italienische Temperament mit dem norddeutschen mehr als einmal zusammenprallt.

05/2079/01/L

Anne Chaplet

Russisch Blut

Kriminalroman. 256 Seiten.
Serie Piper

Für Katalina Cavic sollte es ein Neuanfang sein auf Schloß Blanckenburg. Doch sie kommt nicht zur Ruhe, Lüge und Betrug sind hier ebenso offensichtlich wie der Verfall des alten Anwesens. Während die junge bosnische Tierärztin noch mit den Dämonen ihrer eigenen Vergangenheit kämpft, erschüttert der Mord an einem angesehenen Archäologen die Schloßbewohner. Im Zuge der Ermittlungen tritt ein altes Geheimnis zutage, das mit der dramatischen Flucht einer Frau in den Wirren des Zweiten Weltkriegs zusammenhängt und Katalina an ihre eigene Geschichte erinnert.

»Anne Chaplet ist ein Glücksfall für die deutsche Kriminliteratur.«
Der Spiegel

05/1996/01/R